包青天 滄浪濯纓

新銳歷史小說家・劇作家
吳蔚

作品集07

好讀出版

導讀推薦

戲裡戲外包青天，肅色登場

文／廖彥博
美國維吉尼亞大學歷史系博士班
著有《愛新覺羅．玄燁》
《三國和你想的不一樣》
《蔣氏家族生活祕史》等書

說到「包青天」，相信讀者們都知道，除了一九九四年由周星馳主演的香港電影《九品芝麻官》裡那位包家不肖子孫包龍星，「包青天」別無分號，指的就是坐鎮北宋開封府，夜能理陰，日可斷陽，即使是皇親國戚，若是犯案，也不稍假辭色，秉公處置，絕不循私的包拯。

開封有個包青天

一九九三年二月二十三日，也就是《九品芝麻官》搭上「包青天」熱潮上映的十三個月之前，臺灣的中華電視公司推出一檔由趙大深製作，金超群（飾包拯）、范鴻軒（飾師爺公孫策）、何家勁（飾御前帶刀護衛「御貓」展昭）等人主演的八點檔連續劇《包青天》。據說，這齣連續劇本來只是接檔新戲預錄集數不足而臨時推上陣的墊檔，原來只打算播出三個單元（十五集）後便下檔，哪裡知道從第一單元「鍘美案」起，收視狂潮便一發不可收拾，到後來竟欲罷不能地製拍了四十一個單元，兩百三十六集！

在一九九〇年代初期，那個官商勾結、環保被資本踐踏、政治秩序快速重組的臺灣狂飆年代，擺放在華視攝影棚「開封府大堂」裡那三口亮晃晃的龍、虎、狗頭鍘刀，是多少無權無勢的市井小民，渴望公平正義的心靈寄託！這股熱潮更走出臺灣，一時之間，只要有華人的地方，無論是大陸、香港、還是東南亞、北美洲，都能聽見藝人胡瓜翻唱的那首主題曲〈包青天〉——「開封有個包青天，鐵面無私辨忠奸」。

但是，這位面如黑炭、額頭上有弦月印記的硬漢包公，真的就是歷史上的清官包拯嗎？如果不是，真實的包拯面目如何？為什麼大陸的歷史學家史式會說：「包拯這樣的清官只有宋代才有，宋代只有仁宗一朝才有？」為什麼只有宋代才出得了包拯這類的官員？北宋一朝有什麼不同於我們一般認知的歷史事實嗎？真實的包拯與戲曲的包公，有共通之處嗎？

為了回答這些問題，讓我們先做個稱呼上的區分——我們將對真實出現過的宋代官員「包拯」直呼其名；而戲曲與電視連續劇裡的開封府尹，下文則將稱做「包公」。

戲劇面孔說包公

一位清廉正直、執法不畏權勢的清官，在江湖俠士的協助下，偵破一宗又一宗離奇詭譎的冤案，這是明朝章回小說《包公案》的故事架構。而類似的故事結構在文學史上並不少見，像是一代女皇武則天最為敬重的「國老」狄仁傑，就有一部《狄公案》；以清廷征臺主將施琅之子、人稱「施不全」的施世綸當主人翁的《施公案》；還有以康熙朝正直言官彭鵬為主角的《彭公案》，它們都曾被翻拍成電影或電視連續劇。但即使上述公案都曾經躍上螢幕，甚至翻拍成電影，在聲勢上，從來沒能與包公在人們心裡建立起的形象相匹敵。

包公的巨大形象，是一千年來中國人（包括海外華人）期盼公理正義的善良願望投射。為什麼會如此，是因為現實生活裡，充滿了太多的不公不義——善良厚道的人吃虧受傷，皮厚心黑的人升官發財；小老百姓有冤無處伸，有苦無處訴，甚至就連遭到謀害也只能化為一縷幽魂，漂泊人間！如果惹上的是上層權貴、皇親國戚，別說公理正義喚不回，連法院都是為他們設的！在這種黑暗而絕望的時刻，老百姓特別期望有一個百毒不侵、強悍清廉的人物出來為他們主持公道，當他們最後的依靠。於是，即使書生返鄉途中，因錢財露白而被奸人謀財害命，魂魄繫於一只烏盆，包公還是能為書生追出真凶，讓他了無牽掛地轉世投胎。而當皇室新寵（駙馬陳世美）被揭穿是個拋棄糟糠之妻、為攀附權貴不惜殺人滅口的奸惡之徒時，包公也可以鐵面無私，堂上依律一判，龍頭鍘刀一閃，便讓金枝玉葉的嬌縱公主立時當上寡婦。在權勢面前，他沒有一絲一毫的畏懼。

這就是戲曲、小說、電視劇裡那個執法如山、一絲不苟的包青天。在包公案的故事裡，時間彷彿不會前進。包公是永遠的開封府尹，不分日夜，時時刻刻坐鎮東京開封府，冤魂與苦主不愁無處申訴。這也是電視劇《包青天》單元的劇情精神，意即「烏盆記」和「鍘美案」只有播出順序的先後，沒有發生時間的早晚。於是，在電視機外的時間裡，已經匆匆過了二十年；當年圍著真空管電視機看的毛頭高中生，如今已成了液晶電視前的疲倦父親。可是在戲劇裡，開封府尹卻總也不換，包公也總是不老。

歷史上的包拯，真的是這樣嗎？

正史裡的真包拯

正史裡的包拯，確實擔任過首都東京開封府的府尹（市長），但是為期不到兩年。包拯（九九九年至一〇六二年），字希仁，安徽合肥人，二十八歲考取進士，卻因為雙親年老，需要人侍奉，寧可在家耕讀，推遲出來做官的時間（所以，他並不是父母早亡，由長嫂撫養成人）。十年之後，他的雙親都已去世，包拯守喪期滿，才出來擔任縣長（知縣）。

包拯先做一任天長知縣，任滿後調升端州（今廣東肇慶）知州。他是一位清廉幹練的地方官員，任上興辦教育，修築水利，沒有冤獄，衙門裡也沒有積案。古代的地方官員，除了是行政首長，還要兼任地方法院的院長；衙門裡如果有未處理的積案，或者是錯判錯押的冤案，都會影響官員的考績。但假使官員們急著打銷積案，難免會在審訊判決過程中發生誤判錯判，而包拯卻能同時避免兩者，非常難得。此外，他也是一個熟悉司法實務運作的官員。

更難得的是包拯的清廉政風。端州以製造精美硯臺出名，朝廷每年規定有定額進貢。包拯之前的幾任知州往往以進貢名義到處徵收，遇到珍品就私自截留，自用送禮兩相宜。硯臺不是現金，正可拿來當伴手禮、做人情；唯有包拯，朝廷規定要多少方硯臺，他就徵收多少，絕不多取。他調任的時候，自豪地說自己「不持端州一硯歸」，這在當時的官場是非常難得的事，也由此引起大宋官家（宋朝對皇帝的稱呼）仁宗趙禎的注意。

仁宗皇帝在位四十一年，作風寬仁而能採納建言，是北宋政治的承平時期，包拯一生都在這位皇帝的手底下做事。仁宗看中包拯穩重清廉、正直堅強的施政風格，刻意一路提拔他，先是調入中央，擔任監察官員（御史），包拯不懼權勢，屢屢上書彈劾權臣，如江西轉運使王逵、外戚張堯佐等人；尤其是張堯佐（就是在本書中登場的張堯封兄長），其女張貴妃深受仁宗寵愛，一心想為父親討封賞，仁宗也同意下詔加封，皇帝出宮上朝時，張貴妃還倚在宮門口，連聲提醒：「官家今日別忘了宣徽使（張堯佐）！」但包拯期期以為不可，在御前力陳反對意見，說到激動處，唾沫噴得皇帝滿頭滿臉，仁宗只好頻頻以袖子擦拭面頰，但此議竟然就此打消。

包拯只在北宋有

終於，在嘉祐二年（一〇五七年）三月，仁宗皇帝任命包拯出任開封府尹，對付那些號稱「無人敢治」的東京豪門權貴。這時候，包拯已經年近六十歲了。那年夏天大雨連綿，京師城中的惠民河堵塞氾濫，街衢積水，住家受害，包拯星夜調來文卷檔案查明水災的原因，發現原來是豪門大家非法占用河道、修築花園亭臺所致。開封府派出大批衙役，會同工匠，對於這些侵占公有河道用地的建築，只要查清實為違章建築，不問來頭大小，不考慮後臺靠山，一律強制拆除（拯乃悉毀去）。這些別墅豪宅遭到強制拆除的業主，許多人本身就是朝廷命官，或者是有頭有臉的大家族，自然不甘示弱，又是送禮，又是關說，一直鬧到官家御前。但仁宗皇帝卻表示：「包拯這人，完全依法行事，就算我去說，也不管用。」連天子都說不動包府尹，這下，哪怕這些權門來頭再大，也沒有辦法了！

仁宗其實是有意以包拯出任開封府尹，來樹立一種公正清廉的政治模範。包拯之所以能夠放手嚴明執法，甚至在御前據理力爭，背後是有宋代君臣相互包容的政治文化做為基礎的。宋太祖趙匡胤在建國之初，有鑒於軍人跋扈專權對國家社會造成的禍害，便立下優待禮遇士大夫、不殺言事大臣的家法，北宋歷代皇帝多半能夠遵守，所以才能培養出像范仲淹這樣「以天下為己任」的慨然志氣，才會有包拯這樣連皇帝的帳也不買、敢於在御前力爭的直臣。南宋以後，雖然偏安，小朝廷仍然優待文臣，卻連續出了秦檜、賈似道、史彌遠等把持朝政的誤國權奸。而元朝是蒙古人的征服王朝，文人士子的政治地位低得無以復加。到了明、清兩代，天下是皇帝一家一姓的，又是廷杖又是文字獄，講錯一句話，寫錯一個字，就有大棍子伺候，還可能抄家流放殺頭，誰還能以天下為己任？誰還敢不買皇帝的帳？所以，像包拯這樣的大臣，只有宋代才有，也只有寬厚的宋仁宗在位時，才能讓他一展身手。這是正史裡的包拯在北宋政治上的歷史意義。

當然，歷史裡的真實包拯，是生活在北宋中期的人物，他和當時的社會、政治、文化、庶民與官方生活，都有千絲萬縷的互動牽扯。如果戲曲影視裡的包公，是誇大加工過的形象，而《宋史•包拯傳》的敘述又只是寥寥數百字，不足以讓歷史人物包拯的鮮活性格躍然於紙上，那麼，有沒有人可以另闢蹊徑，從貼近歷史的氛圍裡，告訴我們一個接近歷史的包拯呢？

答案是有的。在文言枯澀的正史，以及坊間脫離歷史時空敘事背景的「少年包青天」、「包公奇案」故事之外，我們等來了吳蔚的歷史探案新作——《包青天：滄浪濯纓》。

吳蔚筆下《包青天：滄浪濯纓》

從某種意義上來說，《包青天：滄浪濯纓》（以下簡稱《包青天》）可以看作是吳蔚前一部小說《斧聲燭影》的續篇。《包青天》非但在人物上接續了《斧聲燭影》，例如，《斧聲燭影》中負責勘破疑案的張咏、潘閬、寇准等人，乃至真宗的皇后劉娥，都在《包青天》裡分別以不同方式客串登場，對劇情推進各自發揮了不同作用；《包青天》在情節上也承繼了《斧聲燭影》，這裡說的正是影響北宋、南宋政治格局的「斧聲燭影」一案，宋太宗趙光義謀害兄長、篡奪皇位，吳蔚已經非常精彩地以小說破了此千古疑案。

這一回在《包青天》裡，破案的重責大任則落在包拯、文彥博、張建侯、沈周等青年偵探的肩上。這文彥博（一〇〇六年至一〇九七年）也不是尋常人物，他四歲就懂得灌水浮球，將來還要出將入相，縱橫北宋政壇五十年。包拯沉穩，文彥博有謀，更有范仲淹、楊文廣（正史中楊延昭之子、野史《楊家將》裡楊宗保之子）等歷史人物，也將出面相助。這是吳蔚以真實歷史人物擔當偵查疑案追蹤的慣常途徑，比起柯南，它更加熟悉寫實；比起福爾摩斯，它更加貼近歷史發展的軌跡。

《包青天》說的是包拯青年時期的故事，離奇的情節從一場宴會開始。宴會的主人是大宋陪都、南京應天府（今河南商丘）知府晏殊。這晏殊也是一個史上有名的人物，不但學問好，詞也寫得好。「無可奈何花落去，似曾相識燕歸來」就是他筆下的名句。出席宴會的，有應天府書院的學生與教習，還有地方州縣的官員，自然亦包括了小說的主角包拯、文彥博、沈周等人。但這場宴會來得蹊蹺，看似為獎勵書院學生而舉行，實則是一場選婿大會。包拯、文彥博等人，雖然身為「衙內」（官員之子），卻不喜歡這樣的場合，於是藉故離席。正當選婿眾官、商鬧哄哄沒個安靜處時，同樣離席醒酒的指揮使楊文廣卻和一名黑衣人交上了手；包令儀、包拯父子趕到，這才發現黑衣人竟是姪孫張建侯。不打不相識，張建侯以為自己出手魯莽，傷了楊家槍法的傳人小楊將軍，卻發現自己身上的血跡實來自大宋第一茶商崔良中，而此時茶商早已倒地不起，性命垂危……。

是誰要謀害崔良中？包拯幾番探查，得知凶手的凶器乃是一柄雕字的刻刀，上面淬有劇毒。是誰下的手？何以要以刻刀行凶？刻刀傷處之上，竟又以匕首補刺了兩刀，用意何在？一名茶商於堂堂應天知府的晚宴上遭刺，這一切是否與他橫行霸道、獲利巨大的黑心茶葉事業有關？而茶商那冷若冰霜的私生女崔都蘭，真實身分又是誰？其婢女慕容英，為何在深夜攀上崔良中的房頂偷聽包拯眾人談話？太祖趙匡胤當真擁有鎮國瑞寶《張巡兵書》嗎，否則為何南京新近又意外掀起發現兵書殘頁的波瀾，令各路人馬覬覦爭奪不已？

作者層層布局，絲絲入扣，環環相應，叫人時而聚精會神，時而掩卷低迴，非要隨著故事主人翁步步抽絲剝繭，一探案情深淺不可。且讓我們重回北宋仁宗初年，回到乾元節（皇帝生辰，國定假日）當天，南京的應天府官署晚宴中，一探究竟。

龍圖包公，生平若何。
肺肝冰雪，胸次山河。
報國盡忠，臨政不阿。
杲杲清名，萬古不磨。

——〈孝肅包公遺像讚〉

目錄

導讀推薦　戲裡戲外包青天，肅色登場　文／廖彥博　002
引　子　012
卷　一　東風昨夜　019
卷　二　梁臺古意　047
卷　三　物物遂生　087
卷　四　不辨風塵　123
卷　五　一縷深心　161
卷　六　遠鐘驚夢　191
卷　七　去似朝雲　219

卷八　且共從容——249
卷九　無欲則剛——281
卷十　滄浪濯纓——315
尾聲——339
背景介紹——346
北宋年號表——358
北宋疆域圖——360
後記　時代之英雄，人間之正氣，百姓之青天　文／吳蔚——362

引子

西元[1]九六〇年，後周禁軍統領趙匡胤發動陳橋兵變，正式登基當上了皇帝，史稱宋太祖。因其人由歸德軍節度使發家，歸德軍治所宋州，於是定國號為「宋」，史稱北宋，同時改歸德軍為宋州[2]。宋州由此成為大宋的發祥地，即「龍潛之地」，榮耀無比。

伴隨著聖運，龍潛之地通常會同時有寶物祥瑞出現——如漢高祖劉邦在出生成長之地泗水邊得到斬白蛇劍，該劍後來成為大漢鎮國之寶；又如唐高祖李淵起兵於晉陽，在晉陽宮中得到玉龍子，視為大唐國瑞，帝帝相傳[3]。然大宋開國以來，始終不聞有瑞寶一說，是為罕事。倒是宋州民間有種說法——傳聞宋太祖趙匡胤黃袍加身後，先後出兵平定荊南、湖南、後蜀、南漢、南唐等國，所向披靡，凱歌高奏，如得神助，最終坐擁江山，是因為他得到了唐代名將張巡留下的兵法。

張巡，鄧州南陽[4]人氏，唐朝開元二十九年（西元七四一年）進士，自小博覽群書，有過目不忘之才。安史之亂時，叛將尹子奇率十三萬大軍圍攻睢陽。當時叛軍兵鋒極盛，河北、河南均為叛軍所據，唐軍補給完全依賴長江、淮河流域地區，守住睢陽，便能阻遏叛軍向江淮方向深入，保證江南的完整。睢陽如若失守，運河交通便被就此截斷，後果不堪設想，可謂一城危，天下危也。時任真源縣令的張巡受命於危難之時，與睢陽太守許遠合兵鎮守睢陽，以區區六千士兵相抗，與叛軍進行了殊死拚殺。

張巡雖是文人出身，卻通曉戰陣兵法，且用兵不依古戰之法，指揮作戰都是臨敵應變，應機立辦，先後導演出火燒叛軍、草人取箭、出城取木、詐降借馬、鳴鼓擾敵、削蒿為箭、火燒蹬道等一幕幕精彩好戲。其以弱抗強，以寡敵眾，於對抗中表現出的計謀智慧已經達到《孫子兵法》所說「無窮如天地，不竭如江河」的境界，為中外戰爭史上所罕見，令人歎為觀止。

雖然這場驚天地、泣鬼神的睢陽城保衛戰最終因內無糧草、外無援兵、敵眾我寡而失敗，但它僅以區區兩縣幾千兵力堅守要塞長達一年之久，有力地遏止叛軍南下，為大唐王朝反攻贏得了寶貴的時間。為紀念張巡，各地百姓自發建廟立祠祭祀。隨著光陰的流逝，張巡被日益神化——道教尊其為保儀尊王，成為收災降福、懲惡揚善、統領神兵的大神；許多產茶之地視張巡為茶葉保護神，稱之「尪公」，並定五月二十五日張巡生日這一天為「尪公誕」，舉行「迎尪公」祭祀儀式。

張巡在民間、尤其是宋州的地位如此崇高，甚至到了被朝野敬若神明的地步，即使後來出自宋州的趙匡胤成為大宋開國皇帝，聲名也未能超過他。自唐代安史之亂以來，宋州當地一直流傳著《張公兵書》一說——據稱，張巡在城破前將自己平生所學和用兵心得記錄下來，製成一部兵書，委託心腹藏在一個妥善之處。然而叛軍攻破睢陽後大肆屠城，負責藏書的心腹也與張公一起死難，兵書下落遂成歷史之謎。不少人相信傳說為真，前來宋州尋求《張公兵書》者不絕於路。晚唐傳奇英雄人物張議潮[5]歸唐後，到宋州祭祀同出南陽張氏的張巡，特意召來當地人詢問張巡遺書一事。連如此遠在敦煌的張議潮都自小仰慕《張公兵書》，可見兵書一說流傳如何之廣了。

宋朝建立後，宋州一躍成為龍潛之地，關於太祖皇帝趙匡胤的種種神奇故事應運而生，不少均與張巡有關，最傳奇的當數趙匡胤得《張公兵書》一事。無論傳說是否為真，不容忽視的事實是——原先，唐朝已在宋州城中修建了紀念張巡、許遠的雙廟，歷代均有修葺。大宋開國後不久，宋太祖趙匡胤又親自下詔於南門外修建忠烈祠，專門祭祀張巡一人，似是多少從側面印證了傳聞。

人們揣測趙匡胤之所以對兵書一事祕而不宣，一是因為他本人就是武人出身，有「名將」之稱，不願再額外沾張巡的光，以免損害雄才偉略的形象；二是大宋自立國之日起，便以「重文輕武」為國策，堂堂開國皇帝，總不能一邊「杯酒釋兵權」，一邊公稱鎮國之寶是《張公兵書》。然而，隨著大宋對外軍事上的節節失利，人們又開始懷疑這種說法的真實性。

大宋雖輕而易舉結束了自唐末以來形成的四分五裂局面，使中原又歸一統，但這種統一只是相對意義上的，它非但沒有取得漢唐的極盛武功，甚至一直沒有完成真正意義上的國土統一；中國，始終存在著多個政權並立的狀況——南有大理，西有党項，北有契丹，以及後來的女真和蒙古，此即所謂的「金甌缺」[6]。多政權並立的複雜局面一直貫穿著整個大宋王朝，由此造成中原始終處在外族的危脅之中，外患最強烈。

大宋立國之時，北方契丹人所創建的遼國已然十分強大，國土面積甚至遠遠超過中原。尤其是後晉皇帝石敬瑭為求得軍事援助，主動將燕雲十六州割讓給遼國。燕雲十六州所處地勢居高臨下，易守難攻，一直是中原的屏障，具有重要軍事地位。甚至，趙匡胤還想到以一種更為消極的方法來收復燕雲十六州——不是靠武力，而是靠金錢。為此，皇帝一改中國歷史上歷代王朝「抑商」的傳統，宣揚「多積金、市田宅以遺子孫，歌兒舞女以享天年」，大肆鼓勵商業和經濟，以此博民富。並在內府庫專門設了一個「封樁庫」，相當於一個專款專用的小金庫，趙匡胤還說：「俟滿五百萬緡，當向契丹贖燕薊。」他打算等到小金庫的錢積累夠一定數量，就用這些金錢去贖回燕雲十六州的失地。

開寶九年（西元九七六年）八月，大宋立國已經十六年，國強民富，趙匡胤終於正式將北伐收復燕雲十六州的計畫提上日程。這一次，幾近傾舉國兵力，派出大將党進、潘美、楊光美等分五路攻北漢太原[7]，如此大規模出師，昭顯了趙匡胤勢在必得之心。就在宋遼兩軍對峙的關鍵時刻，趙匡胤於撲朔迷離的「斧聲燭影」中離奇死去，最終帶著壯志未酬的遺憾離開了人世，時年五十歲。他生前大力抑制武將、收回兵權，想不到卻禍起蕭牆，皇位隨即落入弟弟趙光義之手。

趙光義在重重迷霧中即位後，大有得位不正之名，因此也有著想超越兄長的萬丈雄心，一心要實現兄長未能完成的收復燕雲十六州夢想。太平興國四年（西元九七九年）正月，趙光義決定揮師北伐，首要目標就是北漢，其次便是契丹手中的燕雲十六州，但結果卻出乎所有人意料——在皇帝御駕親征的督促下，宋軍一舉攻克了北漢，但隨即在與遼軍的對仗中遭受重大挫折，宋軍一敗塗地，趙光義本人也中箭受傷，乘坐一輛驢車狼狽逃命。幸得北漢降將楊業及時趕到，殺退追擊的遼兵，才救了大宋皇帝一命。此戰開啟宋朝與外族作戰屢戰屢敗的歷史，從此，宋朝再也無力、也沒有信心發起對遼國的進攻，而改取守勢。

西元一〇〇〇年，紀元史上的第一個千禧年，中國在位的皇帝是宋真宗趙恆，大宋開國以來的第三位皇帝。這一年，正是大宋帝國的一個縮影。

正月，遼國軍隊大舉南侵，兵鋒極銳，一路進抵瀛州。宋真宗趙恆御駕親征，車駕屯駐在大名府[8]。然而到達前線後，宋真宗見到遼軍來勢洶洶，一下子慌了神，急派親信侍衛馬軍都指揮使[9]范廷召前去迎敵，時有「名將」之稱的他率領步騎兵萬餘人趕到前線，立即結成方陣禦敵。遼梁王耶律隆慶率精銳騎兵來回疾衝，宋軍陣勢被打亂，結果一敗塗地。真宗皇帝生平的第一次親征終以宋軍大敗而草草收場，此灰頭土臉的結局對四年後澶淵之盟的締結產生了極為深遠的影響。

在第一個千禧年裡，除了強大的對手遼國，令宋真宗煩惱不堪的還有西北党項首領李繼遷。其人與大宋時戰時和，與遼國也是時戰時和，長期在兩個大國之間周旋要挾；顯然，這是一個懂得在夾縫中生存、並乘機攫取最大利益的人。

西元一〇〇四年，宋真宗景德元年，這是中國歷史上不能被忘記的一年。從這一年的正月開始，便有十分不好的兆頭，宋朝京師開封連續發生了三次地震，這是非常罕見的現象。而與大宋周旋多年、令人頭疼無比的党項首領李繼遷亦正好死於這一年。而後伴隨著李繼遷長子李德明、孫子李元昊的崛起，西夏[10]逐漸成為宋朝西北的心腹大患，由一隻在夾縫中生存下來的小狼成長為真正的天狼。

這一年，也是宋朝「積弱」的開始。閏九月，遼國國主遼聖宗耶律隆緒和太后蕭燕燕親率二十萬大軍大舉攻宋，一路勢如破竹，直至澶州[11]城下，與都城開封僅一河之隔。京師大震，宋朝廷上下慌亂不已，甚至有大臣提出遷都之議。新任宰相寇准力排眾議，在其極諫之下，宋真宗趙恆勉強同意御駕親征。

此時遼軍孤軍深入中原腹地，供給線長，糧草不繼，已經無力持久。相反，由於真宗皇帝親臨澶州前線，宋軍士氣高漲，集中在澶州附近的軍民多達幾十萬人，局勢明顯對宋方有利，但宋真宗卻沒有抗敵的決心。早在他離開京師的時候，便暗中派出大臣曹利用前往遼軍大營與遼太后蕭燕燕議和。寇准堅決反對議和，主張乘勢出兵，收復失地。宋軍將領寧邊軍都部署楊延昭[12]也堅決主戰。但由於宋真宗傾心議和，致使宋臣中的妥協派氣焰極為囂張，這些人聯合起來，攻擊寇准擁兵自重，甚至說他圖謀不軌。寇准在這幫人的誹謗下，被迫放棄了主戰的主張。

於是，在遼軍兵勢受挫、宋軍已明顯占據優勢的情況下，宋遼兩國的和談就此開始，最終簽訂了《澶淵之盟》。大致的內容是——宋遼約為兄弟之國，遼聖宗年幼，稱宋真宗為兄；宋尊遼聖宗生母、遼太后蕭燕燕為叔母；雙方各守現有疆界，不得侵軼，並互不接納和藏匿越界入境之人；宋每年給遼提供「助軍旅之費」絹二十萬匹、銀十萬兩，稱為「歲幣」；雙方於邊境設置榷場，開展互市貿易。當時，大宋極其富有，朝廷的年歲收入折算銀絹大概為七千萬兩／匹，三十萬「歲幣」不過是一筆小數目。

天禧四年（西元一〇二〇年）六月，宋真宗得了瘋癱病，無法上朝，政事多由皇后劉娥主持。皇后親信一黨翰林學士錢惟演和參政知事丁謂權勢熏天[13]，胡作非為，宰相寇准和翰林學士李迪等正直大臣對此深以為憂。寇准後主導宋真宗欲祕密傳位太子趙禎一事，但應變行動失敗，劉娥恨其入骨，對寇准大加迫害，將其一貶再貶，最終傳達矯詔將寇准放逐到邊遠之地雷州[14]去充軍，直到最後死在南方。

西元一〇二二年，宋真宗身故，由民間傳說中用狸貓換來的太子趙禎即位，時年十三歲，是為宋仁宗。因年紀尚幼，由太后劉娥臨朝稱制。這位打花鼓出身的婦人不僅美貌多智，而且有著堪比男子的勃勃野心，乘機把持朝政，排除異己，任用親信，小皇帝完全成了擺設。最關鍵的是，趙禎並非劉娥親生之子，而是奪自宮女李紅玉之手，朝野上下人盡皆知，唯獨趙禎一人被蒙在鼓裡。大宋時局似乎多少有了新的危機，不少有識之士擔心劉娥會成為武則天第二，最終以劉氏取代趙氏。

內憂未平，鼙鼓復興。澶淵之盟後，大宋北部邊境晏然無事，直到西北西夏崛起後不斷地擴張領土，邊境和平的局面便再一次被打破了。

西北望，天狼亮[15]。邊聲連角起，鐵騎卷隴疆。

1 西元紀年是國際通用的紀年體系。中國古代紀年比較複雜，有干支、太歲、生肖、帝號、年號等，故吳蔚小說採用西元紀年，並習慣以廟號（古代帝王死後追尊的名號）來稱呼皇帝。

2 宋州：今河南商丘。宋州在宋代歷史上地位極為特殊，既是北宋的發祥地，也是南宋的開國都城，宋高宗趙構即在此登基稱帝。文中，前一句「歸德軍治所宋州」的宋州是城池名；通俗地說，歸德軍（省）的省會是宋州。後一句「歸德軍爲宋州」，「州」爲行政區劃，與軍、府平行；通俗地說，改歸德軍省爲宋州省。

3 泗水：《漢書》載秦設泗水郡，郡治相縣（今安徽淮北）；四水之名來自當時境內淮河、沂水、濉水、泗水四條主要河流。晉陽：今山西太原。「斬白蛇劍」故事請參見吳蔚小說《大漢公主》（預定出版），「玉龍子」故事則請參見已出版之《大唐遊俠》。

4 鄧州南陽：今河南南陽。

5 張議潮：唐朝沙州敦煌（今屬甘肅）人，郡望南陽。張議潮出生時，沙州已被吐蕃統治多年。由於親身經歷吐蕃人的殘暴統治，他自少年時便胸懷大志，陰結豪傑，於大中二年（西元八四八年）率眾起義，成功驅逐吐蕃，收復了敦煌，並派使者往長安獻表歸唐。唐朝遂在沙州建立歸義軍，授張議潮為歸義軍節度使。其人後入朝，死於長安。

6 金甌，是古代一種盛酒的器皿，常用來比喻國土，語出南北朝時的梁武帝：「我國家猶若金甌，無一傷缺。」（《南書・卷三十八・朱異傳》）

7 宋初，北方除了遼國，在遼與宋朝之間還有個北漢劉氏，它是五代十國中唯一沒有被宋朝統一的政權，一向依附遼國，都城為太原。

8 瀛州：今河北河間。大名：今河北大名。

9 北宋軍制，樞密院為總理全國軍務最高機構，簡稱「樞府」，長官稱樞密使。樞密院只有發兵之權，並不真正統率軍隊。朝廷中央主力軍隊為禁軍，分別由殿前司和侍衛親軍馬軍司、侍衛親軍步軍司統領，合稱「三衙」，互不統屬。

10 西夏的稱號，自李德明稱「夏國王」時已經出現，但做為正式國號則始於李元昊。宋寶元元年（西元一〇三八年）十月，李元昊在大臣野利仁榮等人的擁戴下，正式即皇帝位，建國號為大夏，史稱西夏。為避免混亂，本書從此處開始一律稱西夏。

11 澶州：今河南濮陽。澶州西，有湖名「澶淵」。澶州，也稱「澶淵郡」。

12 楊延昭：名將楊業之子。《楊家將》中，著名的楊六郎原型。

13 參政知事：相當於副宰相。宋代宰輔（執政中樞）大臣指宰相、參政知事；樞密院長官樞密使、副使（稱樞相）；以及三司（總管全國財政的最高機構，號「計省」）長官三司使（稱計相）。錢惟演：吳越王錢鏐之子，其妹嫁給劉娥兄劉美（實為劉娥前夫），丁謂則是錢惟演的姻親。

14 雷州：今廣東海康。

15 天狼：星座名。在中國古代傳說中，天狼星主侵掠。屈原《東君》詩中有「青雲衣兮白霓裳，舉長矢兮射天狼」之句。

與在座的白臉書生相比，該生容貌甚是奇特，面色紅得有些發黑，寬闊額頭有一青色月牙形狀凸起肉記。最怪的是，他總是表情嚴肅，正襟危坐，與晚宴歡快氣氛甚不相稱。海棠傳過來時，他還是那副不苟言笑的表情。

【卷一】東風昨夜

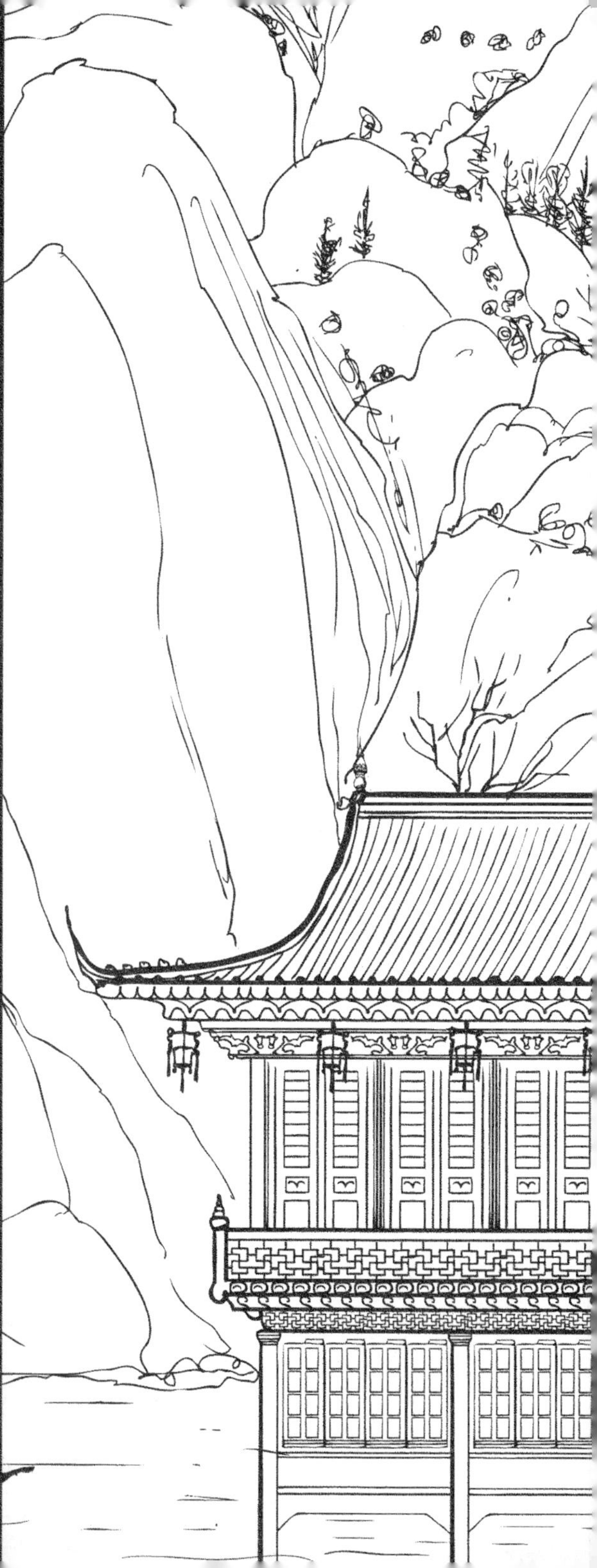

宋州古名商丘，又稱睢陽，戰國時為宋國國土，漢朝時為梁王劉武之封地，自古以來就是江淮重鎮。漢文帝時七國之亂爆發，梁王劉武堅守睢陽，牽制叛軍西行，使得名將周亞夫得以有機會襲擊叛軍的後路，從而一舉取勝。隋唐以來，由於汴水[1]經過睢陽，睢陽的戰略地位越發突出，江淮之上游，為汴洛之後勁，是大運河的咽喉要地，直接關係南北大局，是兵家必爭之地。

自從宋州之「宋」字成為大宋的國號後，宋州聲名越發顯赫。景德三年（西元一〇〇六年）二月，宋真宗趙恆發布詔書道：「睢陽與區平臺舊壤，兩漢之盛並建於戚藩，五代以還薦升於節制地，望椎於征鎮疆理按於神州，實都畿近輔之邦，乃帝業肇基之地。用彰神武之功，且表興王之盛，宜升為應天府。」如此，升宋州為應天府，府治宋城，下轄寧陵、楚丘、柘城、下邑、穀熟、虞城[2]六縣。同時，京東路[3]路治也設在這裡。

大中祥符七年（西元一〇一四年）正月，宋真宗封泰山、祠后土、祭老子祠之後，決定將應天府再次升格，建為南京，並下旨修建一座歸德殿，做為新南京的主殿。宋州自此成為北宋陪都南京，與首都東京開封、西京洛陽、北京大名合稱「四京」，風光無限。其時，南京到東京開封只有三百五十里，是距離京師最近的陪都。

與宋州同度崛起的還有睢陽學舍。五代時期，宋州名儒楊愨在睢陽當地教授生徒，宋州楚丘人戚同文從學，娶楊愨胞妹，又承師志，在睢陽城東興建學校，稱「睢陽學舍」。宋太宗太平興國元年（西元九七六年）年，戚同文以七十三高齡隨同長子戚維赴任隨州[4]書記，終病逝在隨州，學舍事業就此中斷。

到了宋真宗大中祥符二年（西元一〇〇九年），宋州富商曹誠出三百萬巨資在睢陽學舍舊址建學舍一百五十間，聚書一千五百卷，博延生徒，講習甚盛。精明的曹誠又透過應天府上書朝廷，請求以學舍入官。宋真宗大為讚賞，正式賜額為「應天府書院」，由戚同文之孫戚舜賓主持，曹誠擔任助教。這所由民間人士一手創建的書院自此得到朝廷的正式承認，取得了官學的地位，聲名大震，與嵩陽書院、嶽麓書院、白鹿洞書院並稱為天下四大書院，四方學者，輻輳而至。

現任書院主教范仲淹便是昔日睢陽學舍的學生，他在二十歲出頭時慕名前來應天求學，晝夜苦讀，五年未嘗解衣就枕。因為家貧，每天只煮一鍋粥，涼了以後劃成四塊，早晚取食二塊，再切一些醃菜佐食，如此苦讀四年，功夫不負有心人，終獲大成，於大中祥符八年（西元一〇一五年）登進士第。順利步入仕途的范仲淹不忘應天教導之恩，娶宋州人氏李昌言之女為妻，在應天安家落戶。范母病逝後，范仲淹辭官在家居喪，新任應天知府晏殊重視教育，特延請范仲淹入應天書院掌學主教。南京人文越加昌盛，學子相繼登科，而魁甲英雄，儀羽臺閣，蓋翩翩焉，未見其止。應天書院一躍成為天下書院之首，其良好的治學學風吸引了天下莘莘學子，甚至不少官宦也慕名將子弟送來書院習讀。

今日是法定的乾元節[5]，也是應天書院的特殊日子，應天知府晏殊在義字街應天府官署舉辦了一場盛大的宴會，座上賓客正是從書院精挑細選出的一批優秀學生。

古人認為「國之大事，在祀在戎」，即將祭祀儀禮與用兵作戰視為國家頭等大事。然大宋自立國以來，汲取前朝武夫專橫跋扈的教訓，優文臣而忌武臣，宋太祖趙匡胤即以「人生駒過隙爾，不如多積金帛田宅以遺子孫，歌兒舞女以終天年」之語，奪取了眾武將的兵權。太宗皇帝趙光義即位後，進一步深化推行崇文抑武，更是下詔將皇宮中的「講武殿」更名為「崇政殿」。「杯酒釋兵權」的國策直接導致宴飲享樂之風的大肆盛行，燕飲聲妓之樂成為社會的流行時尚。官僚士大夫樂於其中，相聚宴飲，合樂終日。諸多名臣熱中於夜宴，多有風流佳話。如北宋三大名臣之一的寇准[6]最好劇飲，每宴賓客，多闔扉脫驂，酣酒高歌，喧譁達旦。且夜宴時不點油燈，只點價格昂貴的蠟燭。幾年前寇准驟然失勢被貶，跟其好宴飲不無干係，倘若不是醉酒誤事，朝政大權絕不至於落入婦人手中，大宋該是另一番局面。寇准罷職後，後人至其官舍，只見廁溷間燭淚在地，堆積如山。

應天知府晏殊也是生平唯喜賓客，未嘗一日不燕飲，自到南京上任以來，聚宴不斷，但像今晚這樣特意為了應天書院學生在知府官署舉辦大型宴會，還是頭一次，堪稱別開生面。

華麗的晚宴正在舉行——燈紅酒綠，玳筵羅列。細酒肥羊，觥籌交錯。謳歌諧謔，琴瑟鏗鏘。按照慣例，此類聚宴屬於官方性質，購置酒菜果肴、聘請歌妓樂舞等費用均由朝廷所賜公使錢[7]支出，如果不夠，還可動用其他經費。這場宴會規模不小，堂中放置了二十來張長方形桌案，賓客均環桌而坐，一桌至少十人，本來還算寬敞的大廳立即顯得狹小起來。

出席宴會者除了書院學生及府學提學曹誠等教官，還有路、府、縣各級重要官員，如京東路轉運司轉運使韓允升、副使范雍，提刑司提點刑獄公事康惟一等；府級官員有應天知府晏殊、南京通判文洎、南京留守包令儀等；縣級官員有宋城知縣呂居簡等。呂居簡雖然只是個縣令，但宋城是陪都南京所在地，稱赤縣，級別很高，他的官秩甚至比南京通判還要高。

一些本地的鄉紳名流及寓公[8]也應邀出席，如大茶商崔良中及其姪子崔槐，寓居在南京的前武昌令董浩、前太子洗馬許仲容、正在許家做客的翰林學士石中立，以及正好路過南京、將赴任廬州知州的劉筠等。可謂濟濟滿堂。當然也有一點小小的遺憾，書院主教范仲淹因母喪在身，不能出席這場豪華夜宴。

除了文臣，在座的還有兩名武官，兵馬監押[9]曹汭和橫塞軍指揮使[10]楊文廣。大宋素來重文輕武，武官地位不高，但這曹汭來歷非同一般，是當今大宋最高軍事長官樞密使曹利用的親姪子。曹利用因與遼國談判締結澶淵之盟有功而得宋真宗信用，步入中樞大臣行列。而今宋仁宗年幼，太后劉娥用事，只尊稱曹利用「侍中」，而不敢直呼名字，由此可見劉太后對其功勛舊臣身分亦有敬畏之心。因為這一層關係，曹汭是在座許多人想要巴結的對象，應天府學提學曹誠不顧年紀和身分，多次上前敬酒攀認曹汭為同宗，便是明證。

指揮使楊文廣則是名將楊業之孫、楊延昭之子，廣頤方額，綽有丰神，以武藝精絕聞名於當世，其所率橫塞軍隸屬於馬軍司，駐紮在西五十里與開封府交界的寧陵。他今日湊巧來南京公幹，被曹汭臨時拉了來府衙赴宴。

酒已過三巡，正是娛樂時分。因今日的主客是學生，府署沒有像往日宴會那樣請當紅的歌妓來歌舞助興，只佐以文字遊戲來活躍氣氛。席間正在玩擊鼓傳花行酒令——將一枝粉色海棠依次在賓客間傳遞，鼓聲一停，持花者須得立即拆白道字，即將一個字拆成一句話，要求拆字恰當，對答敏捷工整，答不上來者則要罰酒一杯。這是一種在酒宴上極為流行的拆字遊戲，不僅要對漢字非常熟悉，而且對漢字結構也必須精通[11]，精於此道者每每將其與蹴鞠、捶丸、圍棋、雙陸棋等娛樂並提，以自我誇耀。

首輪鼓點停下時，海棠落在一名叫沈周的書院學生手上。他亦是官宦子弟，父親沈英在京師開封任職。其人面如冠玉，長相清秀，頗有文弱書生之氣。他看起來胸有成竹，不假思索，張口即道：「春日三人行。」「春」字拆開即是「三」、「人」、「日」。這字拆得不錯，時過清明，算得上暮春，亦十分應景，眾人一齊鼓掌叫好。沈周之前並不如何慌亂，此時得到讚賞反倒有些靦腆起來，紅了臉，垂下頭去。

第二輪鼓點停下時，海棠恰好落在知府晏殊手上。眾人一齊會意地笑了起來，等著看這位五歲能詩、十四歲就因才華洋溢而被朝廷賜為進士的大名士，如何出口成章。晏殊微一沉吟，即道：「山石岩下古木枯，此木是柴；白水泉邊女子好，少女真妙。」話音剛落，大家便不約而同地大聲喝彩。

倒不是眾人有意拍晏知府馬屁，這的確是一副對仗工整的對聯，意境完美，而拆白道字的運用尤為妥帖，極符合晏殊的身分；更令人拍案稱絕的是，舉辦宴會的大廳名「岩泉」，據說初建時地下有一岩一泉，由此得名，對聯中正好嵌入了「岩泉」二字。晏殊自少年起即享有盛名，除了這次因忤逆太后劉娥旨意被貶出中樞，仕途一直一帆風順，為人卻是難得的平和，沒有絲毫傲氣，只微微一笑，便將手中的海棠遞向一旁的南京通判文洎。

鼓聲咚咚，不疾不緩，再度停下時，海棠傳入一名二十來歲的學生手中。與在座的白臉書生相比，他的容貌甚是奇特，面色紅得有些發黑，且寬闊額頭上有一個青色的月牙形狀的凸起肉記。最怪的是，他總是表情嚴肅，正襟危坐，與晚宴的歡快氣氛甚不相稱。海棠傳到他手中時，他還是那副不苟言笑的表情。

晏殊一直刻意留意座上學生的情形，認出那黑臉學生是南京留守包令儀的公子包拯，見他面色凜然，擔心他答不出來而令包留守當眾丟了面子，正要親自出面解圍，包拯身旁的同學文彥博卻已主動有所援助，附耳過去，欲出言提點時，坐在包拯另一側的學生張源已然有些不耐煩起來，伸出手來，低聲催促道：「包拯，你要是答不上來，不如將海棠讓給我。」包拯搖了搖頭，朗聲吟誦道：「日月明朝昏，山風嵐自起。石皮破仍堅，古木枯不死。可人何當來，意若重千里。永言詠黃鶴，志士心未已。」

這是一首典型的拆字詩，拆「明」字為「日」、「月」；拆「嵐」字為「山」、「風」；拆「破」字為「石」、「皮」；拆「枯」字為「古」、「木」；拆「何」字為「可」、「人」；拆「重」字為「千」、「里」；拆「詠」字為「永」、「言」；拆「志」字為「士」、「心」。字拆得雖不及晏殊「山石」之對聯工整巧妙，卻是以詩抒懷，表達出不凡的志向和胸襟，單是這份眼界，就要遠遠高出晏殊之作。席間不少有識之士心中稱奇，登時對這黑臉包拯刮目相看。

南京通判文洎正好坐在包拯之父包令儀身旁，側頭笑道：「令郎出口成章，志向高遠，將來必成大器。」包令儀忙道：「不敢當。犬子無狀，哪裡比得上令郎沉穆有度，進退有禮。」

文洎之長子即坐在包拯身側的文彥博，自小有「神童」之稱。他還是孩童時，與夥伴一起踢球，意外將球踢進了柳樹下的深洞裡。有人出主意用棍子掏，有人要用鐵鍬挖開樹洞，文彥博卻想了妙法子，即往樹洞中灌水。結果在水的浮力下，球自動漂出了深洞。當時，文彥博才是個三、四歲的小孩子，卻有如此智慧，一度傳為佳話，為人津津樂道。

文洎正要自謙幾句，卻見長子與包拯雙雙站了起來，一起往外走去。一愣間，鼓聲又響了起來。

今晚宴會的主角雖是應天書院學生，但畢竟在座的名宦不少，學子們個個使出渾身本事拆字，力求在「新」、「奇」上下功夫，好引得席間達官貴人的矚目。學生張源更是道：「晏相公原先的出題太過簡單隨意，不如我們來玩些難度大的，方才顯出真本事。」另一學子宋祁是本地有名的才子，很不喜歡張源挑釁倨傲的態度，應道：「有題目儘管出。」

張源洋洋道：「再行酒令，規定要一字拆三字，兩字合一字，末接唐詩一句，要求有韻，而且要前後成句。我先來作令。」微一思索，即道：「轟字三個車，余斗字成斜，車車車，遠上寒山石徑斜。如何？」宋祁道：「這有何難？我來接令——酒，品字三個口，水酉字成酒，口口口，勸君更進一杯酒。」出令妙，接令也妙，席間眾人登時大聲鼓掌叫好。一時間，眾學子爭相接令，展露本領，彷若萬花齊放，鬥豔爭奇，好不熱鬧。

按照知府晏殊事先的授意，務必要讓每一位學生都有展示才華的機會，所以這場拆白道字的遊戲有意拖得很長。不少無干之士如翰林學士石中立、指揮使楊文廣等先後離席，或出去方便，或稍作休憩，或散熱醒酒。最先離席的包拯和文彥博卻始終不曾再進來，文洎料想二人刻意如此，轉頭去看包令儀，對方似是一樣的想法，正微微搖頭歎息。

文洎問道：「包公事先將今晚宴會之實情告知令郎了麼？」包令儀點了點頭，又道：「臨出發前，內子將緣由告訴了他，本是期待他在宴會上有個好表現。唉，實在不該先透露給他的，這孩子的個性太過剛硬。」原來今晚晏知府主持召開的宴會不光是獎勵有為學子那麼簡單，同時還是一個選婿大會——晏殊要從在座學生中為長女選一位夫君。而一些出席宴會的官宦鄉紳，如應天府學提學曹誠、大茶商崔良中、前武昌令董浩、前太子洗馬許仲容等，家中均有待嫁之女，均是有目的而來。

晏殊雖年僅三十多歲，卻已是兩朝重臣。他少年早孤，卻是聰明好學，有「神童」之稱，小小年紀便被舉薦進京。景德二年（西元一〇〇五年），年僅十四歲的晏殊與來自全國各地的千名考生同時入殿參加考試，從容應試，援筆立成，受到真宗皇帝的嘉賞，賜同進士出身，授其祕書省正事，留祕閣讀書深造。成人後，文章贍麗，應用不窮，尤工詩詞，閒雅有情思，更因謹厚勤學得以參與機密，君臣私交極好，真宗皇帝常常親自寫方寸小紙條向他諮詢疑難事宜，更委以輔佐太子趙禎的重任，擔任東宮升王府參軍。趙禎即位為皇帝後，晏殊因東宮舊臣的身分被迅速擢升為樞密副使，以三十二歲的年紀登上執政大臣高位。自大宋開國以來，只有名臣寇准曾在宋太宗一朝以二十九歲年紀出任樞密副使、以三十二歲年紀出任參政知事，如此年輕即位列宰輔者，晏殊是第二個。然而晏殊卻很不滿意，因為其頂頭上司正是不學無術的張耆。

宋真宗趙恆還是襄王身分時，得到了以打花鼓謀生的蜀中女子劉娥，寵愛異常。宋太宗趙光義得知兒子小小年紀便沉溺於女色後，勒令趙恆將劉娥逐出襄王府。父命難違，皇命更不可違，但趙恆實在捨不得嬌媚可人的劉娥，於是表面將劉娥送回蜀中老家，但暗中卻派人將其送到親信幕僚張耆的家裡。張耆悄悄安排家人悉心照顧劉娥，而自己每天都睡在襄王府中，以避嫌疑。後來趙恆即位為皇帝，立即將劉娥接入後宮，封為嬪妃。張耆也官運亨通，一路青雲直上，其人粗鄙吝嗇，竟然在家中設置店鋪，自己家裡所需的百貨都要從自己的店鋪購買。他還為家人看病，並出售藥材，十分荒唐可笑，被傳為笑柄。然而劉娥卻念念不忘當年照顧之恩，以太后身分執掌大權後，任命張耆為樞密使，正好是晏殊的上司。晏殊認為張耆為人平庸，既無戰功，又無謀略，不該坐享如此中樞重職。劉娥由此對晏殊極為不滿，尋機罷其樞密副使之職，貶斥出朝，出知應天府，但時人均相信這位年紀輕輕的大名士重回中樞是早晚之事。

大宋時，尚以當官為榮，皇帝被稱為「官家」，官吏被稱為「官人」，權貴之子稱「衙內」，年輕男子稱「小官」或「小官人」，富豪稱為「員外」，醫師稱為「郎中」、「大夫」，巫師相士喚做「助教」、「巡官」，茶坊酒肆跑堂的夥計叫做「博士」，甚至連娼妓也雅稱為「錄事」，京師開封城中妓院集中之處也稱為「錄事巷」。男子無論當官與否，回到家中，妻子都要尊稱其為「相公」或「官人」[12]。在這樣的風氣下，能與晏殊這等宰輔級別的人物攀親，是無上榮耀之事，對尚無功名在身的書院學生更是如此，難怪人人爭先了。

包令儀之子包拯今年二十五歲，文洎之子文彥博十八歲，即使沒有這場選婿宴會，也都到了該婚娶的年紀。尤其包拯是包家唯一的獨子[13]，自三年前妻子張婉病逝後，一直不肯再行續娶。包令儀這次帶著包拯來南京赴任，又送他入應天書院讀書，本意是要讓愛子多見識外面的世界，多些年輕人該有的熱情，廣闊交遊也好，放浪形骸也好，總之不要再那麼老成古板。今晚晏知府召開選婿大會，雖然乍然聽起來有些荒唐，卻不失為一個好機會。按照包令儀夫婦的想法，也不一定要跟晏殊或是哪位權貴結親，只要能給兒子尋一位門當戶對、溫婉賢良的好妻子，讓他安定下來，參加科舉考試，順利步入仕途就好。哪知道包拯口中不說，心裡還是反感這場晚宴，竟在剛以拆字詩嶄露頭角的時候便起身離席，再也不肯進來了。

文洎也覺得長子今晚的行為頗為怪異，眼見文彥博即將成為座席上唯一未曾拆字的學子，保不齊日後會遭人閒話，說他是倚仗父親蔭庇才得到出席知府宴會的資格，並無真才實學，忙招手叫過背後侍奉的門客張堯封，低聲囑咐道：「去尋公子和包公子回來。」張堯封應了一聲，轉身離去。

文洎素與包令儀交好，既是左右無事，便隨口問道：「包公看好在座的哪位學生？」包令儀道：「嗯，文公以為呢？」文洎道：「宋郊、宋祁兄弟才思敏捷，出口成章，若事精心雕琢，他日入翰林、登龍圖，不在話下。張方平俊朗飄逸，如鶴舞長空；姚嗣宗豪邁奔放，有英雄氣概，二人若肯專心學習讀書，必能成為棟梁之才。」一邊說著，一邊打量包令儀的反應。包令儀只是微笑，並不表態。

文洎續道：「不過，這些人還不能稱為國之名器，那洛陽學子富弼張口能文，胸有大度，有宰相之器，將來必能成就一番事業。」包令儀這才動容，連聲應道：「不錯，不錯，我也看好富弼呢。」這場晚宴本是選婿之會，既然待選者是應天書院的學生，才學自然是最重要的因素。他二人所議論卻與婚姻之事無關，全在品度在座學子的未來了。

文洎又笑道：「還有一人，也不容小覷，那就是令郎包拯……」一語未畢，府學提學曹誠已讓兒子曹豐扶著走了過來，拱手招呼道：「文公，包公。」

曹誠是本地最大的富商，十餘年前又出重金重建學舍，應天書院有今日天下書院之首的局面，其人功不可沒。文洎和包令儀都是儒士，雖有些見不慣曹誠今日在宴席上，對樞密使曹利用的姪子曹汭極盡吹捧巴結之能事，但對其散財興學之舉仍極為佩服，當即起身招呼。略微寒暄幾句，包令儀見曹誠欲言又止，便自去找廬州知州劉筠說話。

曹誠這才問道：「適才一直站在文公背後的那位年輕人是誰？」文洎愣了一愣，朝後打量了一眼，這才回過神來，道：「那是老夫的門客張堯封。」曹誠道：「噢，原來是文公的門客。」失望之色一閃即逝，又笑臉問道，「張公子可曾娶親？」

文洎知道曹誠有一幼女名曹雲霄，擅長音樂歌舞，豔麗無雙，是南京有名的美人，被曹氏視為掌上明珠。今晚知府大宴，曹誠出了不少力，顯然目的與晏殊一樣，預備為愛女選一佳婿。但此刻聽他語氣，竟是相中了張堯封。文洎很是驚異，但又不便明言詢問，只得道：「堯封尚未娶親。」

曹誠道：「張公子家世如何？」文洎道：「張氏原是吳人，也算是吳地名門望族，吳越王歸宋後，張家遷居河南，家道開始中落。而今堯封父母雙亡，只有一兄堯佐在世，還是布衣寒士。」曹誠「噢」了一聲，沉思片刻，隨即笑道：「無妨，無妨。曹某看這位張堯封張公子氣度非凡，雖然暫時棲居文公門下，然而只要假以時日，將來必成大器。曹某膝下有一女名雲霄，尚未出嫁，姿色也還過得去，堪可配張公子。不知可否勞煩文公屈尊做一回冰人，居中說項撮合？」

曹雲霄芳名傾動四方，多少豪門權貴子弟上門求親未果，曹誠卻肯主動將愛女嫁給一名地位卑賤的門客，儘管文洎早已隱約猜到對方用意，但聽到曹誠直言不諱地說了出來，還是驚訝得合不攏嘴，半晌才訕訕道：「曹教授美意，文某替堯封感激不盡。不過堯封並非文某子姪，婚姻大事怕還是要他自己作主。」曹誠笑道：「張公子父母雙亡，文公是其主上，等同於其父母，兒女婚姻還不是父母一句話？」

文洎一向頗看重張堯封，知其才學不低，不過是貧苦無依，才勉強投於自己門下棲身，心道：「看情形，曹教授非但不似玩笑，而且嫁女的意志甚是堅決。我雖不理解他為何瞧不上滿堂才子，獨獨選中了堯封，但對堯封本人而言，總是一件大大的好事，且不說曹家女兒才貌雙全，他有了岳父一家做依靠後，從此也可以安心讀書，來日好博取功名。」心中略一權衡，當即應道：「那好，我一會兒問問堯封的意思，若是他本人同意，那這樁婚事就算定下了。」曹誠喜孜孜地道：「好，那曹某等著文公的好消息。」又命兒子曹豐敬了文洎一杯水酒，這才顫巍巍地離去。

文洎雖然應承替曹氏和張堯封做媒，但心中疑惑不減，不待坐穩，茶商崔良中卻又端著酒杯過來敬酒，還笑問道：「怎麼不見令郎文衙內？」文洎道：「崔員外問的犬子彥博麼？噢，他出去方便了。」崔良中笑嘻嘻地道：「文公該知道今晚宴會的目的，其實就是晏知府想為他家女兒尋一門好親事。我和曹誠曹教授也打算沾沾晏知府的光，打算趁此機會為自家愛女選一佳婿。不過文公可有聽過那曹雲霄的一些風言風語？雖則貌美如花，卻是為人輕佻，品行有虧。」

文洎愕然問道：「崔員外忽然提到這些做什麼？」崔良中笑道：「崔某是個生意人，不懂官場上的虛禮，有話就直說了，那曹雲霄性格輕浮放蕩，非文衙內良配。倒是崔某的女兒都蘭，英氣豪爽，有男子之風，堪可配令郎。」文洎起初大感困惑，愣了一下，隨即省悟過來——崔良中多半以為，曹誠剛才來找自己是想將曹雲霄嫁給文彥博。他知道崔、曹兩家爭鬥已有多年，想不到居然連嫁女一事也不能避免，忙解釋道：「崔員外誤會了！曹教授適才只是過來閒話，根本沒有和文某結親之意。」

崔良中「啊」了一聲，登時鬧了個大大的紅臉，他臉皮倒也真厚，立即訕笑道：「崔某也只是開個玩笑，文公千萬別放在心上。」側頭看了席間一眼，迅疾轉身，往廳外走去。

文洎心頭疑雲不免更重，正巧張堯封進來，低聲稟道：「尋不到公子和包公子。」文洎料想兒子是刻意迴避，揮手道：「算了，不必再去管他。」轉頭見曹誠正目不轉睛地瞧著自己，顯然是有所期待，只得道，「堯封，你過來，我有話問你。」當即說了府學提學曹誠欲以愛女相嫁之事。

張堯封又驚又喜，問道：「文丈[14]所言的曹教授愛女，是曹雲霄小娘子[15]麼？」文洎道：「正是。」張堯封「啊」了一聲，再也說不出來一個字，只傻傻地瞧著文洎，又轉過頭去，遠遠地瞧著曹誠。曹誠見他如此神色，料想是高興得傻了，當即點了點頭。

文洎問道：「堯封，曹教授等著聽回話，你可願意娶曹教授的女兒為妻？」張堯封結結巴巴地道：「願意……太願意了……但為什麼是我呢？文公子比我年輕，也比我……這可是曹雲霄小娘子……這個……實在太令人意外了。」文洎道：「總之我也不十分清楚曹教授為何選中了你，你若實在想知道，可以直接去問你未來的岳丈。」張堯封卻沒那個膽子，正遲疑間，曹誠已然蹣跚走了過來，笑道：「張公子可否同意娶小女為妻？你放心，我也絕不會讓你上門做倒插門女婿，我會單獨為你們置辦一所大宅子，應天也好，洛陽也好，開封也好，地點隨你挑。」

張堯封忽然覺得死去的父母顯靈了，好運瞬間天降，砸得他暈乎乎的，除了誠惶誠恐地連連點頭、憧憬想像著曹雲霄的花容月貌，他記不起來任何事情。遽然間，眼前人影晃動，人人爭相往外擁去，又有人扯了扯他的衣袖，他這才從暈眩的美夢中回過神來。廳外大概發生了什麼大事，正有激烈的呼喝打鬥之聲，便忙跟著曹誠、文洎一起往外趕去。

擁出來看時，竟是指揮使楊文廣與一名身穿黑色勁衣的年輕男子正在徒手打鬥。二人各自武藝不弱，火光中，但見一灰一黑兩條人影倏忽貼在一起，倏忽分開，稍微站得近些，便能感到「嚯嚯」拳風刮面。

這是一場難得一見的好戲！楊文廣是名將後人，用於教習宋軍的梨花槍正是出自其家傳絕學楊家槍，但自澶淵之盟以來，大宋久無戰事，並沒有多少人真正有機會見識傳聞中天下無雙的楊門功夫。那黑衣男子雖然較楊文廣年輕，才十八、九歲年紀，卻有一股初生牛犢不怕虎的狠勁。二人勢均力敵，各使出看家本事。圍觀的人們看到這精彩絕倫的一幕，竟不忍心出言喝止，甚至有人以為這不過是晏知府特意安排的另外一場助興節目。

直到正在府署附近巡視的宋城縣尉楚宏聽到動靜，率領武裝弓手闖進來，舉箭對準那黑衣男子，眾人這才知道他是盜賊，逃脫了弓手追捕後又翻牆夜闖應天府署，結果被正在庭院中散步的指揮使楊文廣發現，這才動起手來。楚宏喝令弓手舉箭，又怕誤傷楊文廣，忙叫道：「小楊將軍，你且退開。」

較量武藝，最難得的在於棋逢對手，對於高手尤其如此，所以即使是生死對頭，也極易產生惺惺相惜之情。楊文廣正鬥得興起，怎肯輕易罷手，非要在拳腳上跟對方分出個高下不可。楚宏見他不肯退下，只好頓箭不發。

包令儀趕出來時，一眼認出那黑衣男子，忙叫道：「楚縣尉，且慢！建侯，還不快些住手！」原來那黑衣男子名叫張建侯，鄧州南陽人氏，是包令儀夫人張氏的姪孫。他今日新到南京，天黑前入城，本是有急事趕來府署，卻被府吏卒阻擋於門外，不得不翻牆進來。與楊文廣動上手時，他大可以表明身分，但他見到對方身手極為了得，正是夢寐以求的對手，竟忍言不發，一心要在招式上分個高低。此刻聽到祖姑父出言喝止，才不得不停了手，退開兩步。他一退讓，楊文廣便也收手，往後退開。

聞聲趕來的包拯擠過人群，扶住張建侯，問道：「之前不是來信說，還要過七、八日才能到南京麼？怎麼只有你一人？家母和小遊呢？」張建侯道：「乘船比乘車快許多，所以早到了。祖姑姑和小遊都還在城外船上呢，我是天黑前一個人趕進城的。」他在輩分上比包拯要低一輩，是包拯已故妻子張婉兄長張賢之子，該叫包拯姑父，但二人一起由包母張靈撫育長大，情若兄弟，說話也是極其隨便，毫無長輩、晚輩之分。

包令儀斥責道：「既是如此，你該在城外陪同祖姑姑，明日一道進城。為何連夜闖進府署來搗亂？」張建侯自幼父母雙亡，由包令儀夫婦撫養長大，得到的寵愛尚在包拯之上，聽祖姑父語氣頗重，不由得有些著惱起來，氣呼呼地道：「小子不是有意闖進官衙來搗亂，我是實在氣不過！況且我也不知道祖姑父和姑父在這裡！」

包拯知道自己這內姪自幼不好讀書，只好舞槍弄棒，卻素來以俠義自居，絕不至於無理到夜闖應天府官署，忙問道：「到底出了什麼事？」張建侯憤然道：「寇相公靈柩就停在城外，寇夫人因付不起排岸司的過關錢而不得不滯留在河卡外，而這些個大官人卻花著公款聚在這裡胡吃胡喝，聽說僅僅是為了替晏知府的女兒找個好男人。」這話極為無禮，但晏殊卻連難堪都暫時顧不上，搶過來捉住張建侯的手臂，急切地問道：「小公子說的寇相公，可是前宰相寇准？」包拯忙介紹道：「這位就是晏知府。」張建侯道：「不錯，正是晏知府你親擬制書、驅逐出朝的寇准寇相公。」

當年，宋真宗為皇后劉娥所制，寇准設法奪取劉娥大權不成，反被罷免宰相職務，罷相制書即由晏殊起草，此事天下盡知。晏殊雖只是奉劉娥之命行事，但也因此招來不少非議。他聽了張建侯極盡譏誚的話，默然無語，竟轉身往內堂去了。在場人士無不面面相覷，不知這隆重開場的盛大晚宴要如何收局。

留守，顧名思義為留守京城，自隋唐以來，就是陪京和行都的最高長官，總理軍民、錢穀、守衛事務。然而大宋卻不一樣，自太祖皇帝「杯酒釋兵權」以來，留守跟節度使一樣成為虛銜，名義雖尊，卻無任何實權。而且此職務通常由地方行政長官兼任，若是只單任，那就是典型的閒職了。堂堂晏知府甩手而去，起因者正是自家親眷張建侯，當此情況下，南京留守包令儀更不好開口了。而通判是大宋立國後新設的官職，用意在於加強對地方官吏的監督和牽制。南京通判，實際上是朝廷安插在府州應天府中的耳目，是典型的實職，但畢竟只是八品官秩，文洎也不便出面說話。

眾人便一齊望著京東路轉運使韓允升。韓允升出身名門，父親韓崇業是開國名將韓重贇的次子，母親是秦王趙廷美[16]之女玄陽公主，伯父韓崇訓更是一代名將，在世時多次擊敗党項首領李繼遷，因戰功升任樞密院次長官。然而韓允升個人經歷卻頗為坎坷，他幼年時受外祖父趙廷美牽累，與父母一起被關押在房州，趙廷美死後遇赦放還，直到宋真宗即位後才入朝為官。年幼時的憂患生涯養成他沉靜少言的性格，此刻無數飽含期待的目光淨落在他身上，他依舊一言不發，只不斷捋著鬍鬚，似是若有所思。

翰林學士石中立是個爽直性子，大聲道：「主人都負氣走了，咱們還留在這裡做什麼？你供人女邊著子，爭知我們裡挑心？大夥散了吧。」他後面一句「你供人女邊著子，爭知我們裡挑心」是你意思和別人相好了，怎知我心中多愁啊，其實也是兩句拆白道字，拆的是「好」、「悶」二字。「好悶」，倒也是極符合此情此景。

石中立生父石熙載早在大宋立國前，就是宋太宗趙光義的心腹，真正顯達也是在趙光義登上皇位後。當年太宗皇帝御駕親征北漢，石熙載以樞密副使從征，因攻克太原有功，回師後即升任樞密使。石中立以父蔭入官，有文才卻不尚名利，為時人所敬重。他任職郎官的時候，常常和同僚們一起參觀皇家園林中蓄養的獅子。主管蓄養的人說：「一頭獅子每天要餵五斤肉。」郎官們收入不高，一年難得聞幾次肉香，聽了連連咋舌，紛紛歎息道：「原來我們這些人連一頭獅子都不如。」石中立接茬道：「這是當然，我們都是員外郎，『園外狼』的待遇怎能和『園中獅』相比呢？」眾人聞言無不捧腹大笑。

如此開朗詼諧的性格，又與世無爭，自然令石中立處處受歡迎。他其實並不是真正受邀出席的賓客，只不過湊巧來了南京，被朋友臨時拉來赴宴。但此刻眾人需要的並不是應天知府或南京留守的命令，僅僅只要一句首倡之議，哪用得著管開口的人是主是客？當即各自呼啦啦地散開。

石中立又叫道：「喂，老韓，水路是你轉運使的管轄範圍，你也該管管你的手下，排岸司那幫人向來往客商打秋風慣了，眼下都勒索到寇相公遺孀身上了。寇相公好歹也是你韓家的姻親，別人管不了，或是不想管，你難道還要袖手旁觀麼？」韓允升的伯父韓崇訓之妻是定國節度使宋偓[17]的女兒，因此韓崇訓和太祖皇帝趙匡胤、寇准均是連襟，論起親戚來，寇夫人宋小妹也算是韓允升的叔母，確實說得上是韓家的親眷。韓允升卻還是那副木訥的表情，只微微頷首，也不答話，轉身去了。

石中立走過來問道：「小哥，你和寇相公是什麼關係？」張建侯道：「什麼關係也不是啊。我和妹妹護送祖姑姑去南陽省親，又回了趟廬州，這才動身來南京，在盱眙棄車換船，剛走沒多遠就遇上水盜打劫。那些賊人當真可惡，打不過我，就設法弄沉了我們的船，多虧寇夫人的大船經過，及時出手相救，又好心搭乘我們到南京。聽說她是因為陸路不便且不太平，特意繞遠走水路；她先走海路，然後到杭州錢塘換船走河道，自揚州入大運河，為的就是要順利將寇相公的靈柩運回華州下邽家鄉安葬[18]。哪知道沿途河卡明知道船上裝的是寇相公的棺木，還一個勁兒地伸手要錢。」

寇准少年成名，雖榮華富貴四十年，卻是為官清廉，沒有置辦任何田園邸第，出入常寄居於僧舍，有人稱他是「有官居鼎鼐，無地起樓臺」。昔日遼國使者來到中原，特意問寇准道：「您是『無地起樓臺』的相公麼？」可見寇准廉名之遠播。他死在貶所雷州之後，因家無餘財，其妻宋小妹上奏書請求朝廷撥予公款，以從雷州搬運寇准靈柩回故土安葬。宋小妹原名宋娥，小名小妹，後來因避當今太后劉娥名諱，改以小字為名。她是宋太祖皇后宋氏親妹，算得上皇親國戚，朝廷倒是准奏給予了一筆拔款，但一路北上都不太平，不斷有地方官員刁難或惡霸地痞滋事。寇准雖然在權力的爭鬥中敗下陣來，但其人剛直正義，在朝野間素有清譽，死後還遭到如此對待，只有一種可能——這是太后劉娥故意派人所為。當年她還只是普通嬪妃時，寇准便堅決反對立她為皇后，又曾大公無私懲治貪贓枉法的劉氏宗族。宋真宗病危時，身為宰相的寇准更是預謀奪取劉娥大權。所有作為無不令劉娥懷恨在心，即使在寇准身故後，也不能釋懷。

張建侯又道：「我們的行囊在盱眙時丟失了，也沒法幫助寇夫人，祖姑姑便讓我先進城找祖姑父取錢。路過應天書院的時候，我聽那些書生們議論，說今晚應天府官署動用公款大開宴席，為的是要替晏知府選女婿。當時我就氣不過，進城就打聽知府所在，卻被一群弓手攔住，說我是平民，不能佩戴兵刃[19]，強行收去佩刀。又說我天黑了在大街上鬼鬼祟祟，形跡可疑，要將我逮捕到縣衙拷問。我好不容易才擺脫他們，一路尋來應天府署，卻又被那些小吏擋在門外，逼不得已，我才翻牆進來的。」

石中立道：「小哥一點都沒錯，你做得對極了。不過眼下城門已經關閉，你出不去了。這樣，明天一早你去給寇夫人送錢，我和你一道去，如何？」張建侯卻絲毫沒有將這位翰林學士放在眼中，道：「官人這麼老邁，一定走得慢，我可不耐煩等你，官人想要祭拜寇相公，自己去就行。」包令儀忙斥道：「建侯不可無禮，這位是石學士。」石中立卻極愛張建侯的爽直，連聲道：「無妨，無妨。小哥不知道，我有個天大的難處，要是老頭子我一個人去，必定會被寇夫人擋在門外。」

原來宋小妹出身名門，宋氏跟唐代名相宋璟同族，祖父宋廷浩娶後唐莊宗之女義寧公主，父親宋偓娶後漢太祖劉知遠之女永寧公主為妻，長姊宋氏是開國皇帝趙匡胤的皇后。而北漢開國皇帝劉崇是後漢太祖劉知遠的親弟弟，因而論起輩分來，宋偓是當今北漢皇帝劉繼元的姑父，宋小妹則是劉繼元的表妹。太平興國四年（西元九七九年），太宗皇帝趙光義親率大軍出征北漢，北漢皇帝劉繼元內外交困，不得已出城投降，北漢遂告滅亡。樞密副使石熙載奉命焚毀北漢都城太原，不等城中官民轉移，便派兵四處縱火，不但千年古城化為一炬，還燒死了許多無辜的百姓，幾乎每家每戶都有親人葬身在大火中。太原人氏深恨石熙載，至今提起其名都仍恨得牙癢癢的。宋氏亦有不少親族死於大火之中，宋小妹本人曾當面指著鼻子質問石熙載，憤恨之情溢於言表。石熙載雖已過世，但以宋小妹恩怨分明的性格，未必就能對其子石中立輕易釋懷。

張建侯聽了經過，道：「啊，那我更不能帶石學士去了。寇夫人的脾氣，石學士該是知道的。」包令儀見姪孫口無遮攔，忙道：「拯兒，你帶建侯先回去。」包拯應了一聲，道：「我們走吧。」走出幾步，張建侯問道：「姑父，祖姑父生氣了麼？」包拯道：「沒有。父親絕不會生你的氣。」

一旁文彥博接道：「你祖姑父可能有些氣惱，但沒有生氣。說實話，我們大夥都很高興終於有人來攪了這場無所謂的宴會，而且義正辭嚴，晏知府半個字也說不出來。建侯，你是叫建侯吧，我倒想不到包拯會有一個武藝這麼好的姪子。」正好走到燈光亮處，驀然留意到張建侯手上有血跡，忙叫道，「呀，你受傷了！」張建侯一愣道：「受傷？沒有啊。」文彥博道：「那你手上和衣襟上怎麼有血跡？」

張建侯道：「喲，難道是我不小心傷了那位武官？這可太不好意思了。」忙轉頭去尋人，正好楊文廣走過來，聞聲應道：「我沒受傷。」張建侯聽說對方就是名將楊業的孫子楊文廣，越發認定他是為了顏面不好意思承認受傷，忙上前道：「抱歉，實在抱歉，是我失手。小楊將軍傷在了哪裡？」

楊文廣正色道：「我是真的沒受傷。大丈夫傷則傷矣，無須遮遮掩掩。」特意轉了個身子，展示衣衫上並無血跡，又道，「小哥武藝很好，若是從軍，定可大有作為。」話一出口，隨即想到張氏既然跟南京留守包令儀是親眷，必是出自南陽張氏，與唐代名將張巡同族，如此名門子弟，怎麼可能自貶身分加入軍隊受刺字之辱[20]呢？微微歎息一聲，拱手辭去了。

張建侯道：「這位小楊將軍為人倒是好得很，一點架子都沒有。姑父，你說是也不是？」包拯面色凝重，追問道：「你手上的血到底是從哪兒來的？」張建侯道：「我也不知道啊，我沒受傷，小楊將軍也沒受傷，這血……」驀地想起一事來，「哎喲」了一聲，道，「我翻牆進來時絆到了什麼東西，軟軟的，害得我摔了一跤，黑燈瞎火地看不清楚，我也沒多留意，會不會……」包拯忙問道：「在哪裡？」張建侯道：「就在東邊花園的拐角處。」忙領頭朝花園趕去。

應天書院學生沈周素來與包拯、文彥博交好，見這幾人神色緊張、行蹤神祕，亦跟了過來。到了花牆下，卻見花叢中漆黑一團，什麼也瞧不見。還是沈周心思縝密，事先向吏卒索要了一個燈籠，舉燈一照——只見牆根下橫躺著一名中年男子，仰面朝天，正是大茶商崔良中。眾人大吃一驚。

包拯搶上前一探鼻息，叫道：「崔員外還活著。」沈周的父親沈英官任大理寺丞[21]，他曾多次見過父親審案，熟悉辦案流程，見包拯俯身欲抱起崔良中，忙阻止道：「事涉凶案，先不要動他。快，快去叫人來。」文彥博道：「我去。你們先守在這裡。」飛一般地去了。

張建侯極為意外，「呀」了一聲，道：「這麼說，適才是這位崔員外絆倒了我，我身上的血就是他的呢！」

包拯問道：「你在牆外時，可聽到牆內有什麼動靜？」張建侯道：「沒有啊。我是偷偷進來，怎麼可能聽到裡面有動靜、還偏要從這裡翻牆呢？」

沈周博學多藝，懂些醫術，略一檢視傷口，即道：「看崔員外胸腹傷處，血液才剛剛開始凝結，他遇刺應該還沒有過多久，很可能恰好在建侯翻牆之前。」

等了片刻，大批吏卒和一些尚未離開府署的官吏們紛紛趕來。崔良中的姪子崔槐正到處尋找叔叔，忽驚見叔叔橫躺在血泊當中，忙上前扶住，叫了數聲，始終不見回應，不知道是死是活，一時手足無措，又不知道該怎麼辦才好。應天府推官上官佖驚見府衙中出了血案，嚇得不輕，急忙命人協助崔槐將崔良中抬走救治。又見提刑司提點刑獄公事康惟一還在這裡，忙道：「府衙出了這麼大的事，下官不敢擅斷，有請提刑官人來斷處這件案子。」

康惟一是路級官員，按照制度，凡是京東路的獄案都屬於他的管轄範圍。他明知道崔良中遇刺一案肯定不簡單，上官佖這是有心推託，仍慨然應道：「好，提刑司接了這樁案子。」招手叫過宋城縣尉楚宏，道，「你帶幾名弓手趕去保護崔良中。一旦崔員外醒來，立即問出凶手的名字，再速來稟報於我。」楚宏道：「遵命。」

康惟一道：「包留守，這位張公子是尊夫人的親眷，對麼？」包令儀道：「正是。不過，康提刑大可秉公執法，勿須有任何顧忌。」為示意自己無私，當即拱手告辭離去。張建侯愕然道：「聽提刑官人的語氣，莫非懷疑是我行凶殺人？」康惟一道：「你雖有來尋晏知府晦氣的理由，卻不走大門，偏要翻牆進府。身上又有崔良中的血跡，如果你不是最大的嫌犯，還能有誰？」

張建侯道：「笑話！我根本就不認得這個什麼崔員外，在剛剛看到他的屍首……哦，他還沒死，在剛才看到他躺在那裡之前，我從來都沒有見過他，我為什麼要殺他？」康惟一道：「也許是你翻牆進來時，正好被崔良中看見，你怕他叫喊洩露你的行蹤，一時心急，想要動手殺了他。」張建侯道：「我站在大門外叫了半天都沒人理，這才不得已翻牆進來，我巴不得大夥都知道呢，還怕什麼洩露行蹤！」康惟一面色一沉，道：「總之，目下你是最大的嫌犯，來人……」

沈周忽道：「學生有句話，不知道當講不當講？」康惟一道：「講。」

沈周道：「學生適才看過崔員外傷口，他胸腹之處被刺了兩刀，看情形應該是匕首一類的短兵器所傷，雖然刺中要害，但入刃不深，並沒有傷及肺腑，所以崔員外只是重傷，失血而昏迷，並沒有當場死去。」康惟一道：「那又如何？」沈周道：「適才眾人親眼所見，張建侯武藝高強，如果是他行凶，對付崔員外這種普通身手的中年男子，絕不至於一刀殺不死人，還要補上第二刀。」

沈周的推斷合情合理，一旁不少圍觀者都點頭贊同，但康惟一卻別有看法。他本人是名門子弟，其祖父康保裔在與遼軍作戰中力盡而死，朝廷多次贈賞追封，民間百姓亦尊其為「康公」、「康王」，是大宋舉國敬仰的民族英雄。他素來以祖父為楷模，做官力求公正嚴明，絕不行貪贓枉法之事，以無愧祖上英名。而目下凶案中受害者一方是天下最大的茶商崔良中，嫌疑犯則是南京留守包令儀的親眷，正是向世人展示他康惟一不徇私情、不畏權貴的大好機會，因而也不願多聽沈周的辯論，依然板著臉道：「這不過是你主觀的臆想推測，怎麼能成為為殺人疑犯開脫的證據？來人，速將張建侯拿下，帶回提刑司監獄監押，明日一早開堂審案。」

張建侯是個火爆性子，怎肯受如此冤枉，立即倒退幾步，拉開架勢，預備以武力拒捕。包拯道：「等一下，我有話說。」他早看出康惟一預備拿下張建侯好來個下馬威，也不待對方同意，迅疾道，「行凶首先要有凶器。建侯的佩刀，之前已經為楚縣尉繳去，各位看他身上可還有匕首之類的短兵刃。」走上前去，親自搜索張建侯全身，連靴子都脫下來看了，果然並無兵器。

包拯道：「有人可能會說建侯在行凶後將凶器扔了，這也是有可能的，這就請提刑官派人搜索全府，尋找凶器。但我還有一條佐證，能夠證明建侯與此案無關。大家看，這裡是適才崔良中崔員外躺著的地方，這一片草傾向牆根，說明崔員外是被人拖來扔在這裡，這裡並不是他一開始遇刺的地方。」

眾人一看，草地上果然有一條重重拖曳的痕跡，似是從西面涼亭假山方向而來。

包拯又道：「這裡偏僻黑暗，所以建侯選擇從這裡翻牆而入。他本來是要來找晏知府興師問罪，按照常理，進來後，會立即朝燈火通明的宴會廳方向而去。如果撞見崔員外，也該是在西東面方向，怎麼會反而往東面園子深處走去呢？」

文彥博接道：「所以一定是有人在西面假山下對崔員外下了手，凶手當時以為崔員外已經死了。那假山也算得上是府署的一處名勝，常有人來，凶手怕被人發現後無法脫身，就將崔員外一路拖到牆根，藏在花叢後。這樣即使有人發現，也是第二天一早的事了，而那時凶手早已離開應天府官署，甚至已經離開南京。卻不料天不遂人願，偏偏張建侯翻牆時踩到崔員外的屍首，導致此案提早暴露。」

文彥博是南京通判之子，不看僧面看佛面，康惟一不得不認真聽了一回，沉吟問道：「照文公子這般推斷，凶手就在今晚的賓客當中了？」文彥博道：「嗯。凶手大概料不到崔員外中了兩刀還沒有死，他一定會設法逃之夭夭，或是再次殺人滅口。好在提刑官深謀遠慮，已然派楚縣尉去保護崔員外。若是提刑官在南京各城門加派人手，將出城人員與今晚賓客名單相對照，一定可以順利緝捕凶手。」

文彥博話中既有適度的吹捧，又有合理的提示，聽起來令人愉悅，康惟一鐵板一塊的臉色總算緩和了下來，道：「本司正要這麼做。」轉身走出幾步，又回身道，「張建侯，你依然有殺人行凶的嫌疑，沒有本司的許可，你不可離開南京城。」張建侯道：「你這什麼提刑官……」文彥博忙道：「我和包拯願意聯名為張建侯作保，提刑官大可放心。」康惟一聽說，這才放心去了。

包拯讓張建侯將外衣脫下，交給吏卒做為證物，這才謝道：「多謝彥博和小沈。」沈周和文彥博均笑道：「我們也沒幫上什麼忙，不過實話實說而已。」

商丘歷史悠久，春秋時就是宋國的國都，雖不及京師開封富麗宏偉，卻也是一座規模很大的城池：城四面環水，外有外城，內有宮城；外城周十五里四十步；東有二座城門，南稱「延和」，北稱「昭仁」；西面也有二座城門，南稱「順城」，北稱「回鑾」；南有一門，稱「崇禮」，另有兩座水門；北有一門，稱「靜安」；內城宮城周圍二里三百六十步，大門稱「重熙」、「頒慶」。雖稱宮城，卻只是象徵性的稱號，並沒有修建真正的宮殿，裡面的大屋中供奉有太祖皇帝和太宗皇帝的聖像。

雖然成了陪都南京，但商丘城中的許多街道還是按照慣例以某字街命名，譬如城池南北中心大街稱禮字街，應天府、府學、文廟等官署機構位於城中心的義字街，宋城縣署位於城西南的利字街，兵馬府位於城東南的君字街等。應天書院則位於城外風光秀麗的南湖湖畔。

大宋制度，京都天黑時即關閉城門，不得開啟。眾人回不了書院，便一齊往包府而來。包府位於城西北的習字街，是權貴富人的集中居處，崔良中及范仲淹等都居住在這一帶。

習字街和禮字街交界的街角處有一棵老皂角樹，高達數十丈，須得三人方能合抱。太祖皇帝趙匡胤任歸德軍節度使時，曾在此樹拴馬，馬將樹幹啃傷，傷處居然長成了一個可以容納一人的大洞，但樹木不損，依舊冠蓋如雲，枝葉繁茂。因而，皂角樹方圓一帶都被視為福地。

路過崔府時，官府正好派人送崔良中回來，大門處人聲嘈雜。除了崔良中之姪崔槐和宋城縣尉楚宏，宋城知縣呂居簡也夾雜在護送的人群當中。呂居簡是已故宰相呂蒙正之子，其妹呂茗茗新嫁給崔槐，因而呂、崔兩家算是極親近的姻親。

崔良中的女兒崔都蘭和姪媳呂茗茗聞聲迎了出來。崔都蘭生得一張馬臉，面色發黃，姿色平常。她對父親遇刺昏迷一事明顯流露出驚愕大於悲傷的神情，只愣在那裡，似在神思。倒是纖弱秀氣的呂茗茗相當殷勤，搶上前去扶崔良中的擔架。

張建侯甚是心急，趕過去問道：「崔員外醒了麼？可有說出凶手的名字？」呂居簡應道：「還沒有。小哥不必煩心，清者自清，濁者自濁，何必將他人言語放在心上？況且小哥身旁有幾個聰明絕頂又有俠肝義膽的朋友，稱得上是大福之人。」張建侯登時轉憂為喜，道：「這位大官人說得太對了，那麼我也放心了。但若是崔員外說出了凶手的名字，還是要及時告訴我一聲。我替崔員外去教訓那壞小子，誰叫他害我也成了殺人疑凶。」呂居簡道：「這是自然。」張建侯這才寬心去追包拯幾人。

一行人進來包府時，廳堂中燈火證明，不獨包令儀尚未歇息，文洎竟然也在此處。

文彥博道：「父親大人如何也來了這裡？」文洎道：「實在是因為崔良中這件案子奇怪得很，我懷疑跟之前的兩件事有關。」當即說了今晚曹誠和崔良中先後來找自己的事。

眾人聞言，不由得面面相覷，一齊去看文彥博。文彥博連連搖頭道：「這不關我的事啊。曹教授相中的是堯封，崔員外只是看到曹教授跟家父交談，便誤以為曹教授相中了我做女婿，崔、曹兩家事事相爭，所以崔員外才匆忙趕來跟家父提親，卻不想只是誤會一場，所以又立即改口稱那只是玩笑。」

包拯問道：「文丈可有留意到，崔良中發現自己弄錯之後去了哪裡？」文洎道：「我親眼看見他轉頭看了一眼曹誠的座席，隨後疾步出了宴會廳。」沈周道：「如此推斷，崔良中遭人暗算，一定是在出廳後，在建侯翻牆進來前。」

張建侯道：「既然曹、崔兩家水火不相容，會不會是曹誠藉宴會魚目混雜之機對崔良中下了手？」文洎道：「這不可能。我因為心中奇怪曹誠這樣勢利的人為何獨獨選中了堯封做女婿，所以一直刻意留意著他，我可以肯定，他一直待在宴會廳裡，並沒有出去過。」

沈周道：「曹誠年紀已大，對付身材比他高大的崔良中並不容易，會不會是他的兒子曹豐？」文洎道：「這我有印象，曹豐當時並不在宴會廳中。堯封回來後，曹誠再來找我，也是獨自一人扶著拐杖來的。」

沈周道：「發現崔良中中刀昏迷在牆角後，許多人都趕來觀看，卻不見曹氏父子，他們應該已經離開了府署。」文洎道：「嗯，曹氏父子當時帶著從人和堯封一道走了，說要單獨小飲一杯，還邀請了兵馬監押曹汭。」

張建侯道：「這麼分析起來，那曹豐的嫌疑著實比我大多了，應該立即讓那個什麼康提刑官把他抓起來拷問。姑父，你說是也不是？」包拯搖了搖頭，道：「動機不對。」張建侯道：「什麼動機不對？」包拯卻是不肯再說。

還是文彥博解釋道：「今晚知府宴會跟選婿有關，曹誠和崔良中兩人膝下各有待嫁之女，這兩人的注意力一定集中在這件事上。大家都奇怪為什麼曹誠相中了家父的門客張堯封，但也許這正是引崔良中入甕的幌子。不管怎樣，崔良中今日在家父面前徹底失了顏面，他臉皮再厚，也不可能心無芥蒂。這嫌隙，自然要算在曹誠身上。」

張建侯還是不懂，道：「然後呢？」文彥博道：「如若今晚的被害者是曹誠，自然以崔良中嫌疑最大。但偏偏被害者是崔良中。曹氏已然占盡上風，又何須再多此殺人一舉呢？須知殺人是重罪，若是事發，即使有樞密使曹利用曹相公做靠山，曹氏也一樣要殺人償命，這就是包拯所說的動機不對了。」

包令儀道：「好了，夜也深了，我已命人收拾好房間，大家各自去睡吧。是不是曹氏所為，過了今晚即可見分曉。」沈周獨自在南京求學，平日住在書院中，時常會與包拯一道回來包家小住，包家備有他的房間。文彥博見人多熱鬧，也極想留宿包府，明早好和包拯等人一起去拜祭寇准的靈柩。

文洎道：「也好。你替我向寇夫人致歉，說我身子不適，不便相見，但有奠儀奉上，願夫人一路順風，及早將寇相公歸葬鄉里。」文彥博猜想父親是顧及前程，不願因拜祭寇准一事而得罪劉太后，心中頗覺失望，轉念又想道：「人死不能再復生，祭拜不過是個形式，父親大人保了前程，自然可以做更多有為之事。」當即恭恭敬敬地將父親送出大門。

張建侯心中猶自惦記著祖姑父那句「是不是曹氏所為，過了今晚即可見分曉」，跟出來扯住文彥博，道：「你別走，我今晚要跟你睡。」文彥博笑道：「好啊，我本來就沒打算走。」張建侯道：「那你要先告訴我，為何祖姑父說過了今晚就可見分曉。」文彥博笑道：「你怎麼不直接去問你的祖姑父或姑父？」張建侯道：「他們父子兩個的性格，一定要有十足把握才肯明說，我是問不出什麼來的。」

文彥博道：「你倒是瞭解包拯性格。好吧，我講給你聽——曹誠是本地土生土長的鄉紳，堪稱地頭蛇，卻被崔良中這個外來者後來居上，兩家各有靠山，爭鬥多年，這是眾所周知之事。如果今晚真是曹氏一方下手暗算崔良中，且不說崔良中人還沒死，就是官府也早晚要懷疑到曹氏頭上。所以正如我對康提刑官所言，真凶今晚必定會有所行動，或是逃走，或是再次殺人。如今崔良中身邊有弓手守護，殺人滅口自然是不可能了，那麼凶手只剩下逃走一條路可走。」

張建侯恍然大悟，道：「也就是說，如果明日一早發現曹豐不見了，那麼他一定就是凶手，對不對？」文彥博笑道：「對。」張建侯歪著腦袋發了半天呆，忽然問道：「我想知道一件事，你怎麼這麼聰明？」文彥博笑道：「我還想知道，你怎麼武功那麼好呢！」

張建侯道：「那這樣，你教我破案，我教你武功。」文彥博笑道：「學武就免了，這又不是一朝一夕的事，我怕吃苦。你想學破案，跟在包拯身邊，還怕學不會麼？他也許不及我聰明伶俐，但卻心思縝密，勝我百倍。」張建侯歪著腦袋想了想，道：「也是。不過我還是喜歡你，比喜歡我姑父多些，他太嚴肅。」文彥博笑道：「咱們兩個年紀一般大，當然更容易親近些。」兩人一起哈哈大笑，攜手進房，往一張床上睡了。

次日，包令儀攜著眾人一早出門，預備趕去城外汴河關卡處拜祭寇准棺木、慰問寇夫人宋小妹，順便接回妻子張靈。到南門時，卻見城門被橫木攔住，壅堵了許多人，有爭吵不休的，有高聲怒罵的。城牆上則站滿了全副武裝的兵士，劍拔弩張，氣氛甚是緊張。

文彥博遠遠一見便道：「壞了，這些人多半是應天書院的學生。他們昨晚歇宿在府學官署裡，一大早自然要回去城外的應天書院。昨晚我告訴康提刑官，要重點盤查參加了知府宴會又著急出城的人，眼下，他們包括我們自己都有逃跑嫌疑，都是行凶嫌疑犯了。」此情此景，當真有點作繭自縛的意思。但既然話說在前頭，也無反悔的嫌疑。眾人只得一邊等在城門處，一邊請守衛城門的都頭派人去提刑司請示。

都頭派出的兵士尚未回來，便見宋城縣尉楚宏快馬馳來，出示蓋有替提刑司大印的公文，叫道：「康提刑官有命，真凶已經找到，正是曹豐。他們這些人都沒有嫌疑了，放他們出城去吧。」都頭這才揮手命人打開橫木，放一干人出去。

雖然早有預料，但眾人見到楚宏示意手下下馬，往城門處張貼繪有曹豐容貌的通緝告知時，還是吃了一驚。張建侯上前詢問究竟。

楚宏道：「有幾名吏卒作證稱，昨晚親眼見到崔良中崔員外和曹豐在宴會廳外爭吵，如果不是旁人勸阻，兩人還差點動了手。今日一早，提刑司派人到曹府提曹豐到公堂問話，曹府卻交不出人來，搜遍整座宅子也沒有找到，所以能夠肯定曹豐是畏罪潛逃。提刑司遂簽發了公文告示，懸賞緝拿曹豐。」

崔良中遇刺一案迅速偵破，張建侯也再無嫌疑，只是眾人都覺此案似乎進行得太過順利，太在人意料之中，太過順理成章，反而感覺有什麼不對勁的地方。

但曹豐莫名消失是事實，若是他問心無愧，又何必藏頭縮尾地躲避官府呢？也許正是昨晚崔良中向文洎提親失了面子後，以為這是曹氏故意設下的圈套，出廳後怒找曹豐對質，曹豐自然是大肆冷嘲熱諷。結果爭執之下，曹豐錯手殺了崔良中。昨晚知府宴會賓客雲集，他本有可能渾水摸魚逃過一劫，哪知道更大的禍患還在後頭——崔良中重傷未死。曹豐得知消息後，擔心崔良中清醒過來說出自己的名字，不得不連夜逃竄。他當然不可能半夜出城，一定還躲在南京城中的某個地方。只要找到他，抑或等崔良中清醒過來，一切便真相大白。

文彥博心中很為張堯封感歎，他大概剛以為天上掉下大元寶，尋了一門好親事，可以娶到絕色美人曹雲霄，哪知轉瞬間曹氏便攤上了禍事。如此際遇，不可謂不離奇。話說回來，既然曹氏出於某種緣由認定張堯封為佳婿，昨晚宴會的目的已達，為何還要冒事發後家破人亡的危險殺死大有來歷的崔良中呢？這完全說不通啊。嗯，要知道事情的經過和究竟，只能回去後找到張堯封好好談上一談了。

---

1 汴水：也稱汴河，為通濟渠的一部分，主要部分位於今河南開封一帶。通濟渠是隋朝隋煬帝大業元年（西元六〇五年）以人工開鑿的一條水渠，總長度約為兩千里，完工後成為溝通黃河、淮河和長江的幹道，連接貫通了從長安（今陝西西安）到揚州的水路，對南糧北運有重大意義。

2 宋城：今河南商丘。寧陵：今河南寧陵東南。楚丘：今山東曹縣東南。柘城：今河南柘城。下邑：今河南夏邑。穀熟：今河南虞城縣穀熟鎮。虞城：今河南虞城。

3 宋代地方實行州（或稱府、軍、監）、縣二級行政制度。全國州縣又劃歸為若干個路，由中央派出轉運使（全稱某路諸州水陸轉運使，其官衙稱轉運使司，俗稱漕司，掌財賦，兼理治安民政、監察官吏）、提點刑獄使（其官衙稱提點刑獄司，掌司法、監察）、提舉常平使（其官衙稱倉司，賑災、鹽鐵茶酒之榷，兼察吏治）分掌權力，互不統轄而又職責交錯，彼此監督，直接對皇帝負責。有些路還設立經略安撫使，稱帥司，掌軍政，兼理民政。但路級官署職權雖大，卻沒有地方行政權，並不直接統屬州縣，州縣仍由中央直接統轄。有宋一代，不僅地方官的任免由皇帝控制，而且路、州、縣的軍、政、刑、財諸權盡收於中央，中央對地方的控制達到了前所未有的程度。

4 隨州：今湖北隨縣。

5 宋制，皇帝生辰為法定節日，四月十四日是宋仁宗趙禎生辰，稱「乾元節」。

6 宋興以來，公認功績最大的三位名臣是趙普、寇准、張咏。寇准、張咏等人的故事請參見吳蔚小說《斧聲燭影》。

7 公使錢：又稱公用錢，宋各路、州、軍及刺史以上的特別費用，專用於宴請及饋送，類似今招待費。慶曆四年（西元一〇四四年），環慶路都部署兼知慶州滕宗諒，因任意使用公使錢被彈劾，謫守巴陵郡，在岳州重修岳陽樓，其友范仲淹因此寫下〈岳陽樓記〉。

8 官員守選或待缺期間，如不回故里而寄居外鄉，在當地被稱為「寓公」。

9 兵馬監押：州（府）級軍事統兵官，統率駐守本地的禁軍和廂軍。北宋軍隊分禁軍、廂軍、鄉兵和蕃兵四種——禁軍為中央軍隊，由從各州挑選來的精壯士兵組成，待遇優厚，裝備精良，訓練有素，一半屯駐京師開封，另一半分駐邊防和要地；廂軍為地方守軍，是各州（府）將精銳選進禁軍後留下的士卒，供地方官府役使；鄉兵則是按戶籍抽調的壯丁，或臨時招募來的地方兵；蕃兵是由邊區少數民族組成的軍隊，招募來守衛邊防的，數量很少。

10 橫塞：禁軍番號。「指揮」是北宋軍隊最重要、最普遍的軍事編制單位，每指揮五百人，統兵官稱「指揮使」。指揮的下一級編制是都，一都一百人；都級武官馬兵長官是軍使和副兵馬使，步兵是都頭和副都頭。

11 拆白道字在宋朝極為流行，不光用在酒宴上，人們甚至在日常對話中也習言拆字。如支持變法的宋神宗曾問大臣葉濤：「自山路來，木公木母如何？」濤曰：「木公正傲歲，木母正含春。」木公，松也；木母，梅也。

12 員外、郎中、大夫、助教、巡官、博士、錄事均為官名。相公，是對宰相等高級官員的尊稱。

13 包拯本有兩兄長分別名包播、包振，均早歿。

14 丈：宋代文人雅士之間的通用稱謂，有尊敬和親昵之意，多用於稱呼年長和位尊者，通常與其人家中排行連稱，如范仲淹便被稱為「范六丈」。

15 宋代稱呼在室女（未嫁女）為「小娘子」，稱呼已婚婦女為「娘子」。「小姐」一般是對散樂路歧人和妓妾等地位低微女性的稱呼，只有在區分人家的長女和次女時，才稱長女為「大姐」，稱次女為「小姐」。

16 趙廷美：宋太祖趙匡胤和宋太宗趙光義之弟。宋太宗在可疑的「斧聲燭影」中即位後，為安定人心，令宋太祖和趙廷美的子女，均與自己的子女並稱為皇子皇女。然而等到宋太宗坐穩皇位後，即下手剷除弟姪，趙廷美被誣陷謀反，囚禁於房州（今湖北房縣）。房州古稱房陵，以「縱橫千里、山林四塞、其固高陵、如有房屋」得名，和均州（今湖北丹江口）一樣，因靠近武當山、地處偏僻而成為歷史上著名的流放之地。趙廷美後來死在房州，年僅三十八歲。宋真宗即位後，追復皇叔趙廷美為秦王。

17 宋偓是後唐莊宗李存勗的外孫，妻子是後漢高祖劉知遠的女兒，入宋後官至定國節度使。他有女十五人，長女即宋太祖趙匡胤皇后（開寶皇后），其他女婿出名者如韓崇訓、寇准、王德用。

18 自開封往東，汴河依次流經陳留、杞縣、寧陵、商丘、夏邑、永城、宿縣、靈壁，由盱眙達於淮河。華州下邽：今陝西渭南縣。

19 宋代律法，不准士庶之家私自擁有武器。即使是軍人，日常也不准攜帶武器，只有在當值、訓練、出征時才臨時發放武器，稱為「授甲」，完事後即刀槍入庫。唯有官員例外。

20 宋代當兵要在臉上刺字，通常是將軍隊番號刺在額頭上，一是當作標識，二是兵士逃走時便於追捕。

21 宋代大理寺為中央審判機關，負責辦理天下所奏的疑案。通常設丞六人，從六品上，「掌分判寺事，凡有犯皆據其本狀以正刑名」，即主管審理刑獄。每當一丞判決案件，其餘五丞共同署名，如有不同意見，則寫明異議和保留理由，交由大理正詳斷。

【卷二】梁臺古意

中國茶文化自唐代開始興起，不僅中原人把茶列為開門七件事之一，以肉食為主、需茶消化油膩的邊疆民族亦不可一日無茶。而中原產茶，卻缺少良馬，於是開始了以茶易馬的歷史，著名的「茶馬古道」即來源於此。

商丘有著數千年的歷史，非但商朝在這裡建都，「商人」、「商品」、「商業」等詞彙都是發源於此，所以商丘又被譽為「三商之源，華商之都」。悠遠綿長的歲月並沒有令這座城市老態龍鍾，反而呈現出一種古樸安詳的風貌來。城內的石板大街，兩旁的房屋，道路邊的大樹，都浸潤著幽靜和從容，而真正有活力、有靈氣的地方則在南城外。風景名勝大多都位於城南。城外西南十里處有青陵臺，臺上建有離宮，為春秋時宋國國君康王偃所築，著名的「相思樹」故事就發生在這裡[1]。唐代詩仙李白在其名詩〈白頭吟〉中寫道：「覆水再收豈滿杯，棄妾已去難重回。古來得意不相負，只今惟見青陵臺。」

西南五里處則有著名的火神臺，是中國歷史上最早的觀星臺。傳說上古五帝之一帝嚳的兩個兒子閼伯和實沈不睦，經常相互廝殺。帝嚳無奈之下，就派閼伯到商丘主管東方的商星，派實沈去大夏管理西方的參星。此後，兄弟二人盡職盡責，死後成為商參二神。在星空中，商星和參星遙遙相對，一個升起，另一個就落到地平線以下，唐代大詩人杜甫名句「人生不相見，動如參與商」即出自此典故。閼伯最初來到封地後，在商丘選了一塊高崗臺地做為住處，一是管理火種，方便人們可以隨時取到火；二是祭祀火星並觀察火星的運行，以便及時告知人們防災避禍，並適時播種收割。此即後世所稱閼伯臺，又名火神臺。

商丘城東南一里處有紀念孔子的文雅臺。高臺四周有池環繞，臺上建有祠廟殿宇。大門東側院內有春秋時宋國的司馬桓魋伐檀的「檀樹坑」，紀念亭中的孔子傳教像石碑為唐代大師吳道子親刻。

城南二十里處則是著名的梁園遺址。昔日漢文帝封愛子劉武於商丘，劉武在封地修建了宏偉壯觀的高臺園林，即世稱「梁園」。園中建有離宮，雕龍剔柱，金壁輝煌，房舍林立，幾乎可以和京師長安的未央宮媲美。各種花木應有盡有，姹紫嫣紅，飛禽走獸，無奇不全，風景優美，名冠諸侯，成為聞名天下的景觀。天下名士如鄒陽、公孫詭、枚乘、司馬相如等均是劉武的座上客，曾為梁園寫下大量詩賦。到了後世，慕名前來遊園的文人雅士不計其數，如唐詩人李白、杜甫、高適、王昌齡、岑參、李賀等，以致留下了「梁園雖好，不是久戀之家」的千古名詩。歲月無情，梁園久歷風霜，大多殘破，入宋時只有清涼寺因歷代均尚有修繕，保持得比較完好。清涼寺又名清泠臺，也是梁園盛景之一。原臺高達數丈，上面建有殿臺樓閣。臺西有池，名「淥池」，水質清澈，池中魚遊淺底。池畔松柏遍地，綠樹成蔭。登上高臺，環顧四野，青黛翠秀，飄然欲仙。因大殿建築多用香椿木，臺上蚊蟲極少。大宋開國皇帝趙匡胤任歸德軍節度使時，也極愛這裡的風景，常常在臺上乘涼避暑。

相比於這些歷史悠久的古蹟勝地，汴河堪稱正當盛年。隋朝大業年間，隋煬帝楊廣為了巡遊方便，發河南淮北諸郡百姓開掘了一條名為「通濟渠」的大運河，自洛陽西苑引穀、洛二水入黃河，經黃河入汴水，再循春秋時吳王夫差所開運河故道，引汴水入泗水以達淮水。因大運河主幹位在汴水一段，因而習慣上也稱之為汴河。隋煬帝徵召了數百萬民夫，民工們不分晝夜在水中勞動，疫役交加，死亡者高達三分之二。極具諷刺意義的是，汴河鑿通後不久，隋朝便滅亡了。唐詩人皮日休有〈汴河懷古〉一詩吟誦道：「盡道隋亡爲此河，至今千里賴通波。若無水殿龍舟事，共禹論功不較多。」李益則有〈汴河曲〉一詩懷古：「汴水東流無限春，隋家宮闕已成塵。行人莫上長堤望，風起楊花愁殺人。」唐詩人羅鄴亦有〈汴河〉詩云：「煬帝開河鬼亦悲，生民不獨力空疲。至今嗚咽東流水，似向清平怨昔時。」均是憑古傷今的名作。

隋朝開挖的大運河以洛陽為中心，西通關中盆地，北抵華北平原，南達太湖流域，東至淮海，使海河、黃河、淮河、長江、錢塘江五大河流得以溝通，對南北物資的交流發揮了極為重要的作用。在這條煙波浩瀚的河流上，舟船如織，日夜往來，穿梭不息。兩岸土地肥沃，物產富饒，城鎮林立。

商丘自古為戰略要地，隋唐之後更因汴河自此經過而得成為中原樞紐，地理形勢至關重要——南控江淮，北臨河濟，彭城居其左，汴京連於右，形勝聯絡，足以保障東南，襟喉關陝，為大河南北之要道。此即古所稱四戰之地，當取天下之日，商丘有所必爭，及天下既定，而守在商丘，則岌岌焉有必亡之勢。昔日安史之亂，名將張巡堅守商丘，以保證唐軍運河供給通道暢通。因城池被圍日久，守軍無糧，曾被迫吃人充飢，城中婦人、男子老弱均被吃食殆盡，所食人口多達二、三萬。等到最終因無援兵相助而陷落時，商丘幾成一座空城。詩人高適曾做祭文道：「寂寂梁苑，悠悠睢水[2]，黃蒿連接，白骨塡委。思壯志於冥寞，問遺形於荊杞。列祭空城，一悲永矣！」從中亦可以看出經過安史之亂後，商丘遭受到了多麼慘重的破壞。

大宋定都開封後，汴河成為京師經濟的生命線，每年透過這條河運送往東京的大米多達數百萬石，各種物產物資更是不可勝數。商丘不僅因是太祖舊藩而身價倍增，更由於近可屏蔽淮徐、遠可南通吳越而成京師的東南門戶，四方舟車之所會，無不以商丘為腰膂之地。

汴河碼頭一帶，集中了不少店舖和露臺瓦市，有零售的，有批發的，也有專做中轉的。貨物有廣東珠玉，蜀中清茶，洛下黃酪，安邑之棗，江陵之橘，陳夏之漆，齊魯之麻，薑桂藁穀，絲帛布縷，鮐鮆鯫鮑，釀鹽醯豉，米麥雜糧等，無所不有，不可殫記。碼頭的出口處則坐著許多人，有雜作挑夫，有經紀行販，挑著鹽擔，歪著車子，等在那裡出賣勞力，拉幾個散活。也有唱曲的，也有說閒話的，也有做小買賣的。商旅輻輳，冠蓋絡繹，竟比商丘城中還要繁華熱鬧。

包拯等人就地在南門外雇了大車，來到汴河碼頭時，寇准夫人宋小妹乘坐的大船剛剛通過排岸司關卡，大約是張建侯昨夜到應天府官署大大鬧了一場後，終於有人出面理事了。船緩緩靠岸，尚未停穩，船艙中鑽出一名紅衣少女，朝眾人揮手大叫道：「這裡！包拯，在這裡！包拯！」天真活潑，嬌憨可愛。

文彥博很是驚訝，問道：「這位小娘子是誰？」張建侯笑道：「是我同胞妹妹張小遊。」既然是張建侯的親妹，輩分就比包拯低了一輩，她卻直呼長輩的名字，也算十分罕見了。文彥博轉頭去看包拯的反應，卻見一向正統的他似並不以此為意，居然還舉起手來，向船上回招了一下。

等船夫搭好船板，包令儀帶頭登船，道：「南京留守包令儀求見寇夫人，請代為通傳。」張小遊笑道：「祖姑父可以暫且放下官場上這一套，寇夫人不喜歡這些，她和祖姑姑在船艙中等著見你呢。」包令儀道：「是。」

轉頭命眾人先等在船頭，自己獨自進去船艙。

張建侯一個箭步搶上船來，道：「妹妹，昨晚城中發生了大事，你可錯過精彩好戲了。」迫不及待地要將昨晚的事情講給妹妹聽。包拯剛剛一腳踏上船板，便彷若遭受雷擊般縮了回來，遲疑著站在那裡。跟在他後面的文彥博很是奇怪，問道：「你怎麼了？」包拯道：「唔，我……」張小遊將兄長一把推開，搶過來拉住包拯的手，笑道：「我姑父怕水。」

原來包拯十來歲時曾不小心掉進了家鄉廬州的河裡，差點溺死，救他的居然是比他小許多的姪女張小遊。事後包拯大病一場，原本白皙的臉色也變成了現在這副深紅得發黑的樣子，那以後他多少有些畏水。文彥博聽說一向剛拗的包拯居然怕水，驚異之餘，不由得轉過頭去，與沈周相視會心一笑。上得船來，站在船頭等了一會兒，便有僕人出來，引著幾人來到寇准靈柩前拜祭。包令儀又將眾人一一引見給寇夫人宋小妹。

宋小妹四十餘歲的樣子，一身衰服，越發顯得面容清臞。她一個嬌弱婦人，膝下無子無女，卻要在丈夫故後將靈柩萬里迢迢運回故里，可謂十分不容易。但她的哀戚並不濃重，言談舉止間顯出一股從容的大家風度。她禮數周全，甚是客氣，對每個人都一一道謝行禮，到包拯面前時，特意多問了一句：「你就是小遊從河裡救上來的包拯？」包拯道：「是，讓夫人見笑了。」料想宋小妹既然連這件事都知道，想必張小遊與她一路相伴，甚是親密，講了不少自己的事情，不由得頗為窘迫。幸好宋小妹只問了這一句話，便轉了話題。

拜祭完畢，包令儀招手叫過包拯，道：「寇夫人雇傭的大船有些毛病，要停在碼頭進行修補，怕是要花費一些時日。船上空間狹小，生活多有不便，我已經邀請寇夫人到我們家暫住。你這就和建侯、小遊先趕回家去準備，我和寇夫人還有你母親，隨後就到。今晚在家裡設個簡單的晚宴，為寇夫人接風洗塵。嗯，你要是願意，把沈周和彥博也一併叫上。」包拯應了一聲，行禮退了出來，將安排告知同伴。

文彥博聽說宋小妹要停在南京幾日，還預備住進包令儀家中，不禁皺了皺眉頭。張小遊眼尖，瞧在眼中，很是不滿，問道：「寇夫人是住我們家，又不是住你家，你有什麼不高興？」文彥博道：「我哪有不高興啊？」張小遊道：「那你皺什麼眉頭？」文彥博見她與其兄張建侯性情相近，莽撞好勝，與她爭執只是徒費口舌，便乾脆住了口。

張小遊卻還是不肯放過，道：「瞧你這人，敢做不敢當。」包拯道：「小遊，不可對文公子無禮。咱們趕緊走吧。」

沈周有意落在後頭，叫住張小遊，低聲告知道：「文彥博其實是好意。寇相公雖然身故，仍是貶官身分，又與當今太后有隙，別的官員迴避寇夫人尚且來不及，包丈卻要接她到家中，彥博是擔心會因此影響包丈的仕途前程。」張小遊想了一想，道：「還真是如此呢。咦，你這人心腸倒是挺好的，還特意告訴我緣由。」沈周道：「嗯，謝謝小娘子誇獎。」張小遊道：「什麼小娘子大娘子的，叫我小遊好了。」

沈周道：「小遊難道一點也不為包丈擔心麼？」張小遊很不屑地道：「這有什麼好擔心的？做官、前程什麼的，我祖姑父從來也沒有真正放在心上過。我們包家從祖輩開始，從來就是淡泊名利。」

她口中所稱的祖輩，即指包氏先祖申包胥。申包胥姓羋氏申，是春秋時期楚國大夫，與另一楚國大臣伍子胥友善。伍子胥因父兄冤案逃離楚國時，曾憤然道：「我必滅楚。」申包胥回答：「我必存楚。」西元前五〇六年，伍子胥率領吳國主力攻打楚國，一直攻入楚都郢，楚昭王出逃，伍子胥遂掘楚平王墓鞭屍。申包胥對伍子胥的舉動十分憎惡，派人責備伍子胥：「子之報仇，其以甚乎！吾聞之，人眾者勝天，天定亦能破人。今子故平王之臣，親北面而事之，今至於僇死人，此豈其無天道之極乎！」伍子胥回答：「為我謝申包胥曰，吾日莫途遠，吾故倒行而逆施之。」

申包胥遂決意完成昔日「存楚」的誓言，跋山涉水，歷盡艱辛來到秦國，請求秦哀公出兵援救楚國。秦哀公並不答應。申包胥便站在秦庭中哭了七天七夜，滴水不進，哭泣哀聲不絕。他的忠誠與堅毅深深打動了秦哀公君臣。秦哀公驚歎道：「楚有賢臣如是，吳猶欲滅之。寡人無臣若斯者，其亡無日矣。」答應發兵車五百乘前往楚國救援，並親自賦〈無衣〉之詩：「豈曰無衣，與子同袍。王於興師，與子同仇。」在秦國軍隊的幫助下，楚人趕走了吳軍，順利收復了郢都。楚昭王因申包胥有復國大功，欲予重賞。申包胥卻辭謝道：「吾為君也，非為身也。君既定矣，又何求？」拒受賞賜，帶一家老小逃進山中隱居，安靜地度完餘生。從此，申包胥被列為中國的忠賢典範。其後人取其字「包」為姓，遷徙至廬州居住，包拯即申包胥三十五世孫。

沈周見張小遊搬出申包胥的典故，再無話說。不料張小遊話鋒一轉，又很不屑地指著文彥博的背影道：「那姓文的小子自以為聰明絕頂，為了前程，事事要考慮周全，卻不知道他的先祖正是死在『名利』二字上。」

文氏原本姓敬，是唐代名臣敬暉[3]後人。武則天執政晚年，大臣張柬之與敬暉等五人發動兵變，逼迫武則天退位，擁立唐中宗復位，為匡復唐朝基業立下不世之功。事後五大臣均被封王，敬暉被封為平陽王。不久，武三思重新執掌朝政大權，五大臣包括敬暉均被殘酷殺死。到五代時，文彥博的曾祖父因避後晉高祖石敬瑭諱，改其姓為「文」，取的即是「敬」字一半。後晉亡後，復姓敬，至北宋立國，因避翼祖趙敬廟諱，又重新改姓為文。

家族、個人的命運往往與時勢緊密相連，沈周聽張小遊拿包拯、文彥博二人的祖先事蹟作對比，雖有牽強之感，卻自有感觸，別有一番滋味在心頭。

張小遊又道：「再說，我們一船人遭強盜搶劫，若非寇夫人及時搭救，我們現在人還不知道在哪裡呢。請救命恩人回家住幾天，當今太后還能有什麼意見？頂多也就是不讓我祖姑父做官了，正好我們可以回廬州老家種地去。」她快人快語，尋常人在意的榮華富貴全然不放在眼裡，對世俗名利輕視之心猶勝包氏父子，說得又極有趣，沈周不禁笑了，亦很為對方爽直豁達的氣度折服。

路過崔良中府邸時，正好撞見應天府醫博士[4]許希珍出來。沈周生平孜孜好學，曾向許希珍學習針灸之術，忙上前問道：「崔員外醒了麼？」許希珍搖了搖頭，道：「沒有對症的解藥，崔員外怕是永遠也醒不了了。」

原來許希珍昨晚奉命為崔良中診治，當即發現傷者昏迷不醒並不是因為傷勢太重、失血過多，而是中了毒。也就是說，刺中崔良中的匕首上塗抹有毒藥。那毒藥毒性極重，崔良中本該當場死去，但他既是茶葉巨商，日日與茶打交道，本人亦嗜茶如命，無茶不歡，而茶偏偏能化解百毒。昔日神農氏嘗遍百草方，才發現茶葉清熱解毒，極適合做飲品，視其為南方嘉木。當然，茶葉並不是真正意義上的解藥，但崔良中長年累月地飲茶，體內自形成一股抗體，抵銷了毒藥的部分毒性，又被張建侯陰差陽錯地發現，救治及時，這才得以活命。

眾人聞言自然大吃一驚。沈周這才恍然大悟，道：「難怪崔良中身上的刀傷那麼淺，凶手大約有把握見血即死，所以刀入體內並不深。」包拯一直一言不發，忽然插口反問道：「既是匕首上塗了毒藥，凶手只要輕輕刺中對方，對方即會中毒而死，那麼凶手為什麼還要多刺一刀呢？」許希珍道：「包衙內問的問題，的確是個很大的疑點。其實以那毒藥的毒性，只要劃破一點皮即可致人死命，偏偏崔員外身上中了兩刀。」當即說了那毒藥非同小可，霸道異常，不僅他見所未見，聞所未聞，查遍醫術也未能瞭解到底是何方神物。

出現這種情況，通常只有兩種可能——若非來自域外的奇毒，就是宮廷祕藥。域外奇毒是指外國或番夷少數民族部落煉製的毒藥，如西南大理國有孔雀膽，還有蠱毒、屍毒等各種匪夷所思的毒藥。宮廷祕藥則指藏於皇宮大內的毒藥，如傳聞唐宮中藏有祕藥美人醉和化骨粉，美人醉能令人中毒死後顏色栩栩如生，化骨粉則可以當場化掉死者的皮肉，屍骨無存，達到毀屍滅跡的效果。大宋朝最著名的迷藥當屬牽機藥，人中毒後，頭部向前抽搐，最後與足部佝僂相接而死，狀似牽機，由此得名。昔日的南唐後主李煜，即被太宗皇帝趙光義以牽機藥賜死，死狀極為悲慘。此後，僅「牽機藥」三個字，便足以令人心悸。曹豐雖是本地大鄉紳兼府學提學曹誠的獨子，但究竟只是個普通人，即使是他竭力巴結討好的兵馬監押曹汭，也難以得到如此奇藥，倒是樞密使曹利用還有可能利用位處中樞的便利得到。可是曹利用到底有沒有捲入其中呢？

許希珍出身醫學世家，生平對自己的醫術極為自負，他未能弄清崔良中所中毒藥的毒性，亦無對症解藥，不免深以為憾，對於眾人殷殷關切的案情反而毫不在意，遂不願再多談，拱手告辭。而包拯等人心頭疑慮更重，一種不知名的奇毒出現，竟然登時令案情再度撲朔迷離起來。

曹、崔兩家各顯神通，相爭多年，積怨甚深。南京城中皆知曹誠的後臺就是當今樞密使曹利用，想那兵馬監押曹汭在南京城中的私宅和幾房侍妾，即是曹誠慷慨相贈。曹誠本是商丘本地最大的富商，興建睢陽學舍後，以學入官，名利雙收，好不春風得意。十餘年前，淮陽茶商崔良中來到商丘定居，大肆經營汴河碼頭一帶商肆，搶走曹氏不少風頭和利益。兩家爭鋒相對，多有衝突。曹誠為了壓過崔氏，千方百計攀上了樞密使曹利用。

哪知道崔良中背後也有不小的靠山，與他同時出道販茶的拜把兄弟馬季良，可是娶了太后劉娥兄長劉美之女。隨著劉娥一步步登上權力的頂峰，馬季良越發飛黃騰達，而今已然是龍圖閣直學士。崔良中仗著馬季良的庇護，每每以極小的代價從東京榷貨務拿到大批提貨單，憑提貨單到南方榷貨務換取茶葉後再高價賣出，獲利巨大[5]。既是財源滾滾，他便動用大批金錢在南京買地買屋，大興土木，囂張不可一世，儼然有強龍過江、要徹底壓過地頭蛇曹氏的意思。

直到去年，崔良中的獨子崔陽與人鬥茶[6]敗陣後忿恨自殺，崔良中中年喪子，受了不小的打擊，行為這才有所收斂。最近他所做的大事，就是設法尋回失散多年的女兒崔都蘭，寵若掌上明珠。明眼人都看得出來，崔良中失去了兒子，不願萬貫家財將來落入懦弱的姪子崔槐之手，所以預備找一個精明能幹的女婿上門，倚為新臂膀。如此，就難怪他極力攛掇應天知府晏殊搞什麼選婿大會了。而為女兒曹雲霄選一如意郎君對曹誠也同樣重要，因為選到一個好女婿，非但等同於得到一個好兒子、一個好幫手，而且我之所得，即敵之所失也。

但事情怪就怪在這裡——張堯封是南京通判文洎的門客，容貌、才學均非上乘，昨晚出席知府宴會的應天學子大多數都強過於他，為什麼曹誠偏偏選中了他？為什麼崔良中一定要跟曹誠爭？這件事會不會才是曹豐殺死崔良中的真正原因？也許是因為崔良中明確表現出要跟曹家爭奪張堯封當女婿，而以崔氏目下的財勢，曹家很難占到上風，所以曹豐起了殺機，乾脆殺死對手，一了百了。那麼，張堯封到底有什麼奇特之處，居然值得南京兩大富商為他相爭，值得曹豐為他冒險殺人？不但眾人百思不得其解，就連文彥博與張堯封相處時日不短，對其人瞭解甚深，亦實在想不出他有何過人之才。轉念想到自己堂堂名門俊公子，相貌、才學均是上上之選，居然被父親門下的食客蓋過了風頭。雖然他從未想過要娶那花貌驚人的美人曹雲霄為妻，但相比於張堯封之搶手，風頭出盡，未免生了相形見絀之感。

張小遊見眾人困惑不已，忙問了經過，不禁輕嗤一聲，笑道：「你們都是群書呆子，沒有聽過『匹夫無罪，懷璧其罪』的老話麼？那個叫什麼張堯封的，不一定要有絕世的容貌，驚世的才華，他只要擁有一塊像和氏璧那樣令人垂涎的絕代之寶，天下想要他當女婿的人肯定多的是。」

眾人聞言盡皆愣住。過了好大一會兒，文彥博才道：「哎呀，還是小遊聰明，當真一語驚醒夢中人！張堯封住在我們家裡，我還算瞭解。他財物不多，如果一定要說寶物，那就是他有一本《茶經》，據說是世上唯一的陸羽真跡，是他祖父流傳下來的傳家之寶。」包拯點點頭，道：「陸羽《茶經》確實也算得上是一件寶物，尤其崔良中是天下有名的茶商，原版《茶經》對他價值很大。」

中國茶文化自唐代開始興起，不僅中原人把茶列為「開門七宗事柴米油鹽醬醋茶」之一，而以肉食為主、需要靠茶消化油膩的邊疆少數民族部落，也發展到「不可一日無茶以生」的地步。至於中原雖產茶，卻缺少良馬，於是自唐玄宗時代起，中原開始了以茶易馬的歷史，著名的「茶馬古道」即來源於此。《茶經》即誕生在這樣的歷史背景下，為唐代復州竟陵[7]人氏陸羽所著，共分三卷，論述了茶的性狀、品質、產地、採製和烹飲方法及用具等，是中國第一部、也是最完備的茶學專著。陸羽也因此書被譽為「茶聖」、「茶宗」、「茶祖」、「茶仙」、「茶神」等。

唐代末年，唐朝急需大批戰馬應付平叛，便與回鶻商議以茶易馬之事。不料回鶻答覆，不以馬匹直接換取茶葉，而願用一千匹良馬交換一部陸羽撰寫的《茶經》。當時陸羽早已亡故，而《茶經》一書的流傳還不廣泛。朝廷焦急萬分，只得下詔向民間徵集。最終，陸羽的同鄉皮日休獻上一本《茶經》手抄本，解了朝廷的燃眉之急，唐朝廷用這本《茶經》順利換到了馬匹。唐朝滅亡後，皮日休南下投靠了吳越王錢鏐，張堯封祖先本是吳地望族，因機緣巧合從皮日休手中得到陸羽真跡《茶經》，也是極有可能之事。到了天水一朝[8]，以茶易馬依舊是朝廷頭等大事，而少數民族地區如遼國、党項等對茶，與大宋對良馬的渴求同樣強烈。由於茶葉可以解乏，具彌補蔬菜之不足功效，很多人飲茶成了習慣，並且對茶產生了一定程度的依賴，甚至達到「一日無茶則滯，三日無茶則病」的程度。

有則廣為流傳的故事是——党項人李德明繼承首領之位後，一改其父李繼遷的對戰策略，重新對大宋俯首稱臣。其子李元昊相當不以為然，多次勸父親不要再臣服大宋，為此還發了一番宏論：「吾部落實繁，財用不足。苟失眾，何以守邦？不若以所得俸賜，招養蕃族，習練弓矢。小則四行征討，大則侵奪封疆，上下豐盈，於計為得。」李德明回答兒子：「吾久用兵疲矣，吾族三十年衣錦綺，此宋恩也，不可負！」李元昊當即說：「衣皮毛，事畜牧，蕃性所便，英雄之生，當王霸耳，何錦綺為？」面對咄咄逼人的兒子，李德明最終答了實話，道：「無錦綺，可。無茶葉，不可。」即使驃悍桀驁如党項人，也不得不在茶葉面前低頭。西夏向大宋稱臣，其實是為了獲得貿易和交換物資的機會，而最最重要的物資並非銅鐵，而是茶葉。正因茶葉直接關係到國計民生，所以像崔良中這樣能以低價拿到大批提貨單的茶商才能獲得暴利。如果他再有《茶經》在手，更是能批量印製後以書代茶，牟取更大利益。

文彥博道：「但這還是說不通。陸羽《茶經》對崔良中固然是一件寶物利器，可是對曹氏卻沒有那麼重要。最先看上張堯封的，明明是曹誠曹教授。」沈周道：「也許曹氏只是要搶先將《茶經》握在手中，以它來要挾崔良中。對茶商而言，那可是聖物。」包拯插口道：「不對。」他一直默不作聲，似在沉思，忽然開口，倒嚇了眾人一跳。

文彥博問道：「有什麼不對？」包拯道：「我們幾個都是應天書院的學生，受教於曹教授門下，該瞭解曹教授一向極愛他的女兒雲霄小娘子。他是做了一些攀附權貴的事，也有些執迷於與崔氏爭鬥，但斷然不會僅為了得到《茶經》而要挾崔員外，以女兒的終身幸福來做交換。」

文彥博道：「嗯，分析得有道理。但如果不是為了《茶經》，曹教授又是看中張堯封哪點呢？」張小遊道：「瞎猜有什麼用？那個搶手的緊俏寶貝不是你們文家的門客麼？直接找到他問清楚不就完了。」文彥博道：「也對。」轉身即見到張堯封正匆匆行來，不由得大喜過望，道，「當真是說曹操，曹操就到。」張堯封神情甚是焦急，道：「文公子，我有事找你。曹府……」沈周忙道：「等一下，我們還是換個地方說話。」

眾人一直停留在崔府門前，卻見一名紫衣女子正站在門檻後，冷冷打量著眾人。她長得濃眉大眼，端莊中流露出一股英氣，目光中充滿狐疑的味道。若不是她一身婢女打扮，旁人根本瞧不出她會是一名侍女。張小遊見那女子敵意甚重，問道：「那女子是誰？幹麼那樣奇怪的眼光看著我們？」包拯道：「是崔都蘭的貼身婢女慕容英，聽說是從小跟她一起長大的。」慕容英見眾人目光一起投射過來，癟了一下嘴，轉身便跨過門檻去了。

張小遊「咦」了一聲，道：「難怪人說崔家驕橫跋扈，連婢女都如此張狂。」包拯卻不欲再生事端，道：「走吧，崔員外昏迷未醒，咱們在他家大門前交頭接耳，難怪別人起疑心。」帶頭進來家中，吩咐僕人為寇夫人及從人準備房間、張羅晚宴，自己則領著眾人來到書房。

張堯封忍耐了許久，一進來就迫不及待地抓住文彥博雙手，道：「文公子，你一定要救救曹府。」文彥博愕然道：「我如何能救得了曹府？」張堯封道：「目下官府認定是曹豐員外傷了崔良中員外。曹豐雖然失蹤，下落不明，但這件案子疑點極多，文公子聰明絕頂，為我生平僅見，還望你能查明真相，還曹府一個清白。」文彥博道：「那好，你既要真相，我來問你話，你要如實回答。若是言語有得罪之處，彥博也是情非得已。」張堯封道：「公子有話儘管問，堯封不敢隱瞞。」

文彥博道：「昨晚宴會被建侯鬧了一場後，你去了哪裡？」張堯封道：「曹教授父子邀請我去曹家小酌，我跟文丈招呼了一聲，就跟他們一道走了。」文彥博道：「只有你們三個人離開應天府署麼？」張堯封道：「不，還有兵馬監押曹汭曹將軍。當然，還有曹教授的從人、車夫等。」

曹誠在宴會上一眼相中了張堯封，當晚就邀請他回府，足見誠意。到曹府後，曹誠命人備宴治酒，還命兒媳婦戚彤和女兒曹雲霄出來敬酒。張堯封早聽聞曹雲霄國色天姿，美貌無雙，堪稱南京第一美人，一見之下，當場呆若木雞，真是做夢也想不到會有如此豔福，能夠娶到如此天仙般的佳人。待到曹雲霄端酒盈盈走到面前，聞見她身上的馨氣，越發心旌搖盪、不勝陶醉。當即對曹家死心塌地，賭咒發誓要對曹雲霄好一輩子。席間大夥興致都很高，一直在談要如何辦一場風風光光的婚事。飲得半醉不醉時，曹誠便命僕人扶張堯封到客房睡下。直到今天早上官府的差役找上門來，曹府上下才知道昨晚崔良中在應天府署遇刺之事。

沈周道：「張兄如何能肯定，曹教授是今日早上才知道崔員外遇刺？」張堯封道：「我當時人就在曹府，親眼看見曹教授臉上驚愕異常的表情，那是斷然做不得偽的。他聽說官府懷疑是曹豐下的手，聲音都在發抖，連聲道：『不可能，這不可能。』當聽說曹豐不見了蹤影時，當場就暈了過去。」文彥博道：「若果真如此，曹教授應該是毫不知情。那麼曹豐半夜失蹤，曹豐的妻子難道沒有發現麼？」曹豐之妻名叫戚彤，即應天書院始創者戚同文之孫女。

張堯封答道：「聽戚彤娘子說，昨晚她的孩子有些發燒，她放心不下，過去睡在孩子房中，並沒有跟曹豐睡在一起。」頓了頓，又道，「雖然曹豐失蹤了，但我也不認為是他殺人。昨晚我們幾個都喝得醉醺醺的，若是他剛剛殺了人，怎麼還會有心情喝得下酒？」張建侯道：「這還不簡單，他知道自己的匕首上塗有劇毒，以為崔良中死定了，當然可以放心喝酒。結果散席後，他從什麼地方聽到了風聲，得知崔良中還活著，嚇得魂不附體，所以連夜逃走了。」

張堯封道：「這個……也不能因為曹豐人不見了就斷定是他殺人啊，也許他去了別的什麼地方。」他本人也覺得自己的辯解太過無力，聲音逐漸小了下去，到後面幾個字時，已是幾不可聞。包拯卻道：「張兄說得對，官府認為曹豐是凶手，僅僅是因為有人看見他跟崔員外爭吵，緊接著他又失了蹤，但並沒有真憑實據來定他的罪。」張堯封大喜道：「包公子也相信曹豐不是殺人凶手？」包拯道：「不，我只是說目前沒有實證證明曹豐殺人，並沒有說他不是凶手。」沈周道：「既沒有目擊證人，也沒找到凶器和毒藥等物證，控告難以進行，所以提刑司才急需捕獲曹豐，以口供來定案。」

包拯道：「張兄，有一件事極為關鍵，我必須得冒昧問你一句，你可知道曹教授為什麼選上了你做女婿？」眾人心中其實都想知道曹誠為何看上了張堯封這麼個門客，但又覺得直接問出來太過傷人而有所猶豫，想不到最後還是由包拯問了出來。張堯封面色一紅，囁嚅道：「我自己也很意外，忍不住問了曹教授，他說他無意間在宴會上見到我，覺得我眼睛細長而有深光，是大貴人之相，所以決定將愛女相許。」

張小游道：「這種騙小孩子的話你也相信？曹誠答應將寶貝女兒嫁給你，是不是讓你用那本陸羽《茶經》做為聘禮？」張堯封極為愕然，愣了一愣，才紅著臉道：「沒有啊。曹教授根本不知道我手中有陸羽真跡呢，從始至終，他提都沒有提過《茶經》兩個字。你們怎麼會這麼想？」文彥博忙道：「張兄千萬不要介意，並不是我們刻意要這麼想，只是覺得事情太過巧合。」當即說了昨晚曹誠和崔良中先後來找父親文洎提親之事。

張堯封回過味來，訕訕道：「曹教授是選中了我沒錯，但崔員外向文丈提親的卻是文公子你呀。」當真是一語驚醒夢中人。沈周道：「哎呀，我們完全忽視了這點啊。這說明崔良中根本不知道張兄手裡有陸羽《茶經》，甚至他根本就不知道曹教授選中的是張兄。他跑出大廳與曹豐爭執，不過是因為在文丈面前丟了面子。」

包拯沉吟道：「這裡面還有一個很關鍵的問題，那就是曹教授嫁女到底是不是為了張兄手裡的《茶經》？如果是，他又是什麼時候知道《茶經》在張兄手上的？」文彥博道：「以曹教授昨晚積極的態度來看，他應該是昨晚在宴會上無意中知道的，不然他早在宴會之前就主動籠絡堯封了。」話一出口，便意識到有些不妥當，忙對張堯封解釋道，「噢，我的意思是，如果曹教授真的意在《茶經》的話。」包拯道：「這就更不合常理了。」

昨晚知府大宴華賓雲集，人情洶洶，可以說熱鬧得很，也混亂得很。曹誠既打定主意為愛女尋覓佳婿，必定聚精會神地觀察在座學子，品度外貌才學。張堯封因寄人籬下，為人低調，從未透露手中有陸羽《茶經》真跡，知道此事者寥寥無幾，曹誠不可能恰好在昨晚宴會上打聽到這件事，再臨時起意要將女兒嫁給《茶經》的主人張堯封。即便真的有人在晚宴上告訴曹誠，說南京通判文洎的門客張堯封有《茶經》真跡，曹誠覺得可以利用《茶經》來對付崔良中，動了心思，不惜犧牲女兒的終身幸福趕來向文洎提親，那麼他開口詢問的必然是門客張堯封如何如何。但事實是，寒暄過後，曹誠開門見山問的是侍奉在文洎背後的年輕人是誰，文洎回答說是門客張堯封後，曹誠似頗為失望，說了一句：「原來是文公的門客。」由此可見，在昨晚宴會之前，曹誠既不認識張堯封，也未聽過其名，只是純粹從外表相中了張堯封，所以才趕來提親。而曹誠眼中的外表，顯然不是以五官端莊英俊來衡量，而是有沒有貴人之相。

包拯簡略分析了經過，眾人都深為其推斷折服，連連稱是。文彥博心中卻頗不是滋味——原以為曹、崔兩家爭搶張堯封，不過是為了他手中的《茶經》，現在看來完全是為了他這個人，自己自小就有的才子風頭完全被一名食客蓋過去了。沈周涉獵廣泛，所學甚雜，道：「我讀過《麻衣相法》[9]，裡面有專門的『相眼法』，確實提過眼細長而有光潤者，是貴人之相。」張小遊歉然道：「看來曹家還真是看上了張公子的人，而不是為了什麼《茶經》。張公子，不好意思啊，適才是我言語太過魯莽。」

張堯封自己反倒半信半疑起來。張氏原是江南大族，自入宋後家道日益中落，他少年時又父母雙亡，越發窮困，兄長張堯佐離家出走，張家只剩他一人，再也支撐不下去了。幾經輾轉，勉強投到文氏門下當門客，生活才算安定下來，不再為一日三餐發愁。但他目下已經二十五歲了，還只是個依附於文家的落魄門客，無法自立，這就是所謂的大貴人之相麼？曹家到底看上了他什麼，肯將天人般的女兒曹雲霄下嫁？

他心頭的疑雲越來越重，旁人越分析曹誠嫁女僅僅是因為他的面相，他不以為中肯，反倒越發覺得曹家可能別有用心。而他身上最值錢的物事就是陸羽所著的《茶經》了，當初兄長張堯佐與他反目出走，也正是因為這本茶書。自己的親兄長尚且覬覦家傳之寶，意圖高價賣掉，更何況姓曹的外人？一時間，臉漲得通紅，又是激憤又是失望，道：「我要當面去問曹教授。如果他真的想要《茶經》，我就直接送給他好了，用不著拿雲霄小娘子來換。」當真賭氣起身，往外走去。

眾人不由得面面相覷，不知道為何旁人盡皆釋然，獨獨張堯封又起了疑心，認為曹氏嫁女是為了他手中的《茶經》。包拯忙道：「我們不妨一起去，正好當面向曹教授問個清楚。」張建侯道：「可是家裡有貴客來，寇夫人很快就該到了。」包拯道：「曹教授是我等師長，一日為師，終身為師，現下他家裡出了大事，我們不能坐視不理。父親、母親大人還有寇夫人都會諒解。」張小遊道：「哥，你和我留下準備待客不就完了麼？讓他們幾個忙去。」張建侯心中其實極想跟隨包拯前去查案，但轉念想到寇夫人是難得的貴客，不能有絲毫怠慢，只得同意妹妹的建議，勉強留在家中。包拯、沈周、文彥博三人便跟著張堯封往曹府趕去。到街口時，正好遇到應天書院主教范仲淹。

范仲淹字希文，出生於蘇州，出生次年生父即病逝，其母謝氏生活無依，不得不改嫁山東淄州長山縣富戶朱文翰。范仲淹也改名朱說，在朱家長大成人。少年時的范仲淹讀書就十分刻苦，常去附近山上的醴泉寺寄宿讀書，吟詩作文，慨然以天下為己任。他二十歲時，與朱氏兄弟發生口角，意外得知自己原來是范家之子，這些年一直是靠繼父的關照度日。范仲淹因此受到極大刺激，經過思考後，決心脫離朱家，自樹門戶，待將來卓然立業，再接母歸養。於是毅然辭別母親，來到當時的睢陽學舍求學，晝夜讀書不息，實在疲憊得不能支持，就以冷水沃面，繼續苦讀。

大中祥符七年（西元一〇一四年），迷信道教的宋真宗率領百官朝拜老子故里，車駕路過商丘，全城轟動，人們爭先恐後地觀睹天顏，只有范仲淹一人閉門不出，仍然埋頭讀書。有個要好的同學特地跑來勸他：「快去看，這是個千載難逢的機會，千萬不要錯過！」范仲淹只隨口說了句：「將來再見也不晚。」便頭也不抬地繼續讀他的書。次年，范仲淹進士及第，在崇政殿參加御試時，見到了年近五旬的真宗皇帝，後來還榮赴御賜的宴席。步入仕途後，范仲淹恢復范姓，自朱家迎回母親贍養。因其妻李氏是應天人氏，范家便一直安頓在南京，范母謝氏病逝也是安葬在這裡。

多年的苦讀生涯令范仲淹有極高的文學素養，他通曉經學，尤長於《易經》。現任應天知府晏殊年紀比范仲淹小，於孩童時便享有大名，成人後更被天下人視為大宋文壇領袖。但他生平最看重范仲淹，對其人品學問極為佩服，到應天上任後，湊巧范仲淹因喪母回到南京，居家服孝，便極力邀請范氏主持應天書院教務。原先的書院主教戚舜賓已然病逝，助教曹誠也升任府學提學，忙於官場應酬，加上年紀已大，無暇理會書院事務，范仲淹遂慨然應命，制定教務，捧書講讀，孜孜不倦。

范仲淹主持應天書院後，擇生只有品德和學業上的基本要求，沒有年齡、身分和地域的限制，生徒來源廣泛，院生可以隨意流動，不受地域、學派限制。與別的書院不同的是，應天書院要求教師做表率，每當給諸生命題做賦，范仲淹會先做一篇，掌握試題難度和著筆重點，使諸生迅速提高寫作水平。由於范仲淹在道德學問上堪為表率，應天書院學風蔚然。為了工作方便，范仲淹甚至拋下城中妻兒，搬到書院學舍居住。因仍在為母親服喪，他並未參加昨晚的宴會，剛剛才聽說曹誠家中出了事，匆忙從書院趕進城來，預備前去曹府探望。

包拯等人均是范氏學生，歷來視其為楷模，對其人極為尊敬，一齊躬身行禮，叫道：「范先生。」范仲淹道：「嗯。你們也是去曹府的麼？很好。」一句「很好」，表達了對包拯幾人的讚賞。曹誠是應天書院長官，范仲淹本來還想約上幾位教官一齊來探望，皆被眾人以各種理由推託，顯是因為曹豐惹上了人命官司，旁人避之不及、唯恐沾身，他只得獨自一人前來。而包拯、沈周、文彥博這幾位學生明明是官宦子弟，深知內中的干係和風險，卻能不避嫌地前去曹府，著實難得。師生幾人遂聯袂往曹府而來。

曹府位於城東北的忠字街，宅邸面積極大，占據了整整半條街。曹府大門處聚集了許多人，不少是提刑司的差役，正吵吵鬧鬧，喧囂不已。原來，提刑官康惟一派了人來逮捕府學提學曹誠。這是官府的一貫作法，對於逃亡的重犯，往往將其家屬逮捕拘禁，以逼迫犯人自行投案。宋初名臣張咏知益州，有鄉農殺耕牛[10]避罪亡逸，張咏派人拘捕其母親，鄉農還是不肯自首。十日後，張咏命人放了其母，改拘其妻。僅僅過了一夜，鄉農便來到官府投案，此即張咏判詞所云：「倚門之望何疏，結髮之情何厚」。

曹豐的妻子戚彤卻挺身而出，將眾公差擋在門外，聲稱公公有病在身，難以起床，她願意以身相代。差役奉有嚴令，不肯通融，一定要帶走曹誠。兵馬監押曹汭的私宅是曹誠贈送，與曹誠宅第毗鄰。曹汭聞聲趕來，厲聲斥責差役，稱曹誠有提學官職在身，有刑贖[11]之特權，自身犯法尚有回旋的餘地，更何況行凶的只是其子？差役們雖不敢回嘴頂撞於他，卻也不肯就此退去。范仲淹上前道：「曹豐既是已經連夜棄家逃走，可見下定了決心，斷然不會因為父親或妻子被拘便重新回頭。」領頭差役道：「但要是曹教授也跟著逃跑了怎麼辦？小的可擔不起這個責任。」

范仲淹道：「曹誠建造書院，造福一方百姓，有目共睹，范某願意以身家性命為曹教授作保。各位，你們不像那些大官人，他們都是在這裡做幾年地方官後就會離開，或是升遷，或是轉遷，曹家是興是衰、是死是活跟他們沒有關係。但你們不同，你們都是本地人氏，都有後代，如果你們還希望自己的子孫能在天底下最好的書院得到最好的教育，請聽范某一言，暫且退去吧。」這番話說得真摯懇切，連范仲淹自己都深為動容。全場登時鴉雀無聲，連一聲咳嗽也不聞。過了好大一會兒，領頭的差役才道：「范先生說得極在理，下吏回去後，一定會將先生原話轉告給康提刑官。」他明明知道長官康惟一對姓范的一向沒有好感，因為當年導致長官祖父康保裔孤軍無援戰死的罪魁禍首就是范廷召，但他還是向范仲淹鞠了個躬，帶領手下轉身便走。

戚彤上前斂衽行禮，謝道：「多謝范先生及時解圍。曹將軍，范先生，幾位公子，請進去說話。」包拯正要跟隨眾人進府，忽見一旁橫塞軍指揮使楊文廣正朝自己招手，心念一動，走過去問道：「小楊將軍是叫我麼？」楊文廣點點頭，道：「有一件事，不知道跟曹豐失蹤有沒有關係。」

原來，他與曹汭的關係友善，每每來南京公幹，並不住在公家驛館，而是借住曹汭私宅。昨晚知府宴會散後，曹汭去了隔壁曹誠家繼續飲酒，他獨自回來曹汭家就寢。到半夜時，喝醉酒的曹汭被隔壁曹誠府上的僕人送了回來，他起身安頓好曹汭，自己卻再也睡不著，便起來在庭院中散步。曹汭家的小花園與曹誠家中的大花園兩兩相通，中間僅隔一條水溝。當他正在水溝邊徘徊時，意外見到對面曹誠花園中有一條黑影閃過，速度快得驚人。他是軍人，反應比尋常人敏捷得多，忙喝叫了一聲。那黑影當即奔他而來，大約是想殺他滅口。一交手，便各知對方武藝不弱。那黑衣人見一時間難以取勝，又怕驚動眾人，揚手打出了暗器。楊文廣見到火星閃耀，揣度應該是火器，忙滾地避讓開去。那暗器果然是一枚火蒺藜，「啪」的一聲炸開，威力頗大。等他再起身時，黑衣人已不見了蹤影。

包拯道：「火蒺藜？那不是軍用裝備麼？」楊文廣道：「正是。正因為如此，我當時認為那有一身好武功的黑衣人一定是軍人，潛入這裡是想對付曹汭，所以我也沒有警示曹教授府上，而是立即回去，安排侍從加緊巡查，在曹汭房間布置了守衛。不過，那黑衣人始終沒有再來，大約知道自己行蹤已經暴露。今日一早，我叫醒曹汭，告知他此事，他治軍嚴厲，對待下屬頗為苛刻，也認為一定是哪名受過處罰而心懷不滿的軍士前來報復，並沒有太當回事。但我聽說曹教授府上出了大事，曹豐牽扯命案、連夜潛逃，感覺事有蹊蹺，這也許不是巧合。」

包拯道：「將軍認為那黑衣人可能跟曹豐失蹤有關？」楊文廣道：「這我可不敢肯定。我只是覺得昨晚曹豐在知府宴會上殺人已然十分奇怪，完全不合情理。久聞他與戚家娘子恩愛萬分，就算真是他行凶，身為男子，怎麼可能拋下老父妻兒獨自逃生？況且他有名有姓，算得上是這南京城中的頭面人物，人人認得他相貌，又能逃到哪裡去？」包拯道：「小楊將軍的意思，似乎並不相信曹豐會行凶殺人？」楊文廣道：「其實我是什麼看法並不重要，我又不是司法官員。事實是，曹豐只是人不見了，既沒有證據證明他殺了人，也沒有證據證明他沒有殺人。」包拯驀然得到某種提示，全身登時一震。

楊文廣卻沒有留意到對方的異常神情，續道：「另外還有一件怪事，我適才因為想到昨晚黑衣人的出現可能跟曹豐失蹤有關聯，特意趕去提刑司將昨晚與黑衣人交手之事告訴了康提刑官。結果康提刑官十分冷漠，不但不命書吏做筆錄，還要我不得再對他人透露此事。我猜想也許因為火蒺藜是軍備武器的緣故，提刑官不便過問兵馬監押司之事，也不願意將事情複雜化。」

包拯道：「既然小楊將軍已經得到提刑官囑咐，為何還要違令將這件事告訴我？」楊文廣道：「楊某擔心內中另有隱情，令清白的人無辜蒙冤。昨晚包公子吟誦拆字詩『石皮破仍堅，古木枯不死』，楊某印象十分深刻。包公子為人，我信得過。況且這件案子牽涉到府學提學曹教授，他名義上是你恩師，你絕不會袖手旁觀。還有你那位內姪張公子，雖然有些莽撞，卻跟你一樣，一身浩然正氣。」

包拯點點頭，道：「多謝小楊將軍信任。我可以向你保證，包某一定竭盡全力找出真相，不會讓無辜者蒙難。但如果真是曹豐行凶殺人，我也不會顧念師門恩情，勢必要將他繩之以法。」楊文廣欣慰一笑，道：「好，那我就告辭了。包公子若有事需要幫忙，可以派人來寧陵軍營找我。」包拯道：「是。將軍多保重。」目送楊文廣上馬，直到人騎消失在視線中，包拯這才進來曹府。卻見眾人正等候在廳堂裡，而范仲淹和戚彤並不在當場，只有曹府管家陪同在一旁。

文彥博道：「小楊將軍跟你說了些什麼？」包拯道：「這個……我們回去再說。范先生人呢？」文彥博道：

「曹教授只願見范先生和曹汭兩人，所以曹夫人陪他們進去了。」包拯道：「也好。管家，我想去看看曹公子的房間，可以麼？」管家遲疑道：「這個……」正好戚彤出來，聞言道：「包公子是好意，不礙事，我帶你們去。」親自引著包拯往內庭走去。文彥博等人料想包拯要去尋找關於曹豐失蹤的線索，忙跟了過去。

曹豐夫婦的居室很大，布置得也相當華麗，帷幔重重。只是房間裡一片狼藉，似被人翻尋過。戚彤道：「這是提刑司派來的官差所為，說是要尋找我夫君用以殺人的凶器和毒藥。」沈周深為歎息，道：「即使有線索，也完全給毀了。」戚彤道：「各位公子想知道什麼，可以直接問我。我今早醒來後，先安頓好孩子，再回來房間，卻是不見夫君在床上。問了婢女，也不知道去了哪裡。以為他去了前院，尋過去還是不見人影。門僕也說，沒有見過少主出去。正覺得奇怪時，官差就找上門來了。」

沈周曾聽父親講過如何勘驗案發現場，忙問道：「那麼娘子最早進來房間時，可有發現什麼異樣？」戚彤道：「嗯，我進來的時候，房門大開著，裡面一切如常。只有床上的被子掀開了，看起來就是夫君平時起床後的樣子。官府的人聲稱我夫君是畏罪潛逃，但櫃子裡的金銀珠寶什麼也沒有少。各位應該知道，我夫君一向生活富貴，吃不得苦，他若要逃走，怎麼可能身上不帶金錢呢？」

文彥博道：「不錯，是這個道理。那麼娘子是不相信曹豐員外殺人了？」戚彤斬釘截鐵地道：「當然不相信。我夫君身上從來不帶刀，什麼匕首、毒藥之類，我更是聞所未聞。再說，他有什麼理由一定要殺崔良中崔員外呢？崔、曹兩家爭鬥多年，但只是在生意上、利益上有所衝突，也不至於到要殺人的地步。」

包拯道：「可是曹豐員外的確連夜離家出走了，連門僕都沒有驚動，娘子認為是什麼原因？」戚彤道：「這個……我實在猜不到。」她遭逢巨變，丈夫曹豐失蹤，公公病倒，小姑子曹雲霄空有貌美之名，遇事毫無主見，她不得不以曹家媳婦的身分挺身而出，成為家中的主心骨，奔波忙碌。然而到了此刻，再也支撐不住，頹然坐在圓凳上。眾人見她臉色蒼白，胸口劇烈起伏不止，顯是身心俱疲，只得讓婢女扶她去歇息。

沈周道：「這實在有些奇怪，曹豐連夜出逃，連門僕都不知道，難道是翻牆出去的？張兄，依你看……」轉身卻不見了張堯封，竟然不知道什麼時候離開了。文彥博道：「堯封應該是暗中去會他的未婚妻了。先不管他，小沈提醒得有理，就算曹豐半夜逃走，也斷然不會翻自家的牆出去。如果不是那門僕說了假話，就是……」沈周已然會意過來，接道：「就是曹豐借道另一邊的曹汭府上溜走了，抑或是他現下人就藏在曹汭那裡。不如，我們一會兒直接問曹汭。」包拯道：「不，曹汭沒有牽扯進這件事。」當即說了指揮使楊文廣的一番話。

按照楊文廣的描述，曹汭被送回家時他就醒了過來，當時酒宴新散，曹豐也應該還在曹府家中，這一點不難向曹府眾僕人驗證。而楊文廣安頓了醉酒的曹汭後，就來到兩曹相通的花園，不久後發現了黑衣蒙面人，在水溝邊與其交手。黑衣人逃走後，他立即布派人手加強曹汭府上的巡視，他本人也一夜未睡，直到天亮。在這樣的情況下，曹豐想要悄無聲息地自曹汭府上溜出，實比從自家溜出要難上千百倍。

沈周瞪大了眼睛，道：「居然還有這樣的事！那黑衣人會不會就是曹豐？」文彥博道：「當然不會。小楊將軍武功何等了得，曹豐若有跟他對仗的本領，何須用毒藥殺人？」包拯道：「聽小楊將軍說，那黑衣人身手矯捷，武功不比他差多少，有那樣一身功夫，一定是自小習武，勤學苦練。曹豐生於富豪之家，自小生活在僕人婢女的包圍中，若是他會武，早就在南京傳揚開了。那黑衣人一定不是曹豐！」

沈周道：「事情越來越奇怪了，曹豐人不見了，又憑空多出了一個黑衣人。這……這到底是怎麼回事？」包拯道：「先不管那黑衣人，也許正如小楊將軍所言，他闖入曹府，只是想要對付曹豐。但曹豐不可能平地消失，如果沒有人看到他出去，那麼就只剩下一種情況，他人還在曹府中。」

文彥博道：「對，如此推測最合情合理！而且我猜想曹豐也不是半夜得到消息溜走，而是今早官府尋上門來才倉促躲了起來。曹府這麼大，他藏在暗處，外人絕難發現。」沈周道：「這麼說，戚彤剛才是在對我們說謊？我看不像啊。」包拯沉吟道：「猜測無益，不如找機會當面直接問她。」

文彥博道：「你沒有見到戚彤願意替公公曹教授坐牢麼？她的性格軟中帶硬，即使知道曹豐的下落，也絕不會吐露半分。」沈周道：「有理。彥博，不如由你出面，讓張堯封去問曹家大小姐曹雲霄試試。」三人正低聲商議，有僕人奔過來叫道：「范先生出來了，有請幾位公子出去。」

幾人忙趕來前院，卻見曹汭正拱手告辭出去，范仲淹尚留在堂中。文彥博上前問道：「范先生見到曹教授了麼？他老人家可還好？」范仲淹道：「恩師受的打擊不小，需要好好靜養。我代他謝謝你們幾位的好意。」他發跡前受教於睢陽學舍，尊奉曹誠為師長，終身不渝。

范仲淹道：「關於曹豐這件案子，我問了恩師，他說曹豐絕不會殺人，他們父子昨晚參加宴會的目的，就是要為雲霄小娘子選一門好親事。」沈周道：「先生可有問曹教授為何選中了張堯封？」范仲淹道：「嗯，恩師說他花重金聘請了一名江湖相士，名叫王青，將其裝扮成僕從帶進宴會，預備以相術來挑選女婿。」

相術在中國有著極為悠久的歷史，先秦時便已風行於社會。通常是由相士透過觀察人的面貌、五官、骨骼、體態、氣色、語言、舉止等，看出其人的善惡、忠奸、賢愚，並由此推知其過去未來的吉凶、禍福、貴賤等。到漢代時，相術甚至步入了政治，女相士許負曾受命為漢初帝王、大臣看相，預言無不應驗。五代末年，天下出了兩個非常有名的相士——麻衣道者與陳摶。麻衣道者是陳摶的師父，生平事蹟不顯，只留下《麻衣相法》一書流傳於世；陳摶的名氣則要大得多。他周遊天下時，在關中華山遇到了當時還是平民的趙匡胤，陳摶一見到他，斷定他將來必定擁有天下，於是指點他去從軍。之後趙匡胤因戰功赫赫，步步高引，最終發動兵變，黃袍加身。陳摶得知消息後，拊掌長笑道：「天下自此定矣。」

自陳摶以來，相術越發風行於世，不少人以此為職業，靠著看相謀生。曹誠不知道如何起了利用相術選婿的主意，他自己最先看上的是沈周，認為其人文雅可親，但那相士王青極力反對，告知這人雖有官運，卻是剋父剋子之命。曹誠對王青極為信任，簡直到了言聽計從的地步，遂就此作罷。王青又稱在座學生中，唯富弼有宰輔之相，可惜曹誠知道應天知府晏殊事先已相中富弼為婿，不敢與其相爭，只能退而求其次，王青便又推薦了宋郊、宋祁兄弟。恰在此時，南京通判文洎命門客張堯封去尋兒子回來，王青一眼留意到張堯封，登時大為驚歎，稱此人為大廳眾人之中面相最貴者，將來必為王侯。曹誠深信不疑，為避免節外生枝，立即起身去與文洎寒暄，詢問張堯封姓名家世，及時定下了婚事。

眾人這才知道事情的前因後果，雖然覺得曹誠以府學提學之尊，僅憑相士之言便定下寶貝女兒終身大事，如此行事未免輕率可笑，卻也為他操心女兒婚姻的良苦用心感動。范仲淹也很是感慨，歎道：「我真不知道恩師居然還好相術這一套。方塘之鑒形可識，方諸之鑒心始得。相形何如更論心，以貌取人當有失。君不見，虞皇、項籍兩重瞳，成湯、曹父皆九尺。」

包拯道：「曹教授可有提到曹豐與崔良中崔員外的爭吵？」范仲淹道：「曹豐告訴過曹教授，說他昨晚方便回來時，崔良中在宴會廳門前將他堵住，稱曹氏父子合謀算計他，他不會就此善罷干休。曹豐莫名其妙，崔良中卻辱罵不休，二人差點動了手。」

沈周道：「崔良中生氣，是因為他冒昧向文丈提親、丟了面子，他認為是被曹教授刻意算計了。但其實是他自己誤會，怪不得曹教授，也怪不得曹豐。」文彥博道：「如此推算起來，崔良中並不在意誰來當他的女婿，他只是要跟曹家爭。曹家相中了誰，他就要立即搶過來。如此行事，當真霸道得可以。只是苦了他自己的女兒，那位崔都蘭小娘子亦是十分可憐了。」忍不住歎息一番。

范仲淹道：「話說到這裡，我正好有一事相求。你們幾個都是書院最聰明最出色的學生，希望你們能找出事情背後的真相。無論曹豐殺人也好，沒殺人也好，都要設法找到他，給恩師一個交代。本來恩師家中有事，該我自己出面，但我家中……」他遭逢母喪，妻子李氏又新生下次子，加上長子亦尚在襁褓之中，應付應天書院的日常事務已然吃力，確實沒有多餘精力來調查曹豐的案子。

文彥博人最機靈，立即接話道：「范先生放心，曹教授既是先生的恩師，又是我等的恩師，我們一定會盡全力找到曹豐。」范仲淹道：「好。你們還要等張堯封麼？那我先走了。」幾人剛將范仲淹送出門，張堯封便匆匆從內庭出來。他當真是與曹雲霄偷會去了，不過卻不是他主動求見佳人，而是曹雲霄派婢女暗中將他叫了進去。本來像她這樣的未婚大家閨秀，不便私召男子相見，然而曹家忽遭大變，家中沒有男子可以當家作主，她已與張堯封有婚姻之約，向未婚夫私下求計也算不上太過越禮。

張堯封臉色怪異，低聲道：「我可能知道曹豐藏在哪裡了？」文彥博道：「是曹府麼？我們早就猜到了。」張堯封道：「曹府？不，不是曹府，是……」見左右尚有曹府僕人，忙將到口的話縮了回去，道，「走，先離開這裡再說。」四人出來曹府時，外面日已過午，居然已是未時[12]了。各人均沒有吃午飯，饑腸轆轆，遂就近尋了家飯館坐下，預備要些酒菜，邊吃邊談。

宋代商業發達，朝廷鼓勵官民享樂，城市風情濃郁，茶樓酒肆均面朝大街，且多為重重疊疊的高樓[13]。這家飯館名「望月樓」，位於忠字街和禮字街的十字路口，是南京最豪華最氣派的酒樓。酒樓的主人姓樊，但不常在南京，據說他在朝廷中很有點根底，連大茶商崔良中擴張商業最瘋狂之時，也沒敢打望月樓的主意。樓門對面就是太祖皇帝趙匡胤繫過馬的福樹老皂角樹。門前排列著黑漆木條互穿而成的杈子，用以阻擋車馬。門首則紮縛成彩樓歡門形狀，兩邊各設一根朱紅華表柱，未進酒樓，便能感受到華貴氣魄。

與大多數酒樓不同的是，望月樓的正樓上下兩層都被用做了客房，真正吃飯飲酒的地方則在樓後的園子裡，稱做「望月園子」。這是一座典型的庭院園林式酒樓——院中廊廡掩映，東、西各排列著小閣子，各有單獨的名字，如「叢玉」、「夾竹」、「報風」等。五步一室，十步一閣，吊窗花竹，各垂簾幕。修竹夾牖，芳鄰匝階，良卉噴香，佳木秀陰。一入其中，便令人感到心曠神怡。

文彥博一進樓便向迎客的跑堂後生道：「博士，要雙泉。」之所以偏愛這間名叫「雙泉」的閣子，倒不是因為它正好位在庭院中間，是一間獨立的雅室，兩面環水，窗外有小橋流水景致，而是文彥博成年後寫過一首〈雙泉〉詩：「長劍並彈霜氣豪，白虹半折秋雲高。濯纓洗耳更何處，世人回看輕鴻毛。」暢述生平之志，一直視為得意之作。湊巧望月園子中有一處名為「雙泉」，每每他來這裡飲酒，都會習慣點名要那間閣子。

那跑堂後生姓林，唱了個喏，道：「不巧得很，雙泉已然有客官占了。對不住了，文衙內。」文彥博道：「這不奇怪，現下已然過了正午，許多客商習慣午睡後再吃午飯，興許是我們不巧趕上了。」跑堂後生道：「也不是，是住在二樓一位名叫黃河的客官長包下了這間閣子。」文彥博大感奇怪，道：「只聽說有富商在望月樓長包房間的，長包閣子倒還是第一次聽說。」

跑堂後生做的是迎來送往的營生，口齒極為伶俐，笑道：「那位黃公子跟文衙內一樣，也極愛『雙泉』的清靜，但有時候他下樓來吃飯，『雙泉』往往被別的客官占了，他便乾脆出重金包下『雙泉』，只要他人還在南京，『雙泉』就歸他一人使用。文衙內，雖然你是常客，但我家主人說了，望月樓能屹立百年不倒，靠的就是一個信字，怕是你這一陣子都不能進『雙泉』了。不過，咱們望月樓不獨有『雙泉』，其他閣子的風景也不錯。而且說實話，咱望月樓最厲害的本事是菜肴鮮美，風景倒還在其次。各位公子說是也不是？」

眾人一起笑了起來。沈周道：「我們又沒有說不去別的閣子，你倒是說出來這麼一大串由頭。」跑堂後生道：「那敢情是。小的就知道幾位公子是最明白事理的人。」引著幾人隨意進了一間閣子。又問道，「公子們想吃點什麼？糖醋溜魚、鵝鴨排蒸、燒臆子、還元腰子、焥肉、乾脯、雞皮麻飲、麻腐菜……」

他推介的全是望月樓最出名的招牌菜，如排在第一的糖醋溜魚全稱是糖醋軟煙鯉魚焙麵，此菜選用本地鯉魚融合麵粉烹製而成，魚體依稀透明，集鮮、香、甜、酸、鹹五味，甜酸對比適度，鹹味隱而不現，入口鮮，回味香，鮮美無比，奇香襲人，聞者垂涎。文彥博知道沈周為人隨和，包拯則對食物一向不在乎，便道：「我們都餓了，還是儘快上些容易做的菜，胡芹乾、豆乾、扒猴頭、乾脯各來一大盤，再要四份焦餅，四份麵湯。」

他點的並不是望月樓的招牌菜，而是極具地方風味的特色菜——「胡芹」是一種空心芹菜，因產於柘城縣胡囊鄉而得名，莖壁內厚，脆嫩可口。當年趙匡胤任歸德軍節度使時極愛吃此菜，後來當上了皇帝，特意將商丘胡芹列為貢品。民間曾也有「車馬臨門第，胡芹貢酒迎佳賓」的美句，稱讚胡芹的美味。「豆乾」是以優質黃豆做乾料，輔以草果、涼薑、桂皮、丁香等十餘種磨製加工。再將成塊的豆腐擠壓出水，放入雞湯鍋裡蒸煮。出鍋後的豆乾為正方形薄塊，色澤黑紅，五香味濃，香而不膩，是佐餐下酒之佳品。「猴頭」名猴頭菇，是一種天然真菌，產於河南伏牛山，歷來被稱為「素中葷」、「植物肉」。唐代安史之亂時，唐軍乏糧，便有士卒往山林中採食猴頭。「焦餅」則是用大豆磨碎後，在鍋上烘烤而成，是商丘地方上的傳統名吃。

跑堂後生笑道：「好咧。文衙內明明是隨父宦居於商丘，點菜卻比咱本地人還要地道。」又問道，「還要多燙一壺林酒[14]麼？」文彥博道：「不必。你先去吧。」等跑堂後生打簾出去後，張堯封才道：「適才在曹府人多眼雜，不方便說話。事情是這樣，我聽雲霄說，她兄長很可能逃去了情婦那裡。」幾人聞言極為吃驚。文彥博道：「曹豐居然還在外面養有情婦？她叫什麼名字？」張堯封道：「雲霄小娘子也不知道。」

原來自從曹誠散財興學以來，便將大部分精力放在應天書院上，曹家生意的帳務全交給兒媳婦戚彤處理。近一年來，戚彤發現帳上有幾筆不明去向的巨額支出，都是由丈夫曹豐親自從帳房領取。她覺得蹊蹺，詢問過丈夫，曹豐卻支支吾吾，不肯明言。曹雲霄與嫂子感情很好，知道這件事後，暗中告訴戚彤：「上次我去廟裡還願，轎子經過禮字街時，我從轎簾裡看到哥哥站在街角跟一名戴著帷帽的婦人說話。一開始還以為是媒人[15]，後來見二人神態甚是親昵，忙命轎夫停下轎子，叫了一聲，那婦人立即轉身走了，簡直跑得比兔子還快。我問哥哥那人是誰，哥哥卻說誰也不是。嫂子，我敢向你打包票，哥哥一定是在外面有了女人，那些金錢都是給那女人購置房產、僕從用的。」戚彤聽後無語，從此再也不提這件事。由於她的隱忍和寬容，夫婦之間始終得以相安無事。眼下曹豐失蹤，出走時又沒有帶走任何財物，照曹雲霄看來，兄長一定是逃去了情婦家。

張堯封道：「如果曹豐還躲在家中，不可能連雲霄也瞞過，她自己也著急找到兄長，想問個明白呢。」文彥博道：「那麼關於那個情婦，有沒有可以追查的線索？」張堯封道：「沒有。曹夫人自己都不願意管丈夫外室之事，府裡還有誰願意多管閒事呢？」一時也想不到別的辦法，遂等飯菜送上來，匆匆吃了。

出來庭院時，正遇上跑堂後生引著兩人過來。那林後生是個熱心人，招呼道：「文衙內，這位就是包下『雙泉』的黃公子，這位是他的從人。」忙為雙方引見。那位名叫黃河的男子身長五尺餘，圓面高額，戴著黑冠，穿著一身長袖緋衣，雖然才二十歲出頭，卻彪悍強健，顧盼有威，極有豪俠的氣概。眾人一見之下，便暗中各自喝了聲彩。

黃河略略抱了抱拳，道：「小弟姓黃，單名一個河字，這位是小弟的從人，姓楊名守素。」文彥博便報了己方姓名，試探著問道：「黃公子到南京，是遊玩還是公幹？」黃河道：「算是遊玩吧。小弟聽說南京每年在五月二十五日尪公誕時有鬥茶大會，薈萃天下茶道名家，神往了很久，今年是特意趕來看鬥茶大會的。」文彥博道：「原來如此。距離鬥茶大會還有一些時日，商丘名勝不少，願黃兄遊覽盡興。」黃河道：「有心。多謝。」遂拱手作別。

離開望月樓後，文彥博幾人仍對適才那位富家公子黃河印象深刻。張堯封道：「這位黃公子氣度非凡，一定不是普通人。」文彥博開玩笑道：「如果能請來相士王青，說不定一眼能看出這位黃河公子是什麼人。」張堯封明明是寄人籬下的處境，卻因相士一語而改變命運，雖然慶幸自己能因此與南京第一美人曹雲霄定親，但畢竟自己與相士所言的王侯之相還差十萬八千里，聽文彥博玩笑，不由訕紅了臉，急忙告辭，自行回去文府。沈周、文彥博則跟隨包拯回來包府。

拐上習字街時，遠遠見到一名四五十歲的男子正在崔府大門前探頭探腦地張望。沈周一眼認出了那人，道：「那不是府學的刻書匠人高繼安麼？」應天府學負責應天全境的教育，需要大批圖書做為課本，因而建有專門的書坊，聘請刻書匠人主持，自行刻書印書。這高繼安是南京本地人氏，雕版手藝一流，但出活奇慢，府學提學曹誠實在不能忍受，新近又花重金從天下刻書中心杭州聘請了一名叫畢昇的匠人。這畢昇不知道用了什麼新法子，製書又快又好，竟然後來居上，替代高繼安成為新任官書坊主持。高繼安自曹誠重建應天書院便開始主持書坊，本有元老資格，結果反而淪落為畢昇的下屬。

正疑惑高繼安為何會出現在崔良中家門前，而且神態如此神祕。忽見崔府大門洞開，奔出來幾名健壯男僕，反扭住高繼安手臂，強行往門內拖去。高繼安一邊掙扎，一邊大叫，忽轉頭見到包拯一行人，如遇救星，忙道：「包公子，文公子，沈公子，救救我，快救救我！」眾人奔過去喝止僕人，問道：「做什麼？」一名僕人道：「這老漢鬼鬼祟祟地在門前窺望，小的們疑心他跟主人遇刺有關，正要將他帶進去交給我家小娘子審問個清楚明白。」

沈周忙道：「你是新來的麼？居然不認得高司務，他是應天府學的刻書匠人。」高繼安忙道：「正是正是。我跟崔員外認得，還幫你們崔府刻印過族譜呢。剛剛是湊巧路過貴府，有心進去探望，但又見大門緊閉，心中略微遲疑，所以才有所誤會。」那僕人聞言，又見有旁人作證，便命人放開高繼安。高繼安虛驚一場，再也不提「探望」二字，忙不迭地謝過沈周幾人，一溜煙地小跑去了。

沈周卻突發奇想，提議道：「我們去看看崔員外如何？」他生平對醫藥興趣極濃，聽醫博士許希珍說崔良中刀傷之餘，身上還中了罕見的奇毒，不免極想親眼一見。文彥博忙道：「這不好。我們跟崔良中非親非故，忽然前去探訪，徒令旁人起疑。而且應天書院上下向來對崔氏非議極多，我們跟他親近，恐怕要犯眾怒。」包拯卻道：「好。」拔腳走近崔府大門，請門僕通報。文彥博見狀，只得和沈周一道跟了過來。

等了一會兒，崔良中的姪子崔槐親自迎了出來，謝道：「幾位公子有心，不妨先進來小坐。」崔良中是天下第一大茶商，為人最好排場，其結拜兄弟馬季良在京師汴京有處私家園林，號「馬季良園」，是開封有名的探春賞花盛處，聲名不亞於秦王趙廷美之玉春園。崔良中便立志也要修築一座不亞於馬季良園的園子，花費巨資在庭院中挖了一個巨大水池，引水灌池，植滿荷花，取名「蓮花湖」。湖上則修建玲瓏別致的曲橋，岸邊種滿垂柳，畫橋如虹，流水似帶。每到夏季，還有「荷花紅粉綻，楊柳綠蔭橫」的美景，算得上是南京風光最旖旎的私家園林。崔府待客的花廳臨池而建，此刻荷葉新展，無窮碧綠，十分養眼。崔槐引著三人進來花廳坐下，命人奉茶。花廳正堂牆上還掛著一幅楷書，卻是唐代才子元稹的〈一七令〉——

茶。
香葉，嫩芽。
慕詩客，愛僧家。
碾雕白玉，羅織紅紗。
銚煎黃蕊色，碗轉麴塵花。
夜後邀陪明月，晨前命對朝霞。
洗盡古今人不倦，將知醉亂豈堪誇！

此賦茶詞是元稹和好友白居易聚會時所作，具體描繪了茶的來源、採製、品性、烹飲和功過等諸方面知識，掛在崔良中這樣的大茶商家中，倒也十分貼合身分。其實茶詩真正寫得好的，是本朝前任宰相丁謂，其人文追韓愈，詩似杜甫，被人譽為「今日之巨儒」。有〈煎茶〉一詩寫煎茶過程，內中道：「輕微緣入麝，猛沸卻如蟬。羅細烹還好，鐺新味更全。」又有〈北苑焙新茶〉一詩寫品茶的色、香、味：「頭進英華盡，初烹氣味醇。細香勝卻麝，淺色過於筠。」俱是繪聲繪色，形象之極。崔良中還特意花重金託人求了一幅丁謂的手跡，一度四處炫耀，懸掛在廳堂最顯眼處。可惜丁相公太過聰明，名利之心太重，竟要與劉太后爭權，最終機關算盡，失勢被貶。此後，崔良中也絕口不再提丁謂二字，丁公手跡自然也被取下。

文彥博見那幅〈一七令〉楷字古樸典雅，詩中有筆，筆中有詩，自有一股才子風流蘊藉，料想必是元稹原作。花廳靠近荷塘，時時侵染水氣，其實對字畫多有損傷，猜測崔良中不過是出於炫耀，才有意將元稹真跡掛在這裡，心中頗感到惋惜。

崔府素來歡喜以茶道待客，花樣百出。等了一會兒，幾名婢女魚貫進來，先在各人案邊擺上一副硯格。又有人取來新摘下的荷葉，放在硯格上，一名男僕提著一個大銅壺進來，將銅壺中的茶水倒入其中。一名婢女手持一枚玉簪，用簪子刺蓮葉中心，讓它們與蓮葉長柄相通，再將葉柄彎過來，如象鼻般交到包拯幾人手中，說道：「請公子拿著這個飲吸涼茶。」

沈周最喜新奇事物，看得目不轉睛，聽婢女說要用荷葉葉柄飲茶，越發覺得有趣，笑道：「這是什麼喝法，好生奇怪。來，讓我先來嘗這有趣的涼茶。」崔槐道：「這叫碧筒茶。據說這樣飲茶，茶味雜蓮香，香冷勝於冰。」沈周忙吮吸了一口，但覺荷香入脾，茶中有涼，涼中蘊茶，清新爽氣，忍不住讚道：「好巧妙的心思！」崔槐道：「這是我堂兄崔陽想出來的。他生平最好茶道，最好出奇。」崔陽即崔良中獨子，自負天下第一茶道高手，去年在「尪公誕鬥茶會」上與人鬥茶敗陣，激憤之下自殺，也是一件憾事。

包拯卻對茶道一類毫無興趣，略略吸了一口，即起身道：「多謝崔公子招待。不知可否方便帶我們到崔員外床前一見？」崔槐為難地道：「家叔尚在昏迷中，怕各位見也是白見。而且府中現下由我堂妹崔都蘭當家，她性情冷淡，不喜外人，更不願意外人去打擾家叔。之前應天知府晏相公曾派人來探望，都被她拒之門外了。」文彥博起初反對探視崔良中，但既然已經進來了，少不得要想法子達到目的，忙指著沈周道：「這位沈周沈公子是當世名醫，精通醫術。如果能讓他看看傷勢，說不定能有辦法讓崔員外及早醒過來。」

崔槐原是淮陽人，是崔良中長兄之子。其母裴德淑出身著名的絳州聞喜裴氏[16]，是故靈州知州裴濟之女。靈州被党項人攻陷後，裴濟死難。消息傳入中原，身懷六甲的裴德淑當堂小產，生下崔槐後即死去，因而崔槐實為遺腹子。他五歲時，父親又病故，改由其叔崔良中撫養長大。雖是叔姪之親，但畢竟還是有寄人籬下之嫌，加上崔良中長年在外，崔妻對待崔槐也不如何親昵，由此養成他懦弱隱忍的性格。目下崔良中昏迷不醒，其妻和其子均已亡故，按道理應該由他這個自小在崔府長大的姪子來主持大小事務，而不該輪到才來崔家幾個月時間的崔都蘭。然而崔槐終究還是軟弱，即使母親、妻子雙方均出自顯赫名門，也不敢與庶出的堂妹崔都蘭相爭，而今他反倒像是崔府的外人，凡事不敢隨意拿主意，加上他也不相信年紀輕輕的沈周會是什麼當世名醫，只遲疑不答。

沈周道：「文兄有些過譽了。我不一定能找到令崔員外醒轉的辦法，但我略通針灸之術。令叔臥病在床，陷入昏迷，全身血脈不通，長此以往，就算最終能找到解藥解毒，也會成為廢人。須得不時施以針灸之術，助他打通經脈。」這番話跟之前醫博士許希珍的囑咐倒是一致，崔槐又多信了沈周幾分，但心中似還是不大情願，躊躇很久，終於道：「那好吧，我領幾位公子進去。但若是都蘭出面阻止你們見家叔，我也沒有辦法。」當即領著眾人來到後院探望崔良中。

崔良中雖然讀書不多，卻愛附庸風雅，其內院居所是他特意請應天知府晏殊所題，名「兼隱」。庭院中花木爭榮，翠竹扶疏，極見清幽。只是房門外守著四名男僕，面色不善，手中各執棍棒，挺身將房門擋得嚴嚴實實。眾人一見感到不解，不知道崔府為何會如臨大敵，安排這麼多人守衛在崔良中房門口。崔槐猜到眾人心思，苦笑著解釋道：「這是都蘭的意思，她怕那害了叔叔的惡賊會再來殺人滅口。」

沈周道：「官府已經確定凶手是曹豐，而曹豐也已經畏罪潛逃，還有必要這樣麼？」背後有人接話道：「有沒有必要我說了算，輪不到外人來發話。」眾人回過頭去，崔良中的女兒崔都蘭面罩寒霜，正帶著婢女急急走過來。

崔都蘭姿色平常，打扮得卻甚是華麗，頭上裝飾著珠翠，穿著一身銷金衫子加長裙，大約是心急之下走得太匆忙，差點被裙角的珠帶[17]絆倒。背後的婢女慕容英忙伸手去扶，卻被崔都蘭將其手甩開，恨恨地提起裙幅來，一手便將玉珠等飾物扯掉。

文彥博心道：「早聞崔都蘭是崔良中與開封樊樓酒妓野合所生，果然沒有半分大家閨秀的氣質。若真是要比女兒，崔良中可要大大輸給曹誠了。」崔都蘭順手將飾物拋到一邊，上前幾步，冷冷問道：「你們是什麼人，來我家做什麼？」不待回答，又厲聲斥責崔槐道，「堂兄，你是不是閒得發慌了，碼頭上有那麼多生意你不去管，總賴在家裡做什麼？」崔槐道：「我……」

沈周忙道：「小娘子勿怪，是我……」崔都蘭道：「你什麼……」目光中寒意森森，逼視之下，竟然令沈周打了個寒顫。文彥博道：「小娘子，我們其實是出於好意……」崔都蘭毫不客氣地打斷道：「這裡不需要你們的好意。阿英，送客！」婢女慕容英上前向眾人做了個「請」的手勢，道：「各位這就請回吧。」

沈周道：「我們是來為崔員外治病的，總沒有將大夫拒之門外的道理。難道小娘子不希望尊父早日好起來麼？」崔都蘭道：「南京城中大夫多的是，不稀罕你們幾位。」崔槐道：「都蘭，這位是包公子，是南京留守包公之子，就住在隔壁，是我們的鄰居。這位文公子是……」崔都蘭極不耐煩地道：「我對各位的來歷身分沒有任何興趣，權貴也好，權貴之子也好，都請回吧。」慕容英道：「我家主人已經下令，各位若還是要賴在這裡，莫怪我無禮。」崔槐忙道：「幾位公子，不好意思，我先送你們出去。」

眾人料不到這崔都蘭如此不通人情世故，簡直像座又冷又硬的冰山，拒人於千里之外，只得轉身出來內庭，正好遇見一名中年虬髯男子率著眾多侍從直闖進來。崔槐登時如獲救星，忙上前叫道：「馬叔叔，你來了！你……你得到家叔不幸遇刺的消息了麼？」

那虬髯男子正是龍圖閣直學士馬季良。他是茶商出身，年輕時與崔良中一起跑江湖販茶，是拜把兄弟，感情極好。後來他娶了太后劉娥兄長劉美之女，從此平步青雲。此人為人頗為有趣，沒讀過多少書，但自小就羨慕那些學富五車、筆下汗青的史官，靠著岳父劉美的蔭庇入仕後，不求榮華富貴，不求高官厚祿，只有一個心願——那就是入史館擔任史官。但大宋制度，進入史館為官需要考試，馬季良的斤兩自然遠遠不夠。劉娥為了幫助姪女婿達成心願，指派主考官晏殊等人當場替馬季良答卷。這便是考官代筆學生答卷的曠古奇聞。在晏殊等人的「幫助」下，馬季良終於如願以償，順利進了史館，還當上了龍圖閣直學士[18]。他飛黃騰達以後，對其結拜哥們崔良中沒少照顧，助其在茶稅獲得了諸多便利。

中國是茶的故鄉，早在商代就開始栽種茶樹。到漢代時，茶葉已發展成為商品，盛行於巴蜀地區。傳說諸葛亮南征時，手下將士因瘴氣中毒，紛紛暈倒，情況萬分危急。當地蠻濮人聞訊前來相助，送薑茶湯解毒，並讓眾將士將茶葉含在口中，以避染瘴氣。諸葛亮看到茶葉有如此神效，即命王平、呂凱率軍士，以當地蠻濮人為嚮導，到山中採育茶子。茶因具有藥理功能，得以引入中原。而後很長一段時間裡，茶都是做為一種奇藥，而非飲料。到了隋朝，隋文帝楊堅小時候患頭痛病，有僧人告知，山中有茗草名茶，煮而飲之當可治癒。隋文帝飲茶後果有奇效，重重封賞了僧人，於是時人競進獻茶葉，用以邀功。當時的進士權紓撰文刺諷「窮春秋，演河圖，不如載茗一車」，即指此事。

唐朝以後，茶的飲料功能逐漸居上，飲茶之風遍及全國，成為風尚，上自宮省，下至邑里，茶為食物，無異米鹽。周邊少數民族也酷好飲茶，回鶻和吐蕃商人經常「大驅名馬，市茶而歸」，大量運入中原的名茶。由於茶葉成為人們日常生活的必需品，而且是對外貿易的重要商品，種茶、販茶也隨之成為有利可圖的行當。唐詩人白居易在〈琵琶引〉一詩中有「商人重利輕離別，前月浮梁買茶去」之句，即販茶在當時做為熱門買賣的生動寫照。唐朝廷自然也看到了茶葉貿易的巨大利潤，不願放棄這塊油水，遂自唐德宗開始徵收茶稅，以增加中央財政收入。剛開始，只是在產茶州縣的商運要道設官抽稅，後來開始對茶實行專賣，即所謂的「榷茶」。由於茶葉步入尋常百姓家，榷茶收入成為朝廷的重要財源；唐文宗時，朝廷每年礦冶稅的總收入還抵不上一個中等縣的茶稅，由此可見茶稅之豐厚。後周皇帝柴榮，年輕時曾與鄴中巨商頡跌氏一道在江陵販茶，是中國歷史上唯一一位做過茶商的皇帝。他販茶完全是為了斂財用做軍費，茶利之巨大，可見一斑。

宋代繼承發展了唐代的榷茶制度，比唐代茶稅更為苛刻，茶葉一律由官府統一收購，不允許茶農與商人私下交易。私賣茶葉在宋代稱為「偽茶」，若敢偽茶，無論官民，處罰極其嚴重。太祖皇帝趙匡胤親自詔令天下——「主吏私以官茶貿易及一貫五百，並持仗販易，為官私擒捕者皆死。」當時官府收購茶葉的價錢，臘茶每斤二十錢到一百九十錢不等，片茶每斤自六十五錢到二百零五錢不等，散茶每斤自十六錢至三十八錢五分[19]。一貫五百只能買七斤最好的片茶，一旦私下交易被發現，就是棄市死罪，可見刑罰之重。太宗皇帝趙光義即位後，為籠絡人心而重定法條，略有減輕——「凡販賣私茶一斤者杖一百；販賣私茶二十斤以上棄市；盜官茶販鬻十貫以上黥面，配本州牢城；巡防士卒私販茶葉，依本條罪加一等；聚眾持仗販私茶並拒捕者處死。」但偽茶依舊是重罪。

官府將所有茶葉壟斷後，一部分用來對外貿易，另一部分用於通商民用，即批發賣給茶商，再由茶商做為中間管道加價賣給普通百姓。茶商要取得茶葉實貨，須得到京城向榷貨務交納數目不小的錢帛，換得提貨單，再憑提貨單去南方六大榷貨務提貨。之所以如此，是因為宋代主要通行貨幣為銅錢和布帛，銅錢單個價值小，一萬錢相當於十兩白銀的價值，重量卻高達一百斤，而布帛雖輕，卻體積龐大，運輸起來非常麻煩，且容易引起盜賊的注意，朝廷就用提貨單的辦法將運輸工作轉嫁給茶商，同時還可有效防止州縣地方中飽私囊。

而崔良中在馬季良的幫助下，以低價獲得提貨單後，將大量茶葉收入自家囊中。其他茶商到東京榷貨務以高價買到提貨單後，在南方榷貨務卻換不到足夠數量的茶葉，最終不得不出高價向崔良中購買茶葉。如此幾年下來，崔良中積累了巨額財富，靠著雄厚的實力一躍成為天下最大的茶商。

昨晚崔良中在應天府官署遇刺，崔槐本能地懷疑是曹氏派人下的手，既然曹氏倚仗兵馬監押曹汭和樞密使曹利用做靠山，崔槐自然也要將消息報告給崔氏的靠山馬季良，今日一早便派人快馬馳往京師開封。商丘距離開封三百五十里，快馬加鞭，也得二、三日才能到達，即使馬季良得到消息後立即動身趕來南京，也是五日後的事情。哪知道早上信使才出發，下午馬季良就到了崔府，實在令崔槐既意外又驚喜。

馬季良道：「我正好有事來南京，進城時才知道義弟出了事。他人在哪裡？」崔槐哽咽道：「在內室裡。」馬季良聞言，逕直往兼隱院而去。月門處的僕人還待阻攔，被馬季良怒目一瞪，便退開了。文彥博道：「我們要不要也跟進去看看？」他一提議，包拯和沈周便各自點頭，轉身重新進了內院。

幾人心中疑惑很多，尤其對那崔家大姐崔都蘭甚感不解。她本是昔日崔良中在開封樊樓一夜風流留下的結果，但直到近年，崔良中才偶然得知樊樓葉姓酒妓當年曾為自己生下了一個女兒，取名葉都蘭，也沒有太當回事。等到親生之子崔陽自殺死後，忽然異常懷念那素未謀面的女兒，派人想方設法打聽葉都蘭的下落，接她來南京與自己同住，令其認祖歸宗，改葉為崔。那崔都蘭生母葉姓酒妓早已在華州家鄉窮困潦倒而死，崔都蘭無依無靠，在街里坊間乞討過活，若是像她這樣冰山般的性格，豈不早就該活活凍餓而死？她跟父親崔良中感情淡漠尚情有可原，然父親尚在病中，她進來崔府不過幾個月時間，便刻意貶低堂兄崔槐的地位，儼然有要接手控制崔家上下的意思，如此行事作風，實在不像常人所為。

馬季良闖進內院時，崔都蘭尚在庭院中與慕容英說話，見眾人闖了進來，面色登時一沉，剛要開口，崔槐搶上來道：「這位是叔叔的義兄馬龍圖。」崔都蘭亦久聞馬季良大名，料想沒有本事與其相爭，便不再說話，默默讓到一邊。馬季良還是第一次見到崔都蘭，見狀大為不滿，別說他官位顯赫，就憑他跟崔良中是結義兄弟，比親兄弟還親，她也該上來行跪拜大禮，不料卻半句話也沒有，倒像啞巴一樣。只是他心中掛念義弟，一時還顧不上教訓這素昧平生的姪女，搶上臺階，幾步跨入房中。

內室金碧輝煌，宛如宮殿，牆壁上掛著細紗帷幔，上面裝飾著珍珠、瑪瑙、琥珀、犀角、象牙等各種貴重物品。房門旁邊還掛著一張大弓和一壺金色羽箭，頗引人注目。崔良中仰面躺在象牙床榻上，雙目緊閉，眼窩深陷，面色發青，乍然一望彷若僵屍般，情狀淒涼，與室內的珠光寶氣渾然不相襯。馬季良見到當年一起走江湖、闖天下的結拜兄弟不死不活，跟死人無異，一時悲從心來，坐在床邊，握住崔良中的手，含淚叫道：「兄弟，你醒醒，大哥來看你了！」連叫數聲，始終不見義弟回應，終於潸然淚下。他雖是靠裙帶關係登上高位，名聲不佳，但此刻流露出手足情深，情深意切，旁人親見，無不動容。

馬季良將崔良中的手放好，回過頭來，咬牙切齒地道：「是曹家人下的毒手，對麼？」崔槐道：「是。不過曹豐已經畏罪潛逃了。」馬季良冷笑道：「跑得了和尚跑不了廟。曹豐人是跑了，他父親、他妻子、他兒子不都還在麼？哼哼，我要讓他們血債血償。」語調陰冷之極。旁人聽在耳中，不禁打了個寒顫。

包拯見馬季良極傷心崔良中之慘狀，料想他必定會利用權勢地位對曹家大肆報復，當即上前道：「馬學士，崔員外遇刺一案缺乏物證，目下斷定是曹豐所為怕是有些武斷了。」馬季良不耐煩地道：「你是誰？這裡輪得到你說話麼？」崔槐忙介紹了包拯幾人，又道：「昨晚全虧幾位公子機靈，及時發現了遇害的叔叔。醫博士說，若是任由叔叔躺在牆根下，怕是捱不到次日一早的。」

馬季良面色登時和緩下來，道：「原來如此。」起身向包拯幾人作揖道，「馬某替義弟謝過幾位救命之恩。」眾人見他行事豪爽，無不暗暗稱奇——他雖有不學無術之名，靠得晏殊助考才能入史館為官，但為人著實義氣，恩怨分明，倒跟傳說中的「馬草包」形象大相逕庭。

文彥博忙道：「馬龍圖不必多禮，我們幾個不過是誤打誤撞上了。」馬季良道：「有恩就是有恩，這恩情馬某改日必定相報。不過我義弟遇刺這件事，姓曹的決計脫不了干係，既然我人來了這裡，這件事就由我馬某一力承擔，不必勞煩幾位衙內再多費心思了。」

包拯料想，馬季良堅持認為曹家牽連其中，不過是因為崔、曹以往宿怨極深，正待要講出幾條關鍵疑點阻止他立即興師報復曹氏，恰在此時，沈周驚叫道：「崔員外……崔員外他的手在動。」眾人一齊向床榻望去，果見崔良中的手指彈了兩下，緩緩張開了眼睛。

馬季良大喜過望，搶過去握住義弟的手，道：「兄弟，你可算醒了！實在太好了，老天爺有眼！」崔良中道：「義兄，凶手不是曹……不是……」馬季良極為愕然，忙追問道：「那凶手到底是誰？」崔良中道：「是……是……」驀然瞪大了眼睛，重新昏死過去。

---

1 青陵臺：青陵臺及相思樹故事（請參見本書卷五）在東亞和東南亞流傳極廣，深入人心。今河南商丘青陵臺，為日本友人石中勝思先生捐資興建。

2 梁苑：即漢梁孝王劉武所築梁園。睢水：流經睢陽城南，為古代鴻溝支流之一。

3 有關敬暉的故事，請參見吳蔚小說《璇璣圖》。

4 宋承唐制，州郡設醫博士。宋仁宗嘉祐年以前，醫博士負責醫政，而無教育醫生之責。仁宗嘉祐六年（西元一〇六一年）設州醫學之後，醫博士改稱醫學博士，大州增設助教，始負責教育醫生。醫官也分官階，除了俸祿，還依官階享受免役、刑贖、任子等待遇。公服與文武官的類似，有綠、緋、紫（宋初另有青色）等色；但做為伎官，醫官除經特許者，一般不能佩魚，宋徽宗政和年以後取消了此項限制。因醫官性質特殊，其醫術直接與性命相關，皇室成員及達官貴人都有求於他們，因此醫官往往受到特殊優待。有的醫官一年之內連升數階，有的醫官本著綠公服，還未著緋公服便直接著了紫公服。

5 宋代實行榷茶制，即對茶葉進行專賣——朝廷在南方產茶地區設置山場，又在茶葉集散地設立管理專賣的榷貨務（分別是江陵府、真州、海州、漢陽軍、無為軍、蘄州蘄口，共六處）。先由官府預支「本錢」給茶農，茶農收穫茶葉後，一部分做茶園租稅繳納官府，剩下的全部賣給官辦山場，不能自由銷售，山場再輸送到榷貨務。官府收購的茶葉，一部分是「官鬻」，主要用於對遼、西夏的貿易，普通老百姓不能染指；另一部分「通商」，即賣給茶商。茶商先運送錢帛到東京榷貨務（總管六大榷貨務），換取提貨單，再憑提貨單到南方六大榷貨務提取茶葉現貨。

6 唐代稱茗戰，宋代稱鬥茶，是每年春季新茶製成後，茶農、茶客們比試新茶優良次劣、排名順序的一種比賽活動，具有很強的勝負色彩。參加鬥茶的人，要各自獻出所藏名茶，輪流品嘗，以決勝負。比賽內容包括茶葉的色相與芳香度、茶湯香醇度、茶具的優劣、煮水火候的緩急等，經過集體品評後，以俱備上乘者為勝。

7 復州竟陵：今湖北天門。

8 天水一朝：宋朝之代稱。天水（今甘肅天水）是趙姓之郡望。郡望是「郡」與「望」的合稱，「郡」是行政區劃，「望」是名門望族，「郡望」連用，即表示某個姓氏同宗同族人的顯耀地或發祥地，如小說中提及的張巡、張議潮均郡望南陽。趙姓望族曾聚居天水郡，故天水成為趙姓代稱。

9 相法，是以人的面貌、五官、骨骼、氣色、體態、手紋等推測吉凶禍福、貴賤夭壽的相面之術。《麻衣相法》全稱《麻衣相法全編》，傳說是宋初大相術家陳摶的師傅麻衣道者所作。該書在民間影響極廣，有「看過麻衣相，才能來把人打量」的說法。

10 在宋代，殺耕牛是重罪。

11 指犯罪後向國家繳納一定數目的錢物，便可減刑。

12 未時：午後一點至三點。

13 在古代中國，城市是做為政治、軍事中心而出現，但自宋以來，城市的功能發生了重要轉變，漸漸轉向商業中心。而宋代之前，高樓都是建於皇宮內府中，專供普通百姓娛樂的高大樓房到了宋代才普遍出現。

14 林酒是歷史悠久的傳統名酒，「宋城沽酒」早在商朝即聞名天下。西漢時期，丞相蕭何衣錦還鄉，喝過林酒後讚不絕口，連稱：「美哉，林酒也。」後有文人雅士作詩記其事道：「鄭侯還鄉馬蹄疾，路經林河清香溢。瓊液洗卻征人憊，香列名酒數第一。」東漢末年，梟雄人物曹操愛酒如命，以這一地區釀酒經驗為基礎，總結整理出釀酒專著《九釀法》。

15 帷帽：源自西域的一種帽子，流行於唐、宋代婦女中，亦稱「席帽」，是一種高頂寬裙的笠帽，在笠帽周圍垂下一層紗帛製成的圍帛，下垂及頸，遮住頭部，以障風塵。宋代婚俗，一樁婚姻先要由媒人往來通言。有身分的媒人都是戴帷帽，拖裙到頸，著紫色套服。

16 聞喜：今山西聞喜。聞喜裴氏自三國以後人才輩出，晉代的裴徽、裴楷父子，南朝宋史學家裴松之，隋光祿大夫裴仁基、唐名臣裴度等就是其中的代表。

17 宋代婦女，行不得露足，為避免舉步時裙幅散開，左右各有金玉飾物壓住裙角。

18 龍圖閣是北宋皇宮閣名，約建於宋真宗咸平四年（西元一〇〇一年），地點位於會慶殿西側。內中收藏有宋太宗御書、各種典籍、圖畫、寶瑞，以及宋正寺所進宗室名冊、譜牒等。景德四年（西元一〇〇七年）置龍圖閣直學士，三品官，為虛銜加官，用以加文學之士，備顧問，與論議，以示尊寵；包拯後來即加領此官，所以世稱「包龍圖」。宋朝大肆加強中央集權，官制和其他朝代有很大不同，有「官」、「職」、「差遣」之分。其中，官名只表示官位和俸祿的高低，叫做正官、寄祿官，簡稱為官。一些文官還有學士、直閣等頭銜，是一種榮譽稱號，叫做「貼職」，簡稱為「職」。而實際擔任的職務叫做「差遣」或「職事」，有實際權力，但前面還要加上「判」、「知」等限制詞，表示官職僅是暫時的，隨時可以撤換，如「知縣」就是臨時做縣長官。如果官員沒有「職」，就是吃國家閒飯的人。

19 宋人製茶不同於唐人。唐人製茶，即摘即炒。宋人卻是摘下芽茶後，蒸熟焙乾，稱為「散茶」；茶葉蒸熟後榨去茶汁，再研磨成粉末，放入茶模內壓製成餅狀，稱為「片茶」，不僅被宋人視為茶之上品，也是北方契丹、党項等最喜愛的茶種；「臘茶」是以茶製成茶餅，在餅面塗上一層薄薄的珍膏油，稱為「臘麵茶」或「臘茶」。

【卷三】物物遂生

夜色深沉，天地淨被無盡空濛的靜謐所占據，意念越發顯得刻意。虛幻縹緲的黑暗中，漸有一種深邃妖嬈的神祕力量緩緩牽動思緒。包拯心底忽然湧出一股悲涼的感覺，仔細回想，已經很久沒有什麼值得感到欣喜的事了。

包拯幾人出來崔府時，外面最後一抹夕陽正從西方依依不捨地沉淪下去。晚霞映照著天空，為棉花朵般的白雲披上了一層豔麗絢美的薄紗，雖則遙遠，卻又彷彿觸手可及。此情此景令人心醉，頓生留戀時光之意。當緋紅徹底消失於天際時，暮色悄然降臨了。

回到包府大門前，卻見大門左右停了幾輛車馬，似有賓客到訪。文彥博道：「這些人一定是來拜訪寇夫人的。」包拯不及回答，張建侯已然健步奔了出來，問道：「你們怎麼去了那麼半天？崔良中的案子可有新的進展？」文彥博笑道：「當然有，最新的進展就是崔良中親口說不是曹家人害的他。」張建侯大奇，急忙問道：「那真凶是誰？」文彥博搖了搖頭，道：「仍然是個謎。崔員外來不及說出真凶的名字，便重新昏暈了過去。」

包拯問道：「寇夫人到了麼？」張建侯道：「早到了。你們前腳走，祖姑父後腳就陪著寇夫人到了。」文彥博指著外面的車馬，道：「這些該是那些來拜見寇夫人的官員的吧？」張建侯嘻嘻一笑，道：「錯。這些人全是來提親的。」文彥博一時愕然，轉頭去看包拯。包拯搖了搖頭，道：「提親不過是個幌子。」張建侯笑道：「姑父素來不怎麼通人情世故，這件事倒是一猜即中。」

幾人遂進來見客。賓客倒真來了數位，有翰林學士石中立、前武昌令董浩、前太子洗馬許仲容、廬州知州劉筠。還有一名姓竹名淵夫的文士，四十來歲年紀，既是許仲容的親戚，也是劉筠的至交摯友，風度翩翩，頗有林下之風。文彥博心道：「父親大人果然沒來，唉。」雖能體諒父親的難處，但內心深處還是不免有少許失望。

眾人先一起到後堂拜見宋小妹。宋小妹自稱是女流之輩，又有夫孝在身，不便見外客，只隔著簾子向眾人拜謝，便由張小遊陪著轉回內室去了。包令儀自陪著客人回到廳堂飲茶談天。

先閒話一陣。朝政通常是男人最好的話題，尤其而今劉太后當政、仁宗皇帝等同於傀儡，大宋未來的命運如何，西北邊疆是和是戰……無一不是天下人關心的熱點。董浩、許仲容致仕在野已久，劉筠原是翰林學士，本有可能登上宰輔大臣高位，但與人爭權失敗，新近才被排擠出朝，幾人各有對朝廷不滿之處，但考慮到包拯等人在座，這幾位青年學子將來終究要走科舉之路入仕，因而不便當著他們的面議論朝政混亂、時事日非，只得轉而閒聊日下南京最熱門的話題——崔良中遇刺案。

張建侯心直口快，先說了出來：「原來之前提刑司弄錯了，曹豐並不是凶手，這可是崔良中親口說的。」竹淵夫很是驚奇，道：「聽說崔員外中了奇毒，醫博士許希珍束手無策，無藥診治，怎麼他突然間醒了過來？」文彥博道：「只醒了一下子，一句話都沒來得及說完，便又重新暈厥了過去，有可能是迴光返照。」

沈周道：「依我看，崔員外中的這種奇毒最初是致命的，但跟他體內的茶素混合後，大約毒性起了變化，由致命變成了麻痺，令他身不能動，口不能言。」劉筠很是好奇，問道：「沈公子是說，崔良中並不是真的昏迷，他只是被麻痺了？」沈周道：「看情形應該是這樣。他跟馬季良馬龍圖兄弟情深，馬龍圖的到來刺激了他，他一時克服了身體的麻痺，說出了幾個字。」

回想當時情形，馬季良正與包拯等人交談，聲稱要向曹氏報復。崔良中遽然醒來，第一句話即是「義兄，凶手不是曹……」，而事先並沒有人問過他關於凶手的問題。那麼只可能是他的人表面處於昏迷狀態，其實神志是清醒的，他聽見眾人的對話，知道馬季良弄錯了凶手，情急之下，居然說出話來。可惜他中的毒毒性太重，終究還是沒有來得及說出真凶的名字。但無論如何，曹豐不是凶手已然可以肯定。

劉筠道：「如果不是曹豐行凶，他為什麼要躲起來？」文彥博道：「也許曹豐躲起來，跟崔員外的案子並無關係，我們正在設法找他。現在的問題是，曹豐不是凶手，那麼凶手又會是誰？昨晚宴會上那麼多人，要一一排查，實在太難。」

石中立狐疑道：「我說你們幾個不好好讀書、準備科考，管崔良中這檔子閒事幹麼？」文彥博忙解釋道：「學生們之前關注此案，是因為事涉曹家，曹教授是我等座師，自然不能袖手旁觀。」石中立道：「那麼現在崔良中已經親口說了跟曹豐無關，你們可以不必多操心了。要老夫說，實在因為這崔良中壞事做得太多，是老天爺讓他中了這個什麼奇毒。」

包拯道：「不對。」他一直默不吭聲，忽而來這麼一句，大家均覺得奇怪。石中立道：「什麼不對？」包拯道：「老天爺可能會打雷劈人，但絕對不會令人中毒。」眾人聞言一齊笑了起來。包令儀知道石中立性情古怪，生怕他難堪，忙道：「拯兒，你先進去見你娘，她有話要對你說。」

包拯應了一聲，行禮告退，來到內堂拜見母親，問道：「寇夫人呢？」包母張靈道：「寇夫人在海上、水上漂泊了兩個多月，又是弱質女流，一路勞頓，我讓小遊送她早去歇息了。拯兒，來，坐下，為娘有話對你說。」寇准道：「是。」緊挨著母親往臥榻上坐了，心中有所預感，莫名緊張起來。

包母道：「你是個好孩子，為娘知道你對婉兒用情很深，但人死不能復生，活著的人終究還是要往前看的。」她歎了口氣，頗為早逝的親姪女兼媳婦張婉惋惜，又道，「你父親和我商議過了，決定為你再定一門親事。董浩董公的女兒董平知書識禮，溫婉賢達，剛好比你小兩歲，堪稱良配。董公也早早相中了你，有意將愛女嫁給你，你可願意？」

包拯胸口「突突」直跳。他心中其實很明白，這一次，他不可能再逃避婚事。他也聽過董平的芳名，知道對方是個才貌雙全的大家閨秀，但不知道為什麼，他心中總有那麼一點不情願的感覺。但他無法當面拒絕母親，只低頭不語。包母其實知道兒子的真實心意，卻佯作不察，笑道：「你既不吭聲，那麼為娘就當你默認了。再過幾日，就讓你父親派人請媒人來，選個日子替你們雙方互換草帖，再定下帖子。你若實在不放心，可以親自去過眼。若實在不滿意，就送些禮物與董平小娘子壓驚，也就算了。」

草帖子，就是議親雙方寫下男女雙方的生辰八字，看是否吉利、是否相剋。彼此滿意後，再寫一個更細的帖，叫「定帖」，上面寫著各自曾祖、祖父、父親三代名諱、職業，議親的是第幾位子女、父母在不在堂、家有多少財資、主婚的是哪位尊長等。定帖後，是相媳婦，通常是選一個環境幽雅之地如酒樓、園林等，請女方過來，由男方親人或媒人相看女方，也有男子親自來看的，喚作「過眼」。如果新人中意，男方即以金釵插於冠鬢中，叫「插釵」；倘若不如意，即送二疋彩緞，美其名曰「壓驚」。

包拯只是默不作聲。包母便道：「你既沒有意見，就先去吧，將預備定親的好消息告訴你的同伴去。」包拯行了個禮，退了出來，卻不願再去前堂。他心中有些茫然，不知不覺間，便徘徊到張小遊的房前。忽聽見背後張小遊的聲音道：「你是在找我麼？」包拯嚇了一跳，道：「嗯，這個……」張小遊笑道：「是不是祖姑姑突然給你定親事，嚇壞了你？」包拯「啊」了一聲，道：「你……你都知道了？」

張小遊道：「我早知道了啊。昨晚姑姑託夢給我，說祖姑父已經為你定下一樁好婚事，她很替你高興。當然了，你如果娶位新夫人，我也很開心。當年姑姑託夢給我，要我發誓一生一世好好照顧你，我答應了她。你如果娶位新夫人，我的擔子就卸下了，總算有人來替我照顧你。怎麼，你不高興麼？」

包拯越發意興闌珊起來，沉默了一會兒後，用一種他自己也不能理解的懶洋洋腔調答道：「嗯，還好啦。你先去安頓祖姑姑吧。」轉身往前院而來，卻見石中立正扯著沈周站在甬道上喋喋私語，亦是在談婚論嫁。

石中立道：「你這小子我最賞識，別人都是拆字述平生之志，唯獨你一張口稱『春日三人行』，淡泊名利，很合老夫的心思。所以老夫勸說許仲容許公將愛女許願許配給你，如何？」沈周紅著臉道：「石翰林和許公青眼有加，晚生實在三生有幸。只是婚姻大事非同小可，自當由父母作主。」

石中立道：「哎，我又不是不認得你父親沈英。只要你點個頭，過幾天我回去東京，就將定親的事告訴沈公，他早盼著抱孫子了，決計不會反對的。」沈周一時不知該說什麼才好，只得囁嚅道：「全憑石學士作主。」石中立道：「那好，這事就這麼定了。」樂滋滋地進來廳堂，朝許仲容點點頭，示意沈周已然同意了。

包令儀見包拯後腳進來，便道：「拯兒，你和建侯帶文、沈二位公子到便廳用餐，我們幾位老朋友還有點事情要談。」包拯意甚怏怏，勉強應了一聲，引著沈周幾人到便廳坐下。張建侯笑道：「雖然小遊已經陪寇夫人用過晚飯了，但這樣的場合不能少了她，不然她明天非埋怨我不可。」招手叫過僕人，命他去請張小遊一道來用餐。哪知道一會兒僕人回來稟告道：「小遊娘子說太累，已經睡下了，請幾位公子自己盡興。」

張建侯撓了撓頭，道：「奇怪，小遊這麼早就睡，真是破天荒頭一遭。」但他的心思都在崔良中遇刺奇案上，也顧不得去多想妹妹為何不願來湊熱鬧，便問道，「既然不是曹豐行凶，那麼真凶是誰呢？昨晚宴會上那麼多人，若要一個個查，未免太費勁了。」

沈周道：「可以先粗略篩選一遍人選。那凶手之所以用毒，是因為他沒有武力殺人的把握。如此，這人一定是身材、力氣均不及崔良中的瘦弱男子，或是老年男子，或是女子。這一點，從崔良中的傷口深淺也可以得到驗證。」文彥博道：「而且毒藥並非唾手可得之物，凶手既是將塗了毒藥的匕首帶在身上預備行凶，一定是處心積慮，早有準備。所以，要重點調查那些跟崔良中有仇有怨的人，這樣範圍就小多了。包拯，你以為呢？」

包拯恍若未聞，文彥博又叫了他一聲，他才回過神來，想了一想，道：「崔良中原是淮陽商人，來南京安家落戶，為了發展商業大肆買地占街，強取豪奪，不獨與曹家衝突，還得罪了許多本地的小商販，他的仇家不少。要一個個排查仍然困難。我倒是有一個想法，之前小楊將軍曾說過一句話：『曹豐只是人不見了，既沒有證據證明他殺了人，也沒有證據證明他沒有殺人。』眼下已經由崔良中親口證實曹豐無辜，他根本無須潛逃，我在想，會不會是凶手跟曹豐有什麼關係？」

文彥博道：「啊，你是說，曹豐知道崔良中遇刺後，官府會立即懷疑到曹家頭上，而事實上他知道真凶是誰，為了保住凶手，他有意失蹤，給官府造成畏罪潛逃的假象？」包拯點點頭，道：「如果不是崔良中意外醒來，的確沒有證據證明曹豐沒有殺人。」文彥博道：「不錯不錯，只有這樣推測，才能解釋得通曹豐明明沒有殺人，卻突然莫名失蹤，甚至連家人也不知會一聲。」

沈周道：「但到底是什麼人對曹豐那麼重要、令他甘心拋妻棄子呢？難道是他妹妹曹雲霄提到的那名情婦？」張建侯道：「沈大哥適才不是說，凶手力氣弱，可能是女子麼，那麼很可能就是這情婦啊。」文彥博道：「不管怎樣，一定要設法找到曹豐。各處城門都貼有通緝他的告示，他不可能就此逃走，人一定還在南京城中。」幾人正商議要如何設個陷阱引曹豐出來，有僕人進來稟告道：「有客到訪。」

那客不是別人，卻是崔良中的結義兄弟馬季良。眾人均大感意外，馬季良將隨從留在廳外，獨自進來坐下，道：「馬某特意趕過來，是有一件事要告訴你們。我和義弟初跑江湖時，花重金打造了一對匕首，我二人各帶一把，從不離身，即使是睡覺，也要放在枕邊，多年來已成習慣。但適才我反覆找過義弟的房間，並沒有發現匕首。聽崔槐說，昨晚赴宴時，義弟還特意將匕首別在腰間，但自他受傷被抬回來時就不見了。凶案發生在應天府官署中，非同小可，昨晚出事後，差役肯定仔細搜索過官署內外，既稱沒有發現凶器，所以我推測應該是凶手將匕首帶走了。」

沈周道：「那匕首是不是寬不及一寸？」馬季良道：「是。」從腰間解下一柄精巧的匕首，給眾人觀看。那匕首白刃如霜，手柄則是黃金打造，雕刻著細密的魚鱗紋，一望便是貴重之物。馬季良道：「這應該算得上一條追尋凶手的重要線索吧？」文彥博道：「這的確是一條很重要的線索。不過，馬龍圖為何不去官府，而是趕來告訴我們幾個學生？」

馬季良道：「因為你們走後，范仲淹即登門拜訪，告知我義弟的案子未必像表面看起來的那樣，也未必是官府宣布的結果，他已經讓書院最好的學生暗中調查此案。范先生是馬某尊敬的人，他的建議我當然要聽。」

原來馬季良進城時，正好被范仲淹看見。范仲淹遠遠見到馬季良怒容滿面，猜測其匆忙趕來必是為崔良中遇刺一事。原來，他在睢陽學舍就讀的時候，就對馬季良、崔良中同生死共患難的兄弟情義多有耳聞，料想馬季良衝動之下會立即對曹氏大肆報復，所以等到天黑之時便趕來崔府求見。當時范仲淹尚不知崔良中已清醒過來一次，說出凶手並不是曹氏。馬季良見范仲淹連夜趕來，猜到其來意，他既已得知凶案與曹豐無關，自然不會再如何如何，卻由此生出一計——那就是官府正在通緝曹豐，外人都跟范仲淹一樣，尚不知道事情與曹氏無干，這倒可以令真凶放鬆警惕，不會倉促逃離南京，所以他趕來包府，一是要囑咐包拯等人不要說出去，二來也是要請幾人暗中調查這件案子。

文彥博道：「我們幾個只是應天書院的學生，馬龍圖當真信得過我們？」馬季良道：「當然，范先生信任的人，馬某沒有理由信不過。」這人倒是有幾分江湖豪氣，只是入史館當史官實在有點名不符實，也不知道他為什麼明知道會被天下人嘲笑，還非要當這個龍圖閣直學士不可。

包拯依舊是那副寵辱不驚的神色，道：「既然信得過我們，那麼也不多說閒話了。馬龍圖，我們需要好好檢查一下崔員外的身子，最好要有經驗豐富的老仵作在場，請你行個方便。」馬季良聞言怫然作色，怒道：「我信得過你們，那是看在范先生的面子上，但你說話也要有個分寸。我義弟人還沒有死，用得著仵作驗屍麼？」

沈周忙道：「馬龍圖息怒，包拯說話向來簡練，是他沒有解釋清楚。想來馬龍圖已然瞭解，崔員外重傷昏迷是因為身中奇毒，並不是因為那兩處刀傷。」馬季良道：「那又如何？」沈周道：「馬龍圖的匕首刃口大小符合崔員外的傷口，而崔員外的匕首又在案發後消失不見，所以那兩處刀傷很可能是凶手用崔員外的匕首所刺，行凶之後又將匕首帶走了。」

馬季良道：「那又如何？」沈周道：「匕首不光是崔員外的防身之物，還代表著他與馬龍圖的結拜之情，是不可能事先淬上毒藥的。」馬季良道：「那是當然。我義弟愛惜匕首，如同自己的左右手一般。」沈周道：「那麼如果是這樣，凶手應該是以別的帶毒凶器先刺中了崔員外，再用崔員外本人的匕首補刺兩刀，本意是要掩飾原來的傷口。」

馬季良更是大惑不解，道：「既然原先的凶器淬了劇毒，凶手為什麼還要費力多此一舉呢？」包拯道：「因為最早的那處傷口形狀一定很特別，很容易追查到凶手身上。馬龍圖，這就是為什麼我希望你能同意，讓仵作好好檢驗一下崔員外的身子。」張建侯一直聽得雲山霧罩，這才恍然大悟道：「啊，這就是所謂的傷上傷，對吧？」

馬季良的腦子遠沒有這幾人靈光，隔了好半晌才反應過來。他生平最敬慕那些聰明的讀書人，眼見這幾人足不出戶，僅憑一柄匕首就能推斷出眾多追凶的線索，登時佩服得五體投地，連聲道：「好，好。」一拍大腿，道，「我這就派人去尋最好的仵作來。」

沈周道：「不必打聽了，宋城縣令呂居簡的手下馮大亂，是南京城裡最有名的老仵作。」馬季良道：「咦，你怎麼知道這些？你是大理寺丞沈英的二公子，對不對？」沈周道：「是。」馬季良道：「你這斷案的水平，可不亞於尊父，我看你也可以當大理寺丞了。」沈周道：「馬龍圖見笑了。」馬季良道：「男子漢大丈夫，有水平就是有水平，怎麼還像女孩子家紅臉？」搖了搖頭，道，「事不宜遲，我這就派人去請馮大亂。等他的工夫，幾位公子不如先跟我一起過來崔府，也許還能發現其他有用的線索。」

文彥博問道：「馬龍圖這次來南京，會住在崔員外家麼？」馬季良道：「當然，我和良中是結拜兄弟，情同手足，來南京不住在他家，不是讓外人看笑話麼？」文彥博道：「可是那位崔都蘭小娘子，性子似乎有些冷淡。」馬季良道：「她自小沒父母管教，不怎麼懂事，你們不用理會她。等我義弟醒了，我就讓他趕緊給她尋個婆家，給她一份豐厚的嫁妝，打發她早些離開崔家。」言外之意，對崔都蘭很是不喜。

包拯便派僕人去跟父親稟報了一聲，自己與同伴跟隨馬季良出來。外面夜涼如水，繁星滿天。晚風掠過耳際，帶著不知名的甜香，頗有心曠神怡之感。

星星是世間最神奇的精靈，有著最美麗的清輝。星空的誘惑千古不變，自人類誕生的那一刻起就開始了仰望的旅程，產生種種浪漫的遐想。古人將星星劃為三垣二十八宿。三垣指紫微垣、太微垣、天市垣。二十八宿按東、北、西、南四個方位分做四組，每組七宿，分別與四種顏色、五種四組動物形象相匹配，叫做四象，如東方蒼龍為青色，北方玄武為黑色，西方白虎為白色，南方朱雀為紅色等。

自古以來，星空浩瀚偉大，神祕而不可知，令人景仰敬畏。出於對公道和正義的渴望，人們往往會主動將星辰擬人化，以表達良好的心願。如木星司命，被視為福星，〈五星二十八宿圖〉中所描繪的金木水火土五星、二十八位星神形象，排在眾星之首的就是福星。

饒有意味的是，唐代以後，福星的形象由原始的太歲凶煞變成了剛直的清官。唐代德宗皇帝在位期間，湖南道州一直有進貢侏儒的義務，供皇帝和王公貴族們獵奇玩耍。地方官為了討好皇帝，將幼童放在甕中餵養，以摧殘身心的方式培養侏儒。這種殘忍的作法延續了很久，成為道州百姓頭上揮之不去的噩夢。直到西元七九〇年前後，諫議大夫史陽城因直言進諫而被貶為道州刺史。他走馬上任後第一件大事，就是罷了道州進貢侏儒的惡俗。皇帝迫於強大的輿論壓力，終於不得不廢止進貢矮民之事，此即白居易所言「道州水土所生者，只有矮民無矮奴」。道州人民為了感激父母官史陽城，於道州建廟供奉，在逐漸的流傳中，陽城廟變成了福神廟，福神像變成了真實的史陽城像。星官消除天災，好官免去人禍，天上的福星與人間的好官漸漸合而為一，清官身分的福星從此誕生。

滾滾紅塵中，人生如戲，滄海桑田，誰又能擋得住歲月的侵蝕？人事代謝，代代無窮，日月推移，寒來暑往，時光不停地流逝，形成了從古到今的歷史。然而星光卻永遠清朗明亮，秉承了天地精華，化身為浩然正氣，磅礴凜冽，萬古永存。即使是動盪不安的靈魂，也能在這沉寂安詳的星空中找到撫慰，得到安息。大道之行，天下公心，這豈不正代表著人間正道永存？每每包拯徬徨之際，只要仰望星空，便有所感悟。

眾人進來崔府的兼隱院，卻見崔良中房門前都換上了馬季良自己的侍從，腰間都佩戴著兵器，全副武裝。包拯等人均是心細之人，一眼便留意到，不由得十分疑惑。

馬季良也是個直爽性子，招呼幾人入堂坐下，道：「我這是情非得已。今日我到了義弟府上，發現全府上下大多只聽崔都蘭的，居然沒什麼人理會崔槐。我那姪子性格雖然懦弱了些，但畢竟是自家養大的，知根知底，不像那崔都蘭，分明是個野丫頭。尤其不能容忍的是，她對義弟毫不關心，不端茶倒水地侍奉在床邊，臉上也絲毫不見憂色。唉！」還有一層意思，他沒有明說出來——崔氏家財萬貫，富可敵國。他懷疑崔都蘭並不如何關心崔良中生死，甚至還暗中盼著父親早死，這樣她便可名正言順地以未嫁女兒身分繼承全部家業。

家家有本難念的經。原先崔良中之子崔陽在世，自然是崔家巨額財產唯一的繼承人。崔陽自殺身死後，按理該輪到姪子崔槐，他在崔家長大，跟崔良中親子無異。但不知道怎的，崔良中始終認為崔槐性格不類己，難以守住家業，尤其自他娶了新夫人後，更是覺得如此。崔槐的妻子呂茗茗是已故宰相呂蒙正之女，其眾多兄長均在朝中為官，宋城縣令呂居簡便是其親兄之一。呂茗茗本人重財貪利，嫁入崔家後伸手不斷要這要那，穿著金的還要銀的，有了銀的還要玉的。雖然崔家完全負擔得起一個敗家媳婦，但崔良中千方百計娶她過門，本因為她是名門之後，現任參政知事呂夷簡又是其堂兄，卻料想不到其性情為人如此，由此越發不願將家業傳給崔槐，所以才千方百計尋到崔都蘭，迎回南京，本意是為女兒招一個倒填門女婿，將來將家產全部傳給女兒、女婿。

但他這辛苦尋回的女兒非但姿容平常，也沒有任何才幹，居然連字都不大認識，性情又如冰山一樣，可以說百無是處。崔良中為此煩惱不堪，還寫信向馬季良抱怨過。馬季良的意思是，女兒終究是別人家的，況且崔都蘭在外面野了二十年，跟崔家毫不貼心，遠不如崔槐靠得住。崔槐的妻子為人雖然貪婪了點，但她畢竟是前宰相之女，身分顯赫，崔家也不缺那幾個錢。崔良中雖覺得義兄說得有理，但還是不喜歡崔槐夫婦的性格，便決定先為崔都蘭尋到一位夫婿，觀察一段時間，再決斷家產之事，哪知道女婿還沒有尋到，自身就出了大事。

馬季良的言語雖是點到即止，但文彥博等人瞬間便明白過來，只是清官難斷家務事，眾人也不便發表意見，只能佯作不懂。

馬季良領著眾人進來內室，命侍從打了一盆熱水，親自坐在床榻邊，一邊用毛巾熱敷崔良中的胸腹傷處，一邊拆下裹住傷口的綳布。等到傷處完全露了出來，沈周先湊了上去，傷口因塗抹了藥膏，已然開始癒合，但仍能看出原來的形狀——中刃處雖皮肉外捲，卻是齊整如縫，可見那柄匕首是柄利器，鋒銳之極。沈周雖看過父親沈英辦案，但只是熟悉制度流程，並沒有多少實地經驗，更不要說驗傷、驗屍了。他仔細看了半天，又舉燈照過，還是看不出有什麼異常，只得就此放棄。

眾人遂出來內室，一邊飲茶，一邊等待。等了半個多時辰，終於見到侍從領著馮大亂進來。那馮大亂大約六十多歲年紀，衣裳邋遢，頭髮凌亂，雙目無神，臉帶紅暈，顯然是剛飲過酒，一進來便懵懵懂懂地問道：「官人叫小老兒來做什麼？」馬季良便帶著他進來內室，指著床榻道：「麻煩馮翁驗一下我義弟的傷處。」馮大亂道：「咦，是崔員外。他死了麼？」

一旁侍從斥道：「崔員外還好好活著呢，不准胡說八道。」馮大亂愕然道：「沒死叫小老兒驗什麼？小老兒可是仵作。」沈周忙道：「久聞馮翁大名，聽說你眼光犀利無比，凡是你驗過的傷痕從不出錯。今晚冒昧請來馮翁，就是想請你看一下崔員外的傷處有何奇特之處。」

馮大亂道：「這位小衙內倒是客氣得很。可惜，我老了，雙目混濁，哪裡還談得上什麼眼光犀利無比。現在我只要一看到傷啊血啊什麼的就頭暈。」馬季良本是商人出身，見這老頭東扯西拉的，料想他不過是要藉機敲詐一筆，當即道：「只要馮翁肯出力，馬某願意以重金酬謝。」

馮大亂道：「唉，這位大官人不知道，小老兒家本來是在君字街西巷，就在南門旁，可是崔員外要在那裡蓋什麼茶樓、商舖、妓院，強行將小老兒和鄰居們遷到了老字街。遷也就遷了，但那房子一下雨就漏水，小老兒……」馬季良總算聽明白了，慨然道：「好，只要這件事一了結，馬某自掏腰包，為馮翁重新建造一座大房子。」馮大亂卻仍然是那副暈迷迷的樣子，歎息道：「小老兒有新房住了，可是一旁的老鄰居們呢？小老兒於心不忍啊。」

馬季良露出慍色來，但轉頭見到崔良中毫無生氣地躺在床榻上，如同死人一般，還是強忍住不快，道：「好，我答應你，會為你們老字街的住戶各修一座新房子。」馮大亂這才微露笑容，順手拍了拍文彥博的肩膀，道：「文衙內，你聽見了吧？」

文彥博這才知道，這看起來醉醺醺的老仵作是真人不露相，然其膽敢當面訛詐劉太后身邊的大紅人馬季良，即使馬季良不會追究，日後崔良中醒來也未必肯善罷干休。他不願就此得罪馬季良，也不回答，只默不作聲。還是包拯應道：「我們都聽見了，馬龍圖身居高位，言必果，諾必行。馮翁，這就請驗傷口吧。」

馮大亂這才往銅盤中洗了手，走到床榻前，一掀開薄被，立時神色肅然，彷若完全變了一個人。沈周忙舉燈到一旁照明，問道：「我剛才反覆瞧過這裡，覺得這裡的皮肉要比旁處糙一些，但又不是很明顯，會不會是凶手先用髮簪之類的尖細凶器刺中了這裡？」馮大亂斥道：「笨啊你。你們不是說凶器上淬了劇毒了麼？髮簪得用手拿，凶手不怕自己中毒麼？笨死了。」

眾人原本對這似醉非醉、似傻不傻的馮大亂心存疑惑，此刻他一語相駁，便立即令人刮目相看。沈周呆了一呆，道：「馮翁說得極是。那麼這淬毒凶器一定是有刀鞘了的。但崔員外的匕首已然十分小巧，要想掩蓋傷口又不著痕跡，凶器必須是一柄刃口比它小得多的匕首，天下有這樣的匕首麼？」

文彥博道：「會不會是小孩子玩耍的那種小摺刀？」馮大亂閉上眼睛，神思了一會兒，轉頭斥道：「你就更笨了。小孩子的摺刀是單刃的，能刺人麼？你看這傷處皮肉平滑，可見那淬毒凶器必然也是十分銳利的。」他道，「要我說，這一定是一種極小的刀，刃寬不過食指蓋，而且反覆淬過火，鋒利之極。」

包拯道：「我有個疑問，想要請教馮翁。」馮大亂道：「你這位小衙內有擔待，請教不敢當，你說。」包拯道：「如果這凶器當真十分罕見，連馮翁也辨認不出來，那麼凶手又何必用崔員外的匕首多補兩刀，刻意掩蓋住傷處呢？」

張建侯道：「哎，我要說，我要說，凶器可能並不常見，但它一定是某人的獨門兵器。譬如昨晚跟楊文廣打鬥的黑衣人，我們大家都不知道他是誰，但他亮出了火蒺藜。火蒺藜罕見吧？但它是軍隊的配備，所以由此可以推斷那黑衣人是軍人身分。」

馮大亂道：「呀，你這個小哥最聰明，你提醒我了，我大概能猜到凶器是什麼了。不是你們平常所想的匕首那類兵器，而是工具。手工藝人都需要刀具，木匠需要刨刀，玉工需要刻刀……」文彥博和沈周異口同聲地道：「是高繼安！」

馮大亂撓撓了頭，奇道：「我還沒有說到刻書匠呢，你們怎麼就想到高繼安了？」沈周道：「因為之前我們在崔府大門前見過高繼安，而且案發地點應天府官署與他工作的地點府學相鄰。崔員外遇刺地點在假山一帶，假山翻過去正好是府學書坊。」馬季良問明高繼安的身分，便一邊命人送馮大亂回去，一邊派侍從趕去高家捕人。

包拯道：「馬龍圖且慢！我們有言在先，除非有確鑿證據，否則不可以胡亂抓人，不然只會打草驚蛇。」馬季良道：「你們已經推測出凶器是刻刀，這難道還不是證據麼？」包拯道：「這只是推測，雖然合情合理，但還沒有取得實證。如果能從高繼安手中找到淬毒的刻刀和崔員外的匕首，這才是實證。」

馬季良問道：「那你想要我怎麼做？」包拯道：「我們先暗中調查高繼安，一邊尋找他謀害崔員外的動機，一邊設法尋找實證。」馬季良很是不解，道：「只要派人把他抓起來，搜查審問，一切不就立即清楚了麼？」文彥博道：「那麼馬龍圖有沒有想到，高繼安不過是個刻書匠人，怎麼會有謀害崔員外的膽量？況且他使用的毒藥極為罕見，又是從哪裡得來的？」

馬季良這才恍然明白過來，道：「你們是說，高繼安背後還有主謀？」文彥博道：「是。所以要請馬龍圖稍安勿躁，不要著急抓人。」馬季良道：「也好，就聽你們的。」他雖然能放心將案子交給包拯等人調查，但還是忍不住要表達自己的看法，道，「高繼安是府學提學曹誠的手下，這件事難保曹氏沒有捲入其中，要不然那曹豐為何莫名失蹤？」

沈周道：「曹教授新請了蘄州匠人畢昇[1]來主持府學書坊，高繼安正為此銜恨曹教授，怎麼可能與曹氏勾結殺人？」馬季良懷疑曹誠不過是出於本能的厭惡，聽沈周這麼一說，也就相信了，道：「既是毒藥難得，必有朝廷高官捲入其中。」沈周道：「馬龍圖是皇親國戚，旁人沒有法子，你卻有法子。與其胡亂猜測，何不設法查明奇毒來歷，設法謀到解藥？」

馬季良道：「不錯，我今晚就寫封家信，明日一早送去東京，讓內子設法請一名太醫來南京。」眾人便一道出來內室，預備就此散去。

張建侯是習武之人，耳目要比尋常人靈敏許多，忽聽到房頂上有極細微的摩擦聲，當即叫道：「房上有人！」正要搶出堂去捉賊，卻被包拯一把拉住，道，「你先留在這裡守護崔員外，免得有人刻意調虎離山。」一群人一窩蜂地擁到內庭中，仰頭望去，果見廂房屋脊上人影幢幢。

馬季良勃然大怒，叫道：「反了，簡直反了！來人，點火！快點火！快上去捉住那賊人！」但那房頂有好幾丈高，人力難以攀越，哪能說上就上？侍從忙趕去取梯子。馬季良氣得跳著腳罵道：「廢物！一幫廢物！」

卻見張建侯搶出堂來，手中握著一副弓箭，飛快地張弓搭箭，一箭便將屋頂的人影射下來。那人腿上中箭，重重墜地，悶哼一聲，卻是女子的聲音。眾侍從舉火圍了上去，果然是名年輕的青衣女子，居然就是崔都蘭的貼身婢女慕容英。馬季良極為驚訝，命人扶她站起來，問道：「怎麼是你？是崔都蘭派你來偷聽我們說話的麼？」慕容英倒甚是鎮定，將箭羽折斷，又撣了撣身上的土，道：「不是。真實情況，我說了官人也不信，所以還是不說的好。」

馬季良道：「不見得，你不妨先說來聽聽。」慕容英道：「那好，我就如實講給官人聽。適才我到隔壁水院水井提水，意外看到崔員外房上有人影閃動，我當即想，這一定是真凶來殺人滅口了。不瞞各位，我略略會些武藝，想當場捉住那凶手，於是便沿著水院中的桐樹爬上了角房房頂，打算自廂房繞到兼隱院正堂屋頂，抓住那凶手。但我人才剛到廂房頂上，你們就都出來了。我知道事情不妙，擔心馬官人誤會，所以想原路退回角房，卻被人莫名射了一箭，掉了下來。」

馬季良顯然不能相信她的話，問道：「你既然知道那賊人很可能就是真凶，為什麼不叫人幫忙捉凶？」慕容英道：「我若一叫，那人立即就逃了。他在屋頂，我在隔壁院中，怎能追得到他？況且我也略略有些私心，我知道馬官人不喜歡都蘭小娘子，便想藉這件事來立功。」

馬季良道：「那麼你看到的那名凶手呢？」慕容英道：「你們這麼多人擁出來高喊捉賊，我心中著慌，再看那邊時，凶手已然不見了人影，大概是跳下房頂逃走了。」正好侍從過來稟報道：「院子內外都仔細搜過，沒有可疑發現。」馬季良越發不能相信慕容英的解釋，但他這次並沒有武斷地下結論，轉頭去看包拯幾人，意在徵詢意見。

包拯道：「英娘所言……」文彥博重重咳嗽了一聲，道：「夜色已深，我們幾個也該告辭了。馬龍圖，請早些安歇。」不容包拯說完，扯了他衣袖逕直出去。馬季良道：「哎，你們這是……」沈周拱手道：「告辭。」張建侯雖不明所以，亦趕緊將手中的弓箭塞到馬季良手上，道：「這是我剛才從崔員外臥房牆上取下的，情非得已，請恕冒昧之處，還要勞煩龍圖官人代還回去。」

轉頭見慕容英額頭淨是冷汗，他知道自己那一箭雖未射中要害，但畢竟是穿腿而過，劇痛是免不了的，但慕容英卻毫不出聲，不由得對這剛強堅毅的女子多了幾分佩服，歉然道：「抱歉了，小娘子，我實在不知道屋頂上的人是自己人。」慕容英道：「這不能怪公子。」張建侯道：「小娘子可有金創藥？」慕容英道：「自然是有的。不敢有勞公子費心。」張建侯聞言，這才轉身去追同伴。

崔槐夫婦、崔都蘭等都已聽到動靜趕來兼隱院，卻被侍從攔在院門外。崔槐見包拯等人深更半夜從叔叔的內院出來，極為驚異，問道：「你們幾位在這裡做什麼？」文彥博道：「這個……嗯，一會兒馬龍圖自會告訴你們。」一拉扯著包拯急走出來。直到出了崔府，文彥博才鬆開手。包拯似乎不大高興，但也沒有多說什麼。

張建侯很是奇怪，道：「姑父的話還沒有說完，這麼著急離開做什麼？難道是因為那慕容英在說假話，彥博你認為不便當面拆穿她？其實，我看馬官人自己也根本不相信慕容英的解釋。」文彥博道：「不管慕容英的動機為何，但適才潛伏在房頂的人一定不是她。你是習武之人，你可以自己想像一下，如果讓你從正堂房頂到廂房房頂，在那麼短的時間內能辦得到麼？」

張建侯方才之所以察覺到房頂上有人，自然是因為聽到正屋上方有動靜。他性情急躁，隨即喊了出來。眾人瞬間擁出房中，四下張望，這才發現東廂房頂上有條人影，也就是婢女慕容英。兼隱院正屋坐北朝南，雖是標準的三楹[2]，但每楹又比尋常屋子要大上許多，幾近五楹。東西兩邊廂房也各有三楹。慕容英被眾人發現時，正好站在東廂房的房頂正中，距離正屋尚有一段距離。屋脊不比平地，尋常人站都難以站穩，即使是身懷武藝之人行走也極不容易，還要小心不被人發現，更是難上加難。

張建侯一經提醒，便立即會意過來，道：「對，即使是我，也不能辦到。而且廂房與正屋並不相連，中間有一個大空檔，在那樣的情況下，不可能不被人聽見而憑空騰越而過。這麼說，慕容英說的是實話了？」

文彥博道：「嗯，很難講。這裡面還是有許多不能解釋的地方，即使慕容英沒有說謊，她也肯定隱瞞了什麼。唯一能肯定的是，在崔良中房頂的人並不是她。包拯耿直，不願意說謊，我不讓他說出證實慕容英解釋有理的話來，是有意要讓她覺得我們已經開始懷疑她，來一招打草驚蛇，再來一招引蛇出洞。」

沈周道：「嗯，慕容英這女子跟她的主人崔都蘭一樣可疑。一個身懷武藝，在自己家中飛簷走壁；一個冷若冰霜，對自己父親的病情無動於衷。」張建侯卻驀然想到一事，道：「如果慕容英說的是實話，就算只是部分實話，她說看到有人伏在崔良中的房頂，認為那是昨晚在應天府官署行刺崔良中的凶手，那麼真凶很可能是崔府內部的人。」

沈周道：「為什麼這麼說？」張建侯道：「因為按照慕容英所言，那凶手當時伏在崔良中的正屋房頂上，這句應該是真話，我當初就是聽到頭頂上有響動才驚叫出聲。但大夥出去之後，只發現了東廂房上的慕容英，卻不見凶手人影，理所當然他是溜下房頂了。我出聲示警後，馬龍圖的侍從立即圍了內院，但搜索後卻沒有發現凶手的蹤跡，那麼只有一種可能，凶手就是崔府內部的人！他從房頂下來後，坦然混入了下人之中，所以才沒有留下任何痕跡。」

包拯驀然驚醒，忙道：「建侯提醒得極對，我們應該很快就可以找出這個人。走，趕緊回崔府去，晚了就來不及了。」張建侯道：「崔府上下少說也有百十來號人，剛才擁在院子中的侍從、僕人、婢女加起來總也有幾十號人，怎麼查？一個個抓起來拷問麼？」

包拯道：「那倒不必。你可記得當時慕容英從屋頂上掉下來之後，衣服上淨是大塊大塊的黑灰色？那是瓦灰。南京已有一段時間沒有下雨，房頂瓦礫上積有不少塵土。人在房頂，不可能直立行走，須得將身子匍匐下來，所以她身上才會沾了大量的瓦灰。」張建侯這才明白過來，道：「那麼，在崔員外房頂上窺測的凶手，身上也應該有瓦灰。」

幾人正欲轉身步進崔府時，卻見馬季良帶著幾名侍從出來，離得老遠便朝眾人揮手，匆匆奔過來道：「慕容英說的是實話。我剛剛派人搭梯子上正堂房頂看過，確實有人到過的痕跡。既是那真凶能不露痕跡地從我們眼皮底下消失，應該是崔府裡面的人了，對也不對？」

他以堂堂龍圖閣學士之尊，深更半夜地在大街上向幾名後生小子徵詢意見，情形著實有些可笑。但這人全然不是傳說中的草包學士，當真有兩下子，居然也立即想到真凶很可能是崔府內部的人，想來當年他與崔良中一道闖蕩江湖時，也經歷了不少磨難風波。

張建侯道：「對，對。我們也剛想到這一點，正要去找龍圖官人呢。」忙說了包拯想到的瓦灰一事。馬季良道：「我已經派人將今晚到過兼隱院的下人全部拘禁起來了，不過沒有想到瓦灰這件事。好在人都關在房裡，我這就回去，一個一個地檢查他們的衣服。」

文彥博不解地問道：「既然馬龍圖已經想到真凶可能就是崔府中人，為何還要趕出來找我們？」馬季良歎道：「本來按照我的性子，就要立即對這些人嚴刑拷打，逼問出真凶來。但這裡到底是崔府，我究竟是個外人，不好在義弟昏迷不醒的時候擅自對他的下人動刑。若是交給官府，又怕鬧出更大的風波來。」

馬季良知道其義弟崔良中雖有財有勢，但在南京聲名並不佳，這次遇刺後，市井坊間多有奔走相慶、幸災樂禍之人。起初官府懷疑是曹豐行凶，提刑司派差役到曹府拘禁曹誠，以逼迫曹豐投案自首，卻被應天書院主教范仲淹幾句話輕易化解，范仲淹的一番話更是在南京城中廣為傳誦，越發顯得崔氏不得人心。在這種情況下，當然越低調行事越好，出一點點婁子，只會招致更多外人起鬨，徒令崔氏難堪。像真凶實出自崔府這樣的事一旦傳出，南京士民定會越發為曹氏的無辜被疑而憤憤不平，那麼崔氏的名聲就越發江河日下了。所以馬季良將今晚到過兼隱院的下人都關押起來，卻並未有任何後續動作，而是趕來追包拯等人，實是期待能有個不事張揚的法子直接找出凶手。

文彥博等人都是聰明人，立即明白了馬季良的心思。包拯道：「既是有了明確線索，足以令馬龍圖尋找真凶，我們不如分頭行事。」馬季良道：「好，我這就回去查所有下人的衣服。高繼安那條線索則交給你們幾位負責。」包拯道：「好。要尋找真凶，先從當晚跟隨崔員外到過應天府官署的從人入手。」馬季良愣了一愣才反應過來，道：「多謝指教。」一想到真凶近在眼前，義弟遇刺一案即將水落石出，又是欣喜，又是憤懣，忙不迭地轉身去了。

張建侯道：「我們現在去哪裡？是要去找高繼安麼？」包拯道：「當然。」幾人當中，以沈周的身子最為單薄，不禁抱怨道：「現在已經快半夜了，明日一早再去不行麼？我可是睏也睏死了。況且現下不是已經肯定真兇是崔府內部的人麼？說不定跟高繼安無關呢。」包拯道：「高繼安來過崔府，兇器又是刻刀，他肯定有所關聯。今晚崔府出了這麼大的事，雖然馬龍圖刻意壓制，不讓消息傳出，但人多嘴雜，萬一張揚開去，高繼安聞風逃走，那豈不糟糕？」頓了頓，又道，「不過，我們不用耗費這麼多人力。小沈，你和彥博先回我家歇息。我和建侯兩個人去尋高繼安，看能不能有所發現。」

沈周道：「這不好吧，我們幾個一向共同進退，要去就一起去。」文彥博卻道：「包拯說得有理，沒有必要都跑去找高繼安。沈周，我們兩個先去包拯家中睡覺，等他回來，讓他睡覺，我們接著找線索，豈不更好？」沈周聞言，只得同意。

包拯遂與張建侯趕去節字街尋高繼安。剛到禮字街口，便遇到帶著弓手巡邏的宋城縣尉楚宏。楚宏上前攔下二人，問道：「兩位公子大半夜的還在大街上，行色匆匆，可是有什麼要緊事要趕去辦？」張建侯因為初入城時即被楚宏收繳腰刀，至今不曾歸還，對其印象不佳，不服氣地道：「我們就愛半夜在大街上閒逛，如何？這也犯法了麼？」

大宋不似漢唐有夜禁制度，入夜後，市井坊間往往熱鬧異常。楚宏被張建侯一問，也無話可答，只得退開。包拯卻道：「我們得到一條關於崔員外遇刺一案的線索，正趕著去查個明白，楚縣尉若是不忙，不妨跟我們一道。」楚宏先是一愣，想了一想，才點頭道：「好，我隨包公子去。」態度極見沉靜，毫無破案立功的急躁，甚至連線索是什麼也沒有追問。

張建侯很是不解，低聲問道：「姑父為什麼要叫上他？萬一查到實證，功勞豈不成他的了？」包拯道：「我們又不是官，有什麼功不功的？楚縣尉是個勤勉的好官，你見到幾個像他這樣日日夜夜親自巡視全城的縣尉？」張建侯這才不吭聲。

節字街是南京手工藝人的集中居住區，也有一些商舖。雖然夜色已深，依舊有不少人在街道邊的攤子上飲酒作樂，不時有歡笑浪語。到了高繼安家，正好其門前月桂樹下有兩名男子點著燈籠下雙陸棋，聽聞眾人來找高繼安，一紅臉男子笑道：「老高今晚不在！瞧，屋裡的燈一晚上沒亮過。」

包拯道：「大哥可知道他去了哪裡？」紅臉男子道：「我看見有個婦人把他叫走了，還問了一句，他也沒答，不知道去了哪裡。」另一白臉男子笑道：「還用問麼？當然在那婦人家裡。」包拯顧不上理會後面一人的調笑，忙問道：「這是什麼時候的事？那婦人多大年紀？長得什麼樣子？」紅臉男子道：「嗯，應該是天黑後不久吧，我正在攤子上吃晚飯呢。那婦人戴著帷帽，看不清面孔。年紀麼，我猜大約三、四十歲？不過，她不是第一次來找老高，應該是老相好了。」

張建侯道：「那婦人既來過多次，難道每次都是戴著帷帽麼？你一次也沒看到她的面目？」紅臉男子道：「是啊，這不奇怪啊。她如果不是專門說媒的媒人，就一定是不願意旁人看到她的真面目。」白臉男子：「其實也是有點奇怪，老高的渾家死了好幾年了，他手頭也很有幾個錢，完全可以再娶一房老婆，這婦人既不是媒人，又老來找他，肯定是對他有意，男歡女愛，何必偷偷摸摸，見不得光？要我說，她多半是有夫之婦。」轉頭見到一身公服的楚宏，不禁「哎喲」一聲，問道，「是老高犯事了麼？」

包拯見再也問不出來什麼，便將楚宏叫到一邊，道：「之前發現的線索跟高繼安有很大的關係，他有可能只是被人叫走，但更可能是逃走了。事情緊急，我想進去高家，搜索更多證據，還請楚縣尉行個方便。」楚宏這才問道：「包公子所稱的線索是什麼？」聽包拯說了大致情形，沉吟道，「雖然不算什麼實證，但足以傳訊高繼安。好，我帶包公子進去。」當即打亮火摺。

高家大門沒鎖，一推即開。院子甚小，除了窗下散種著幾株牡丹，甬道兩旁的空處都擺滿了大木盤，盛放著清水，裡面浸泡著棗、梨、黃楊等各種木材，顯是刻版用的材料。楚宏先跨入堂屋，舉火點燃燈燭，這才招呼包拯二人進去。

張建侯眼尖，一眼見到窗下牡丹叢邊有新土刨出，趕過去用手挖了幾下，將浮土拔開，赫然露出一柄精巧的黃金匕首，跟馬季良的那柄匕首一模一樣。忍不住歡笑一聲，道：「哈哈，找到了，這不是實證是什麼？崔員外的匕首在這裡！呀，下面還壓有刻刀。」

那是一柄精細刻刀——乳白色的圓形骨質杆身，粗不及小指；兩頭有刃，一頭扁平如切刀，一頭尖細如劍尖。刻刀用於雕版，屬於特殊工具，製作工藝複雜，刀體通常採用鋼製成，比普通刀劍要堅韌耐用許多，刻刀的價值全在刃上，因而兩頭刃上均配有皮質護套。眾人忙趕過來圍觀。包拯一見便道：「不錯，這正是我們要找的東西。」

楚宏忙道：「公子再四下看看，也許還會有什麼別的發現，我派兩名弓手留在這裡幫你。我先趕回縣衙，調派書吏和吏卒來記錄現場，再請呂縣令發出通緝告示，以防高繼安明日一早逃出城去。」包拯見他辦事敏捷周到，令人放心，便點頭道：「好。」

楚宏道：「只是有勞兩位公子要在這裡多耗一會兒了。」包拯道：「不要緊，這就請楚縣尉快去辦事吧。」轉頭見張建侯正在玩弄那刻刀凶器，忙叫道，「建侯，快放下刻刀，上面有毒。」張建侯便將凶器原樣丟進土坑中，等候官府派人來取證。又問道：「姑父，崔員外好歹也是南京城中的頭面人物，這高繼安不過是個刻書匠，他為什麼敢在老虎頭上捉蝨子呢？」包拯道：「嗯，這個問題問得好。我們再好好找找，看看有沒有別的線索。」命弓手守在院中，自己和張建侯進屋搜索。

高繼安是刻書匠人，大約有手工藝人細心愛整潔的天性，屋裡屋外一應物事收拾得整整齊齊，吃穿用度井井有條，雖然不是大富大貴，也稱得上是小康之家。家中正屋一間，臥室一間，還有一間類似讀書人書房的書坊。坊中擺有一張長長的臺案，上面擺滿雕版使用的工具，如各種形狀、大小的刻刀、鏟刀、刮刀、鑿子、木槌等。

還有印版固定夾具、固定紙張的架子，以及各種規格的刷子，麻雀雖小，五臟俱全，完全就是一個小巧的手工作坊。夾具上有一塊已經上樣[3]的木板，雖是反文，卻依稀可辨認出是唐代名將張巡的〈守睢陽作〉一詩：「接戰春來苦，孤城日漸危。合圍侔月暈，分守若魚麗。屢厭黃塵起，時將白羽揮。裹瘡猶出陣，飲血更登陴。忠信應難敵，堅貞諒不移。無人報天子，心計欲何施。」寫這首詩時，張巡已經知道睢陽無力再守，但他卻沒有流露出沮喪，而是豪氣中帶著柔情，悲壯得幾近淒涼，慘烈堪與後世岳飛的〈滿江紅〉媲美。張建侯道：「呀，看起來高繼安正要刻印一本《張公文集》呢。」張巡雖然死去已有兩百多年，但其人聲名不衰，在商丘一帶更是被民間神化，地位崇高，刻印他的文集也不是奇事。

包拯、張建侯二人將堂屋、臥室、書坊都細細翻過一遍，不見有異常之處。又來到廚下，廚具甚少，只有一個廚櫃和一口水缸，看起來有些空空蕩蕩。灶上大鍋蓋著蓋子，灶臺上乾乾淨淨，沒有尋常人家煙薰火燎之味道，也沒有任何油膩之物，顯然主人不常開伙做飯。張建侯道：「除了乾淨，沒有出奇之處啊。」

包拯道：「乾淨難道不是出奇？」想了一想，走到灶臺邊，揭開甕缸[4]的蓋子，卻見裡面並無一滴水。人可以不做飯，在外面買現成的食物，但居家生活不能沒有熱水。這高繼安明顯是個潔淨之人，難道不用熱水洗浴麼？即使習慣用冷水，他房中擺放著不少茶葉罐，難道泡茶也不用熱水麼？

包拯甚感疑惑，又來到外面院子中，發現簷下擺著一個簡易銅爐，旁邊堆滿柴禾，應該是專門燒水用的，這才釋然。但心中仍然覺得有什麼不對勁，重新回到廚下，俯身往灶口看了一眼，裡面積了許多柴灰。當即心念一動——廚房裡一根柴禾都沒有，灶口前也沒有添火時坐的小板凳，灶裡卻有這麼多灰，而且那灰的形狀並非自然燃盡，明顯有人撥弄過的痕跡，豈不是不同尋常？

一念及此，當即挽起袖子，伸手往灰裡掏去，手一入灰，便觸碰到硬物，心頭一喜，知道自己猜測得沒錯。忙將那物事取出來，撣去灰燼，卻是一個油布包著的小包，長方形，約是一本書的大小。張建侯問道：「收藏得這麼隱祕，到底是什麼？」包拯便將油布一層層解開。油布包得極緊，足見裡面物事之貴重。

包拯拆得小心翼翼，張建侯已然等不及了，胡亂猜測道：「像是一本書，該不會是傳說中的《張公兵書》吧？」一提到《張公兵書》，立即滿臉通紅起來。難怪張建侯激動，他非但是出自南陽張氏，而且祖先還與張巡同屬一支，算得上是張巡的旁系子孫。一想到祖先留下的傳奇兵書很可能就在眼前，便按捺不住焦急，連聲催促道：「快！快點！」包拯奇怪地看了張建侯一眼，對內姪如此異想天開的想法感到極為詭異，問道：「你怎麼會認為裡面包的是《張公兵書》？難道是因為見到高繼安在刻印《張公文集》麼？」

張建侯道：「不是不是。噢，我還沒有來得及告訴姑父，這次我和妹妹陪祖姑姑回南陽省親、拜祭祖先，在張氏宗墓遇到了一對中年夫婦，相公名叫張望歸，夫人名叫裴青羽，你猜那張望歸是誰的後人？你一定想不到！」包拯道：「張議潮。」張建侯不禁咋舌，連聲道：「啊，姑父是怎麼猜到的？真是神了，你連他的人都沒有見過呀！」包拯道：「他的名字叫望歸，可想而知，是盼望回到家鄉的意思。張氏一系，最著名的望歸人氏就是張議潮的子孫後代了。」

唐代安史之亂後，國力日衰，逐漸喪失了對西域的控制權，河西一帶也被吐蕃占領。然敦煌雖百年阻漢，沒落西戎，而人物風化，一同內地。唐代大中二年（西元八四八年），張議潮在沙州發動起義，漢人紛紛響應，爭相與吐蕃軍拚命，沙州由此收復。三年後，張議潮收復河西，主動歸唐。唐朝於是在沙州建立歸義軍，統領河西十一州，授張議潮為歸義軍節度使。張議潮死後，其姪張淮深統領淮西，但由於不肯派兒子到長安為人質，唐朝廷對其不能放心，不授予節度使旌節，但其實就是不支持張淮深當節度使，從而引發了歸義軍內部的權力爭奪，歸義軍的轄境縮至瓜、沙二州。

唐朝滅亡後，張氏子孫張承奉建立金山國，卻抵擋不住回鶻的進攻，最終被迫取消國號，臣服於回鶻，從此張氏徹底喪失了在河西地區的威望。沙州另一大族曹氏曹仁貴乘機發動兵變，取代了張承奉，又恢復歸義軍稱號，仍稱歸義軍節度使。此後，歸義軍政權一直把持在曹氏家族手中，而今當權者名叫曹賢順，同時與大宋、遼國保持著友好通使關係。張望歸夫婦便是新近跟隨出使大宋的使者團而入境。

包拯隨口問道：「那位張望歸先生是預備到中原定居麼？」張建侯道：「他倒是有這個想法，但他的夫人不同意，好像很不喜歡我們大宋的樣子。對了，他們夫婦說了，想來南京拜祭忠烈祠，也不知道到底有來沒來。如果遇上，我一定將姑父介紹給他們認識。」

油布包終於打開了，並不是《張公兵書》，甚至不是一本書，而是一疊相同大小的厚紙。張建侯的心情登時由豔陽高照轉為墜落冰窟，臉色一下黯淡下來，沮喪地歎了口氣。包拯卻是顏色大變，失聲道：「這些……這些都是偽造的交引！」張建侯道：「交引是什麼？」包拯道：「就是類似提貨單的文書，可以憑它到榷貨務換取茶葉。」

張建侯道：「可是，提貨單都是由東京榷貨務開具，聽說一式三份，分稱甲、乙、丙，騎縫間均有蓋印，東京榷貨務自留甲份，乙份給茶商，丙份由朝廷發往南方六大榷貨務。茶商去提茶葉，須得將手裡的提貨單交與官吏，兩份憑證合印無誤，方能提出茶葉。高繼安私刻文書，就算能偽造官印，但榷貨務沒有底單，他怎麼可能騙過官吏呢？」包拯道：「這些文書自然不能直接到六大榷貨務提取茶葉，卻可以到東京榷貨務換取提貨單，這跟朝廷新實行的『入邊』制度有關。」

自西夏首領李繼遷奪取靈州、不再臣服大宋以來，西北局勢緊張，大宋在邊關屯駐了大量軍隊，邊軍需要大量糧食。而往前線運糧是一項十分繁重的任務，耗費浩繁，為了減輕負擔，朝廷想了一個辦法，即鼓勵老百姓自己出錢出力將糧食運到邊境，稱「入邊趨粟」，簡稱「入邊」。駐軍收到糧食後，給輸糧者開具文書，稱為「交引」，老百姓可以憑藉交引到東京榷貨務換取茶葉的提貨單。

對普通百姓而言，茶葉可以跟布帛、糧食一樣折稅，實際上有貨幣的作用。「入邊」政策實行以來，很多老百姓都踴躍地往邊關送糧，朝廷由此省卻了一大筆採購、運輸物資的額外支出。但由於邊區糧食價格高，中原的糧價不過十幾文，西北地區卻高達一千文，因此老百姓換來的交引價值很高，而他們往往沒有實力做茶葉生意，便乾脆將其賣掉，譬如賣給崔良中這樣的大茶商，這樣經過轉手之後就容易造成弊端和漏洞。

張建侯道：「姑父怎麼知道這些交引是偽造的？」包拯道：「交引是特殊用紙，既厚且韌，一般都是由朝廷印製好樣式後發往邊關，再由邊軍根據所運糧食多少折算成茶葉斤數，後於空白處添上籍貫和姓名，發到入邊者手中。入邊者得到交引後，自邊關返回，因是辛苦所得，必然會貼身妥善收藏，不可能一點折痕都沒有。可是這些交引卻很新，看起來就跟剛印製出來的一樣。而且這每一張交引都可以換取一千馱茶葉[5]的提貨單，價值不菲，如果不是偽造的，早該拿去換茶賣錢了，藏在灶灰中做什麼呢？」

張建侯道：「可是交引上的人名、籍貫看起來很真啊，你看這張眉州青神[6]人氏陳希亮，我知道青神那個地方，當地真的有很多姓陳的。這是造假的沒錯，但還真是有鼻子有眼睛，煞有其事。」包拯驀然得到了提示，忙將一疊交引交給張建侯，自己跑回灶口。那灶口小，腦袋無法伸進去，他便挽起袖子，伸手入灶膛，將灶灰全部扒出來。

張建侯好奇道：「姑父還要找什麼？」包拯不答，只是一點一點地摸索。終於在靠近灶口的內壁上摸到一塊活動的火磚，他慢慢將火磚取下來，從小洞中掏出一個竹筒。竹筒中插著一卷紙，取出來一看，卻是一疊皺巴巴的交引，最上面一張寫著眉州青神陳希亮的名字，然而價值卻只有五十馱。

原來，是有人自入邊者手中買下交引，又將這些原版交引交給高繼安，令其照葫蘆畫瓢，重新刻造一份新的文單，入邊者的姓名等均不改變，唯一的變化是將原先的交引價值誇大十倍、數十倍。但這些原版的交引合起來計算，原本的價值已然很高，絕非普通商人的財力所能承受，高繼安絕對沒有這個能力，他有的只是刻書的手藝，一定是另外有人聘請了他。而策畫這件事的人，不但有雄厚的財力資本，還膽大包天。

張建侯立即明白了過來，道：「原來是這樣。難道高繼安是在替崔良中刻印假交引？呀，崔良中『天下第一茶商』的名號原來是這麼來的。」包拯心中最先想到的也是崔良中，但目下並沒有指向這位大茶商的直接證據。高繼安和崔良中之間唯一的聯繫，只是在高繼安家中發現了行刺崔良中的凶器。但這批交引牽扯到的茶葉數目如此巨大，除了天下第一茶商崔良中，誰還有能力染指呢？不是他指使高繼安造假，又是誰呢？

張建侯道：「可我就不明白了，高繼安既然跟崔良中是一夥的，為什麼他還要刺殺自己的主顧呢？即使是他起了貪念，自己想霸占這批交引，他也沒有能力脫手啊。」包拯道：「嗯，這個……」恰在此時，只聽見外面有人叫道：「高繼安回來了！喂，有官府的人在這裡，你還不快跑！」包拯忙將兩疊交引重新用油布包好，收入懷中，這才趕出來查看。兩名弓手已聞聲追出大門，二人也緊跟出來，查看究竟。

三更已過，外面是黑漆漆的夜，大街上行人稀少，沒有燈光，全然只能憑兩邊住戶一兩扇窗子透出的燭火照明，微弱而呆滯，好似惺忪眼睛的目光。昏昏暗暗中，一切都影影綽綽，看不清楚本來的樣子。近處有草蟲的哼唧唧聲，遠處則有人呼喊，夾雜著一兩聲狗吠，顯得空曠而遙遠。

張建侯還想去追高繼安，但也不知道該往哪個方向去，只好陪著包拯站在大門前張望，道：「看來高繼安傍晚時離開，只是有事被人叫出去了，他還不知道自己已經暴露。」包拯道：「嗯，如此才合情合理。不然，高繼安如何能知道我們已然請了仵作，從崔良中的傷口驗出了端倪？」

等了一會兒，弓手們氣喘吁吁地跑了回來，告道：「沒有追到人。」包拯道：「算了，反正夜間城門關閉，他出不了城。天亮前，緝拿他的告示就會貼遍大街小巷，他寸步難行，逃不掉的。」弓手這才留意到包拯一臉灶灰，土頭土腦的，完全變了一副模樣，不禁一愣，想笑卻又不敢笑出來。

在院子中等了小半個時辰，楚宏率領書吏、差役重新趕來，告知道：「我回去縣衙將案情稟報了呂縣令，呂縣令立即簽發了告示，已派人知會各城門守軍，並稟報了應天府、提刑司。明日一早，城中就會展開大搜捕，高繼安是決計逃不掉的。」包拯道：「只怕這件案子不是這麼簡單。」將他從灶灰中搜到的一真一假兩疊交引，交給楚宏。

楚宏愣了半晌，才道：「這件案子看起來背景複雜，楚某須得回去稟報上司，再做決斷。」轉頭催促書吏道，「快些為包、張兩位公子錄下證詞，好讓他們早些回去休息。」書吏應了一聲，正要詢問經過，忽聽得弓手在裡面叫道：「土坑裡少了刻刀！」

包拯大吃一驚，忙奔到窗下花叢邊，只見土坑中只剩那柄黃金匕首，那把至關重要的凶器刻刀卻是不見了。眾人見狀，無不驚訝之極。張建侯撓頭道：「不對呀，我明明放在這裡的，就在匕首旁。這裡又沒有別人進來過，怎麼會不見了呢？」

楚宏便質問手下道：「會不會是你們不小心動過，又掉在哪裡了？」弓手慌忙辯解道：「刻刀只有張公子動過，聽說刀上有劇毒，他扔回土坑後，小的們看都沒敢多看。」楚宏還要命人仔細搜尋刻刀，包拯搖頭道：「不必了，我們適才中了調虎離山之計，刻刀被賊人竊走了。」

他已然明白過來，那剛才在外面警示高繼安逃走的人，並不是真的發現了高繼安的蹤跡，而是有意要引眾人出去——弓手聞聲，立即追了出去。包拯和張建侯聽到喊聲，也趕快跟出了大門，雖然沒有就此離開高家，卻一直站在院門口等消息。而那賊人一直躲在暗處窺測，趁院中無人，神不知鬼不覺地竊走了刻刀。

如此看來，高繼安已然逃走無疑，之前來找他的帷帽婦人多半就是來通風報信的。但這個冒險竊走刻刀的賊人又是誰？跟高繼安是什麼關係？他又是如何悄無聲息地進出高家，從包拯、張建侯的眼皮底下取走了刻刀？

包拯說了大致情形。楚宏極為不解，困惑地道：「凶器已經被發現，證實了是高繼安向崔員外行凶，鐵證如山，為什麼還有人要偷走刻刀？如果是想銷毀物證，為什麼只單偷走刻刀，卻留下匕首呢？」

張建侯搶著答道：「我能猜到原因——因為刻刀上有毒。既然仵作可以由傷者的傷處推測出真正的凶器是刻刀，再推想到刻書匠人高繼安，那麼刻刀上的毒藥也一定可以推想到什麼人，所以賊人才會將它盜走。換句話說，高繼安只是一個小卒子，是他動手向崔員外行凶沒錯，但他背後還有主謀，那毒藥一定能聯繫到主謀身上。」如此推測確實有道理，連包拯也轉過頭來，驚異地看著內姪。張建侯不好意思地解釋道：「不是我聰明，我只是照貓畫虎地想到的。」

楚宏道：「聽說醫博士許希珍幾次為崔良中崔員外診治，也判斷不出他中的毒是什麼。就算官府得到刻刀，結果還不是一樣麼？」只聽見背後有人道：「這全然不一樣。崔員外中的毒已深入體內，跟他體內的血液以及茶葉積澱混雜在一起，毒藥起了反應，就會發生變化，若是事先不知道是什麼毒藥，便再難搞清楚藥性。但刻刀上的毒藥等於是源頭，查明藥性的可能性要大上許多。」

回頭一看，卻是沈周站在院門口。他雖然勉強同意回包府歇息，但真躺到床上時，卻根本睡不著，一直豎著耳朵聽外面的動靜，盼望包拯快些歸來。見其久久不回，越發擔心起來，遂乾脆披衣起床，見文彥博房中沒有動靜，便自己一人摸黑出了包府，一路尋來高繼安家中。

楚宏忙命把門的差役放沈周進來，道：「如沈公子所言，那麼竊賊盜走刻刀就是這個道理了。」命書吏記錄下現場情形、錄下包拯幾人口供，再派人留守高家，自己則帶著兩疊交引趕回宋城縣署向長官稟報。

包拯幾人出來高家時，已是凌晨時分，天雖然還沒有亮，遠處卻間或有雞鳴聲。半路上，沈周問明了事情經過，不由得極為懊惱，道：「當初我真該和你們一起來高家的，多一個人多一分力，也許不用著了那賊人的道。」包拯道：「不必自責，怪只怪賊人太處心積慮。」

張建侯向來自負武功了得，今晚卻接連遭受挫折，先是在崔良中家讓房頂的真凶逃脫，接著又在高繼安家被賊人從眼皮底下盜走關鍵證物，自己居然絲毫沒有察覺，既氣憤又沮喪，恨恨道：「這兩個人千萬別落在我手裡，不然一定要讓他們難看。」

沈周疑惑道：「今晚可真夠邪門的。就算南京城中藏龍臥虎，一夜之間，哪裡能冒出來那麼多飛簷走壁的高手？」包拯道：「應該是同一個人。剛剛竊走刻刀的賊人，一定就是今晚慕容英所見到屋頂上的人影，也就是所謂的真凶，其實就是高繼安背後的主謀，或是主謀的手下。」張建侯道：「可是真凶不是已經被馬龍圖困在崔府中了麼？」包拯道：「也許我們都弄錯了。」驀然想到什麼，腳下也加緊了步伐。

張建侯道：「什麼弄錯了？哎，沈大哥，他怎麼老是不把話說完？」其實張建侯比包拯低一輩，按理該稱呼沈周「叔叔」，但大家年紀相差不大，他又是禮儀粗疏之人，便「大哥」、「大哥」地叫，也沒有人在意。沈周也是愣了一會兒，才回過神來，道：「呀，你姑父的意思是，很可能我們之前推斷有誤，那真凶早已經逃離了崔府。」

包拯如此推測，自然不是憑空瞎猜，而是有重要理由——眾人今晚才根據仵作馮大亂的檢驗判斷出凶器是刻刀，由此推想到刻書匠人高繼安，包拯據此追蹤而來，高繼安卻已搶先逃走。但也不是全無所獲，張建侯在高繼安家窗下掘出凶器，得到了行凶鐵證，崔良中遇刺案就此告破。即使高繼安的背後尚有主謀，只要捕到他本人，自然可以立即訊問明白，他不但是犯人，還是指認主謀的人證。然而，事情卻突然出了意外，有賊人趕來盜走了刻刀，而那自是能追蹤到主謀的關鍵證據。

如果官府不能緝拿到高繼安，那麼也就不可能再追查到主謀。就在今晚短短幾個時辰之內，干係到主謀的人證高繼安和物證刻刀先後消失了，這是有意識地毀痕滅跡，顯然是主謀或主謀派人所為。但直到今晚，包拯等人才查到了高繼安的線索，又有誰會知曉高繼安已然暴露、並及時知會他逃走？又有誰知道包拯等人連夜來了高家、並搜到了殺人凶器？這一連串的事件，發生的時間緊密相連，根本不可能是巧合。唯一的可能是，那主謀得到崔良中白日曾經清醒過來的消息，擔心他再一次醒來後透露自己的名字，於是決意今晚殺死崔良中滅口。

這主謀能摸到兼隱院房頂而不被人察覺，自然不是普通人。然而今晚馬季良與包拯等人齊聚在崔良中的房裡，他絲毫沒有機會下手，卻意外聽見高繼安已經暴露的消息，不由得慌了神，由此被張建侯察覺到蹤跡，幸好東廂房頂上的慕容英轉移了眾人視線。主謀僥倖逃出崔府後，急忙趕來節字街，通知高繼安逃走。而以馬季良的個性，勢必會立即派人來捉凶，高繼安聽說後，不及收拾，跟隨主謀飛快逃走，途中略微鎮定後，才想到家中還留有殺人證據。主謀得知高繼安將匕首和刻刀埋在窗下的牡丹叢中，心知要糟，忙獨自趕回來，預備取走凶器，卻發現包拯等人在裡面。於是使了招調虎離山之計，引開眾人。他既能翱翔於戒備森嚴的崔府，出入高繼安這種普通民居自然也不在話下。

張建侯失聲道：「難道主謀就是那帷帽婦人？」沈周道：「按照推測經過來看，應該是她。」張建侯道：「呀，這婦人能來去崔府如履平地，還能在我眼皮底下竊走刻刀，功夫應該相當不錯，真想會會她。」他是個武癡，碰到武功高強的人，總想著一較高下，卻由此聯想起一件事來，急忙扯住沈周的衣袖，道：「沈大哥，你剛才說南京不可能一夜之間冒出那麼多高手，我想到了一件事，這帷帽婦人會不會就是當晚在曹府與楊文廣交過手的黑衣人？」

沈周仔細想了一想，才小心翼翼地道：「嗯，如果單從身手來判斷，是有可能的。但小楊將軍不是說與他交手的黑衣人是軍人麼？」包拯忽然回過頭來，道：「不，小楊將軍也不能肯定黑衣人是不是軍人，只是對手打出了火蒺藜，他才有此猜測。」張建侯道：「姑父也認為黑衣人就是那主謀帷帽婦人？她的仇人還真多，當晚派高繼安到應天府官署行刺崔良中，自己又趕去曹府殺曹汭，幸虧被楊文廣阻止了。」

包拯道：「不，如果黑衣人真是帷帽婦人，那麼她去曹府不是為了曹汭，而是為了曹豐。曹雲霄不是說曾經親眼見到兄長在大街上跟一名帷帽婦人說話麼？帷帽雖然並不少見，但南京多雨少風，塵土不揚，出門戴這種帽子的婦人並不多，這兩個帷帽婦人很可能就是同一個人。」沈周道：「可是黑衣人身上有火蒺藜啊。」包拯道：「有火蒺藜，並不代表他一定是軍人。如果我沒有猜錯，高繼安刻刀上的毒藥也是得自帷帽婦人，也許她有法子能弄到奇毒、火蒺藜這些特別的東西。」

張建侯道：「這倒也有道理。可是姑父何以能肯定帷帽婦人到曹府是為了曹豐呢？」包拯道：「她是唯一一個能將所有事情聯繫起來的人。昨晚崔良中被刺，根據張堯封的描述，曹豐根本不知情，甚至已經喝醉，可是到半夜，他莫名失了蹤，直到現在也沒有露面。他一定是被人叫醒，告知了什麼消息，才會如此。而根據曹府諸多下人的說法，當晚自曹汭離開，再沒有任何人進出……」

沈周道：「啊，我明白了，帷帽婦人會武藝，完全可以輕鬆越牆而過。是她找到曹豐，告知了什麼事情，緊接著曹豐就失蹤了。」張建侯道：「我也贊同，那帷帽婦人一定就是曹豐的情婦！姑父不是曾經推測，曹豐很可能是自己有意失蹤，目的是為了保護真凶麼？他要保護的人正是他的情婦，這樣最合情合理啊。」

如此前後銜接起來，倒一切都說得通了——昨晚知府宴會，並未受邀的高繼安從隔壁的府學書坊翻牆過來，在花園假山一帶以帶毒的刻刀刺中崔良中，取出崔氏的黃金匕首補了兩刀，以掩飾刻刀留下的獨特刀傷，隨即收了凶器，將屍首拖到牆根的花叢後藏好。哪知道崔良中命大，僥倖未死，一直徘徊在應天府官署附近的帷帽婦人聞訊後很是恐慌，知道崔良中一醒就會說出凶手的名字，遂潛入曹府找情夫曹豐商議。曹豐想到崔氏與曹氏有怨，人所共知，崔良中遇刺，曹氏嫌疑最大，當即決定自己失蹤，好造成畏罪潛逃的假象，以掩護情婦。

他不會武藝，大概是在情婦的幫助下越牆而過，卻被留宿曹汭府中的楊文廣發現蹤跡。情婦與楊文廣一番交手後，最終仗著犀利的暗器逃走，將曹豐藏了起來。高繼安得知崔良中中毒未死後自然也憂懼不已，甚至親自到崔府門前打探消息。帷帽婦人為消除隱患，決意在今晚動手殺了崔良中，結果先後被慕容英和張建侯發現，未能成事。利用混亂逃離崔府後，她便立即趕到節字街通知高繼安逃走，半途得知尚有殺人證據留在高家，便又回來偷取刻刀。

至於命案最關鍵的動機——高繼安既是暗中為崔良中偽造交引，想來二人起了齟齬，所以高繼安明明已經刻好假交引，卻不肯交給崔良中，反而有意拖延。只是這種情況下，通常應該是崔良中殺高繼安滅口；若情況反過來，也許是高繼安知道崔良中要殺他滅口，所以搶先下手，以求自保。而對此，曹豐也許知情，也許不知情。其情婦則可能是為了替情夫出口惡氣，也有可能是為了別的緣故，正好知道了高繼安想對付崔良中，遂加以利用。

三人總算推測出事情的完整經過，但心頭絲毫不見輕鬆，反而越發沉重。張建侯左右看了看，忍不住悄聲道：「其實這崔良中真的不是什麼好人，倚仗權勢做了許多壞事，居然還偽造交引。帷帽婦人派高繼安殺他，其實是在為民除害，可惜沒有當場殺死他，才引出後面這麼多風波。我們當真要去捉帷帽婦人麼？」

沈周道：「這個……我也說不好，看你姑父的意思吧。他說查就查，他說放棄就放棄。」

包拯正埋頭前行，張建侯便追上去將話重新說了一遍，雖說是向姑父索要答案，其實是讚賞那帷帽婦人的意思。包拯只是沉默以對。

包拯心頭亦甚是困惑，覺得不該幫崔良中這樣的惡人。崔良中不僅強取豪奪，魚肉地方百姓，還大批刻印交引，擾亂朝廷經濟，已經遠遠超出了一般惡霸奸商的範圍。這樣的人，實在死不足惜。自古以來，人間正義就是扶貧濟弱、除暴安良，正如張建侯所言，帷帽婦人是在為民除害、伸張正義，他為什麼還要追查她呢？

夜色深沉，萬籟俱寂，天地間淨被無盡空濛的靜謐所占據，意念越發顯得刻意。虛幻縹緲的黑暗中，漸有一種深邃妖嬈的神祕力量緩緩牽動著思緒。忽然間，他心底深處湧出一股很悲涼的感覺。其實仔細回想起來，已經很久沒有什麼事情值得讓他感到欣喜。倒不是他個人生活有什麼不快，妻子早逝的陰影早已從他心中消散，而是自小皇帝即位以後，劉太后垂簾聽政，與中樞大臣爭權不已，遂令朝中越發多事。人立於天地之間，再灑脫隨意，也難以置身時局之外。心事重重中，返家的路途也變得不那麼遠。似乎才一眨眼，就走到了崔府門前。

包拯見到崔府門檻前尚站有門僕，便走過去問道：「馬龍圖找到真凶了麼？」門僕道：「沒有。全府上下都細細搜過一遍，除了英娘身上那件，沒有找到其他沾了瓦灰的衣服。龍圖官人實在累了，已經先睡下。」包拯道：「好。勞煩轉告馬龍圖，不必再尋了，真凶就是高繼安，放了那些僕人吧。」

張建侯和沈周相視一眼，會心而笑。包拯言語中沒有提到帷帽婦人，又稱高繼安為「真凶」，顯然是不打算再追查那帷帽婦人。

進來家中，已露倦色的包拯卻不回去房中，而是向僕人要了個燈籠，提著走向東邊園子。張建侯問道：「姑父要去哪裡？」包拯道：「東牆。」

張建侯居然立即會意了過來——包府與崔府毗鄰，那帷帽婦人能在崔家來去自如、逃脫搜捕，極有可能是自包家東牆出入。包府是處官邸，是官家的房子，這可是萬萬讓人想不到。包令儀雖任南京留守閒職，卻跟范仲淹一樣，靠苦讀考中進士，走的是最令人尊敬的正途。他入仕以來素有清名，累官至虞部員外郎，掌管冶煉、茶葉、食鹽的生產，鐵、茶、鹽全是官營專賣之物，是朝廷稅收的重要來源，虞部員外郎自是個大大的肥缺[7]。但包令儀為人正直，從未有任何受賄之事，極受朝野讚譽。後因不滿劉太后的「白帖子」[8]而被斥逐出朝，當了南京留守的閒官。他從此變得豁達，不再多問政事，樂得落個清閒。南京士民都知道他人品高尚，不肯同流合污，很是尊敬他，路上遇到會主動讓在路旁。就連崔良中也曾派人送來禮物示好，只是被包令儀婉拒，因而崔、包兩家雖是鄰居，卻從無私下來往，遇上僅僅是點點頭，客客氣氣，很有些君子之交淡如水的味道，誰能想到包府竟會成為「賊人」進出崔府的墊腳石？

來到東牆根最靠近崔良中居所的地方，果見草叢歪歪倒倒，有被人踩過的痕跡，土牆上還有幾處用力蹬過的腳印，顯然就是「賊人」翻牆時所留下。

張建侯嚷道：「啊，她居然拿我們家當做進出崔家的梯子。」雖然他讚賞帷帽婦人的正義之舉，但畢竟其人利用了包家的地利之便，還是心有不滿。萬一傳揚開去，包家說不定還會受到牽連，被懷疑是帷帽婦人的同黨。

包拯只歎了口氣，道：「走吧，回去睡覺。明日一早還要回書院上學呢。」

其實此時天色發亮，已然是「明日」了。棄我去者，昨日之日不可留；亂我心者，今日之日多煩憂。抽刀斷水，水更流；舉杯消愁，愁更愁。昨日自有昨日之無奈，明日則有明日之沉重。

包拯心頭湧起一陣莫名的惆悵來，快快轉身。細心的沈周卻藉著朦朦天光，發現牆角的荊棘上掛著一小片黑色衣襟，這很可能就是翻牆者留下的。他沒有像往常那樣立即告知同伴，而是等包拯和張建侯往回走出幾步後，迅疾撿起衣襟，籠入自己的袖中。

1 畢昇為活字印刷術發明者，關於其籍貫，歷代多有爭議。因畢昇是在杭州刻書揚名，多有人認為他是杭州人。但根據近年來的考古發現（西元一九九〇年秋，畢昇的墓碑於湖北英山草盤地鎮五桂墩村睡獅山麓出土），已可確認畢昇為蘄州蘄水（今湖北英山）人氏。

2 楹，量詞，古代計算房屋的單位，一間為一楹。

3 雕版印刷分為寫版、上樣、刻版、校對、補修幾大步驟。寫版，是請善書之人書寫，使用較薄的白紙，按照一定的格式書寫。上樣，就是將寫好並校正無誤的版樣，反貼於加工好的木板上，並透過一定的方法將版樣上的文字轉印到木板上。刻版，則是關鍵工序，是刻去版面的空白部分，並刻到一定的深度，保留其文字及其他需要印刷的部分，最後形成文字凸出而成反體的印版，即今人所稱「凸印版」。刻版完成後再經過校對、補修，校正無誤，最後交付印刷。

4 一種盛水的容器，鑲嵌在灶膛邊，注口在灶臺上，可利用灶膛的餘火加熱缸裡的水。

5 一馱茶為一百斤，按照當時的市價，大約值二十五至三十貫左右（一貫等於一千錢，約值白銀一兩），於茶馬交易中可易馬一匹。

6 眉州青神：今屬四川。

7 宋代的虞部（隸屬於工部）掌山澤、苑囿、畋獵，取伐木石、薪炭、藥物，及金、銀、銅、鐵、鉛、錫坑治廢置收採等事。虞部員外郎為虞部副長官，從六品上。

8 劉娥執政之前，宮廷支付財富需先開列品名數目，再由內侍省的合同憑由司發給「合同憑由」，交相關物庫發給。而劉娥當政後，內侍只要拿著「白帖子」（內侍自行書寫的文書），就可隨意支取庫房的物品，國家財富由此被耗費殆盡。

【卷四】不辨風塵

在芸芸眾生的亂世中，在刀光劍影的戰場上，到底是守城將士不必辨認愁慘風雲，也不必詢問天心向背，只管拚死殺敵？還是只有像守城將士那樣認識到風雲的慘淡，領會到蒼天考驗世人的良苦用心，才能奮勇向前？

這一夜，是那樣漫長，又是那樣短促。黎明如約到來。晶瑩的露水閃爍著晨曦的微光，流連在石板街上，將青灰色的大石板滋潤得溫婉潤澤。清風如水，空中到處彌漫著清新的氣息。

城市的大街巷陌裡傳來了敲打鐵牌子的聲音，這是寄居城中的行者、頭陀們，開始報曉催起了。他們一邊敲打著手中的片鐵，一邊用渾厚的嗓音大聲報出當下的時辰及今日的天氣，夾以「普度眾生救苦難諸佛菩薩」等佛家用語。報曉的本意是教人省睡、勿失時機、起床念佛，行者、頭陀們並不受官方俸祿，都是自願起早報曉，以喚醒癡迷大眾，偶爾也會接受路過的人家施捨齋飯、齋物。他們每日恪守時間，準點無誤，穿行於長長短短、深深淺淺的巷陌中，成為城市的一道特色風景。

包拯和衣躺在床上，聽到行者喊著陰報「天色陰晦」，但過了一會兒，又有人喊出晴報「天色晴明」，也不知道是不是倦意太濃，聽混了，不由得有些困惑起來。迷迷濛濛中，彷若回到了廬州合肥縣香花墩的家中。楊柳依依，曲水潺潺，晨曦初露時，他坐在林中水邊讀書，讀到忘情之處，隨意站起來，一步邁出去，結果掉入水中。只覺得身子陡然輕了許多，但還是止不住地往下墜。他想攀上岸邊，卻被水草纏住了雙腳，越是掙扎，越是緊密。他開始恐慌，大叫道：「小遊！小遊救我！」

包拯驀然從床上坐起，這才驚覺適才情形不過是南柯一夢。但卻不知道夢境為什麼跟曾經發生的事故如此相似，唯一不同的是，他和張小遊都長大了，不再是孩童的面貌。呆坐了一會兒，轉頭見外面已日上三竿，包拯這才抹了抹額頭汗水，披衣起床，洗漱了出來。張建侯還在房裡呼呼大睡，客房的文彥博和沈周卻已經離開，一個回了文家，一個回去應天書院。

包拯忙到堂上拜見父母，卻只有父親包令儀。他也不問兒子大半夜地在外面忙活什麼，只道：「寇夫人不想見外客，所以你母親和小遊陪她到城北性善寺齋戒去了，還要為寇相公做一場法事，幾日後才能回來。本來你母親還想叫上你和建侯，但聽說你們忙了一夜，快早上才回來，一時沒忍心。你這是要回去書院麼？」包拯道：

「是。」包令儀道：「雖然寇夫人出了城，但畢竟算是我們家的貴客，你最近就別在書院歇宿了，辦完事早些回來。得空也去性善寺看看。」包拯道：「是。」正欲退出，忍不住又回身問道，「父親大人為何不問我昨晚都去了哪裡？」

包令儀道：「你從小就挺然獨立，從不像其他的小孩子那樣戲狎嬉鬧，彷彿成年人一般，令人放心。現在你有范先生那樣的好老師，有文彥博這樣機敏聰明的同學，又有沈周這樣多才多藝的朋友，為父對你還有什麼不放心的擔憂？去做你認為對的事情吧。」

包拯道：「孩兒心頭有一個難解的疑惑，如果有一個好人出於公義之心殺了一個壞人，那麼這個好人該不該被懲罰？」包令儀思索了一會兒，道：「我也許會關心那個壞人有多壞，到底做了些什麼壞事。」包拯便說了刻書匠高繼安為崔良中偽造交引之事，道：「如果不是因為崔良中被刺，誰又能想得到，這位天下第一茶商不但倚仗權貴低價購買提貨單，甚至還偽造交引，魚目混珠，好騙取更多的茶葉？」

包令儀道：「嗯，為父明白了。你認為那凶案主謀其實是有功之人，對吧？我想問一句，你說崔良中倚仗權貴，那權貴一定是指龍圖閣直學士馬季良了。那麼依你看，馬季良是個什麼樣的人呢？」包拯道：「馬學士？倒是跟傳說中完全不一樣。」

包令儀道：「所以事情有時候不是表面上看起來那樣，人也不一定就是傳說中那樣，真相揭開之時，往往會令人大吃一驚。如果那主謀當真是為民除害，考慮放她一馬未嘗不是好事。但你能肯定她真的是出於公義之心麼？她跟高繼安通謀，而高繼安利用手藝和職務之便，暗中刻印交引，本身就不是什麼好人。你應該先設法查清楚動機和真相，再考慮要不要放過主謀。」

包拯心頭徬徨頓去，道：「多謝父親大人指教。孩兒去了。」匆忙出門，迎面遇上馬季良的心腹侍從。侍從忙道：「龍圖官人命小的把這張紙條交給包公子。昨天夜裡，有人隔牆丟了塊石頭進來，外面包著的就是這張紙。龍圖官人起得晚，剛剛才看到，登時臉色大變，本來打算立即過府來找公子，卻又被提刑官派人叫去提刑司了。龍圖官人遂命小的先將紙條送給公子，等他回來，再來找公子商議。」

包拯道：「好，我知道了。你去吧。」展開那張皺巴巴的紙，上面寫著四行草字：「宮廷祕藥，古人不揚。意欲活命，切勿聲張。」一望之下，便「啊」了一聲，急忙回來叫上張建侯，一起趕去宋城縣署。

張建侯尚未睡醒，一邊揉眼睛一邊問道：「姑父也沒怎麼睡，難道不睏麼？」包拯取出紙條遞過去，道：「你看了這個就不會睏了。」張建侯不愛讀書，仔細辨認，才念出那四行草書，登時睡意全無，道：「啊，這是誰寫的？是那帷帽婦人麼？」

包拯道：「這字雖是匆匆寫就，卻是筆力遒勁，氣勢欹傾，應該是男子所書。」張建侯道：「那一定是帷帽婦人的情夫曹豐了。」包拯道：「不，曹豐的字我見過，寫得中規中矩，沒有這般神氣橫溢。字如其人，這個人一定是個恣意灑脫的男子。」

張建侯道：「既不是曹豐，也不是帷帽婦人，那會是誰？還有誰會阻止馬龍圖追查奇毒藥性一事？」包拯道：「我暫時還想不到是誰。但這張紙條卻暴露了一條線索，表明我們昨晚的推測有可能全錯了。」張建侯道：「全錯了，怎麼會呢？」

包拯道：「那好，我有幾個問題問你，先不管寫這字條的人是誰。這字條是夜半時分丟入崔府院中，當時我們還在高繼安家中。那麼這個人如何知道崔良中所中奇毒是宮廷祕藥？他寫這張字條，分明是在警示馬龍圖不要張揚毒藥一事，而昨晚沈周剛好建議馬龍圖派人回汴京尋太醫謀取解藥，事情會如此湊巧麼？」張建侯越聽越糊塗，道：「我還是不明白。」包拯道：「等會兒見到楚縣尉，你就明白了。」

宋城縣署位於利字街，是南京城中最古老最滄桑的建築，所在之處正是昔日宋國王宮所在地。縣署大門漆成紅色，為面闊三間的硬山結構建築。兩側配有登聞鼓及一對石頭獅子。縣署大門上方的黑漆大匾寫著「宋城縣署」四個大字，因歲月久遠，已呈斑駁之色。

到縣署門前，包拯請差役通傳。等了好大一會兒，楚宏才匆匆出來，臉上淨是疲憊之色，道：「我正奉命傳訊高繼安的左右街坊，勞二位公子久等，抱歉。」包拯道：「我正是為這件事來的。那在月桂樹下下雙陸棋的鄰居，可曾具體記得帷帽婦人叫走高繼安是什麼時辰？」楚宏道：「剛好是亥時。他們記得很清楚，當時正好有打更的經過。」

張建侯道：「呀，昨晚亥時時分，馬龍圖聽到更聲，還抱怨道：『怎麼仵作還沒有到？』話音剛落，侍從就帶著馮大亂進來了。如此，就證明昨晚伏在崔良中屋頂上的人一定不是帷帽婦人了。原來姑父來找楚縣尉，是要證實這一點。」包拯點點頭，道：「楚縣尉先去辦公事，有線索我會及時告知。」

楚宏道：「也好。」左右看了一眼，低聲道，「昨晚我已將包公子搜到的兩疊交引上交，呂縣令連夜親自送去應天府，聽說應天府又立即派人送去提刑司。之後上頭有命令下來，交代宋城縣只准調查高繼安行凶殺人一案，而且要暗中進行，由提刑司派人監督。」包拯微歎一聲，道：「我知道了。多謝。」拱手作別。

一離開宋城縣署，張建侯便憤憤道：「自古以來都是官官相護。那康提刑官原來也只是空有清官之名，眼下有馬季良在這裡，我敢打包票，他一定會包庇崔良中，假交引這件事多半會不了了之。要我說，這件事咱們不要管了，管他是誰要殺崔良中，他死了，世間倒是乾淨了。」包拯道：「我不同意。凡事要有始有終，既然我們一開始就捲入進來，不管官府如何斷案，不管崔良中人品如何，我們都要找出真相，給世人一個交代。」

張建侯道：「可是這案子紛繁複雜，一波未平，一波又起，眼下頭緒這麼多，自己都亂了，還要怎麼查？」包拯道：「頭緒雖多，卻並不亂，雖然我們昨晚的推測出了大大的偏差，但至少有兩點可以肯定——第一，可以肯定高繼安捲入了凶案，有凶器為證；第二，可以肯定帷帽婦人是他的同黨，有節字街街坊鄰居為證。」張建侯道：「那昨晚潛入崔府的黑衣人呢？他跟高繼安是一夥的麼？」

包拯沉吟半晌，才道：「這個很難講。屋頂上的黑衣人應該就是寫字條的人，他既然知道奇毒是宮廷祕藥，應該是跟高繼安和帷帽婦人一夥的。但帷帽婦人去通知高繼安逃走的時候，仵作還沒有到崔府，事情沒有敗露，沒人知道凶案跟高繼安有關。那時候黑衣人還伏在屋頂上，他冒險進來崔府，必是有所圖謀，如果是預備殺崔良中滅口，那麼高繼安就沒有必要逃走。所以從這點看，他又跟高繼安和帷帽婦人不是同夥。」

張建侯完全糊塗了，他知道自己一時難以弄明白這之間的邏輯關係，便乾脆不再理會，問道：「我們現在要去哪裡？」包拯道：「先去應天書院。我向范先生請幾天假，再叫上沈周和彥博。」

自南門出城時，正好見到兵馬監押曹汭親自帶著一隊兵士在逐捕什麼人，弄得大街上人仰馬翻，一片狼藉，許多攤販的攤子都被撞翻了。張建侯好奇，特意過去向守城士卒打探究竟。

那士卒也剛從同僚那裡打聽到經過，立即毫無保留地告知道：「那追捕的逃犯名叫王倫，原先是個盜墓賊，後來當上了京東路虎翼士卒，負責追捕盜賊。不知怎的又跟曹將軍不大和睦，前年被曹將軍責罰後氣不過，糾集了軍中數名要好的夥伴，強行衝進武器庫，奪了一些武器逃走了，聽說去了什麼雞公山落草當了山大王，專靠打劫盜墓為生。但不知道為什麼突然回來南京，適才他進城，正好曹將軍巡視經過這裡，認了出來，便親自帶人去追了。」

宋朝招募禁軍不計前科，重犯也可以免死參軍，一些名將如范廷召、高瓊等在入伍之前均是背負血案的殺人重犯。范廷召的父親被當地惡霸殺害，范廷召當年只有十八歲，手刃殺父仇人，剖取其心祭奠父墓。之後亡命天涯，落草為寇，以勇壯聞名，後來參軍，成為大宋開國名將。高瓊年輕時當過劇盜，被官府捕獲後判處磔刑，已經押到刑場上，結果因天降大雨而僥倖逃脫，後投奔晉王趙光義，居然一路當到殿前都指揮使的高官。正因為宋軍多招募亡命之徒，而常常出現長官難以駕馭手下的局面，像曹汭、王倫之間這種事例並不罕見；至於軍隊士卒因不服管束而發生武裝譁變，也時有發生。

張建侯卻突然想起一件事來，道：「呀，前晚在曹府和楊文廣交手的人，會不會就是這個叫王倫的傢伙？他以前是軍人，還敢搶武器庫，弄幾個火蒺藜也不是什麼難事。」包拯道：「這倒是有可能。等曹將軍捕到王倫，一問就明白了。走吧，先回書院去。」

應天書院位於商丘城南南湖湖畔，南湖水質清澈，湖面多霧，對岸就是中原的動脈汴河，河中船隻如梭，河岸商旅輻輳。大宋提倡文治，自太宗皇帝以來，科舉取士規模日益擴大，而官學卻長期處於低迷不振的狀態。士人潛心向學，苦無其所，在這種情況下，書院開始蓬勃興起。當時最著名的有應天、白鹿、嶽麓、嵩陽四大書院，其中三大書院均設在幽雅僻靜、風光秀美的山林之中，獨應天書院處於繁華鬧市，且辦學時間最久，名氣最大，且長盛不衰，實為大宋一奇。

回到書院，正好遇到主教范仲淹執手送應天知府晏殊出來，二人神態嚴肅，似在交談什麼重要之事。包拯便讓張建侯去教舍尋沈周和文彥博，自己靜靜等在一旁。過了好大一會兒，范仲淹才鬆開了手，晏殊拱手辭去。晏殊轉身時一眼留意到包拯，微微揚起了頭，嘴唇動了幾下，最終還是什麼也沒說便疾步離去。

范仲淹招手叫過包拯，道：「我已聽說了假交引之事，你做得很好。」包拯道：「那麼先生也贊成我繼續追查下去麼？」范仲淹道：「當然。不管怎樣，都要還世人一個公道。不管結果怎樣，公道自在人心。你懂麼？」包拯道：「是，多謝先生教誨。」

范仲淹道：「我還有幾句話問你。你學業早有所成，完全可以去參加科考，孜孜求進，為什麼還一定要留在書院？」包拯低下頭去，沉默不應。范仲淹歎了口氣，道：「聽說你妻子張婉與你有表兄妹之親，又是青梅竹馬的夥伴，兩情相悅，卻不幸早逝，想來對你的打擊很大吧？」包拯道：「也不全然是因為亡妻。」

范仲淹道：「那麼當是令尊宦海之沉浮令你有所猶豫了。令尊包公任福建惠安知縣時，革除弊病，整頓吏治，造福一方百姓；任朝散大夫時，居官而善，直言上諫，多有忠言；任虞部員外郎時，清廉簡樸，端正風氣，不避權貴；即使眼下身處閒職，亦是隨遇而安，從無抱怨之詞。豁達隨性之人，我生平所見，唯你父親一人而已。其實好男兒當如尊父，在其位時，當謀其政，不在其位，亦無所怨，一切順其自然。你明明有出色的吏治才幹，卻因為心有所畏而刻意迴避仕途，豈不是有違天道？我言盡於此，是否要參加科考，全在於你個人了。」

包拯目送范仲淹離開，心頭若有所思，悄立原地良久，直到張建侯、沈周過來叫他，才回過神來。張建侯道：「我已經將事情告訴了沈大哥，他說，他可能知道那伏在崔良中房頂的賊人是誰。」包拯很是驚訝，道：「我們才剛剛推測出潛入崔府的賊人不是帷帽婦人，你怎麼會知道賊人是誰？」

沈周道：「因為我昨晚發現了兩件怪事。」當即從袖中取出一小片黑色衣襟，正是他昨晚在包府東牆下荊棘叢中發現的。張建侯道：「這是賊人留下的麼？只是很普通的布料啊。」包拯道：「另一件怪事是什麼？」沈周道：「昨晚石中立石學士來你家時，穿著一身黑色的便服，而離開你家時，身上穿著你的外袍。」

原來昨晚一行人離開崔府後，包拯和張建侯趕去找高繼安，沈周則與文彥博回來包府歇息。到包府大門口時，正好見到石中立等人與包令儀作別，忙過去招呼。沈周眼尖心細，一眼看到石中立換了一身衣服，身上穿的居然是包拯的外袍，很是奇怪，不由得多看了幾眼。石中立當即意識到了，笑著解釋道：「不好意思，我不小心在茅房摔了一跤，將衣服弄髒了，只好臨時借了件包拯的長袍穿。好在我二人身材差不多，倒也合身。」沈周聽了之後也沒太當回事。但後來他跟隨包拯來到東牆下、意外在荊棘上發現一小片黑色衣襟時，登時將兩件事串連了起來。

張建侯道：「哎呀，一定是石學士原來那身黑色便服上沾了許多瓦灰，他不得不將外袍脫下來扔了，然後謊稱在茅房中跌倒，這樣便可以名正言順地借姑父的衣服穿上。」又埋怨道，「沈大哥，既然你早發現了，為什麼昨晚不早說？」沈周道：「你和包拯都累了，我不忍心再見你們費神。再說，我覺得懷疑賊人就是石學士實在太過匪夷所思，說出來也沒人相信，很可能只是巧合。」其實他還存了一點小小的私心，石中立稱欣賞他的為人，主動替他作媒，許下許仲容之女，他少不得要心存感激。

張建侯卻道：「世上哪裡有那麼多巧合？石學士怎麼不可疑？他昨日還叫我們不要多管閒事，說崔良中是死有餘辜，你們都親耳聽見的。其實，他說得也對啊，他是個好人，崔良中則是個大壞人，我們幹麼要幫壞人對付好人呢？」

沈周道：「包拯，你怎麼看？」包拯便將紙條遞給他，道：「這是昨晚夜裡有人扔進崔府院中的，我懷疑跟潛入崔家的黑衣人是同一人。」沈周反覆看過，道：「我沒有見識過石學士的書法，不過這筆跡汪洋恣意，倒是滿符合他的性情。」包拯道：「石學士素來性情直爽，我們這就直接去找他，當面問個清楚明白。」

事情再湊巧不過，石中立與包令儀、許仲容、竹淵夫等人正站在汴河碼頭為廬州知州劉筠送行。包拯幾人一出書院便遠遠瞧見，忙趕過去見禮。許仲容和竹淵夫二人不斷上下打量著沈周，分明有審視未來許家女婿的意味，倒讓沈周本人有幾分不好意思起來。

劉筠呵呵笑道：「我這回可是要去包公家鄉了。」拱手與眾人作別，這才離岸登船去了。包令儀問道：「你們是湊巧經過這裡麼？」包拯道：「算得上是，不過孩兒是特意來尋石學士的。」包令儀一聽說，便道：「老夫官署還有事，這就告辭了。」

石中立狐疑問道：「你們幾個小娃娃有事找老夫，居然連包公都趕緊避開了。到底什麼事？老許、老竹二位都是老朋友，但說無妨。」包拯道：「聽說昨晚石學士穿了晚生的衣服回家。」石中立道：「是啊，你這是來討要衣服的麼？回頭老夫叫人洗乾淨後給你送回府上去。」又搖了搖頭，道，「你可真不像包公的兒子，小家子氣。」

包拯道：「晚生不是來討要自己的衣服，而是想討要石學士原來的那身衣服。」石中立道：「哪身衣服？啊，你說那件啊，沒有了。」包拯道：「衣服怎麼會沒有了呢？」石中立道：「衣服扔了當然就沒有了。」包拯道：「石學士將那身衣服扔哪兒了？」石中立道：「它弄髒了，老夫當然扔在糞坑裡了。你難道還想讓老夫帶著一身穢物回家麼？咦，你這個小娃娃當真奇怪，你要那身髒衣服做什麼？」

張建侯聽這倚老賣老的翰林學士一口一個「小娃娃」，很是氣憤，道：「因為我們發現了一片衣襟，是昨晚潛入崔府的人留下的。」從沈周手中取過那片衣襟，舉到石中立面前，質問道，「石學士，您老看清楚了，這是不是你丟掉的那件衣服上的？」

石中立愣了一愣，答道：「我哪知道它是不是？你去糞坑把那件衣服撈出來，比一下不就知道了。」張建侯乾脆地道：「行了，我看您老人家也是個爽快人，是石學士你要殺崔良中，對吧？」石中立愣了一愣，這才會意過來，哈哈笑了幾聲，道：「老夫要殺崔良中？前晚老夫在府署花園假山那裡看見他時，他還朝我擠眉弄眼地笑呢。」包拯吃了一驚，道：「石學士在假山那裡見過崔良中？」石中立道：「是啊。前晚宴會好生無聊，老夫跟劉筠一道出來聊了一會兒，他重新進去宴會廳，老夫去上茅房，結果茅房都滿員了。老夫不耐煩等，就摸黑跑到花園假山下，就地撒了一泡尿。」言行粗俗豪放，絲毫不像個翰林學士。

包拯道：「石學士是什麼時候看到他的。」石中立居然靦腆地撇了一下嘴角，不好意思地道：「這個說起來實在有點無聊。就在老夫撒尿的時候，聽到後面有動靜，轉頭一看，一個人站在我背後不遠處，嚇了老夫一跳。老夫忙問道：『誰在那裡？』那人遲疑了一下，答道：『是我，崔良中。』老夫束好褲子，走過去一看，果然是那天下第一茶商崔良中，叫了老夫一聲，便朝老夫笑。」

張建侯道：「然後呢？你們又說了些什麼？」石中立道：「還有什麼然後？老夫知道崔良中不是好人，當然不會理他，逕直走了，回了宴會廳。後來你就來了，在外面跟楊文廣打上了架。咦，你們這些小娃娃有正經事不做，居然跑來懷疑是老夫殺了崔良中！」沈周忙道：「石學士別著急，崔良中還沒死，稱不上『殺了』。這案子裡面有許多疑點和石學士相關，不由得人不起疑心。」

他說得甚是懇切，石中立這才點點頭，道：「那好，你倒是說說看，老夫哪點可疑了？」沈周道：「根據石學士適才所言，您老人家很可能就是最後一個見到崔良中的人，這本身就是一種嫌疑，這是其一；其二，前晚應天府官署出事，昨晚崔府出事，石學士都在附近；其三，昨晚潛入崔府的黑衣人在房頂伏過，身上沾有大量瓦灰，而石學士湊巧丟了外衣，而且外衣跟黑衣人所穿的衣服是同一顏色。請恕晚生冒昧，但這些的確都是重大疑點。」石中立這次倒沒有著惱，轉頭去看老朋友，三人一起哈哈大笑了起來。

許仲容笑道：「你也知道叫石公老人家，你看他這把年紀了，會翻牆上房頂麼？」沈周道：「依情理來看，自然是不能。」包拯插話道：「可是斷案最終要憑證據，只要驗證這片衣襟就是從石學士的衣服上撕扯下來的，石學士難逃嫌疑。」

石中立登時像個孩子般嘛起了嘴，賭氣道：「好啊，那你們就回去包府，將老夫扔掉的衣服從糞坑撈起來驗證。」包拯道：「正要如此。幾位先生，晚生告辭了。」沈周見石中立當真生了氣，本來還想從中圓緩幾句，但見包拯決然掉頭而去，微一遲疑，還是轉身去追同伴。

走出一大截，張建侯猶自回望不已，擔心地道：「這石學士嫌疑重大，他知道我們現在就要去找證據，一會兒會不會逃跑了？」包拯道：「他是翰林學士，家眷都在汴京，能跑到哪裡去？再說，我覺得他很可能說的是實話。」張建侯道：「呀，姑父相信他的話？」包拯道：「嗯。石學士講述他在假山遇到崔良中的情景，細節繪聲繪色，十分逼真，像那個撒尿方便什麼的，不像是臨時編出來的。」沈周很是疑惑，道：「既然如此，為何你適才還一再暗示石學士跟案情有關？要知道，他很可能是下科科考的知貢舉[1]呢。」

包拯道：「我認為石學士說的是真話，但這只是我個人的直覺，就像你認為石學士不可能翻牆上房一樣，同樣摻雜了個人的情感在裡面。然而人都有私心，判斷有對有錯，如果最終證實這片衣襟是從石學士衣服上扯下來的，那只能證明你我二人的直覺都錯了。法令是天下之程式、萬事之儀表，是國家治亂安危之所繫，豈能讓情大於法？只有證據才是無私公正的，最有說服力。」沈周聽了深為折服，歎道：「要是我父親聽到你這番話，一定也會擊節讚賞的。」

忽聽得背後有人叫道：「三位公子，等一等！」聞聲回頭，卻是那文士竹淵夫追了上來。沈周問道：「竹先生有事麼？」竹淵夫道：「嗯，我有話對你們三位說。請隨我來。」包拯幾人交換一下眼色，料想他獨自追來，所言必然涉及石中立，當即跟了上去。竹淵夫領頭來到汴河岸邊，叫住一名船夫，自懷中掏出一小塊銀子遞過去，稱要借他的小船一用。船夫掂量了一下銀子，大約有二兩重，彼時銀價值錢，足足抵得上他兩個月的收入，便爽快地答應了。

竹淵夫幾步跳上船，叫道：「上來吧。」張建侯道：「一定要在船上麼？這個……」竹淵夫道：「什麼？」張建侯道：「這個……我怕水！」竹淵夫笑道：「你怕水？聽說張公子武功了得，在知府的宴會上大出風頭，原來是隻旱鴨子。我告訴你，我要說的話事關重大，非得在船上說不可。」包拯道：「不是他，是我怕水。」走到岸邊，微一躊躇，鼓足勇氣邁上了船。

昨日他也曾登過宋小妹的大船，但眼前卻只是個小舢板，搖晃得厲害，才剛一腳踏上船板，便覺腳下一軟，幸虧被竹淵夫及時抓住，扶他到艙中坐下。張建侯和沈周先後跳上船。竹淵夫便解開纜繩，抽走搭板，親自打槳，將船划離岸邊。

張建侯道：「竹先生，真看不出你文質彬彬的模樣，居然有划船的氣力。」竹淵夫笑道：「你想不到的事多了。」一見船離岸邊已有數丈，便放下雙槳，鑽進船艙來。張建侯道：「竹先生選了這樣一個地方，想必要說的話十分機密了。」竹淵夫笑道：「嗯，是那種天知、地知、你知、我知的話。」張建侯道：「先生就別賣關子了，快些說吧。」

竹淵夫道：「好，那我就直說了。你們都冤枉石翰林了，他就是個老頑童，除了會寫文章，其他什麼都不會，像翻牆、上房這類事，他是萬萬做不來的。」沈周道：「嗯，這些我們也相信。可是一旦證據吻合……」竹淵夫道：「是我！昨晚從包公子府上潛入崔府的黑衣人是我！後來在節字街用調虎離山之計騙開包、張二位公子、然後潛入高繼安家中偷走刻刀的人也是我！」包拯幾人一時驚愕得說不出話來，只死死瞪著竹淵夫。如果說他自承是潛入崔府的黑衣人還有可能是為了袒護石中立，可是刻刀凶器被發現後又失竊一事尚未傳開，只有寥寥數人知曉，若非他親自所為，他又從何得知？

竹淵夫知道事已至此，不說出真實身分實難取信對方，當即歎了口氣，道，「實話告訴你們，竹淵夫只是我的化名，我姓許名洞，許公仲容其實就是我的生父。」沈周道：「啊，先生就是許洞？你……你不是早死了麼？」許洞歎道：「唉，不知死，焉知生，死也不是件容易的事。如假包換的許洞就坐在你們面前。」

許洞字洞天，吳郡蘇州人氏，二十年前是名動天下的大才子，不僅文章俊逸，且擅長弓矢擊刺之技，精於兵學，文武雙全，被人稱為不世出的奇才。他藝高膽大，曾親赴遼國考察契丹地形、防備等。這樣有戰略眼光的人傑，本可以為朝廷重用，大有所為，然其與身分神祕的名士潘閬[2]交好，捲入了諸多宮廷紛爭。傳說，潘閬在太宗皇帝趙光義還是晉王時曾棲身晉王府，洞悉趙光義的諸多祕密，後來又輔佐秦王趙廷美圖謀皇位。趙廷美被貶後，潘閬也被太宗皇帝親自點名通緝。但直到宋真宗即位後，潘閬才意外被地方官府捕獲，械送京師。宋真宗親自召見交談後，不僅無罪開釋，還任命潘閬做了一個小官。後來潘閬以詩名顯達，與寇准、張咏等名臣多有唱和，其生平所為亦撲朔迷離，引來諸多猜測。

許洞則是咸平三年（西元一〇〇〇年）進士，與呂蒙正之姪呂夷簡同年。他本已順利步入仕途，卻一度受到潘閬牽連，不僅被除名，還受到諸多迫害，時時被官府監視，最終鬱鬱病歿於家鄉。許洞雖然失意於官場，但其人才華橫溢，以文詞稱於天下，為諸多名流激賞。其人愛竹，家鄉吳中居處大門前只種植了一株竹子，表示特立之操，吳人至今稱之曰「許洞門前一竿竹」。新任廬州知州劉筠詩名滿天下，生平最著名之詩即為〈許洞歸吳中〉：「欲折瑤華向綠疇，風光滿目盡離愁。茂林修竹多嘉客，萬壑千岩憶舊遊。漢詔已聞求泛駕，禰狂無自屈岑牟。荊山待價何憂晚，龜手猶期裂地酬。」許洞精通《左氏春秋》，其所著五卷《春秋釋幽》亦是應天書院開列的學生必讀書籍之一，包拯和沈周等人均拜讀過其作品，讀到慷慨激昂之處，也曾為這位大才子的英年早逝而惋惜，想不到其人居然還好好地活在世上，而且就坐在面前，實在令人震驚。震驚之後，倒也慢慢回過味來——許洞生平際遇非凡，他這樣自負的人物，假死自然有必須假死的理由，卻不知道他又為何突然拋頭露面，捲入了崔良中一案？

隔了好半晌，沈周才訕訕問道：「許先生為什麼要殺崔良中？是跟他有仇麼？」許洞很是驚奇，自指鼻子道：「我殺崔良中？怎麼可能？倒是我瞧在過世的老呂和在世的小呂的分上，救了他們崔家滿門呢。」張建侯問道：「老呂和小呂分別是誰？」許洞道：「老呂就是過世的宰相呂蒙正，小呂就現任宰相呂夷簡啊。崔良中的姪媳婦呂茗茗，不正是呂蒙正的小女兒麼？」

沈周問道：「昨晚往崔府拋扔字條、警示馬龍圖不得追查毒藥毒性的人，應該也是許先生了？」許洞輕蔑一笑，道：「馬龍圖？現在大字不識幾個的茶商都能當龍圖閣直學士了！一個婦道人家執掌天下，能做什麼好事？」眼皮上挑，眉目間隱約又有幾分當年激揚文字、指點江山的風采，顯然是對當今太后劉娥執政極為不滿。又續道，「不錯，是我扔的字條。我知道你們好奇，我也可以告訴你們事情經過，但有一點要事先告訴你們，這些事情極其重大，知道了未必是一件好事。我之所以隱姓埋名、佯死避禍，也與這些事有關。你們還要聽麼？」張建侯毫不猶豫地道：「要聽。」包拯轉頭去看沈周，見他遲疑著點了頭，自己這才點了點頭。許洞道：「那好，我就將能說的，儘量告訴你們。」

原來許洞自佯死之後，一直浪跡名山大川，頗為自得，這次到南京，是特意趕來撫慰被逐出京的老友劉筠。前晚崔良中遇刺後，他聽說崔良中昏迷並非因為刀傷，而是中了奇毒，連本地最厲害的醫博士許希珍也查不出藥性。許洞對醫術一類並無研究，但其至交好友潘閬生前是天下名醫。潘閬曾神祕捲入宮廷事件，一度被宋太宗趙光義親自點名追捕。許洞曾聽潘閬提過，當年太祖皇帝趙匡胤在斧聲燭影的迷霧中神祕暴斃，眾說紛紜，有說是醉酒而死的，有說是被斧子砍死的，但其實太祖皇帝是死於一種祕藥，能令人全身麻痺，慢慢失去意識，最終死狀跟醉死無異。許洞聽聞崔良中的症狀後，感到與潘閬描述的藥症十分接近。如果真是同一種藥，那麼凶手一定非同小可，這可是當年某人用來毒殺大宋開國皇帝的毒藥，傳聞是太宗皇帝心腹謀士程德玄精心配製。當年潘閬就是因為洞悉宮廷機密而惹來殺身大禍，許洞也受牽連一度被逮捕拷問。

許洞一時起了好奇之心，決定親自去看看崔良中的病狀，但崔府時被崔良中之女崔都蘭控制，不允准任何人探訪，連醫博士許希珍也吃了閉門羹。許洞年輕時就膽大妄為，現下年紀大了，人雖然沉穩了許多，但本性不改，既然從崔府大門進不去，他便決定暗中潛入。正好昨晚石中立、劉筠等人聽說故相寇准夫人宋小妹住進了南京留守包令儀的府邸，決意不避嫌地前去拜訪，他便主動跟隨，目的就是為了從包府潛入崔府。

許洞生平最重要的軍事思想就是用兵要用間，稱「用間之道，聖人以用兵決勝，不可不用間」，間就是間諜，他本人又曾親赴遼國，對暗中收集情報這類祕密活動自然體會極深。一切都進行得很順利。他謊稱要方便，離開了廳堂，從包家花園潛入崔府的兼隱院。對他這樣身手了得、事先又準備了相關工具的人而言，要攀援上房頂並非難事。他本意只是要窺測崔良中的病狀，不過令人想不到的是，他剛到屋頂、掀開瓦片往下窺探時，馬季良就帶著包拯等人進來了，之後又等來了仵作馮大亂，下面一應人的對話如由傷口推測出刻書匠人高繼安很可能有染凶案等，他都聽得清清楚楚，對包拯幾人的才智也很是佩服。但後來聽到馬季良要派人回東京請太醫來為崔良中診治時，不由得暗罵對方是自尋死路。如果這藥真的就是當年殺死太祖皇帝的祕藥，必然是出自皇宮，而這等祕藥流落民間，必然涉及更多的宮廷機密。一旦當權者恐慌真相洩露，所有相關人員都會被處死，只不過手段各有不同罷了。崔良中已是半死不活，但其家人也要受牽累，不死也會刺配牢城，或是編管某偏僻之地[3]。他與呂蒙正交好，與呂夷簡又是同年，遂決意看在呂茗茗的分上，警示一下馬季良。

哪知道崔都蘭的婢女慕容英正好出來打水，無意中看見屋脊上有條人影，也順著角房大樹爬上了廂房房頂，悄悄往正屋這邊摸來。許洞發現後，正預備溜走，卻被下面的張建侯驚覺，事情遂亂了套。幸虧慕容英添了亂子，無端吸引了眾人視線，許洞乘機垂繩而下，收取繩索，翻牆回到包府。許洞年輕時做過許多驚天動地的大事，對於從事見不得人的祕密活動極有經驗。他入崔府時，不但備有飛索等工具，而且早料到屋頂會有大量積垢，他那身黑色衣服是專門請人縫製的，正反兩面都可以穿，而旁人看起來全是一個樣子。回到包府後，他便脫下外袍，抖落浮塵，反面穿上，再不動聲色地回到廳堂中，繼續與包令儀、劉筠等人談天說地。

之後眾人辭別離開包府，經過崔府時，許洞又順手將早已寫好的字條裹了石頭拋入崔府院內。他料想以馬季良關愛結義兄弟的性格，見到紙條警示後必然不敢再張揚毒藥一事，更不敢派人回東京請太醫。但此時還有另外一個隱患——那就是包拯等人已經推測到凶案與高繼安有關，一旦搜到塗毒的凶器，交給了醫博士許希珍檢驗，再以文書上報，勢必引發另一場軒然大波，不知道會有多少無辜的人可能因此倒楣。許洞跟隨父親許仲容回家，等眾人歇下後，便又攜帶工具翻牆而出，趕來高繼安家中。

當時，包拯和張建侯在廚房發現了真假兩疊交引，正聚精會神地研究。宋城縣署的兩名弓手守則在院子中聊天，談到了牡丹花叢旁的凶器。許洞便躲在暗處假意呼喊，給人造成高繼安回來了又要逃走的假象，果然令人上當。不但弓手出門就追，就連包拯、張建侯二人也跟了出來在大門口翹望。他遂自旁院潛入，取走刻刀。包拯等人毫無察覺，直到宋城縣尉帶人來取證、記錄現場，差役這才發現刻刀失竊。這前後的一切本來做得天衣無縫，唯一不巧的是，許洞從兼隱院躍回包府時被牆下的荊棘掛住衣角，扯下一片小小的衣襟，由此露了行蹤。本來許洞早已將相關證據處理掉，他自己不說，絕沒有人會懷疑到他身上，就算懷疑，也沒有任何證據。然而，沈周幾人卻由那片衣襟，疑心到昨晚湊巧換過衣服的翰林學士石中立身上，偏偏石中立是個老頑童性子，這一來一往誤會更深。許洞不願看到旁人代己受過，遂決意追上包拯幾人，說出真相。

張建侯道：「哎呀，許先生可真是好人啊。其實你不說，我們絕猜不到是你。而且我們回去後從糞坑撈出衣服，一旦與這片衣襟對不上，石學士的嫌疑自可洗清。但你真是個敢做敢當的人。謝謝你，替我們省了捂著鼻子從大糞坑撈衣服這一幕。」許洞肅色道：「不必謝我。不過我是個已死之人，今日對你們說過的話，希望不要再有第四人知道。」沈周道：「先生請放心，我們知道輕重。多謝先生信任，肯以真相告知。」

許洞這才笑道：「那好，咱們這就上岸吧。包公子，你一直在冒虛汗。要你這麼個怕船怕水的人在這裡聽我講了這麼半天，可真是難為你了。實在抱歉。」包拯自上船以來，一句話也沒有說，只用手死死抓住艙板，顯是內心依然驚懼於往昔落水的經歷。直到小船靠上碼頭，張建侯扶他上岸，一直憋得難受的胸口才覺得舒服了些。送走許洞，包拯幾人乾脆來到汴河旁的垂虹亭坐下。

這是一個充滿朝氣的季節，到處都洋溢著生機勃勃的味道。波光粼粼的河面上，客、貨、漕、渡等各式船隻載滿各種貨物，不時地駛過，舵櫓攪碎了倒映的光影，彷若一幅素筆勾勒的天然圖畫，又好似一曲躍動的華彩樂章。有限的意象，卻能帶來無盡的想像。

三人一邊欣賞風景，一邊思忖離奇案情——崔良中前晚遇刺後，又陸續發生了許多撲朔迷離之事，而今由於許洞的坦誠相告，一些最難解的謎題得以解開，但還是有許多疑問。高繼安刻刀上的毒藥從何而來？那帷帽婦人跟他是什麼關係，又跟曹豐是什麼關係？之前推測曹豐是自己有意失蹤，好庇護凶手，可而今真相已發，他為什麼還不出現？還有那些在高繼安家中發現的交引到底是誰的？如果真是崔良中所有，那麼高繼安敢對崔氏下手，背後之人一定大有來頭，一定是有能力處理那些交引的人，又是誰要跟天下第一茶商作對呢？忽聽到背後有人叫道：「原來你們幾個在這裡，倒教我們好找。」回頭一看，卻是文彥博和張堯封。

包拯起身問道：「有事麼？」文彥博道：「不是我有事，是曹府戚彤娘子想見我們幾個。」沈周忙問道：

「戚彤娘子有說是什麼事麼？」張堯封道：「今早我到曹府去，發現大嫂精神很差，問她原因，她不肯說。後來雲霄勸了她一陣子，她便說想見見包公子幾位。」包拯道：「那好，咱們這就去吧。」

張堯封悄悄拉住沈周的衣袖，有意落在後頭，問道：「早聞沈兄多才多藝，總有許多奇妙的點子讓物盡其用，不知道沈兄有沒有法子將一只摔斷的玉鐲修補好？」沈周笑道：「這可難倒我了。這南京城中就有許多手藝高明的首飾匠人，何不去找他們？」張堯封道：「不瞞沈兄，小弟已經跑過一遍了，他們都說修復是不可能辦到之事，頂多就是用金絲打成套子，從外面將斷處絞結在一起。」一邊說著，一邊自懷中掏出兩截斷開的玉鐲來。

那玉鐲碧綠蔥翠，光澤細膩，質地半透，沉穩古樸，是一只上好的于闐玉鐲。自西域產玉大國于闐國滅亡[4]以來，中原玉價不斷上漲，這只鐲子宛若凝脂，晶瑩可愛，在市場上必定價值不菲，卻不巧斷成了兩截，當真十分可惜。

張堯封道：「這是雲霄最心愛的一只玉鐲，昨晚不小心摔斷了，她很是心疼，哭了很久。我看得出這玉鐲對她的意義非同一般，所以想設法將它修復。當然不是要它跟以前一模一樣，只要它仍然能戴就可以了。」沈周道：「嗯，既是這樣，你將鐲子給我，我看能不能設法調一些樹汁，從兩邊黏上。不過我只是盡力試一試，可不能保證什麼。」張堯封大喜，忙道：「多謝沈兄。」取自己的手帕包了玉鐲，雙手鄭重地奉了過來。

來到曹府時，曹豐的妻子戚彤正與小姑曹雲霄坐在堂中閒談，聽說有客到來，曹雲霄便起身避進內堂。包拯等人進來坐下，寒暄問候一番後，方才問道：「娘子召我等前來，可是有了曹豐曹員外的下落？」戚彤形容消瘦得厲害，神色甚是哀戚，道：「的確是關於我夫君的下落。昨晚，我不斷地做著同一個噩夢，夢見夫君披頭散髮，渾身是血。我懷疑他已經遭到毒手，不在人世了。」

眾人聞言嚇了一跳。張堯封忙道：「日有所思，夜有所夢，大嫂思念擔心大哥過度，才會有此噩夢。」戚彤搖了搖頭，道：「我與曹豐自小相識，青梅竹馬，長大後有幸結為夫婦，夫妻連心，我對他的感應歷來是極準的。」張建侯道：「那麼娘子可知道曹豐在外面有個情婦？」文彥博忙使個眼色，賠罪道：「建侯是無心之語，娘子不要見怪。」

戚彤卻全然不在意，道：「張公子心直口快，本是好意。你提的情婦這件事，我確實是料不到的。不過還有一件事要告訴諸位，不獨我，我公公也認為我丈夫已經凶多吉少。」歎了口氣，續道，「昨夜噩夢以後，心中一直極為不安，本來不想將這些告訴公公和小姑，可是早上去給公公問安時，公公自己主動告訴我，我夫君很可能已經不在人世了。我問他怎麼知道，他說相士王青很早就曾經預言——崔良中崔員外和他本人都有喪子之相，但崔良中更加凄慘，他還有喪女之相，而公公滿門則將因為女兒榮耀無比。」眾人面面相覷，不由得一齊轉頭去看張堯封。張堯封頗為尷尬，卻又不知該說什麼才好。

文彥博問道：「這王青，就是曹教授前晚帶去知府宴會的那名相士麼？」戚彤道：「應該就是同一人。」沈周問道：「那麼，王青預言喪子是在什麼時候？」戚彤道：「聽說是與公公初見時。不久後，崔員外的獨子就自殺身亡，所以公公對他的話極為信服。」

張建侯道：「世上真有這樣的奇人，能預先言明禍福？」文彥博道：「世界之大，無奇不有。昔日陳摶老祖曾預言太祖皇帝必當擁有天下，後來果然開創一代基業。想來再出一個類似陳摶老祖、麻衣道者之類的奇人，也是有可能的。」想到那相士王青預言自家門客張堯封有王侯之相，他堂堂名門公子卻一無所就，口中如此說，心裡卻並不如何服氣。

張建侯卻是不信邪，連聲道：「我才不信，世間怎麼可能有這等神人？姑父，你說呢？」包拯搖了搖頭，旁人都以為他也不相信有神人存在，他卻說了句「不曉得」。戚彤道：「聽公公說，他原本也是不信的，尤其是王相士還說他有喪子之相。可是後來崔員外的獨子崔陽死後，公公很是震驚，立即將王相士請回來奉為上賓，請他化解夫君之厄運。王相士一開始也答應了，哪知道最終還是……」強忍許久，終忍不住潸然淚下，當即舉袖掩面。沈周道：「娘子莫要悲傷。王相士所言未必是實。前晚尊夫失蹤，尊府上下沒有任何人見過有人出入，就算凶手身手高明，潛入府中殺害了尊夫，但凶手不可能帶著屍首出門。」

文彥博道：「府中上下已被官府的人搜過，既然沒有發現屍首，那麼一定是曹員外自己悄悄出了門。如果曹員外真的已經為人所害，那麼總該有屍首。自前晚開始，南京城中警戒極嚴，處處有人巡邏搜索，迄今卻無人報官發現屍首，可見曹員外尚在人世。」戚彤道：「可是公公說，王相士既然說過，就一定會應驗。」

張建侯重重一拍桌案，怒道：「一定是這個相士王青在搗鬼！他告訴曹教授所謂的喪子預言之後，先設法害了崔良中的獨子崔陽，終於取信曹教授，接著將曹豐騙出曹府，殺了或是關起來，好讓他那個所謂的預言應驗。因為他早說過崔、曹兩家會喪子，所以不但沒有人懷疑他殺人，還會對他的本領佩服得五體投地。」

沈周道：「可是這完全說不通，王青這麼做，到底有什麼目的呢？僅僅只是『預言奇準』的空名，是不會讓他冒險殺人的。」張建侯道：「嗯，嗯，這個……」一時語塞，情急之下，飛快地搜腸刮肚，居然當真想出了一個理由，「因為崔、曹兩家都只有一個兒子，唯一的獨子死了，財產當然就要落入外人之手。」

文彥博連連搖頭，道：「這理由實在荒唐。照你這個想法來推測，張堯封肯定就是相士王青的同黨。」張建侯道：「對啊，你倒是提醒我了。就是因為王青的預言，曹教授才選中張堯封做女婿，現在曹教授唯一的獨子曹豐也不在了，獲利最大的不就是他麼？」張堯封急道：「我是剛剛才聽說了這王青的名字，根本就不認識他，怎麼會跟他合謀謀取曹家財產呢？」

包拯道：「建侯，沒有證據不要瞎猜測。你說王青是為了崔、曹兩家的財產才弄出所謂的喪子預言，這根本站不住腳。第一，崔陽不是被人謀害。他自負茶道高手，卻意外敗於福建一無名文士之手，激憤之下才會自殺身亡，當時有成百上千雙眼睛看見，做不得假。第二，就算曹豐已經遇害，曹家的財產將來也會歸曹豐員外的孩子、也就是曹教授的孫子所有。第三，堯封兄跟隨文丈已有幾年時間，文丈去年才到南京上任，已經是崔陽死後，也就是相士王青與曹教授謀面之後的事了。」

張建侯前後仔細一想，果然如此，慌忙向張堯封道歉。張堯封雖然洗脫嫌疑，仍感處境難堪，轉頭問道：「大嫂，你可知道那相士王青住在哪裡？」戚彤道：「我雖然聽公公和夫君提過此人的名字，卻並沒有見過，更不知道他住在哪裡。」頓了頓，又道，「早上公公對我說了王相士的預言後，我也想親自找王相士當面問個明白，為何他會稱我夫君短壽。然而公公卻不肯告知住處，說是他曾經對天起誓，絕不能洩露王相士的祕密，否則五雷轟頂，不得好死。我聽公公這般說，只好算了。」

相士以看相算卦為生，通常要想方設法地招徠主顧，大街上不時可見的花哨招牌就是明證。可是這王相士神龍見首不見尾，如此神祕，諸多事件又與他的預言有關，只能越發惹人起疑。張建侯道：「難道府上沒有人見過麼？」戚彤道：「沒有聽說王相士來過家中，應該是沒人見過。」包拯道：「未必。麻煩娘子將前晚跟隨曹教授赴宴的侍從叫來。」

戚彤陡然省悟，忙命婢女將前晚載過公公和夫君赴知府宴會的車夫叫來，打聽那相士王青的下落。車夫道：「唔，小的記得有這麼一個人，不過跟我們一樣，都是下人打扮。赴宴的時候，曹公命小的先繞到禮字街，在街口接了這人，再才改道到應天府官署。後來曹公和員外只帶了他一人進去，小的還好奇這是什麼人呢。不過，曹公事先叮囑小的不准多嘴，所以小的也沒敢多問。」

文彥博道：「既是只帶了那人一人進去，肯定就是相士王青了。」車夫道：「是了，小的親耳聽見曹員外叫他王巡官來著。」包拯道：「宴會結束後，那王巡官去了哪裡？」車夫道：「小的倒是看見她先出來，自己一人往東邊走了。當時已經是半夜，小的還想她一婦道人家，摸黑走在大街上可能有危險，正要上前叫住她，曹公他們幾位就出來了，曹公一句話沒提，小的也就算了。」

眾人大吃一驚。沈周追問道：「你說那王巡官是個女的？」車夫道：「的確是個婦人。到禮字街接王巡官時，天還沒黑，小的看得很清楚，雖然她刻意打扮成男子模樣，而且將臉面塗得焦黃，但還是可以看出來她年輕時是個漂亮女人。就算不看外貌，聽聲音也是能聽出來的。」張建侯道：「哎呀，原來相士王青是個婦人。她會不會就是傳聞中曹豐的情婦？」

文彥博最是乖巧，立即道：「娘子，想不到相士王青會是個婦人。看來之前我們全想錯了，曹豐員外並沒有在外面包養什麼情婦，他暗中提取的那些巨款，全是用來支付王相士的相金，所以曹教授才會充耳不聞。是我們誤會曹豐員外了，也害得娘子擔心。」戚彤道：「多謝。」雖然依舊保持著從容的大家風範，但還是露出了釋然的神情來。

包拯道：「如今看來，相士王青是個關鍵人物，很可能知道一些我們不知道的事，得設法找到她。娘子，我想借曹府的車夫一用。」戚彤道：「可是公公反覆叮囑過，讓我不要說出王相士一事，尤其不能告訴官府。我私下告訴你們，已經是違背了對他老人家的承諾。」包拯忙道：「娘子但請放心，我們只是想找王相士問些事情。查清真相後，在徵得娘子同意前，我們絕不會對外張揚。」戚彤猶豫許久，才道：「任憑公子吩咐便是。」

包拯便叉手告辭，走出幾步，微微躊躇，最終還是回頭，道：「娘子，雖然我們都希望曹豐員外吉人自有天相，但你心裡還是要有個準備。」其實這是眾人心中的真實想法——曹豐失蹤幾日，家中老父病倒，只靠妻子和妹妹支撐一個家，一個稍有擔待的男人都不會如此。而曹豐為人一貫孝順和善，既然他遲遲不現身，多半已遭不幸，正如戚彤所預感的那樣。然而之前當她說出曹豐很可能已不在人世的預感時，文彥博和沈周還一再以沒有發現屍首來否認，不過是想給這位柔弱可憐的婦人一點安慰。身處絕望中的人，心中抱有一線希望，總是好的。想不到包拯實在誠懇，最終還是忍不住說出了實話。

戚彤聽了臉色煞白，但畢竟這也是她曾經想到過的事，勉強定了定神，顫聲道：「無論夫君是生是死，都請包公子幫我找到他。」包拯道：「娘子放心，包某一定竭盡全力。」離開曹府後，包拯帶著車夫逕直來到應天府官署，找到父親包令儀，請他根據車夫的描述畫一張相士王青的肖像。

沈周萬分驚奇，道：「原來包丈還有這等本事。」包令儀笑道：「不過是雕蟲小技而已。」又道，「你們幾個這兩天忙壞了，瞧建侯一雙眼睛淨是血絲，先回去好好休息。等畫像畫好，我自會帶回家給你們。」包拯道：「是，那就有勞父親大人。」

從府署出來時，發現衙門門樓兩旁張貼著緝拿高繼安和帷帽婦人的肖像告示。賞格是一百萬錢，就是一千貫銅錢，相當於一千兩白銀，寫明官府出一半，崔氏出一半。大宋每年輸遼歲幣才三十萬兩白銀，這一百萬錢對普通百姓而言，算是一筆天價大數目了。那高繼安被畫成一副愁眉苦臉的樣子，跟他本人甚像。那帷帽婦人卻只畫有一頂帷帽，沒有眼睛，沒有面貌。告示中只提及二人合謀殺人，既沒有指出涉及崔良中遇刺案，更沒有提及「交引」二字。

張建侯道：「我早說官官相護，有馬季良出面保護崔良中，沒有人會認真追查這件案子的。」文彥博道：「假交引案非同小可，而今當事人高繼安失蹤，最大的嫌疑人崔良中又陷入昏迷，案情難以進行調查，不張揚也是對的。」張建侯道：「聽起來，崔良中倒是昏迷得及時了。」

沈周道：「其實也不難查，只要按照交引上的籍貫人名，一一找到原主，詢問他們到底將手中的交引賣給了誰，如此順藤摸瓜，便可以反向追蹤到買家，也就是偽造交引者。只是那些交引原主大多是外地人氏，要尋找起來，須得費一番時日。」

包拯道：「其實還有個更簡單的法子，既是涉及到許多交引，買家便不可能一一去尋訪，定會派人守在邊關或是東京榷貨務這樣的地方。邊關是入中原者領取交引的地方，東京榷貨務是交引原主要去兌換茶葉提貨單的地方，只要派官差微服到這兩個地方打探，一定可以得到許多有用的信息。」

張建侯道：「話是不錯，但官府願意追查到底麼？咱們大夥都親眼看到馬季良對結拜兄弟的愛護，他是一定會拚死庇護崔良中的。」驀地靈機一動，道，「我有個主意，我們去告訴馬季良，說其實不是崔良中偽造交引，是旁人有意陷害這位大茶商，這樣他就不會再插手。」包拯果斷地搖了搖頭，道：「我不同意。」張建侯道：「為什麼不同意？」包拯卻是不答。

文彥博道：「你這是耍詐。你姑父的為人你最清楚，他能同意麼？」張建侯道：「可是也有可能真的跟崔良中無關啊。」文彥博笑道：「這話你自己信麼？」張建侯想了想，道：「不信。」文彥博道：「這就對了，你都不信，馬季良又怎麼可能信？」沈周道：「更有甚者，馬季良很可能自己就捲入其中，你還跑去告訴他事情跟崔良中無關，不是讓他看笑話麼？」文彥博輕喟一聲，道：「交引這件案子已經移到提刑司，我們都管不了，只能看康提刑官怎麼做了。他是忠良之後，為人雖然武斷固執了些，卻素有清名，為老百姓做了不少好事，應該不會袖手旁觀。」

歎息一番，眾人就此分手，文彥博和張堯封回去文府，包拯、沈周、張建侯三人則回來包府。幾人這兩天東奔西走，也確實累了，回房往床上一躺，便各自沉沉睡去。一覺醒來，外面天色已黑。包拯急忙起來，包令儀已用過晚飯，正坐在堂上讀書，見兒子出來，道：「給你們留了飯菜，等小沈和建侯起來一起吃吧，我這就派人去叫醒他們。」

包拯應了一聲，見桌上擺著三張相同的畫像，問道：「這就是相士王青的畫像麼？」包令儀道：「嗯。」展開一看，畫中婦人三十餘歲模樣，瓜子臉，兩道彎彎娥眉，丹鳳眼，鼻梁挺而直，面貌甚是清俊。包拯問道：「父親大人可相信，相士能從面相準確預言禍福一說？」

包令儀沉思了一會兒，並沒有直接回答，而是道：「你可知道當今劉太后原是花鼓女出身，她還是幼童時，跟隨母親在東京樊樓以賣藝說唱為生，有奇人看見了她，斷言她將來必當母儀天下，而今果然如此。」包拯道：「那麼父親是贊同相術一說了。」包令儀道：「相由心生，若是心懷剛直，外表自然正氣凜然，若是野心勃勃，自然霸氣外露，面相之術是有很大道理的。」

正說著，沈周和張建侯進來，包令儀便命僕人擺菜上酒，為三人準備晚飯，自己則回內室歇息。張建侯道：「真的是餓了，今晚我要好好大吃一頓。」沈周仔細看過相士王青的畫像，道：「這婦人確實不像尋常巷陌女子，很有些貴氣。」轉頭問道，「你認為王青就是那暗助高繼安逃走的帷帽婦人麼？」包拯道：「我覺得可能性很大。」

沈周道：「可有證據？」包拯道：「車夫所描述的王青身材高矮，跟節字街百姓描述的帷帽婦人吻合，這是其一。其二，相士以相面為職業，通常要在大街上擺攤算卦，但這王青一反常態，從不露面不說，跟曹氏的交往也甚是神祕；而帷帽婦人曾多次到節字街找高繼安，均以帷帽遮面，旁人無法窺見其廬山真面目——低調的相士，詭異的婦人，兩者行事作風實是異曲同工，是同一個人的可能性極大。」

沈周道：「崔良中讓高繼安偽造交引，論起來是大雇主的身分，高繼安卻反過來要殺他，必定是受人慫恿。這人現在可以斷定就是王青。她既然利用高繼安來對付崔良中，想必是跟他有仇。所以她來到南京之後，才會先結援於同樣與崔氏有仇的曹氏。她既是有所圖謀而來，當然不像一般相士那樣拋頭露面，而是低調行事，不以真面目示人。」

張建侯道：「那你相信她的那些所謂預言麼？」沈周道：「這個……最好是等見過王青本人之後再說。現下有了她的畫像，要找到她就容易多了。」包拯道：「家父特意多繪了兩張，正好我們每人一張，明日到禮字街一帶打聽，看有沒有人見過王青。」

張建侯道：「如果不是姑父答應戚彤娘子不洩露王相士一事，不然可以將畫像交給官府，由他們出面找人，我們就省事多了。」包拯道：「就算我沒有答應戚彤娘子，交給官府也不妥。現下我們還不能完全肯定王青就是帷帽婦人，也不能確定她究竟在行刺案和交引案中扮演了什麼角色。」正商議著明日如何尋訪相士王青，還沒來得及舉箸，僕人進來稟告道：「有客！」

引進來一看，卻是翰林學士石中立和應天書院主教范仲淹。包拯忙下堂迎接，道：「家父已入內歇息了。」正要命僕人去請父親出來，石中立擺手道：「不用費事叫包公了，老夫就是來找你們的。你們幾個聲稱昨夜是我潛入崔府，可有從糞坑中撈出證據、對上衣襟？」包拯這才會意他是來興師問罪的，既不便說出許洞已坦誠告知真相，又不願撒謊說還沒從糞坑中撈出衣服，只得道：「衣襟還沒有驗過。」

石中立登時跳了起來，叫道：「小范，你瞧見了！幸虧你今晚進了城，被我拉到你，不然你如何能相信你手下這幾個學生，其實是指鹿為馬、誣良為娼之輩？」沈周忙道：「石學士言重了！其實是我們另外尋到了證據，足以證明石學士無辜，不必再驗那件衣服了。」石中立氣呼呼地道：「言重？你們當著老夫的老朋友面上，沒有證據，甚至沒有驗過證據就胡亂攀誣老夫，就為了你們自己想出風頭，居然還說老夫言重？」包拯上前深深一揖，道：「確是我們太過魯莽，晚生這裡給石學士賠禮。」

石中立卻不肯甘休，道：「不行。我們這就去你們包家茅房，當著你們范先生的面將衣服撈出來，與你們撿到的那片衣襟驗對，要讓范先生親眼看見你們是在為出風頭而胡鬧。」范仲淹忙道：「石學士何必動氣？這事不能怪包拯他們，其實是我想幫曹恩師，所以命他們幾個暗中調查案子。他們也是一時心急，想早些向我交差，所以冒犯了石學士，跟出風頭毫無干係。」

石中立道：「真的是小范你的主意？」范仲淹道：「當然。今日包拯到碼頭找石學士之前，先回來了書院一趟，我還催促過他。」石中立也是性情中人，登時釋然，道：「那好，看在你小范的分上，也就算了。」轉頭問道，「那，害得老夫被你們誣陷的上房大盜到底是誰？」包拯沉吟道：「這個……石學士還是不要知道的好。」沈周生怕石中立再發怒，忙道：「包拯的意思是……」

石中立卻是一揮手，道：「算啦，老夫也沒興趣知道，反正我知道他是好人就行了。」張建侯道：「石學士怎麼知道那個人是好人？」石中立道：「他要對付崔良中這種壞人，難道不是好人麼？」順手拿起桌上的王青畫像，一望之下，便「咦」了一聲。沈周忙問道：「石學士認得這婦人？」石中立道：「當然認識。她就是大名鼎鼎的女相士劉德妙，難道你們沒有聽說過她麼？」

劉德妙是北漢皇族後人，自小出家為女道士，精通相術，由大宦官周懷政引薦入皇宮，言事奇準，成為後宮嬪妃及皇親國戚之中極受歡迎的人物，被尊稱為「劉尊師」[5]。宰相寇准失勢之前，劉德妙忽然有所預感，及時投靠了參政知事丁謂。丁謂字謂之，太宗淳化三年（西元九九二年）進士，其人機敏有謀，於文章、圖畫、博弈、音律無不洞曉，著名文學家王禹偁曾讚賞丁謂的文章「自唐韓愈、柳宗元之後，二百年始有此作」。寇准十分欣賞丁謂的才氣，宋真宗即位之初，便向皇帝大力舉薦他，丁謂由此得到重用。這人也當真是有真本事，三司案牘複雜繁多，一般官吏長久難以解斷，而丁謂一看案情，一言判決，眾人都釋然而悟。聽憑滿座賓客各自陳述，他從容應接，隨口解答，條分縷析，統懾滿座，沒人能超出其意。還有一次，東京開封皇宮失火，宮闕建築大多焚毀。宋真宗命丁謂主持修復工程。但由於皇宮處於京城中心位置，取土、運料、棄廢都非常不便。丁謂提出了一個獨具匠心的施工方案，可以「一舉而三役濟」——即挖街取土，成渠引水運料，再棄廢填渠還街，如此，節省費用「以億萬計」。

然丁謂有才無德，工於算計，大搞上天書活動迎合宋真宗。當上參政知事後，一次在中書省宴會上，寇准豪飲後，被菜湯沾到了鬍鬚。丁謂一見此狀，馬上起身為寇准擦拭鬍鬚。寇准不但不領情，反而十分惱火，當場譏諷丁謂：「你身為參政，國之重臣，怎麼能為長官擦拭鬍鬚呢？」此即典故「溜鬚」的來歷。丁謂一時難以下臺，不由得惱羞成怒，結下深怨，發誓要報復寇准。此事也可窺見寇准的性格，他自視甚高，性情剛硬，言語尖刻，經常弄得人難以下臺，就是這些沒有必要的口舌之快導致他一生樹敵甚多。像是當年簽訂澶淵之盟的曹利用，他原先只是個殿前侍衛，因能言善辯及機緣巧合才得到宋真宗的信用，後來擔任樞密使，執掌大宋軍機。寇准看不起他，認為他既無品行，又無才氣。兩人每每意見分歧之時，寇准總是大聲訓斥曹利用：「你是一介武夫，怎麼能識大體？」曹利用由此恨寇准入骨，與丁謂聯合起來和寇准分庭抗禮，導致黨爭不已。

而隨著宋真宗身體狀況的惡化，皇后劉娥權力越來越大，成為宋帝國實際上的統治者，其一舉一動，對當時的政局，尤其是對寇准與丁謂兩派之間的黨爭產生了決定性的影響。劉娥為鞏固自己的地位，也開始籠絡自己的勢力，主要是以翰林學士錢惟演和副宰相丁謂為首，這是因為其兄長劉美娶了錢惟演之妹，而丁謂則是錢惟演的姻親。之前，劉娥的宗族橫行不法，強奪蜀地百姓鹽井，被人告發。宋真宗念及劉娥，想就此不問，但寇准鐵面無私，堅持要求依法懲治，由此得罪了劉娥。不久後，寇准欲輔助太子趙禎登基，被丁謂得知後向皇后劉娥報告。劉娥立即在宋真宗面前誣陷寇准要挾太子、預備奪取朝廷大權。寇准因此被貶，與寇准交好的大宦官周懷政也因謀變被殺，而本來由周懷政引薦顯名的女道士劉德妙，則因避禍及時成為新宰相丁謂的座上賓，備受信任。

丁謂曾賦詩云：「千金家累非良寶，一品高官是強名。」表面視千金為累贅，視高官為虛名，其本人實則名利薰心，一心擅權。宋真宗死後，宋仁宗即位，由太后劉娥輔政。按照大宋制度，皇帝每天都要臨御垂拱殿，還要在文德殿正衙接見文武百官，稱為「常參」；五天一次在崇德殿或垂拱殿接見群臣，稱做「起居」。大宋自立國以來，還沒有出現過太后臨朝的情況，無章可循，這就給大臣們出了個難題——形式上到底該怎麼安排？

有人建議仿照東漢故例，劉太后與仁宗皇帝五日一朝，劉太后坐左，小皇帝坐右，至承明殿垂簾聽政。丁謂卻想一人獨攬朝政，為了不讓其他重臣預聞機要政令，暗中透過宦官雷允恭請劉娥直接頒布一道詔書：「皇帝每月初一、十五兩日上朝見群臣；大事由皇太后召集宰相們共同商議處置；日常軍政則由雷允恭代為轉奏皇太后，由皇太后簽署處理意見。」這樣一來，皇帝和皇太后不相聯繫，權柄都被丁謂和心腹雷允恭所把握。劉娥本就是野心勃勃的人，雖然一時不能察覺丁謂的動機，但終究還是慢慢回過味來——丁謂這是與雷允恭勾結，意圖欺上瞞下，甚至有挾持自己的意思。很快地，雷允恭被尋小過誅殺，丁謂則被罷相貶謫。女道士劉德妙亦受到牽累，被人告發與丁謂第三子丁玘通姦，最終被判編管均州。

劉德妙雖然曾經顯赫風光，但名字只在京城達官顯貴中流傳，普通老百姓絕少耳聞。包拯幾人雖是官宦之子，畢竟不在中樞之位，自然也從沒聽過劉德妙這個人。卻不知她如何逃出了羈管地均州，化名王青，又來到南京。包拯等人聽說相士王青原來名叫劉德妙，一度是出入皇宮的熱門人物，很是驚異，但由此越發可以肯定劉德妙就是那帷帽婦人。她既然出入過皇宮多次，與內宮來往密切，又曾跟大宦官周懷政等諸多要人交好，要得到那傳說中的麻痺奇藥不是什麼太難之事。

包拯忙問道：「石學士可曾聽說劉德妙跟崔良中有過恩怨？」石中立道：「這個……應該是沒有吧。劉德妙在京師何等炙手可熱，哪會將崔良中這樣的商人放在眼裡。她後來被有司逮捕，也是受了丁謂牽連的關係，編管均州只是去年之事，應該沒有機會跟崔良中結怨。」包拯心道：「宮廷奇毒何等難得，劉德妙不惜用來對付崔良中，必是有天大的仇恨，所以務必要置其於死地。既然連石學士都沒有聽過，想來是不為人知的私人恩怨，只能慢慢尋訪了。」

但就算知道劉德妙真與崔良中有不共戴天之仇，這其中仍然有許多難解的疑點——劉德妙以相士身分取信於曹誠，很可能是她需要用錢，需要曹家的財力支持，但她自己完全有機會接近崔良中，為何反倒要利用一個刻書匠人？如果是因為，崔良中深知她的來歷和真實身分，她不便出面，而她又無意中得知高繼安在替崔良中偽造交引，認定其有利用價值，所以反過來要挾高氏為她辦事。但若是直接揭露假交引抑或要挾崔良中本人，豈不對她有利得多？而相比於劉德妙，崔良中財大勢大，就算兩人各有把柄在對方手上，崔氏仍然處於絕對優勢，高繼安又為什麼肯聽劉德妙的擺布、反過來對付崔良中？高繼安長在南京，劉德妙長在東京，一個是普通老百姓，職業是刻書匠，一個是北漢皇族後人，職業是相士，這兩個完全不相干的人之間到底是什麼關係？

石中立性子疏淡，明日又要離開南京，動身回去汴京，對崔良中、劉德妙這類事實在不怎麼關心，當即道：

「你們自己慢慢猜吧，老夫得先回去睡了，明早還要趕船呢。」范仲淹道：「石學士先行一步，我還有話要對包拯他們說。」石中立走出幾步，又回頭嘻嘻笑道：「小沈，老夫回京後就會向你父親提親。你若有空，也該去拜訪一下你未來的岳父大人許公，老夫等著喝你和許家小娘子的喜酒呢。」眾人驚異無比，沈周登時鬧了個大紅臉，又不好多說什麼，只得應道：「是。」

范仲淹待石中立走遠，這才掩了門，鄭重其事地問道：「事情牽涉到曹家，對麼？」包拯道：「是的。曹教授聘請的相士王青，原來就是石學士口中的劉德妙。且不論劉德妙現下捲入的案子，單是其逃犯的身分，曹家就已經犯了包庇重罪。」范仲淹長歎一聲，一時沉吟不語，顯是心中有所矛盾——既想為恩師求情，請包拯幾人不要張揚，卻又有違他一貫的原則，更難以開口要求自己的學生徇私枉法。

沈周忙道：「私下收留犯人雖然有罪，卻分為知與不知兩種情況。如果曹教授並不知道劉德妙其實是逃犯，算不上重罪。」張建侯道：「如果曹教授不知道劉德妙的真實身分，就不會如此神祕了，還說什麼洩露祕密，就要五雷轟頂之類。」包拯也看出范仲淹的為難，想了想，道：「經過我們調查，發現曹府上下，只有曹教授和曹豐員外兩人知道相士王青、也就是劉德妙一事，如果曹教授肯主動向官府告發，事情尚有轉機。」

范仲淹道：「你們不是說，曹恩師已經答應那相士絕不洩露關於她的祕密麼？如果換做是你，你會說出來麼？」包拯道：「不會。但如果曹教授不肯主動告發，明日一旦我們將王青就是劉德妙一事上報官府，曹教授的處境就堪憂了。范先生，實在是抱歉，我們也想幫曹教授，可是我們必須將真實情況上報。」

范仲淹歎道：「你沒有錯，何必道歉？這樣吧，你們給我一天時間，我設法再找恩師談談。如果後日正午前你們沒有得到我的消息，你們再將這件事上報官府，如何？」包拯微一猶豫，還是點了點頭，應道：「自當聽從范先生吩咐。」范仲淹前腳剛走，宋城縣尉楚宏又登門拜訪，將張建侯的兵器還了回來。

張建侯大喜過望，道：「我還以為再也要不回來了。」楚宏道：「這次是我悄悄賣個人情給張公子。不過張公子日後外出，還是不要公然帶兵器的好，畢竟有違律法。萬一落在提刑司手裡，不但要沒收兵器，還要依律杖坐二十大板。」沈周的父親沈英是大理寺丞，他自小耳濡目染，熟知律法，笑道：「楚縣尉還說得輕了，不是杖坐二十，而是伏脊二十[6]。」

張建侯笑道：「看來日後我得去做官或是從軍了，這樣上街才能佩戴兵器。」沈周咋舌道：「你做官，就是為了能有佩戴兵器的資格？」張建侯道：「有人做官是為了名，有人是為了錢，有人是為了百姓，我則是為了正大光明地舞刀弄劍，有什麼不對麼？」他說得有趣，卻也在理，眾人一起笑了起來。

張建侯道：「要是小遊也在就好了。姑父，反正你已經答應范先生要等他一日，不如明日我們去性善寺看望小遊他們，好不好？」沈周先應道：「這主意好，我跟你們一起去。湊巧我答應了張堯封，要替他修補手鐲，我順道去性善寺採些老槐樹的樹汁回來。」包拯心道：「雖然計畫明日一早要去尋劉德妙，但若是曹教授真的聽從范先生建議，肯主動告發劉德妙，那麼事情就容易得多。也罷，尋人也不急在這一日。」當即應道，「好。」

楚宏又道：「還有一件事要告訴幾位，今日提刑司派人來提走高繼安一案的全部卷宗，書吏檢查過目證人供狀時，發現了一個疑點，那就是節字街的攤販聲稱曾在前晚見過高繼安，說是從戌時一刻起高繼安就在他的攤子上喝酒吃菜，過了亥時，才醉醺醺地起身，站都站不直，還是街坊扶著他回家的。」

張建侯道：「我大概是亥時兩刻翻牆進的應天府署，而崔良中遇刺是在這之前，短短一刻工夫，高繼安即使清醒，也絕不可能從節字街趕到那裡殺崔良中。」沈周道：「那麼凶手一定是……是那帷帽婦人了。」一時不敢當著楚宏的面，說出劉德妙的名字。

楚宏道：「我也是這麼想。雖然應天府官署戒備森嚴，但那婦人既然能潛入崔員外的府上，又能從張公子眼皮底下盜走刻刀，想必有一身高超本領，越牆出入府署也不在話下。可惜，從來沒人見過她的真面目，現下只盼望早些抓到高繼安，從他身上追查到帷帽婦人。」其實，潛入崔良中房頂和盜走刻刀這兩件案子都是許洞所為，包拯等人見楚宏將所有事一併算在帷帽婦人頭上，也不點破。

張建侯問道：「對了，曹汭曹將軍親自追捕的那名逃卒王倫，可有抓到？」楚宏道：「聽說那王倫武藝很好，讓他給逃了。曹將軍不僅丟了面子，還弄得灰頭土臉，一些攤子被打翻的商販還聯合起來去應天府告了曹將軍，說他縱兵擾民。」見包拯三人還未吃飯，便拱手告辭。

包拯三人這才安心坐下來，飽餐一頓。張建侯善飲，一瓶林酒大多落入了他的肚腹中，包拯和沈周只各飲一杯。即使吃喝，話題仍不離崔良中遇刺案。

雖然終於可以確認是劉德妙動手行凶，但還是有疑點——她要殺崔良中，有很多機會，為什麼一定要選知府宴會下手？那裡人多眼雜，她既不能在宴會廳中下手，也不能確定崔良中何時會出宴會廳，這實在不是一個萬全的殺人時機。若選在平時，她完全可以利用高繼安，以假交引一事引崔良中到人少僻靜之處下手，鑒於她一向行蹤隱祕，絕無旁人會懷疑到她，為什麼她反而要捨易求難？

高繼安被列入頭號疑犯後，劉德妙冒著身分敗露的危險前去通知他逃走，必然有一個天大的理由值得她這麼做，這理由不會是交引，不然不會在離開時忘記取走交引。那疊交引雖然值一大筆財富，卻需要先到東京榷貨務兌換票據，而她是朝廷逃亡囚犯的身分，斷然沒有能力處理這些交引。那麼她的理由到底是什麼？劉德妙又是如何搶在前面得知高繼安已經被懷疑？她是相士，會相面不足為奇，難道真能預言未來麼？既是如此，她怎麼不能預料自己投靠了丁謂之後的命運？

吃過晚飯，三人又各自回房睡覺，預備養精蓄銳，明日好去性善寺。但實在吃得太飽，肚腹鼓脹，無論如何都睡不著了。夜深人靜之際，外面不知從什麼地方傳來了一陣悠揚的清音，似笛非笛，似笙非笙，只是低沉簡單的曲調。宛轉嗚咽，若有若無，卻如江上暮靄，迷茫中帶著淡淡的哀愁，又彷彿把人的心肝生生提起，懸在半空，似揪非揪，似落非落。

包拯一時心有所感，不禁想起了唐代名將張巡的〈聞笛〉一詩：「岧嶢試一臨，虜騎附城陰。不辨風塵色，安知天地心。營開邊月近，戰苦陣雲深。旦夕更樓上，遙聞橫笛音。」那一夜，張巡苦候援兵不至，登上城樓，極目遠眺，夜色蒼茫，心情無比複雜。就在這個時候，遠處突然隱約傳來一陣笛音，這個真性情血性漢子的心中琴弦也被感傷撥動，忍不住熱淚盈眶，揮筆寫下了這首千古名詩〈聞笛〉。

不辨風塵色，安知天地心。在芸芸眾生的亂世中，在刀光劍影的戰場上，到底是守城將士不必辨認愁慘風雲，也不必詢問天心向背，只管拚死殺敵？還是只有像守城將士那樣認識到風雲的慘淡，領會到蒼天考驗世人的良苦用心，才能奮勇向前？張巡死守睢陽，不肯撤離，寧可在城中殺人而食，也不肯棄城投降而保全百姓性命，種種之慘烈，種種之悲壯，種種之無奈，種種之驚心，到底是對是非？

迷迷糊糊中，眼皮終於開始沉重起來，忽聽得有人大力拍門，叫道：「公子，醒醒！出大事了！」包拯一驚而起，披衣下床，鞋都來不及穿，飛奔過去開門。卻是自家僕人，急道：「隔壁崔家有人來報，崔員外歿了，請包公子快些過去！他們人正等在那裡呢！」

包拯忙穿好衣服鞋襪，張建侯和沈周亦聞聲而起，三人一道出來內堂。那站在堂下等待的卻不是什麼崔家的僕人，而是崔家大姐崔都蘭和她的貼身婢女慕容英。包拯極為意外，忙上前問道：「敢問小娘子到底出了什麼事？」崔都蘭道：「我阿爹他……他……」臉上並不見哀戚，只有難以名狀的局促不安。慕容英忙道：「崔員外剛剛死了，我主人是想來向各位公子求助。」

張建侯道：「崔小娘子，你別怪我口直，死的人是你爹，可是我怎麼看你一點悲傷之情也沒有。」崔都蘭雙眉一挑，狠狠瞪著張建侯，似要發怒，但她眼睛中的凶光隨即又黯淡了下去，恨恨道：「不錯，我一點也不難過，我恨他！恨他拋棄了我娘親，害得她終身不快樂！恨他拋棄了我，如果不是他的寶貝兒子死了，他也絕想不到要來華州尋我。可是……可是自從我來到崔家，他一直待我很好，他現在突然走了，我……我也不知道該怎麼辦才好。」

她之前在眾人的印象中一直是個冰山般冷漠的女子，對所有事情都無動於衷。但此刻包拯親眼目睹了她情感豐富的一面，短短一瞬間，她的臉上呈現出多種表情——忿恨、堅忍、悲悽、悔疚、絕望、恍然、無措，令人刻骨難忘。那一刻，所有的人都理解了她。一個卑微酒妓生下的私生女，沒有父親，又自小失去了母親，沒有關愛，無依無靠，在民間辛苦長大，忽然被認做天下第一茶商的女兒，富貴榮華唾手可得，是喜，是悲？不一樣的身分，不一樣的生活，完全陌生的父親，要她如何適應？而剛剛相認不久的父親卻驀然死去，她失去了人世間的最後一點庇護，又該如何面對眼前的局面？

沈周為人感性，最容易被感動，忙上前道：「小娘子別太難過，我們一定會盡力幫助你的。」包拯道：「小娘子不會無緣無故找上門來。英娘，你適才說的求助是什麼？」慕容英遲疑了一下，道：「我們……其實是我，懷疑崔員外死得不明不白。」包拯登時全身一震，愣在那裡。沈周連叫他幾聲，都沒有反應，只好道：「二位小娘子且先回去，我們稍後就到。」慕容英慌忙拜謝，這才扶著崔都蘭去了。

張建侯使勁捏了一下包拯的上臂，問道：「姑父，你到底想到什麼了？」他力大無比，包拯吃痛之下，失聲道：「是我的錯，我早該想到的！」張建侯道：「想到什麼？」包拯道：「有人要殺崔良中滅口。」張建侯道：「可是崔良中早已經中了毒，說不定是毒發身亡呢。」包拯道：「這當然是可能的，但也有可能他是被人殺人滅口。」張建侯道：「高繼安和劉德妙都已經暴露了，許洞許先生也沒有敵意，還有誰想殺崔良中滅口？」沈周道：「我想到一個人，馬季良。包拯，你也懷疑是他？」包拯不置是否，拔腳便朝崔府趕去。

崔氏家人等都集中在廳堂裡，除了崔都蘭，崔槐、呂茗茗夫婦也坐在那裡。崔槐不停地舉袖抹拭眼淚，一副六神無主的樣子。呂茗茗卻不如何悲傷，一邊假意勸慰丈夫，一邊暗中打量崔都蘭的反應。包拯幾人進來時，眾人一起站了起來。

包拯道：「崔員外人呢？」慕容英道：「還在兼隱院內室。馬龍圖的手下一直把守著院子，不讓我們進去。」沈周問道：「那你們是怎麼知道崔員外已經去世的？」慕容英正要回答，呂茗茗斥道：「你主人都沒有發話，你一個丫頭搶著插什麼嘴！還是我來告訴你。」

原來崔良中雖然陷入昏迷，但每日都需要人餵食、餵水。由於他大小便均無法自理，即使是身子底下鋪了厚厚的尿布，也必須得有婢女定時為他更換衣物和床單被褥等物。今晚輪班的四名婢女去換床單時，意外發現崔良中的身體已經冷了，摸起來只感到生硬的冰涼。幾人面面相看，心中各有不祥之感。一名婢女大著膽子將手伸到崔良中鼻子底下，呼吸全無，人竟是死了。四女當即嚇得大叫一聲，飛跑出來。崔都蘭、崔槐等人得訊後立即趕來兼隱院，卻被馬季良的侍從擋住。自從馬季良到來後，眾人便很難見到崔良中，更沒有單獨相處的機會，此刻聽說人死了尚不能相見，不由得憤慨異常，又懷疑崔良中死得不明不白，呂茗茗立即派人去請自己的兄長宋城縣令呂居簡；崔都蘭無所依靠，想到真凶高繼安得以暴露，包拯等人功不可沒，遂乾脆親自前去向包拯求助。

包拯聽說了經過，道：「呂縣令住在宋城縣署，離得不近，等他來還得好一陣子，不如我們先去兼隱院，問問馬龍圖為什麼不許親人相見。」崔都蘭和呂茗茗異口同聲地道：「好。」既然她二人都贊同，旁人再無異議。眾人便一齊朝兼隱院而來，果然在院門口即被侍從擋住。

呂茗茗頗為氣勢洶洶，道：「這裡是我們崔家的院子，怎麼我們崔家人反倒進不了門？」她是現任參政知事呂夷簡的堂妹，侍從不敢回嘴，只死死擋住大門。包拯問道：「馬龍圖人在哪裡？」侍從道：「在裡面。」包拯道：「麻煩通稟一聲，就說包拯求見。」那侍從知道馬季良對包拯甚是看重，不敢怠慢，忙進去稟報。過了一會兒，侍從出來道：「龍圖官人請包公子進去。」只讓包拯、沈周、張建侯三人進去。

崔都蘭倒也不吵鬧，只道：「好，我們信得過包公子，就在這裡候著便是。」包拯點了點頭，昂然越過侍從邁步進來。

屋內燈火通明，馬季良坐在內室的一張交椅上，眉頭微蹙，眼皮稍顯耷拉，表情茫然，望著床榻發呆。崔良中靜靜地躺在那裡，無論他生前多麼驕橫，無論他擁有多少財富，他現在只是一具冰冷的屍體，再也不會有任何知覺。鬧裡有錢，靜處安身；來如風雨，去似微塵。世人所在意的功名、錢財、利祿，終究只是生不帶來、死不帶走的身外之物，生前能夠輕清於世、安寧淡泊，該是多麼的可貴。

包拯叫道：「馬龍圖，你可有什麼要解釋的麼？」馬季良搖了搖頭。張建侯道：「崔員外人已經死了，你還不讓他的親人進來置辦後事，未免很有些不近人情。」馬季良道：「暫時不能讓他們進來。」他的聲音聽起來很疲憊，彷若沙場上厭戰的士兵，內心深處再沒有一絲鬥志。頓了頓，又道，「這是我能為義弟做的最後一件事。」包拯問道：「馬龍圖為什麼這麼說？」馬季良道：「自從我來到這裡，每日都要坐在床邊，拉著義弟的手跟他說話。他雖然昏迷，脈象卻很平穩，並無毒性加深之象。今夜突然暴斃，我懷疑是有人下的毒手。」張建侯道：「啊，馬龍圖居然還懷疑別人……」

包拯生怕他說出懷疑馬季良的話來，萬一引發對方警覺，銷毀了證據，事情就不好追查下去，忙插口道：「可是兼隱院內外都有馬龍圖的心腹把守，聽說，崔員外日常服用的湯藥飲食也都事先由婢女當面嘗過，旁人何以有下毒的機會？」馬季良道：「我也想不明白其中究竟。我已經派人去請醫博士和仵作，等他們到了，驗過義弟的身子，一切自然真相大白。我不放那些人進來，就是怕他們藉哭喪之機擾亂現場，破壞了證據。」

包拯等人交換了一下眼色，雖沒有再多說什麼，卻各自頗感費解——如果崔良中真的是再度遭人毒手才不幸身故，按照他這幾日的狀況，只有馬季良才有下手的機會。這也難怪崔都蘭，甚至沈周、包拯都立即懷疑到他身上。雖然他與崔良中是結拜兄弟，卻在假交引案發後有了殺死崔氏的動機，倘若他有染假交引，殺了崔良中，便能將一切罪責推到死者身上，再也牽扯不出他來。尤其他在發現崔良中死後不讓旁人進來，越發加重了這種嫌疑。但若從現場採證的角度看，如果他真是殺死崔良中的凶手，崔都蘭等人一擁而進，哭得哭，鬧得鬧，勢必會破壞現場，這反而對他本人有利；反過來說，既然馬季良肯趨害避利，那麼就只能證明他不是凶手。如果不是馬季良，又會是誰呢？

室內徹底安靜了下來，外面庭院中幽蟲索索，「啾啾」的蟲鳴聲忽然顯得刺耳聒噪了起來。結廬在人境，心遠地自偏。如果保持心境高遠，超凡灑脫，就算身處繁華街道，也如同偏遠的荒郊野巷一樣；若是內心焦灼，一點動靜也成了車水馬龍。

等了大半個時辰，宋城縣令呂居簡、仵作馮大亂、醫博士許希珍前後腳趕來。馬季良便命侍從放所有人進來，當眾請許希珍驗毒、馮大亂驗屍。馮大亂歎息道：「想不到這次真的來驗崔員外的屍首了，到底是天意難違呀。」馬季良嘴唇微微動了動，似乎預備斥責這信口開河的仵作幾句，但最終話還是沒有出口，大概這幾日來層出不窮的變故也將他弄得措手不及、精疲力竭了。

折騰了將近一個時辰，馮大亂終於將屍首翻騰得夠了，往銅盤中洗了手，道：「崔員外胸腹中的兩刀已經快要癒合，除此之外，別無外傷。可以說，他身上白白淨淨，只有後背出了些紅疹子，人天天這樣躺著，肯定會這樣。」馬季良道：「這不可能。義弟的飲食都事先經人嘗過，不可能有毒，他一定是外傷中毒。仵作，你再好好驗驗。」馮大亂攤開雙手道：「還要怎麼驗？連頭皮、指縫、私處都看過了，沒有外傷！」

馬季良見他說得肯定，便又轉向站在窗下凝思的許希珍，問道：「許大夫，你可有發現義弟有新中毒的跡象？」許希珍道：「崔員外原本就中了不知名的奇毒，許某無能，沒能弄清楚毒性，而今結果還是一樣，還是不能判斷出毒性，所以不確定崔員外是否新中了毒才致毒發身亡。」馬季良怏怏跌倒在交椅上，轉頭去看崔良中，眼睛透出一股悲涼的深意來。親眼看到那種眼神的絕大多數人，包括崔都蘭和呂茗茗在內，都不再懷疑馬季良是那再次下毒的凶手。

呂茗茗緊緊挽住兄長的手臂，問道：「要怎麼辦？」呂居簡明知妹妹是另有所指，卻假意不明，及時將話頭轉到了案情上來，大聲道：「崔良中崔員外遭帷帽婦人行刺，中毒甚深，不幸於今晚毒發身亡，當然是要以此結案。」

1 知貢舉：主持科舉考試的官員，往往是考試前皇帝臨時指派翰林學士、知制誥、中書舍人及六部尚書等官出任。另選派六部侍郎、給事中、臺諫官一至三人為同知貢舉。另設點檢試卷官、參詳官各若干人。

2 潘閬的事蹟，請參見吳蔚小說《斧聲燭影》。

3 刺配：宋代出現的一種新刑種，是指對犯人施加墨刑，在罪犯面部、臂部或其他部位刺刻標記後，發配至指定地點服役。「刺」指在罪犯臉部等處刺青；「配」指押送至指定場所服役，有軍役、勞役兩種，服軍役者又稱「配軍」。「配」是主刑，「刺」是附加刑。牢城：宋時，集中囚禁流配罪犯之所。編管：宋代官吏得罪，謫放遠方州郡，編入該地戶籍，並由地方官吏加以管束，謂之「編管」，此等刑罰亦用於一般罪犯。

4 景德三年（西元一〇〇六年），信奉伊斯蘭教的喀喇汗國滅掉了信奉佛教的于闐王國，部分百姓東逃沙州，甚至遠到今青海。在伊斯蘭教東進的威脅下，敦煌莫高窟的一些寺院將重要經卷和佛像、幡畫等加以集中，藏在隱蔽的洞窟中，並封閉了洞口。之後由於當事人和知情者先後去世，藏經洞的祕密逐漸不為人知，湮沒在歷史的長河中。此即後世發現的敦煌「藏經洞」來歷。

5 宋代尚方外之交，稱高僧為「大士」，稱道士為「尊師」。

6 杖刑（打板子）也分幾種，所用刑具的重量和擊打部位均有不同。杖坐，就是打屁股，屬於杖刑中較輕的刑罰。伏脊，則是打脊背，是杖刑中的重刑。

【卷五】一縷深心

時光就這樣悄悄溜走，在傷心的時候，在懷念的時候。她靜靜躺在那裡，山風穿堂而過，吹掠起她的頭髮，包拯不由自主地走近幾步，心中空蕩，閉上雙眼聆聽她的聲音，那聲音不是來自別的地方，而是他的靈魂深處。

世間人們的好奇心思恰如苔痕一般，即使不在顯眼之地，卻也無處不在地生長著。

崔良中遇刺中毒的案子一度轟動全城，引發了諸多猜議，但昨夜崔良中毒發身亡竟再沒有激起任何漣漪。一是他中毒在先，又無藥可治，死亡似乎是順理成章之事；二來他名聲不佳，對於他之前遭到的遇刺昏迷，幸災樂禍者多之，甚至不少人暗暗盼著他快些死去，現下他當真死了，只能說是老天有眼；還有更重要的第三個原因，南京城中出了遠比崔良中之死更引人矚目的消息——據說，有人在忠烈祠祭拜張巡時，意外發現了一張《張公兵書》殘頁。

自唐代以來，張巡就是天下兵家的神話，其遺著《張公兵書》更成為傳說中的神物，引得無數人苦苦追尋。大宋立國後，尋找《張公兵書》的熱潮才逐漸淡了下來，這自然與傳聞中開國皇帝趙匡胤得到了《張公兵書》有關。但即使《張公兵書》真的做為發祥地瑞寶落入了趙匡胤之手，也從來沒有任何人聽皇帝親口提過，更無人見過。現下，忽然有人在忠烈祠發現了《張公兵書》殘頁，一時引發起狂潮，全城百姓爭相趕往城南的忠烈祠，膜拜張公者有之，覬覦兵書者有之，更多的是要趕去看熱鬧。自十年前宋真宗車駕經過南京之後，商丘已經許久沒有出現如此壯觀的景象——士民傾城而出，人頭攢動，比肩接踵，沸騰如火。

兵馬監押曹汭聽說百姓蜂擁趕去忠烈祠，一個時辰內就踩平了大門的門檻，生怕惹出亂子，派出大量兵士前去彈壓，又將發現《張公兵書》殘頁的百姓全大道拘押起來，但仍然不能澆滅人們聚堵圍觀的熱情。一時間，《張公兵書》成了街談巷議的熱門話題，南京城中到處都是鬧哄哄的，沸揚熱鬧之意自是無法言說。

包拯三人早上一出門，並未直接前往北城外的性善寺，而是先來到寓公許仲容宅邸，求見文士竹淵夫，也就是許洞許先生。

張建侯開玩笑道：「石學士許諾將許公之女說與你為妻，論輩分，你該叫竹淵夫一聲長兄了。」沈周紅了臉，道：「這件事還沒有完全定下來，得由父母作主，別瞎說，讓人聽了笑話。」正說著，許洞匆匆出來，道：

「你們也聽到《張公兵書》的消息了?」包拯愕然道:「《張公兵書》?」

許洞道:「呀,看樣子你還不知道,有人在忠烈祠發現了《張公兵書》殘頁,全城都傳遍了。我得趕去忠烈祠看看。」他生平酷好兵法,《張公兵書》是他心中渴慕已久的神作,當然希望能夠有緣一見。張建侯性子急,立即應道:「呀,張公可是我張家先祖,我跟先生一起去。」許洞道:「好。」又問道,「你們不是為了《張公兵書》,又是為了什麼來找我?」

沈周道:「先生還不知道吧,崔良中昨夜死了。」許洞道:「啊,崔良中死了?也不奇怪,那毒藥那麼厲害,他能撐這麼久,已經很不容易了。」此刻的心思全在《張公兵書》上,死一百個崔良中也不會讓他多眨一下眼睛,一揮手,道,「我得趕緊走了,有話回頭再說!張小官,你還磨蹭什麼,快走!」張建侯道:「姑父,你和沈大哥先去性善寺,我去忠烈祠看一下,很快就來追你們。許先生……不,竹先生,等等我。」急不迭地忙去追趕許洞。

沈周也很是好奇,建議道:「我們要不要也跟去看看?」包拯搖也搖頭,道:「連竹先生聽到消息後都坐不住,此刻忠烈祠必定人山人海,也看不出什麼來,回頭向建侯打聽就夠了。」沈周笑道:「也是。昨晚崔良中死了,小文應該早得到了消息,今早卻不來找我們,一定也是趕去忠烈祠看熱鬧。」

來到大街上,不斷見到有人朝南門方向趕去。平日街道岔口總是蹲有等待主顧的車馬,今日卻連一個人影也看不到,只得打消雇車的念頭。好在性善寺不算太遠,也就十來里路,若走得快些,大半個時辰就能到。二人正要動身出發,忽見提刑官康惟一親自率領一大批官吏、吏卒、差役穿過了街口,行色匆匆。

沈周笑道:「提刑官也是要去忠烈祠瞧熱鬧麼?」包拯道:「他們是要往東去,一定是去曹府。」意識到發生了什麼事情,急忙跟了過去。

抵達時,康惟一正下令包圍曹府,喝令道:「圍起來,一個也不准放過!」包拯料想多半是曹氏父子暗通相士劉德妙一事敗露，但仍上前問道：「出了什麼事？」康惟一瞥了他一眼，冷冷道：「包衙內不是一直在調查案子麼？該對本司為什麼來這裡心知肚明。等本司處置完了曹府，再來追究你的知情不報之罪！來人，去叫門！」

忽有一名差役急奔而來，道：「有人往提刑司投了這封匿名信，信皮上面寫著提刑官人的名字，還塗了紅色。」塗紅即代表十萬火急，一般用在傳遞軍事公函上。康惟一哼了一聲，接過信拆開，一看之下，登時臉色大變。此時差役已經叫開曹府大門，正預備衝進去拿人，康惟一忽道：「慢！」死死瞪著那封信，眼睛都快要噴出火來，終於還是咬牙切齒地道，「走，回去！」

屬下都相當驚奇——康惟一昨晚訊問盤查案情，一夜未睡，今日一早還親自帶人來查抄曹府，原是因為曹氏是本地望族，怕有人出面說情阻撓，就跟上次應天書院主教范仲淹一樣，由此可見提刑官要將曹氏繩之以法的決心。可是現下已經到了曹府大門口，為什麼突然打了退堂鼓？然而康惟一為人嚴峻，馭下嚴厲，屬下儘管疑惑，亦不敢多問，當即回頭轉身，簇擁著長官離去。

沈周極為納悶，撓頭問道：「康提刑官剛才還氣勢洶洶，怎麼一眨眼就蔫得像洩了氣的皮球？會不會是那封信干係著新的證據，他突然發現事情與曹府無關？」

包拯心裡也是大惑不解，暗道：「官府已然知道之前的頭號嫌疑犯高繼安沒有作案時間，行凶者其實是他的同伴帷帽婦人，但應該還沒有猜到帷帽婦人就是曹府暗中供養的相士王青，更不會知道王青就是逃犯劉德妙。但既然康惟一親自帶人來查封曹府，肯定是發現了直接牽連曹氏的證據。」轉念想及，「我們知道王青這個人，也是從曹豐的妻子戚彤那裡得知，也許是曹府的人自己洩了密，提刑司由此推得真相。只是，提刑官康惟一如此興師動眾，明明有勢在必得的決心，怎麼會因為一封匿名信而臨時改變心意？如果說是因為匿名信中揭露了新的證據，但事實明明就是曹府私藏相士王青，而王青正是行刺崔良中的凶手，難道，康惟一所發現牽連曹府的證據，跟王青無關？」

正好戚彤迎出門來，見提刑司的人馬倏忽如潮水般退去，也很是驚異，還以為是包拯和沈周的功勞，忙上前道謝。包拯道：「我二人無尺寸之功。」

戚彤便將二人請進來坐下，告道：「昨日傍晚時分，提刑司突然派人捕走了車夫老楊，我就意識到不妙。有好心的差役暗中告訴我，說提刑官人已經查明真凶並不是刻書匠人高繼安，而是一名戴帷帽的婦人，況且曾有人見到我夫君跟一名帷帽婦人在一起，因此懷疑她就是凶手。二位公子都知道這帷帽婦人就是相士王青，如果老楊供出了王青之事，而王青當晚又到過知府宴會，提刑司多半就會疑心到她身上，那麼我們曹府就難脫干係了。以曹府過往與崔氏的過節，必定會被官府認為是凶案幕後主使，而我夫君的莫名失蹤也越發佐證了這一點。我將這些事告知小姑之後，我們都很驚慌，也想過要向范先生、包公子求助，但又想到王青之事畢竟是事實，隱瞞不住，該來的總要來的。」包拯見她一介弱質女流，面對劇變，雖無應對良策，卻能泰然處之，當真有大家風範，心中很是佩服。

戚彤又道：「范先生昨晚還來過，但公公病得相當厲害，神志已然不怎麼清楚，所以先生就走了。我知道范先生公事、家事繁忙，不忍令其操心，所以也沒提起提刑司捕走車夫老楊之事。」沈周問道：「這麼說，夫人早預料到提刑司會來捕人？」戚彤苦笑道：「康提刑官素來剛正嚴厲，不畏權貴，知道真相後一定會有所行動。我料定他今早必來，所以昨夜已經將兒子送回娘親處安頓，只是沒想到他會突然退去。」

忽有一名年輕美豔的女子自內堂衝了出來，問道：「嫂嫂，提刑司的人退了麼？當真退走了麼？」戚彤忙提醒道：「小姑，有客在此。」這還是包拯第一次見到曹雲霄，這位名揚南京的美人果然是國色天香，花貌驚人，難怪曹誠視其為掌上明珠。曹雲霄忙舉袖掩面，道：「抱歉，是雲霄魯莽了。」斯斯文文地行了一禮，又重新退了回去。

戚彤道：「二位公子，我有幾句話私下相告，請隨我來。」引著包拯、沈周來到自己臥室，命婢女、僕人退下，掩好門窗，道：「接下來的事會有點……有點恐怖，二位公子可要有所心理準備。」包拯和沈周相視一眼，均感莫名其妙，全然不明所以。戚彤走到床前，親自移開床踏，指著床下道：「二位公子請看。」

包拯見她說得鄭重其事，忙走過去。略微伏下時，便聞見一股奇怪的味道，俯下身一看，卻見床下有幾大塊深色的東西在蠕動著，雖然光線昏暗，但依然能辨認出是一團團的螞蟻或蟲子。不由得駭然一驚，問道：「娘子是什麼時候發現的？」戚彤道：「今日一早。」

曹豐初失蹤時，她獨立支撐曹家，時時驚悸，神思恍惚，並未留意到臥室有異樣或異味，而今預感丈夫已然遇害，又料想曹府難逃劫難，心緒反而平靜下來。早上起床時，忽發現室內有蒼蠅，忙揮手驅趕，由此發現了床下的詭異，大驚失色，但又不敢聲張，直到此刻方鼓足勇氣告知包拯、沈周二人。

沈周點了一盞燈，端到床下一照，蠕動的東西果然是幼蠅蟲，而那幾大塊深色的東西顯然就是血跡了。戚彤淒然道：「我知道這就是我丈夫曹豐。」沈周忙道：「娘子不要亂想。這只是幾灘血跡而已，並沒有屍首。」

他口中安慰戚彤，心頭疑雲大起——這床床架寬厚，床下空間狹小，成年人只能勉強匍匐而進。房間其他地方都乾乾淨淨，只有床下有大片血跡，表明曾有屍體塞在那裡。血跡尚新，也就是最近幾天的事，與曹豐失蹤的時間吻合。無論遇害的是不是曹豐，屍首呢？屍首去了哪裡？即使被砍碎後扔在床下，也不可能爛得這麼快只剩血跡，最起碼還該有骨架。

戚彤哽咽道：「你們不必再好心安慰我，我知道這就是我夫君。可是我不敢說出來，不敢讓小姑知道，不敢讓公公知道，不敢讓下人知道，我……我實在……」苦捱多日，終於再也抑制不住情緒，放聲哭了出來。

包拯見戚彤陡然失態，渾然不知所措。他生平交往的女子，除了母親，就只有故妻張婉和內姪女張小遊。張婉聰明善良，所有的事都能預先為他想到，預先為他做好，所以當她病故後，他在很長一段時間裡都不能適應。而張小遊天真活潑，做事毛手毛腳、大大咧咧，是個男孩子性情。兩名女子都是性格堅強之人，他從未見過她們之中任何一人流淚，此時見戚彤梨花帶雨，傷心欲絕，實在不知道該如何安慰起。沈周也是如此。二人只好乾站在一邊。

戚彤哭了一通，情感宣洩了出來，自己也就慢慢止住哭聲，舉袖擦了擦眼淚，哽咽道：「夫君已經死了，可是因為公公的病，我不能張揚。我有一件事想拜託二位公子，請二位瞧在公公的分上，設法查明是誰殺了我夫君。」包拯道：「別說曹教授是我二人恩師，就是娘子出面有所囑託，我等亦不敢不從。只是這案子裡面有諸多難解之處……」他本欲說出曹豐屍首不知所在的巨大疑點，可是見到戚彤臉上的哀色，一時不忍心，便改口道，「我等雖然愚鈍，一定會盡力而為，不負娘子所託。」戚彤道：「我也會自己在府裡尋找，看是否能找到埋屍之處。」

包拯心道：「這位娘子表面嬌嬌弱弱，當真是個聰明人，不但想到床下無屍首的疑點，還能猜到屍首應該埋在曹府某處。是了，凶手翻牆入曹府殺了人，總不能再扛著屍體翻牆而出。他藏起屍首，只是要造成曹豐失蹤的假象，誤導官府猜疑曹豐就是行刺崔良中的凶手。按照常理推斷，只有真正的凶手才有此動機，也就是說，殺死曹豐並嫁禍給他的人就是相士王青，也就是女道士劉德妙。」

那麼，當晚在曹府與楊文廣交手的人，到底是想要報復曹汭的逃卒王倫，還是殺人後被意外撞見的劉德妙？出來曹府，包拯不由得感慨萬千，那相士王青當真是個心機深沉之人，前後一連串事件算計得相當周全，如若不是曹府車夫見過她的樣貌、又湊巧被石中立認出她就是女道士劉德妙，她當真就逃脫了，根本不會有任何人懷疑到她頭上。

沈周道：「既然曹豐幾可斷定已經死去，查明凶手是一件事，還有另外一件事，崔陽之死和曹豐之死都應驗了女相士劉德妙的話——『崔良中和曹誠均有喪子之相』。她還預言過崔良中有喪女之相，那麼崔都蘭是不是也有危險？」包拯驀然省悟過來，道：「你思慮得極為周全，我們得先趕去提醒崔都蘭一聲。」

如果劉德妙當真精通神奇相面之術，是從面相推斷出崔良中有喪子和喪女之厄，但眼下崔良中已經死了，崔都蘭卻還沒死，這就不叫「喪女之厄」了，因而這一切所謂的預言只是劉德妙的杜撰。而從崔陽和曹豐先後死亡應驗了預言來看，這很可能是她巧妙殺人計畫的一部分，預言要死的人都是她的目標，那麼崔都蘭就該是下一個了。無論如何，都得警示崔都蘭，讓她加倍小心。

說來湊巧，經過望月樓時，正好見到崔都蘭的婢女慕容英，外衣上套著為主人服孝的斬衰，手裡拿著一包豆乾，神色匆匆。

沈周忙招手叫道：「英娘！」慕容英道：「兩位公子是來望月樓吃飯麼？」沈周道：「不是吃飯，是有一件重要的事要請英娘轉告崔家小娘子。」他知道貿然說出有人要殺崔都蘭，實在難以取信，又因曹氏捲入其中，不能完全將真相告訴對方，遂道：「我曾聽人預言，崔良中員外有喪子和喪女之相。當然，崔員外已死，崔家小娘子還安然無恙，可見預言是當不得真的。但我懷疑有人要對崔家小娘子不利，請英娘提醒她務必小心。」

慕容英極為驚奇，問道：「沈公子在哪裡聽到的預言？」沈周道：「這個……只是道聽途說罷了。」見對方露出難以置信的狐疑表情，便加重語氣道，「這可不是開玩笑。崔家小娘子現下是崔員外萬貫家產的繼承人，有人虎視眈眈也不足為奇。總之，千萬要小心。」慕容英大概覺得後一條理由能夠接受，當即釋然而笑，道：「是，多謝公子。」

包拯和沈周這才出城往性善寺而來。

南京地靠汴河，官商多走河道。而北城外多是丘陵地帶，人煙寥寥，與南城外車轂擊、人肩摩、連衽成幕、揮汗成雨的繁茂情形相比，簡直是一個天上一個地下，就連官道上也幾無行人。沈周道：「官道有些繞遠，我知道那邊山上有條羊腸小道，不能行車走馬，稍微有點偏，但是可以省下不少時間。」包拯道：「那就走小道。」當即離開大道，爬上山坡。

性善寺一帶的山勢不高，卻是林木蔥翠，風景甚佳。墨綠色的山巒遠近高低，層層疊疊，構成了一幅濃淡相宜的水墨畫。上山路後不久，便能遠遠見到一座寺廟掩映於綠蔭當中，在一線藍天的映襯下，格外幽深雋秀，那就是有上百年歷史的性善寺了。

忽聽到前面有人語聲。拐過土坎，並不見人。正感詫異之時，兩名年輕男子狼狽地從坡下的樹叢中鑽了出來，居然就是曾在望月樓有過一面之緣的富家公子黃河和他的侍從楊守素。黃河不意在此遇到包拯和沈周，一時間愣住。

沈周忙上前招呼，笑道：「看黃兄這副模樣，當是迷路了。」黃河道：「嗯。」楊守素笑道：「我家公子今日一早出城遊覽，人生地不熟的，胡亂走著，居然不知道怎麼鑽進叢林中了。」沈周笑道：「黃兄要遊覽名勝，該去南面才對，這北城外就只有一處性善寺，我們正要去那裡。」黃河道：「我生平好佛，不知可否與二位仁兄一起去寺廟拜訪高僧？」

包拯道：「我們是去找人。黃兄既是不認得路，不妨跟我們同行。」黃河道：「甚好，多謝。」四人便一道往性善寺而來。幾近寺廟山門時，沈周道：「看見前面那片樹林了麼？那兩棵華蓋最大的樹就是相思樹。」

這兩棵相思樹是一處著名古蹟，歷史之源遠流長，遠勝寺廟本身。春秋時期，宋國君主康王偃殘暴貪婪，聽說大夫韓憑的妻子何氏有傾國之色，便將韓憑下獄，將何氏搶入宮中。不久，韓憑含恨自殺，何氏聞訊痛不欲生，跟隨康王遊青陵臺時，趁人不備跳臺殉夫，在衣帶上留字道：「王利其生，妾利其死，願以屍骨賜憑合葬。」要求死後與丈夫合葬。康王見字大怒，道：「寡人偏偏要讓你們生不能同床，死不能同穴。」於是將韓憑和何氏分葬在性善寺一帶，當時這裡是寸草不生的亂墳崗。不久後，奇蹟發生了，兩座墳塚的墳頭各長出一棵鬱鬱蔥蔥的梓樹，彎曲相隨，根枝交錯。亂墳崗也突然生出無數花草，變得生機盎然起來。宋人認為這兩棵梓樹是韓憑與何氏的精魂，稱其為「相思樹」，便是性善寺外現存的兩棵梓樹。此典故亦即「相思」一詞的來歷。

也有人稱春秋時的相思樹早已枯死，現存梓樹是唐人所植。然而世人所關注的其實不是相思樹的真偽，而是那淒美動人的愛情故事。唐代大詩人白居易〈長恨歌〉之名句「在天願作比翼鳥，在地願爲連理枝。天長地久有時盡，此恨綿綿無絕期」即據此而來。許多紅男綠女趕來性善寺，並非真心拜佛，而是為了到寺外相思樹下一許永結同心的心願。迄今，商丘猶有歌謠唱道：「長相思，終難忘。聲聲呼喚在睢陽。青陵臺上埋恩愛，相思樹上話淒涼。棒打鴛鴦滔天罪，千秋萬代罵昏王。」

黃河和楊守素二人聽聞了這段愛情故事，極感新奇，均道：「等拜完神佛，一定要來拜拜這相思樹。」四人正要斜插走下山路時，忽聽到前面相思樹下傳出「嚶嚶」的女子哭泣聲。剛剛聽完相思樹的故事，便聽到有女子在此哭泣，未免有些悚然的感覺。黃河道：「奇怪，是誰在這裡哭泣？守素，你過去看看。」楊守素應了一聲，走入林中。

過了一會兒，哭泣聲停止，傳來「啪」的一聲脆響，隨即聽到楊守素道：「你這個小娘子好不講理，為何一上來就打我？」一個凶巴巴的女子聲音道：「誰叫你在暗中偷窺我？我打你一巴掌還是輕的。你再不走，我還要再打！」

包拯聽出那女子的聲音正是內姪女張小遊，大吃了一驚，忙趕過來叫道：「小遊，你在這裡做什麼？」張小遊乍然見到包拯，意外之極，隨即省悟自己臉上還掛著淚珠，慌忙背轉過身去，手扶在其中一棵相思樹上。沈周忙道：「黃兄，楊兄，我先領你們進寺上香。這邊請。」當即朝包拯使個眼色，引著黃河、楊守素先去了。

包拯知道張小遊是個假小子的性格，沒有半分女孩兒的驕矜，卻不知她受了什麼委屈，竟然要躲來這裡哭泣。等眾人離去樹林，才上前問道：「出了什麼事？是祖姑姑責罵你了麼？」張小遊道：「沒有。」包拯道：「那你為什麼躲在這裡哭？」張小遊道：「沒有為什麼。」轉身抓起包拯的袖袍，往自己臉上抹了兩下，恨恨甩開，賭氣去了。

包拯忙追了過去。到山門口時，沈周正等在那裡，叫道：「小遊，你還好麼？」張小遊卻理也不理，逕直進去了。包拯道：「你站在這裡做什麼？」沈周道：「我是特意等在這裡告訴你，董浩董公的女兒董平，你的未婚妻，人也在裡面。」

包拯「啊」了一聲，恍然有些明白過來。雖然他一直弄不大明白少女的心思，但小遊看起來應該是在為這件事哭泣。可是那天晚上，她聽到他定親的消息，明明是歡天喜地的呀，反倒是他自己，看到她高興的樣子後，心中很不是滋味。沈周歎了口氣，小心翼翼地說出那句最令包拯心痛的話，道：「你該明白，小遊是你的姪女，這是無論如何都無法改變的事實。禮制擺在那裡，又有什麼法子呢？走吧。」

性善寺依三勢而建，有三進院子，算不上什麼大寺，最盛時也只有數十名僧人。寺內有一口重約五千斤的大鐵鐘，鐘聲洪亮，悠揚飄蕩，遠聞數里，聽之使人心曠神怡。曾有游僧來到寺中，撫鐘感慨道：「未扣時原是驚天動地，既扣時也只是寂天寞地。」頗見禪機。最奇特的是，這口鐘與商丘城中東大街鐘樓上的大鐘音律一致，可以產生共鳴，人們往往在聽到性善寺的鐘聲響起之後，又緊接著聽到鐘樓上的鐘聲。因為鐘樓的方位在性善寺之西，所以民間有俗語稱：「東邊撞鐘西邊響，西邊撞鐘東邊鳴。」

包拯和沈周進來禪心院廳堂時，不獨見到了包母張氏和寇准夫人宋小妹，董浩的夫人和女兒董平果然也在這裡。董平生得一團和氣，嫻雅知禮，見過禮後，只安靜地站在母親背後。包母很是高興，道：「想不到拯兒今日會來，正好董夫人也帶著千金來性善寺上香，這可是天作之合。」董夫人也隨口附和。又各自聊起包拯和董平小時候的一些事情。

包拯尷尬之極，正不知該如何自處，張小遊進來告道：「外面來了幾名大官人，說是來見寇夫人的。這是拜帖。」轉頭遞給沈周，蠻橫地命令道，「你念給寇夫人聽。」沈周只得接過來，念道：「京東路轉運司轉運使韓允升、京東路轉運司轉運副使范雍、提刑司提點刑獄公事康惟一、應天知府晏殊、南京通判文洎等聯名拜會寇夫人麾下，謹祝……」宋小妹道：「不必念了。小遊，你去替我打發了他們。」張小遊道：「是。」自沈周手中奪回拜帖，洋洋去了。

沈周忙道：「怕是小遊一人不行，我和包拯去幫她。」順手扯著包拯出來，一直走出禪心院才放手，長吁了一口氣，道，「我只幫你這一次，後面的事你自己看著辦吧。我得去後院割些樹汁，你好好想想要怎麼應付現下的局面。」包拯不解地道：「應付什麼局面？」沈周道：「剛才在屋裡，你連你的未婚妻子董平都沒有看上一眼，你自己說，這叫不叫局面？」搖了搖頭，取出早已備好的竹管，尋來後院，預備割去一些老槐樹的樹汁。

性善寺後院的槐樹是棵古樹，歷史比寺廟本身還要長。沈周來到樹下，撫摸粗大的樹幹，心中略略有懷古傷今之感，只是不知該如何下手割取樹汁。他倚靠著樹幹坐下，從懷中掏出那兩截斷鐲來，琢磨著要如何修補黏接，好不負張堯封所託。

忽聽得有人道：「沈公子好雅致。」卻是宋小妹來了後院。沈周忙起身行禮。宋小妹道：「佛門清靜之地，不必多這些俗禮。包夫人和董夫人正在商談親事，我便出來閒逛，不意在這裡遇見公子。」一眼瞥見沈周手中的玉鐲，很是好奇，問道，「那是碧玉手鐲麼？」沈周道：「是。」見宋小妹目光異樣，忙解釋道，「這不是我的，是府學提學曹教授的千金曹雲霄的。曹雲霄不小心摔斷了鐲子，很是心痛，她的未婚夫張堯封便拿來找我，讓我想辦法黏好它。」

宋小妹道：「曹雲霄？」沈周道：「嗯，就是傳聞中的南京第一美人。夫人認識她？」宋小妹道：「不，不認識，不過我認得這只鐲子。這是我相公當年送給我的定情信物。近二十年不見啦，想不到今日會在這裡見到。」沈周震驚得難以置信，還以為自己聽錯了，結結巴巴地問道：「夫人說這是寇相公送的定情信物？」宋小妹微笑道：「你不信麼？鐲子有一半是深色的綠，只在中間有一小塊淺白的雲狀絮物。另一半是淺色的綠，中間偏右的地方有兩道游絲般的墨綠絮物。」

沈周忙將斷鐲拼好，仔細檢視，果然所有細節均如宋小妹所言。她只是隨意瞥見玉鐲，並未索要近觀，描述的特徵卻絲毫不差，當真是玉鐲原主了。沈周道：「這玉鐲既是信物，對夫人意義重大，如何會任其流落在外？」宋小妹歎道：「不是流落，而是我主動將玉鐲送給了一個人，當時相公也是在場的。」

往事歷歷，一起湧上心頭——十餘年前，寇准官任宰相，她則是宰相夫人，雖然她出身顯赫，並不如何以富貴為意，終究還是優雅閒適的生活令人舒暢愜意。那一日，寇准帶著她回到家鄉華州下邽省親，華州百姓傾城而出，不絕於道，只為一睹本朝名相風采。人人爭相上前，一個小女孩被擠得摔倒在路邊，「哇哇」大哭起來。她從車窗望見，不知怎的，從來沒有生育過子女的她忽然湧動起一股莫名的母性柔情，急忙親自下車，扶了那女孩子起來。小女孩穿得破破爛爛，用兩隻髒乎乎的手抹乾了眼淚後，便逕直盯著她手腕上的鐲子，瞧得目不轉睛。她溫言問道：「喜歡麼？」小女孩點了點頭。她又轉頭去看丈夫寇准，寇准也點了點頭，她便毫不遲疑地褪下那只名貴的玉鐲，遞給小女孩。正當她要問對方的名字時，小女孩舉起玉鐲狡黠一笑，倏忽轉身，鑽進人群中，飛快地消失了。那是她最後一次見到小女孩，儘管如此，她還是不能放心，又派人去尋找。後來有人來告訴她那小女孩姓葉，名叫都蘭，是個沒父沒母的野孩子，專靠行騙為生，她才恍然有所明白。鐲子失去也就失去了，她和寇准都沒想過要去尋回來，只是那件事給她的印象極深。她固然失去了一只貴重的玉鐲，那小女孩又失去了什麼呢？她當時幾乎是想當場收養下她的。

沈周失聲道：「呀，夫人說那個騙走玉鐲的小女孩就是葉都蘭？」這下輪到宋小妹驚訝了，奇道：「聽沈公子的語氣，莫非認識葉都蘭？」沈周道：「算是認識吧。她目下不姓葉了，她叫崔都蘭，是大茶商崔良中失散多年的女兒，新近才到南京認父從親。崔府就在包拯家隔壁。」宋小妹不能相信天下竟有如此巧合之事，搖頭道：「天下總有同名同姓的人，你說的崔都蘭未必就是我當年見過的葉都蘭。」

沈周笑道：「這個崔都蘭也是華州人，肯定就是夫人遇到的那一個。」他見宋小妹目光閃動，與一貫淡泊嫻靜的風度大不相同，猜想她對當年之事尚不能完全釋懷，忙道，「夫人放心，我會想辦法證實這件事，無論崔都蘭是不是那個人，都會給夫人一個准信。」宋小妹道：「這個……」沈周忙道：「夫人放心，我會暗中調查，不會令崔都蘭知道的。」

宋小妹道：「即使真的就是她，事情已然過去多年，何必再重提舊事？」沈周道：「夫人當年完全是出於真心關愛，自然不會在意什麼。然而若能確認崔都蘭就是當年的小女孩，知道她而今認祖歸宗，終於有了新家，徹底安定下來，豈不也是一種安慰？」宋小妹這才點點頭，道：「那也好，就有勞沈公子了。」

忽聽得前面傳來喧鬧嘈雜聲，宋小妹不禁皺起了眉頭。沈周道：「小遊性子火爆，說不定是她跟官人們起了衝突。」宋小妹搖了搖頭，道：「實在不像話。走，我們出去看看。」

剛走到月門，便聽見「乒乒乒乓」聲越來越響。沈周道：「呀，似乎出了大事！」只見一名小沙彌跌跌撞撞奔過來，叫道：「寇夫人……快走！」沈周見他渾身是血，大吃一驚，忙上前扶住，問道：「出了什麼事？」小沙彌道：「來了……來了……強盜……」一語未畢，背後搶過來一名大漢，重重一推，將他和沈周一起推倒在地，舉刀逼住。

宋小妹叫道：「住手！你是什麼人？」那大漢這才留意到她，問道：「你就是寇老西的夫人宋小妹麼？」宋小妹道：「是我。你是誰？」那大漢登時露出狂喜之色，轉頭大叫了一聲，揚刀便朝宋小妹奔來。沈周情急之下，撲上一步，抱住大漢的右腳。大漢甩了一下沒能甩脫，回身舉刀便往沈周背上插去。刀鋒尚未貼進脊背，沈周已然感到森森殺氣，冷汗直冒，情急之下，張嘴低頭，朝大漢右腿小肚子上用力咬去。大漢陡然吃痛，「啊」的一聲慘叫，手上勁道略鬆。

包拯不知從哪裡冒了出來，及時搶上前抱住大漢的手腕，意圖奪下鋼刀。然而那大漢身懷武藝，力氣大得驚人，一甩臂膀，便將他推得一個屁墩坐倒在地，又欲舉刀朝沈周背上砍去。宋小妹道：「等一下！你想殺的人是我，何必多殺一個無名小卒？」那大漢聞言，便收住刀勢，猛力往沈周的腰間踹了兩腳，令他一時間再也站不起來，這才提著刀朝宋小妹逼來。

宋小妹無處可退，極為冷靜，冷冷道：「你要殺我，我無力抵擋，但我要知道你的名字。你不會沒種到連自己的名字都不敢說出來吧？」那大漢道：「告訴夫人名字也無妨，俺叫王倫。夫人，你別怨俺，俺雖跟你無緣無仇，但是為了弟兄們的飯碗……」忽聽得背後的包拯大叫道：「曹汭將軍，你來得正好，快發火蒺藜！」

王倫是訓練有素的軍人，一聽前上司曹汭趕到，手裡還有利器火蒺藜，立即舉刀護臉，往旁側滾去。然而等他站起身來，才發現既沒有曹汭，也沒有火蒺藜，不過是包拯虛晃一槍，不禁大怒，舉刀便朝包拯砍去。包拯手無寸鐵，難以抵擋，急退數步，後背便抵到了牆根。王倫獰笑道：「這次看有沒有曹汭來救你！」舉刀欲刺時，一條紅影閃了過來，用單刀挑開了刀刃。

及時趕到救了包拯的人，正是張小遊。她已然經歷了一場惡戰，頭髮散亂，身上多處受傷，肩頭的刀口還汩汩冒血。包拯道：「小遊你……」張小遊道：「我來擋住他，快帶寇夫人走！」包拯不及多說，忙上前扯住宋小妹往外走。

王倫急忙去追，卻被張小遊持刀擋住。他認出對方手中的兵器正是同伴所有，心中怒極，臉上黑氣大盛，舉刀一揮，登時將單刀磕得飛了出去。張小遊本已受傷，虎口劇震之下，連退數步，倚靠在一棵石榴樹上，只大口喘氣，實無力再戰。

王倫顧不上了結她，抬腳急追包拯、宋小妹二人，哈哈笑道：「想逃走可沒有那麼容易！」走出幾步，卻又被醒過來的沈周抱住小腿。王倫生怕宋小妹就此逃走，橫生變故，急忙從腰間袋囊中取出一枚黑色圓球，叫道：「俺讓你嘗嘗真正的火蒺藜！」扯燃點火索，揚手打出。那火蒺藜若流星般飛出，火星「滋滋」作響。只是飛出沒多遠，便有一條人影閃了過來，及時擋在中間。

火蒺藜正射中張小遊胸口，「嘭」的一聲炸開，她的胸前立即現出一個焦黑大洞，哼也沒哼一聲，便倒地死去。包拯驚見變故，忙捨了宋小妹回來，抱起張小遊叫道：「小遊！小遊！」

她的眼睛還睜得大大的，然而卻沒有了任何生氣，他只在她的瞳孔中看到了自己的影子。他彷彿被瞬間隔離起來，身體內所有流動的東西都被暈眩抽離，再也沒有辦法呼吸，只覺得陣陣沉悶齊刷刷地壓來，憋屈得令人窒息。那一刻，他真的以為自己會就此昏厥過去。但他卻沒有真正癱倒，只是腿軟站不起來，懷中的小遊正在一點一點變冷，生命中的活力正在一點一點地離他而去，一時悲上心來，淚水模糊了雙眼。

忽聽得有人怒道：「呀，你殺了我妹妹！我跟你拚了！」卻是張建侯到了，背後還跟著一對中年夫婦。張建侯進寺後已跟前院的強盜交過手，奪取了一柄鋼刀，當即手臂一揮，劃出一道刀光，惡狠狠地向王倫衝來。沈周急忙鬆開手，滾到一旁。

王倫帶著同夥來洗劫性善寺，本以為寺廟裡只有寥寥幾名僧人，可以如入無人之境，順利幹好這一票，哪知道今日寺廟中來了幾名大官人，各帶有僕從。那些人雖然不會什麼武藝，可是個個忠心護主，拚死向前，纏住了他的人手，令他們不得不分頭行事。他和另一名同伴潘方淨來後院尋找目標人物，卻想不到女眷中的張小遊居然會武，還出其不意殺了潘方淨。好不容易打傷、擺脫她，找到了目標人物，卻又風波不斷，總是不能如意得手。此刻對方忽然來了大援，他一見張建侯出刀，便知對方身手了得，絕非張小遊女流之輩所能比擬；又聽見外面同伴高叫「風緊」，怯意頓生，便且戰且退，往前院而去。

與張建侯同來的中年夫婦本一左一右護住宋小妹，見王倫欲逃，那婦人的右手往腰間一抹，拔出一柄劍來，竟是一柄軟劍，寒光閃閃，矯若遊龍。軟劍雖然也稱劍，卻因劍身柔軟如絹，是與硬劍完全不同的劍器，此即晉代詩人劉琨在〈重贈盧湛詩〉一詩中所言：「何意百煉鋼，化爲繞指柔。」又因力道不易掌握運用，習練時須精、氣、神高度集中，所以軟劍劍術屬於兵器種類中的高難型武術。即使武藝精絕者如張建侯，也是第一次親眼見到有人使用軟劍做兵器。

那婦人一亮出兵器來，登時成為全場焦點。王倫雖曾是軍人，但日常訓練只以刀槍棍棒為主，哪裡見過這等輕快敏捷如毒蛇般靈活的兵器，只接了一招，便被軟劍穿隙而過，點中了右眼，「啊」了一聲，拋下鋼刀，雙手護住眼睛，鮮血從指縫中汩汩流出。

那婦人一擊得手，便迅速收劍，輕輕一擦，一柄寒劍瞬間消失在腰際，身手乾脆，瀟灑之極，當真如古人所云：「來如雷霆收震怒，罷如江海凝青光。」張建侯見到妹妹一動不動地躺在包拯懷中，忿怒異常，吼道：「我殺了你！」挺刀就朝王倫刺去。沈周掙扎著站起來，急叫道：「建侯，留活口！」

但還是遲了一步。這一刀，張建侯出盡全力，刀插入王倫的胸口，又穿胸而過。劇痛之下，王倫鬆開了捂住眼睛的手，低下頭來，用剩下的一隻眼睛驚奇地看著胸口的刀柄，喉嚨中「咕咕」兩聲，終究還是沒有說出話，這才仰天倒下。魁梧的身子直挺挺地砸在甬道上，揚起一陣塵土。

張建侯餘怒未消，又朝王倫踢了兩腳，這才奔過去，蹲在張小遊的屍首旁痛哭起來。宋小妹心頭惻然，走過去，道：「小遊是為救我而死，這都怪我，我……實在是抱歉了。」她雖看得出王倫這夥強人是為殺她而來，卻不知道原因究竟是什麼，一時也露出茫然的神情來。

包拯抱著張小遊坐在地上，始終沉默著。他似已神遊天外，目光散亂，露出一副乾巴巴的樣子來，對外界毫無反應。張建侯一邊抹淚一邊道：「這怎麼能怪夫人呢？不能怪夫人，要怪就怪我，非要跑去看什麼《張公兵書》，要是我跟姑父一起來性善寺，就不會讓這些強盜有機可乘，小遊就不會死。」沈周勸道：「人死不能復生，還是節哀順變吧。」

宋小妹歎了口氣，道：「小遊為我而死，我一定會以子姪之禮待她。」又轉頭道，「多謝兩位適才援手。我姓宋，閣下是……」那中年男子忙拱手行禮，道：「在下張望歸，這是內子裴氏，名青羽。」沈周道：「青羽？

娘子的名字是叫青羽麼？」裴青羽道：「是啊。我是沙州人，這是第一次來到中原，公子應該不認得我吧。」

沈周道：「不認得，娘子的名字晚生也是第一次聽到。不過，晚生聽說西域有一對奇劍，是于闐高手匠人用崑崙山精鐵鑄造，雄劍名青冥，雌劍名青羽，都是世間罕見的利器。娘子剛才亮出的那柄軟劍可就是傳聞中的青羽劍？」裴青羽道：「不錯，我身上的那柄軟劍正是青羽劍。公子年紀輕輕，知道的事可真不少。」

其實沈周知道的還有更多——「青羽」雖是雌劍，卻是以天界物「羽」命名，而「青冥」之「冥」則是冥界物。傳聞，人世間若有一對男女得到這對神奇軟劍，便是命中注定的情侶，可以永遠在一起。但由於天界物和冥界物本身不能相容，二人的人生也會經歷各種艱難險阻。那麼，到底是要各執一劍，彼此相望於江湖？還是攜手浪跡紅塵，共面波瀾人生？既然青羽劍在裴青羽手中，青冥劍是否就在張望歸身上？這其實才是沈周特別想知道的，但幾次三番留意張望歸的腰間，並未見到與裴青羽一樣的帶鉤，越發令人好奇青冥劍之所在。只是當此場合，實在不便發問，只得悶在心中。後來沈周將這對軟劍的故事講給兒子沈括聽，沈括印象極深，特意記載在其著作《夢溪筆談》中，稱父親親眼見過的青羽軟劍「用力屈之如鉤，縱之鏗然有聲，復直如弦」、「可以屈置盒中，縱之復直」。這是後話，略過不提。

也不知道時間過了多久，只聽見腳步聲紛沓而至，性善寺住持和應天知府晏殊等人一齊趕了過來，見宋小妹安然無恙，這才長舒一口氣。寇准雖死，盛名猶在，若是其孀婦宋小妹被強盜殺死在南京，無論有什麼理由，他們這些人都免不了厄運，不被降職罷官，也會被天下人指指點點。

晏殊道：「下官實在慚愧，居然讓夫人遭此驚嚇。性善寺暫時不能住了，請夫人移步驛館。」宋小妹不及回答，南京通判文洎搶著道：「這些強盜人多勢眾，有備而來，且來勢洶洶，下官等從人非死即傷，請夫人先回房歇息，等接應的人馬到來，再護送夫人回城。」宋小妹道：「有勞各位了。」

康惟一見包拯抱著一名紅衣女子，問道：「那小娘子是誰？」宋小妹道：「那是包令儀包公的姪孫女張小遊，她是為了救我而死。」康惟一道：「夫人放心，下官這就回城調集人手，全力緝捕凶手。」他當真說到做到，昂然離去，只在轉身時狠狠瞪了沈周一眼。

宋小妹道：「各位都還有公務在身，也都請回吧。」晏殊見宋小妹神情冷漠，料來留下來也沒有什麼話好說，便道：「那好，下官就告辭了。下官會儘快調派人手來接夫人回城，保護夫人。」沈周正要上前勸包拯放開張小遊起身，忽見轉運使韓允升有意留在後頭，朝自己招手，一時大惑不解，想不出這名位高權重、又素來沉默寡言的轉運使找自己做什麼，忙走過去問道：「韓相公是在叫我麼？」韓允升點點頭，道：「聽說你們幾個在調查崔良中的案子。」

沈周心道：「這件事大夥都知道了，難怪適才康提刑官瞪我一眼，看樣子是對我們幾個暗中查案不滿。」忙解釋道，「我們其實只是受人之託，想找到曹豐曹員外的下落，並不是真心要查什麼案子，搶提刑司的風頭。」韓允升道：「無妨。」沈周道：「什麼無妨？」韓允升道：「嗯，本使叫你過來，是要告訴你一件事——聽說康提刑官已經查到，崔良中一案很可能跟曹府聘請的相士王青有關。因為相士王青當晚曾經到過宴會，所以康提刑官懷疑曹府仍然是崔良中遇刺案的背後主謀，預備逮捕曹府上下人等，不分老幼，不分主僕，一一嚴刑拷問。」

沈周一時不能確認韓允升所言是不是自己早上遇到過的事，忙道：「是今早發生的事麼？康提刑官已經這樣做了麼？」韓允升道：「本來是預備今日一早包圍曹府，一個個點名拿人。康提刑官為人雷厲風行，如此行事並不奇怪。但怪事在後頭，他親自帶著差役到了曹府大門時，忽然接到一封信，看了信的內容後，臉色大變，當即取消逮捕曹氏的計畫。然後還有更怪的事，他趕來轉運司，又派人到應天府官署，邀請我和晏相公幾人一起來性善寺拜會寇夫人。」

沈周道：「原來，幾位大官人來性善寺是康提刑官起的頭，這倒是教人想不到。」韓允升道：「還有更想不到的事情。寇夫人派人出來還回拜帖、回絕我們後，我們本來是要離開的，康提刑官卻說不妨多等等，再遞一次拜帖，這樣才顯得有誠意。結果很快就有強盜持刀闖了進來，逼住我們幾個，將我們鎖在一間禪房裡。」沈周呆了一呆，又仔細回想一遍韓允升的講述，這才低聲問道：「韓相公是在懷疑些什麼？」韓允升還是那副一貫的冷然表情，搖頭道：「我不知道，我只是告訴你有這麼回事。萬一你查到了真相，也不必來告訴我。」輕喟一聲，轉身去了。

張建侯不忍心看到包拯一直坐在地上，目無表情，如同石化，上前勸道：「姑父，你先起來。」包拯恍若未聞，動不也動。沈周忙道：「建侯，勞煩你陪寇夫人和張先生二位去禪心院歇息，順便看看包夫人、董夫人他們幾位怎樣了，這裡交給我。」張建侯只得應了，先引宋小妹、張望歸夫婦走開。

裴青羽走出幾步，又回轉過身來，走到包拯身邊，道：「昔日我亦曾痛失最親近的人，當年我才十六歲，所以包公子的椎骨之痛，我有過切身體會。小遊之死固然令人難過，然而大丈夫立於天地之間，務必要立個必為聖人之心，時時刻刻，須是一棒一條痕，一摑一掌血，方能得力。若是過度沉迷於傷痛，從此茫茫蕩蕩度日，譬如一塊死肉，打也不知得痛癢，那麼真的還不如回家找條繩子上吊死了算了。」

言語甚是尖刻，卻又蘊涵深意。不獨沈周驚訝，就連包拯也抬起頭來，默默看了她一眼。但簡單的一眼後，他便又恢復了原來的樣子。裴青羽歎息一聲，不再多說，轉身離去。沈周知道包拯急痛攻心，很可能就此一蹶不振，如裴青羽所言成為一塊「死肉」，而今只有用探尋案情、查找凶手來激勵他，令他的注意力不再集中在張小遊之死上。便挨在包拯身邊坐了下來，道：「我知道你很難過，我也很難過，但我們還有更重要的事情要做，那就是查清害死小遊的幕後主使。」見包拯木然不應，便繼續自說自話地道，「王倫昨日曾經在南門露面，我們還以為他是來找兵馬監押曹汭報昔日鞭打之仇，現在看起來，完全是我們想錯了。」

包拯一字一句地道：「他來這裡，是為了殺寇夫人。」沈周見他終於肯開口說話，心頭暗喜，忙道：「不錯，我們都親耳聽見他對寇夫人說：『夫人，你別怨俺，俺雖跟你無緣無仇，但是為了弟兄們的飯碗……』由此可以推測，是有人出錢聘請他來性善寺殺寇夫人，但是這裡面就有矛盾之處了。」

包拯腦子還處在遭受巨大痛苦後的混沌麻木之中，一時反應不過來，隨口問道：「矛盾在哪裡？」沈周道：「你想啊，王倫在雞公山落草，而雞公山離這裡有千里之遙，即使乘坐快馬，也需要五、六日時間。寇夫人大前日才剛到南京、住進了你家，昨日來到性善寺，今日王倫就帶人來寺裡殺她。從時間上來說，是對不上的，除非王倫一夥人早早就到了這裡。」

沈周有意說得極慢，好引導包拯的注意力逐漸轉移到案情上，又道：「也就是說，要殺寇夫人的主謀不是臨時起意，他早早就出了重金雇請王倫，令其帶人提早到南京守候，等待機會下手。那王倫等在南京，百無聊賴之時，還一度想去報復昔日的上司曹汭，當晚與楊文廣交手的黑衣人，一定就是他了。」

包拯如大夢初醒，皺緊了眉頭。他有個習慣，越到緊要關頭越能冷靜地思考，張小遊的死令他腦中一片空白，幾欲虛幻，但沈周的循循善誘又迅即將他拉回了塵世中。他在腦海中過了一遍沈周的話，道：「你的推測固然有理，但仍然有許多解釋不通的地方。」沈周道：「有解釋不通的地方？是什麼？」

包拯道：「寇夫人著急著運寇相公的棺木回鄉安葬，一路上除了必要的歇息，極少停留，這次在南京上岸，是因為船需要修補，王倫和他的主謀不可能事先預見寇夫人會逗留在南京。」沈周道：「也許王倫他們只是守在汴河碼頭，即使寇夫人不進城，碼頭也是必經之處，大船到了這裡，必然要停靠，好補充食物之類的日用品。」

包拯道：「如果真像你說的那樣，是有人事先雇請王倫守在寇夫人的必經之路下手，那麼南京絕不會是一個好選擇。應天府、京東路等諸多官署均在這裡，非但人煙茂密，還駐有重兵，一旦暴露行蹤，逃脫的可能性極小。況且王倫為禁軍時，曾駐守在南京，見過他面貌的人應該不少。他千里奔波，不惜出面殺害毫無過節的寇夫人，自是為了求財，但必須先保住性命才行，才能有用上財物的機會。選擇南京做為動手之地，是下下策，他不會冒險。嗯，自商丘往東，汴河依次流經夏邑、永城、宿縣、靈壁，最適合動手的地方其實是宿縣，一則地方小、人口少，二則宿縣一帶河流縱橫，很容易就能逃回雞公山。」

沈周反而聽得糊塗了，問道：「依照你的推測，王倫應該會在宿縣下手，但他畢竟是在南京出現了啊，他的屍體就躺在那裡。依你看，這到底是怎麼回事？」包拯道：「這一點，我也想不通。」轉頭見到張建侯正扶著母親過來，董夫人和董平也跟在後面，忙闔上小遊的眼睛，將其放下，急欲起身，才發現雙腳已經麻木，竟然站不起來，還是沈周從旁拉了他一下。

強盜闖進禪房時，將包母推得跌了一跤。她摔得不輕，額頭在桌案角上撞起了一個大包，腿腳也有些不方便，聽說張小遊死了，還是忍著劇痛一瘸一拐地趕來。包拯搶上前扶住母親，淒然道：「母親，小遊……她去了……」包母道：「小遊……我可憐的小遊……」顫顫巍巍地走到張小遊身側，淚如雨下。包拯見母親如此哀傷，少不得要勸慰幾句，哪知轉頭看到小遊的面容，又回想起她昔日天真稚氣的樣子，淚水再次涔涔而下。

過了小半個時辰，路、府、縣各級官府的大批人馬終於趕到。差役記錄了現場情形、填寫了驗屍文書後，包拯等人首先要面對的最大問題，就是如何處理張小遊的後事。死去的人最終獲得了徹底的寧靜，而活著的人在親眼目睹了她的死亡之後，還要繼續著思念和痛苦。

聞訊趕來的包令儀只埋頭坐在那裡，一言不發。張小遊雖是他的內姪孫女，他卻歷來視其為女兒，昨日一早還聽到她的歡聲笑語，目送她登上車子，今日便天人永隔。命運捉弄人之殘酷，實在令人歎息。包拯的兩位兄長都是少年夭折，包令儀曾兩次經歷喪子之痛，本以為有了那樣椎骨心痛的感受後，已看淡人間萬事，生生死死，不過只是站立和躺著的區別。但此刻看到小遊安靜地躺在那裡，舊日的各種情形不斷浮現在腦海裡，越發恍然若失，陷入了更深的迷茫當中。

禪房中安靜得可怕，最終還是張建侯抹著眼淚開了口，道：「妹妹雖然姓張，卻是在包家長大，她最喜歡的人是她的婉兒姑姑，當然是要把她運回廬州，葬入包家祖墳。」事情遂由此而定，決議暫時將小遊寄放在性善寺，等買來棺木裝殮、請高僧做過法事後，再擇日運回廬州老家。張建侯上前握住張小遊的手，信誓旦旦地道：「妹妹，殺你的王倫已經被我親手殺死。你放心，我一定會查出背後的主謀，為你報仇。」

兵馬監押曹汭親自帶兵趕來性善寺，要護送宋小妹回城。宋小妹卻不願住進驛館，堅持住在包府，遂由包令儀夫婦陪同回城。張建侯亦在天黑前趕回城去張羅棺木等喪事，只留下包拯在寺中守靈。儘管沈周亦主動留了下來，張建侯還是不能放心，特意請張望歸夫婦多留在寺中一夜，暗中看護包拯。

一行人離開時，董平特意落在最後，停在包拯面前，溫言道：「包公子，請你……請你節哀順變，保重身子。我……我會為小遊娘子祈福的。」那是她對他說的第一句話，聲音極輕極柔，如清風一般。同時，他也看到了她眼睛中晶瑩的淚水，他一下子被她的善良打動了。許多年之後，他依舊無法忘記當時的感覺。

時光就這樣悄悄溜走了，在傷心的時候，在懷念的時候。禪房中終於只剩下包拯和張小遊兩個人。她靜靜地躺在那裡，山風穿堂而過，吹掠起她的頭髮，他不由自主地走近幾步，叫了一聲「小遊」，她卻沒有反應，彷彿睡著了一般。他心中空空蕩蕩，恍恍惚惚，便也如她一般閉上了雙眼，聆聽到她的聲音，那聲音不是來自別的地方，而是他的靈魂深處。

不知怎的，他又想起妻子張婉病逝的那個晚上。臨終前，她緊緊握住他的手，只叮囑了兩句話，一句是要好好保重自己，另一句是要照顧好小遊。他淚流滿面，慨然應諾。然而仔細回想起來，這幾年來一直是小遊在照顧他，並不是他在照顧小遊。雖然她不會下廚，雖然她的女紅做得亂七八糟，雖然她不肯讀書，武藝也只是半吊子，但確實是她在照顧他。她還兩次救了他的性命，一次是從河裡，一次是從盜賊王倫的手下。她固然是要救寇夫人，但她更是要救他，以火蒺藜的威力，無論打中了宋小妹還是他，火藥炸裂，鐵片濺射，他們兩人都會同時沒命。驀然回想起白日她在寺外相思樹下的哭泣——相思樹，流年度，無端又被西風誤。相思樹底說相思，空倚相思樹。那一刻，他明白了她的苦，她也應該知道他的苦，所以才會義無反顧地擋下火蒺藜，她的一縷深心，百轉成牽繫。登時鼻子一酸，又有了強烈的淚意。

沈周陪著宋城縣尉楚宏走了進來。楚宏輕輕叫道：「包公子。」包拯急忙轉過頭去，用袖子往臉上抹了兩下，這才勉強「嗯」了一聲。楚宏道：「公子心裡悲傷，不願意旁人瞧見，楚某自然懂得。我冒昧來打擾，是有兩件事情相告。」

楚宏是宋城縣尉，捕盜正是其職責所在，在他的管轄區內發生如此重大的事件，受到眾多長官叱責還是輕的，如果不能於期限內偵破案子，還將面臨流配充軍的嚴厲處罰，身上的壓力相當大。他趕來性善寺後，收集物證，錄取口供。根據眾人的供詞，大概可以推斷出闖入寺中的共有九、十名強盜，全都持有凶器。現場共有十四具屍首，除去張小遊、僧人、僕從共九人，剩下的五具是強盜——其中有一人是被眾僕從合力殺死；有三人是被突然來到的張建侯殺死，包括首領王倫在內；還有一人則被張望歸和他的妻子裴青羽所殺。另外，還有一個活口，就是在禪心院被張小遊刺中的賊人，名叫潘方淨，跟王倫一樣，他原是曹汭的手下兵卒。張小遊那刀刺得略略偏了一些，潘方淨只是重傷昏迷，並沒有死去，已經緊急送回城中救治。這樣算下來，逃走的大概有三、四名強盜，他們不會進城，應該是往北邊逃去，兵馬監押曹汭已經派出精銳輕騎追捕。

包拯道：「有活口總算是好事，這是一件事，另外一件事是什麼？」沈周道：「你怎麼也不會想到的。楚縣尉認為，跟我們一道進寺的富家公子黃河很可疑。」包拯道：「黃河不是一直跟住持相談甚歡麼？我在前院遇到過他們，住處特別誇讚他佛學修為極深。」沈周道：「黃河也許精通佛理，住持由此很喜歡他，但楚縣尉懷疑他是因為另一件事。」

原來自從曹府的曹豐失蹤後，楚宏便在夜間加派弓手於曹府四周巡視。昨夜正巧他當班，巡邏到曹府後牆外時，看見一名高大偉岸的男子正騎在牆上，仰頭張望，眼力所及，正是曹雲霄的繡樓。他忙帶人上前，用弓箭指住那男子，將其扯下來擒住。那男子自稱姓黃名河，是個行商，住在望月樓。楚宏問他到曹府做什麼，他倒也直率，承認久聞曹雲霄豔名，想見見這位南京第一美人。

楚宏正要命人將其押回縣衙嚴刑訊問，繡樓上的曹雲霄聽見動靜，派婢女下樓，隔牆喊話，告訴楚宏曾在寺廟進香時見過這位黃河公子，其人不是什麼壞人，況且曹府正值多事之秋，最好不要多生事端。楚宏亦敬佩曹誠散財興學之舉，認為曹雲霄之顧慮有理，遂當場放了黃河，只警告了他幾句。哪知道今日楚宏再來性善寺，居然又見到黃河在此，立即本能地懷疑起這個氣度不凡的男子來。然而盜賊殺進寺廟之時，黃河與住持等人一起被關在房間裡，多人可以為他作證，他的供詞也沒有任何漏洞，楚宏只得放他走了。

包拯道：「如果曹豐一案跟性善寺一案有所關聯，黃河自然可疑。但目前看起來，這兩件案子並沒有什麼本質上的關聯，黃河兩次出現，也許只是巧合。」他分析得一針見血，楚宏登時釋然，當即拱手道：「還是包公子分析得在理。那好，我先回城了，今晚應該會連夜訊問那盜賊潘方淨，一旦有消息，我再來告知二位。」

楚宏離去不久，夜色便悄然降臨了。黑黑沉沉的天幕與黑黑沉沉的山野剎那間抱成漆黑的一團，人眼再也無法分辨出哪裡是它們的分界線。丘陵氣候多變，山窪裡一到夜晚，氣溫降得極快，即使沒有山風，也依然有一股陰森森的涼意。

千里素光，明月相照。輕紗般的月華籠罩在性善寺這座百年古寺上，斑駁的牆壁、雕花的窗稜都沾染著乳白的寧靜，顯出亙古的靜謐來，幽絕冷絕。清冷的夜風中浮漾著山花的馨香，淡如游絲，涼爽怡人。月白風清，如詩如畫。然而，濃重的哀傷氣氛還是如輕煙般彌漫散開，籠罩了全寺上下，不僅張小遊被殺，還有三名僧人、五名侍從亦在今日遇害。生之短暫，死則永恆，那份人世無常的宿命感縈繞在各人心頭，揮之不去。

雖有好友陪伴在身邊，但莫名其妙的孤獨還是紛至沓來，無論如何也拂拭不去。無言的悲哀更像這無邊無際的黑夜，緊緊地籠罩在包拯的心頭。他儘量不去多想，但還是不由自主地回憶起小遊的樣子，想起她深情而莞爾的甜笑，帶著少女的純情及眼光閃動的靈性，他有些眩暈了。他總覺得她並不是當真死去，她還在暗處默默地注視他，偷偷地朝著他笑，說不定什麼時候，她就會跳著衝出來跟他鬥嘴抬槓。

披衣來到院中，留宿在禪院中的張望歸夫婦正在桂花樹下私語著什麼。見包拯出來，裴青羽微微點頭，打了聲招呼，便轉身進房去了。張望歸道：「小遊娘子風華正茂，遭此不幸，實令人惋惜。然而往者已逝，來者難追，還望包公子看開些。」包拯道：「多謝。」

張望歸隨手摘下一片樹葉，捲了幾下，放在唇邊吹了起來。悠悠樂聲陡起，在這寧靜的月夜彷若天籟之音，柔和、哀怨、宛轉、纏綿、飄忽、淒迷，寄託了哀思與怨憤，凝聚著離愁與別緒，傾訴出懷念與期盼，如水如泉，聲聲沁入人心。一曲吹畢，聚在院外聽聞樂聲的僧人無不歎息而潸然淚下。

沈周亦聞聲出房，問道：「這是什麼？」張望歸道：「是〈牧羊吟〉，又稱〈蘇武牧羊曲〉，在河西一帶的漢人之中很是流行。」沈周道：「不，我不是問曲子是什麼，是問先生手裡拿的是什麼？」張望歸道：「樹葉呀，我隨手從樹上摘下來的。」沈周道：「適才那首〈牧羊吟〉就是用這個吹出來的麼？」張望歸道：「是啊，這在河西叫孟孟，專門用來寄情託意。吹得最好的是党項婦人，她們通常選用葦葉，吹出來的音調要更低沉渾厚些，情感也更飽滿。」

沈周道：「包拯，你記不記得，我昨晚在你家聽到過類似的樂音。噢，我不是說曲子相同，只是說樂音類似，當時還好奇這是什麼樂器吹出來的呢，原來叫孟孟。應該是隔壁崔府傳來的吧？」

張望歸驀然想到一事，道：「對了，白日在來性善寺的路上，建侯說了一件奇怪的事，說是包公子的鄰居茶商崔良中昨夜中毒死了，你們懷疑他是再次被人下毒，卻找不到任何外傷，也不可能是飲食中毒，對吧？」包拯道：「嗯，有過這種懷疑，但找不到任何證據。」張望歸道：「我給二位公子講一個我們沙州人盡皆知的故事，也許對你們有所啟示。」包拯聽出對方話中深有玄機，忙請張望歸在樹下石凳坐了，道：「先生請講。」

張望歸道：「二位公子都知道，我們沙州原本跟中原是一家。中原自安史之亂後，國力由盛轉衰，外敵亦趁虛而入。從唐代宗大曆五年（西元七七〇年）開始，吐蕃軍開始進攻沙州。當時沙州以東的唐軍要塞已經全部失陷，所以沙州城處於孤立無援的狀態。沙州刺史周鼎一面率軍民固守，一面向唐朝廷在西域的盟友回鶻求援。然而，援軍經年不至。沙州一直被圍困，城中糧草將盡。周鼎主張焚毀城郭，率軍民東歸唐朝。但他手下的部將，以都知兵馬使閻朝為首均不同意，認為一旦軍民東奔，沙州以後將永不復為大唐之地。」

沈周道：「這段歷史我曾經讀過。主要是當時沙州已經被吐蕃軍重重圍困，東奔回唐是不可能的事情。河西節度兵馬使宋衡枉為名相宋璟之子，貪生怕死，偷偷帶著兩百多家眷逃出沙州，想逃回中原，結果全都成了吐蕃人的俘虜。如果不是吐蕃人仰慕宋璟大名，主動釋放了宋衡等人，這群人就成刀下亡魂了。」頓了頓，壓低聲音道，「張先生可知道，寇夫人其實就是宋衡的後人？」

張望歸道：「啊，這件事我倒是真不知道。」頓了頓，又續道，「周鼎一心想焚城東逃，最終引發了部下不滿，都知兵馬使閻朝縊殺了周鼎，自己率百姓抵抗吐蕃。為了解決糧草問題，閻朝貼出告示『出綾一端，募麥一斗』，用這樣的方法來徵集糧草。就這樣，沙州這個僅有四、五萬人的彈丸小邑堅持了十一年，到建中二年（西元七八一年），沙州城終於彈盡糧絕，山窮水盡。閻朝實在無路可走，為保全城中百姓，只得與圍城的吐蕃主將綺心兒相約，以不遷徙沙州居民為條件，向吐蕃軍投降。

「閻朝被吐蕃任命為大蕃部落使河西節度，但吐蕃人對他並不信任，害怕他謀變，於是派人偷偷將毒藥放在他的靴子中，由此毒死了他。唉，閻開府死後，吐蕃人背信棄義，殘酷地壓迫沙州百姓，丁壯者淪為奴婢，種田放牧，羸老者咸殺之，或斷手鑿目，棄之而去。漢人尤其受到歧視，吐蕃人規定河西各城的漢人走在大街上必須彎腰低頭，不得直視吐蕃人。若非吐蕃殘暴不仁，先祖張議潮張公也不會振臂一呼，即應者雲集。」

沈周道：「吐蕃、党項多是背信棄義之輩，他們的話信不得。倒是契丹人要好上許多。」張望歸道：「嗯，所以閻開府死得十分不值了。」沈周這才會意過來，叫道：「呀，吐蕃人既沒有用有毒的刀刺殺閻開府，也沒有往他飲食中下毒，只是將毒藥灑在他的靴子中。毒藥穿過襪子，從腳板的毛孔中慢慢滲入身體，一樣毒死了閻府。同樣的道理，凶手可以將毒藥塗在崔良中的衣服或床單被褥上，馬季良的侍從會逼婢女事先品嘗飲食，但總不能讓她們先試穿崔良中的衣服或先試睡床單。包拯，你還記不記得那件作馮大亂驗出崔良中的後背出了許多紅疹子麼？那一定就是中毒的所在處。」

包拯卻在思索別的事情，心道：「閻朝守衛沙州，與當年張巡堅守睢陽，情形何等相像，均是困守孤城，內無糧草，外無援兵，結局卻全然不同。張巡寧可吃食城中百姓，也絕不投敵，誓死戰鬥到最後一人。閻朝為保護百姓開城投降，結果不但自己被殺，就連百姓也受到殘酷虐待，幾於屠城無異。到底誰做得更對呢？」發過一回呆，直到張望歸起身回房，神思才回到崔良中中毒一事上來。

沈周道：「看來你一開始的直覺是對的，就是有人要殺崔良中滅口。劉德妙和高繼安已敗露行蹤，斷然不是他們所為。而且崔府戒備森嚴，他們也進不了崔府，所以一定是崔府內部的人。」

目下崔府中的住客，大致可以分為三派人——崔良中的結義兄弟馬季良是一派，女兒崔都蘭是一派，姪子崔槐則是一派。以動機而言，自然以馬季良嫌疑最大，他是崔良中在朝廷的靠山，偽造交引這麼大的事不可能不知情，現下案發，他當然是要自保，殺了崔良中，朝廷既無人證也無口供，他便可以從容置身事外。崔槐也有嫌疑，崔陽死後，他原本可以繼承崔家的巨大家業，崔良中卻突然開始嫌棄他，寧可找回一個冷若冰霜的陌生女兒，也不願相信他這個在崔家長大的姪子。現下崔良中死了，崔都蘭在崔家立足未穩，他仍然有很大機會得到遺產。相比較而論，反而是跟崔良中感情最疏遠的崔都蘭，看起來嫌疑最小。

包拯道：「崔府人人都知道崔良中是中毒而死，生怕會沾染到自身，昨夜應該就已經將他生前穿過用過的衣物器具都燒掉了。」沈周道：「啊，難怪昨晚睡覺時總覺得外面火光映天。」包拯道：「沒有了物證，醫博士又從屍體上查不到毒藥的毒性，案子怕是再難調查下去了。」

沈周道：「其實崔良中一案基本上也算是完結了，眼下最重要的是查清殺害小遊……不，我是說王倫這夥強盜背後的主謀。」包拯道：「現下最重要的事是要找到曹豐，生要見人，死要見屍，因為我們答應了戚彤娘子。其次才是調查刺殺寇夫人的主謀。」沈周道：「曹豐已經死了，這是確認無疑的，凶手肯定就是劉德妙。我們已經有她的畫像，找起來應該不難。就怕她知道自己身分敗露，已然逃離了南京。」

包拯道：「這婦人專程來到南京，經營有年，一定有重大圖謀，應該不僅是行刺崔良中這麼簡單，我猜她不會輕易離開南京。眼下還有另外一個問題，提刑司既然拘捕了曹府的車夫，康提刑官又興師動眾地趕去曹府抓人，想必是推測出崔良中遇刺一案與相士王青有關，他必然也有了王青的畫像。康提刑官倒也罷了，像晏知府這樣久在中樞的官員，一定見過劉德妙，官府知道王青就是劉德妙，是早晚之事。」

沈周道：「你是擔心曹府由此難脫干係？」包拯搖了搖頭，道：「我在想，那封匿名信裡面到底寫了什麼，居然能令康提刑官當場回頭，無功而返。」沈周道：「這件事不但你我奇怪，就連韓轉運使也感到奇怪。」當即說了今日轉運使韓允升的一番話。包拯的呼吸立時急促了起來，道：「你覺得韓轉運使是在暗示，康提刑官跟今日王倫事件有關？」沈周道：「不光韓轉運使，我也是這麼想，時間上太過巧合，不由得人不懷疑。」

包拯站起身來，在庭院中走來走去，一邊搓手一邊道：「康提刑官的異常舉止，一定跟那封信的內容有直接關係，我們得設法知道那封信裡到底寫了些什麼。」沈周道：「這樣，我們明日一早回城，直接去問康提刑官。」包拯搖搖頭，道：「康提刑官一定不會輕易說出來的。」

康惟一親自帶人去曹府拿人，動靜不可謂不大，卻又突然在眾目睽睽下退去，之後沒有任何解釋，就連轉運使韓允升都十分奇怪。既然康惟一面對上司時都沒有一句解釋的話，又怎麼可能將那封干係重大的信件內容告訴包拯等人呢？沈周仔細一想，也確實是這個道理，歪著腦袋苦思了一會兒，忽然靈機一動，道：「我有個主意，不如我們去找許洞許先生，請他出馬，設法盜取那封信。」

包拯嚇了一跳，道：「康提刑官住在提刑司官署，那裡是整個京東路的治獄所在，內裡有監獄，防衛森嚴，豈是說進就進？況且許先生是已死之人，身分絕不能敗露，我們怎能讓他做如此冒險之事？」

沈周不過隨口一提，見包拯反對，也就算了，悶悶道：「那就再想辦法吧。也許我可以明日回城，找小文商量一下，他也許能想出『注水取球』之類的主意。」包拯道：「也好。」

這一夜，對許多人而言，自然是一個難眠之夜。思君令人老，歲月忽已晚。

1 閻朝守衛沙州城時，已位至開府儀同三司，故時稱「閻開府」。

【卷六】遠鐘驚夢

此刻他親身嘗到了皮肉之苦，才知道刑罰的滋味實在不好受，肉體上的折磨會讓人暫時將其他一切都拋開，所感受到的只是疼和痛，而正是這疼痛讓他覺得存在的真實。他懸在半空中，像待宰的肥羊一樣掙扎著。

次日清晨，性善寺早課的鐘聲早已響過，包拯和沈周尚歪在禪堂打盹。

有僧人匆忙進來道：「有人從應天書院帶來口信，說主教范仲淹范先生有急事叫二位公子回書院商議，人還等在寺門口呢。」沈周道：「可能是為了曹教授府上的事。」又道，「你還是留在這裡張羅小遊後事，我跑一趟吧。回頭我再來找你。」

包拯本欲送沈周出去，正好住持進來商議法事一事，便止了步。正相談時，有僧人領著全副武裝的橫塞軍指揮使楊文廣進來。包拯很是意外，詢問之下才知道，前日王倫在南門露面又成功逃脫追捕後，曹汭料想此人來意不善，便行文派人送到寧陵，請楊文廣前來南京協助捉拿王倫。楊文廣昨日日落前到了南京，進城後聽說王倫率眾劫殺故相寇准夫人宋小妹一事，得知王倫已然死在張建侯刀下，屍首還在性善寺中，遂今日一早出城，趕來辨認屍首。

包拯道：「曹將軍昨日已經來過，認出三具屍首是他昔日下屬，包括王倫在內。另兩人臉上沒有刺字，應該不是逃卒，或許是王倫落草為寇後招募的亡命之徒。」楊文廣道：「這我已經聽曹汭說過。我其實不認識王倫，來這裡不是為了確認他的身分，而是來看他的體型特徵，看他是不是當晚在曹府跟我交手的黑衣蒙面人。」

包拯登時省悟，道：「小楊將軍心細如髮，我竟然全忘了這件事。」忙引著楊文廣來到停放強盜屍首的廂房，指著最旁邊的一人，道，「這就是王倫。」楊文廣一看便道：「不是他。他膀大腰圓，高矮跟我差不多，那晚上的黑衣人，比我要矮上半顆頭，身材也瘦得多。」

包拯忙問道：「對方有沒有可能是女子？」楊文廣愣了一愣，才道：「對方武藝很高，又打出了火蒺藜，我從來沒有想過對方會是女子。不過包公子一提醒，我覺得也是可能的，至少從身材看起來很像。」包拯長舒一口氣，歎道：「那一定就是劉德妙了。」楊文廣奇道：「劉德妙？怎麼會是她？」包拯更是驚異，道：「小楊將軍認得她？」驀然想到劉德妙是北漢國主劉崇的孫女，而楊文廣之楊氏，之前其實也是姓劉的。

楊文廣的祖父楊業本名楊重貴，祖籍麟州[1]新秦，後移居太原，父親楊信曾為後漢麟州刺史，以武力雄踞一方。楊重貴從小就擅長騎射，愛好打獵，曾對同伴說：「我他日為將用兵，亦猶鷹犬逐雉兔爾。」因年少英武，很受當時北漢國主劉崇的看重，被收為養孫，改名為劉繼業。劉繼業先擔任保衛指揮使，素以驍勇聞名，後以功升遷到建雄軍節度使。由於劉繼業戰功卓著，所向無敵，北漢國人稱其為「楊無敵」。

太平興國四年（西元九七九年），宋太宗趙光義揮師北伐，舉兵包圍了太原，宋軍數十萬將士用弓弩輪番向城內射擊，聲勢驚人。北漢外絕援軍，內乏糧草，國主劉繼元不得不出城投降，其十州四十一縣的土地為宋朝所得。劉繼元獻城投降後，北漢名將劉繼業依舊據城抵抗。宋太宗愛其忠勇，很想招為己用，於是派劉繼元去招降劉繼業。劉繼業為保全城中百姓，北面再拜，這才釋甲開城，迎接宋軍。趙光義大喜，立即授劉繼業為右領軍衛大將軍，並加厚賜，復姓楊，名業。之後楊業成為宋朝著名將領，史稱楊令公，其與後代的事蹟被演繹成各種各樣的戲曲和故事，其中最有名的便是《楊家將》。

包拯略一凝思，便想明白了楊文廣認識劉德妙的緣由，忙問道：「那麼小楊將軍可知道劉德妙的事？」楊文廣道：「她是家祖故主孫女，聽長輩們提過，所以略微知道一點——聽說她自小出家做了女道士，學會了相術，後來時常出入皇宮和權貴之門。我曾在汴京見過她幾次，她為人有些勢利，但可能因為祖上的關係，她對我還算和善，不像傳說中那麼倨傲無禮。」

包拯道：「小楊將軍最後一次見到劉德妙是什麼時候？」楊文廣道：「就是她去年臨難時。我當時正好在京師辦公事，她因為通姦罪被判編管均州，我還特意去送了一送。包公子怎麼能斷定那黑衣人就是劉德妙呢？據我所知，她並不會武功。」包拯道：「劉德妙來南京做了許多你想像不到的事，也許她一直深藏不露，只是小楊將軍不知道罷了。」楊文廣道：「就算她真的深藏不露，當晚她不需要對我打出火蒺藜脫身，只要亮出真面貌，別說我會立即放她走，就是今日，我也絕不會對旁人洩露她的行蹤。」

包拯聞言頗為不悅，道：「小楊將軍是名門之後，怎可說出這樣的話？劉德妙犯下國法，你若知情不報，可就是庇護之罪。」楊文廣見話不投機，便拱手道：「楊某今日來性善寺的目的已經達到，言盡於此，至於那黑衣人是不是劉德妙，全由包公子自己判斷。楊某還要趕去北面接應追捕逃犯的士卒，這就告辭了。」

正好文彥博進來，見楊文廣臉有不豫之色，預備離去，忙招呼道：「小楊將軍，你正好在這裡，我有許多事要向你請教。」又向包拯道，「我們都知道性善寺的事了，范先生讓我帶話給你，說他一忙完書院的事，就會趕來看你。」包拯道：「范先生不是一早就派人叫走沈周了麼，又讓你帶話做什麼？你半路沒有遇見小沈麼？」文彥博道：「沒有啊。不過我著急來看你，雇了車子，走的是官道。小沈也許走的是山道，若是步行，那條路要近得許多。」

楊文廣道：「那帶信的人一早就到了麼？」包拯道：「比小楊將軍要早上一刻工夫。」楊文廣道：「這就不對了！我一早就到了北門，尚未到開門時辰。等聽到鐘聲響了，士卒才開啟城門，我隨即策馬出門趕來性善寺，因而我是第一個自北門出城的人。如果那帶口信的人從應天書院來，我自北門出城時，他應該正從南門進城才對。就算他也騎馬，可是他還得穿過全城，無論如何都不可能比我先到。」

大宋城市之內雖然廢除了漢唐以來的夜禁制度，但仍然保留有城禁，即天黑關閉城門、天亮開啟城門，城門開啟時間通常定在五更以後。南京的開門時間定在五更一刻，這是因為性善寺的僧人每日五更一刻敲鐘起床，上殿誦經，性善寺鐘聲響起時，南京東大街鐘樓上的大鐘也會應聲而響，各城門士卒便以此鐘聲為開門信號。而性善寺在北門外，應天書院則在南門外，正如楊文廣所言，南門外的人是絕不可能比他先到的。

文彥博道：「呀，算算時間，確實對不上，除非帶信的人昨晚城門關閉前就出了城，可是范先生昨晚明明在城中自己家裡，我還看見他了呀，他是昨晚才知道性善寺的事情。」楊文廣道：「這麼看起來，那帶信人是有意誆走沈周，他昨夜一定就在性善寺外。」包拯道：「壞了，帶信人很可能就是逃走的王倫同夥！呀，我真笨呀，居然一點都沒有察覺！」忙趕出來找到寺門僧，問那自稱帶范仲淹口信者的模樣。寺門僧道：「三、四十歲的樣子，看樣子就是個沒事做的閒漢，沒什麼特別的。」

包拯拔腳就要趕出去尋找沈周，楊文廣忙阻止道：「現下四處都在搜捕盜賊，如果真是王倫同夥冒險所為，誘走沈周一定是有所圖謀，不會立即殺了他。要道上都設了關卡，他們走不遠的。你們二位先留在這裡，我帶人去搜索這附近一帶，有發現會立即通知你們。」包拯只得勉強留下，但卻心焦如焚，一想到王倫這夥人膽大妄為，敢大白天的公然衝進寺廟殺人，料想其黨羽捕走沈周必然不會有什麼好事，沈周肯定會吃足苦頭。

正憂心之時，有兵士進來告道：「楊指揮使命小的來告訴二位公子，適才有往北面追捕的士卒回報，說已經在曹縣追到了四名逃走的盜賊，三人在格鬥中被殺，一人跳水自殺，沒有捕到活口。」文彥博忙問道：「小楊將軍人呢？」兵士道：「楊指揮使正布置人手，搜索城北一帶的山區。有消息，小的再來稟報。」施禮退了出去。

包拯越發著急起來，道：「呀，如果不是王倫那夥賊人抓走了沈周，還能有誰？」文彥博仔細問了經過，道：「這可奇怪了。官府刻意壓制了消息，嚴令不准外揚性善寺之事，因而普通老百姓壓根不知道昨天這裡曾經是刀光劍影，南京城中人人正忙著議論尋找《張公兵書》呢。知道性善寺凶案的，只有當事人和官府中人，而知道你和沈周昨夜留宿在寺內的人，應該更是少之又少。」

包拯登時明白了過來，道：「這騙走沈周的人，如果不是寺中僧人，就一定是昨日來過性善寺。」一一默念出昨日來過性善寺之人的名字，思索誰最有嫌疑。應天知府晏殊？當然不可能。轉運使韓允升？也不可能。提刑司康惟一？應該也不可能。官府的人應該都不可能，僧人也應該不可能，那麼就只剩下香客了，不會是自己的親人，不會是宋小妹，也不會是董氏母女，更不會是緊急關心仗義出手的張望歸夫婦，難道是那富貴公子黃河麼？

文彥博道：「黃河為了見曹雲霄一面，居然敢半夜去爬曹家的後牆，看樣子也是個性情中人。可是他跟你和沈周都無過節，為什麼要用這種方式誘捕你們呢？」包拯道：「我實在想不出來，我懷疑黃河，並不是因為他本人有嫌疑，而是實在想不出其他人有什麼疑點。」

文彥博道：「這個不難查明，只要派人向北城門士卒和望月樓店家查驗黃河昨晚的行蹤，他若是昨夜回去了望月樓睡覺，自然沒有任何嫌疑，如果他沒有回城，嫌疑可就大了。」當即說到做到，招手叫了一名留守寺中的吏卒，給了他一吊錢，叮囑幾句，請他往城中跑一趟。吏卒聽說不用在這裡守著惡臭的屍體，又有外快可撈，立即歡天喜地地去了。

文彥博又問道：「適才見小楊將軍一度語氣不善，是你二人起了爭執麼？」包拯便說了劉德妙之事。文彥博道：「這次我可要站在楊文廣一邊了，正如他所言，當晚與他交手的黑衣人肯定不是劉德妙。你想想看，楊文廣何等身手，劉德妙若能跟他對峙打鬥，武藝必然相當了得。如果她真的那麼厲害，還用得著用毒藥來殺崔良中麼？」包拯道：「或許這正是劉德妙深謀遠慮之處，或是出於某種考慮，她必須以毒藥來殺崔良中。」

文彥博道：「這個有可能。但那劉德妙與眾多權貴交往，靠相術橫行京師，必是極善察言觀色之輩。她這樣的厲害人物，怎麼會看不出楊文廣是什麼樣的人？楊家一門忠烈，雖然早已是大宋良將，但對故主之後絕不至於無情。正如楊文廣所言，劉德妙當晚既被撞見，無須思忖脫身之計，直接露出真面目便可以大搖大擺地離開。」

包拯其實也認為楊文廣的看法有道理，只是這樣一來就與諸多證據矛盾，而且引發出新的疑問——劉德妙是當晚在知府宴會上向崔良中行凶的凶手，這是確認無疑的事實。曹豐很可能已經遇害，殺他的人應該就是凶手，也就是劉德妙，目的無非要是移花接木，轉移官府偵查視線。如果說劉德妙不是當晚與楊文廣交手的黑衣人，是另外一個人，那麼這個人到曹府是為了什麼？他有沒有見過曹豐？跟曹豐又是什麼關係？包拯一時難以想通其中關節。正好包令儀夫婦和張建侯帶著凶肆行人趕到，同時運來了棺木及各種殯葬用品，遂先將小遊盛裝裝殮起來。包母不勝哀傷，一見到小遊的臉便哭泣不止，令人心酸。包拯強忍悲痛，少不得要勸慰幾句。

裴青羽聽說沈周失蹤，很是驚異，問道：「聽說沈公子的父親是大理寺官員，審理天下疑難獄案，會不會是有人劫了沈公子，以此來要挾沈父行枉法之事？」文彥博道：「呀，這倒是極有可能。我得趕緊寫封信送去東京，將此事告知沈丈，讓他有所準備。」送信最快的方式是乘驛傳，即透過官方驛路一站站傳遞，須得借助他父親南京通判的官職，遂低聲與包拯商議了幾句，便先趕回城裡安排信件之事。

張建侯見張望歸夫婦明明有要事在身，卻一直陪伴在此，很是過意不去，再三道謝。張望歸道：「你我本是同族，何須言謝？不過我夫婦二人也確實不能久留，這就告辭了。」於張小遊靈前祭拜一通，這才攜妻子離去。

到了傍晚天黑時分，忽有兵士報稱找到了沈周，包拯急忙迎了出來。楊文廣抱著沈周進寺，火光中，依稀可見到沈周渾身上下都是傷痕，血跡斑斑，已渾然不省人事了。張建侯大吃一驚，問道：「沈大哥死了麼？誰殺了他？」楊文廣道：「放心，沈公子還活著，只是受過嚴刑拷打，吃了不少苦。」抱著沈周進來廂房，將他放到床上，命兵士打來熱水為他擦洗身子，再將僧人送來的草藥搗碎了塗在傷口上。沈周身上有刀傷、棍棒傷，傷勢極重，無論旁人如何叫喊，始終昏迷不醒。包拯問道：「小楊將軍在哪裡發現的沈周？」楊文廣道：「後山上一間獵人歇息的茅屋裡。」

楊文廣一開始即猜測誆走沈周的人必是有自己的目的，然而現下南京戒備森嚴，四處都是搜捕盜賊的官兵，誆騙者必定不會冒險帶沈周進城，而離開南京的水道、旱路也都被截斷，都有重兵把守。那人唯一能做的，就是將沈周藏在附近，達到目的後悄然離開。城北一帶都是丘陵山崗，地廣人稀，雖然藏身容易，但人口少也是個突出的優點。楊文廣先不急著搜山，而是召集了本地獵戶，詢問有哪些可以藏人的地方，再分成數隊，各由獵戶帶隊分區搜索。如此一天下來，雖然一無所獲，卻將大多數能藏身的山洞、草屋都清過了一遍。

日落時分，楊文廣見天色已晚，便下令先收隊。走到性善寺背面的山巒時，忽見到前面山坡有人下山，急忙追上前去，卻是一名黑衣人。楊文廣見對方黑衣蒙面，立即上前攔截。二人略一交手，他便認出對方即是前幾日晚上在曹府與他交手之人，正要喝令弓手將其圍住，那人忽道：「你想救沈周麼？他在山上茅屋裡。快去，不然就不來及了。」楊文廣冷笑道：「沈周我自然要救，這次你可別想逃走。」

他既與那人交過手，又被對方逃脫，深以為恥，這幾日已反覆研究回憶敵人的招數套路，尋找破綻，早已胸有成竹。見那人舉掌砍來，當即拿住其手腕，反擰了過來，預備扯脫對方肩臼，手驀然觸摸到那人胸前，只覺得軟軟一片，一呆之下，心中有所遲疑，沒下重手。卻被那人乘機掙脫，又朝包圍上來的弓手打出一枚火蒺藜，趁眾人忙不迭滾地閃避之時，竟就此衝下山逃走，消失在樹林中。

楊文廣一時追趕不及，只得帶人趕來坡頂茅屋查看，當真見到了一個人——一名男子雙手高舉，吊在房梁下，雙眼被黑布蒙住，身上傷痕累累，地上有大灘血跡。取下蒙眼黑布一看，果然就是沈周，只是人早已昏迷了過去。楊文廣忙割斷繩索，放他下來，因來不及回城，只得先運來性善寺救治。

包拯道：「小楊將軍今日在山坡上遇到綁架者，當真就是與你在曹府交過手的黑衣人？你看真切了麼，身形可是一模一樣？」倒不是他有意懷疑楊文廣，而是當時天光昏暗，有樹木遮蔭，那人又蒙了面，未必看得清楚。張建侯道：「姑父，這你就不懂了，習武之人都有自己獨特的路數。小楊將軍之前跟那個人交過手，不需要再看他的臉蛋身材，只要一動上手，就立即能知道是不是同一個人。」包拯道：「原來如此，是我冒昧了，抱歉。」

楊文廣歎了口氣，道：「雖然讓那人僥倖逃走，但我卻發現了一件事——正如包公子之前所推測的那般，對方是個女子。交手時，我無意間碰到了她的……她的胸脯……後來她跟我說話，雖然有意壓低嗓音，但仍然可以聽出是個女子。不過我可以肯定，她絕不是劉德妙。劉德妙的聲音沙啞深沉，這女子卻是相當清脆，應該年輕得多。」包拯若有所思，半晌才道：「多謝小楊將軍告知。」

送走楊文廣，張建侯忙問道：「今早那個假借范先生名義的帶信人，本來也是要連姑父一起騙去的，對吧？」包拯道：「嗯，如果不是因為不忍心留下小遊一個人在這裡，我斷然就跟沈周一起去了。」張建侯道：「那麼這個人一定不知道姑父不會丟下小遊不管，也就是說，他不是與姑父親近的人，不瞭解姑父的心思。」包拯一呆，心道：「那會是誰呢？」

文彥博派去查驗行蹤的吏卒已然確認，黃河和侍從楊守素昨日下午就回城了，還在望月樓的雙泉閣子裡一直待到晚上，北門士卒和望月樓店家老樊均可作證。而今日，黃河根本沒有離開望月樓半步，如此，他的嫌疑完全洗清。還會有誰呢？寺門僧稱見到帶信人是個三、四十歲的閒漢，跟楊文廣交手的則是個二十多歲的年輕女子，也就是說，對方至少有兩個人，他們騙走沈周，如此凶殘地拷打他，必然是要逼問什麼事情。會不會是跟曹豐失蹤有關？那年輕女子當晚到曹府究竟想做什麼？

張建侯想得頭疼，乾脆懶得想了，起身道：「還好沈大哥人還在，他們沒有殺了他滅口。姑父，今晚你先守著沈大哥，我去靈堂替小遊守靈。你放心，小遊不會怪你的，她還巴不得你早些破案，好替她報仇呢。」包拯也擔心沈周傷勢過重，怕有個萬一，便應允道：「也好。」

本以為這一夜又會是個不眠之夜，但連日的疲憊還是如同潮水般襲擊包圍了包拯，他歪在床邊，本只是想打個盹，卻就此沉沉睡去。天快亮時，早課的鐘聲響起，他這才驚醒過來，想要起身，竟然四肢都麻木了，一點一點挪了好久，才勉強能夠動彈。忽聽到沈周呻吟一聲，睜開眼睛，哼哼唧唧地道：「我……我是死了麼？」包拯大喜過望，急忙倒了一碗苦茶，餵沈周飲下，道：「你還沒死。」沈周茫然道：「可是我明明聽到他們說要殺了我的。」包拯道：「虧得小楊將軍及時找到了你。到底是怎麼回事？」

沈周道：「我也不知道啊。我跟著那信使回城，沒走多遠便覺得後腦勺一痛，人就暈了過去。」等再醒來時，只覺手腕奇痛，扯裂欲斷，睜開眼睛，卻是漆黑一片，一時不知身處何處，也不知道發生了什麼事。略一掙扎，只覺雙手被什麼東西緊緊扯住，竟絲毫動彈不得。他後腦勺疼痛無比，難以集中精力思索，過了好大一會兒才會意過來，他這是高舉雙手被人吊了起來，眼睛則被蒙了黑布。一時間，驚愕無比，整個世界好像是虛幻的一樣。正以為是剎那的錯覺時，忽聽到有人開門進來，忙問道：「你是什麼人？捉我做什麼？」

話音剛落，肚腹便重重挨了一拳，劇痛之下，呼吸為之阻塞，他登時劇烈地咳嗽起來。眼淚也隨之流出，幸虧眼睛上蒙有黑布，審訊者看不見，尚不至於太丟臉。那人冷冷地道：「知道厲害了吧？我問一句，你答一句，答錯一個字，我就用刀子往你身上割一刀，直到你斷氣為止。」卻是個男子的聲音。他一邊說，一邊拔出短刀來，往沈周兩條大腿上各劃了一道長長的口子，示意他的言語不是威脅。

沈周看不見周圍的情形，喘息剛定，只覺大腿上的傷口如火炙般，血滾滾流出，忍不住大聲呼痛。他少年時曾暗中窺測父親沈英審案，案情到關鍵之處時，也會對一些犯人用刑，以嚴刑取得口供。一些犯人看起來桀驁不馴，傲骨錚錚，然而一上刑具，立即如殺豬般尖叫，什麼都招認了出來。他當時瞧在眼中，還暗暗鄙視那些男子都是貪生怕死之輩，身體受一點痛楚就忍受不住，氣概全無。此刻他自身嘗到皮肉之苦，才知道刑罰的滋味實在不好受，肉體上的折磨會讓人暫時將其他一切都拋開，所感受到的只是疼和痛，而正是這疼痛讓他覺得存在的真實。他懸在半空中，像待宰的肥羊一樣掙扎了好一會兒，力氣耗盡，呻吟聲也小了許多。

審問他的男子這才道：「現在該老實了吧？」沈周究竟只是個文弱書生，受此折磨，再也難以硬氣起來，喘氣問道：「你……你想知道什麼？」那男子道：「崔良中，你知道吧？」沈周道：「知道，他是天下第一大茶商，剛剛死了。你是想知道誰殺了他麼？」話音剛落，便痛得叫了起來。那男子又持刀在他腹部劃了一刀，喝道：「你不過是個階下之囚，我問一句，你才答一句，輪得到你來發問麼？」沈周道：「是，是。」

那男子這才問道：「你知道是誰殺了崔良中？」沈周不知對方的身分，自然不能供出相士王青或劉德妙，以免牽扯進曹家，便道：「聽說是刻書匠人高繼安。」那男子似也不關心這件事，又故作漫不經心地問道：「是誰告訴你，崔良中有喪子和喪女之相的？」劫質是要判死刑重罪的，沈周雖不知道那男子身分，但想對方千方百計綁架自己，總是想得到什麼重大之物，不是想用自己的性命來要挾父親沈英為他們辦事，便是跟現下他們幾人在查的案子有關，卻沒有想到對方問了這麼一個問題，一時愣住。

那男子見他不答，立即毫不遲疑地往他胸前劃了兩道，喝道：「快說！快說！」沈周聽那男子語氣焦灼，急於得到答案，可見這個問題對他十分重要。而且對方以如此殘酷的刑罰對待自己，顯然得到答案後就會殺自己滅口。即使不殺他，任憑他吊在這裡一天一夜，以他目下的傷勢，也會鮮血流盡而死。當即緊閉嘴唇，無論如何不肯回答。那男子又往沈周腿上割了兩刀，見他依舊強硬，倒也擔心就此將他割死，收了刀子，急奔了出去，片刻後執著一根樹枝進來，瘋狂地朝他身上抽打，要他說出人名來。沈周幾次昏死過去，又幾次被涼水潑醒，痛苦不堪，恨不得快快死去。也不知道過了多少時候，又有人走進屋子裡來。

那拷打沈周的人忙上前稟報道：「主人，他不肯說出名字。」那主人倒也乾脆，道：「殺了他！再殺了包拯！」沈周以為包拯也被這些人擄來，忙叫道：「等一等！我願意說出那個人的名字，但你們不能殺包拯。」那主人道：「好，我答應你。說，那人是誰？」

沈周心道：「劉德妙這件事雖然牽扯到曹府，然而曹府與相士王青相通之事已然敗露，官府知道王青就是劉德妙不過早晚之事，我不必為此而害了包拯性命。」當即道，「是一個叫劉德妙的相士說的。」那主人道：「你說是那個正被官府通緝的女道士劉德妙？」沈周心道：「看來官府已經發現王青就是劉德妙了。」歎了口氣，應道，「是她。」

那主人便不再說話，轉身走了出去，從人也全跟了出去。門外旋即傳來低語聲，似是這些人在商議什麼事情。沈周勉強提口氣，叫道：「喂，你們可以殺我，但一定要遵守諾言，不能殺包拯。」隔了好大一會兒，那主人重新進來，沉聲道：「我既答應了你，當然不會再去殺包拯。」沈周揣摩話意，失聲道：「原來你們並沒有捉到包拯！」那主人道：「當然沒有，包拯人還好好的在性善寺中呢。」轉頭向手下下令道，「殺了他，再化掉屍首，這樣旁人找不到他，只會以為他失蹤了。」

拷打過沈周的男子應了一聲，上前往沈周身上摸了一通，搜出那兩只斷鐲來，不禁「咦」了一聲，叫道：

「主人，你看，這是……」那主人本已轉身走到門口，轉頭看見斷鐲，登時回來沈周面前，問道：「你這只玉鐲是從哪裡得來的？」嗓音大變，竟似女子的聲音。沈周心道：「這些人本已決意殺我，忽然又因這只玉鐲而起了變化，一定有什麼不尋常之處，說不定他們知道寇夫人才是這玉鐲的原主。」既認定玉鐲是一線生機，當然要努力把握，堅決地搖了搖頭，道，「我不能告訴你。」那主人取過樹枝，狠狠抽打沈周，口中還怒罵著一些聽不懂的話，直將他抽得昏死過去。

再醒來時，四周靜悄悄的，屋子裡似乎已經沒有了人。沈周雖然昏昏沉沉，但還是很清楚自己活不久了。回想一生，雖然短暫，但也沒有什麼可遺憾的，也許是經歷得太少、性情又疏淡吧。只是苦了那位許家娘子，大概她也知道翰林學士石中立要居中說媒，極力撮合他二人，卻料不到還沒有見到一面，他便莫名其妙地死於非命。

正胡思亂想之時，又有人進來，這人倒沒有打他，只是推了他一下，問道：「那玉鐲你是從哪裡得來的？」沈周道：「你問這個做什麼？」那人道：「因為我主人要知道。快說，是從哪個女子手中得來的？」沈周心下大奇，暗道：「玉鐲明明是張堯封交給我、要我設法修補，對方為何能一口咬定原主是女子？難道因為這是女子佩戴之物麼？這玉鐲明明為寇夫人所有，她送給了幼年時的崔都蘭，不知後來又如何輾轉落入曹雲霄之手，偏偏崔、曹兩家是宿敵，難道這其中有所關聯不成？到底是什麼關聯，竟然能暫時救得我性命？」百思不得其解。

他見面前這人不似原先拷打他的男子，和那主人那般蠻橫殘暴，便試探問道，「這鐲子對你主人很重要麼？請問你家主人貴姓？」那人呵斥道：「你好大膽，敢套我的話。」沈周道：「反正我也快要死了，你告訴我又何妨？」那人微微遲疑了一下，上前一步，低聲道：「你聽好了，一會兒……」一言未畢，有人疾步進來，卻是之前拷打過沈周的男子，急道：「來不及問出玉鐲的消息了，那邊有官兵過來，快些動手殺了他。」屋裡這人應了一聲，道：「你先走，這裡交給我。」拷打過沈周的男子叮囑道：「你小心點。」自出去了。

沈周看不見周圍的情形，只能聽見聲音，隱約感覺留下來善後的人走到自己背後，等了半晌，仍然不見對方動手，不禁問道：「你在做什麼？」那人冷冷道：「當然是要殺你。」舉起什麼東西砸在他後頸上，他登時暈了過去。再醒來時，便已經在性善寺中了。

沈周大致說完經過，他有過目不忘之能，雖然不及文彥博那般口才出眾，卻是一個字不漏，將記得的都說了出來，連自己軟弱怕痛的心思也沒有隱瞞。包拯聽完，只皺眉不語。沈周也不忍心催他，忽然肚腹「咕嚕」如山響，這才不好意思地道：「我……我一天未吃東西，實在好餓。」

包拯忙到寺中廚房尋找吃的，僧人們已起床做早課，火頭僧正忙著為寺眾做飯，盛了一大碗菜粥給他，又順手拿刀在一大團黑紅色石頭般的東西上切下幾小塊來，不知到底是什麼食物，然後用木碗裝了。包拯拿回房間，沈周一口氣喝光半碗菜粥，這才拿起那團食物，問道：「這是什麼？」包拯道：「應該是饅頭之類的主食。」

沈周餓極了，便張嘴咬了一口，驀地張大了眼睛。包拯見他神色詭異，忙問道：「不好吃麼？」沈周卻一口吞下，又連咬幾口，將手中的那塊吃盡，這才嚷道：「好吃，實在太好吃了，這是性善寺最有名的盤遊飯啊。」

這盤遊飯說是飯，其實跟大米沒半分關係，就是將藕、蓮、菱、土豆、荸薺、慈姑、百合等多種蔬菜混在一起上鍋蒸，蒸爛後取出，稍微晾乾一會兒，再倒入石臼中，搗得非常細，再拌上蜀中所產的糖和蜜，重新上鍋蒸熟。而後再入臼中搗爛，讓糖、蜜和各種原料攪拌均勻，再取出來，團作一團，等冷了變硬，再以乾淨的刀隨切隨吃。雖然做起來略微麻煩，但食用方便，酥脆可口，而且無論放多久都不會變質，所以寺廟僧人拿它當主食。

沈周久聞性善寺盤遊飯是南京最出名的齋飯，想不到今日隨意一嘗，果然名不虛傳，忙道：「包拯，這個是真的好吃，你也嘗一嘗。」包拯哪有心思品嘗什麼盤遊飯，倒是張建侯進來，毫不客氣地抓起一塊塞入口中，道：「這點心味道不錯。沈大哥，我就知道你吉人天相，能挺過來的。到底是誰綁架了你？」沈周道：「我不知道，我的眼睛一直被蒙住，看不見對方。」

包拯道：「這些人既然早決意殺你，就不會怕你見到他們的容貌。之所以還要蒙住你眼睛，只有一個可能，那就是他們之中有你認識或見過的人。」沈周道：「我從聲音聽不出什麼啊。不過仔細回想確實也有許多可疑之處，他們好像都是壓著嗓子說話，尤其是那所謂的主人，氣急敗壞時露了真相，應該是個女子。」

包拯道：「留下來善後的那人，也是個女子。小楊將軍跟她交過手，可以確認這一點。」沈周聽說，最後要殺他滅口的人，就是當晚在曹府跟楊文廣交手的黑衣人，頓時目瞪口呆，半晌才問道：「難道是劉德妙？」包拯道：「小楊將軍認得劉德妙本人，認為不會是她，我信得過小楊將軍的話。我懷疑，這件事跟大茶商崔良中的女兒崔都蘭有關。」

這些歹人用心良苦誘捕了沈周，不惜動用私刑，先後逼問的只有兩件事情——一是沈周如何知道崔良中有喪子和喪女之相，二是從哪裡得到這玉鐲。兩件事只有一個共同點，那就是都間接涉及到崔都蘭。先說前一件事。崔良中有喪子、喪女之相的預言出自相士劉德妙之口，包拯和沈周則是從曹豐的妻子戚彤口中聽說。「子」崔陽和「父」崔良中均已死去，「女」崔都蘭尚在，出於這一點，包拯和沈周便懷疑這是劉德妙的連環殺人計畫，下一個目標就是崔都蘭，所以特意於昨日委婉警示了崔都蘭的心腹婢女慕容英。也就是說，包拯和沈周二人所轉述的預言，只有慕容英和崔都蘭知曉，而崔都蘭自當有「想知道預言出自何人之口」的強烈動機。

再說後一件事，那玉鐲原是名相寇准送給妻子宋小妹的定情之物，多年前，宋小妹路遇上仍是孩童的崔都蘭，憐憫之下，將玉鐲送給了她。至於後來玉鐲如何輾轉流傳到曹府曹雲霄的手上，此番經過不得而知，但有一點可以肯定，那就是見到兩截斷鐲而聲音大變的人，一定是與玉鐲有著重大干係的人，此人多半就是它的原主。這原主，既不可能是宋小妹，那就只能是崔都蘭。

早在刑訊者逼問預言的來處時，沈周心中就隱約懷疑過崔都蘭，但這念頭只是一閃而過，自己很快就否認了——想那崔都蘭原先只是一流浪民間的孤女，好不容易被崔良中尋回，搖身變為大富商的女兒，穿金戴銀，從此不愁榮華富貴。但她來到南京畢竟才短短幾個月，哪有那麼大的膽量和能耐綁架人質，尤其被綁者還是朝廷官員之子，而且僅僅是想知道是誰說了崔良中喪子喪女的預言？其實，她完全不必費任何周章便可直接向沈周和包拯詢問。況且，她父親崔良中剛剛去世，她正服熱孝，喪事都忙不過來，怎麼還會有精力關切所謂的預言？基於這一點，沈周完全不能相信會是崔都蘭主持策畫了這一切。

包拯道：「你的分析有道理，我也覺得於情於理於力都不可能是崔都蘭。然而情感是一回事，事實則是另一回事，綁架者所詢問的問題，都直接牽扯到她。」張建侯道：「這不對呀。崔都蘭知道是姑父和沈大哥兩人將預言告訴了慕容英，如果是她策畫了這一切，他們只捕走了沈大哥，將來案發，姑父一定會懷疑到她頭上的啊。」包拯道：「我現下對崔都蘭的懷疑，完全是基於綁架者訊問沈周的兩個問題。其實，綁架者從一開始便決意要殺了沈周，起初先用刀劃傷他的腿，就是為了防止他逃跑。」

沈周道：「對，是這樣，他們應該也會猜到，我能從這些訊問推想到崔都蘭，卻仍然毫不隱諱地問了出來，自然是認定我將必死無疑。但我還是不相信崔都蘭會捲入這件事。她如果想知道是誰說了預言，直接來問你我就好，何必要冒殺頭的危險？而且訊問我的人語氣冷漠，從始至終都沒有透露出對崔良中有半分關懷的意思，似乎對崔良中之死還有幸災樂禍之意。而那崔都蘭雖然表面冷漠，但崔良中畢竟是她父親，血濃於水，我們都曾親眼見過她真情流露，表明她對崔良中還是有感情的。」

包拯道：「嗯。話雖如此，但這件事實在太詭異了，崔都蘭無論如何難脫干係，我得親自去找她問個清楚。」聽見外面晨雞四啼，窗前已然露白，便道，「建侯，你留在這裡，方便照應沈周，我回城去趟崔府。」沈周知道包拯耿直，生怕他在靈堂上直言說出對崔都蘭的懷疑，從此結下難解之怨，忙道：「何不叫上小楊將軍一起去？」包拯道：「嗯，你提醒得太及時了。如果這起綁架案的主謀真是崔都蘭，那與小楊將軍兩次交手的女子一定就是慕容英，正好可以讓小楊一試真偽。」

沈周只得直言叮囑道：「崔家正在辦喪事，你可別太直率了。你看那馬季良和崔家姪媳婦呂茗茗都對崔都蘭不大客氣，你再當眾指斥她涉嫌綁架，豈不是挑起了新的危機？萬一崔都蘭是無辜的，可就不好收場了。」包拯歪著頭想了想，道：「你顧慮得有道理，我會見機行事。」先到禪房拜見了父母，又往張小遊靈前上過三炷香，這才趕去廂房叫起了楊文廣。

楊文廣聽說究竟，道：「包公子懷疑那與我交手的女子名叫慕容英？」包拯道：「小楊將軍認得她？」楊文廣道：「不，不認得。只是慕容是鮮卑貴族姓氏，族人現今大多居住在河西党項之地，也有一小部分住在遼國契丹之地，中原並不常見到這個姓，略微有些奇怪，其實我親屬中也有娶慕容氏者。」楊氏因世代為邊將，多與邊關少數民族通婚，楊文廣的祖母折氏就不是漢人女子，而是出自党項大族。包拯卻陡然想起曾聽到崔府夜半有人吹奏孟孟，失聲道：「呀，慕容英很可能就是党項人。」楊文廣道：「難怪她的武功路數有些奇怪，我之前從來沒有見過。」

如果慕容英是党項人，她會不會是西夏派來的奸細[2]？西夏野心勃勃，多次背叛大宋，奪取領土，但因為要靠通商得到宋朝的布帛和茶葉，又不得不多次求和。尤其是茶葉，直接干係到以肉食為主的党項人健康甚至是生命，可以說，茶葉是大宋遏制西夏要害的根本。崔良中是天下第一茶商，在世時能掌握大宋三成以上的茶葉，數量驚人，西夏也許盯上了他，想透過他來繞過邊關貿易，直接獲取關係命脈的茶葉，從此不必再受制於大宋榷場[3]。如果慕容英當真別有用心潛伏於崔府，那麼她必然有不少手下，完全有能力策畫昨日綁架沈周的行動。她之前的諸多怪異行為，如發現有人潛伏在崔良中房頂後，並不聲張，而是悄然上房，顯然不是要捉拿潛伏者，而是想知道對方是誰，好加以利用。現在的問題是，那數目巨大的假交引與慕容英有沒有關係？崔都蘭對婢女的真實身分到底是知情還是不知情？

楊文廣好奇地問道：「聽說崔都蘭是個孤女，流落民間，情狀極慘，怎麼會收一個武藝高強的党項女子做婢女？」包拯本來還只是懷疑慕容英的身分不簡單，卻由此得到了提示，忙道：「快，我們得快點趕到崔府。」入城時，正好遇到宋城縣尉楚宏和文彥博欲趕去性善寺調查沈周的案子。

包拯忙道：「沈周救回來了，正在寺裡養傷。」又問道，「那被捕的盜賊潘方淨招了麼？」楚宏道：「潘方淨強硬得很，他受傷很重，微一用刑就暈了過去，刑吏也不敢再下重手。包公子可有良策？」包拯道：「暫時顧不上這件事。楚縣尉，請你召集手下，跟我一起去崔府。」

到了崔府大門，包拯請楚宏率領弓手守住大門，不令放出一人。楚宏雖然不明所以，卻對包拯極為信任，當即應承。包拯遂與文彥博、楊文廣一道進來府中。馬季良、崔槐等人正在靈堂，聞訊迎了出來。

包拯不見崔都蘭在其中，問道：「崔家小娘子呢？」崔槐道：「適才寇夫人派人過來，想請都蘭過府一敘。她匆忙換了衣裳出去了，人應該正在包公子家呢。」包拯道：「慕容英人呢？」馬季良一時想不起來，問道：「誰？」包拯道：「慕容英，崔都蘭的婢女。」馬季良回頭問道：「有誰見過慕容英？」

呂茗茗道：「這兩日一直沒有看見她。她本來寸步不離都蘭身邊的，我還覺得奇怪呢。」有僕人道：「早上曾看見英娘從外面進來，跟都蘭小娘子說過一陣子話，後來又出去了。」馬季良道：「派人去找！」這才問道，「出了什麼事？」包拯道：「馬龍圖，你趕緊先將崔都蘭自己帶來的人全部拘禁起來，不要放走一個。回頭我再告訴你怎麼回事。」匆忙出來，帶了文彥博等人趕回自家。

到了堂前，卻被宋小妹的侍從上前攔住，告道：「夫人正在會見貴客，特意交代不能被人打擾。」包拯道：「我也正要見這位貴客。」推開侍從，直闖入堂。宋小妹正與一名白衣婦人在堂上敘話，見包拯不等通報便闖了進來，急忙站起身問道：「包公子有事麼？」包拯見那婦人低下頭去，有意不令自己看清容貌，心中越發有數，冷笑道：「崔家小娘子，我已經知道你的廬山真面目了，何須再遮遮掩掩？」

那婦人聞聲抬起頭來，卻不是崔都蘭，而是一名三十餘歲的陌生婦人。包拯愕然愣住。宋小妹道：「娘子請先進內堂。」招手叫過一名侍從，命他先引那婦人進去，這才不悅地問道，「這是怎麼回事？」包拯道：「這個人是誰？」宋小妹道：「是我的一位故人。」包拯道：「崔都蘭人呢？」宋小妹道：「她沒有過來呀。我是派人請了她，但她沒有來。」

包拯「哎呀」一聲，急忙奔到大門口，道：「楚縣尉，崔都蘭和慕容英都是西夏奸細，你速速派人守住各大城門，發出告示，追捕這兩名婦人。」楚宏官任縣尉，負責緝捕盜賊，也經歷過許多大案，此刻聽到「西夏奸細」四個字，那可是生平聞所未聞、想都不敢想像之事，一時愕然，完全會意不過來，只愣在那裡發呆。

楊文廣到底還是訓練有素的軍人，忙道：「怕是崔都蘭知道身分即將敗露，已然搶先逃出城了。楚縣尉，你速將案情上報，封鎖城門，搜索城內。我去找曹汭，調派輕騎出城追捕。」不待對方答應，急奔而去。楚宏居然還愣頭愣腦地道：「包公子說的可是西夏奸細？」包拯一時也解釋不清楚，跺腳道：「疑犯是崔都蘭和慕容英，她二人都跟假交引案有關。」楚宏登時明白了過來，立即分派人手，趕去各官署和各城門報信。

包拯這才重新進來，向宋小妹賠罪。宋小妹道：「出了什麼事？是跟崔都蘭有關麼？唉，這可憐的孩子。」包拯道：「隔壁那崔都蘭是假的，夫人認識的真崔都蘭多半已經死了。」

真崔都蘭流浪民間多年，孤苦無依，生活必然相當窘迫。而那崔都蘭入崔府時，身邊就帶有婢女慕容英，這本不合常理，但她聲稱慕容英是一同長大的夥伴，姊妹情深，不忍相棄，旁人遂不再多問。而據包拯觀察，崔都蘭對待慕容英並不如何姊妹情深，完全是主人對待奴僕的態度。既然慕容英大有來歷，又有如此身手，甘居人下，只能說明那崔都蘭是假的，真實身分就是慕容英的主人。必然是，西夏人盯上了崔良中，知道他在尋找親生女兒，便搶先一步抓了或殺了真的崔都蘭，然後弄一個假的來冒名頂替，慕容英則是她的助手。

宋小妹聞言很是吃驚，凝思了好半晌，才問道：「這麼說，那些闖進性善寺意圖殺我的盜賊，多半也是這個假崔都蘭指使了？」包拯道：「我也是這麼想。」宋小妹道：「可是我只記得小時候的崔都蘭，並不知道她長大後的樣子，就算這個崔都蘭是假的，我也無法當面認出來呀。」

文彥博道：「但這個假崔都蘭未必知道。聽說，真崔都蘭以行騙為生，騙子通常都好吹牛，將一件事吹得天花亂墜，好誘騙人上當。她小時候受過夫人恩惠，算是認得夫人，她便將這一段故事添油加醋後講給旁人聽，或者乾脆誇口稱認識寇相公夫人，這也是人之常情。這假崔都蘭之前一定聽過類似的話，以為夫人認得真崔都蘭，所以聽到夫人來了南京十分恐懼。這些西夏人如此窮心竭力安排下這個大計畫，怎肯因為夫人而冒險？他們必然事先早雇請了王倫一夥盜賊，預備有所圖謀，但夫人的到來打亂了他們原先的計畫，假崔都蘭不得已，遂讓王倫到性善寺殺夫人滅口。」

如此，便也能解釋假崔都蘭為何要派人誘捕沈周，為何要問那個奇怪的問題了——她不知道劉德妙是相士，或許根本不相信所謂「喪子喪女」的預言，以為是有人得知她殺了真崔都蘭的真相，有意以預言散播。她圖謀重大，最關鍵的一點就是必須保持天下第一茶商之女的身分，所以她必須找出這個表面散播預言、實則知道實情的人，好殺其滅口。這偷梁換柱的計畫本來天衣無縫，若不是沈周意外被楊文廣救回，她訊問的奇怪問題成為重大疑點，打破腦袋也沒人會想到她崔家大姐的身分是假的。

宋小妹沉默良久，才起身道：「抱歉，想不到我的意外停留會引發這麼多事。如果不是因為我，小遊也不會死，包公子，實在是抱歉。我今日就會離開南京，不及向令尊告辭，乞望恕罪。」包拯很是意外，道：「夫人這就要走了麼？其實這些事怪不到夫人頭上的。」宋小妹歎道：「宿命糾纏，因緣輪迴，歲月漫漫，彈指一揮，緣起緣落，緣滅緣生，我也是其中一緣而已。包公子，文公子，來日再相會吧。」神態頗為淒涼，言畢微微頷首，飄然走了出去。

包拯一時也不及多想，忙與文彥博重新趕來崔府見馬季良。馬季良尚不明白究竟，奇道：「包公子剛才來過之後，我便立即命人去捉拿崔都蘭帶來的下人，奇怪的是，她的幾個心腹從人全都不見了。」文彥博道：「這倒是不奇怪。」當即說了崔都蘭是西夏奸細假扮之事。馬季良聽了，眼睛瞪得滾圓，張大了嘴巴，情狀與大街上的閒漢痞子無異。若讓路人瞧見，無論如何都不會相信這是堂堂大宋龍圖閣直學士。

包拯道：「之前我一度懷疑是馬龍圖殺了崔員外，現在想來，如果崔員外真的是因二次中毒而死，應該是崔都蘭……假崔都蘭所為。」馬季良道：「你懷疑我？」包拯不顧文彥博暗扯衣袖，依舊直言不諱，道：「是的。崔員外恰好死在假交引案發之後，不由得人不懷疑。」馬季良道：「呀，好你個包拯，你敢懷疑我涉嫌偽造交引，我馬季良是缺不少東西，但就是不缺錢，我……」臉漲得通紅，顯是對於被懷疑一事十分憤怒。文彥博忙道：「好在一切都水落石出了。現在看起來，都是假崔都蘭在暗中搗鬼，那假交引也多半是她暗中所為，跟崔員外並無干係。這婦人當真心腸歹毒，不但害得外人懷疑崔員外的為人，還連累得馬龍圖聲譽一併受損。」

文彥博機智圓滑，深諳人心，知道馬季良對待崔良中情深意重，眼下最大的心病就是人人懷疑假交引與崔良中有關，如此一說，馬季良緊繃的臉果然立即舒展開來，連聲說了好幾個「對」字，這才問道：「包公子，你說的二次中毒是怎麼回事？」包拯道：「我懷疑崔員外之所以中毒身亡，是又有人往他身上下了毒。」當即說了很可能是透過床單或衣服染毒之事。馬季良思索許久，才訕訕道：「但那崔都蘭既是西夏奸細，必然是想利用我義弟天下第一茶商的身分，義弟死了，對她全無好處。」包拯道：「是沒有好處，但她更害怕真相暴露。」

崔良中第一次身中奇毒後，人雖昏迷，其實只是肢體麻木，但神志卻是清醒的，之前已有清楚事實證明這一點。然而在馬季良來南京之前，眾人並不知道此事，崔都蘭更是不知道，她大概以為崔良中是真的昏迷了過去，因此一定跟慕容英等心腹手下在他房裡商議過重要之事。後來得知崔良中尚有神志，知道自己的許多祕密談話都被他聽見，也就是，他早已明白自己非但不是他的女兒，反而是殺女仇人，倘若他一旦能再次開口說話，最先要揭穿的就是她的身分，所以她格外恐懼，不得不千方百計要殺了崔良中滅口。尤其可驚可怖的是，這假崔都蘭毒殺了崔良中之後，居然跑來找包拯等人，稱崔良中死得不明不白，既博得了同情，又成功將懷疑的視線引到馬季良身上。

馬季良這才明白經過，憤然道：「崔都蘭這賤人居然在我眼皮底下害死了義弟，是可忍，孰不可忍。我這就要親自趕去提刑司，將一切告知提刑官知道，督促他務必緝拿到人犯。」恨恨罵了幾句，這才去了。

出來崔府，包拯正色道：「雖則這崔都蘭是西夏奸細，但不代表崔良中就是好人，如果沒有他的支持，僅憑崔都蘭一人，是不可能完全操控假交引的。」文彥博道：「這我自然知道，但目下最大的敵人難道不是崔都蘭麼？她才是害死小遊的真凶。但你有沒有想過，她是党項人，就算她被官府拿獲，會是什麼樣的結局？朝廷在西夏問題上素來軟弱，能和則和，崔都蘭只要略略有些來歷，朝廷必然不會殺她，只是用她做籌碼跟西夏人討價還價，說不定還會放她回國。我適才那麼說，是有意將所有罪名推到崔都蘭頭上，其實就是想置她於死地，好替小遊報仇啊。」

他稱是崔都蘭偽造假交引，由此牽累了崔良中和馬季良二人，若是馬涉入其中，必然會設法殺了崔都蘭滅口，將所有罪行推到她頭上。若是馬根本不知情，也會銜恨入骨，絕不會輕易放過她。而今劉太后掌權，他是太后的親眷兼眼前的紅人，只要他一句話，便能從很大程度上左右太后的決定，起碼不會讓崔都蘭逃脫懲罰，泰然回去西夏。

包拯卻對文彥博的手段頗不以為然，道：「就算崔都蘭大有來頭，是党項貴族，她在我大宋國土殺人行凶，綁架人質，犯下累累罪行，朝廷豈能容她逃過國法制裁？況且馬季良只是直學士，又不是有司官員，按律不能干涉司法。」文彥博搖了搖頭，暗歎包拯為人太過迂直，也不再多提，只道：「我們還是去看看沈周吧。」

文彥博之前已經寫了封書信給沈周之父沈英，告知沈周被綁架一事，現下沈周得救，就不必再多此一舉，徒令他家人擔心，忙先趕去驛館將信追回，這才雇了車子，掉頭往性善寺而來。

沈周、張建侯聽說包拯這一趟回城，便揭穿崔都蘭、慕容英西夏奸細的真實身分，不由得又是驚駭，又是羨慕。包拯道：「我這全是僥倖，幸虧小楊將軍及時救回了小沈，不然我無論如何都懷疑不到崔都蘭頭上。」張建侯咬牙切齒地道：「原來害死小遊的是崔都蘭這個賤女人，我恨不得親手殺了她。」

包拯道：「崔都蘭的身分已經敗露，即使逃出了南京，也很難逃出大宋，這件事總算可以告一段落。現下咱們要做的，除了安排好小遊的後事，還有查清楚曹豐失蹤的案子。」文彥博道：「既然已經能肯定，當晚在曹府與小楊將軍交手的是慕容英，那麼一定是崔都蘭派她去的。曹豐多半已經被慕容英殺了，只是不知道這件事跟崔良中遇刺有沒有關係。」

沈周道：「從時間上推算，慕容英潛入曹府，是在崔良中遇刺被抬回崔府之後，那時她當然還不知道行凶的人是劉德妙。曹氏與崔氏爭鬥多年，也許崔都蘭只是本能地認為凶手是曹豐，所以立即派慕容英連夜趕去曹府報復。」張建侯卻持不同意見，道：「那崔都蘭明明是假的，崔良中又不是她親爹，她犯得著派手下去為他報仇麼？」文彥博道：「崔氏與曹氏不和已久，或許崔都蘭認為這是挑起兩家相鬥的絕好機會，派慕容英殺了曹豐，造成其失蹤的假象，就可以讓眾人的注意力集中到曹府身上，便於她掩護身分。」張建侯道：「這倒是有幾分道理。」

唯有包拯搖頭，道：「這還是說不通。寇夫人是寇相公夫人，絕非普通婦人，她若是在南京被盜賊殺死，必然震動天下。崔都蘭冒巨大風險派盜賊王倫闖入性善寺行凶，可見她不惜一切代價要保住她身分的祕密，怎麼可能為了挑起崔曹兩家相鬥就派人去殺曹豐呢？世上沒有任何一樁行凶不會留下痕跡，她多殺一個人，就多一分暴露的危險。必定還有其他緣由，促使她不得不連夜派出慕容英到曹府。」

張建侯道：「問題是，如果慕容英真殺了曹豐，又將他的屍首藏到了哪裡？為何到現在還找不到？」沈周「啊」了一聲，道：「我想起來了！我昨日被綁架後，那些人要殺我滅口，有人曾說：『殺了他，再化掉屍首，這樣旁人找不到他，只以為他失蹤了。』這會不會是……會不會是……」一時驚悸，不敢說出底下的話來。

張建侯道：「到底是什麼？」沈周道：「化骨粉，傳說中的化骨粉。」文彥博道：「唐代傳奇中倒是有化骨粉的記載和描述，我還以為那只是文人的杜撰，人世間當真有這種奇物麼？」張建侯道：「化骨粉是什麼？」沈周道：「據書上說，化骨粉是一種奇藥，只需灑一點在見血的創口上，就能一點一點地將肉體化成血水。」

眾人面面相覷，雖覺得難以置信，但曹豐失蹤的情形確實只有化骨粉一說才能解釋——慕容英殺了曹豐，將其屍首塞到床下，然後往傷口灑了化骨粉，曹豐最終化成一泡血水。為了消散氣味，她甚至打開了門窗。但化骨粉雖然神奇，終究還是不能做到了無蹤跡，殘留的血水還是引來了蠅蟲。

包拯歎道：「這只是我等的推測，只有捉到崔都蘭和慕容英，才能驗證這一點。」沈周道：「那我們要將這件事告訴曹豐的妻子戚彤麼？」包拯一時躊躇不語。文彥博道：「還是暫時不要吧，曹府現在這種局面，你要是再告訴戚彤，她丈夫被化骨粉化掉了，讓她情何以堪？」包拯道：「不，她有權知道真相。至少告訴她之後，她不會再盲目地四處尋找丈夫的屍首。」幾人遂扶了沈周出來，讓他坐上大車，運回城中，先到應天府官署請醫博士許希珍來看過。許希珍道：「小官人身上傷處雖然多，卻都是皮肉外傷，不礙事。回去躺幾天，等傷口癒合就沒事了。」開了藥方，讓他按時敷藥。

文彥博道：「你這樣子，暫時不能回應天書院了。包家要張羅小遊的喪事，也沒人顧得上你，還是先住到我家吧。」沈周道：「那好，就冒昧打擾了。」又問道：「張堯封還住在府上麼？」文彥博道：「他人倒是還住在我家。不過聽他說，曹教授很希望見到他和曹雲霄快些完婚，已經讓人收拾城外的一所宅子、預備給他們做新房用了。」正好有差役到來，要帶沈周和包拯到提刑司，錄取沈周被人綁架一案的口供，遂一道前往提刑司官署。

包拯先行錄完口供，便出來公房，與張建侯一道來大堂找提刑官康惟一。之前因為轉運使韓允升的暗示，他一度懷疑康惟一跟性善寺的盜賊案有關，現下雖已弄明白盜賊王倫背後的主謀就是假崔都蘭；而王倫逃離軍營時曾搶劫武器庫，奪走了許多軍用武器，因而那假崔都蘭的下屬慕容英所使用之火蒺藜肯定是得自王倫之手。但畢竟康惟一接到的那封怪信依然是個很大的疑點，若是關係到曹府，說不定內中會有與曹豐被害相關的線索，既然來了提刑司，當然要順便問上一句。

康惟一正為假交引一案厲聲責問屬下官吏。那屬吏辯解道：「馬龍圖親自來官署解釋，說一切都是那党項人崔都蘭和手下人所為，跟馬龍圖和崔員外無關。」康惟一冷笑道：「崔都蘭來南京才兩三個月，你相信她能在短時間內弄到那麼多交引、再找上刻書匠人高繼安麼？本司瞧你自己都不信。快去查，找到那些交引原主，事情一定跟崔良中有關。」屬吏還是不動，猶豫道：「可是馬龍圖他……」康惟一登時勃然大怒，重重一拍桌子，怒道：「馬龍圖怎麼了？他只是一個史官，干涉提刑司事務已然有貪贓枉法之嫌，本司正要上奏朝廷彈劾他呢。」

屬吏見長官發了大火，嚇了一跳，忙道：「下官這就去辦。」正要退出，卻被康惟一叫住，喝道，「如此慌慌張張，縮手縮腳，能辦成什麼事？黃餘，你不用再辦這件案子，這就改去大獄當牢子吧。」又招手叫過另一名姓蔡的屬吏，道，「你去辦假交引這件案子。」蔡姓屬吏面有難色，但又不敢當面違抗命令，只得躬身答應。那名叫黃餘的官吏明明被降了職，反而如蒙大赦，長舒一口氣，退了出去。包拯和張建侯在堂下將所有經過看得一清二楚，都很佩服康惟一的為人。

張建侯道：「哎呀，這位康提刑官倒真是個好官，不畏權貴，鐵面無私。我們居然還懷疑過他，實在不應該。」包拯道：「我們之前懷疑他，只是基於諸多事實，沒有什麼可內疚的。」上堂叉手行禮。

康惟一立即收斂怒色，笑道：「包公子，稀客！你以個人之力破了好幾起要案，於朝廷有功，本司正要好好謝謝你呢。」包拯道：「學生不過是僥倖罷了，況且也不全是我一個人出力。」他性情直率，也不願拐彎抹角，遂直接問道：「康提刑官可否方便將那封信的內容告訴我？」

康惟一聞言一愣，問道：「什麼信？」包拯道：「就是提刑官人在曹府門前接到的那封匿名信。」康惟一道：「你雖然協助官府破獲了假交引和假崔都蘭等大案，立下大功，但究竟只是個府學生，不該過問這個。」包拯道：「學生受託尋找曹豐曹員外的下落，只是想看看那封信中有沒有相關線索。」

康惟一道：「原來如此。不過你既知道那是匿名信，就該知道匿名告發，無論內容是真是假，都是不能被接受的，所以本司已經按例焚毀了那封信。不過，看在包公子多有功勞的分上，本官可以破例告訴你，那信中沒有提到關於曹家的任何事情。」張建侯忍不住插口道：「既然跟曹家沒有任何關係，提刑官當時正要衝進曹府拿人，為何突然後退了呢？」康惟一臉色陡然陰沉了下來，聲音也變得低沉，冷冷道：「本司執行公務，臨時有所變化，不需要特別向你、或任何人解釋。包公子，本司感謝你為朝廷盡心盡力，會特別寫一封表彰的公文送去應天書院。」

包拯見再也問不出什麼，便行了一禮，攜張建侯退了出來。張建侯道：「奇怪，康提刑官明明是個好官，為什麼不肯說出那封信的內容呢？」包拯道：「也許他有什麼難言之隱吧。」張建侯道：「也許是有難言之隱，也許是信裡有不可告人的祕密。」按照通常的想法，越不想別人知道，自然越是要掩飾什麼。他生性好奇，越發動起了心思。

包拯道：「算了，反正假崔都蘭的身分已經敗露，基本上可以確認是她派慕容英殺了曹豐，知不知道那封匿名信的內容也沒有要緊。」出來時，正好遇到文彥博扶著沈周出來，包拯道：「我和建侯要去一趟曹府，然後就回去性善寺了。小沈身上有傷，也別跟著我們到處跑了，讓彥博帶你回去，好好養傷，回頭我再來看你。」遂就此作別。

包拯和張建侯來到曹府求見戚彤，曹府上下正忙著張燈結綵，籌辦張堯封和曹雲霄的婚禮。久病在床的曹誠居然也起來了，扶著愛女曹雲霄的手站在庭院中，笑呵呵地看著眾人穿進穿出，見包拯進來，還特意告訴曹雲霄：「其實為父早先也相中過包公子，不過最後還是覺得他這人太正氣，實非你良配。」曹雲霄臉色一紅，道：「爹爹就愛說笑話。女兒扶爹爹進去歇息。」曹誠站了半日，也確實累了，便交代兒媳婦戚彤道：「好好待客。」

戚彤引著包拯、張建侯二人入廳坐下，道：「看兩位公子的神色，大約是已經有我夫君的消息了。」張建侯一時不忍心告知曹豐多半已被化骨粉化掉，強笑道：「娘子倒真是能掐會算。」戚彤卻不理會他的玩笑，直接問道：「曹豐他……已經死了，對麼？」包拯道：「據我們幾個的推測，曹豐員外應該是已經遇害，而且他的遺體……多半也不在了。」

戚彤早有心理準備，也不如何意外，只道：「生能見人，死能見屍。包公子也曾說過，凶手不可能帶著屍首翻牆而出，遺體怎麼會不在了呢？」包拯道：「這個……解釋起來很怪，怕是娘子一時難以相信。」當即說了曹豐屍首很可能被奇藥化骨粉化掉一事，又道，「但這只是我們的推測，事實是否真的如此，只能等捕到慕容英後，以口供來驗證了。」

戚彤沉默許久，才道：「原來如此。」起身深施了一禮，道，「大恩不敢言謝，請受我一拜。」包拯忙扶住她，連聲道：「不敢當，不敢當。」又道，「還有一件事想請教娘子，娘子可知道雲霄小娘子有一只貴重的碧玉玉鐲？」戚彤道：「玉鐲？雲霄喜歡珠寶首飾，有好幾只玉鐲，卻不知道包公子問的是哪一只？」

張建侯道：「就是雲霄小娘子最近不小心摔成兩截的那只。聽說她很愛那只玉鐲，摔壞後很是傷心難過。張堯封為討佳人歡心，將它拿給沈周沈大哥，請他想個法子彌補，結果後來引出好多事情。」當即說了不但寇准夫人宋小妹認出玉鐲是其舊物，就連西夏奸細假崔都蘭見到玉鐲後也是神態失常。戚彤一時難以會意過來，道：「想來那玉鐲非同凡物，可是我還是想不出來這跟雲霄有什麼關係，她的好幾件首飾都是價值連城之物。」包拯道：「這跟貴重與否無關，那只玉鐲是個很大的疑點。」

玉鐲的最先主人是寇准，他轉送給妻子宋小妹做為定情之物；後來寇准帶著宋小妹到華州省親時，宋小妹又將它送給了真崔都蘭。若是真崔都蘭將其變賣還錢，玉鐲有可能幾經輾轉，最後落入曹雲霄之手。只不過若是這種情況，假崔都蘭根本就不會知道玉鐲之事，又怎麼會因為在沈周身上搜出玉鐲而大驚失色？由此可以推測出，假崔都蘭知道玉鐲之事，也就是說，她殺死真崔都蘭後，從其身上得到了玉鐲，很是珍愛，一直帶在身邊。但新的疑問隨之出現，假崔都蘭來到南京才短短幾個月，那玉鐲又是如何落入曹雲霄手中？難道是曹氏無意中得到玉鐲，又知道了什麼祕密，這才是假崔都蘭派手下慕容英殺死曹豐、並毀屍滅跡的原因？

戚彤道：「我對這些全然不知情。既然那玉鐲干係如此重大，包公子還是親自問雲霄吧。」叫進來一名婢女，命她去請曹雲霄過來見客。戚彤又道：「還有一件事，可能跟雲霄有些關係，但我也不能肯定。唉，事關曹府聲名，我本來不想說的，可是……無論是真是假，都請二位公子不要說出去。」包拯道：「娘子放心，曹教授是我等恩師，我們知道輕重。」戚彤道：「當日康提刑官帶領大批人馬來曹府抓人，臨到緊要關頭，卻又突然退去，包公子可還記得此事？」包拯道：「當然記得，當日我和沈周都在場，但我們一直弄不明白為什麼。」

戚彤道：「我也不明白。包公子和沈公子離開後，雲霄從內室出來，再次向我確認提刑司是不是真的退走了。我見她喜形於色，似乎早就預料到這事會發生一樣，覺得十分奇怪，便問她怎麼回事。她一開始尚且支支吾吾，後來經不住我反覆盤問，這才說出是有人答應了她，一定會想辦法救曹府。她原本也不相信，想不到那人真的辦到了。」

包拯驚訝之極，想不到這件事背後還有如此曲折的關節。這樣看來，一定是那個應允了曹雲霄的神祕人送了匿名信給康惟一。可是信裡到底說了什麼，居然能令鐵面無私的康提刑官當場掉頭就走？

張建侯忙問道：「那個人是誰？」戚彤道：「我沒有問，也不想問。」包拯更是驚訝，道：「為什麼？」在他看來，神祕人以一封匿名信及時營救了曹府上下，雖然日後也能弄清曹府無辜的事實，但卻可以少受許多活罪，這神祕人可說是曹府的大恩人，戚彤居然連對方的名字都不問，世間還有比這更奇怪的事麼？

戚彤道：「嗯，這個……實在是不方便問……」包拯道：「怎麼會不方便呢？娘子是擔心雲霄小娘子不肯實言相告麼？」張建侯見戚彤一張慘白的臉剎那間變得緋紅，已然會意過來，忙扯了扯包拯的衣袖，低聲道：「姑父，這就是她剛才說的事關曹府聲名。」包拯仍是不解，道：「什麼？」張建侯心中暗歎姑父聰明絕頂，卻渾然不解人事，只得實話告道：「那個神祕人，肯定是曹雲霄的姘頭或是情夫。」包拯想不到會是這樣的回答，

「啊」了一聲，再回看戚彤的臉色，才有所省悟。

正好婢女引著曹雲霄進來，戚彤忙道：「這件事就到此為止了。雲霄，你來得正好，兩位公子有點事情想問你，是關於你那只玉鐲的。」曹雲霄道：「哪只玉鐲？」張建侯見包拯悶頭坐在一邊，不出聲相應，只得代答道：「就是小娘子交給張堯封修補的那只斷鐲。請問小娘子是從哪裡得來的？」曹雲霄道：「爹爹買給我的呀。」戚彤道：「雲霄，那只鐲子已然惹出了許多風波，你到底是從哪裡得來的？是不是別的男子送的？」曹雲霄羞得紅了臉，惱恨道：「嫂嫂既然心裡都清楚，還當著外人的面問我做什麼？」賭氣進屋去了。戚彤萬般尷尬，也不知該如何解釋。還是張建侯道：「娘子無須在意，這怪不得雲霄小娘子，是我等失禮了。」

包拯心中也大概明白了究竟。這曹雲霄自負絕世容貌，與外面的男子有染。她既能利用情人為自己辦事，很可能早已不是處子之身，這大概也是曹誠急於將她出嫁的原因。只可惜張堯封什麼都不知道，還以為撿了個寶。曹誠、戚彤竭力不讓家醜外揚的原因也能理解——在這個時代，醜聞比庸碌遠遠更令世人厭惡。

出來曹府後，張建侯突然問了一個令人目瞪口呆、不知該如何回答的問題：「那位向曹雲霄許諾出手相助的神祕情郎，會不會就是康提刑官的寶貝兒子康復？」

1 麟州：今陝西神木。
2 雖然河西一帶，包括沙州、西夏在內，吐蕃、回鶻勢力相繼入侵，百姓基本上還是以漢人服飾為主。直到明道二年（西元一〇三三年）三月，西夏國主李元昊才正式頒布禿髮令，要求西夏地區百姓的髮式區別於漢族。
3 榷場：指宋朝設在邊關的市集，專門用做對外貿易。爆發戰爭時，大宋通常會關閉榷場，嚴禁對外通商，頗似今日的經濟制裁。

【卷七】去似朝雲

潛伏在回憶深處的身影，忽被目光所及的景象勾引了出來。包拯憶起小遊是最喜歡看下雨的，常常打著傘蹲到河邊，看那一層層碧波蕩漾。往昔的點點滴滴亦在心間泛起了漣漪，一圈一圈地划開，餘波久久未能平息。

朝廷對王倫等逃卒公然闖入性善寺殺人一案極為震怒，太后劉娥以仁宗皇帝的名義連下三道詔書，切責南京各級官署，上至京東路、應天府，下到宋城縣及駐地禁軍，無不被稱為「無能之輩」，各級官員一律被罰俸三個月。這種驚動天子、太后的重大案子，理所當然會有替罪羊，然而卻不是負責緝盜的宋城縣尉楚宏，而是兵馬監押曹汭。自京城趕來的使者當眾宣讀詔書，稱是曹汭統領失道，才促使王倫等人搶劫武器庫後逃走，以致生出性善寺之變，因而曹汭是禍源，免去他所有職務，令其自行返回京師候審。

王倫一案雖受害者人數最多，但論性質，遠遠不及假交引案以及假崔都蘭案那麼嚴重。尤其王倫一夥盜賊明目張膽地殺人，其實是受党項奸細假崔都蘭所指使，朝廷卻避重就輕，輕描淡寫，只強調王倫的逃卒身分，為此而重罰曹汭，著實令人大惑不解。

更有意味的事情還在後頭。曹汭交出官印、離開官署的當日，走過操場時，忽有一夥兵卒蜂擁至馬前，一齊下拜，高聲叫道：「萬歲！萬歲！」似有譁變的意思。曹汭一時愣住，半晌回不神來。正好橫塞軍指揮使楊文廣來接曹汭，見狀上前厲聲呵斥，兵卒才就此散去。但當日在官署門口圍觀的百姓不少，消息很快傳開來，曹汭人到汴河碼頭，還沒來得及登船，便被聞訊趕來的應天府吏卒逮捕。最匪夷所思的是，吏卒們搜查行李時，發現了一件黃色龍袍，遂成為謀反鐵證。曹汭自然不肯承認龍袍是他的，然而眾人親眼所見，實難抵賴。他被帶到應天府後，由推官上官12審問，曹汭堅決不肯承認有謀反之事。因事關重大，上官12也不再顧念犯人是當今樞密使曹利用的親姪子，下令動了大刑，連夜熬審。當晚，曹汭經受不住酷刑死去。朝廷得報後，認為曹汭罪行重大，下令梟下其首級，懸掛在城門上示眾，屍首也拋入汴河中餵魚。

這件所謂的謀反案看起來證據確鑿，曹汭是罪有應得，但明眼人一看就有問題——煽動士卒圍著長官高呼「萬歲」，向來是慣用的剷除政敵手腕，已有先例。寇准在宋太宗時以三十九歲年紀出任樞密使，惹來天下人嫉妒。有一日他騎馬上街，忽然擁來一群暴民，對其下跪，大呼「萬歲」；由於事件來得突然，如飄風迅雷，寇准愕然，不知該如何應對，由此被對手彈劾去職。而另外一位名臣張咏亦遭遇過類似事件，然而張咏是天下奇才，被人圍在中心山呼「萬歲」之後，立即從容下馬，面朝開封方向跪下，也大呼「萬歲」，舉手，即將對手的構陷消滅於斯須之間。

曹汭遭遇此「萬歲」事件，看起來分明是寇准、張咏遭遇的重演，而那謀反的鐵證黃色龍袍更是來得可疑。意即，就算曹汭有意謀反，但他已經被免職，正要回京師受審，為何還會將如此重要的證據放在行囊之中？曹汭雖是仗著曹利用的關係才能當上兵馬監押，但自上任以來，還算盡職，並沒有做過什麼壞事。許多人都猜測謀反事件是有人有意算計他，甚至有謠言說，龍圖閣直學士馬季良來南京就是為了策畫這件事。

當然，此謀反事件的最終目的，不僅僅是陷害一個兵馬監押那麼簡單。曹汭被拷打致死後不久，樞密使曹利用即受牽連被罷去官職，送往著名的重囚之地房州編管。曹利用才能平庸，昔日曾與丁謂一起構陷寇准，在民間名聲不好，也沒有多少人為他惋惜。但許多人因此見識了劉太后的手段，頗有微詞。丁謂、曹利用先後遭貶，朝中再無元勛重臣能與劉太后相抗，劉氏遂一手遮天，儼然有取代趙氏之勢。

曹汭被逮捕的當晚，南京留守包令儀連夜草擬奏稿，預備向朝廷申訴這起所謂謀反案的種種可疑之處。次日一早，擬好的奏章還沒來得及發出，便傳來曹汭被拷打而死的消息。包令儀的臉色陰沉了許久，最終舉手將奏章丟入火中，又重新擬了一份請求辭官致仕的奏書。

然而，曹汭的案子並未在南京本地引起太大風波。一是因為事情來得快、去得也快，當日曹汭被捕、連夜便被刑斃，也沒有什麼小道消息傳出。市井百姓最樂於聽聞的無非是各種花邊內幕，譬如關切曹府的曹豐拋妻棄子跟情婦私奔出逃這類事，遠比對軍國大事要有興趣得多；二是因為官府刻意壓制了消息，民間並不知道假崔都蘭之事，只聽說大茶商崔良中死後，其女崔都蘭也因傷心過度撒手西去，父女二人同日下葬，算是一樁奇事；三則是因為南京人的注意力仍然集中在《張公兵書》上。自從《張公兵書》殘頁橫空出現在忠烈祠之後，熱中尋找兵書之人絡繹不絕，不僅城南忠烈祠的門檻被踩得只剩下門框，就連城中老字街那紀念張巡、許遠的雙廟也時時人滿為患。

而最先發現《張公兵書》殘頁的百姓全大道，當日便被官府拘押，經宋城縣、應天府、京東路提刑司三級機構審訊後，終於弄明白他原先是個外地雲遊而來的頭陀，已經居住在本地二十年。他起初也只是跟別的行者、頭陀一樣，早早起床之後敲著鐵板在城中報曉，向左鄰右舍化緣度日。後來不知如何眷戀起紅塵，乾脆還俗，成了一名地地道道的市井小混混，居然如魚得水。據說這是因為他在報曉生涯中，發現許多人家藏有不為外人所知的祕密，便靠訛詐得了不少錢財，又用這些錢財來買通地頭蛇的緣故。

全大道沒念過什麼書，當日偶爾到忠烈祠上香，從張巡的塑像底下撿到了幾頁紙，依稀辨認出有「張公兵法」的字樣，便以為是傳說中的《張公兵書》，興奮地告訴了路人，以訛傳訛，遂一發不可收拾，演變成轟動全城的重大事件。儘管應天府出面闢謠，稱全大道發現的不是什麼《張公兵書》，但大多數人都不怎麼相信官方說法。正好時近五月二十五日張巡生日「尪公誕」，趕往南京城尋找兵書，恰如往大漠尋找寶藏一樣，成了一時的熱潮。

全大道被釋放出獄時，已然是一個多月後的事了。他走出提刑司官署大門，剛想伸展一下手腳，便被一名年輕男子搶過來扯住，叫道：「跟我走。」那人雖然年輕，卻是力大無比，全大道一掙竟然沒能掙脫，狐疑問道：「你誰呀？憑什麼跟你走？」那男子笑道：「我叫張建侯，你跟我來便是，不會是什麼壞事。你看我，人生得正派，不是什麼壞人。」

全大道笑道：「我管你好人壞人！你找我，無非是想問《張公兵書》的事。你說你姓張，該不會也是張巡張公的後人吧？」張建侯道：「咦，你怎麼知道我是張公後人？」全大道大笑道：「因為有許多人來大獄探我，多半都自稱姓張，是張公後人，你算是來得晚的了。」張建侯道：「呀，我可是地地道道的南陽張氏，沒有騙你。」全大道道：「我不管你真的假的張公後人，要問我話，得先有見面禮。一貫錢回答一個問題。」張建侯愕然半晌，才道：「你還真是會賺錢。」全大道無不得意地道：「誰叫我最先發現了《張公兵書》呢？這叫生財有道，奇貨可居。喂，你到底有沒有錢？沒錢我可走了。你看那些人，肯定也是來找我的。」

張建侯轉頭一看，果見一些人正指指點點地走過來，迫不得已，只得道：「有錢，你先跟我來。」引著全大道來到包府。全大道，道：「這是南京留守包令儀包公的宅子。聽說包公死了姪孫女，他很是傷心，已然上奏辭官，只等朝廷批文下來，就要回鄉去了。這是官宅，很快就會改姓了。」

張建侯奇道：「你人明明關在大獄裡面，消息怎麼這般靈通？」全大道笑道：「誰叫我有本領呢，牢子、禁卒誰不認得我？」一邊說著，一邊擼起衣衫，道，「你看，過堂時，提刑官還命人對我用過大刑，我也慘叫得驚天動地，其實一點事兒沒有。」張建侯心道：「也曾聽說衙門的小吏可惡，常常作假欺上瞞下。若是犯人使錢，板子高舉，落下時卻是蜻蜓點水，點到即止；若是犯人沒錢，那板子當場就能斷筋裂骨。康提刑官倒是個好官，可惜手下一幫胥吏太過可惡。」全大道笑道：「小官人將來若是犯了事，只管來找我，只要你出得起銀子，包管在大牢裡面吃香喝辣，過得舒舒服服。」

張建侯「嘿嘿」兩聲，也不回答，引他進來堂屋。堂內早等有一人，卻不是包拯，而是許洞。全大道笑道：「你也姓張麼？」許洞道：「我姓竹。你看到的兵書殘頁是什麼樣子的？上面寫了些什麼？」全大道也不答話，只笑嘻嘻地伸出手來。許洞愕然道：「做什麼？」張建侯歎道：「他要錢，一個問題一貫錢。」奔進內屋，取了一塊銀子，拿出來交給全大道，道：「這銀子有十兩多重，可以頂二十貫錢了。還不快些回答竹先生的話！」全大道道：「殘頁就是一張破破爛爛的紙，像一本書那麼大小。至於上面的內容麼，我識字不多，只認得少數幾個字，『張公兵法』四個字肯定是有的。」許洞輕嗤了一聲，顯然並不相信。

全大道笑道：「瞧先生模樣，似乎也不大相信我的話，反正我知道的全說了，信不信在你。」掂了一下銀子的分量，轉身便要離開。許洞道：「等一下。」躊躇半晌，問道，「你不識字，總該記得字的樣子吧？通常不識字的人，對於形狀之類更具形象的東西總是更敏銳一些。」全大道道：「字的樣子，嗯，應該記得吧。」

許洞道：「那好，我寫幾個字，你看看是不是相同的筆跡。」全大道，道：「先生可真會開玩笑，你老人家的字寫得再好，也不可能跟張公的書法一樣呀。」大笑聲中，驀地意識到什麼，停止了發笑，吃驚地瞪著許洞，彷彿看見什麼鬼魅一般，失聲道，「你……難道是你？」

許洞瞪視著他，反問道：「我怎麼了？」全大道，道：「不是你……」隨即打住話頭，道，「先生請寫吧。」許洞便讓張建侯取來筆墨，往紙上隨意寫下一行字。全大道一見之下，眼睛瞪得更大，看看筆跡，又再看看許洞，驚訝得無以復加。

許洞見對方如此神色，登時激動了起來，抓住全大道的肩膀，道：「真的就是這筆跡，對不對？對不對？」全大道困惑地望著他，但最終還是堅決地搖了搖頭，道：「不是。」許洞鬆開手，陡然換了一副憤怒的神色，將紙張團成一團，扔到地上，氣憤地道：「我就知道是個騙局！哼，騙局！」全大道早駭異得呆了，再也不敢多說什麼，忙道：「我得趕緊回家去。」

張建侯渾然不明所以，問道：「什麼騙局？」許洞道：「《張公兵書》就是個騙局！」揮了兩下手，道，「我早知道就是這麼回事，不該跟著瞎起鬨的。我得走了。」轉頭問道，「咦，包拯人呢？怎麼一直沒有看見他？」張建侯道：「先生不知道麼？今日是他和沈大哥過眼的日子，所有人都去望月樓相媳婦去了。」許洞道：「噢，對，我給忘了，那沈周就快成我妹婿了。」走出幾步，又回身叮囑道，「今天的事可別對人說，先生我丟不起這個臉。」

張建侯道：「但先生怎麼知道《張公兵書》是個騙局？是因為全大道太油滑太市儈了麼？」許洞「嗯」了一聲，也不置是否。張建侯道：「我剛才看他的神色，似乎認得先生。會不會他認得你，知道你其實不姓竹？」許洞「哎呀」一聲，道：「我倒是忘了這件事。」匆忙出去，臨到門檻，又回頭道，「今日的事，千萬別告訴旁人。」張建侯應道：「是。」

送走許洞，張建侯便來望月樓尋找包拯等人。大街上人來人往，多了無數陌生面孔，既有聞風來尋找《張公兵書》者，也有不少是趕來參加鬥茶大賽或來看熱鬧的。

商丘每年五月二十五日「尪公誕」都有舉行鬥茶大賽的傳統，來自全國各地的茶道高手聚集城中，一較高下。大茶商崔良中的獨子崔陽就是此道高手，已連續兩年奪魁，本預備在去年來個三連冠，卻意外敗給一位名叫柳三變的落魄文士，這柳三變來自崇安[1]，詞寫得不錯，但在茶道一行卻是名不經傳。正因為如此，崔陽不能接受自己居然敗給了一個無名小卒，激憤自殺。柳三變見出了人命，死的還是天下第一茶商之子，知道禍事臨頭，連贏得的彩頭也不敢要了，立即出城避難。

崔良中得到消息後，第一反應就是一面派人捉拿柳三變，一面派人告官。後來還是許多人到官府作證，稱崔陽是當眾自殺，與旁人無干。崔良中不肯善罷干休，誓報殺子之仇，又請結拜兄弟馬季良出面施壓。朝廷調查得知，柳三變是南唐降臣柳宜之子，柳氏家族多文學之士，柳宜曾是南唐名臣，聲望很高。大宋滅南唐已久，然世人對太宗皇帝用牽機藥毒死南唐後主李煜一事一直頗有微詞，南唐故地一度人心不服，迄今仍然有怨。劉太后因新掌政權，不欲多生事端，又見柳三變確實無罪，便命不予立案。崔良中還想私下報仇，可惜一時找不到柳三變，此事最終才不了了之。

每年此時都是望月樓最熱鬧的時候，客房人滿為患。絕大部分的茶道高手本身就是富翁或茶商，家境富裕，當然不會跟普通行商一樣選擇汴河旁的便宜客棧，這望月樓豪華氣派，自是他們的首選。

張建侯來到望月樓門樓時，過眼剛剛結束，董浩夫婦和許仲容夫婦正各自帶著女兒離開。此次過眼，名義上是相媳婦，其實是男女雙方和雙方家長的一次正式會面，親事早在之前便已定下來了。雖然彼時女子不像後世那般受禮教束縛，但畢竟是名門千金，因此都戴著帷帽，半遮面容。包令儀夫婦陪在一邊，卻不見兩名男主角包拯和沈周二人。

包拯因為小遊屍骨未寒的緣故，心中頗為抗拒這次類似定親的見面，然而也不願拂父母的意。一旦朝廷批准包令儀辭官，包氏全家就要扶張小遊靈柩回去家鄉。如果能在這之前解決婚姻大事，就能讓包拯帶著董氏一起返回廬州，那是最理想不過的事情，可省卻日後千里來回奔波的許多麻煩。

張建侯不見包拯，心想這人會不會賭氣逃婚了，忙上前問道：「姑父人呢？」包令儀道：「小文剛剛來了，叫了他和小沈在閣子裡面說話呢。」張建侯這才鬆了口氣，忙進來望月樓後院，尋到三人。文彥博道：「建侯來得正好。我得到假崔都蘭的消息，正告訴他們兩個呢。快過來坐下。」

張建侯道：「啊，捉到假崔都蘭了麼？」文彥博道：「那倒沒有，只是官府派畫工畫了假崔都蘭的相貌，拿去陝州請人辨認，果然有見過真崔都蘭的人說這是假的。真崔都蘭生不見人，死不見屍，怕是早被那群党項人用化骨粉化掉了。」張建侯道：「這不是馬後炮麼？不算什麼好消息。」

沈周端起酒杯喝了一口，歎道：「想想一個月前的那些事，當真是驚心動魄。如果不是慕容英手下留情放過了我，無論如何都不會有人懷疑到假崔都蘭頭上。偷梁換柱，這計畫太厲害了。那假崔都蘭看起來冷漠木訥，想不到卻如此厲害，心機深不見底。」

張建侯道：「崔都蘭不算什麼，真正厲害的人是那個神龍見首不見尾的劉德妙。你們想想看，她竟然厲害到如此地步，凡是她預言要死的人，一個個都死了，而且每一個都不是她殺的——崔陽是因為跟人鬥茶失敗自殺身亡，真崔都蘭因為是崔良中之女而被党項人殺死，曹豐則是被假崔都蘭派慕容英殺死。可惜官府沒有捕到這個神祕婦人，不然我真想見見她到底是什麼樣子。」沈周道：「你祖姑父不是畫過她的畫像麼？你算是見過畫中的劉德妙了。」張建侯道：「真人總會跟畫像有所差別吧。」包拯和文彥博同時「啊」了一聲，交換了一下眼色，愣在那裡。

張建侯道：「你們兩個這是什麼表情，怎麼好像吃了隻蒼蠅似的？」文彥博歎道：「你是沒有見過劉德妙，我和包拯都親眼見過她，當時，她人就在我們面前。」張建侯大吃一驚，道：「什麼時候？在哪裡？」文彥博道：「一個月前，在包府廳堂裡。」張建侯卻是不相信，嚷道：「這怎麼可能？」轉頭去看包拯，他也點了點頭，表示文彥博所言確有其事。

包拯適才才驚覺，當日他和文彥博、楊文廣等人闖進自家廳堂尋找假崔都蘭時，正見到寇准遺孀宋小妹與一名婦人說話，還以為那婦人就是崔都蘭，哪知她抬起頭來，才發現是另外一名女子，依稀有些面熟。宋小妹稱那是她的故人，命人送她進了內堂。而當時包拯幾人的心思全在假崔都蘭身上，竟絲毫沒有多留意那婦人。現在回想起來，那婦人正是劉德妙。

看來宋小妹之所以匆忙離去，只是要替劉德妙打掩護，將其帶出城去。她那麼做，旁人倒也不是特別難以理解，畢竟她母親劉氏是後漢高祖劉知遠的女兒，跟出自北漢皇族的劉德妙是親眷。但包拯心中還是不禁有一點小小的失望——昔日那寇准寇相公何等剛直，眼睛容不得一點沙子，而今他的夫人卻公然庇護逃犯兼凶手，實在是有些不相襯。

張建侯道：「這麼說，劉德妙早就跟隨寇夫人逃出南京了？但姑父不是說她有重大圖謀，不會輕易離開南京麼？」文彥博道：「當時風聲那麼緊，為了搜捕劉德妙，商丘城都快被翻了個遍，之前庇護過她的曹氏自身也是岌岌可危，大概她實在無處容身，逼不得已才借助寇夫人之力逃離了南京。」張建侯道：「那劉德妙這件事到底要怎麼辦？」

沈周和文彥博都有心庇護宋小妹，也不答話，只一齊望著包拯。包拯決然道：「劉德妙在知府宴會上向崔良中行凶，後來又救走假交引案的幫凶高繼安，罪行重大，寇夫人實在不該徇私。我們應該立即去官府告發她。」

張建侯曾與宋小妹同船多日，頗有感情，忙道：「不管怎麼說，寇夫人曾經救過祖姑姑的性命。她又不是劉德妙的幫凶，只不過念在親戚一場，順便帶她出城而已，不至於去告官吧。」

沈周也道：「這件事還是謹慎些好。寇夫人會見劉德妙時，她的罪行已經敗露，正被官府通緝，也就是說，寇夫人已經知道了她的所作所為，但還是背著我們救她，說不定另有苦衷。」包拯想了想，道：「那好，我先寫封信給寇夫人，向她問明確認這件事，然後再做決斷。」他既然已經決定，旁人也無異議。

劉德妙早已逃離南京，也不知道高繼安是否一同出逃？那高繼安其實並未直接涉及崔良中遇刺一案，只是凶器是在他家院子裡被發現的，多半是劉德妙自己私下埋在那裡，也許是為了嫁禍，也許是出於別的原因。但高繼安偽造交引是千真萬確的事，是為假崔都蘭也好，是為崔良中也好，是為馬季良也好，雖則他只是雇主的工具，也應該是棄市的重罪。

那麼劉德妙跟假交引有關麼？她是逃犯身分，根本沒有能力處理數目如此巨大的交引，應該不會對茶葉有興趣。但如果不是假交引，她和高繼安之間的紐帶又是什麼？她明明自己有能力殺人，事實上也是她親自向崔良中動了手，為什麼還要冒著暴露身分的危險接近高繼安、又及時通知他逃走呢？如果他們二人不是有特殊的關係，就是劉德妙圖謀的大事多半要利用上高繼安；也就是說，高繼安是假崔都蘭等人偽造交引的工具，又是劉德妙計畫某重大事宜的工具。可惜，這兩人已搶先逃走，未能被官府捕獲，留下了諸多難解謎題。

出來望月樓時，外面下起了濛濛細雨。眾人沒有帶傘，便站在屋簷下等待雨停。雨中的古城，倒是另外一番風景。青石板的街道被雨水打濕後，光亮潤澤，褪去了歲月積澱的滄桑陳舊外衣，陡然現出明明淨淨的清新，彷若劫後重生的新世界。大街上的行人有未帶雨具而行色匆匆的，有撐著油傘悠閒踱步的，也有許多人戴著莎草編製的斗狀笠帽繼續忙碌著。

潛伏在回憶深處的身影，忽然被目光所及的景象勾引了出來。包拯又回憶起在廬州的日子，小遊是最喜歡看下雨的，常常打著傘蹲到河邊，看那一層層碧波蕩漾。往昔的點點滴滴亦在心間泛起了漣漪，一圈一圈地划開，餘波久久未能平息。

張建侯忽然留意到倚靠在門樓邊一名戴斗笠的人，叫道：「呀，那個人……你們快看那個人像不像慕容英？」沈周道：「哪裡像？那人明明是男子。」張建侯道：「真的很像。」一邊搶下臺階，一邊叫道，「慕容英！」那斗笠人一聽，立即轉身就走。張建侯心中越發能確認對方的身分有鬼，大叫道：「你這個西夏奸細，居然還有膽回來，我看你今天往哪裡跑？」疾步追了上去。

雨勢遽然大了起來，滂沱如注。狂風席捲而來，一陣陣霧狀的雨幕隨風飄動。大街上的風景和行人瞬間成為各種濛濛剪影，咫尺之內難以辨清。白浪滔天，一片汪洋，好一場大雨！

包拯想趕上去幫忙，追出幾步，雨水如碎石子般抽打在臉上，再也難以睜開雙眼。正好宋城縣尉楚宏帶著一隊弓手冒雨從眼前經過，包拯忙奔到楚宏面前，大聲告知慕容英出現的消息及逃走的方向。楚宏簡短地道：「包公子先等在這裡，慕容英交給我。」

包拯今日因為要過眼相媳婦，特意穿了一身新衣裳，結果全身淋得通濕，狼狽不堪地回到屋簷下。沈周道：「不妨再回閣子坐上一坐，把濕衣服脫下來。」又命跑堂的拿一條乾毛巾、上一壺熱酒，包拯勉強整理了一番。

這場疾風驟雨來得快，去得也快。雨停時，張建侯垂頭喪氣地回來了，告道：「沒追到。不過楚縣尉已經派人知會城門守衛，並開始在城中搜捕。」沈周道：「這可奇怪了。慕容英的身分已然暴露，她的相貌貼滿全城大街小巷，她居然還夠膽留在這裡。」

文彥博道：「按照包拯的說法，党項人一定是有重大圖謀，所以非冒險留在這裡不可。」沈周道：「党項人之前能夠圖謀交引茶葉之類，不過倚仗那崔良中是第一大茶商，但現在人人只道崔都蘭因喪父悲痛過度而死，她慕容英一干人還能有什麼作為？」文彥博道：「或許還有別的目的。」沈周道：「但這裡是南京，既不是京師汴京，又不是什麼邊防要塞，能有什麼值得這群党項人冒性命危險的呢？包拯，你怎麼看？」包拯卻不回答，而是問了另一個問題，道：「其實你心中多少有些感激慕容英，並不希望她被當場捉到，對吧？」

沈周被綁當日僥倖逃得性命，後來慢慢回想，已經明白當日慕容英是有意放過他。她是下山時才撞見楊文廣，完全有時間先殺了他、甚至化掉他再從容離開；與楊文廣交手之後，更是出聲提醒，他人在山頂茅屋。雖然不明白她為什麼要這麼做，但的確是因為她，他才撿回了一條命。也正是由於他撿回了性命，包拯才順藤摸瓜地懷疑到崔都蘭頭上，由此揭破她實為西夏奸細的身分。沈周的心中確實希望慕容英能夠逃脫追捕，但看到張建侯渾身泥漿，實在不好意思當面承認，只得道：「她其實也不算什麼壞人，如果不是她放了我，假崔都蘭很可能現在還坐在崔府當她的小娘子呢。」

包拯道：「你我當日在望月樓門前巧遇慕容英，請她轉告崔都蘭多加小心，此舉雖是好意，卻被慕容英以為你我或是那預言之人發現了崔都蘭的真實身分，所以才有後來綁架之事。論起來，慕容英是罪魁禍首，後來她之所以放過你，多半是想到你起初的提醒完全出於好意，卻為自己招來殺身之禍，一時覺得內心有愧。她抓了你，又放了你，已經算是功過相抵，日後再遇見她，你可不能再心軟。」

沈周只歪著頭坐在一邊，臉色嚴肅，也不答話。張建侯道：「沈大哥，你生氣了？其實姑父不是那個意思，慕容英多少算得上對你有恩，你投桃報李也情有可原……」沈周回過神來，道：「啊，不，不是，我沒有生氣，是突然想到一件事。剛才包拯說，我們曾在望月樓門前遇見慕容英，今日又在這裡的門樓見到她。前一次遇到還可能是巧合，而今她被通緝，居然還冒險來到這人多眼雜的望月樓，肯定就不是巧合了。」

文彥博道：「不錯。慕容英冒險來到這裡，表明這裡一定住有她的黨羽。」包拯立即站了起來，道：「走，我們去向店家要一份名單。」出來閣子時，正遇到黃河、楊守素引著張望歸夫婦過來。張建侯很是驚異，上前問道：「張先生，黃公子，原來你們認識？」張望歸道：「嗯，算是認識吧。」裴青羽笑道：「黃公子住望月樓，我們也住在望月樓，就是這麼認識的。」

張建侯因為與張望歸同族，又因他是張議潮的後人，又因裴青羽武藝高強，她身上那柄青羽軟劍更是兵器中的奇物，由此與他夫婦二人格外親近，笑道：「我早請過先生住到我們包家，先生偏偏不去。」張望歸道：「我夫婦二人懶散慣了，實在不方便打擾，還是住客棧方便。」張建侯道：「那好，回頭我來找你們。」

包拯幾人來到櫃檯，提出想要一份住客名單。那店家跟望月樓主人同姓，也姓樊，為人和氣，人稱老樊，一攤手，為難地道：「這不好吧。」沈周指著包拯問道：「樊翁可認得他？」老樊道：「當然認得，包衙內麼，南京城中的大名人，人稱『小青天』。」

眾人還是第一次聽說包拯被人稱為「小青天」，忙問道：「小青天是怎麼個來歷和說法？」老樊笑道：「聽說大茶商崔良中的案子大多都是包衙內的功勞，沉冤得申，重見光明，不就是撥開雲霧見青天麼？」又指著包拯額頭的青色肉記道，「還有那個月牙肉記，也是跟天有關的標誌。包衙內還年輕，當然是小青天了。大夥都說，朝廷應該封你當一個大大的官，最好比提刑官還要大，這樣你就可以替老百姓破案伸冤了。」

包拯搖頭道：「崔良中的案子可不是我一個人的功勞，他們幾位都出了許多力。樊翁，我是真的得要一份住客名單。」老樊道：「是不是跟什麼案子有關？」包拯道：「可以這麼說。」老樊想了想，勉強道：「那好，我一會兒就抄錄一份客人名單，派人送去公子府上。不過這件事有損小店名聲，公子可千萬不要張揚出去。」包拯道：「放心。也請樊翁不要張揚這件事。」老樊笑道：「這是當然，天知，地知，你知，我知。」

回來包府，包拯和張建侯剛剛換下濕衣服，望月樓的跑堂便送來一封信。信皮上寫著：「小青天包拯包公子親啟。」眾人一看便笑了。張建侯道：「倒是真快！」跑堂道：「小的腳快，比不得各位公子金貴。客官們常打趣，說小的快趕得上急腳遞[2]了。」奉上書信，笑著去了。

張建侯拆開書信，果然是老樊抄錄的一份名單，略略一翻就有些洩氣了，道：「名單上的人不少，百十來個呢，大多數不認識，要怎麼查？」包拯道：「先找那些一個月前就已經住進來、而且現在還住在這裡的。」一齊動手，將符合條件的名字用紅筆標記出來。過了一遍後，標記出來的也有十來個人。

張建侯道：「黃河，楊守素，張望歸，裴青羽，這四個是咱們認識的。咦，這些名字怎麼這麼奇怪，趙阿大、趙阿二、趙阿三、趙阿四，一直到八呢。」沈周道：「有些古怪。趙是國姓，最容易想到，阿大、阿二多半順口說，肯定是化名。」

文彥博道：「這八個人多半是一夥子，但這化名也太明顯了。如果真是西夏奸細或是江洋大盜什麼的，哪會用這麼順口的名字，不是有意引人矚目麼？」包拯道：「回頭把這件事告訴楚縣尉，讓他去查一下這八個人。」又沉吟道，「黃河是來看鬥茶大賽的，他和楊守素一直留在這裡不奇怪。張望歸夫婦來南京是為了祭拜張巡，祭拜過了，就該儘快回去沙州，為何還滯留在這裡？」沈周道：「也許他們想留下來看完迎尪公再走。」

張建侯道：「現在的迎尪公都被鬥茶大賽搶占了風頭，早沒什麼可看的了。」包拯道：「張望歸夫婦是跟隨沙州使者團來到大宋的，顧念先人，先後繞道南陽、南京拜祭張公，已然很不簡單，再滯留在南京不走，實在於情理不通。建侯，他們是不是為了《張公兵書》而來？」

張建侯道：「這我可不知道，不過在南陽的時候，他們確實向我打聽過《張公兵書》。小遊死的當天，就是那個什麼全大道發現兵書殘頁的那天，我確實是在忠烈祠外撞見他們夫婦的。」沈周道：「張望歸氣度非凡，裴青羽身手了得，這二人都不是凡人，一直留在南京不走，肯定是為了《張公兵書》。」

張建侯道：「張望歸也姓張，也是張公後人，想要兵書，沒什麼稀奇。我還想要兵書呢。」包拯道：「但沙州不附中原已久，西依回鶻，東結遼國、西夏，若真讓《張公兵書》落入張望歸手中，後果不堪設想。」文彥博道：「包拯這話倒是提醒了我一件事，沙州生存於夾縫之中，與西夏相鄰，素來關係不錯，張望歸會不會跟慕容英有所勾結？」

張建侯嚇了一跳，道：「你說慕容英到望月樓是去找張先生？不，這不可能。」文彥博道：「但你也不能否認這種可能性呀。張望歸一個月前就住進了望月樓，而且現在還住在那裡，完全符合嫌犯條件。」張建侯道：「當日，姑父和沈大哥在望月樓門前遇到慕容英的時候，張先生夫婦正在忠烈祠看熱鬧呢。」文彥博道：「那也有可能是，慕容英找來望月樓時並不知道張望歸夫婦去了忠烈祠。」張建侯辯不過對方，只好連連搖頭，道：「我不信，我不信。你弄錯了。」沈周道：「好了好了，你們兩個不要爭了。等明日楚縣尉到望月樓查那阿大到阿八時，請他順便問一下慕容英找的人是誰，不就清楚了麼？」眾人這才無話。

文彥博道：「查案的事，我再也幫不上忙了。明日一早，我就要隨家父趕赴河東。」他父親南京通判文洎忽然被升遷為河東轉運使，令下即刻赴任，一時來不及搬運家眷，文母又放心不下，遂令長子文彥博隨行。

沈周道：「令尊是河東人，熟悉風土人情，倒也是一樁美差。」文彥博道：「話是這麼說，終究來得太突然了，頗令人不安。等家父上任後安頓好一切，我會返回南京奉迎母親，到時再與各位相會。」與文洎同時調任的，還有同樣是河東人氏的范雍，由京東路轉運副使出任涇源安撫經略使，頗令人猜疑北方是否將有大事發生。

一干好友就此依依惜別。張建侯一向與文彥博親近，卻彷彿沒事人似的，他的神思完全在另一件事上——他口中雖堅稱張望歸夫婦不會與西夏人勾結，心中卻有所疑問，他也認為張望歸是為了《張公兵書》而來。而今《張公兵書》沸沸揚揚，那發現兵書殘頁的全大道雖被官府拘捕了一個月，卻已是炙手可熱的紅人。稍早許洞要他設法將全大道帶來盤問，為什麼他們兩人之間的對話那麼奇怪，他一句也聽不懂？為什麼許洞一口咬定，全大道發現的兵書殘頁是假的？

張建侯本不是能藏得住心事的人，越想越是迷惑，越是迷惑越想要弄清楚。晚飯桌上，包令儀夫婦忙著商議包拯的婚事，又極力稱讚沈周的未婚妻是個博學的才女，他竟一句也沒有聽進去。吃過晚飯，終於忍不住將包拯和沈周拖入自己房中，原原本本地告訴了今日曾找來全大道之事。

沈周道：「呀，這可真是奇怪。不獨許先生，就連全大道的反應也很奇怪。」張建侯道：「我懷疑全大道認得許先生，還特意提醒了他。」沈周道：「不，那全大道就是一個嘻皮笑臉的無賴，他是看見許先生寫下的字後才失色的，應該不認得許先生。你可知道許先生寫的是什麼？」張建侯忙將許洞扔掉的紙團取過來，道：「幸好我撿起來了，要不然肯定被僕人掃走了。」

展開一看，卻是張巡〈聞笛〉一詩中的一句：「不辨風塵色，安知天地心。」沈周道：「內容沒什麼奇特的呀，也許是筆跡！全大道認出了許先生的筆跡！」包拯道：「不，不對。建侯，你再好好回憶一遍，全大道失色是在許先生表示要寫字、但還沒有動筆寫之前，對吧？」

張建侯歪著腦袋想了想，道：「是這樣。但許先生寫完給全大道看過之後，全大道的臉色越發古怪，好像更吃驚了。我看到他的樣子，還真以為許先生的筆跡跟他看到的兵書殘頁字跡一樣呢，哪知道他卻否認了。」沈周道：「許先生……」張建侯道：「你別跟著許先生許先生了，你就快要娶他的妹妹，他就是你大哥。」

沈周也不理會，道：「許先生見聞廣博，是天下奇才，他今日行為雖然古怪，但必有緣故。」張建侯道：「許先生既能肯定全大道見過的兵書殘頁是假的，我想他肯定有什麼證據吧。」沈周道：「是不是許先生見過真的兵書，所以才能模仿張公的筆跡寫字，讓全大道辨認，以此判斷殘頁真偽。包拯，你怎麼看？」

包拯道：「嗯，你推測得有道理。也許，許先生見過的不一定是真的兵書，而是張公所留下的奏章、書信一類真跡。這些雖然也是難得之物，但相比於傳說中的《張公兵書》，總是更容易些。但這件事中，最古怪的還不是許先生，而是那全大道。」

沈周道：「不古怪啊，根據建侯的描述，全大道看到許先生寫的這些字之後，他面上的表情很是驚異，表明這字跡與他看到的殘頁相同，這是人之常情。你們想想看，他看到了傳說中的聖物《張公兵書》，然後忽有一個人冒出來，揮筆寫出跟兵書一樣的筆跡，他能不驚訝麼？」

張建侯道：「姑父的意思是，全大道都認出是相同筆跡了，為什麼還要斷然否認呢？」沈周道：「也許他本人想獨占兵書，不願意旁人知道他看到的是真跡。」張建侯道：「這不合情理，兵書越真，人人都爭相向他打聽，他能撈到的好處越大。」沈周道：「但官府已經出面澄清那殘頁是假的了呀。全大道否認，也許只是迫於官府的壓力。」

這件事，無論如何推敲都有幾點難解之處——許洞提出要寫字比較殘頁筆跡，全大道先是放聲嘲笑，隨即愣住，直至失色，到底是為什麼？他看到許洞的筆跡後大吃一驚，顯是許洞的筆跡與兵書殘頁相符，他承認也好，否認也好，都自有理由可以解釋，但他居然不好奇許洞為何能寫出一手酷似張巡親筆的書法，而且問都不問一句就趕快離開？

張建侯道：「太費事了，想不明白！反正今天晚上鐵定睡不著了，我們何不去找全大道直接問個明白？姑父，我知道你不會去，我和沈大哥去就好了。」包拯卻跟著站起身來，道：「我也要去。」

除了諸多疑問有待解釋，包拯心中尚擔心另外一件事——而今兵書殘頁的消息早已風傳四海，對其虎視眈眈者不計其數，除了許多好奇心重的朝野大眾，還有沙州張望歸這等異族人士。南京城內還盤踞有西夏奸細，慕容英冒險留下，多半也是想得到《張公兵書》。這全大道僥倖得到殘頁，卻如此張揚，公然向詢問究竟者收錢，保不齊會因此惹來禍事，得適時提醒他才好。

大宋以「杯酒釋兵權」為國策，宴飲享樂之風極為興盛，上至皇帝，下到大臣，擇勝燕飲，以至市樓酒肆往往皆供帳為遊息之地。流風所及，在沉迷於聲色的士風中，即使是普通小民，亦時時登小小月臺，安排家宴，團圓子女。雖陋巷貧蹇之人，解衣市酒，淺斟低唱，不肯虛度。

夏夜涼風如水，尤其是白天新下過一場暴雨，四處彌漫著清新的氣息。雖然已是晚上，大街上卻比白天還要熱鬧，有人稱揚州「夜市千燈照碧雲，高樓紅袖客紛紛」，這話放在南京城也毫不誇張。街道兩旁憑空多出來許多攤子，掛起油燈，擺出幾張桌椅，有賣酒漿的，有賣果子的，有賣肉食的，有賣豆腐腦的，花樣繁多，各有拿手絕活。食者也是各取所需，趨之若鶩。

民不光以食為天，娛樂一類的攤子也紛紛走上街頭，有替人算卦算命的相攤，有贏錢賭物的關撲攤，有賣字畫攤、賣詩攤。還有打著牙板唱曲的歌妓，咿咿呀呀唱上幾句，向人們討取賞錢。也有些個提著馬頭竹籃的小孩子，頭上簪著各色花朵，來回穿梭於攤子間，唱著〈賣花聲〉[3]，吟叫百端，賣力地兜售自己花籃中的鮮花。童音清脆，吟唱極有聲韻，吟哦俱有不同，完全可以當作藝術景致來欣賞。時人稱賣花吟唱是「清奇可聽，晴簾靜院，曉幕高樓，宿酒未醒，好夢初覺，聞之莫不新愁易感，幽恨懸生，最一時之佳況。」那些尚帶著芬芳的鮮花，在燈火中別有一番顏色，總能吸引人望上幾眼。

一名彩衣歌妓頗引人矚目，正在清唱一支新曲，詞道：「一向年光有限身，等閒離別易銷魂。酒筵歌席莫辭頻。滿目山河空念遠，落花風雨更傷春。不如憐取眼前人。」沈周聽見，一時間大為傾倒。這「滿目」一句出自唐人李嶠之名作〈汾陰行〉：「山川滿目淚沾衣，富貴榮華能幾時。」「憐取」一句則化自唐才子元稹所著《會真記》：「還將舊來意，憐取眼前人。」雖是傷春傷別，卻以健筆寫閒情，氣象宏闊，意境莽蒼，兼有剛柔之美。「滿目山河」二語，重、拙、大三者兼而有之，極為罕見。沈周上前詢問，這才知是應天知府晏殊新作〈浣溪沙〉，一時感歎道：「天下人都以為『無可奈何花落去，似曾相識燕歸來』是晏相公生平最得意之名句，豈不知這句『滿目山河空念遠，落花風雨更傷春』勝其十倍不止。」張建侯笑道：「那些個文人就愛什麼銷魂、傷春，有那功夫，做點有用的事不好麼？」

幾人也不知道全大道的住處，分頭去向路邊的攤子打聽，人人都說知道這個人，卻不知道他住在哪裡。沈周道：「南京有十萬人口，這樣問下去，要問到什麼時候？全大道被官府逮捕過，又是從提刑司大獄放出來的，那裡一定留有他的住址。」

三人遂趕來提刑司官署探問全大道的地址。三名差役正忙著在門樓上張貼告示，一人提燈，一人刷漿糊，一人忙著糊紙。聽見張建侯出聲打聽全大道住處，三人頭也不回，兩人開始發笑，糊紙的差役則不耐煩地道：「又一個來問全大道的！去，去，沒空理你們。」

包拯上前幾步，借著燈光看那告示的內容，居然是朝廷新頒布了「貼射法」[4]，具體作法是——官府不再做茶農和茶商的中間人，不再統一收購茶葉，允許商人和茶農自行交易。但茶農必須將茶葉送到官府指定的地方出賣，茶商則向官府貼納官買官賣應得的淨利後，憑官府發給的貼納憑證到指定地點反購茶。茶葉價格一律按中等茶計算，譬如茶葉本來五十六文錢一斤，但朝廷原本要預先支付茶農二十五文本錢，這貼射法實行後，官府不再預支茶戶的本錢，只向茶商收取其中的三十一文差額；至於，茶商是花二十五文或三十文向茶農購買茶葉，則是他們自己的事。

新法執行之日，同時廢除之前的提貨單和交引制度。如此，省卻了官府花費人力物力收購茶葉的成本，也給了茶農、茶商更大的交易空間，像之前發生過的偽造交引情事斷然不可能再發生，就算大茶商崔良中在世，也無法像以前那樣仗著有官府撐腰，以提貨單來博取暴利了，倒也是一樁好事。只是不知道，這新法如此飛快出籠，跟之前包拯破獲的假交引案有無干係。

那提燈籠的差役轉過身來，喝道：「你們還賴在這裡做什麼？還不快走！」正要驅趕，刷漿糊的差役卻一眼瞥見了包拯額頭上的月牙肉記，忙道：「先等一下！咦，你是小青天包拯？」包拯道：「正是。」

提燈籠的差役立即換了一副笑臉，道：「原來是包衙內。小的不認識……是沒有認出您頭上的小青天，多有怠慢。您找全大道是吧？他住老字街，跟宋城縣的仵作馮大亂是鄰居。」包拯道：「多謝幾位差役大哥。」

張建侯道：「姑父，你眼下是南京的大名人了！」沈周也笑道：「你現在走到哪裡都好使，就算別人不認得你的臉，也認識額頭的青月牙。」正打趣時，意外見到宋城縣尉楚宏從提刑司官署出來。這還是包拯幾人第一次看見楚宏身穿便服的樣子，頗為驚訝。

張建侯道：「楚縣尉，這麼晚了你還在提刑司做什麼？」楚宏道：「有點私事來找康提刑官。」又歉然道，「今日實在是抱歉，都怪我屬下不小心絆倒了張公子，竟然讓那慕容英給逃了。」張建侯很喜歡平易近人的楚宏，忙道：「有什麼好抱歉的，下那麼大的雨，我也沒看到楚縣尉屬下的弓手啊。」

楚宏道：「你們這是要去哪裡？」張建侯道：「去找全大道。」楚宏道：「噢，他住在老字街，找分路碑就對了。」又道，「文公子跟我說了阿大、阿二那夥人和慕容英的事，明日一早，我就會帶人去望月樓一一盤查，有消息再來告訴各位。我還有事，告辭了。」

老字街街口立有一座五樓三洞的節婦牌坊，俗稱「分路碑」，是官府為表彰本地婦人汪氏貞烈守節、奉養公婆而建。旌柱上刻有「烈婦即忠臣，地道無虧；表節亦旌孝，天恩不朽」的對聯，傳為朝中某翰林所題，算是城中一景，也是老字街的標誌，常有過往官員到此拜謁朝廷所賜旌表。上一任宋城縣令曾題詩道：「三十餘年別槁砧，庭蘭青色又添深。藍溪水滞灘聲恨，石橋烏鳴阜島暗。髧彼兩髦爲我特，至堅一操輓人心。不堪風雨瀟瀟夜，吩咐窗前草自吟。」

包拯幾人趕來老字街。張建侯望見一名白髮老翁正坐在牌坊旁雜貨鋪的門檻上納涼，便過去向他打聽全大道住處。那老翁姓蔣，將手中蒲扇遙遙一指，道：「就在那邊，一直走到頭，那處新蓋好的房子，看見沒？那是馮大亂家。旁邊的青色小房子就是全大道家。」一邊揮著蒲扇驅逐蚊子，一邊嘟囔道，「怎麼今晚這麼多人來找全大道？」張建侯道：「今晚還有別人來找馮大道麼？」蔣翁道：「是啊，剛才就有一男一女來打聽過。」

全大道是第一個發現《張公兵書》殘頁的人，足以驚動全城，而今紅得發紫，人人爭相巴結，一點也不奇怪。幾人毫不以為意，趕來全家大門前。張建侯揚聲叫道：「全大道，我是張建侯，我又來找你了。」無人應答。見院門虛掩，便乾脆推門而入，堂門亦是大開，油燈閃動，燃得正歡，房間中有人影映窗。張建侯笑道：

「你不記得我了麼？你還叫我犯了事就來找你……」

忽聽得「砰」的一聲，窗上的人影消失了。張建侯「哎喲」一聲，急忙往腰間一抹，拔出一柄軟劍來，直闖進堂。堂中的方桌上擺著碗筷，有幾樣荷葉包著的酒菜，還有一壺林酒，菜肴才剛剛動過。進來內室一看，凌亂不堪，全大道歪倒在屋子中間。張建侯也不及查看其死活，撐開後窗，伸出頭去，卻是一條極窄的小巷，昏黑一片，左右一望，什麼也看不見。他匆忙躍出窗去，往最近的巷口奔去。

那巷子是條後巷，堆有不少雜物，甚至還有路人進來方便的穢物，味道難聞。張建侯強行忍住，衝出巷口，卻是貞字街，因靠近西門，也是個繁華所在，正有夜市開張，人來人往，頗為熱鬧。

張建侯走出幾步，抓起路邊一正蹲著吃涼粉的男子問道：「有沒有見到可疑的人跑過？」那男子見他手裡提著劍，嚇得丟了陶碗，叫道：「媽呀，有強盜！」用力掙脫，轉身就跑。一旁更有人大叫道：「這人有兵器！快，快去叫人來！」

張建侯見眾人一齊望向自己，急忙收了軟劍，離開市集，繞道重新回來全大道家。正好在大門口遇到沈周請隔壁的仵作馮大亂過來，心中登時一沉，問道：「全大道死了？」沈周點點頭，道：「已經讓鄰居去報官了。正好馮翁住隔壁，請他先來看一眼。可有追到凶手？」張建侯沮喪地搖了搖頭。

馮大亂道：「張小官去過後巷了？」張建侯道：「是啊，馮翁怎麼知道？」馮大亂道：「你的鞋子上有便便，身上又一股酸臭之氣，哈哈。」頗有幸災樂禍的意味。沈周見院子中有口井，便道：「你過去打桶水，擦洗一下。我領馮翁先進去。」包拯正獨自守在內室，蹲在全大道的屍首旁，見馮大亂進來，忙讓到一邊。

室內一片狼藉，櫃子、箱子都被掀翻，就連窗下的磚砌桌子也被人敲碎，東倒西歪得不成樣子。勉強算得上完好、還沒有倒塌的家具，大概就是一張木床和窗前的一隻方凳了。全大道側歪在地上，雙手側舉，眼睛和嘴巴都張得老大，腦袋下有一灘血，才剛剛開始凝固。

馮大亂也不動手，先繞著屍首轉了一圈，問道：「你們進來時，他就是這樣子麼？」包拯道：「是。」馮大亂道：「實話說，老漢我早就知道這個人會不得好死，果然如此。這屋子裡這麼亂，會不會是有人想找什麼兵書殘頁？」

沈周忙道：「屋子裡面雖然亂，櫃子、箱子都被掀翻了，但上面都落了灰塵，可見已經有一些日子。應該是全大道被官府抓進大獄後，就有人來搜過他的家。今晚殺他的凶手，反倒沒有動過這些東西，大概是認為已經找不出什麼線索了。」

馮大亂道：「難怪有幾夜我家的狗總是半夜叫喚。」蹲了下來，翻轉全大道的身子，前後看了一眼，道，「他是被人一刀割喉而死。身上沒有其他傷口，手上也沒有任何防禦性傷口，應該是一下子就被人制住。」

沈周道：「但全大道脖子上還有一些別的傷痕，似乎被什麼帶狀物勒過。」馮大亂也不回答，只凝視屍體脖頸的那道致命傷口，喃喃道：「奇怪了。」沈周道：「奇怪在哪裡？」馮大亂道：「這道傷口好長啊，幾乎是全大道的前半邊脖子。老漢我驗了一輩子屍體，還從來沒有見過這樣的。」

通常凶手斷人喉嚨，都是從後面制住受害者，用利器往其頸中橫抹。人頸是圓柱狀物，無論長刃、短刃，一刀之勢，所割頂多只到喉結左右一寸處。即使最極限的情況，是凶手力氣極大，兵刃極利，一刀能傷到雙耳之下，那麼受害者前半個脖子也都快要被切下來了。可是全大道的頸傷長歸長，深度卻僅有三分，相當正常。

馮大亂思索了一會兒，道：「照我看來，全大道當時是跪在地上，凶手右手持刀，以刀子從他左耳下的地方下刀，慢慢地，一直割到右耳下。他大概是有意要多增加全大道的痛苦。」沈周道：「但割喉是何等痛苦之事，全大道又沒有被綁住，吃痛之下，必然全力掙扎，怎麼可能容許凶手慢慢地下刀，從左耳割到右耳呢？」

馮大亂遽然轉過頭來，瞪著沈周。旁人滿以為他要發怒，結果他卻只是撩撩鬍鬚，點頭道：「你說得對。割喉這種事，都是快速一刀，迅若流星。」他跟沈周的性情有幾分相像，遇到疑難之事，總要孜孜求解。凝思了好半晌，才道，「聽說極北之地有個叫蒙古的部落，習慣用一種彎刀，也許能造成這種傷勢。」

沈周道：「不對，我見過蒙古彎刀圖樣，是單刃的，圓邊外刃才能殺人。凶手得站在全大道面前才能動手，而且彎刀的曲度也太大，鋒刃反而比單刀更短，造不出這種傷口。」忽聽得張建侯道：「你們在談論什麼？」沈周道：「兵器，凶手殺死全大道的兵器。」一直默不作聲的包拯忽然道：「凶器會不會是軟劍？」馮大亂愣了一下，「哎喲」一聲，道：「軟劍！就是軟劍！」

包拯問道：「建侯，你剛來亮出來的那柄軟劍是從哪裡得來的？」張建侯道：「是我自己偷偷找鐵匠打造的。當然比不上裴青羽娘子的青羽劍，我使得也不算很得心應手，但最大的好處是旁人看不出我身上帶著兵器，上街不會再有官府的人找麻煩了。」不無得意之色。又特意叮囑道，「姑父可千萬別讓祖姑姑知道，不然又該數落我了。」

馮大亂道：「你身上就帶著軟劍？交出來，快些交出來！」張建侯尚未會意過來，不明所以，但還是解下腰間軟劍遞了過去，道：「馮翁小心些。這軟劍要十萬錢，可是比尋常刀劍要貴好多呢。我貼上了這麼多年積攢的所有零用錢，連小遊的都挪用了，還向許先生借了四十貫才湊足數。」

無意間提到小遊的名字，不由得又想到妹妹的靈柩尚停在性善寺，要等包令儀辭官奏章批准後再一同返鄉，方得入土為安，臉色登時黯然了下來。其實他對小遊之死，遠比包令儀夫婦和包拯更能釋懷。他雖然莽撞，但還是多少知道些妹妹的心事——小遊喜歡包拯，但又跟包拯是姑姪關係，兩個人之間是萬萬不可能的。之前董氏前來為女兒向包拯提親，包令儀夫婦也滿口答應，小遊表面強顏歡笑，背後卻鬱鬱滿懷，悄悄掉過好幾次眼淚。他也曾試探，勸妹妹早些嫁人，離開包家，以免痛苦，但她卻不願意。也許對她而言，死反而是一種解脫。然而人生在世並非只有「情愛」二字，如此花樣年華而逝，若不是死得還算有價值、有意義，該是多麼的可惜。

張建侯雖一時感傷，但畢竟性情豁達，生怕就此觸動包拯，忙笑著岔開話題，道：「聽說世間尚有一柄青冥劍，原本跟裴娘子的青羽劍是一對。我這軟劍名金風，跟許先生的玉露劍也是一對。」

原來張建侯對裴青羽的軟劍一見傾心，決意自己請人打造一柄，為此特意向許洞借錢。許洞年輕時也是仗劍江湖、快意恩仇之輩，童心未泯，聽說究竟，便多出了一份錢，請工匠打了一對軟劍，他和張建侯一人一柄。馮大亂還是第一次見到軟劍，很是好奇，拔出來反覆擺弄不已。

沈周奇道：「這對軟劍劍名叫金風、玉露？」張建侯道：「是啊。我本來說不如我這柄劍叫遊龍，許先生那柄叫倚天，多有氣勢。可許先生說那些劍名太俗，還是叫金風玉露好，鐶首上還刻了劍的名字呢。」

沈周道：「這名字取得極好，意味綿長。而今有〈金風玉露相逢曲〉的詞牌名，又名〈鵲橋仙〉，金風和玉露各在你和許先生之手，暗合相逢之意。」張建侯笑道：「可惜我不是女子，要不然倒還可以常常鵲橋相會。」

沈周心中卻頗為感慨：「那對青冥、青羽取自崑崙之精，卻因天界、冥界而有了分隔，即使能夠在一起，也是險途不斷。而這對金風、玉露分明是期待相會之意，莫非許先生心中忘不了什麼人？」他已經與許洞的親妹許願定親，很快就要成為許家女婿，對許洞的生平多少有些瞭解，知道他年輕時與名士潘閬交往，周遊天下，卻是終身未娶，耐人尋味。

忽聽得馮大亂叫道：「看好了！」只見包拯手中豎執著一個圓枕頭，張建侯則將軟劍環在枕頭上，馮大亂一聲令下，張建侯順手一抽，枕布被劃開，內裡裝的蕎麥殼滾滾落下。馮大亂道：「看見沒有？枕頭的劃口跟全大道的頸傷長度差不多，凶器定然是軟劍無疑了。」

眾人便一齊望著張建侯。張建侯尚莫名其妙，瞬間會意過來，嚷道：「你們懷疑是我？我可是跟包拯、沈大哥一起進來的。不，我是最先進來的，可是……」一時手忙腳亂，也不知道該如何解釋。

馮大亂慢條斯理地道：「沒人說是你。你這柄劍還沒有見過血，沒有血腥味。」張建侯登時轉憂為喜，笑道：「還是馮翁老道，一眼就看出了端倪，鼻子也靈得很。」馮大亂搖頭道：「老漢我鼻子可不靈。這老字街是出名的蚊蟲螞蟻街，你的軟劍拔出來半天了，卻沒有過來一隻蒼蠅，那可是世間第一靈鼻之物，比狗鼻子還靈。既然沒有被蒼蠅盯上，就表明你的劍還沒有沾過血，全大道不是你殺的。」

張建侯道：「姑父，沈大哥，你們也都明白，對不對？那為什麼還這樣看我呢？」沈周歎了口氣，卻是默不作聲。包拯也只是搖了搖頭，露出為難之色來。馮大亂道：「怎麼都不說話？還是我來告訴小官人吧。你剛才不是說了軟劍是一對麼？這叫金風，還有一柄玉露在什麼許先生手中，那許先生是誰？」

張建侯一時愣住，他這才明白為什麼沈周和包拯都不說話——他剛才誇口軟劍的時候，不但如實叫出了許洞的真姓，而且明明白白地提到對方手裡也有一柄軟劍。難道真的是許洞殺了全大道？他有武功，有軟劍，最重要的是，他還有動機。白日張建侯還特意提醒過許洞，說全大道很可能認出了他，他會不會因此而殺人滅口？

沈周即將是許洞的妹婿，見張建侯窘迫，少不得要出面掩飾幾句，道：「許先生是建侯的一個朋友，並不真的姓許，而是號許先生，是個與世無爭的人。其實許先生也不一定就是疑犯，軟劍雖然少見，但眼下南京城中就有三柄。」他本是隨口辯解，卻驀然得到了提示，道，「剛才鄰居不是說過有一男一女來找全大道麼？會不會就是張望歸夫婦？」

張望歸的妻子裴青羽身上就有青羽軟劍，而且她夫婦二人志在《張公兵書》，想從見過殘頁的全大道身上得到線索是理所當然之事。張望歸為人寬厚，裴青羽卻是堅定剛強，當日她在性善寺出手擊殺盜賊，均是一招制敵，雖沒有立即致敵於死地，卻是傷在要害之處，令對手瞬間失去反抗能力，招術之狠辣，性情之果敢，猶勝鬚眉男子。若全大道還是像白日對待張建侯那樣，擺出一副無賴嘴臉，先伸手要錢，裴青羽一怒之下殺了他，也是極有可能之事。

馮大亂問道：「張望歸又是誰？」張建侯道：「是……是我的一個同族。」馮大亂道：「我倒是看凶手更像那個許先生，而不是什麼張望歸。你們看，這裡的地面刻有一點一橫，適才壓在全大道腿彎處，我搬動屍體後才發現的。應該是他被迫跪在地上時，以指甲所劃下的。」眾人一看，屍首旁邊的地上果然刻有「亠」字樣，而全大道右手食指指甲縫中也有泥土。

馮大亂道：「看全大道的頸處瘀痕，他死前應該是跪在地上，被人用軟劍裹住了脖子逼問。他大概也料到對方不會放過他，將死之時，自然要刻下兇手的名字，留給後來的人做線索。根據你們剛才的說法，那對姓張的夫婦晚上才一路打聽尋來老字街，可見之前並不認識全大道。就算他們找上門後主動報上了姓名，這『亠』字仍然跟弓長張相差甚遠。沈小官剛才也說了，南京城中只有三柄軟劍，既然不是張小官，又不是那對姓張的夫婦，自然就是那許先生了。」

沈周道：「我只是說據我所知，南京城中有三柄軟劍，並不是一定只有三柄軟劍，也許還有我不知道的呢。而且這『亠』字，可能是許，更可能是文，那一橫，都過了上面的『、』了。」雖然勉強辯解，其實自己心中也越來越懷疑是許洞殺人，根本的動機就是因為全大道認出了他，他身分洩露，惹來諸多禍事，遂用軟劍殺人滅口。卻不料全大道暗中在地劃下暗記，留下了線索。

馮大亂雖然只是個差役，卻是閱人無數，一眼看出了沈周的心虛，笑道：「這話怕是沈小官自己都不信吧。你想庇護那許先生，是也不是？」沈周難堪之極，道：「這個……」包拯忽道：「許先生的嫌疑小，張望歸夫婦的嫌疑要大得多。馮翁到底是老公門，發現了全大道留下的字跡，可以做為佐證。但這裡面有兩點疑問——第一，我們來這裡之前，有一男一女也在路口打聽了全大道的住處，時間相差不大。我們進來院子時，房間裡還有人影晃動，聽到建侯出聲喊叫後，才緊急跳後窗逃走。換句話說，我們進來時撞見的人，從時間上推算只能是那一男一女，如果他們不是兇手，又何須跳窗逃走？再由傷口推想到軟劍，由兵書推想到動機，這一男一女是張望歸夫婦的可能性極大。」

他說得甚慢，馮大亂聽得饒有興趣，問道：「那麼第二點疑問是什麼？」包拯道：「第二點，馮翁已經準確推算了全大道死前的情形，他是被人以軟劍捲住脖子，背朝窗口，跪在地上，對不對？」馮大亂道：「對。只有可能是這個姿勢，他才有機會在地上留印記。」

包拯道：「那麼問題就來了，按照全大道脖子的瘀痕來看，他死前一定被凶手用刑催逼過什麼事，就算是《張公兵書》殘頁的事吧。馮翁是公門中人，該知道審訊官訊問犯人時，通常是要面對犯人的。」馮大亂道：「對，這樣可以看到犯人臉上的表情，便於判斷口供是真是假。」

包拯道：「反過來推斷，自背後制住全大道、並負責刑訊的人絕不可能是審問者。也就是說，全大道被強迫面朝木床跪下之時，床前的方凳上還坐著一個人，這個人才是真正的審問者。你們看，這四腳方凳落滿灰塵，本放在牆角，那邊還有四個腿印，卻臨時被搬來放在這裡，上面還多出一個半圓形的乾淨印記，明顯是有人在上面坐過。」

張建侯道：「啊，我明白了，凶手殺死全大道時，至少還有一個同夥在場。許先生素來獨來獨往，根本不可能出現這種情況。」包拯點點頭，道：「當然，這凳子上的印記也有可能是全大道自己坐的，但按照常理推斷，他回家後見到一片狼藉，應該立即動手收拾。如果不願意麻煩，也多半要坐在堂屋歇息，或是到內室睡覺，絕不會搬過凳子來、坐在上面發呆。他一出獄，便敢向打聽兵書消息的人索要錢財，多半也早預料到家中會有這副場面。」馮大亂張大嘴巴，愕然半晌，才歎道：「包公子心思縝密，機智過人，難怪人人稱你『小青天』。你不去做官，實在可惜了，可惜了。」連連搖頭。

老字街距離宋城縣署所在的利字街不遠，報官的鄰居已然引著差役到來。領頭差役道：「今兒衙門裡沒人，縣令、縣尉、主簿等都不在。既然馮仵作已經驗過屍了，這就先把人抬回去，等明日再說吧。」一邊說著，一邊向馮大亂使個眼色。

這差役是個明白人，猜測全大道白天才放出大獄，晚上就死在家裡，必然跟《張公兵書》有關。現在南京城裡來了許多尋找兵書的人，官員生怕有人趁亂滋事，下令嚴加戒備，他們當差的一個月來忙得頭昏腦脹，一天都不得休息，全是拜這個全大道所賜。他現在死了，對公家來說倒也是一樁好事，希望那些個尋找兵書的鬧劇也能就此消停下去。

馮大亂立即會意過來。他在仵作行當裡名氣極大，只因精通本業，但世人都知道吃公門飯的人要以和為貴，這「和」指的就是同僚之間要和睦相處、互幫互助。因此忙假意打了個呵欠，道：「睏死我老漢了。唉，人老了，不頂事了，我得回去睡覺了。」當真轉身走了出去。

張建侯道：「可是這全大道……」領頭差役呵斥道：「你是什麼人？公家人都還沒說話，你插什麼嘴？」轉頭看見包拯，「哎喲」一聲，忙賠笑道，「原來是包衙內，小的有眼不識泰山。您怎麼來了這裡？當真哪裡有大案，哪裡就少不了您。」這話語氣怪怪的，也不知道是稱讚還是譏諷。

包拯又了一下手，道：「告辭了。」張建侯忙跟出來，問道：「姑父是要趕去望月樓找張先生麼？現下這麼晚了，不如明日一早再去吧。」包拯卻是不聽，趕來望月樓，店家老樊卻說張望歸夫婦天一黑就出門了，人還沒有回來。

沈周道：「他們夫婦在屋裡時聽見了建侯的聲音，應該能猜到我們很快會找到這裡，多半已經搶先逃走了。」包拯搖頭道：「他們不遠萬里從沙州來到中原，費了這麼大周折，絕不會輕易離開的。」一時躊躇要不要立即趕去應天府告發這對夫婦，讓官府發出圖形告示，全城緝捕。張建侯不願張望歸夫婦就此落入官府之手，可是又找不出什麼理由阻止包拯，便向沈周使個眼色。沈周頗感為難，想了想，還是道：「官府對全大道被殺漠不關心，只有我們三個和馮大亂仔細勘驗過現場，興許張望歸夫婦還不知道我們已經懷疑到他們身上，不如今晚先回去，明日再來望月樓，如果仍然沒有回來，再去應天府告發也不遲。」

張建侯道：「是啊是啊，況且姑父也親眼見到官府那些人怎麼辦事了，之前劉德妙、高繼安也是被貼出告示，全城追捕，不也一個人都沒抓到麼？」包拯一想也對，便道：「那樣也好，先回去吧。」走出幾步，又想起慕容英的事來，轉身到櫃檯，向店家打聽道：「之前有個叫慕容英的女子來過望月樓，她曾經是崔都蘭的婢女，樊翁可還記得？」老樊笑道：「這望月樓每日人來人往的，我連住客都不一定能記住，更不要說食客了。」

包拯道：「嗯，那時崔良中剛剛過世，慕容英身上穿著斬衰，還在這裡買了一包豆腐乾。」老樊道：「啊，似乎有印象，好像長得還不錯，挺標緻的一個小娘子。」張建侯忙問道：「樊翁可還記得她來望月樓做什麼？」老樊道：「就是來買豆腐乾吧。小店的豆腐乾是南京一絕，每日都有人專門來等。嗯，我想想看，她坐在那裡等了一會兒，又起身往後院轉了轉，回來時正好豆腐乾出鍋，她拿上就走了。」

張建侯道：「她沒有上樓找人？」老樊道：「沒有。」張建侯長舒一口氣，這下總算可以證明張望歸夫婦沒有跟党項人勾結了。在他看來，殺全大道那種人不算什麼大罪，與西夏勾結、對大宋圖謀不軌，那才是不可饒恕的重罪。

包拯一時也想不通關竅，便打聽另外一件事，問道：「這裡住了趙阿大到趙阿八八人，樊翁不覺得他們的名字很奇怪、從來沒有起過疑心麼？」

老樊道：「奇怪麼？老漢我還見過叫阿貓、阿狗、阿豬、阿牛的呢。還有姓唐的五兄弟，分別叫唐太宗、唐高宗、唐中宗、唐睿宗、唐玄宗，妹妹叫唐武則天。再有姓張的三兄弟，分別叫張巡甲、張巡乙、張巡丙。包衙內沒開過客棧，自然不知道民間的怪名字多得很。」一口氣說完，覺得意猶未盡，又四下張望了一眼，壓低聲音道，「沒看見宮裡都能用狸貓換太子麼？皇帝長到十幾歲，還不知道太后不是自己親娘麼？奇怪，哼哼，這大宋天下無奇不有，再奇怪的事都不算奇怪。」

包拯一時愣住，居然無言以對。雖有意親自上樓去查探那趙阿大到趙阿八，但轉念想到自己終究不是公門中人，不能這樣直闖上去盤問搜查，還是等明日由宋城縣尉楚宏出面更為妥當。

回家的路上，沈周還是不放心，三人又特意繞道許家，假意要觀賞許洞那柄玉露劍。張建侯拔劍出來，在庭院中舞了半天，也不見一隻蠅蟲來叮劍刃，很是高興，嚷道：「沒血，這劍還沒有見過血。」許洞站在臺階上聽見，狐疑問道：「你們幾個小子深更半夜來找我，就是要看我的玉露劍有沒有血跡？到底出了什麼事？」沈周道：「不敢有瞞許先生，全大道死了，被人用一柄軟劍殺死了。」

許洞大驚失色，道：「全大道死了？哎喲，這可糟了，我還正打算明日去找他呢。」張建侯道：「先生找他做什麼？不是已經認定《張公兵書》殘頁是假的了麼？」許洞道：「不，我當時太激動了，被全大道的謊話騙過去了。他那麼吃驚，表明我的字跟他見到的殘頁筆跡完全相同，那殘頁一定就是張公真跡！」

1 崇安：今福建武夷山。中國茶葉原以今湖北一帶所產綠茶為上品（宋代六大榷貨務有一半都在湖北），但武夷山後來居上，自唐代以來即享有大名。柳三變，即大詞人柳永的原名。

2 宋制，每十里或二十里設郵舖，用善走舖卒遞送公文，大路設馬遞舖。郵遞速度用檄牌區分，分步遞、馬遞、急腳遞三種，以金字牌（非黃金所製，是以木牌朱漆黃金字）急腳遞等級最高，可日行四百里。南宋名將岳飛被十二道金牌召回，即指皇帝連發十二道詔令，以金字牌急腳遞發出。

3 〈賣花聲〉：唐五代曲調，為雙調，平聲韻，前後片各五句，共五十四字。出售商品時叫賣有聲，是宋代商業的一大特色，宋詞人多有詩詞記載。元代有人（已佚名）寫有《逞風流王煥百花亭》雜劇，內中以大段篇幅記述宋代城市市集商販的吟唱，足見當時商販為推銷商品而吟唱不絕，再普通不過。又，《逞風流王煥百花亭》開場四句唱詞即為：「教你當家不當家，及至當家亂如麻。早晨起來七件事，柴米油鹽醬醋茶。」

4 宋仁宗頒行貼射法之後，僅僅執行了一年多便因弊端百出而被廢除，又恢復了從前的茶法。茶稅跟鹽鐵稅，本質上都是官與民爭利。

【卷八】且共從容

風擺荷葉，一道道波痕凝翠蘊碧，蕩漾開去。碧波之中，蓮花從水中浮起，潔淨出塵，嬌不可當。荷花盛景如此妍麗，看取蓮花淨，方知不染心。花堂中飄逸著濃郁的荷花清香，滿鼻清幽，真是心曠神怡，愜意極了。

次日一早，包拯匆忙起床，叫醒張建侯和沈周。三人一道出門時，正好撞見了馮大亂，均感詫異。

馮大亂道：「喂，上頭有命令下來了，全大道是遭歹人搶劫而死，死了就死了，沒什麼好理的。」沈周奇道：「馮翁一大早趕來，就是要告訴我們這個麼？」馮大亂道：「是啊。老漢怕你們幾個又自己跑出去查案，結果到最後沒人理。」

張建侯道：「奇怪，全大道雖然不是什麼好人，可是半夜死在家中，好歹也是條人命，難道是有人要庇護凶手？」馮大亂搖頭道：「不對，你小官人不懂官場，這全大道就是個惹是生非的東西，平時坑蒙拐騙也就罷了，但《張公兵書》這事攪得大夥不得安寧。這兵書的事不論是真是假，他都兜圓不了，所以他死了人人高興，感激凶手還來不及，誰還去耐煩查？再說，殺人肯定跟《張公兵書》有關，追查下去，不是往兵書這件事上火上澆油麼？喂，我昨晚沒見過你們幾個啊，你們說的話我都沒聽見，我說過的話也全都忘記了。」

張建侯道：「喂，站住！馮翁是吃朝廷俸祿的人，怎麼可以……」沈周歎道：「別追了，馮翁是好心，才來提醒我們。現在最恨兵書這件事的人就是官府，生怕鬧出亂子來，壓住全大道的案子也是情理之中的事。」張建侯這才明白過來，道：「原來官場上的事這麼複雜，難怪祖姑父心灰意冷，都不想當官了。那我們還要查下去麼？」其實心中倒有點想順勢放棄的意思，起碼可以保住張望歸夫婦。包拯卻道：「當然要查下去！全大道不是好人，但罪不至死。就算我們無力將凶手繩之以法，也要查明真相，給死者一個交代。」他說得斬釘截鐵，大義凜然，沈周和張建侯都沒有任何反駁的意念，只得跟在他背後，往望月樓而來。

到望月樓時，正遇上宋城縣尉楚宏帶人盤查趙阿大等人，並搜查房間。然而頗令人意外的消息是，昨夜包拯離開望月樓不久，張望歸夫婦就回來了。酒保上樓時，夫婦二人還未起床，聽說有客來訪，匆忙洗漱了一下，便來到後院的閣子。

張建侯歉然道：「不好意思，要不是有急事要向二位問個明白，也不會這麼早來打擾。」張望歸道：「無妨。」包拯道：「不知道二位昨夜可否到過老字街的全大道家裡？」張望歸沉吟道：「這個……」轉頭去望妻子。裴青羽道：「我推測包公子一定是為這件事而來。不錯，我夫婦二人昨晚確實到過全大道家中。不過我們進去時，他人已經死了。我一摸，屍體還是溫的，很納悶是誰搶在前頭殺了他。正好這個時候，我聽見張小官在院子中呼叫全大道的名字，我夫婦自覺無顏面對各位，遂跳窗逃走。」她的神色極為鎮定，描述整個經過時絲毫不起波瀾，彷彿在講一件無關的事，見眾人露出疑慮之色來，問道，「怎麼，各位不相信我的話？」

張建侯為難地道：「我自然是相信娘子的話。只是有一點，那全大道是被軟劍所殺。軟劍這個事情……」他第一次親眼目睹了裴青羽的失色——她微張了一下嘴，蹙緊了眉頭，面容因肌肉緊繃而變形，顯是極為震驚。但這只是剎那間的事，她轉頭看了一眼丈夫，便起身道：「抱歉，我得出去方便一下，各位稍候。」

包拯和沈周幾人面面相覷，張建侯甚至懷疑裴青羽是要棄夫出逃，但也沒有人出面阻攔她。反倒是張望歸主動解釋道：「幾位放心，內子只是去方便，很快就會回來。」言下之意是，有我留在這裡做人質，你們還怕什麼？包拯幾人也不再多說什麼，點了一碟豆乾，慢吞吞地嚼著。豆乾尚未吃盡，裴青羽便回來了，彬彬有禮地道：「實在是抱歉，讓各位久等。」她解下腰間軟劍，放在桌案上，道：「既然各位已經找來這裡，我也沒有什麼可說的了。」

張望歸瞪大眼睛，失聲道：「青羽你怎麼……」裴青羽用力握住丈夫的手，歎了口氣，道：「不過這件事跟我丈夫無關，青羽劍在這裡，我這就跟你們去見官，一力承擔罪名。」張建侯忙道：「娘子言重了，我們來這裡，不是一定要帶娘子去見官，官府根本就不想理會這件案子，我們只是想弄清楚真相。對不對，沈大哥？」他有心放過這對夫婦，明知包拯一定不會答應，便有意問沈周，搶先拉取同盟。沈周遲疑了一下，應道：「是。即使娘子想投案自首，現在也不是合適的時機。」裴青羽道：「無論怎樣都好，事情與我丈夫無關，還望幾位公子手下留情。」包拯道：「不，凶案現場有證據表明，娘子是動手行凶的人，張先生則是主謀。」

裴青羽道：「什麼證據？」包拯道：「當時的情形，娘子以青羽劍制住全大道，充當刑吏的角色，張先生則是面朝全大道問話，充當審訊官的角色。如此，張先生不是主謀是什麼？」裴青羽一時無言以對，一旁默默地站著，眼珠卻飛快地轉動，顯然在思索對策。張望歸素來溫和，此時卻一改常態，拍案而起，憤然道：「既然是我妻子殺人，我理所當然就是主謀。你們想怎樣處置，悉聽尊便。」裴青羽道：「望歸，你何必……」張望歸上前握緊妻子的手，道：「青羽，你不必多說，你決定做的事，我都會支持到底。」

包拯一直密切觀察二人的言行舉止，忙道：「建侯，你先帶青羽娘子到外面逛一逛，等我叫你時，你們再進來。」張建侯渾然糊塗了，問道：「為什麼？」低聲問沈周道，「姑父是暗示我偷偷放青羽娘子逃走麼？」沈周道：「當然不是。應該是包拯有事要單獨問張先生。」

裴青羽道：「不，我絕不離開我丈夫一步。」包拯道：「等到見官之時，張先生和娘子會立即被分開關押，除非過堂，不然無論如何是不可能再見的，更不要說在一起了。娘子若是真心想救丈夫，就請先跟建侯出去。」裴青羽還是不肯鬆手。張望歸溫言道：「他們三位都沒有惡意的，不然你我早不能站在這裡了，先出去吧。」他夫婦二人自成親以來，表面上是丈夫一切聽妻子的，但其實無論張望歸說什麼，裴青羽都不會反對，她見丈夫這般說，只得應了。

包拯等裴青羽和張建侯出去，掩好閣門和窗戶，道：「這就請張先生將殺人經過說一遍吧。」張望歸道：「這個……嗯，當時我夫婦二人進去，青羽用軟劍制住了全大道，強迫他面對我，我則問他《張公兵書》的下落。因為他不肯說實話，我就讓青羽殺了他。經過就是這樣。」

沈周道：「這些都是剛才包拯說過的話，先生得描述得更詳細些，譬如是如何制住全大道的。」張望歸道：「嗯，我妻子武藝很高，用軟劍纏住了全大道的脖頸，然後反擰住他手臂，我走到他面前問他兵書在哪裡。他不肯說，我一怒之下就讓青羽殺了他。」沈周見他眉頭緊皺，邊說邊想，顯是費盡心思才編了這些謊話，忍不住笑了起來。張望歸愕然道：「沈公子為何發笑？」沈周道：「我笑先生實在不是個善於撒謊的人。」張望歸道：「我只是殺人後有些慌亂，才會這樣失態。」

包拯道：「張先生，你明明知道不是你妻子殺人，剛才為何要出頭支持她，甚至不惜自承是主謀？」張望歸道：「殺人是死罪，哪裡有冒認殺人的道理？就是我夫婦二人殺了全大道。」沈周又笑了起來，隨即正色道：「先生是名門之後，我們幾個都很是敬慕，何不將事實說出來，我們一起來想辦法解決。」張望歸卻甚是執拗，道：「我說的就是實情。」包拯緩緩道：「凶手不是你們夫婦，但一定是你們認識的某個人。那個人，手中有一柄青冥劍。」張望歸陡然失色，驚道：「你……你怎麼會知道？」沈周亦是大吃一驚，問出了一句相同的話：「你怎麼會知道？」

包拯道：「我本來認定是你們夫婦殺了全大道，可是當二位聽到他是死於軟劍之下後，先生還好，青羽娘子卻立即失色，她顯然相當震驚。如果是她用青羽劍殺人，斷不會在這個問題上如此意外震驚。然後她走了出去，我想她一定是去確認什麼事情。她再進來，便爽快地承認，可見她已經確定全大道是死於軟劍之下，而凶手明明不是她，她卻甘認殺人罪名，那麼一定是袒護真凶了。至於青冥軟劍，更不難猜到，聽說青羽、青冥原是一對奇劍，一旦兩劍相遇，即會有事情發生。軟劍本不常見，能讓青羽娘子捨己救人的，一定是青冥劍的主人。」

張望歸呆了好半晌，才歎道：「我妻子說包公子生有異相，眉宇之間一股浩然正氣，果真是大宋第一奇人。」他知道事情再也難以隱瞞下去，便老老實實說了真話，道，「其實，一開始我妻子對幾位公子所言，就是事實。」

他夫妻二人確實是為了尋覓《張公兵書》而來。沙州雖然還算是個獨立王國，但四周強敵環伺，已處於風雨飄搖、岌岌可危的境地。尤其西夏崛起後，稱雄河西，更是向國力強大的大宋進攻，奪取了不少土地。而大宋自太宗皇帝趙光義失利於燕雲以來，對外多採取綏靖政策，寧可犧牲部分領土和經濟利益來換取和平和安全，對西夏的咄咄逼人一直姑息養奸。大宋如此軟弱，沙州越發感到危機，預料西夏早晚要攻取敦煌一帶；沙州雖然也與遼國結盟，但畢竟遠水解不了近渴，不得不想法自救。有人獻計，說昔日唐代名將張巡困守一城而扼天下，如果能得到張巡遺留下來的兵法，以沙州的實力必能拒西夏軍於城下。因張望歸本就出自南陽張氏，與張巡同族，遂被賦予尋找《張公兵書》的使命，攜妻子裴青羽跟隨使者團來到中原。

他夫妻二人去過了張巡的故里南陽，也到過張巡讀書成長的蒲州河東[1]，最後來到張巡殉身之地商丘，但始終沒有關於兵書的眉目。當然，他們也不相信兵書做為祥瑞已被太祖皇帝趙匡胤得到的說法，這是因為大宋並沒有雄健之氣——對契丹慘敗，最後以澶淵之盟求和；對西夏慘敗，拱手將富饒的靈州讓出。這樣一個王朝，不可能會有《張公兵書》做為鎮國之寶。其實大宋根本就是一個白板王朝，連秦代傳下來的傳國玉璽都沒有尋到[2]，又重文輕武，總用文人來擔任軍事長官，制衡武將，連晏殊這樣不通政務、軍事的人都能擔任樞密副使。

雖然大宋在軍事上一塌糊塗，國力卻不容小覷，人口眾多，幅員遼闊，經濟繁榮。張望歸夫婦此行輾轉走了許多地方，收穫頗多，唯獨對真正的目標《張公兵書》一無所獲，沒有尋到任何線索。就在二人心灰意冷、預備動身返回沙州之際，忽然冒出了市井無賴全大道，自稱在忠烈祠發現了《張公兵書》殘頁，瞬間傳遍全城。他夫妻二人得到消息後，也即刻趕往忠烈祠，也就是在那裡遇上了同樣趕來看熱鬧的張建侯和許洞。因為現場太亂，全大道又被官府捉走，沒有什麼線索，他二人便應張建侯邀請來到性善寺，原意也是想見見寇准夫人宋小妹。當日性善寺發生慘案，三人趕到後雖合力殺退賊人，但張小游卻中了火蒺藜而死。次日，夫婦二人便返回城中，想從全大道的身上查探線索。但官府逮捕了全大道之後，防範甚嚴，他們兩個陌生人在南京又人生地不熟，沒有任何門路可打探。

昨日好不容易打聽到全大道被釋放回家，遂天黑趕來尋訪。到全家時，他們見院門虛掩，便直接推門進來。堂門也沒有關，叫了一聲，見無人應，便直接進到內室，卻見全大道橫躺在地，一探鼻息，人已經死了。料想必然是為了《張公兵書》遭禍，遂動手搜查全大道身上，但除了幾個銅錢，別無他物。這時候，包拯幾人到來，張建侯更是在院外叫喊。他夫婦二人思忖《張公兵書》畢竟是中原之物，他們私下來尋覓，很有些不光彩，而且全大道死在內室，著實難以解釋，遂乾脆跳窗逃走。至於包拯幾人能由頸傷推想到軟劍，次日即追尋來望月樓，實是大出意外。

沈周道：「那麼那柄青冥劍的主人是誰？」張望歸道：「不是我不願意相告，而是我著實不知。若非適才聽包公子的分析，我都不知道內子為何要主動攬下殺人罪名，全大道之死，實與我二人無干。」沈周極為驚奇，道：「張先生不知道青羽娘子為什麼要承認殺人？那為何還要主動承認你自己是兇案主謀呢？」張望歸道：「我只是猜想內子既然願意承攬罪名，一定有她的理由。身為丈夫，理所當然地要支持她。我知道二位公子也許不相信，但這的確是事實。」他對事情經過渾然不知情，卻全心全意地相信妻子，願與她同生共死，這是怎樣的一份感情，堪稱驚天地、泣鬼神了。

包拯一時無語，沉思了好半晌，才道：「我信得過張先生，這就請先生去叫一聲尊夫人吧，我還有幾句話想問青羽娘子。」張望歸應了一聲，人剛走出閣子，崔槐逕直闖了進來，一進來就將閣子門關得嚴嚴實實。包拯和沈周均大感意外，不知道這位新繼承了崔良中全部家業的富貴公子，神色為何如此倉皇慌張。沈周問道：「崔員外有事麼？」崔槐道：「那位跟張公子在一起的婦人，真的叫做裴青羽麼？」沈周道：「是啊。崔員外認得她？」崔槐點了點頭，又搖了搖頭，道：「也不算認得，但是我聽過她的名字，她應該是我的小姨。」

原來，崔槐因繼承了叔叔崔良中的家業，開始主持崔家茶葉生意，他今日到望月樓拜訪幾個趕來參加鬥茶大會的茶商，因尚在為叔叔服孝，不能飲酒坐樂，所以出來閣子，站在庭院中透氣，正好遇見了張建侯和裴青羽。寒暄過後，張建侯為二人簡略做了引見，便引著裴青羽走開了。崔槐卻隱約覺得裴青羽這個名字耳熟，仔細回憶了半天，驀然想起一個人來——他母親名裴德淑，是故靈州知州裴濟之女。裴濟的原配妻子姓景，生德淑一女，德谷、德基、德豐三子。另有一妾名溫喜，原是個賣藝的江湖女子，因出身卑賤難以見容於裴家，裴濟卻對她寵愛有加，一刻也離不開她，到靈州赴任時，只帶了溫喜和所生之女青羽。後來靈州被党項人攻陷，裴濟死難，溫喜和裴青羽亦不知所終，料來早已死於戰亂之中。崔槐想不到今日還能聽到青羽這個名字，對方又姓裴，來自沙州，十之八九是他從未謀面的小姨。

包拯和沈周並不知道裴青羽的來歷，忽聽得其人很可能是名門之後，出自著名的山西聞喜裴氏，各是大出意外。從崔槐所言看來，裴青羽是裴濟之女的可能性極大。當日在性善寺，包拯因張小遊之死哀傷得不能自拔，裴青羽從旁勸慰，自稱十六歲時曾痛失最親近的人，以她而今三十餘歲的年紀看來，恰好是十多年前的事，符合裴濟死難的年份。党項攻陷靈州、知州裴濟死難之時，包拯年僅三歲，見到父親包令儀扼腕歎息、淚水長流，曾好奇地詢問原因。包令儀遂將愛子抱在懷中，告之道：「大宋放棄靈州，等於失去了河西，從此西北多事矣。」

靈州曾是古絲綢路上的重鎮，位於黃河上游、河套以西，「大河搶流，群山環拱」，「北控河朔，南引慶、諒，據諸路上游，扼西陲要害」，地形極為險要。而「靈武地方千里，表裡山河，水深土厚，草木茂盛，真牧放耕戰之地」，這裡土地肥沃，地饒五穀，尤宜稻麥，水草肥美，農牧兩宜，且有秦漢延、唐徠等渠引黃河水，灌溉大面積農田。靈州的西側就是中原通往西域的要道「河西走廊」，當時這一地區主要散居著回鶻部落，靈州的西南則是吐蕃部落分布地區。對党項的首領李繼遷來說，只要取得靈州，便能「西取秦界之群蕃，北掠回鶻之健馬，長驅南牧」。對宋朝而言，靈州為西北咽喉要衝，「西陲巨屏」，不但是宋朝購買西北邊區馬匹必經之地，也是控制西北少數民族地區的樞紐，如果失去靈州，「則緣邊諸郡皆不可保」，對宋朝的影響不可估量。是以，當年靈州知州裴濟咬破手指塗信，向朝廷求助，示意軍情十萬火急。

大宋兵制，最高軍事機構為樞密院，樞密院直接對皇帝負責，宰相及其他官員不得過問。樞密使有調動軍隊的權力，而實際領兵作戰的將領往往是臨時委派，沒有調動軍隊的權力，即「有握兵之重，而無發兵之權」。這一套對內嚴防的軍事體系，雖有效防止了軍隊政變，卻直接導致了兵不知將、將不知兵，意即能調動軍隊的不能直接帶兵，能直接帶兵的又不能調動軍隊，嚴重削弱了宋軍的作戰能力。由於軍事效率低下，朝廷雖然派出了援兵，然而大軍未至之時，党項人已經攻陷了城池，可想而知裴濟臨死前是何等無助、何等絕望的心情。最令靈州的漢人、甚至中原有志之士不能理解的是，大宋重內憂而輕外患，對內以文制武，對外妥協求和，一切苟且，竟然不圖收復城池，而就此承認了党項對靈州的統治。裴濟及那些戰死的宋軍軍民地下有知，實難瞑目！

靈州之失對宋朝的意義絕不僅僅是丟失了一塊土地。自唐朝失去河西之地後，靈州一帶便成為宋軍主要的馬源之地。李繼遷占據靈州，中國從此喪失了馬源，再也沒有大力發展騎兵的可能，直接決定了之後與游牧民族的對抗處於難以扭轉的弱勢。雖然當初包令儀敘述分析這些的時候，包拯尚不能聽懂，但日後長大，已然逐漸明白過來，父親流下的淚水，不只是為裴濟掬一捧同情淚，更是為大宋的前景憂慮啊。

沈周見包拯沉默不語，若有所思，不知道他正回憶著往事，便先問道：「溫喜只有裴青羽一個孩子麼？她還有什麼其他親人？」崔槐道：「這我可不知道。不僅我從未見過，就連我母親也只見過溫喜母女幾面。聽說是外祖父知道她母女難以見容於裴家，特意置了外宅。」正說著，張建侯和張望歸夫婦打門進來。

張建侯道：「崔員外原來在這裡，外面有人到處找你呢。」崔槐很是局促，既想探問裴青羽的身分來歷，又覺得此舉太過冒昧唐突，不好意思開口，便將求助的目光投向包拯。張建侯道：「你們在做什麼，怎麼神色都怪怪的？」

包拯輕輕咳嗽了一聲，道：「青羽娘子，這位崔員外的母親也姓裴，出自聞喜裴氏，他想知道是否與娘子同族。」裴青羽臉上不見任何異色，只淡淡道：「青羽雖然也姓裴，卻是出生草澤，怎麼可能與聞喜裴氏同族？」

崔槐大失所望，拱手道：「是我冒昧。我還有事，先告辭了。」

沈周心道：「這裴青羽明明就是崔槐的小姨，她越是平靜，反而是欲蓋彌彰，說明她早就知道崔槐是自己的外甥，不過是因身負特殊使命，不便相認，怕牽累崔槐而已。」見崔槐悻悻退出，於心不忍，頗想追出去告知真相，終究還是強行忍住。

裴青羽道：「適才我丈夫已將包公子的推測原原本本告訴了我。包公子心思縝密，才智過人，我十分佩服。」沈周道：「那麼娘子承認是為了袒護凶手？」裴青羽道：「我不能否認，也不能承認。總而言之，這件事，我夫婦二人會給幾位一個交代。」正好宋城縣尉楚宏在外面叫道：「包公子在裡面麼？」包拯料想是為那趙阿大到阿八之事，便道：「好，我信得過娘子的話，我們會等著二位的交代。」

送走張望歸夫婦，楚宏匆匆進來道：「康提刑官有急事召我去提刑司。不過這裡的事辦得差不多了，那趙阿大到阿八的房間都仔細搜過，並沒有發現可疑。八個人都是河北商民，是同族兄弟，來南京是等著看鬥茶大賽。」包拯歉然道：「抱歉，又讓楚縣尉白辛苦一趟。」楚宏道：「無妨，這本是我職責所在。倒是包公子你們幾位，一直為朝廷奔走盡力，不求名，不求利，好生令人佩服。」拱手去了。

沈周道：「這康提刑官是路級官員，統領整個京東路的刑獄，手下官差無數，偏偏愛使喚一個小小的縣尉，怪異得很，也不合朝廷體例。」包拯道：「依我看，康提刑官和楚縣尉二位應該是有些私人交情。」張建侯道：「對對，昨晚咱們不是還撞見楚縣尉穿著便服從提刑司出來麼？」又笑道，「其實康提刑官老使喚他也好，讓他多破些案子，升職自然快些。」沈周道：「那麼現在要怎麼辦？」包拯道：「先靜觀其變吧。張望歸夫婦都是有擔待的人，他們既然說要有所交代，就一定會做到。」

張建侯道：「對了姑父，適才我跟青羽娘子在外面，她對你很是讚賞，說你生有異相。我還以為她跟那劉德妙一樣也學過相術，便開玩笑地說：『娘子的相面結果，跟那劉德妙全然不一樣呢。當日的知府宴會，劉德妙只看好張堯封，說他有王侯之相，旁人如我姑父等人都不在她眼裡。』你們猜青羽娘子怎麼回答？她說：『我沒有學過相術，但包拯的氣度、才智均大異常人，將來必然大有所為，成為大宋的棟梁之材。相術一道，多是以面相來預測富貴，你說的張堯封什麼的，相士只是預測他將來會大富大貴，但榮華富貴跟功名作為完全是兩碼事。譬如張巡，終其死時，官秩也不過是個小小的縣令，卻能氣逾霄漢，一人獨擋千軍萬馬，由此名垂青史，這才是真正的大丈夫所為。所謂的富貴，不過是一時的風光，很快就如過眼煙雲，所以李嶠說：山川滿目淚沾衣，富貴榮華能幾時。不見只今汾水上，唯有年年秋雁飛。』」

包拯聽了，若有所思，沉默不語。沈周歎道：「這裴青羽當真不愧是名門之後，能有此等見識，堪稱女中豪傑。三人離開望月樓，又來到曹府探望，正好見到范仲淹扶著曹誠在庭院中散步，戚彤帶著孩子，與張堯封夫婦站在一旁笑望著，看起來其樂融融，自有一番天倫之樂。

自從曹雲霄與張堯封成親後，曹誠的病情好轉了許多，對他那跟情婦私奔的不爭氣兒子曹豐也不再以為意。劉德妙一事，出人意料地沒有牽連到曹氏身上，正如當日提刑官康惟一帶差役氣勢洶洶地來曹府捕人、又驟然退走一樣，其中奧妙無人能說得清楚。但曹誠卻對新女婿張堯封很是滿意，視其為半子，據說他正預備督促張堯封參加科考，以求金榜題名。包拯等人行禮後便站到一邊。幾人心下均對戚彤很是佩服——這婦人看起來嬌嬌滴滴，卻比男子還要堅強，為了公公的病情，她不惜隱瞞曹豐的死訊，製造丈夫隨情婦私奔的謠言，而獨自承受著各種流言蜚語，以及丈夫早已屍骨無存的巨大痛苦。然而當此局面，任何勸慰都是多餘。

曹誠對兒子曹豐的下落置之不問的態度也頗耐人尋味——他曾在最傷心最低落的時候，告訴兒媳婦戚彤關於相面預言一事，說劉德妙預測他有喪子之相。以之前發生的種種事情來看，他應該能猜到曹豐不在人世的可能性很大，可是他卻選擇了相信兒子跟情婦私奔的流言，是真心如此希望，還是假意相信，好讓家人放心？

沈周將張堯封拉在一旁，悄悄向他道歉，稱被歹人綁架時不小心弄丟了玉鐲。張堯封道：「沒事的，沈兄人好就好，反正也是只壞了的斷鐲。」沈周躊躇半晌，低聲問道：「雲霄娘子可有再提過玉鐲的事？」張堯封道：「沒有。雲霄首飾多得很，也不會特別在意一只斷鐲。」沈周不好再問，只得就此作罷。

過了二刻工夫，曹誠也累了，扶了女兒和兒媳婦的手進屋歇息，范仲淹則與包拯三人辭別出來。到路口分手時，范仲淹忽然問道：「如果朝廷准許令尊包公辭官，你也要隨同包公返回家鄉麼？」包拯道：「是的。內姪小遊還沒有下葬，學生要親手送她回去廬州，讓她入土為安。」范仲淹道：「那好，我會寫一封信給現任廬州知州劉筠，你回去家鄉後，若是學業上有問題，可以向他請教。」包拯道：「范先生思慮得真是周全，多謝。」

范仲淹道：「你記住我的話，你有極強的吏才，如果你始終只是潦倒於書卷文章，那麼既是你個人命運的悲哀，也是我大宋的巨大損失。」歎了口氣，拍了拍包拯的肩膀，轉身去了。張建侯撓撓腦袋，道：「范先生的話好深奧啊！姑父，他不是明明叫你好好讀書，有問題去請教劉知州，怎麼又說潦倒於書卷文章是你個人的悲哀和大宋的損失呢？」包拯不答。沈周道：「那是因為大宋的官員多以文章而非才能顯達，打個比方，你覺得應天知府晏相公這個人怎麼樣？」

晏殊少年成名，是天下名士，仕途也一番風順，但卻是典型的伴食官員[3]，除了詩詞文章成就，政治上無任何建樹。雖非典型的趨炎附勢之徒，為人也不算有骨氣和節操，他與真宗皇帝有著非同尋常的私交，真宗晚年受制於皇后劉娥，苦悶無比，也沒見他有任何表現。他雖對教育事業上心，也提攜了不少後進，但賞識的都是詩詞寫得合他口味的人，譬如擅寫青樓笙歌豔舞及種種紅塵瑣事的柳三變，就因不符他的審美情趣，極為他所厭惡。而他此次被貶出京師，名為反對劉太后任用私人張耆，但若非那粗鄙可憎的張耆正好是他的頂頭上司，他也不會公然反對劉太后。這位大名士到應天府上任後，除了對應天書院上心，剩下的日子就全在歌舞昇平的酒宴中度過，可謂碌碌無為之至。想想這樣一個手無縛雞之力的文人，居然一度是大宋最高軍事長官，大宋軍事頻頻失利，也就絲毫不奇怪了。

張建侯自然看不到這麼遠這麼深，但他亦仔細考量一番晏殊的生平——說他是好官，他沒做過任何令平民得益的事；說他是壞官，他也沒做過什麼損害百姓利益的事，總之就是不好也不壞，庸官一名。想了半天，這才道：「說不上來，只聽說晏相公詩詞寫得好。」沈周道：「這就對了，大宋朝廷最多的，就是晏相公這種會寫詩吟賦、卻不如何會治理國家的官員。范先生的意思，是叫包拯將來要做個有實幹才能的官吏，而不是就會寫寫花樣文章、擺擺花架子的官員[4]。」

張建侯道：「我好像是明白了。但要步入仕途當官，不還是得參加科考，得靠文章好才能金榜題名麼？」沈周笑道：「所以范先生才讓包拯有問題就去求學劉知州啊。」張建侯道：「為什麼你們這些人個個都那麼聰明？」沈周笑道：「你也不錯啊，年紀輕輕，就已經武藝了得，要是大宋跟唐代一樣舉行武舉，你說不定能考個武狀元。」

張建侯雖不愛讀書，卻也知道大宋自立國以來大力推行「以文制武」的國策，朝廷內外重文輕武，武將地位急劇下降，文官地位迅速攀升，朝廷舉辦武舉多半是不可能發生的事，只歎了一聲，道：「我倒真希望能看到朝廷有重視武功的那一天[5]。」正說著，忽聽見背後有人叫喊，回過頭去，卻是宋城縣尉楚宏正疾步趕上三人。張建侯笑道：「楚縣尉剛從提刑司出來麼？康提刑官又給你派了什麼私活？」楚宏道：「昨夜提刑司有飛賊闖入，提刑官發了大火，說是南京城不是盜賊就是飛賊，現下飛賊都踩到他頭上了。」

張建侯吐了一下舌頭，道：「提刑司出了飛賊，又不能怪楚縣尉，康提刑官對你發火，實在沒理由。」楚宏道：「康提刑官倒不是朝我發火，是城外汴河河道上發現了一具浮屍，排岸司不願意接手，轉到了提刑司，提刑司人手不夠，康提刑官便將案子指派給了我。算了，不提這個，我來找幾位，是因為我新想起來一件事，是關於那趙阿大到趙阿八的。」

張建侯道：「楚縣尉不是說那八個人沒什麼可疑麼？」楚宏道：「身分和行囊都沒有查出可疑之處，但我剛才出來提刑司時，忽然從官署的房間排列得到了提示。那趙阿幾的房間位置很有些值得玩味，八個人分成四組，二人住一房，分別占據了南一、北一、南三、北三的位置。」包拯一聽便知道了奧妙所在，問道：「南二、北二分別住的是誰？」楚宏道：「南二是那個長相彪悍的年輕富家子黃河，北二是他的侍從楊守素。」包拯「哎喲」一聲，忙回頭朝望月樓奔去。楚宏道：「包公子別急，我已經先派弓手去望月樓了。」

張建侯尚莫名其妙，問道：「怎麼了？」沈周道：「趙阿大到趙阿八的房間正好護衛著那個叫黃河的富家子，很明顯，這八個人是黃河的侍從。這個人出門帶九個侍從，你覺得他是普通的富家子麼？」追上包拯，問道，「當日性善寺發生血案，黃河曾在山道上出現，又跟隨我們一起進寺，不知道是不是巧合，還是他也牽涉其中？」楚宏道：「這個可能性應該不大。我仔細調查過當日在性善寺的每個人，那個叫黃河的的確精通佛學、一心向佛，與住持十分談得來，還當場捐了不少香油錢。」

不及趕到望月樓，便有弓手趕來稟報道：「那黃河、楊守素，還有八個趙阿幾都已經離開了。」楚宏驚道：「這是什麼時候的事？」弓手道：「店家說，就在我們撤出望月樓後不久。」張建侯道：「這是做賊心虛、不打自招了。」弓手道：「要不要小的立即趕回縣衙，請長官發出通緝告示？」楚宏搖了搖頭。

張建侯大為焦急，道：「為什麼不發告示？再遲多半就來不及了！」楚宏道：「以什麼罪名通緝這些人？不告而別？」張建侯這才無言以對。楚宏不免很有些懊悔，道：「要是我當場發現房間位置的端倪就好了，當面盤問這些人，總會得到線索。」包拯道：「楚縣尉何必自責？到望月樓去查這些人是我的主意，就算打草驚蛇也是我的錯。如果不是楚縣尉心細，我們還不知道黃河和這群姓趙的有干係。」

如今看來，那黃河很可能只是個化名，他應該是個很有來頭的人物，隱名埋姓住在望月樓裡，當然不是為了享受舒適和美食那麼簡單。他來南京真的是為了看鬥茶大賽麼？如果不是，真正的目的到底是什麼？那西夏奸細慕容英兩次來過望月樓，會不會跟黃河這夥子人有關係？性善寺凶案當日，黃河也出現在現場，他到底有沒有牽連其中呢？

張建侯猜測道：「這黃河會不會跟張望歸夫婦一樣，也是為了《張公兵書》而來？」沈周道：「這個可能性不大，黃河這夥人早在全大道發現兵書殘頁前就已經來到南京、住進望月樓了。」張建侯道：「張望歸夫婦也一樣啊，但他們還不是為了《張公兵書》而來。」沈周道：「張望歸本身就是張公後人，迷戀於尋找祖先遺作情有可原。但即使世間真有《張公兵書》，失傳已達兩百多年，平常人早已經想不起來有這麼一回事，又怎麼會平白無故地跑來南京尋找兵書呢。」張建侯道：「我辯不過你，反正這個黃河肯定不會是來看鬥茶大賽的。」

沈周想到，包拯曾推測提刑官康惟一和楚宏可能有私人交情，便假意道：「要是我們知道康提刑官為什麼會趕去性善寺就好了。」楚宏聽了，果然應聲答道：「這個我倒是知道，康提刑官湊巧對我提過，我可以私下告訴幾位，不過還請幾位不要張揚。」得到承諾後，才道，「聽說提刑官當日得到一封匿名信，稱性善寺將有大事發生，請他立即帶人去阻止。」

包拯聞言大感意外，問道：「這封匿名信，跟提刑官在曹府門前收到的匿名信是同一封麼？」楚宏道：「應該不是同一封信。據差役說，第二封匿名信是提刑官回到提刑司後才收到的。因為是匿名投書，按律不能採納，但提刑官還是放心不下，便假稱要拜訪寇夫人，約了韓轉運使他們一道前去性善寺。幾位官人怕引起寇夫人反感，都是輕騎簡從，誰想到那匿名信竟是真的，當日真的發生了大事。」

張建侯大怒，道：「竟有這等事！原來康提刑官早收到了警告，如果他早做防範，王倫那些人就無機可乘，我妹妹也就不會枉死了。」沈周忙勸道：「這實在不能怪康提刑官。他只是按照律法辦事，匿名投書實是不能採信的，採信的官員會被降級發俸。況且，他本人也親自去了性善寺，可見他有所重視，卻沒有料想事態會如此惡劣。」張建侯雖然還是憤憤難平，但聞言也無話可說。

沈周問道：「楚縣尉跟康提刑官很熟麼？」楚宏道：「嗯。家父曾是康提刑官祖父康保裔康將軍的手下，康將軍救過家父的性命。雖然康將軍英勇殉國，但家父一直教導我不能忘記救命之恩，要侍奉康家人如父如兄，因而我們兩家一直走得很近。」沈周道：「原來如此。康將軍逝去多年，令尊也算是有情有義了。」

包拯問道：「那麼康提刑官後來可有派人追查那封匿名信的來歷？」楚宏道：「有，可是一無所獲。好在包公子很快揭穿了假崔都蘭那夥人的身分，想來應該是崔府的什麼下人偶然知道了假崔都蘭的陰謀，又不敢明目張膽地揭發，所以採取匿名投書的方式。康提刑官也是這麼認為，因為那書信字跡潦倒，東倒西歪，像是不怎麼識字的粗人所寫。」張建侯道：「後來假崔都蘭的真面目被揭穿，這個人為什麼還不站出來呢？」

沈周道：「他匿名投書只是好意，可是性善寺終究死了那麼多人，他更不能站出來了，不然會被安個知情不報的罪名。」張建侯道：「可是他明明報告官府了呀。」沈周道：「你又忘記了，按照律法，匿名投書和告發都是不能被採信的。」正說著，忽見包府僕人匆匆趕來，道：「府裡來了貴客，請幾位公子速速回去。」楚宏遂道：「雖然不能發出告示緝拿黃河等人，但我會命人暗中查訪，有消息再來告訴幾位。我還得趕去城外瞧那具浮屍。幾位，再會了。」遂拱手作別。

包拯幾人回來包府時，包令儀正陪著翰林學士石中立在堂上閒話。張建侯道：「原來貴客是石學士。」石中立道：「莫非你以為是瓦學士不成？老夫告訴你，石學士比瓦學士好，石頭摔不爛，瓦片一摔就碎了。」眾人一起笑了起來。包令儀便起身道：「石學士是來找你們幾個的，你們慢慢聊。」

張建侯極為驚異，道：「居然連祖姑父都不願意聽了，是什麼國家大事麼？」石中立道：「看你小子怎麼理解了，嗯，算得上是國家大事吧。朝廷派了馬季良和老夫來南京調查《張公兵書》的事，馬季良呢，去了提刑司翻閱卷宗。石某我呢，不想做那些官樣文章，就直接來找你們幾個了。」

沈周奇道：「朝廷不是已經公然宣稱全大道發現的《張公兵書》殘頁是假的了麼？就算真的想深入調查，為何不派有司官員，卻要派翰林學士？」石中立道：「派馬季良呢，你們都知道啦，他是太后的人，太后對沒把握的事，通常都要派自己的親信。之所以順帶捎上老夫，是因為只有我見過大內珍藏的張巡張公奏本真跡。」

包拯道：「提刑司應該已經將全大道發現的《張公兵書》殘頁上交朝廷，既然石學士見過真的張公奏本，可有比照過殘頁？」石中立道：「當然，殘頁是真的。即使不是真的，也偽造得很像，跟老夫見過的張公奏本一模一樣。」包拯道：「石學士的話有些模稜兩可，殘頁到底是真是假？」石中立道：「老實說，老夫也不能確定，因為老夫賞閱張公奏本是在太宗皇帝初建祕閣之時，那已經是多年前的事了。殘頁跟我印象中的奏本真跡很像，但這個印象麼，時間太久遠了之後，往往會模糊一些的。」

張建侯道：「石學士不能重新到大內祕閣看過張公奏章，再做比照麼？」石中立被質問得有些惱怒起來，道：「老夫又不是傻子，如果能做到，我不會重新比照麼？」沈周道：「張公奏章是不是已經毀於榮王宮那場大火了？」石中立道：「還是你小子聰明。唉，八大王作孽啊，那一場大火，毀了多少珍本，毀了多少寶貝！」

榮王，即當今涇王趙元儼，他是太宗皇帝趙光義的第八子，人稱「八大王」。宋真宗大中祥符八年（西元一〇一五年），時封榮王的趙元儼，其宮中起火，大火歷時一天，延燒至內藏、左藏庫、朝元門、崇文院、祕閣。崇文院即昭文館、史館、集賢院三館的合稱，是宋代貯藏圖書的官署。而祕閣則建於崇文院中，宏偉壯觀，在內諸司官署中首屈一指，閣下穹隆高敞，被稱為「木天」，所藏不僅包括三館真本書籍萬餘卷，還有大內珍藏的各種古畫、墨跡。那一場大火過後，藏庫中兩朝所積財賦，崇文院、祕閣藏書、各種字畫古蹟所剩無幾。真宗皇帝為此下罪己詔，命參知政事丁謂為大內修葺使，主持修復。丁謂即是在此次工程中，透過「一舉而三役濟」出盡風頭。當時謠言紛起，稱是趙元儼故意放縱侍婢為之。然而趙元儼因為是真宗之弟，未受追究，只被降為端王，遷出皇宮居住。這位八大王的相貌很是特別，額頭和下巴都特別寬，看上去極有威儀，因而民間尊稱其為八賢王。傳聞真宗皇帝臨終前，以八根手指示意大臣，隱有令八大王輔政之意，趙元儼由此被劉娥猜忌，而今深居簡出，裝瘋賣傻，不再過問朝中之事。

張建侯道：「石學士看過的張公奏本真跡珍藏在皇宮中，應該不是什麼人都能輕易看到吧？」石中立道：「那是啊，要不然怎麼能派老夫來調查案子。老夫是活著的唯一見過張公奏本真跡的人了。」張建侯道：「未必。許先生就見過真跡，而且他還能模擬張公書法。」他知道石中立與許洞交好，知其真實身分，所以也不隱瞞，說了昨日許洞見了全大道之事，又道，「石學士要是將殘頁拿給他看，他一定可以分辨出真偽來。」

石中立道：「許洞絕對沒有入過大內，不可能見過祕閣收藏的張公奏本真跡。也許張巡有書信之類流傳民間，他無意中得到了，這樣才能時時習摹張公書法。嗯，倒是從來沒有聽他提過這件事。走，我們一起去找他去。」又問道，「小沈，老夫給你做的這個媒如何？」沈周紅著臉道：「多謝石學士。他日一定請您喝喜酒。」

幾人趕來許府，許洞卻不在府中，上下都稱自從昨晚包拯三人來過之後就再也沒人見過他，也不知道他去了哪裡。檢查他房中，所有東西都在，唯有那柄玉露劍不見了。眾人不由得面面相覷，均知道許洞膽大妄為，做事不拘一格，曾因為好奇便潛入崔府，又曾在包拯和張建侯眼皮底下盜走凶器刻刀，也不知道他半夜攜兵器出門，到底去了哪裡。

張建侯道：「昨晚我們幾個來找許先生，他聽說全大道死了，很是驚訝，說本來打算今天去找全大道的。他會不會到京師找那殘頁去了？既然全大道死了，那張殘頁就成了最後的線索，他又不知道石學士來了南京。」包拯驀然得到了提示，「哎呀」一聲，道：「不好，許先生昨夜去了提刑司。」

張建侯莫名其妙，道：「我好好地說去了東京，你怎麼變成提刑司了？」沈周道：「全大道最初是被前兵馬監押曹汭逮捕，先移交給宋城縣署，後轉移到應天府，最後押到京東路提刑司審訊，最後上報朝廷的卷宗也是由提刑司呈報。按照慣例，卷宗都是要抄錄留底的。許先生也許猜想，提刑司的卷宗裡或許留存有抄摹的殘頁，等不及趕去東京，直接趕去提刑司。」

石中立道：「不對不對，就算有書吏抄錄卷宗留底，但書吏的筆跡跟殘頁一定不同，冒險拿到也不能做鑑定，老許怎麼會幹那種傻事？」包拯道：「但至少可以知道殘頁上的內容是什麼。」石中立呆了一呆，道：「啊，你小子真是聰明，難怪來南京的路上，馬季良總說得找包拯幫手。老夫我一向看不起這個膿包馬龍圖，想不到這次他還滿有眼光的。」

眾人忙趕來提刑司，石中立的侍從上前報了名字，立即有門吏迎了出來，滿面笑容地道：「馬龍圖人在裡面，還正要派小的去尋石學士。」頓了頓，又道，「還指名要找這位小青天包衙內。」石中立道：「你認得包拯？」門吏道：「小的不認得包衙內相貌，只認得他額頭的月牙印記。大夥都說，那是青天標記。」石中立「嘖嘖」兩聲，道：「你快成福星史陽城了。走吧，咱們進去吧。」

包拯向張建侯使了個眼色，張建侯會意，有意落在後頭，向門前差役打聽道：「聽說昨晚提刑司有飛賊闖入？」差役道：「是啊，大夥忙前忙後鬧了半天，也沒抓到人。康提刑官因此雷霆震怒，在大堂上吼人，小的們站在大門這裡都能聽見，多可怕！現在滿提刑司的人都不敢正眼看他呢。」張建侯問道：「沒人看到那飛賊的樣子麼？」差役道：「小哥哥，那可是飛賊，飛賊是會飛簷走壁的！我們只是普通人，上個房梁還得搭梯子呢！」張建侯半信半疑，道：「有那麼神奇麼？」差役道：「小哥想想看，敢闖入提刑司的飛賊，那能是一般人麼？這滿衙門當差的抓他一個人，不是連影子都沒看見麼？」

張建侯道：「提刑司可有丟失什麼東西？」差役道：「這小的可就不知道了。飛賊最初是在後署發現的，那裡是康提刑官的私人地方，他自己不說出來，天曉得他家裡丟了什麼東西。」張建侯見再也問不出什麼，便進來大堂。

馬季良正翻閱卷宗，問道：「這全大道明明供稱他不認識字，又怎麼能認出那是《張公兵書》的殘頁呢？我不記得那殘頁上寫有『張公兵書』四個字啊。」一邊說著，一邊命侍從取出殘頁來。侍從將裱糊好的殘頁卷軸小心翼翼地展開。諸人聽到傳聞中神奇無比的《張公兵書》殘頁近在眼前，「嘩啦」一下子全圍了上去，就連包拯也沒有例外。

那所謂的兵書殘頁當真是名副其實的殘頁，是一張顏色發黃、破破爛爛的紙，不但殘缺不全，而且染有各種水漬、油漬等，邊緣的大多數字跡已然模糊不清，只有中間的幾行楷書比較清楚，能夠辨認，寫著：「上採孫子、李筌之要，明演其術；下攝天時人事之變，備舉其占。」最左面的一行字是「巡以為用兵之要，先謀為本」，這「巡」自然就是張巡了。沈周道：「看殘留字跡的字義，似乎是兵書最前面的總序。」石中立搖頭道：「老夫不這麼認為，這應該是最後的結篇才對。」沈周道：「可是書不都是先序後篇麼？這幾行字的語氣，分明是序言中的話。」

石中立道：「那是你沈小官太過拘泥於書的形式了！你想啊，當日張公困守睢陽城中，預感無望生還後，決意將生平所學所得用兵之法寫成一部書，造福後世，於是提筆疾書。既是匆忙之間寫就，哪裡還得閒像平日著述那般先序後篇的？」不待沈周反駁，舉手敲了一下他的腦袋，道，「最要緊的是，這篇書法沉穩有度，明顯是完成兵書後，心緒沉靜下來，最後做的結篇。」洋洋灑灑地說完，頗為得意地望著包拯，大概是想聽聽他的品評。

包拯道：「石學士所言甚是。字如其人，這篇殘頁上的字確實寫得冷靜，不像匆忙之間趕成的。但是有一點很奇怪，這篇紙雖然殘缺，右側卻還算完整，上面沒有任何裝訂的痕跡。張公堅守睢陽一年，創造了世間罕見的軍事奇蹟，生平心得絕不會是幾張紙，即使只有數篇散頁，為方便起見，也要裝訂成冊。但這紙的右側卻沒有穿孔的印記。」

沈周道：「不錯，紙片可以殘破不堪，字跡可以模糊淡化，裝訂的麻線也可以斷掉散開，但孔是不會消失的。這旁邊應該有一排裝訂孔，可是一個都沒有。」石中立道：「呀，你們兩個的意思是，這殘頁是假的？」包拯和沈周尚不及回答，馬季良搶先嚷了起來，道：「石學士這是什麼話！你見過真的張巡奏本，不是稱這殘頁筆跡跟張巡真跡一模一樣麼？這不是真跡是什麼？」

一名官吏好奇之極，忍不住插口問道：「這是全大道在忠烈祠發現的殘頁吧？朝廷不是公布說是假的麼，馬龍圖為何還說這是真跡？」馬季良登時勃然大怒，喝道：「我們說話，輪得到你來插嘴麼？」正好提刑官康惟一走過來，聽見後很是不滿，冷冷道：「這裡是提刑司大堂，不是史館，馬龍圖不必在此咆哮。來人，給馬龍圖、石學士他們另找一間屋子辦公。」

馬季良道：「本官奉旨查案，徵用不得你提刑司大堂麼？別說你一個京東路提刑司，就是刑部、大理寺，我也照用不誤。哼！」轉頭換了副語氣，問道，「包公子，依你看，這殘頁到底是真是偽？」包拯道：「我其實不是鑑定這方面的行家，不過，這篇紙上沒有裝訂孔確實顯得很奇怪。」馬季良道：「會不會是發現兵書的人裁掉了邊線？」石中立道：「馬龍圖這可是外行話。《張公兵書》是寶物，誰敢隨意動一分一毫？」

應天府學刻書匠人畢昇正好來送新刻印的茶法《貼射法》，亦聞聲擠在人群中看熱鬧，忍不住插口道：「裝訂書冊也分許多種，線裝書最結實最方便，但還有一種卷裝，即每版斷開的印頁先黏結起來，再捲成卷而已。像眼前的這種情況，很有可能採用的是經摺裝，也是把每版的頁子黏結起來，再疊成摺子。」

登時一語驚醒夢中人。包拯急忙將畢昇請到身邊，詳細問了經摺裝的特點，又鄭重其事地問道：「畢司務覺得，像張巡張公那種困守孤城的情況，採用哪種裝訂的可能性要大些？」

畢昇是個小個子男子，模樣純樸，看起來只是一個鄉村農夫，從外表絲毫看不出他居然是杭州、甚至天下最有名的刻書匠人。應天書院為刻書需要，花費重金才將其從杭州請來。中國古代分平民為士、農、工、商四個等級，工匠地位甚低，但宋代重視商業，連最末流的商人都可以與皇族結親，而像畢昇這樣行業翹楚的手藝人更是受人尊重。但他為人憨厚老實，見包拯當眾虛心求教，還是頗感受寵若驚，靦腆地答道：「這小的可不知道。小的只是個刻書匠人，貿然插口，只是想告訴各位官人，就書而言，不穿孔裝訂成冊也是可能實現的。」

沈周道：「那麼哪種方式更方便？或者說，哪種方式更利於保存呢？」畢昇認真想了想，道：「應該是線裝書。多虧沈公子提醒，小的現下可以肯定真的《張公兵書》一定是線裝的。」又詳細解釋道，「張公臨時寫成的書，一定是手抄本。而用於書寫的墨和用於印刷的墨完全不同，印刷墨更不易溶於水，且在印刷過程中經過了一道刷印工序，不會再行沁滲，所以印刷書籍可以線裝，也可以經摺裝。但若是手抄本採用經摺裝，上一頁和下一頁摺在一起，很容易互相沾染滲透，也就是說，上頁的字會反印到下頁，下頁的字反印到上頁，就很難看得清楚了。這紙殘頁雖然看起來經歷了許多風霜，但紙面上沒有任何反字的印記，可見一定是線裝。」

沈周笑道：「畢司務這話可就前後矛盾了。既然是線裝，為何又沒有穿孔呢？」畢昇一時愣住，喃喃應道：「是啊，真奇怪呢。」石中立道：「不用說了，這殘頁是假的！」馬季良道：「不可能！你自己明明說，這筆跡跟張公奏本的筆跡是一樣的。」正為殘頁爭論不休，畢昇忽然又來了一記晴天霹靂，道：「各位官人，這殘頁上的字明顯是印上去的，不是手寫本。」

亂哄哄的大堂一下子安靜了下來，連一聲咳嗽聲也不聞。提刑官康惟一正欲走出大堂，聞聲又立即退了回來，一向鐵青的臉上也多了幾分好奇和困惑。

包拯道：「這個……畢司務是從墨跡看出來的麼？」畢昇道：「是啊，這很明顯。包公子請看這裡的『道』字，雖然看起來是受水漬而模糊，但如果真是沾了水，這個字早變成一團墨了。小的還可以肯定地告訴各位，這篇殘頁是假的，很可能就是最近才刻造的。」馬季良很是不悅，質問道：「你只是個刻書匠人，又沒有見過張巡真跡，不過是剛剛才看了一眼殘頁，怎麼能肯定這是假的？」

畢昇道：「官人請看，這上面能夠辨認的字句有『上採孫子、李筌之要，明演其術；下攝天時人事之變，備舉其占』，後面還有一句『巡以為用兵之要』，這裡出現了三個『之』字，兩個『其』字，字跡相同完全沒有任何差異。試問各位，哪位自認能寫出兩個一模一樣的字來？沒有，世上絕沒有兩個完全一樣的字。」沈周道：「不錯，世上沒有完全相同的兩片樹葉，也沒有一個人能寫出兩個完全相同的字，總是會有筆畫長短的差別。然而印書也是一樣啊，也需要人工手寫、手刻，即使是最高明的刻書匠人，也不可能刻出兩個完全一樣的字。」

當時流行的印書技術是雕版印刷——先要寫版，請善書之人將要刻印的內容按一定版式規格寫在薄紙上，稱版樣。再取紋理細密、質地均勻、容易加工的木板，在其表面上塗一層漿糊，而後將版樣紙反貼在木板上，以刷子輕拭紙背，使字跡轉黏在木板板面上。待乾燥後，用刷子輕輕拭去紙屑，再以芨芨草[6]打磨，使木板上的字跡或圖畫線條顯出清晰的反文。下一步就是，刻字工匠按照墨跡來刻版，刻去版面的空白部分，並刻到一定的深度，保留其文字及其他需要印刷的部分，最後形成文字凸出而成反體的印版。

前述是印刷過程中最關鍵的工序，直接決定了印版的品質。不同的刻書匠人有不同的工具，用刀的手法和坡度也都有所不同，像畢昇總是習慣先在每個字的周圍附近刻劃一刀，放鬆木面，再引刀於貼近筆畫的邊緣實刻，形成筆畫一旁的內外兩線。雕刻時，他總是先刻豎筆畫，再將木板橫轉，刻完橫筆畫，然後再順序雕刻撇、捺、勾、點。正因為刻書匠人各有自身的習慣，所以也令其帶上了獨特的個人印記。

沈周所言，即是指刻版和寫字其實是同一個道理，既然世上沒有人能揮筆寫出兩個完全相同的字，也不會有刻書匠刻出完全相同的字來。畢昇卻道：「雕版印刷自然是不行的，但小人新發明了一種活字印刷，用膠泥刻字，薄如錢唇，每字為一印。也就是說，字版是單獨的。」

他知道在場大多數人全然不懂印刷之術，當即詳細做了解釋——傳統的雕版印刷，固然比人用手筆抄寫圖書要節省大量人力和時間，但仍有許多缺憾。一是雕版技藝難度很大，尋常人不易掌握，不便推廣普及；二是雕版過程中一旦出現錯誤，整個版就全廢了，又得重頭再來，費時費力；三是每種書要都雕刻一套版，一種大部頭的書的版片往往成千上萬，不但要花費大量人力、時間及木材，儲存書版亦需占用許多空間。而畢昇本人發明的活字印刷術是預先在泥、木或金屬上雕刻或鑄造單字，就像許多單個印章一樣。譬如雕版印刷是一塊整版上刻著「不辨風塵色，安知天地心」，活字印刷則預先刻有「不」、「辨」等十個單字，再按照順序將單字組版，效果跟整版一樣，卻有著雕版印刷不具備的許多優點，像是便於修改、一套單字造好後可多次反覆利用，大大提高了效率。

眾人聽完經過，心中疑團這才消釋，豁然開朗。確實只有從一個模子裡印出，才能造就殘頁上的三個「之」

字、兩個「其」字，毫不分別的情況。畢昇解釋了工藝，又道：「小的之所以能肯定這是最近才刻造的，是因為小的在今年才發明了活字印刷工藝，隨即被邀請來南京。這個用的肯定是活字印刷，老實說，能在這篇看起來又古又舊的兵書殘頁上看到小的發明的手藝，小的自己也相當驚訝。」

包拯問道：「那麼除了畢司務，還有誰會這套技術？」畢昇道：「嗯，不多。各位也都知道，同行相輕麼。小的在杭州時，只有一個同行來看過。到南京後，倒是刻書匠人高繼安前來作坊學過好幾次。」沈周一聽到「高繼安」三個字，立即「啊」了一聲，轉頭去看包拯。

二人心中均是一般的心思——全大道死前在地上劃下的「亠」字，會不會就是指高繼安？難道是高繼安偽造了所謂的《張公兵書》殘頁，又殺了全大道？如果真是這樣，那麼全大道一定是知情者，知道所謂的兵書殘頁是個騙局，但他為什麼要這麼做？僅僅是為了錢麼？既然高繼安牽涉其中，之前冒險救他的劉德妙多半就是其幕後主使。包拯之前一直推測劉德妙潛伏在南京必有重大圖謀，絕不是毒殺大茶商崔良中那麼簡單，此刻方才能想到，她所謀畫的事情原來也跟《張公兵書》有關。

那麼劉德妙為何要利用高繼安偽造一本假的兵書？她是北漢皇族，家國被太宗皇帝所滅，仇恨大宋是情理中之事，但她畢竟只是個女流之輩，一本《張公兵書》又能為她帶來多大利益？這兵書殘頁雖因微不足道的漏洞而被火眼金睛的人看出破綻，但筆跡卻足以以假亂真，就連翰林學士石中立也不能分辨，那麼劉德妙是不是已經得到真的《張公兵書》，而想刻意引發騷亂？還是她也想得到《張公兵書》，卻苦於沒有線索，乾脆先偽造一本假兵書來引蛇出洞？如果是後者，那麼她手中一定有其他的張巡真跡了。

她手中的張巡真跡從何而來，是來自大內珍藏，還是民間遺珠？數年前，她人在京師，正是最最當紅的風雲人物，亦是八大王趙元儼的座上常客。從趙元儼王宮引發的那場燒毀祕閣所有珍本的大火，會不會跟她有關，或甚至根本就是她有意縱火，目的是要掩飾盜取張巡奏本真跡的痕跡？這神龍見首不見尾的神祕婦人，當日隨寇准夫人宋小妹逃出南京，是就此遠走高飛了，還是又帶著高繼安重新回來這裡興風作浪？種種困惑，種種謎題，雲裡霧裡，令人一時難以辨清方向。

離開提刑司時，天色已然不早，包拯幾人奔波了一整天，早已餓得前胸貼後背。匆匆在路邊尋了個攤子，各吃了一碗麵和幾張焦餅。填完肚子，又趕去許家，還是沒有許洞的消息。眾人都大惑不解，猜測不出他究竟去了哪裡。離開許府後，張建侯道：「許先生昨夜夜闖提刑司，既然沒被官府的人擒住，應該儘快返回自己家裡才對。」百思不得其解，歪著頭想了半天，忽然道，「我想到了，會不會是那個西夏奸細慕容英在搗鬼？」沈周嚇了一跳，道：「什麼慕容英？許先生失蹤又干她什麼事了？」

張建侯道：「上次許先生潛入崔府時，被慕容英無意中發現，還想捉住他，結果偷雞不成反蝕一把米。這次說不定是慕容英潛入提刑司，結果被許先生發現，他失蹤，是因為跟蹤她去了。」他的推測完全是憑空想像，沈周不禁啞然失笑。

包拯卻道：「這倒是有可能。慕容英一夥人的身分已經敗露，再無法打大宋茶葉的主意。她已被官府畫像通緝，卻還冒險留在南京，多半是打《張公兵書》的主意。就像小沈說的那樣，提刑司會抄錄卷宗副本，多半留有殘頁摹本，至少有內容描述。那慕容英也許是想到這一點，所以想潛入提刑司偷竊卷宗。」

沈周笑道：「這回我可不同意你包小青天的推測。老實說，我覺得慕容英根本就不會想到提刑司有卷宗留底。你我都是大宋子民，父輩又在朝為官，於各種禮儀制度多少知道一些。可是那慕容英不過是個西北貧瘠之地來的党項女子，如何能知道官府辦案的程序？除非她身邊有什麼精通中原文化的謀士這還差不多。但我們跟她和她的主子假崔都蘭也算打過不少交道，從來沒發現她們身邊有什麼了不得的能人。如果真有高明的謀士，怕是我早就死在性善寺後山，等不及看見她們被揭穿的那一天了。」包拯道：「你說得極對！」沈周笑道：「咦，我反對你，你反而贊同我了？這算不算是我說服你了？你可是我遇過最難被說服的人。」

包拯不理會同伴的打趣，道：「你說得極對！一定有人暗中幫助那假崔都蘭和慕容英她們。這二人冒充中原女子來到崔家，假崔都蘭更是瞞天過海當起了大茶商崔良中的女兒。崔府裡的人多是精明之輩，如崔良中等，崔槐還好，他妻子呂茗茗卻也不是個省油的燈，但假崔都蘭卻瞞過了所有人的眼睛，可見她背後一定還有能人籌畫這一切。慕容英之所以留在南京，是因為其背後主謀的身分還沒有暴露，還想有所作為。」

沈周道：「對喲！我們都見過假崔都蘭，一開始就覺得這個女子的為人處事很奇怪，後來知道她是西夏奸細，仔細回想，她的怪異，其實是因為她並不擅長逢場作戲，叫她扮演崔家大姐很有些勉為其難的意思。」張建侯道：「那慕容英兩次跟楊文廣交手，兩次從他手裡逃脫，可見身手了得。她這樣的女子，都要聽命於假崔都蘭，想來假崔都蘭在西夏的身分也是非同一般，難道她背後還有人麼？」包拯道：「肯定有。」

正好經過崔府，包拯便上前招呼，求見現任主人崔槐。門僕舉燈一照，認出包拯，忙道：「稟報包衙內，崔員外去見客還沒有回來，現下只有娘子在家。」包拯想了想，道：「見你家娘子更好。」僕人遂引三人進來花廳坐下。

今晚月色皎潔，大如銀盤，正逢蓮花湖中的荷花盛開，蓮葉接天，寶蓮映月。崔家的荷塘種了不少品種的荷花，滿塘白的紅的粉的，開得正豔。最名貴的要數夜舒荷，亦是荷花的一種，一莖四蓮，均大如海碗，其葉夜舒晝捲，此刻在如水月光下競相舒展，比起普通一蒂一蓮的荷花，別有一番風情。忽爾風擺荷葉，一道道波痕凝翠蘊碧，一層層蕩漾開去。碧波之中，蓮花從水中浮起，潔淨出塵，嬌不可當。這還是三人頭一次見到如此妍麗的荷花盛景，看取蓮花淨，方知不染心。花堂中飄逸著濃郁的荷花清香，滿鼻清幽，真是心曠神怡，愜意極了。

只聽見環佩「叮咚」作響，腳步聲細細碎碎，一群婢女簇擁著呂茗茗出來。而今她是這萬貫家業的女主人，氣派自然比以前大了許多。她雖有些貪財，畢竟還是宰相的女兒，禮儀絲毫不差，上前行禮寒暄後，請包拯三人坐下，問道：「幾位公子大駕光臨，小婦人可有什麼能效勞的地方？」

包拯道：「之前假崔都蘭滯留在府上時，娘子可有發現她有什麼異樣之處？噢，我指的是除了她身邊的那些心腹，她可常跟什麼人來往？」呂茗茗咬咬嘴唇，似笑非笑地道：「我跟那假崔都蘭一向不大和睦，包公子為何獨獨來問我呢？」

包拯也是快人快語，直截了當地道：「因為據我看來，娘子是個不甘心居於人下之人。假崔都蘭的身分未被揭露前，她的到來切切實實地威脅到娘子的丈夫地位，我猜娘子既然痛恨這婦人，必然對她多方留意，尋其過錯。」這話理由不差，事實也不差，卻太過直白，呂茗茗登時沉下臉，站起身來，預備拂袖離去[7]。

沈周忙道：「我們昨日在望月樓前見到了慕容英，可惜被她逃走了。她人既在南京，那假崔都蘭必然也在附近。娘子難道不想捉住她們主僕二人以絕後患麼？包拯的話是直率了些，但他完全是好意，想尋些追捕假崔都蘭主僕的線索。」

呂茗茗精明之極，立即轉怒為喜，道：「原來如此。」想了想，道，「我有一陣子派心腹僕人監視過假崔都蘭，她倒是很少外出，大概是人生地不熟吧。但她手下的慕容英和一個心腹小廝常常去望月樓，雖則名義是為崔都蘭買豆乾，但總有些可疑，因為有一次我親眼看見崔都蘭將那些豆乾丟進蓮花湖裡。」

包拯道：「假崔都蘭背後的主使一定就住在望月樓裡。」沈周道：「可惜那裡人來人往，店家和跑堂很難留意一個去買豆乾的人還做了些別的什麼事。」呂茗茗道：「那個慕容英還做過一件奇怪的事。有一天，她一大早就出去了，跟蹤她的僕人跟著她去了提刑司官署外，親眼見她從地上撿了一塊石頭，跟什麼東西一起用布包了，扔進高牆裡面。」

包拯大吃一驚，問道：「這是什麼時候的事？」呂茗茗道：「嗯，這件事我記得很清楚，就是性善寺發生血案那一天，也是那個什麼全大道發現兵書殘頁那一天。」沈周問道：「後來呢？」呂茗茗道：「據僕人說，後來她去了望月樓買豆乾，出來時還遇見包公子和沈公子，跟你們二位說了一會兒話，對吧？」

沈周道：「對，是這樣。慚愧，娘子的手下在暗中監視，我們居然一無所知。」呂茗茗微微一笑，頗有幾分陰陰的味道，又道：「再後來，慕容英就回來了，跟那假崔都蘭躲在房中說了半天話之後就出去了，這次僕人腿慢沒跟上，一出門就跟丟了。」

呂茗茗對於慕容英行蹤的掌握雖然斷斷續續，卻有一個至關重要的訊息——那就是性善寺血案當日，慕容英去過提刑司。她一大早趕去並丟入提刑司的到底是什麼東西？既然需要撿石頭壓重，必定是很輕的物件，會不會就是提刑官康惟一收到的第一封匿名信？時間上倒是完全吻合。她丟信時，康惟一正帶著人馬出門，趕去曹府。很快，提刑司的吏卒撿到了那封信，飛奔趕去交給康惟一，康惟一見信後驟然退去。姑且不論匿名信中到底寫了些什麼，能令鐵面無私的康提刑官悚然而退，之前戚彤明明暗示過，這件事跟她小姑子曹雲霄的情人有關。難道，曹雲霄的情人就是慕容英背後的主謀？

如此，倒是可以完美解釋玉鐲事件——那玉鐲本是宰相寇准送給夫人宋小妹的定情之物，價值不菲，宋小妹又轉送給孤苦無依的幼年崔都蘭。那真崔都蘭一定十分珍愛這只玉鐲，不捨得變賣，一直帶在身邊。她被西夏人取代了姓名、身分之後，玉鐲自然歸假崔都蘭所有。但党項女子生性豪爽，均如男子般騎馬射箭，那假崔都蘭很可能嫌戴著玉鐲礙事，想要丟棄，但其背後主謀卻是個識貨之人，便自己收下了玉鐲。此人到南京之後，不知如何勾搭上了本地第一美女曹雲霄，為討佳人歡心，轉手將玉鐲送給了她。後來曹雲霄不小心摔斷玉鐲，張堯封為討未婚妻歡心，又找到沈周修補玉鐲。之後的一連串事件更是匪夷所思，沈周被慕容英一夥人綁架後嚴刑逼供，正要被處死時，有人從他身上搜到了斷鐲，事情由此峰迴路轉，假崔都蘭一眼認出玉鐲，悲憤莫名。如此推測，她跟那主謀必定是一對情侶，所以才會失態至此。大約她也知道情郎處處風流，所以一見到玉鐲，便質問沈周是從哪個女子手中得來的。

接下來的問題是，那假崔都蘭的情郎、曹雲霄的情人到底是誰？會不會就是剛剛銷聲匿跡的黃河？他不但住在望月樓，符合疑犯的種種特徵，具備重大嫌疑，而且宋城縣尉楚曾親手抓到他在曹府後園翻牆，曹雲霄居然還派婢女為他說情。這些都能順理成章地有所解釋，唯一解釋不通的就是那封匿名信。如果黃河真的就是党項人的首領、假崔都蘭的情郎、真曹雲霄的情夫，他再有來頭，也不過是個身在中原腹地的党項人，有什麼能令提刑官驟然退去的本事？除非他手中握有康惟一的把柄。然而堂堂康提刑官，能有什麼把柄被党項人握住？會不會是黃河派手下綁架了康惟一的家眷，以性命來相要挾？可是康惟一及其家眷均居住在提刑司裡頭官署中，除了兵馬監押司的軍營，那裡可說是南京城最安全的地方，誰有本事能從那裡綁人呢？而且提刑司差役眾多，康氏若是有事，哪怕是一丁點小事，無論如何都會有風聲傳出。可是隔了這麼久的時間，並沒有任何關於康提刑官的小道消息逸出。

還有，曹豐之死也解釋不通。若曹雲霄果真和那黃河有私情，假崔都蘭派慕容英殺的應該是曹雲霄而不是曹豐。會不會是慕容英前去殺曹雲霄之時，摸錯了房間，不得已只好將錯就錯，殺了曹豐滅口？可是從假崔都蘭的反應來推斷，她應該是看到了沈周身上的斷鐲，才反應過來自己的情郎在外面有女人。那麼，先前知府宴會當晚，她到底為什麼要派慕容英連夜趕去曹府殺人？能將這些事情解釋清楚的只有慕容英那夥人，但康惟一和曹雲霄若肯吐露實情，也會對整個案情的解析有巨大幫助。包拯三人一離開崔府便掉頭趕來曹府，無論曹雲霄的面子擱不擱得住，這次都要找她當面問個清楚明白。

戚彤見包拯幾人神色嚴肅，似乎來意不善，忙告道：「雲霄和堯封在黃昏時出城了，要乘坐今晚的夜船去永安[8]祭祖。」沈周跺腳道：「天色已晚，早已經過了城禁時分，無論如何都來不及阻止了。」戚彤道：「幾位找雲霄有急事麼？」包拯道：「很急，我們一定要知道雲霄娘子的情夫是誰，要知道他有什麼本事能令康提刑官退去。」戚彤道：「那好，我明日一早就派人出城，搭乘快船去追他們二人回來。」包拯道：「多謝。」

既然一時找不到曹雲霄，包拯便想直接到提刑司找康惟一。沈周忙道：「這絕對不行。我們向曹雲霄曉以利害，她很可能會說出真相。但康提刑官不同於曹雲霄，若他果真是被党項人要挾，那可是他仕途上的污點，無論如何他都不會說出實情的。搞不好還會讓那夥党項人殺我們幾個滅口。」

張建侯聞言倒很高興，道：「那好啊，求之不得呢，我正想會一會他們，尤其是那個慕容英。」沈周道：「不如我們再等一等。眼下許先生失了蹤，也許真如建侯所言，他去追蹤慕容英那夥人了。等他一回來，就會有新的線索。」

包拯沉吟不語，腳下卻是不停，藉著月光一路來到提刑司官署門前，卻也沒有立即進去。心中盤桓許久，還是道：「不行，我一定要向康提刑官問個明白。」沈周道：「我們沒有任何證據，如此冒昧去找康提刑官，他不但可以矢口否認，還可以告我們誣陷，按律是要反坐的。」張建侯道：「什麼叫反坐？」沈周奇道：「這你都不知道麼？」張建侯道：「我從來沒跟人打過官司，怎麼會知道？」沈周道：「好吧。反坐，就是將被誣告某罪應受的刑罰反加諸誣告者。打個比方，誣告他人殺人，誣告者就被反坐以殺人罪。」張建侯道：「可是我們沒有誣告啊。」沈周道：「可是你也沒有證據證明，你不是誣告啊。」

包拯道：「我只是想找康提刑官問幾句話。」他之所以如此堅持，不為別的，只為康惟一是他心目中的好官，他要弄清楚這個好官到底是不是名副其實。走到門前，朝差役叉了一下手，鄭重道，「請差大哥通報一聲，包拯求見康提刑官。」

差役笑道：「康提刑官正忙著審訊殺人凶犯呢，怕是沒空見包衙內。」包拯問道：「哪件案子的殺人凶犯？」差役道：「全大道的案子啊。包衙內還不知道麼？殺死全大道的凶犯來衙門投案自首了，一男一女，男的叫張望歸，女的叫裴青羽。」

1 蒲州河東：今山西永濟。

2 有關白板王朝的說法、傳國玉璽的典故，請參見吳蔚小說《斧聲燭影》〈驚天祕密〉一章。

3 伴食：陪伴人家吃飯。典出《舊唐書・盧懷慎傳》：「開元三年，遷黃門監。懷慎與紫微令姚崇對掌樞密，懷慎自以為吏道不及崇，每事皆推讓之，時人謂之『伴食宰相』。」唐代朝會結束時，宰相率百僚集尚書省都堂會餐。指身居高位而庸懦不能任事者。

4 范仲淹是歷史上少見的文學才華與政治才幹兼備的才子，其「先天下之憂而憂，後天下之樂而樂」的節操成為後世文人士大夫的光輝榜樣。包拯步入仕途後，只孜孜專注於吏治，除了大量奏稿，沒有寫過任何吟風賞月、應酬唱和的作品，與其好友兼同年文彥博等人的做派迥異，此即後來同時代名臣歐陽修攻擊包拯學問不高、文章不好之處。歐陽修誠然有錦繡文章流傳，然包拯留給後人的則是獨特的清官文化和精神財富，此二人之影響力，不獨後世，在當時已可見高下——有少數民族部落歸附大宋，主動請求朝廷賜姓包，只因仰慕包拯已久。

5 後來因形勢需要，宋朝廷逐步恢復了唐朝的武舉制度。天聖七年（西元一〇二九年）閏二月二十三日，宋仁宗趙禎下詔置武舉。天聖八年，皇帝於崇政殿舉行武舉殿試，張建侯技壓群雄，奪得第一名，成為宋王朝立國後第一位武狀元。這是後話。

6 芨芨草：多年生草本植物，生於鹼性草灘上。莖和葉是造紙和製人造絲的原料，亦可編織筐、簍、席等。

7 此處情節預告：呂茗茗後來生女崔氏，成了包拯的兒媳婦。

8 永安：今河南鞏縣，為北宋帝陵所在地。張氏祖先原是吳越人，吳越王歸宋後，被安置在永安。

【卷九】無欲則剛

所謂的剛，並非指逞強好勝，而是指公道原則，是順其天道自然的一種正義，一種堅持，更是一種克制自己的工夫。能克制住自己的慾望，無論在任何環境中都不違背天理，且始終如一，不輕易改變，這才算是真正的剛。

張建侯聽說張望歸夫婦自認是殺死全大道的凶手，大吃了一驚，道：「什麼，明明不是他們兩個……不行，我得去找康提刑官說清楚。」包拯急忙扯住他，道：「先回去，再想辦法。」

張望歸夫婦主動投案自首，稱是他們殺了全大道，以此做為對包拯等人的交代，表明他二人寧可自己死，也不會說出真凶是誰。因而只有設法查出真相，才能救他二人。

可是而今眼下，案情比之前的局面更為複雜，刻書匠人畢昇的證詞不但確認了兵書殘頁是偽造的，而且牽連出高繼安和劉德妙。高繼安涉入假交引案，劉德妙曾行刺大茶商崔良中，均被官府通緝，潛逃中的二人極可能是假兵書案的肇事者和主謀，但他們明顯與裴青羽無干——高繼安是土生土長的商丘人，世代以刻書為業；劉德妙則是北漢皇族，自小在京師開封長大，根本不可能跟遠在沙州的裴青羽扯上關係。而且殺死全大道的凶手使的是軟劍，高繼安壓根不會武功，劉德妙應該也不會使用軟劍，不然她就不會用刻刀行刺崔良中了。裴青羽拚死庇護真凶，不惜搭上丈夫的性命，可見凶手必定是與她關係極為密切之人。然而她久在外域生活，就連親外甥崔槐也從未見過她，旁人對她的關係網一無所知，無從查起。唯一可行的，就是從全大道本身下手了。

張建侯道：「可是全大道人已經死了呀，屍首都被官府的人抬走了。」包拯道：「他人是死了，但線索還在。」張建侯道：「他家裡都被人翻了個底朝天，還有什麼線索？」包拯道：「你們記不記得張望歸說過，他夫婦二人進屋時發現全大道死在地上後，便動手搜他身上，只搜到幾個銅錢。」沈周頓時省悟了過來，道：「對呀，這是一處極大的疑點。」

張建侯道：「什麼疑點，我怎麼看不出來啊？喂，快些說明白，不是人人都像你們那麼聰明的。」沈周道：「你昨日不是還給了全大道十兩銀子麼？錢呢？錢去了哪裡？」張建侯愣了半晌，才訕訕道：「應該是全花光了吧。我還是看不出這有什麼不妥。」

沈周道：「十兩銀子不是個小數目，抵得上小民之家半年的生活費用了。先不說這十兩銀子去了哪裡，按全大道的行事作風來看，他應該聚斂了不少錢財，可是他的家中看起來只是下等人家，家裡沒有任何值錢的東西，這不是很怪異麼？」

包拯道：「現在看來，多半是劉德妙主持了假兵書事件，由她本人提供版樣，由高繼安負責刻造假兵書，再由全大道負責散布消息，這三個人是一夥的。當初全大道聽許先生提出比照筆跡，多半誤以為他跟劉德妙是一夥的，所以才極為吃驚，但很快即省悟，許先生並不知情。」

沈周道：「的確是這樣。全大道肯幹這件事，應該收了不少錢，可是這些錢明顯不在他家裡，這是一大疑點。」張建侯道：「有可能是被那些闖入他家找尋兵書線索的人，順手牽羊偷走了呢。」包拯道：「不會。若是全大道家中有筆不小的財富，他一出獄會直奔家中而去，不會跟你嘻皮笑臉地要錢。」

張建侯道：「你們這麼說，我大概有些明白了。全大道一定還有一個祕密的家，我們只要找到它，就能找到線索，對吧？可是我們要怎麼找呢？」包拯道：「我們就從你昨日給全大道的十兩銀子開始查起，花了也好，送人也好，他一定是到過什麼地方，也許會留下什麼線索。」

三人遂再度來到老字街，正好在牌坊下遇到老仵作馮大亂，手裡提著個酒葫蘆，似乎正打算出門買酒，便向他打聽全大道。

馮大亂道：「咦，官府都不想調查這件案子，你們還窮追不捨地做什麼？」張建侯忙道：「現在情形不同了，有無辜的人到提刑司投案自首，主動承認了殺人罪名。」大致說了張望歸夫婦之事，又道，「張先生跟我同族，既是張巡張公後人，又是張議潮張將軍後人，請馮翁幫幫忙。」

馮大亂這才道：「我可以將知道的告訴你們，但你們可不能說是聽老漢我說的。全大道這個人不是什麼好人，但他還真不是個愛吃喝嫖賭的人，大概跟他以前出過家當過和尚有關。聽說……老漢我只是聽說，沒有親眼見過啊，聽說他曾經好幾次進過汪寡婦的門。」沈周道：「汪寡婦，就是那被朝廷立坊表彰的節婦麼？」

馮大亂道：「嘿嘿，這條街上還有第二個汪寡婦麼？還想知道別的，可以去問蔣翁，就是那邊開雜貨鋪的，他家鋪子租的就是汪寡婦的房子，後門跟她家是相通的。不過，蔣翁口風很緊，別抱太高期望喲。老漢我得去打酒了，回頭見啊。」

包拯三人遂來到那汪寡婦家門前，卻見黑色大門緊閉，從門縫中望不見一絲燈光，頗有陰森鬼魅之意。沈周道：「自古以來都是寡婦門前是非多，莫非這汪寡婦耐不住空閨寂寞，跟全大道暗中私通，所以全大道將所有的錢財都交給了她保管？」

忽聞見一股異味，本能地回過頭去，卻見一名青衣婦人站在背後，三、四十歲年紀，身材瘦削，衣袖高挽，手裡提著一隻漆黑馬桶，怪味正是從桶裡發出，顯是剛剛倒完夜香。包拯三人一齊愣住，渾然不知這婦人是誰，又何時來到了背後。

那婦人森然道：「我就是汪寡婦，你們是什麼人，來我這是非之地做什麼？」三人尷尬萬分，不知該如何自處，還是張建侯先道：「我們想打聽一些全大道的事情。」汪寡婦冷冷道：「你們要尋兵書，直接去他家找不就是了，我可是什麼都不知道。」逕直步上臺階，推開大門，一腳跨入門檻，將馬桶往地上一頓，轉身便要掩門。

包拯忙叫道：「我們不是來尋兵書的，是來尋凶手的。」汪寡婦愣了一下，重新走下臺階，上下打量了包拯一番，問道：「你就是那個小青天？」包拯道：「小青天不敢當，我叫包拯。這是我的兩位同伴。娘子，請你相信，我們是真心想找出殺害全大道的凶手。」

汪寡婦不無嘲諷地道：「連官府都懶得追查，你們不過是一群閒得沒事的富家公子哥，跟全大道非親非故，有什麼真心追查凶手？」張建侯道：「娘子這話可錯了。我姑父包拯之前破的那些案子，沒有一個當事人跟他沾親帶故，勉強算得上故的也就曹教授是他老師，他這人天生就有公義之心。娘子可以不信，但南京人總不會平白無故地送給他個『小青天』的綽號吧，大夥的眼睛可都是雪亮雪亮的呢。」

汪寡婦的目光稍微柔和了些，不再帶有明顯的挑釁意味，道：「我是寡婦，不便請幾位進門。三位公子先去隔壁蔣翁舖子中稍坐，我換身衣服就來。」

包拯等人遂來雜貨舖中。這裡賣些鹽米、糖果、針線之類的日用品，兼賣舖主自己做的小吃。角落中有一張桌子，幾條長凳。三人坐下來，各要了一碗漿水，幾個燒餅，胡亂吃著。等了一刻工夫，汪寡婦從側門出來，過來坐下，開門見山地問道：「幾位公子預備如何找到凶手？」

包拯一直留意觀察她的神色語氣，推測她與全大道關係非同一般。全大道被殺，街坊鄰居人人漠不關心，她大概是唯一關心的人，也很可能是唯一的線索。當即小心翼翼地道：「娘子覺得誰有可能是凶手？」汪寡婦道：「這不是幾位公子想要做的事麼，怎麼反倒問起我來了？」

包拯道：「嗯，我們有一些線索。但娘子比我們更熟悉全大道，直覺往往也更準。」汪寡婦道：「那可能性就多了，那些想得到兵書的人，哪個不想先得到消息，再殺了他滅口？」冷笑幾聲，又道，「不過聽說凶手使的凶器是軟劍，那樣的人，應該不多了。」一邊說著，一邊便向張建侯的腰間望去。

目光寒冷尖銳如冰，張建侯被她一瞪，竟然打了個冷顫，忙道：「我雖有軟劍，卻不是我做的，我進去的時候全大道已經死了。」汪寡婦反而吃了一驚，道：「你也使軟劍？」張建侯更是莫名其妙，道：「娘子既然不知道我身懷軟劍，如何會望向我腰間？」

汪寡婦道：「三位公子中，只有你一人腳步輕巧敏捷，顯是身懷武藝之人，我只是隨意一看罷了。」旁人聞言頗感駭然，這婦人雖孤門守寡多年，還是朝廷立牌表彰的節婦，卻著實是個精明厲害的女人，與傳統中的「節婦」形象相差甚遠。

忽有一個小孩奔進舖子，連聲嚷道：「蔣爺爺蔣爺爺，我叔叔從衙門當差回來了，聽他說，殺人凶手剛剛投案自首了！」汪寡婦立即站了起來，隨即意識到自己的失態，雖勉強重新坐下來，還是不由自主地轉過頭去。

蔣翁忙打開糖罐子，抓出幾塊糖果，問道：「你叔叔說的殺人凶手，是指全大道的案子麼？」小孩子笑道：「除了全和尚，還能有誰？」蔣翁道：「凶手是誰？」小孩子道：「叔叔沒說，說上面的人發了話，不讓說。」蔣翁見汪寡婦沒有任何表示，便將糖果遞給小孩子。他道了謝，開開心心地去了。

汪寡婦道：「三位公子一點也不意外，看來是早知道了這件事。」包拯道：「不錯，我們不是有意要對娘子隱瞞，而是那投案的凶手根本就不是真凶。」汪寡婦點點頭，道：「這我也料到了。」包拯幾人大吃一驚。張建侯忙問道：「娘子又不認識投案的人，怎麼知道他們不是真凶？」

汪寡婦道：「殺死全大道的人，一定是為了《張公兵書》，哪有兵書全本未現，就先投案自首的道理呢？」包拯心念一動，問道：「娘子說的兵書全本是什麼意思？」汪寡婦道：「全大道發現的既只是兵書殘頁，當然還有全本了。」包拯道：「全大道可曾跟娘子提過兵書這件事？」

沈周見汪寡婦目光閃動，頗有疑忌之色，忙道：「我們只想查出凶手，對全大道的個人生活全然沒有興趣。」他也猜到這汪寡婦和全大道多半有私，寡婦偷情本不是什麼特別丟人的事，但偏偏她是個朝廷立了牌坊表彰的節婦，這可就干係大了。沈周刻意只提全大道的名字，顯是顧及她的面子。

汪寡婦想了想，道：「好，我們來做筆交易，我將我知道的告訴你們，你們也要將知道的都告訴我。」包拯道：「好。娘子快人快語，我們自當坦誠相見。」汪寡婦道：「為表誠意，我先說。全大道的確跟我提過兵書的事，他說有人給了他幾頁《張公兵書》，讓他設法散布出去。」

包拯道：「這麼說，全大道一開始就知道兵書是假的了？」汪寡婦道：「當然知道。但對方自稱這兵書雖是假的，卻造得極真，連神仙也看不出來是偽造的。我曾經勸過全大道不要做這件事，《張公兵書》傳了幾百年，都快成神物了，還去弄什麼假兵書，少不得會惹來大禍。但全大道說對方出價很高，做完這件事就可以下輩子衣食無憂了。」

她臉上漸現紅暈，不禁回想起往事來……全大道將她摟在懷中，柔聲道：「有了這筆黃金，我就可以帶你遠走高飛，你再不用被貞節牌坊鎖在這裡一輩子了。」他也知道做這事冒險之極，但他卻願意冒險，只因為他全心全意地愛她、一心想讓她過上好日子呀。

包拯問道：「全大道可有提過對方是誰？」汪寡婦回過神來，搖了搖頭，道：「他沒有說，說那些人都非善茬兒，我還是不知道這些事的好。」沈周道：「那麼對方到底要全大道如何散布《張公兵書》呢？」

汪寡婦道：「就跟你們看到的那樣，要全大道到與張公有關的地方假意發現兵書。只是，想不到他剛按約定拋出一張殘頁，就被官府捉去，關了一個多月。他昨日來過我家，看上去不怎麼高興，說是找不到雇主，多半是已經逃了。我問他雇主是誰，是不是假兵書一事已然敗露。他說不是，那兩人還捲入了別的案子，正被官府通緝，大概風聲太緊，不得不逃離南京。麻煩的是，他這次莫名吃了一個多月牢飯，許給那些當差的許多好處，怕是從前的積蓄都要掃蕩乾淨了。」

包拯幾人雖早推算到雇請全大道的是劉德妙和高繼安，但此刻聽見汪寡婦的轉述，方能正式確認，也由此能斷定全大道被殺只是兵書殘頁之事的餘波，跟劉德妙和高繼安並無干係。

包拯道：「雖然雇主逃走了，但想必全大道手中還有偽造的兵書，那些殘頁現下可在娘子手中？」汪寡婦道：「不在。」

沈周道：「全大道可有提過要如何解決後面事？」汪寡婦道：「他說他來想法子，我不用多管，然後給了我二十兩銀子就走了。」一想到昨日一會竟是最後一面，聲音竟有些哽咽了起來。忙喝了一口漿水，略微安定下來，舉袖拂拭了兩邊眼角，這才正色道：「我知道的我都說了，現在輪到我來問幾位公子了。」

包拯道：「娘子請問。」汪寡婦道：「你們怎麼會知道投案自首的人不是真凶？」包拯道：「我們幾個昨晚到過全大道的家中，親眼看到馮仵作勘驗了現場，得到許多有用的證據。」他既事先答應了汪寡婦，也不再有任何隱瞞，當即詳細描述了調查過程。

汪寡婦道：「這麼說來，今日到衙門投案自首的張望歸夫婦，本來是你們心目中的頭號疑凶？」包拯道：「是的。但後來我們發現他二人根本就不知道全大道其實是死在軟劍之下，由此斷定他們不是凶手。」汪寡婦聽了經過，很是惱怒，道：「那姓裴的婦人明明知道真凶是誰，卻寧死不肯說出來麼？」沈周歎道：「若是她肯說，我們就不會來找娘子尋找線索了。」

汪寡婦沉默了下來，將漿水一口一口地啜完，忽然道：「我有一個問題，你們說那裴青羽聽到全大道是死在軟劍下之後，便立即起身出了閤子，對吧？她再回來時，便坦然承認了罪名。這期間，她一定是去找過什麼人，好確認軟劍這件事，那個什麼人難道不是嫌疑重大麼？就算他不是凶手，也一定知道那柄什麼青冥軟劍在誰的手中。」

沈周道：「對啊，我們竟然全然沒有想到！那個人一定也住在望月樓中。會不會就是黃河？」汪寡婦道：「黃河是誰？」沈周道：「一個神祕的富家公子，我們懷疑他是党項人，是那群西夏奸細的頭目。可惜他們已經逃了，也沒有證據來證明這一點。」

張建侯道：「這不可能吧？我不是說黃河不可能是党項人，他十之八九就是西夏奸細。我是說張望歸和裴青羽都是漢人，怎麼可能跟党項人是親戚？張望歸來中原尋《張公兵書》，目的就是要未雨綢繆，防範西夏，裴青羽怎麼可能犧牲自己、庇護對手呢？」幾人一時想不通究竟。

包拯見夜色已深，便起身告辭。臨別之際，汪寡婦居然一個字都沒有再說，一擰腰肢，轉身進了內堂。

次日一早，包拯居然餓醒了，於是倉促起床，洗漱後趕來廚下，盛了一碗粥喝下。

包母正好進來看見，心疼地撫摸著兒子的肩頭，無比痛心地道：「瘦了，又瘦了！我的孩兒啊，你到底在怎樣忙啊！」在母親關愛的眼中，孩子始終是脆弱的，似乎只要稍不留神，便會消失得無影無蹤。

包拯忙道：「是孩兒不好，教母親擔心了。」包母道：「唉，娘親倒是不擔心，你從小就是個讓人放心的孩子。只是，你太辛苦了。你父親當初給你取名『拯』，說是希望你將來成人後拯弊、拯世、拯物，而今你還沒有功名在身已如此操勞，日後可要累成什麼樣子！」又歎道，「要是小遊還在，她可不會讓你這樣子吃冷粥。唉，小遊，我可憐的孩子。」

小遊，張小遊，包拯忘不了這個名字。雖然它乍然聽起來有些遙遠，但此刻從母親口中說出，好似一道閃電擊中了頭頂，令他一下子從昏昏沉沉中警惕起來。

記憶猶如潮水般湧入了他的腦海，肆無忌憚地翻騰著。他想到小遊走得那麼突然，不聲不響，那一刻即成為永別。直到她不在了，他才發現自己竟如此依賴那個平日裡朝夕相處的人，才發現各種各樣的習慣已經悄然累積成深厚的感情，以致在她離開後的很長時間內都無法釋懷。

是的，小遊不在了，他表面上已經從傷痛中緩和過來，但內心深處其實仍然放不下，他的心裡總有一塊地方留給了小遊。他知道，她希望他記住她，卻並不願他悲傷。她的死始終沉沉地壓著他，促使他四處奔波，不知疲倦地查案，他要還她一個公道，捉住那些西夏奸細；他要還天下所有受害者一份正義，讓他們知道人間尚有真心關心其遭遇之人。這到底是他追尋正道的稟性使然，還是小遊的死催化了他立志幫助弱者之心？

包母歎道：「若是你能早日將董家娘子迎娶進門，為娘倒也可以安心了。」包拯一時愣住。

正好沈周也來廚下尋吃的，包母便不再多說，親自下廚，給他和包拯煮了一大鍋麵。二人匆匆吃了，先回了趟應天書院，一是想要再告幾天假查案，二來也要向范仲淹稟報，曹雲霄的祕密情人很可能就是黃河，而黃河很可能就是西夏奸細的首領。

范仲淹聽完後久久無言。

沈周試探問道：「這件事若是屬實，雲霄娘子自然會被官府逮捕判刑，雖不至於處死，但多半要被流配牢房，終身為奴。曹府上下也難以置身事外，從此身敗名裂。先生是不希望我們張揚麼？」范仲淹沒有直接回答，而是問包拯道：「如果真有其事，你要如何處置？」包拯道：「學生……學生也很是徬徨，拿不定主意。」

范仲淹道：「當年孔子正向弟子講課，忽然停下來，忍不住感歎：『我這輩子還沒有見過真正剛強不屈的人。』弟子們都很奇怪，他們認為像子路、申棖等都是性情剛強的人。尤其是申棖，雖然年紀很輕，可是每次和別人辯論時，總是不肯輕易讓步。即使在面對長輩或師兄時，也毫不隱藏，總是擺出一副強硬的姿態，大家都對他退讓三分。於是有弟子說：『如果要論剛強，申棖應該可以當之無愧。』孔子卻說：『申棖這個人欲望多，怎麼可以稱得上是剛強呢？』弟子們更加不明白了，申棖並不是個貪愛錢財的人，孔子怎麼會說他欲望多呢？

「孔子解釋：『其實所謂的欲望，並不見得就是指貪愛錢財、美色等。簡單地說，凡是沒有明辨是非，就一味和別人爭、想勝過別人的私心就算是『欲』。申棖雖然為人正直，卻好逞強爭勝，往往流於感情用事，這就是一種欲。像他這樣的人，不可以稱得上是剛強不屈。』弟子便請教什麼是真正的『剛』。孔子回答：『所謂的剛，並不是指逞強好勝，而是指公道原則，是順其天道自然的一種正義，也是順其自然的一種堅持，更是一種克制自己的工夫。能夠克制住自己的欲望，無論在任何環境中都不違背天理，而且始終如一，不輕易改變，這才算是真正的剛。』」

他講完這則故事，包拯和沈周只默然思索。正好有學生來找范仲淹，他便道：「你們先去吧。記住我的話，無欲則剛，只要沒有世俗的欲望，就能達到大義凜然的境界。你們能做得到的。」

出來應天書院，一路無語。還是沈周先打破了沉默，叫道：「那……那不是小楊將軍麼？」包拯轉頭一看，果見一身便服的楊文廣正從書院旁的一處民居出來。最令人驚訝的是楊文廣看到二人後的反應，居然立即舉袖掩面，轉身重新進了民居。

沈周道：「搞什麼鬼？」他和包拯連月來為各種案子奔波，早被薰陶得頗有警惕之心，一見楊文廣神色異樣，便扯著包拯趕了過去。剛到柵欄邊，便有老婦搶過來攔住，問道：「兩位公子找誰？這裡只有老身一人。」沈周越發起疑，也不理會，閃身繞過老婦，逕直闖入房中。卻見楊文廣正坐在床邊，神情尷尬。床上躺著什麼人，用被單遮了面孔，瞧不大清楚是男是女。

沈周道：「小楊將軍，你不在城中官署坐班當差，在這裡做什麼？」曹汭因「萬歲事件」受刑而死後，楊文廣接任了他的兵馬監押職務，長駐南京城中。楊文廣道：「這個……我來探望一位病人。」沈周問道：「是誰？」楊文廣忙挺身擋住，道：「病人得的是痲瘋病，不方便見外人。」

沈周正色道：「小楊將軍，你自己難道不知道麼？你其實是個很不善說謊的人。你越這樣，我反倒越要看了。除非你動武，不然無論如何是擋不住我的。」上前幾步，揭開病人臉上的床單，卻是慕容英。不過她人正在昏迷中，雙目緊閉，臉色慘白，額頭不斷有虛汗冒出，顯是受了重傷。

沈周嚷道：「啊，你……你……」卻始終說不出下面的話來。包拯擺脫了老婦的糾纏，進來看到眼前情形也愣然愣住。楊文廣長歎一聲，道：「她受了傷，需要靜養，有話請到外面說。」在院中樹蔭下擺了木桌木凳，請二人出來坐下。

沈周道：「小楊將軍身為朝廷命官，知法犯法，窩藏重犯，沒有什麼要解釋的話麼？」楊文廣道：「我自知罪名不輕，不敢指望日後還能有虛食朝廷俸祿的機會。這件事過後，我會去自首領罪。但在這之前，我有一件事，想懇請二位公子答應。」沈周道：「你想讓我們不舉報慕容英？這可不行。」楊文廣道：「不不，我只是想請二位暫時隱瞞消息，等她傷好一些再說。」

沈周大惑不解，道：「且不說慕容英罪孽深重，之前她兩次與將軍交手，兩次打出火蒺藜，分明想置將軍於死地，將軍為何還對她如此寬厚？」楊文廣囁嚅道：「我只是覺得她很可憐。」

包拯正色道：「楊將軍，你是名門之後，世代忠良。那慕容英是西夏奸細，你不將她逮捕送交官府，反而貪其美色，將她藏匿在這裡養傷，你可知大大觸犯了國法？這是通敵叛國之罪！你這就自行去領罪吧。想為慕容英求情，萬萬不能！」

楊文廣臉上青一陣，白一陣，陰晴變化，終於長歎一聲，道：「包公子教訓得是！」起身解下腰間長劍，放在木桌上，正要離去，沈周忙道：「先等一下！小楊將軍，你是怎麼發現慕容英的？如果你能就此追捕到假崔都蘭，還有將功贖罪的希望。」楊文廣道：「事實俱在眼前，二位公子還肯聽我辯解麼？」沈周道：「當然。包拯生氣發怒，也是因為怒將軍不愛惜楊家忠義聲名，他的本意是好的。」

楊文廣重新坐下，道：「這件事完全是意外。我昨日聽說汴河上發現了無頭浮屍，生怕是曹汭的屍首，我想若果真是他，至少可以做到讓他入土為安，所以我換了便服獨自出城，雇了船隻往下游尋去。船行了老遠老遠，看到宋城縣尉楚宏正帶著差役在打撈浮屍，我便假意是到郊外訪友經過這裡，靠過去查看。撈起來一看，那無頭屍首比曹汭矮得很，而且雙手有很厚的繭子，明顯是搖櫓的船夫。人也還沒有腐爛，只是被水泡得發腫，也就是這兩天才遇害的。我怕楚宏起疑，又回到小船，往下游而去。」

汴河是人工河流，主引黃河之水，但並非這一帶唯一的交通河道，沿途亦有不少河流與其匯流並行，像是商丘以西有睢水、包河等。包河發源於商丘之西，位於汴河之北。發源處有一大片淺水泥灘，長滿葦草，方圓數十里直彌漫到汴河北岸，人稱「葦草灘」，是鳥兒的世外桃源，時時有落霞與孤鶩齊飛的美景。

楊文廣乘船到達葦草灘後，便命船夫掉頭。船夫卻意外發現北岸邊的水草中有一個什麼東西在上下浮動，還好奇地猜測道：「會不會是那無頭屍首的腦袋？」船划過去一看，卻是一個大麻袋，纏在水草中。楊文廣和船夫合力將麻袋撈上來，打開一看，裡面裝的正是慕容英。

楊文廣道：「我發現她時，也是大吃一驚，她不僅被裝在麻袋裡，而且肚腹中了一刀，手腳均被繩索綑住，嘴裡塞滿馬糞，模樣極慘，人也早已九死一生。」包拯和沈周極為意外。沈周道：「原來將軍發現慕容英時，她竟然被人拋在河中。」

楊文廣道：「據船夫說，她多半是在上游不遠的地方，被人裝進麻袋、丟入河中，順流漂下來，如果不是那些水草湊巧纏住了麻袋，她早就沉入水底了。我一時想不明白她為什麼會弄得這麼慘，而當時已經日暮，來不及返回城中，遂帶她來到溫媼這裡。溫媼剛為她換好乾淨衣裳，她竟然醒了過來，說道：『野利裙，你好狠。』」

沈周道：「野利氏是西夏大族，莫非那假崔都蘭名叫野利裙？」楊文廣道：「這我可不知道。我聽到溫媼叫喊後，急忙趕進來。慕容英一眼就認出了我，道：『楊文廣，是你！快些殺了我，我寧死也不要落入你們宋人手裡。』還掙扎著想拔我的佩劍，終因傷勢太重，暈厥了過去。我見她一心求死，心想交給官府也沒有多大用處，她多半是被自己的西夏同夥所害，我若暗中設法照料她，抑或能套出一些真相。是以一早進城，買了些藥送來這裡，哪知道剛要返回城裡，就被二位公子撞見了。」

沈周忙道：「如此說來，小楊將軍做得也不算太錯。包拯，你適才的指責如叛國通敵之類，實在太重了。」包拯道：「好，是我一時性急。小楊將軍，我同意給你幾天時間，等到你真能從慕容英的口中套問出西夏人的下落，我再正式向你賠罪。小沈，你懂些醫術，何不暫時留下來照顧傷者？」沈周微一遲疑，應道：「好。」

楊文廣知道包拯留下沈周隱有監視慕容英之意，然而事已至此，再無回旋餘地，只得叮囑溫媼幾句，將沈周介紹給她認識，再跟包拯一起回來城中。還未進城門，便見到路人奔走相告、議論紛紛，楊文廣上前一問，才知道南京城中又出了大事。不過，滿城瘋傳的並不是殺死全大道的凶手向官府自首，而是另外兩件事——

第一件是宋城縣署門首的老牌匾昨天半夜忽然被歹人砸了，牌匾中掉出了東西，砸匾的歹人撿了東西就跑。等到差役聞聲開門出來，早不見了蹤影，門前只剩下滿地的碎匾；第二件事更是匪夷所思，昨夜有路人經過全大道的家，發現院門虛掩，堂中有燈光透出，大著膽子推門進去，卻見堂上方桌上放著幾張舊紙。那路人識得些字，拿起來略略一讀，驚得目瞪口呆，竟是另外幾篇《張公兵書》的殘頁。那路人最信鬼神之說，登時嚇得魂飛魄散，丟了殘頁就跑出去，一路大叫：「全大道鬼魂回來了！」遂引發老字街整條街轟動，隨即全城轟動。

楊文廣既是武官，亦對傳說中的《張公兵書》很是嚮往，忙問道：「那些新發現的兵書殘頁呢？」路人嚷道：「不知道呢！當時亂得很，好多人蜂擁上前搶。官府今早才派人去，早就片紙不存了。」正好有士卒尋來，叫道：「楊將軍原來在這裡，教人好一番找！宋城縣楚縣尉昨夜在城外發現了西夏奸細的蹤跡，已連夜帶人一路追下去了，他手下人一早進城，請求將軍調兵前去增援。可是沒有將軍大印，旁人不敢擅自發兵，只好四處找尋。」楊文廣聞訊，一時不知是驚是喜，呆呆看了包拯一眼，才道：「我這就回營點兵。」

包拯遂獨自趕來老字街，正好在牌坊處遇見張建侯，問道：「你是聽到新發現了兵書殘頁的消息趕來的麼？」張建侯道：「是啊，我猜應該能在這裡遇到姑父。沈大哥人呢？」包拯道：「他在城外。」大致說了早上遇到楊文廣的經歷。

張建侯道：「啊，慕容英！我一直想會會這個女人！我們不正好有好多事可以問她麼？」包拯道：「她傷得很重，一時半刻醒不了。我們先簡單處理一下城中的事，再去接替小沈。」逕直進來街口的雜貨舖，叫道，「蔣翁，我們想見一下汪娘子，煩請叫她一聲。」蔣翁只默默看了二人一眼，便轉身進了側門。過了一會兒，果然引著汪寡婦出來。

汪寡婦問道：「你們已經找到凶手了麼？」包拯道：「應該很快就有消息。官府發現了党項人的蹤跡，已然去追捕了，娘子放心。我今日來，是想問問昨晚全大道家中的那些把戲，是不是娘子所為？」

汪寡婦道：「我不明白包公子的意思。」包拯道：「娘子何須再隱瞞？我猜你那麼做，也不是什麼惡意，只是痛恨官府對全大道被殺一案輕描淡寫，所以將剩餘的假兵書殘頁散了出去，好引發更大的轟動，對吧？」

汪寡婦一直緊繃的臉忽爾舒展開來，笑道：「當真是什麼也瞞不過包公子。不錯，是我做的，你們昨晚看見我提著馬桶，其實正是我往全大道家裡丟完兵書回來。你說得對，全大道死了沒人關心，官府置之不問，我只不過想引起官府的足夠重視，派人調查是誰殺了他。不過，我當時還沒有遇見你們，要不然也許不會那麼做。」

張建侯道：「我姑父問你手中是否還有偽造的兵書殘頁，你還撒謊說沒有。」汪寡婦道：「包公子的問題是：『那些殘頁現下可在娘子手中？』當時確實不在我手中了呀，我回答『不在』有什麼不對？」張建侯道：「好，那我現在問你，可還有什麼事瞞著我們？」汪寡婦道：「再也沒有了。」

張建侯道：「你明知道兵書殘頁是假，卻有意散布開去，引發全城騷動，官府查明真相後，一定饒不了你。」汪寡婦的嘴角泛起一絲輕蔑的笑容，道：「這就不勞公子操心了。公子沒看見外面的貞節牌坊麼？那可是前任皇帝親下詔書修建的，困了我一輩子，只要我不犯什麼謀逆大罪，自然也能保護我一輩子。」

她的臉忽然變得空洞起來，皮膚散發著一種少有的光澤，像是魚鱗上看不清的暗光。那一刻，她彷彿多老了十歲，甚至，有一股絕望而腐朽的氣息自她身上悄悄彌漫開來。她再也無力改變自己的命運，只能孤苦伶仃地將生命蒼白地延續下去。

包拯搖了搖頭，與張建侯一起退了出來。剛走到牌坊門樓下，便有一群差役圍了上來。為首一人問道：「你就是張建侯麼？」張建侯道：「是啊，你們是哪個衙門的？是提刑司的麼？」為首差役道：「不錯。聽說張小官人有一柄軟劍，可否讓我們開開眼。」

張建侯見對方劍拔弩張的架勢，明知道他們不是專門來觀劍的，但在包拯的目光示意下，還是解下腰間軟劍遞了過去。那差役握住劍柄略微一拔，念道：「金風，就是它了！」隨即收了軟劍，道，「這就請張小官人跟我們走一趟吧。」一揮手，幾名差役繞到張建侯背後，形成包抄之勢，顯是防他逃跑。

張建侯莫名其妙，問道：「我犯了什麼事？」為首差役道：「到了大堂自然就知道了。瞧在包衙內面子上，就不給小官人戴刑具了，但小官人自己也要老實些。」包拯也不明所以，不知道提刑司為何興師動眾派人來拿張建侯，但既然差役先看軟劍，或許跟全大道一案有關，便道：「我跟你們一起去。」

來到提刑司，正撞到翰林學士石中立，上前一把扯住包拯，道：「包拯，我正要去找你，你自己倒送上門來了！快跟我來！」包拯道：「建侯捲入了官司，我得跟去看看。」石中立道：「他一時半刻又不會死，先不用替他操心。我這事更急！」不由分說，拉著包拯來到辦公之所。

廳堂中擺有一張巨大的長方形案桌，正有一批書吏各站位置，伏在桌上拼接著碎紙片。龍圖閣直學士馬季良在一旁踱來踱去，神色甚是焦急，見到石中立扯著包拯進來，忙迎上來道：「包公子，你快來看看這些兵書殘頁是真是假。」

包拯問道：「這些都是百姓昨晚在全大道家中發現的殘頁？」馬季良道：「對，不過都撕碎了，我正要叫人設法拼起來。」包拯道：「不必白費人力了，這些都是假的，是老字街的汪寡婦有意散布的，都是之前全大道存放在她那裡的。」石中立道：「汪寡婦？是那個節婦麼？」包拯道：「是。」

馬季良問明究竟，登時勃然大怒，道：「什麼狗屁節婦，原來是個私通漢子的淫蕩婦人！」連聲叫道：「來人，來人，快去將那個汪寡婦捉來，重重拷打！」石中立道：「小馬，別說我不提醒你，那汪寡婦可是真宗皇帝親自下詔立牌彰表的節婦，你是要指責先帝看走了眼麼？」馬季良當即愣住。侍從上前小聲問道：「還要派人去拿汪寡婦麼？」馬季良悻悻揮了揮手，顯然只能就此算了。

包拯一時頗為感慨，那汪寡婦雖是女流之輩，品性也未必端莊，看人看物卻是驚人的準確。她說那貞節牌坊困了她一生，該不會她為夫守節並非出於本心？

馬季良叫道：「包公子，那汪寡婦雖然可惡，但東西既然是全大道留下的，她也不知道來歷。你再過來好好看看這些殘片，看有沒有可能是真跡。」包拯道：「畢昇畢司務才是這方面的行家，馬龍圖沒有請他過來麼？」馬季良道：「畢昇剛剛來看過了，他說這裡面有些是刻印的，但有些是手寫，而且墨跡陳舊，應該是真跡。」

石中立道：「小包，你過來！你看這殘頁碎片上的字，『用兵之道，以計為首』。哎，我告訴你，我記得我看過的張巡奏本原稿上有這句話，這應該是真的吧？如果是假的，這造假者也高明了，仿得太高真了。就是之前從全大道手中搜到的那張更完整的殘頁，如果不是刻書匠人畢昇發現了複字的漏洞，以及你發現的裝訂孔漏洞，老夫也多半會認為是真跡。」

包拯道：「石學士看過的張公奏本真跡上有這句『用兵之道，以計為首』？」石中立道：「對，當時安史之亂爆發，張巡上此奏本，除了請求朝廷派重兵鎮守睢陽，還有一小段談到用兵——『用兵之道，以計為首。未戰之時，先料將之賢愚，敵之強弱，兵之眾寡，地之險易，糧之虛實。計斷已審，然後出兵，無有不勝。』嗯，我記得原話是這麼說的。」

包拯道：「畢司務看過這張碎片後怎麼說？」石中立道：「他說這張是真跡。難道這一堆碎片裡面，真的混跡有《張公兵書》？」包拯道：「不，這些全是假的。石學士手中的碎片雖然是張公真跡，但卻不是真的《張公兵書》。」

他已然明白了整件事情的前後經過——劉德妙早在當紅於京師時，就已經開始籌畫偽造《張公兵書》這件事。不管她到底出於什麼目的，她設法從祕閣偷取了張巡奏本真跡，又放了一把火燒毀崇文館和祕閣，旁人以為張巡奏本早以化為灰燼，卻不知早落入她手中。她既有真跡在手，完全可以請擅長臨摹的高手模仿張巡筆跡編造出一本兵書，卻不知為何選擇了刻印的方式，大約是想是用張巡真跡作版，如此從筆跡上看不出任何差異，萬無一失。她得到高繼安這樣的刻字技藝高超的匠人相助，更又兼有畢昇新發明的那奇妙活字印刷術，將兵書偽造得像模像樣，為常人所不及。唯一的難度是她要事先編造幾句煞有其事的兵法，還要從真跡中尋到相關的字，至於紙頁看起來發黃、破舊、染有水漬等，只是古玩行家慣用的做舊手法，不算什麼難事。

馬季良驚道：「包公子是說，劉德妙很可能跟當年八賢王王宮的大火有關？那八賢王他……」他沒有繼續說下去，旁人也沒有再接口。

包拯道：「不管怎樣，這兵書一定是假的，至於劉德妙為什麼要這麼做，以及大火是否真是她所為，只能逮到她之後靠口供驗證了。」他已寫信寄給宋小妹，質問她當日是否帶了劉德妙出城，料來很快就會有回信，心中猶自掛念張建侯，忙辭了出來。

來到大堂時，提刑官康惟一正在審訊張建侯。原來昨晚宋城縣署的老牌匾被砸毀，歹人雖然逃走，卻在現場落下了兵器，是一柄斷成兩截的軟劍，鐶首上刻有「玉露」二字。官府根據劍上印記尋到打造軟劍的鐵匠舖，得知劍主名叫張建侯，總共打造了一對軟劍，分別取名「金風」、「玉露」，由此得到線索，追尋到張建侯身上。幸虧因為包拯的緣故，康惟一尚沒有立即派差役搜捕包府。

張建侯當然不能洩露許洞的身分，也不能說出許洞才是玉露劍的真正主人，可是又無法為自己澄清，只能乾著急，見到包拯進來，忙叫道：「姑父，快來救我。」包拯忙問道：「宋城縣署除了牌匾毀壞，還丟了什麼東西？」康惟一道：「路人見到牌匾後方掉出了東西，被歹人撿走了，但宋城縣署裡沒有人知道那是什麼東西。」

包拯道：「路人見到了幾名歹人？」康惟一道：「兩、三名吧。」包拯道：「那麼康提刑官相信是張建侯所為麼？」康惟一道：「當然不信，不然他哪裡還能好好地站在這裡說話？只要他說出他將玉露劍送給誰，本司就可以立即釋放他，但他就是不說。包公子，你可知道玉露劍的真正主人是誰？」包拯道：「嗯，這個……怕是有些難度。提刑官，煩請你將證物玉露劍借我看一下。」康惟一叫了一聲，便有差役奉上兩截短劍。那劍斷處甚是齊整，或許是被什麼利刃所斷，劍刃上有多處缺口，顯是經歷了一場激戰。

包拯道：「提刑官，這劍既是昨夜歹人落在現場，應該是他隨身所帶兵器，對吧？」康惟一道：「不錯，所以本司才要你們說出劍主，也就是歹人的名字。」包拯道：「這劍既然已斷成兩截，不能再用，歹人為何還要帶在身上呢？」康惟一道：「這劍是歹人用來砍宋城縣署牌匾時才斷成兩截的呀。」

張建侯哈哈大笑了起來，笑了好一陣子，才道：「康提刑官，你為人其實是很不錯的，也要謝謝你的信任，相信我不會是歹人。可是這個軟劍不同於一般兵刃，是不可能有人拿它來砍牌匾的。這種兵器，完全不能用砍招，刺招也需要極強的內力，世上沒幾人能辦到，最常見的招術也就是拉勢、點勢。我知道提刑官不會武功，解釋起來有點困難，這麼說吧，你看，裴青羽對付盜賊王倫，用的就是點勢，用劍尖點中了他的眼睛，而那殺死全大道的凶手，用的就是拉勢，輕輕一帶，就割斷了他的脖子。」

康惟一面色一沉，道：「我不管什麼招術，你快些交代出玉露劍劍主的名字！且不說是不是這人昨晚砍了宋城縣署牌匾，指證張望歸夫婦的最大證據便是全大道死在軟劍之下，既然這人身懷軟劍，也一樣有嫌疑！」張建侯登時又驚又喜，道：「康提刑官也疑心張望歸夫婦不是殺死全大道的真凶？」康惟一道：「他們承認得太過痛快，本司還沒有見過這麼合作的殺人犯，完全不合情理。」

張建侯：「是啊，他們本來就不是凶手。」康惟一狐疑道：「你知道凶手是誰？」張建侯道：「不知道。」包拯忽然插口道：「如果康提刑官讓我們見一見張望歸夫婦，也許我們能說服他二人交代出真相。」康惟一猶豫良久，終於還是點頭同意。包拯又道：「麻煩借玉露劍一用。」康惟一道：「這可不行，准你們入獄探訪重犯已是破例，要攜帶兵器，萬萬不能。」包拯只好放開玉露劍，跟張建侯一道隨差役進來提刑司大獄。

提刑司主管京東路刑獄，關押的犯人極多，每一間牢房都密密麻麻塞滿了囚犯，各按罪行輕重戴著不同重量的刑具。大多數人席坐在地上，也有扶著欄杆向外望的，目光呆滯。

張望歸夫婦因是沙州人氏，算是外國人民，兩人沒有按律分開關押，而是囚禁在一處小牢房裡。也沒有吃太多苦，不像別的殺人重犯那樣背負著十斤重的束頸盤枷，僅手足上了鐐銬。夫婦二人本依偎著坐在牆角，見到包拯、張建侯進來，便一起站了起來。那牢房極小，四人面對面站立，便再無回身餘地。

張望歸道：「包公子，想不到還能在這裡見到你。」包拯道：「事情緊急，我就直說了，建侯新打造了一對軟劍，他手上的是金風，另一柄玉露送給了一位朋友。但眼下這位朋友失了蹤，他的玉露劍斷成了兩截，昨夜被人刻意丟在宋城縣署門口。」

裴青羽道：「包公子是什麼意思？是覺得這件事跟我夫婦二人有關麼？」包拯道：「不，跟尊夫婦沒有關係。但那兩截殘劍上傷痕累累，斷處則是齊整如切，如果我猜得不錯，一定是為青冥劍所斷。」張建侯驚訝之極，「啊」了一聲，張口欲問，又隨即用手捂住嘴巴。他事先得包拯囑咐，到了大獄後不能輕易開口說話，只好強行忍住。

張望歸與妻子對視一眼，道：「青羽、青冥雖是利器，但也只是稱雄於軟劍之中。中原有許多硬質寶劍，如湛盧、純鈞、勝邪、魚腸、巨闕、太阿等。包公子僅從斷口齊整便判斷是青冥劍所為，實是有些武斷了。」

包拯道：「那麼為何有人刻意要將兩截斷劍留在官衙門口呢？青羽娘子，你還不願意說實話麼？娘子想救青冥劍的主人，不惜自承殺人罪名。青冥劍的主人也一樣想救娘子，所以殺了或是擒了我的朋友，然後將他的兵器拋在官衙門口，好讓官府起疑，認為殺全大道的另有其人。」張建侯驚道：「啊，許先生死了？姑父，你怎麼不早……」被包拯瞪了一眼，這才閉了口。

裴青羽道：「包公子，我不想浪費你的時間，我可以明明白白地告訴你，我絕對不會告訴你你想知道的事。」包拯道：「娘子願意為他人犧牲自己，我很是佩服。可而今事態變得複雜，對方也想營救娘子，甚至不惜犧牲無辜的人，娘子難道也任憑這一切發生麼？」

裴青羽道：「恕我夫婦實難如包公子所願。包公子，你來回奔走，勞心費力，不為私利，我夫婦二人極為敬佩。我也要告訴你，我一力庇護凶手，不是因為他是我什麼人，而是為了整個沙州。公子這就請回吧，不必再來了。」包拯卻彷彿醍醐灌頂般，驀然省悟了過來，道：「你們……你們跟党項人達成了協議！」

他得到提示，瞬間想通了一切究竟——沙州的大敵就是西夏，張望歸夫婦來中原尋找《張公兵書》就是為了抵禦西夏將來可能的入侵。既然裴青羽稱她承認罪名是為了沙州，那麼一定是與西夏有了協議。如此可以推算出，殺死全大道的就是党項人，也就是一直住在望月樓的黃河那夥子人，他們之中的一個人身懷青冥劍，並且跟裴青羽的關係非同一般。張望歸夫婦當晚雖然去過全大道家，卻並不知道究竟發生了什麼事，也不知道是誰殺了他，直到從包拯口中得知他死於軟劍後，裴青羽立即猜到是那個跟她關係密切的人所為。她即刻出去尋到那個人，確認無疑後，便提出願意自己承擔殺人罪名，但條件是西夏此後不能進犯沙州。既然她肯犧牲自己的性命，便代表那個人身分非同小可，一定有能力承諾協議。對沙州而言，一個協議遠遠比一本《張公兵書》更有價值，能夠不戰而息人之兵。

那麼，那個人是不是就是那富貴公子黃河？還是黃河的侍從楊守素？如果是黃河，他既是首領，有能力承諾不再進犯沙州，又跟裴青羽有密切關係，張望歸夫婦又何須萬里迢迢來尋兵書？倒是那楊守素的名字聽起來像是漢人，有名門子弟風範，很可能跟裴青羽是親眷。

包拯失聲說了那句話，張望歸夫婦震撼得難以形容。張望歸道：「包公子，這件事……」卻被裴青羽及時打斷了話頭，道：「無論包公子再說什麼，我夫婦二人都不會再吐露一個字。」包拯道：「是楊守素，對不對？他就是青冥劍的主人。」裴青羽全身一震，但也不再多看包拯一眼，只扯著丈夫重新坐回牆角。

事情果真如包拯猜測的那樣——裴青羽正是故靈州知州裴濟之女，與党項人楊守素是同母異父的姊弟。當年，靈州被党項首領李繼遷率眾攻陷，裴濟死難，其妾溫喜帶著女兒裴青羽藏在百姓家中，躲過一劫。裴青羽時年十六歲，她恨大宋懦弱無能，不但不及時發兵援救，反而承認了党項對靈州的統治，讓她父親之死變得毫無意義，由此不肯跟隨母親溫喜逃回大宋、投奔裴氏族人，只獨自留在靈州，立志為父報仇。沒想到沒等她動手，李繼遷便在征戰中中箭身亡。而溫喜則早在逃回大宋的半途被党項人捕獲，押回靈州後賞賜給漢人大臣楊襄為奴。可歎的是，溫喜不但做了楊襄的侍妾，還為他生下一子，取名楊守素。裴青羽無意中發現母親以身侍奉仇人之後，悲憤交加，既在靈州無處容身，又不願回去大宋，遂輾轉來到沙州，嫁給沙州大族張氏之子張望歸。

然而西夏日益勢大，又有狼子野心，張望歸夫婦為了保全沙州，遂來中原尋找兵書。他二人本是祕密行事，對西夏派了奸細潛伏在南京一事一無所知，直到當日在性善寺撞見黃河，才恍然明白了過來。然而黃河當場威脅道：「張望歸，你我井水不犯河水。你敢壞我的大事，我回去西夏就立即發兵滅了你們沙州。」張望歸夫婦遂對西夏人的作為不聞不問，只繼續尋找兵書。全大道一案之後，裴青羽猜到是黃河和楊守素殺人滅口，遂趕去找到黃河，表示願以自己承認罪名的代價來換取沙州平安。而黃河因兵書一事尚無著落，擔心官府全力追查全大道一案而壞了己方大事，也表示同意。至於包拯從蛛絲馬跡中發現了疑點、又從裴青羽的隻言片語中領悟到真相，那就是大大出人意料之事了。

出來大獄，張建侯十分沮喪，道：「就算知道了真凶，也沒有任何證據。許先生多半已經遭了那夥人的毒手，唉，全怪我，非要打造什麼軟劍。」包拯道：「這事跟你無干。我們得趕緊設法找到黃河那夥人。」張建侯道：「對對，如果許先生還沒死，還有救回他的希望。」又問道，「姑父覺得許先生活著的希望還有多大？」包拯本想寬慰內姪，但還是不願說謊話，道：「幾乎沒有。」

差役還想帶張建侯回去大堂，一名書吏奔過來道：「馬龍圖和石學士聯名為張公子作保，提刑官准他離開了。」張建侯道：「咦，想不到我能得到兩位學士的聯名擔保。姑父，這應該是沾了你的光了。正好，我跟你一起去找那些党項人。」

步到提刑司大門處，正遇見一名弓手埋頭進來。包拯認出他是宋城縣尉楚宏的手下，又見他風塵僕僕，一臉倦色，公服上淨染血跡，忙問道：「你是新從城外回來的麼？」那弓手道：「呀，是包公子。有好消息告訴公子，我們捕到那假崔都蘭了！」

包拯、張建侯均是又驚又喜。張建侯道：「太好了！假崔都蘭人呢？人在哪裡？」弓手道：「楚縣尉正帶人押解她回城，人還在路上。楚都尉命小的先快馬回城，稟報各位官人。」包拯忙問道：「你們可有見到楊文廣？」弓手道：「當然有。要不是楊將軍及時趕到，我們還無法將那假崔都蘭捉住呢。」

原來假崔都蘭身邊尚有四名護衛，被楚宏帶領弓手包圍後，奮力死戰。其中一人身中數箭居然還揮刀殺敵，另一人的腸子都從肚腹中流了出來，還能舞刀如飛，像瘋子一樣，有好幾名弓手都死在他們刀下，現場情狀極為慘烈。党項人素以勇悍聞名，這還是眾人第一次親眼得見。那四名護衛拚死搏鬥，擋住楚宏等人，呼喊假崔都蘭快些逃走。假崔都蘭本已衝出包圍圈，正好楊文廣率兵趕到，才將其一舉擒獲。四名護衛則有三人被殺，一人傷重，走到半途就死了。

包拯道：「那楊文廣人呢？」弓手道：「楊將軍應該還在城外，跟楚縣尉一起押送假崔都蘭回來。」抹了一把臉上的汗水，樂滋滋地去了。包拯道：「不好，我們快走！」張建侯不解地道：「這麼著急去哪裡？等在這裡不好麼？一會兒假崔都蘭就被五花大綁地押回來了。」包拯道：「我們得先去找小沈。」

趕來應天書院外的民居時，正見到一身戎服的楊文廣揹著慕容英從屋裡出來。張建侯驚訝地道：「呀，你們在做什麼？」包拯道：「建侯，攔住他們兩個，一個都不准放走！」張建侯尚不明所以，還是應道：「好。」居然還本能地往腰間去拔劍，這才想起金風劍已經被官府收了。

包拯進來內室，卻見沈周歪在床榻邊，人已經暈了過去，忙上前拍他的臉，叫道：「沈周！沈周！」

原來楊文廣見宋城縣尉楚宏捕捉到了慕容英的主人假崔都蘭，心中不知道什麼滋味。猶豫了許久，終於趕來民居，打暈沈周，叫醒慕容英，道：「你的主人已經被官府擒獲，而今你不能再留在這裡了，我得先送你走。」慕容英既意外又感動，道：「可是包拯他們已經知道你收留過我，若是我人不見了，你也會受牽累。」楊文廣道：「管不了這麼多，先救了你再說。」遂揹了慕容英出來，哪知正好被包拯堵在院子裡。

沈周被楊文廣打暈了過去，但對方下手並不重，被包拯一叫，便悠悠醒轉了過來，問道：「他們……逃跑了麼？」包拯道：「放心，還沒有。」扶著沈周出來。

楊文廣已將慕容英放到樹下的凳子上。張建侯見沈周一臉苦相，不斷用手撫摸後腦勺，這才明白過來，不由得很是痛心疾首，道：「小楊將軍，你是將門虎子，怎可為了一個党項女子捨棄前程？」楊文廣卻拔出劍來，道：「我本無話可說，也願任憑各位處置，但今日我一定要先救她離開這裡。」

張建侯愕然道：「小楊將軍這是打算要與我動手麼？」楊文廣道：「我……」一時答不出來。他暗中庇護慕容英是一回事，但若是跟張建侯動手，那就是公然反叛朝廷了，這是滅門重罪，不由得他不躊躇。慕容英扶著木桌慢慢站起來，握住楊文廣握劍的手，道：「不要為了我動刀動劍，我……我願意投降大宋。」

楊文廣垂下長劍，低聲道：「事已至此，你何必為了我為難自己？」慕容英勉強一笑，道：「你不也為了我為難自己麼？」遂提高聲音，道，「只要各位不再提起楊文廣救我之事，我願意坦白交代一切。」

張建侯惱恨党項人害死了妹妹，忍不住嘲諷道：「你還不知道吧，假崔都蘭已經被捕，就算你不坦白，我們也能從她口中得知一切。」慕容英道：「我知道此事，楊文廣已經告訴了我。她的真名叫野利裙，是党項的貴族。但我是西夏王宮女官，掌管文書，所知道的機密遠遠比不識字的野利裙要多得多，我願意以這些來換取各位對楊文廣的諒解。」

張建侯道：「你想說你們背後還有主謀？我姑父也猜到了，是住在望月樓的黃河，對不對？」慕容英道：「他不叫黃河，他叫李元昊，是西夏太子。野利裙則是他的正妃，西夏的太子妃，所以就算你們捕到了她，她不會說一個字，你們的官府也絕不敢動她分毫，頂多就是將她扣在汴京做人質。」

眾人大吃一驚。楊文廣結結巴巴地問道：「你是說，西夏太子來了南京城？」慕容英道：「是的。」楊文廣道：「久聞西夏太子李元昊酷好微服出遊，甚至常常化裝到大宋邊關市集親自購買物品，想不到這次他居然敢深入中原腹地。」

李元昊即現任西夏王李德明之子。他自小胸懷大志，生平好遊歷天下，甚至常常親自化裝成商人到宋邊關打探軍情。宋軍將領打聽到他有這一喜好後，一度派人到邊關市集埋伏，想尋機捕獲他，但因對方機警異常，始終未能如願。李元昊不但到過大宋，還喬裝打扮到過遼國、回鶻、沙州等地。

他極為崇佛，在西夏修建了許多廟宇，以致党項民間有諺語稱：「飾廟富兆，佛像常修。山上建廟，樹下鋪席。」而沙州敦煌地區佛教發達，是佛教徒心中的聖地，李元昊曾多次到敦煌拜訪高僧、觀賞壁畫。有一次，意外被知道他真實身分的回鶻商人認出，報告了沙州的守將張望歸。張望歸親自證實後，又報告了首領曹賢順。但因西夏勢大，曹賢順不敢扣留李元昊，只佯作不知。但張望歸由此與李元昊相識，當日在性善寺遇見，立即各自認出了對方。

慕容英道：「包公子，怎麼樣，你答不答應我的條件？」包拯微一沉吟，即道：「好，只要英娘肯源源本本地交代一切，再向官府自首，今日的事就當沒有發生過。旁人問起，楊將軍大可說是親手捕獲了英娘，或者說是英娘自行向楊將軍投案。」

慕容英道：「一言為定，那我就從頭說起。其實這次來南京，主事之人並不是野利裙，而是西夏太子李元昊。我們起初是也不是為了大茶商崔良中而來，是元昊太子聽說中原最神奇的兵法當數《張公兵書》，連沙州的那夥漢人都派了最得力的人手前去尋找。他一時心動，又想親眼看看中原的花花世界，遂決意來南京尋找兵書。野利裙是太子正妃，她知道元昊太子風流好色，中原又多美女，放心不下，堅持跟來。我本是王宮女官，西夏王怕太子妃出行不便，臨時指定我做她的貼身女官，跟隨在她身邊。」

還有一點她沒提到的是，這野利裙姿色平庸，又驕橫嫉妒，李元昊並不如何喜歡，只不過野利氏是党項大族，即使是西夏王李德明也要盡心籠絡，李元昊娶野利裙為妃是典型的政治婚姻。這次來中原的途中，李元昊反倒看上了英姿颯爽的慕容英，幾次想要勾搭上手。有一次，他色瞇瞇地牽她的手時還被野利裙看見，野利裙自此開始猜忌慕容英，沒有給過好臉色。

包拯道：「你們是怎麼遇到真崔都蘭的？」慕容英道：「就在來南京的途中，我們路過一處山林，正好見到山賊劫了一名年輕女子，壓在身下，欲行不軌。太子妃最見不得霸王硬上弓這種事，立即命我上前殺了山賊，救下那女子。那女子得保清白之身，自然感激涕零，當即將所有經過都說了出來。原來她真名叫葉都蘭，是大茶商崔良中的私生女兒，流落在外許多年。聽說生父正派人四處尋她，要她到南京繼承家產，所以正要趕去南京與父親相認。」

西夏一直有狼子野心，多年來沒少往大宋派遣間諜，在京師和邊關要地都建有祕密據點，然而像南京這樣的地方，地處中原腹地，對西夏沒有任何軍事價值，是以全然一片空白。李元昊一行人需要一處落腳之地，所以謀士楊守素提議殺了崔都蘭，由己方派人假扮她的身分，反正崔良中也從來沒見過親生女兒的相貌。事情進行得很順利，野利裙扮演了崔都蘭，順利與崔良中相認。雖然她本人很不情願扮演這個角色，但發展到後來，李元昊越發覺得可以利用崔良中第一茶商的身分來為西夏謀取最重要的生活物資——茶葉，遂令野利裙無論如何都要保住崔家大姐的身分。

野利裙雖然相貌普通，沒有讀過書，大字不認識一個，沒有文化，也不懂禮儀，但由於是党項大族野利氏的獨生愛女，驕橫無比，連西夏王李德明都對她敬讓三分。她平時頤指氣使慣了，要她扮做別人，一百個不願意，所以勉強上陣後，也是一副冷若冰霜的表情。後來眼見包拯等人對她起了疑心，才不得不掩飾。最可笑的是，崔槐和呂茗茗不知道野利裙的身分，還有要跟她明爭暗鬥的意思。按她的本意，早就該殺了這對夫婦，免得礙手礙腳。楊守素則因崔槐的母親裴德淑，是其母前夫裴濟的女兒，多少算是有點干係，遂從中阻撓，反覆勸說。他是李元昊最信任的心腹，野利裙也有所忌憚，才沒有動手，不然那崔槐夫婦早死好幾回了。

包拯問道：「是你殺了曹豐，再用化骨粉化去了屍首，對麼？」慕容英很是驚奇，道：「包公子居然能猜到化骨粉，著實不簡單。」當即講述了原因。

原來崔良中自以為尋回了親生女兒，樂不可支，最大的心願就是要為愛女招一個好夫婿。野利裙很是心煩意亂，幾次三番向李元昊抱怨過，李元昊承諾他會設法解決。所以當晚崔良中遇刺未死被抬回家後，野利裙的第一反應以為是李元昊下的手，生怕崔良中醒來後說出凶手是誰，而想一不做二不休地殺人滅口。然而官府對崔良中遇刺一案極為重視，還派了宋城縣尉楚宏和弓手寸步不離地守在崔良中房前，令她無法再對崔良中下手。又聽醫博士許希珍說崔良中中了毒，可能醒不過來了，才略略放心，但還是擔心會禍及李元昊。又想到，崔氏跟曹氏一向不和，遂連夜派慕容英前去曹府殺死曹豐，化掉其屍體，造成失蹤的假象，好嫁禍給曹氏。然而，次日即得知事情跟李元昊無關，野利裙實際上是多此一舉，反而是慕容英當晚離開曹府時被楊文廣發現，二人交上了手。雖然她最終逃脫，但畢竟暴露了行跡，留下後患。幸虧楊文廣到提刑司報案後，沒有得到足夠重視，而他本人次日又必須返回寧陵軍營，才算沒有釀成禍事。

本來崔良中中毒在床後，野利裙擺出強硬的姿態，以親生女兒的身分掌管了崔府的一切，還下令守住崔良中的房間，不令外人相見。正打算逐步奪取崔家大權時，馬季良的突然到來完全打亂了她的計畫。最可怕的是，崔良中居然一度清醒過來，還說出了一句話。這令野利裙感到萬分恐懼，因為她和慕容英等心腹曾在崔良中病榻前議論各種祕事，於是殺崔良中滅口遂成為當務之急。馬季良雖然防範極嚴，野利裙還是想到了將毒藥塗在床單上的法子，最終毒死了崔良中。

沈周問道：「王倫那夥盜賊是你們招來的麼？」慕容英道：「對，這也是楊守素想到的主意。我們這次來中原，為了避免引人注目，一行只有十幾個人，人手不夠。楊守素說中原人貪利，可以用金錢買通盜賊來做殺人放火的事，即使事發，也是大宋人所為，不會有人懷疑到西夏頭上。」

包拯道：「性善寺血案當日，你往提刑司官署丟了什麼，是信件麼？」慕容英睜大了眼睛，似很驚訝包拯居然會知道這件事，遲疑了一下，才道：「不錯，是一封信。」沈周道：「信裡到底說了什麼，能令康提刑官到了曹府門前，又自動退去？」慕容英道：「這個我就不清楚了。我曾聽元昊太子和楊守素二人議論過康惟一，但具體是什麼事我也不知道。」

慕容英又解釋了党項人要殺宋小妹的原因，果然就是真崔都蘭曾對野利裙提過——她認識宰相夫人宋小妹。其實，那只是崔都蘭的誇口之詞，她與寇准同鄉，寇准曾攜帶家眷回鄉省親，宋小妹見她可憐，便褪下了手腕上的鐲子，隨手送給了她。崔都蘭將這一段故事添油加醋後講給野利裙等人聽，藉以抬高自己的身分。野利裙卻以為她真的認識宋小妹，而宋小妹也認識她。因而當聽說宋小妹來了南京，並且就住在隔壁的包府時，不由得十分恐懼，決意殺了宋小妹。

論起來，宋小妹的亡夫寇准和李元昊的祖父李繼遷還有過一段舊怨。宋太宗時，李繼遷起兵叛宋，母親罔氏在交戰中被宋軍俘虜，並被做為人質來脅迫李繼遷投降，李繼遷始終不為所動。後來，李繼遷與宋戰火熾熱之時，擔任參政知事的寇准為人強硬，請求將罔氏押送到保安軍，於北門外當眾斬首，「以儆凶逆」，想以此來狠狠打擊李繼遷的傲氣。宋太宗趙光義也同意了。但宰相呂端得知後，立即讓寇准延後斬首的時間，趕到宮中勸阻宋太宗：「當年項羽捉到了劉太公，想將他烹殺以警告劉邦，但劉邦卻說：『希望分我一杯羹。』想做大事的人常顧不得自己的親眷，何況李繼遷是悖逆、凶暴之輩？陛下今日殺了李母，難道明日李繼遷就會束手就擒？如果不能，殺了李母，只會結怨，並加深對方叛逆的意圖。」宋太宗聽了覺得有理，問道：「既然如此，又該如何處理李母？」呂端說：「以臣愚見，應將李母安置在延州，派人善加照顧，藉以招徠李繼遷，即使他不願投降，也可以牽制他，李母生死大權終究是在我方手裡。」宋太宗採納了呂端的計策，將李母安置在延州。雖然李母最終病死在延州，但李繼遷仍然深恨寇准。想不到機緣巧合，幾十年後，李繼遷的孫媳婦野利裙居然與寇准的夫人宋小妹相遇，再結仇怨。

李元昊起初不同意野利裙的計畫，認為宋小妹的丈夫是大名鼎鼎的寇老西，娘家在朝中也很有勢力，她死在南京，勢必引來大宋矚目，那樣會破壞他的尋找兵書大計。野利裙只讓人帶給李元昊一句話：「兵書重要，還是茶葉重要？」對李元昊而言，自然是兵書重要；得到神奇的《張公兵書》，他便可以一統河西，進而與遼國、大宋爭鋒，雄霸天下。然而西北蔬菜不足，士兵不喝茶葉就會生病，他再用兵如神，手下無兵可用，也是巧婦難為無米之炊，不得不咬咬牙，道：「好，選茶葉。」

選茶葉就意味著，得保住野利裙在崔家的地位，就得除去宋小妹。為了這次的計畫，党項人動用了重金聘請王倫一夥人。當日，李元昊到城北的山上，實際上是想遠觀性善寺的情況，不料卻遇到包拯等人，遂乾脆一同進來寺中。而當日應天知府晏殊、提刑官康惟一等官員也趕來拜會宋小妹，加上武功高強的張建侯和裴青羽意外出現，王倫一夥終究未能成事。

慕容英又解釋了那只玉鐲原是真崔都蘭隨身佩戴之物，野利裙不喜歡這硬梆梆的首飾，遂被李元昊收去。等到在沈周身上發現後，野利裙推測丈夫一定又將鐲子送給了什麼女人，格外生氣。

沈周道：「放過我的人是英娘吧？」慕容英道：「是。我本是留下來善後之人，該殺了沈公子，再用化骨粉化掉屍首。我們族人有諺語稱：『朋友誠智，日月親近。』我想到沈公子原是好意，才會告知預言提醒崔都蘭有性命危險，卻不料因此招來殺身之禍，頗於心不忍。猶豫很久，終於還是決定放過你。」頓了頓，又補充道，「我其實不是什麼心狠手辣的人，我做過的那些壞事，都只是奉命行事。」

然而當晚慕容英從楊文廣手中逃脫後錯過了入城時間，直到第二日一早才趕回崔府向野利裙稟報經過。野利裙質問她是不是有意放走沈周，她也承認不諱。野利裙遂大怒道：「包拯那夥人聰明伶俐，沈周一旦得救，我在南京還有立足之地麼？」然而事已至此，保命為上，只得決定放棄好不容易得來的崔家大姐身分。正好宋小妹派人請她過去包府相見，她便以此理由率慕容英及心腹從人離開了崔府。

野利裙一行雖離開了南京，但仍然滯留在城外。他們摸上停靠在下游的一條大船，殺了船上的所有人，將屍首扔在艙底，用化骨粉化掉，暫時躲在船上。只是這些党項人全是旱鴨子，於船上生活多有不便，而化骨粉已然用完，卻還有兩具屍體沒有化掉，屍臭熏天，又因汴河人船如織，不敢隨意拋屍。野利裙的脾氣開始變得暴躁，幾次派人催促李元昊。李元昊只叫人帶話，要她先離開，卻不肯出城來看她一眼。野利裙越發怒火沖天，但還是捨不得拋棄丈夫就此離開。

昨日剛好有個櫓夫尋上船來找活兒，撞上了出艙透氣的野利裙，被她一刀殺死，砍下首級，一齊拋入河中。慕容英上前勸了兩句，說汴河來往船隻極多，河岸上總有排岸司的巡邏士卒定時經過，如此拋屍，必然會被人發現，後患無窮。她知道野利裙性情急躁，還特意用党項民諺勸慰道：「米裡的石頭煮一百年也煮不熟，心情激忿做事萬件一事無成。」哪知道野利裙餘怒未歇，竟拔刀刺了慕容英一刀，又令手下人綁了她手腳，用乾馬糞塞口，再將她塞入麻袋，丟入河中。至於慕容英機緣巧合下為楊文廣所救，則完全是運氣了。

包拯等人聞聽慕容英遭難僅是因為一言之勸，無不駭然，連張建侯都道：「這野利裙不過是個婦人，心腸卻如此歹毒，真該將她也塞入麻袋丟進河中，讓她嘗嘗溺水的滋味。」慕容英歎道：「太子妃不為太子所喜，久有怨恨，不過是湊巧發洩在我身上。也許是我命中注定有此一劫。」

包拯道：「野利裙已然就擒，她多半會自亮西夏太子妃的身分，以避免受刑罰之苦。先不去管她，英娘可知道楊守素身上有一柄軟劍？」慕容英道：「對，叫青冥劍，聽說是他母親傳給他的。楊守素很珍惜那柄劍，極少亮出來示人。」

張建侯道：「那你們或是西夏太子那夥人有沒有捕到一名四十多歲的男子？」慕容英道：「據我所知，沒有。」張建侯道：「那你知不知道西夏太子那夥人藏在什麼地方？」慕容英道：「不是在望月樓麼？」

包拯道：「昨日一早，官府去查過望月樓，之後不久李元昊一夥就離開了。他們既然還沒有出城跟野利裙會合，必然還留在城中。」慕容英道：「我只有前日到過城中，還沒有見到元昊太子就被你們撞見，幸虧下大雨才得以逃出城去。昨日我被太子妃莫名刺了一刀，然後就讓楊文廣救來了這裡，完全不知道城中發生了什麼事。」

張建侯道：「難道除了望月樓，西夏太子再沒有其他藏身之處麼？」慕容英道：「原本是要透過太子妃的假身分弄一處合適的宅子或是店舖，但崔員外的姪媳婦太討厭，每每太子妃要做點什麼，她便跟過來問東問西。加上元昊太子貪戀望月樓的美食，又說最利於藏身之處就是酒樓，所以還沒來得及置辦其他藏身之處。如果有，也是元昊太子背著太子妃做的，我們都不知道。」

包拯道：「那些假交引跟你們有關麼？」慕容英一愣，問道：「交引？那是什麼？」眾人見她對交引一物毫不知情，料想党項人不熟悉大宋經濟和制度，多半想不出這種更改交引面額的主意。可惜崔良中已死，高繼安在逃，也不知道這主謀到底是崔良中，還是另有其人。

慕容英受傷極重，說了這一番話，已是滿頭大汗，上氣不接下氣。包拯便讓張建侯去雇了輛大車，扶她上車。幾人一道回城，先將慕容英安置在城南的兵馬監押司中，楊文廣自己則趕去提刑司稟報。

城內城外正瘋傳官府捉住了西夏奸細，而且是個女人。還有人說，那相貌難看的女人根本就是大茶商崔良中的女兒崔都蘭，說那不久前傳出崔都蘭因父喪傷痛而死的消息是假的。一時間，謠言滿天飛。城中再現熱潮，人們爭相趕去提刑司看熱鬧。

張建侯道：「我們不跟小楊將軍一起去提刑司麼？也許可以從野利裙口中問到西夏太子的下落。」包拯搖搖頭，道：「慕容英說得對，野利裙不會吐露一個字的，她只要亮出西夏太子妃的身分，無人敢動她分毫，只能上報朝廷後等待指示。而朝廷……」

自李繼遷起兵反宋以來，宋朝對党項人一直是採取籠絡為主的態度，甚至還幻想其能主動歸附，這種沒有前瞻性的戰略直接導致了宋軍屢屢失去斬草除根的良機。真宗皇帝在位時，西夏已多次公然進攻大宋，奪去宋土及子民，但宋真宗採取「姑務羈縻，以緩爭戰」的政策，對西夏占領的土地予以默認，以妥協姑息的態度求得邊境和平。除了由於皇帝本人性情軟弱，還因昔日太宗皇帝趙光義曾諄諄告誡子孫：「國家若無外憂，必有內患，外憂不過邊事，皆可預防。唯奸邪無狀，若為內患，深可懼也。」宋真宗深以為然，奉若真諦，外事力求「化干戈為玉帛」。

仁宗皇帝即位後，劉太后亦繼續奉行「守內虛外」、「強幹弱枝」的國策，對外極力討好，派遣使者帶著聖旨到西夏，封西夏王李德明為尚書令，賞賜白銀萬兩、絹萬匹、錢三萬貫、茶兩萬斤等大批財物。李德明接受了物質上的好處，對大宋賜封的尚書令官職卻不置可否；當時，遼國已封李德明為「夏國王」，顯然他內心深處看不上這個所謂的尚書令。使者回報朝廷後，劉太后決意傾心籠絡，先是封李德明西平王，後又加封為夏王。

李德明越發覺得大宋不過是孤兒寡母執政，軟弱可欺，起了建國稱帝的欲望，便違制在鏊子山[2]大起宮室，綿亙二十餘里，亭榭臺池，金碧相間，輝耀日月，極其壯麗。出行時大興儀仗，儼然與宋朝皇帝相仿，還公然追封其父李繼遷為「應運法天神志仁聖至道廣德光孝皇帝」，廟號「武宗」。除了在政治上的造勢，軍事上也是厲兵秣馬，積極擴張，如在省嵬山[3]西南山麓搶修了一座城池；這個地方土地肥沃，牧草豐盛，歷來就是吐蕃部落樵採、放牧之地，西夏搶修城池，明顯是為了控制吐蕃諸部，緩解後顧之憂。一旦西面的威脅解決，西夏很可能就會轉而對付東面的大宋。

而今大宋和西夏的關係實是面鬆內緊，正處於一個極為敏感的時期。以大宋一貫的立場，這次也絕不會主動挑起爭端，像西夏奸細這樣的事，多半也是大事化小，小事化了。這些都是可以預見的事，只可惜了那些被野利裙等人無辜殺死的大宋子民。

包拯並未把話說完，只深深歎息一聲，道：「天色不早，我們先回家去。」張建侯道：「為什麼不設法去找西夏太子和許先生？」包拯道：「小楊將軍已經下令封城，稍後就會在全城展開大搜索，我們再也做不了什麼。至於許先生，唉——」不由得長歎一聲。

在他看來，許洞很可能已經不在人世，而且屍骨無存。這是因為許洞失蹤是在前夜，如果他就是那闖入提刑司官署的飛賊，落入党項人手中多半是發生在飛賊事件之後。可是當時李元昊等人尚住在望月樓，如果擒住了他，又將他藏在了哪裡？萬無一失的法子，就是當場殺死他，再將屍骨化去。

沈周道：「你認為，砸毀宋城縣署牌匾的那夥人，其頭目就是楊守素，他在現場留下玉露斷劍，是為了嫁禍給許先生？」

包拯道：「對，而且這件事一定跟全大道有關。全大道是被楊守素殺死的，他死前曾被逼供，而且肯定是關於兵書殘頁之事。全大道知道那殘頁是假的，卻不能說實話，不然必死無疑。我們雖然不知道他最終對李元昊說了些什麼，但對方肯定是問出了話才會下手殺他滅口，而次日即發生宋城縣署牌匾被砸一事。如果我猜得不錯，楊守素以取到牌匾後方的物件為其主要目的，至於丟下玉露斷劍嫁禍許先生，不過是順手而為。」

沈周道：「可是這不對啊。我是說前面的都對，嫁禍這件事不對。」包拯道：「怎麼不對？願聞其詳。」沈周道：「第一，許先生是前夜失蹤，是在我們告訴他全大道被殺之後，就算他夜闖提刑司、後又落入了党項人之手，屍體被化掉，党項人為什麼要特意留下他的斷劍？第二，死者死於軟劍的事情只有我們幾個知道，當時我們只是懷疑張望歸夫婦，還去過望月樓一趟。楊守素不可能提前知道我們會懷疑到他頭上，當時他還住在望月樓，更不大可能會預先留下許先生的玉露劍，做為日後嫁禍的證據。」

張建侯道：「我也有個大大的疑問，看許先生的斷劍，應該是經過一場激戰後才落入党項人之手。他闖入提刑司時已然露了行蹤，鬧得雞飛狗跳，又是和党項人在哪裡交的手，以致打得天翻地覆也沒有人發現？」

包拯「啊」了一聲，道：「你們兩個提醒得極對，一定還有什麼事情，是我們忽略了，或是不知道的。」

1 西夏當時還沒有自己的文字，書面記錄用的是漢文。直到西元一〇三六年，「元昊自製蕃書，命野利仁榮演繹之，成十二卷，字形體方整類八分，而畫頗重複」（《宋史・夏國傳》）。八分，是古漢字一種書體的名稱，又稱「楷隸」，指東漢中期出現的新體隸書，字體似隸，而體勢多波磔。關於八分的命名，歷來說法不一，或以為二分似隸，八分似篆，故稱八分；或以為漢隸的波折，向左右分開，「漸若八字分散」，故名八分。

2 鐵子山：今陝西延安西北。

3 省嵬山：今寧夏石嘴山東。

【卷十】滄浪濯纓

她乾瘦的臉明顯流露出幸災樂禍的表情，陰霾的雙眼中閃耀著冷酷的光芒，然而當她轉過身去，卻留給眾人一道落寞的背影。她只是個小人物，既有小人物的脆弱，又有小人物的堅強，既有小人物的粗鄙，又有小人物的不凡。

喧囂浮華的背後，該遺忘的都被人刻意地抹去了。

本該是南京一大盛事的鬥茶大賽，因種種緣故，最後只在平平無奇中謝幕，全大道的案子也終於了結。按照官方公布的案情，凶手是沙州人氏張望歸夫婦。他二人本為尋《張公兵書》來到中原，當晚趕去全大道的家中，用刑逼問了兵書殘頁情形。全大道被迫招供出兵書是假的，是他為了生財而偽造的，張望歸夫婦一怒之下便殺了他。令人唏噓不已的是那張望歸的身分，他不獨與張巡同宗同族，還是唐代名將張議潮的直系子孫。他夫婦二人因為非大宋子民，又兼有沙州使者的身分，提刑司不敢擅斷，只將案情上報朝廷。

尋找《張公兵書》的熱潮終於淡了下來，代替它的是西夏奸細話題。大茶商崔良中也再度成為街談巷議的熱門人物，因為他千辛萬苦尋回的女兒崔都蘭竟然是西夏太子妃野利裙。龍圖閣直學士馬季良雖然不願義弟家醜外揚，可是為了平息兵書風波，不得不做出少許犧牲。於是，假崔都蘭之事被一再誇大，洋洋灑灑，添枝加葉，演繹出許多生動的故事來，揭破西夏奸細的功勞也全算在馬龍圖身上。但城中也有傳聞，說這件事其實全是小青天包拯的功勞。最令人津津樂道的，是野利裙被綁到提刑司大堂後的第一句話：「哼，你敢對我動刑，你可知道我是誰？我是西夏太子妃野利裙。你敢對我無禮，明日大宋皇帝就滅你滿門！」於是，一向鐵面無私的提刑官康惟一為之束手，恭恭敬敬地下堂，親手為野利裙解開了綁繩。

野利裙雖然沒有成為提刑司的座上賓，卻也沒有淪為階下囚，只被軟禁在官署的一間空房中。她未來的命運已經不能由康惟一等官員決定，而要由大宋皇帝、皇太后來主宰。慕容英則因為主動投降大宋，亦沒有享受鐐銬加身的待遇，先暫時被安置在兵馬監押司軍營中，一邊養傷，一邊等待朝廷發落。

但對包拯等人而言，真相遠非這些。但官府加派人手以搜捕野利裙餘黨的名義，四下搜尋李元昊、楊守素等人，竟始終沒有任何發現。經歷許洞失蹤一事，包拯雖仍懷疑提刑官康惟一，卻不再有當面向他質問的想法。還是沈周說得對，證據，最要緊的是證據。然而另一個不幸的消息是，曹府戚彤派出的僕人並沒有追到張堯封夫婦，他們乘坐的夜船離開南京後，不久便遇到水盜，連人帶財都不知道被劫到哪裡去了。若是能尋回曹雲霄，她肯承認祕密情人即是李元昊，那麼就可證明李元昊要挾康惟一一事屬實；然而證人憑空消失，一切成為了夢幻泡影。應天府學曹誠得知愛女和女婿被水盜劫走，人財兩失，急怒攻心，吐血暈倒，當晚就撒手歸西。

文彥博則居然在這個時候回來了南京，帶來了更加令人不安的消息——西北發生了羌人之亂，朝廷正設法平亂，他父親文洎調任河東轉運使也與這次事件有關。原來，西北邊界地區住著許多少數民族部落，稱為「熟戶」[1]。這些羌人雖然歸順大宋，卻常被自高自大的大宋官員欺凌侮辱。環州知州崔繼恩因需要大批糧草，強行攤派給轄區熟戶，不斷派人催督。負責催督的宋朝官吏欺騙羌人不知具體數量，加倍徵收，羌人稍不如意，他們便大打出手，遂引發羌人部落不滿，人心思亂。之前，涇州蕃部首領廝鐸論因犯罪而逃亡，正好在這個時候回來故鄉，涇原路鈐轄周文質與部屬王謙、史崇信三人共同商議要誅殺廝鐸論，預備逮住他之後當眾凌遲處死。羌人疑忌頓生，決意鋌而走險，互相傳箭，聯合起來舉兵包圍了平遠、定邊、合道、石昌[2]等宋軍駐紮的城寨。周文質等人又擅自作主，調動兵馬，準備動用武力鎮壓羌人的反抗鬥爭，局面遂一發不可收拾，羌族各部落群起響應，聯合起來共同對付宋朝軍隊，形成了嚴重的邊境騷亂。

包拯聞聽事變經過，不由得皺眉道：「為何朝廷任用的邊將總是些粗鄙無能之輩？本來無事，偏要好端端地催生出一場事變，而今西夏又要藉機生事了。」文彥博道：「這也是朝廷最擔心之事，聽說羌人已經派人向西夏求援，預備兩方聯兵，共犯大宋。」送走文彥博，沈周道：「看來朝廷多半要將野利裙當做談判的籌碼了。可惜沒有捕到李元昊，不然籌碼更重。」張建侯道：「這麼說來，野利裙根本就不會受到懲罰？那些被她害死的人豈不是都枉死了？」沈周道：「就算沒有西羌之亂，野利裙也不會受到大宋國法懲處，現下她更可以全身而退了。」

張建侯一時默然。正好有僕人進來告道：「幾位公子還在家裡做什麼？外面的人都趕著說，朝廷下了旨，要押那西夏太子妃進京了。她就快要出提刑司了，公子們不去看熱鬧麼？」包拯幾人聞言，越發意興闌珊，乾脆各自回房，讀書的讀書，午睡的午睡。

剛翻了數頁書，便有僕人來叫包拯出房見客。包拯來到堂中，卻見父母雙親和未來的岳父董浩都在，料想是要商議自己的婚事。哪知道包令儀卻先告知，朝廷已經批准了他辭官回鄉，近日移交官署事務後，便要預備返鄉之事了。包拯聞言，心中無喜無悲。他當然希望留在南京，畢竟這裡有最好的書院、最好的老師、最好的同學，但他也希望早日送小遊回家，希望父母遠離是非之地，安心頤養天年。無論如何，總算是有歸期可待了。

包母道：「離開南京前，我們和親家公都希望能將你和董平的婚事辦了。」董浩道：「是啊，你們儘快成親，平兒就可以跟你一道返鄉，沿途照料公公、公婆，免得日後來回奔波。」他畢竟愛惜女兒，想到從此與愛女遠隔千里，再難見上一面，眼角竟濕潤了。包拯見到董浩老淚縱橫的樣子，心中很是感動，忙躬身道：「一切但憑父母大人和岳父大人作主。」遂坐下來一道商議具體日子和安排。

婚禮雖是大喜之事，但操辦起來淨是瑣瑣碎碎的細節，這一談竟是大半個時辰。忽然瞟見張建侯自外面進來，包母忙叫道：「建侯，董公在此，還不快來見客。」張建侯道：「嗯，這個……董丈好。姑父，你先出來一下，我有話對你說。」包拯見他神色局促不安，料想發生了大事，忙幾步跨出門檻，來到庭院桂樹下，才問道：「出了什麼事？」張建侯不及回答，便有僕人闖進來，連聲叫嚷道：「西夏太子妃被殺了！哈哈，大夥都拍手稱快呢！」包拯大吃一驚，問道：「你要說的就是這件事？」張建侯點點頭，又搖搖頭，道：「不是我。」包拯驚道：「你背著我自己去了汴河碼頭？你……你想殺她？」這個「她」自然就是西夏太子妃野利裙了。

張建侯道：「不錯，我是氣不過！我曾經發誓要為妹妹報仇，這個西夏太子妃是害死妹妹的凶手，我是想要殺她為小遊報仇，但還沒等我動手，就有人搶先殺了她。」包拯見他激動之下聲音頗大，生怕堂中人聽見，忙拉著他來到沈周房中。沈周剛剛午睡起床，睡眼惺忪，問道：「是野利裙被殺了麼？」張建侯驚訝異常，道：「你不是一直在房中睡覺麼？怎麼會知道這件事？」
沈周道：「那野利裙到中原後害死了不少人，且不說崔良中父女和曹豐，就是性善寺中死的九條人命，都該算到她頭上，還有她在城外殺死了大船上的一家十餘口，可謂雙手染滿鮮血。可是她卻能若無其事，不受大宋法律的制裁，這如何能讓人心服？商丘本是民風勇悍之地，出那麼一個大俠客，行俠仗義，替天行道，出手殺死這害人精，根本不足為奇啊。」他一番話洋洋灑灑地說完，才驀然回過神來，問道，「建侯，不會是你做的吧？」

張建侯道：「我本來是想要去殺她的，但有人搶在前面動了手。」沈周道：「你沒看清是誰麼？」張建侯道：「沒有。你們人不在場，完全想像不到當時的局面有多混亂！」

原來，趕去看野利裙出城的人多如牛毛，從南門通往汴河碼頭的道路兩旁，人如潮湧，熙熙攘攘。押解隊伍之中，最前面的是兩輛囚車，裡面分別載運張望歸和裴青羽；他夫婦二人是殺人重犯，雖有沙州使者身分，還是按律上了重枷重銬，各自一身赭色囚衣，頗為狼狽地坐在囚車中，低頭不語。但圍觀者對這二人毫不感興趣，人人爭相仰頭，盼望看到後面的西夏太子妃——居然沒有看到！野利裙果然享受了太子妃的待遇，坐在一輛馬車中，四周圍了厚厚的青灰色幔布，根本看不到內中情形。人群陡然有些憤怒起來，不滿的情緒處處滋生。

馬車緩緩穿過人流，到了碼頭邊。此刻，張望歸夫婦已經被押上官船，馬車只能停在囚車之後，無法靠近船板。有禁婆上前打起簾子，扶著只戴了一副手梏的野利裙下車。她雖是囚徒身分，卻有恃無恐地微笑著，越發引來眾人憤怒。忽聽得「噗通」一聲，隨即有聲音高嚷道：「落水了！有人落水了！」正在眾人一愣神間，又有人喊道：「打死這西夏女人！」

局面就在剎那間失控了，一大群人爭相圍上來，有朝野利裙扔石頭的，有吐口水的，有推攘不休的，還有拳打腳踢的。大批兵士蜂擁過來阻止，情形越發混亂，許多人都被擠得掉進了河中，「救命」之聲不絕於耳。等到負責押送囚犯的楊文廣趕上前來，好不容易彈壓住場面，那野利裙已經倒在地上，胸口插著一柄解腕尖刀。人群愣了片刻之後，登時爆發出雷鳴般的掌聲，爭相為這個惡貫滿盈的党項女人被殺而叫好。

張建侯道：「從南門開始，我就一直跟在馬車旁，心中揣摩著要殺野利裙，等她下車登船時，那會是最好的時機。當我看到禁婆扶她下車，便要上前，但人群忽然騷動起來，我被夾在人流中，進退不得。好不容易擠到野利裙身旁，正看到她胸口插著一把刀，她雙手扶住刀柄，瞪大眼睛望著我，口中呵呵有聲，似是想向我求救。我還來不及理會，就又被一股人流帶走。後來我看小楊將軍到了，就轉身離開了。」

沈周道：「這個凶手很厲害，時機把握得極好，一定不是普通人。」張建侯道：「這個人為民除害，我要是知道他是誰，可要當面感謝他。」包拯道：「楊文廣看見了你麼？」張建侯道：「看見了啊，我還朝他點了一下頭呢。姑父，你就別因為那件事再怪小楊將軍了。你看慕容英投靠了朝廷，而今留在軍營中，幫助改進火蒺藜等火器的造法，不也是造福於大宋麼？」

包拯道：「不是那件事。眼下麻煩大了，百姓認為野利裙是罪有應得，死有餘辜，但她是西夏太子妃，死在南京，大宋無法向西夏交代，必然全力追查此案。找到凶手之後，即使不即刻處死，也會綑送給西夏。」張建侯大怒，舉拳重重砸在窗框上，連聲道：「無恥！無恥！」

沈周歎道：「對外邦交本就是十分複雜之事，有時候甚至顧不上是非曲直。野利裙在這個時候遇害，使得局面更為複雜。」張建侯冷笑道：「朝廷願意瞎忙，就去忙活吧。剛才情形那麼亂，在場的至少有成千上萬人，如何能查到凶手？」

包拯搖了搖頭，道：「官府最先想到的就是那些被野利裙直接或間接害死之人的親屬，他們動機最強，嫌疑最大。建侯，你有麻煩上身了。」話音剛落，便有僕人匆匆拍門，告道：「外面來了許多官兵，不是官府的人，是穿軍服的赤老[3]，手裡都拿著長槍呢！指名要張公子出去。」張建侯「啊」了一聲，道：「姑父，這下我可更佩服你了。」趕出來一看，堂前果然站滿武裝兵士，為首的卻是兵馬監押楊文廣。

張建侯道：「小楊將軍是奉命來拿我的麼？」楊文廣道：「這個案子而今沒有官署肯接手，我是負責押送野利裙進京的官員，只好暫時由我代管。張公子，我也知道令妹死得無辜，然而楊某職責所在，請你諒解。」令兵士上前執住張建侯的手臂，親自搜他身上，卻搜出一柄解腕尖刀來，是他出門前臨從廚房取得，上面還黏有菜葉。楊文廣道：「張公子，這就跟我走一趟吧。」又道，「包公子和沈公子若是願意在公堂上為張公子申辯，也請隨我一起來。」包拯便進去向父母打了聲招呼，跟楊文廣一行出來。經過崔府時，見到崔槐也正被兵士帶出來。

張建侯道：「崔員外也是嫌犯麼？」楊文廣點點頭，道：「守城士卒在南門見過他。」沈周道：「如果小楊將軍判斷嫌犯的根據是動機，那麼其實還有一些人有嫌疑。譬如應天府晏知府、轉運司韓轉運使等，他們都有家僕在性善寺被殺。而今應天府和提刑司都不肯接野利裙的案子，這不是很可疑麼？還有圍捕野利裙時被格殺的弓手，他們都是本地人，都有親眷在此，也可能有人出頭報仇。」楊文廣道：「好，我會讓書吏記下沈公子的話，然後一一調查清楚。」

來到兵馬監押官署，野利裙的屍首已用門板被抬到堂下。她雙目圓睜，怒氣凜然如生，雙手仍然保持著臨死前的姿勢，緊緊扶在胸口刀柄上，那刀已直沒入胸，只剩下木柄在外。正好有兵士將仵作馮大亂帶進來。馮大亂很是不滿，一進來就嚷道：「老漢我是宋城縣署的差人，又不是軍人，小楊將軍不經我上司允准，就派人強行將老漢我帶來這裡，可是不合規矩。」

楊文廣道：「抱歉，實是因為軍營中沒有仵作，不得不冒昧請馮翁前來相助。呂縣令那邊，我自會派人去打聲招呼。」馮大亂見他謙和有禮，這才勉強上前，將野利裙已然僵硬的雙手扒開，露出嶄新的木質刀柄來。又招手叫道：「張小官，你過來幫手。」

張建侯應了一聲，包拯忙道：「建侯現下也是疑犯，不如我來幫馮翁拔刀。」上前彎腰，右手握住刀柄，一下竟未能拔出。雙手握了上去，使盡吃奶的氣力才將那柄尖刀拔了出來，刀尖上猶在滴血。

馮大亂是有名的仵作，生平驗過的屍首有數十具之多，有男有女，也不以死者是婦人為忌諱，便掀起野利裙衣襟，驗過傷口，才道：「你們都親眼看到了，包公子這樣一名年輕男子，都要用盡全身之力才能拔出刀來。再看這柄凶器，這就是市集上最普通的尖刀，雖然新開了刃，但不算鋒利，刀質也一般。」

楊文廣道：「馮翁的意思是，凶手要麼力氣驚人，要麼身懷武藝？」馮大亂道：「嗯。」楊文廣便命人放了崔槐。崔槐居然感到受到了侮辱，憤然道：「你們都覺得我力氣小麼？」張建侯笑道：「力氣小也有好處啊，不用當嫌犯。」崔槐哼了一聲，悻悻離去。

楊文廣道：「張公子，眼下以你的嫌疑最大，你身手了得，大夥都知道。我也親眼看到你從野利裙身邊離開，你還有什麼話好說？」張建侯道：「不錯，我是到過……」沈周生怕張建侯說出本來是要去殺野利裙的話，因為起意殺人，即使未能成行，也是有罪，忙咳嗽了一聲，打斷道：「這柄凶器明顯是凶手臨時從市集買的，楊將軍不妨派人拿刀到市集上，比照刀樣找到賣刀的鋪子，向鋪主查問買主是誰。」

包拯卻搖頭道：「這條路行不通。野利裙被殺，人人拍手稱快，可見人心所向。鋪主即使不心向凶手，也會迫於輿論壓力，絕不會吐露買刀人的姓名，他只需推諉不記得就行。楊將軍，我不妨實言告訴你，建侯確實是要去殺野利裙，只不過有人搶了先，你從他身上搜到的廚刀就是證據。」

楊文廣道：「我早猜到會是這樣。唉，當時現場亂極了，這可要如何查起？」張建侯道：「應天府和提刑司都不肯接這件案子，可見是個燙手山芋。小楊將軍也是個正派人，為什麼一定要抓住凶手呢？他也算是做了一件好事呀。」楊文廣搖搖頭，道：「這件事不是那麼簡單，如果不儘快查出真凶，只會牽累更多無辜百姓。」轉頭問道，「包公子，你聰明絕頂，之前屢破奇案，可有什麼好法子？我真的不是貪圖自己立功，而是……」

包拯道：「我明白，而今的局面，必須找到凶手。」想了半天，也沒有什麼好法子。馮大亂道：「我該做的事都做完了，得趕緊走了。」楊文廣不便強留，忙命人送他回去。

忽有兵士進來稟報道：「慕容娘子求見。」楊文廣料想她是聽到野利裙被刺的消息，想來看看故主，便命人讓她進來。慕容英的傷勢雖然好轉不少，但行動仍是遲緩不便，扶著拐杖慢慢踱了進來，與眾人見禮，這才走到野利裙的屍體旁，歎了口氣，目光中頗見複雜意味。楊文廣道：「英娘的傷還沒有完全好，先過來坐下。」親自扶著慕容英，神情間頗為殷切。慕容英道：「是誰殺了她？」張建侯一直記恨党項人害死了妹妹，聞言忍不住譏諷道：「怎麼，英娘還想為故主復仇？」

慕容英道：「我是西夏王宮女官，並不是太子妃的屬下，這次是臨時受命才跟隨於她，她無故濫用私刑殺我，於天道不合。我們党項人恩怨分明，既是結下怨仇，必須要設法報復。有諺語稱：『若不復仇，穀麥不收，男女禿癩，六畜死，蛇入帳。』若不是我重傷未復，不等旁人動手，我一定親自索她性命。我問殺她的是人是誰，是想好好感謝他。」西夏人喜愛諺語[4]，常常舉辦諺語競賽，有話云：「諺語不熟不善談話，牛馬太少就吃不飽。」又有話云：「賢婦穿粗毛布衣也很受看，君子用諺語辯勝人思要點。」言談中引用諺語是司空見慣之事。但包拯等人聽在耳中，未免有些怪異。尤其慕容英背叛怨恨舊主，眾人心中均覺得不是滋味，然而轉念想到野利裙心狠手辣，對待己方的女官如此殘忍，慕容英心灰意冷之下，轉而效力大宋也是情理之中之事。

張建侯尤其覺得喜出望外，道：「對，我也想好好謝謝這個殺死野利裙的人，可惜……」包拯忙道：「建侯，這種話不可再說。」又正色道，「我也勸英娘別再隨意說這種話。你既已投靠大宋，朝廷利益當高於個人利益，切莫以私仇為念。眼下，野利裙在南京城外遇刺身亡是一樁天大的麻煩事，必須得儘快找到凶手。」

慕容英沉默許久，才道：「包公子說得極是。既然你們難以從物證追蹤凶手，我有個法子，也許可以讓凶手自投羅網。」眾人正苦無良策，忽聽慕容英說她有辦法，不由得半信半疑，急忙催她快說。

慕容英道：「那凶手在眾目睽睽下刺殺西夏太子妃，其實冒險之至，可見這人心中有極大的勇氣和擔待。百姓們鼓掌為他喝彩，自然是因為他有懲奸除惡的意味。這樣一個人，應該是個有正義感的人。如果楊將軍就此將張公子扣下，稱他就是凶手，畢竟他身懷武藝，又有動機，完全符合凶手的特徵，旁人都會相信，但只有凶手知道他不是真凶。然後再放出消息，說張公子寧死不肯承認罪名，遭到嚴刑拷打，幾近垂死。那真凶必定良心難安，說不定會就此主動投案，以洗清無辜者的嫌疑。」

楊文廣道：「這倒是個值得一試的法子，然而能否發揮作用，全在於那凶手是否有一念之仁。」沈周道：「既然也沒有別的法子，不如試上一試。」楊文廣道：「好，那我們就儘量逼真些。張公子，只是要委屈你了，我得下令將你綁起來。」張建侯其實很不願意那凶手就擒，然而聽到包拯曉以利害，不得不應承下來，道：「只要能捉住凶手，你真的命人打我幾下也沒問題，反正我皮糙肉厚，受得起。」慕容英道：「若要凶手信以為真，光綁起張公子還不行，將軍還應該帶人去搜查張公子的住處，也就是包府，如此才能煞有其事。」

張建侯忙道：「這可不行。我祖姑父、祖姑姑年紀大了，哪受得起這個驚嚇？況且包府上下正在籌備姑父和董家娘子的婚事，這樣派人大大鬧上一場，成何體統？」沈周道：「建侯被捕的消息遲早要傳入包丈和伯母的耳中，他們肯定會因此而擔心。不如先告訴他們真相，一起配合楊將軍來演一場戲。」

包拯雖覺得無端將父母捲入其中不甚妥當，但當此境遇，沒有別的選擇，遂無異議。哪知道包拯回家到內堂跟父母一說，包母並不同意，道：「你成親在即，還要為這些不干己事的案子操心倒也罷了，若是傳揚開去，親家那邊知道建侯惹了官司會怎麼想？還會不會將獨生愛女嫁給你？」

包拯道：「如果董丈因為建侯捲入官司就不肯嫁女，那麼這樁親事不成也罷。」包母聞言更是生氣，斥道：「那個西夏太子妃是害死小遊的主謀之一，有人殺了她，是伸張正義，你不好好感謝人家為小遊報了仇，反而要設圈套誘捕恩公，甚至可能連自己的親事都要賠上，這是什麼道理！」包拯從未見過母親發這麼大火，便跪了下來，道：「孩兒多有不是，然而這件事已然至此，建侯被扣在軍營的消息已經放出，楊將軍的人馬很快就要到了，請娘親權且通融一下。」

包令儀忙勸妻子道：「算啦，拯兒也是為了大局著想。那西夏太子妃死在南京，西夏能善罷干休麼？朝廷正擔心西羌與西夏聯合，能不為此擔心麼？必然會大張旗鼓地追查凶手，甚至會不惜犧牲無辜百姓來取悅西夏。拯兒能放下私怨，為天下蒼生考慮，未雨綢繆，實在是可喜可賀之事啊。日後親家公知道，只會讚賞他識大體，絕不會怪他的。」一邊勸著，一邊扶著妻子進去內室。片刻後出來，親手扶起兒子，道，「你母親只是一時心急你的婚事，其實她心中始終認為你是個好孩子。快些去辦你的事吧。」

包拯道：「是。辦完這件事，孩兒自會向母親請罪。」一出來外堂，正跟沈周談及細節之事，便有僕人驚慌地奔進來嚷道：「公子，不好了，楊將軍帶著許多人馬包圍了這裡。」

張建侯被捕刑訊，以及包拯、沈周也被兵馬監押楊文廣帶走訊問的消息，不到天黑前就傳遍了全城，許多市民自發趕來包府慰問，有敬佩張建侯出手鋤惡的，有仰慕包拯為人的。包府卻始終緊閉大門，連聞訊趕來的親家董浩都吃了閉門羹。於是人們紛紛安慰董浩道：「董公尋了個好女婿。包公子人稱小青天，一定不會有事的。」也有人大罵楊文廣，說他枉為名將之後，居然為了一個西夏太子妃反倒對付起忠良來了。總之，人聲鼎沸，喧嚷堪比市集。直到夜深，人群才逐漸散去。

張建侯被反吊在兵馬監押司的一處空房中，挨了不少鞭子，衣衫都被抽爛。到半夜時，兩名負責看守的兵士也是昏昏欲睡，各自伏在案桌上打盹。忽有一名武官走進來，喝道：「你們好大膽子，居然偷懶，讓犯人逃走了。」兩名兵士一驚，不及起身，忙轉頭去看張建侯，後頸卻先後著了重重一記敲打，重新伏在桌上，這次卻是暈了過去。那武官走到張建侯面前，輕輕叫道：「張公子！張公子！」

張建侯在兵士被打暈時便即驚醒，強忍著不作聲，聽到那武官的聲音十分熟悉，再藉著火光一看，不由吃了一驚，道：「楚縣尉？怎麼是你？」那武官正是宋城縣尉楚宏，他上前扶住張建侯的雙肩，誠懇地道：「張公子，我很抱歉，是我累你受苦了。可惜我還不能就此投案自首，好洗脫你的罪名。不是我貪生怕死，而是我得為了我的恩人著想，請你原諒我另有苦衷。」

張建侯道：「你……原來是你！唉，你快走！」楚宏道：「我冒險來這裡見你，就是要告訴你一句話，你一定要堅持住，我會設法救你。」張建侯急道：「我不要你救！你快走！」楚宏越發內疚，道：「唉，我真沒想到事情會成這樣，我恨不得以身代你。」張建侯道：「哎呀，你怎麼那麼笨啊！快走！快走！」

房中驀然燈光大亮，許多兵士舉著火把搶了進來。有人在背後道：「楚縣尉人既然已經來了，何不就此投案自首？」楚宏本能地去拔兵器，但見到包拯、沈周、文彥博和楊文廣並排站在一起，便垂下手來，悵然道：「原來這是你們設下的圈套。」任憑兵士繳去兵刃，給自己的手足上了枷鎖，絲毫不加反抗。楊文廣命人解下張建侯，扶他到一旁坐下，後走到楚宏面前，道：「多虧文公子機警，料到凶手也許會冒險來救人。不過楚縣尉，我真想不到來的人會是你。」

原來，文彥博聽到張建侯被捕及包拯被帶走的消息，便立即趕來兵馬監押司。得知真相後，這位自小就有「神童」之稱的名門公子當即道：「凶手不一定會投案自首，也許會設法營救建侯。」沈周不以為然地道：「這裡可是兵馬監押司官署，是南京軍營所在，到處是全副武裝的軍士，誰敢冒險來這裡救人？」

文彥博道：「如果凶手不是普通人，而是大有來頭，可以名正言順地進來官署呢？那把殺死野利裙的尖刀，雖則普通，卻是嶄新，並不如何鋒銳，一定是凶手臨時去買的。大凡立志復仇之人，都會事先準備一把利刃，或是使用趁手的隨身兵刃。這個人卻反其道而行，除了對自己的武功相當自信，還有一個很重要的原因，那就是他要掩飾本來的身分。」一番分析，旁人深以為然，楊文廣遂做了周密安排，想不到果然一舉奏效。

楚宏見事情已經敗露，便坦然乾脆地承認道：「不錯，是我殺了西夏太子妃野利裙。」不待訊問，便主動敘述了經過——他前一天在市集上買了一把剔肉的解腕尖刀，今日一早便身著便服來到汴河碼頭，混入等著看熱鬧的人群之中。野利裙下車後，現場忽然發生一陣騷亂，他便乘機上前，一刀刺進野利裙的胸口，隨後擠出人群，離開了現場。

包拯道：「楚縣尉自然有殺人的能力，但你的動機是什麼？你為什麼要殺野利裙？」楚宏道：「我只是覺得她作惡多端，不能放任她逃脫制裁。況且，她的手下殺了我好幾名下屬，我有責任為他們報仇，好向死去弓手的家屬交代。」張建侯活動著被綁得發麻的手腕，歎道：「其實楚縣尉不動手，我也要動手的。唉，如果早知道凶手是你，我就不會同意跟楊將軍他們一起演這場戲。」

包拯卻不相信楚宏的說法，道：「聽說早在圍捕野利裙之時，她手下就喊出了她的太子妃身分，當時楚縣尉就該知道，以她的身分，大宋是不會對她怎樣的，為何不當場動手殺她？」沈周道：「是啊，如此還可以瞞天過海，說你不知道對方的身分，對方是在拒捕格鬥中被殺。」

楚宏道：「我可沒有幾位這麼聰明，能想這麼遠，我以為大宋國法會制裁她。況且，當時楊將軍已然趕到，我怎能再隨意殺人？」包拯道：「既然如此，你就該投案自首，為何還要對建侯說，是為了你恩人著想之類的話？你的恩人是誰？」楚宏官任宋城縣尉，負責治安捕盜，也常常審問犯人，知道言多必失，乾脆閉了口，以沉默應對。楊文廣道：「是不是你頂頭上司宋城縣令呂居簡？他的妹妹呂茗茗和妹夫崔槐心中也是極盼望野利裙死的。」楚宏只是三緘其口。

包拯道：「我倒是覺得，提刑官康惟一的可能性更大些。」楚宏的身子明顯一震，猶豫了一下，還是開口辯解道：「包公子請不要隨意猜測。我確實和康提刑官有私交，但這件事跟他無關。」包拯道：「我懷疑康提刑官跟這件事有關，並不僅僅因你跟他有私交，而是有種種跡象表明，康提刑官受過党項人的挾制，他很可能是要殺野利裙滅口。」當即說了之前康惟一從曹府門前退走，是因為接到慕容英丟進官署裡的匿名威脅信。

楚宏連聲道：「沒有的事，沒有的事。包公子這些全是臆測，慕容英自己都不知道信裡面寫了什麼，沒有切實的人證物證，如何讓人心服口服？」沈周道：「物證只有那封信，而且多半已經被康提刑官銷毀。人證只有曹雲霄和李元昊，二人都失了蹤。楚縣尉，就算沒有人證物證，這前後的事情聯繫起來，你還不清楚究竟麼？」

楚宏道：「反正不論你們再說什麼，我都不會再說一個字。」文彥博道：「那好啊，我們就專心來找你口中的恩人到底是誰，其實要驗證這件事一點也不難。楊將軍，你先祕密將楚縣尉扣押起來，不要張揚，對外仍然稱張建侯是凶手，正在嚴刑拷問口供。再派一批人悄悄埋伏在楚縣尉的家裡。他莫名失蹤，有心人自然會來找他，來一個，抓一個。保管三天之內，便可見分曉。」

楚宏臉上登時大現焦色，大聲道：「我既然已經認罪，各位為何還要苦苦相逼？」楊文廣見此計大妙，幾有立竿見影之效果，便命人將楚宏收押，嚴加看管，再安排得力下屬，換上便服潛進楚宏的家中埋伏。

忽有兵士進來稟報道：「抓住了兩名可疑女子，一直在官署大門附近張望徘徊，都快一個時辰了。」帶進來一看，卻是包拯的未婚妻董平和她的婢女小透。

包拯大吃一驚，忙上前問道：「平娘怎麼深夜來了這裡？」董平臉色通紅，只垂首不語。還是小透心直口快，用脆生生的嗓音道：「我家小娘子聽說公子被官兵帶走，擔心得吃不下飯、睡不著覺，非要我來打聽消息。可是這大半夜的，我也不敢一個人出來，她就乾脆跟我一起來了。」包拯聞言很是感動，道：「我沒事，讓你擔心了。不過，我現在還不方便離開這裡，我請彥博送你們回去。」文彥博嘻嘻一笑，道：「樂意效勞。」董平走出幾步，又回過頭來，似有話要說，但四周都是男子，終究還是害羞，默默跟文彥博去了。

文彥博的計策果真奇妙，埋伏在楚宏家中的便裝兵士當真捉住了不少人。

大清早第一個來的是個鐵匠，推門進來，在院子中叫喊。有兵士在屋內假意應了一聲，道：「我正睡覺呢，你有什麼事？」那鐵匠憨直可愛，居然隔著窗子道：「我猜，官人前日在我那裡買尖刀是為了……那個吧？官人放心，就算官府由尖刀追查到我那裡，我也絕不會說出官人的名字。」話音剛落，便被擁出的兵士反剪起來綑上雙手，用毛巾堵了嘴巴，拖進屋子。

過了一會兒，又有一名十來歲的少年進來找楚宏，一樣被捕獲，卻是提刑官康惟一的僮僕。上午時，有宋城縣的差役來找楚宏，卻只在門外喊了兩聲，見無人應就自行離開了。那差役離開後不久，埋伏的兵士又捕獲了一名四、五十歲的老者，盤問身分，是提刑官康惟一的心腹家僕，跟前面那少年僮僕一樣，都是奉主人之命來尋楚宏的。事情遂顯而易見。楊文廣命人將幾人帶到楚宏面前，與他對質。楚宏只道：「我一人做事一人當。」再無話說。

楊文廣見他態度強硬，始終不肯牽連康惟一，一時也無計可施。沈周道：「不如放了鐵匠，將餘下二人轉押到提刑司，看康提刑官如何處置。」正議論是否可行之時，忽有兵士進來稟報道：「門前有人來投案，自稱是殺死西夏太子妃的兇手。」眾人大吃一驚。張建侯歎道：「世上真有許多捨生取義的仁士啊，我真不該幫你們演這場戲來誘捕這些好人的。」

楊文廣忙命人將楚宏一行人押下，又請張建侯先行迴避，這才喝令帶那自首者進來，卻是轉運使韓允升的車夫韓均。韓均一進大廳，二話不說，從懷中掏出一柄匕首扔在面前的青磚上，道：「這就是殺人兇器了。」

兵士忙撿其匕首，奉給楊文廣。楊文廣拔出來一看，刃如霜雪，寒光閃耀，當真是一柄難得的利器，不由得讚歎一聲。又想起文彥博關於復仇兵器的那番理論，一時感慨，問道：「你是如何殺了野利裙？」韓均道：「還能怎麼殺？當然是趁人多大亂之時，擠到她後面，一刀刺進她後腰間。」

眾人聞言，面面相覷。楊文廣忙命人先將韓均關押起來，再與包拯等人重新趕來停放屍首的房間，一時也顧不得男女之忌，遂將野利裙的身子翻轉過來，掀起衣衫，果見她後腰正中有一處刀傷，正符合匕首的尺寸。由於那匕首鋒利無比，出手者又快又狠又準，刀傷細如痕縫，竟只沁出一絲血跡，是以旁人均未發現她背後還有傷處。令人駭然的不僅是這處位在後腰的刀傷，細心的沈周還在腰側發現了一個極小的傷口，傷處呈現紫黑色，顯是兇器上淬了劇毒，傷狀則似曾相識，與之前大茶商崔良中身上的刻刀傷處極為類似。

再次驗屍的結果，發現這是一起三重謀殺案，也就是說，昨日有三個人先後對西夏太子妃野利裙動手——宋城縣尉楚宏以新買的解腕尖刀刺中了她的胸口；車夫韓均以匕首刺入她的後腰；另有一名不知名者，以帶毒的刻刀刺中了她腰側。

楊文廣道：「這使用刻刀的凶手，入刃不深，勁力不強，多半是女子。」包拯道：「嗯。」楊文廣道：「聽包公子的口氣，似是知道她是誰。」包拯道：「我也不能肯定，只是猜測。」沈周道：「這個人，我和包拯都能猜到她是誰，但她的情況反而是最簡單的。」楊文廣道：「這話怎麼說？」沈周道：「我們推測那個人是老字街的汪寡婦，如果真的是她，她只是單純地想要為全大道復仇，因為她知道是党項人殺了全大道，而不是張望歸夫婦。」

楊文廣道：「原來如此。楚宏殺人可能是受命於人，韓均應該只是為了替死在性善寺的同伴報仇吧？」包拯反問道：「楊將軍是識貨之人，一眼就能看出那柄匕首絕非凡器，情不自禁地讚歎出聲。韓均只是一名車夫，手上怎麼會有這樣的利器？」楊文廣道：「包公子的意思是，韓均也是受令殺人？可是，以轉運使韓相公的性格，斷然不會捲入這樣的事。」

沈周道：「現在最麻煩的倒不是這件事，而是明明知道康提刑官有問題，卻沒有證據指認他。」楊文廣道：「楚宏肯定不會招供出康提刑官，還有那韓均也一樣。我看得出來，他們兩個都抱了必死之心，就算真的押他們到提刑司，怕是也不會有什麼結果。」包拯道：「這樣，楊將軍還是先將這些人扣在這裡，我和沈周、還有建侯去見一次康提刑官，看他有什麼話說。」

離開兵馬監押司後，包拯三人先去了一趟老字街，找到汪寡婦。汪寡婦一見到張建侯便訝然道：「咦，外面不是傳聞你殺了西夏太子妃，被官兵抓起來了麼？」張建侯笑道：「我沒殺她，是你殺了她。娘子，你可真教人刮目相看呢。」汪寡婦先是一怔，隨即冷笑道：「你說我殺人，有什麼證據？凶器呢？證人呢？一樣都沒有，還是請快些走開吧。」張建侯道：「是不是就算我被官府拷打致死，娘子也不肯站出來為冤者說話？」汪寡婦道：「嗯，應該是吧。」又自我解嘲道，「誰教我只是個又自私又可憐的寡婦呢。」

她乾瘦的臉上明顯流露出幸災樂禍的表情，陰霾的雙眼中閃耀著冷酷的光芒，然而當她轉過身去，留給眾人的卻是一道落寞的背影。她只是個小人物，既有小人物的脆弱，又有小人物的堅強；既有小人物的粗鄙，又有小人物的不凡。失意於紅塵，卻又離不開紅塵。

來到提刑司大門，包拯請差役先行通報。差役道：「提刑官生了病，今日請假不辦公。」張建侯道：「我們正好是來送藥的。」差役道：「啊，張公子不是被捉進兵馬監押司了麼，你被放出來了？」張建侯道：「嗯，這就煩請差大哥進去通稟一聲。我擔保康提刑官一聽到我的名字，會立即請我進去。」等了一會兒，果見差役引著一名家僕模樣的人飛奔出來。那家僕道：「提刑官身體不適，正在後衙休養，三位公子請隨小的往這邊走。」提刑司官署不及應天府大，但後衙卻遠遠勝過其規模，也就是說，提刑官的住宿條件比應天知府強多了。

康惟一一身便服，正在花廳中來回逡巡，有焦慮之色，卻無病容。果然，見到眾人後的第一句話便是問張建侯：「你不是殺死了西夏太子妃，被楊文廣給抓起來了麼？」張建侯道：「我沒有殺野利裙，殺她的是楚宏，他已經被楊將軍逮捕，正押在兵馬監押司刑訊。」

康惟一彷若挨了一記重槌，「啊」了一聲，隨即掩飾失態道：「想不到是楚宏！」包拯正色道：「康提刑官，我以前一直很敬慕你的為人，但現下有許多事實表明你實際上並不清白。楚縣尉為什麼要殺野利裙，你自己心中應該最清楚不過，又何須再惺惺作態！」

康惟一先是愕然，隨即忿然，死死瞪視著包拯，眼珠子如死魚般翻白鼓出，恨不得快要掉出來。正當旁人以為他要發怒之時，他的臉色旋即又轉成了黯然，拊掌歎道：「自從你得了小青天的外號，我就知道這件事早晚會被你揭穿。」

包拯道：「這麼說，康提刑官是承認受過党項人脅持了？」康惟一卻不置是否，道：「我知道你們幫楊文廣追查這件事，是擔心朝廷為了奉迎西夏而大肆牽連無辜，我願意出一計策來平息這件事，以彌補我之前的過錯。然後用一個人的性命，來換取你們一個諾言。」

沈周問道：「提刑官說的計策是要犧牲楚宏麼？」康惟一道：「我的計策保證不會有任何人因此受牽連，包括楚宏在內。」張建侯本就悶悶不樂，總覺得是自己害得楚宏落入官兵之手，聞言不禁大喜，催道：「快說，快說，到底是什麼？」包拯道：「康提刑官若肯以誠相見，不妨從頭說起。」

康惟一歎了口氣道：「不錯，我之前的確是受了党項人的脅持。當日我親自帶人去查封曹府，忽然接到一封匿名信，信中聲稱知道我們康家祖先的一個大祕密，如果我敢對付曹氏，他就把那個祕密公布於世。為了祖先的名譽，我只好就此退去。不過，當時我根本不知道寫信的人是誰，又如何會知道我康家的祕密，也派心腹暗中查過，一點線索也沒有。但後來，那個人居然自己出現了。」

包拯道：「是因為全大道聲稱發現了兵書殘頁，結果被官府逮捕，人和殘頁都在提刑司這裡，那人想要一份殘頁的副本，所以主動找上了康提刑官，對吧？」康惟一道：「包公子當真是聰明絕頂之人，這些事情經過並未親眼見到，卻能推算得分毫不差。」包拯搖頭道：「其實我算不上聰明，小文和小沈都比我聰明。我只是腦子裡一直有這些事，關心著，琢磨著，自然就想明白了。」

康惟一道：「不錯。當日有個叫楊守素的人主動找上我，說想要殘頁副本。這個人我曾經在性善寺裡見過，當時還不知道他和他的主人黃河，也就是西夏太子李元昊跟那假崔都蘭是一夥的，只覺得此人敢拿我祖先名譽要挾我，肯定不是普通人。但我不願意沒完沒了地受他們挾制，於是我們擊掌為誓，我只為他們做三件事，抄錄兵書殘頁是第一件事。」

沈周道：「第二件事是什麼？」康惟一道：「全大道被釋放當天晚上，李元昊和楊守素忽然來到提刑司找我，我這才知道他二人剛剛趕去老字街殺了全大道。他們說，離開時見到你們幾個正在街口打聽全大道的住址，擔心你們太過聰明而追查到真相，要我出面為他們掩飾這件案子，這是第二件事。」張建侯道：「呀，提刑官，虧我之前還拿你當清官，原來你早知道真凶是誰，居然還裝腔作勢了半天。」康惟一道：「也不全然是裝腔作勢。我當日派人拘禁張公子到提刑司審訊，其實也是真心想知道那玉露劍的主人是誰。」

包拯道：「當晚黃河和楊守素到提刑司來找提刑官，具體是什麼時辰？」康惟一道：「他們到的時候，我正在堂上辦公，差役不肯為他們稟報，所以他們在外面等了許久。總之，夜很深了。」包拯道：「那麼提刑司有飛賊闖入時，他二人還在後衙麼？」康惟一道：「在。」包拯道：「我總算知道党項人為什麼一定要追殺飛賊了，因為怕他聽到了他們跟提刑官你的談話。」張建侯忍不住道：「飛賊，不就是許先生麼？」康惟一道：「原來那人姓許！」

包拯道：「這件事回頭再說。是康提刑官幫助李元昊一夥逃出南京的，對吧？」康惟一道：「不，這件事我沒有幫忙。我看到慕容英的供狀，才知道那李元昊的真實身分是西夏太子，大驚失色。偏偏這時候他再次找上門來，提出要我做第三件事。當時野利裙已然被捕，我以為他是要我營救他妻子，或者助他和手下人逃出南京城，結果都不是。」

張建侯道：「到底是什麼？提刑官做都做了，還這麼吞吞吐吐的！」康惟一道：「要我設法殺了野利裙。」張建侯一呆，道：「野利裙不是李元昊的正妃麼？他要旁人去殺自己的妻子？」康惟一道：「當初我聽到時也覺得是不是聽錯了，結果他很堅決地說他要他妻子死。」包拯道：「所以提刑官就安排楚宏去做這件事？」康惟一道：「我沒有強逼楚宏，我只是告訴他我為什麼必須這樣做，他自己選擇了接受。」

沈周道：「現在野利裙已經死了，楚宏也已然被捕，全城鬧得沸沸揚揚，康提刑官預備以什麼良策收場？」

康惟一道：「之前不好收場，是因為大家都以為是宋人殺了西夏太子妃，朝廷怕因此激怒西夏，但既然真正想殺野利裙的是李元昊，何不利用這一點呢？」

沈周道：「那麼提刑官說，想用一個人的性命換一個承諾，那個人是誰？承諾又是什麼？是想讓我們承諾不揭發你麼？」康惟一搖頭道：「這件事後，我自會辭官歸隱，揭不揭發我根本就無所謂。我所要求的，就是你們能夠保守住我康家祖先的祕密。」

包拯道：「這正是我們想要知道的，西夏人拿來要挾你的大祕密是什麼？」康惟一道：「只要幾位公子肯承諾保守這個祕密，我這就帶你去見那個人，他自會告訴你一切。」張建侯道：「如果我們不同意呢？」康惟一道：「那麼你們一樣不知道這個大祕密是什麼，你們頂多也只能做到舉報我，告發我。而那個人，也會在暗無天日中默默死去。」

張建侯和沈周便一起去望包拯，等他拿主意。包拯心中疑惑甚多，越想越驚，但他自幼養成了安詳鎮定的氣質，講究的是臨事從容不迫，雖然心中嘀咕，表面卻依舊鎮定自若，坦然道：「對提刑官來說，康家的祕密最重要，但人命關乎於天，豈能罔顧？好，我答應你。這就請提刑官帶我們去見那個人吧。」

康惟一便引著幾人往提刑司大獄而來。獄官見提刑官親自到來，忙趕過來巴結。一行人走到關押重犯牢房的最裡間，獄官從衣袖取出鑰匙開門後，便知趣地退開。康惟一推開沉重的鐵門，道：「請進，人就在裡面。」

那牢房不大，正中放著一張長方形木匣似的床，四面欞欄，狀如鳥籠。一名犯人躺在床中，情形恐怖之極——頭髮被揪在頭環中，口中塞有木丸，頸項有夾項鎖，胸前繞有攔胸鐵索，腹上有壓腹梁。兩手手腕套在鐵鈕中，腳踝腿部有短索鐵釘，腳踝則被鐵鐐鎖於匣欄之上。不僅鐐銬纏身，手足不得屈伸，肩背不得輾轉，被禁錮得動彈不得，人體上部還蓋有一塊床蓋，稱「天板」，板上釘滿三寸鐵釘，密如蝟刺，利如狼牙。由於床蓋釘尖朝下，逼近犯人軀體，所以睡在裡面非但不能翻動身子，就是稍許想抬一下也是不可能的，當真是四體如僵。

更令人詫異的是，那被當做江洋大盜般鎖得嚴嚴實實的犯人，不是旁人，正是失蹤多日的許洞。原來，那晚闖入提刑司的飛賊當真就是許洞本人，正如包拯所預料的那樣，他很想看看殘頁上寫的是什麼，料想提刑司的卷宗必會提及，是以冒險潛入。哪知道還沒有找到卷宗房，先意外看到有神祕客人前來拜訪提刑官康惟一，這神祕客人就是李元昊和楊守素。許洞並不認識李元昊，但一見到他，就感到他身上有股強烈的虎狼之氣，一時好奇，跟去了後衙。

結果事情大大出人意料，偷聽到的內容令人可驚可怖，那李元昊不僅剛剛殺死了全大道，還利用康家的大祕密要挾康惟一為他辦事。不幸的是，許洞的行蹤意外被楊守素發現，兩人一番交手，他的軟劍劍法本不嫻熟，玉露劍又不及楊守素的青冥劍鋒利，很快被絞斷，失去兵刃，中劍被擒，隨即被打暈，而後藏入內室。康惟一為掩飾動靜，向聞聲趕來的差役稱有飛賊闖入，一溜煙便逃走了。李元昊並不認識許洞，也不關心他是什麼來歷，只要康惟一快些殺了他。倒是那楊守素很好奇南京居然還有人會使軟劍，遂帶走那柄玉露斷劍，大概是想由此追查許洞的來歷。李元昊離開後，康惟一並未按照他的囑咐殺了許洞滅口，只是要心腹將他綁起來，祕密拷問其來歷。許洞寧死不吐一字，康惟一遂派人將他關入提刑司大獄的死牢，鎖在匣床中，以留做後用。

包拯、張建侯、沈周幾人以為許洞早已死去，連屍體也被党項人化掉，此時乍然在提刑司大獄見到他，雖被鎖得動彈不得，還是又驚又喜，忙上前為他一一鬆開匣床束縛。許洞口中木丸才剛被取出，便破口大罵道：「你這個不要臉的康惟一，你爺爺康保裔投降了契丹，你則甘心做歹人的走狗，你們康家就沒有一個好東西！」張建侯道：「許先生說，康保裔投降了契丹？」許洞道：「不錯，這就是那些歹人拿來要挾他辦事的大祕密！」

康保裔是宋初名將，戰功卓著，宋真宗咸平年間在瀛州一戰英勇戰死，自此成為舉國稱頌的民族英雄，先後被封為「康公」、「康王」，許多地方都修有專廟祭祀。但實際上真實的故事是——這位在大宋朝野間贏得了巨大聲譽的康公，其實是個貪生怕死的軟骨頭，在瀛州大戰中被遼軍俘虜，隨即倒戈投降了遼國[5]。他後來得知大宋對自己身後事極盡隆重之能事，亦心中慚愧，遂請求遼國不要聲張。不久後，遼國與大宋結成澶淵之盟，兩國從此不再兵戎相見。康保裔失去了利用價值，隱姓埋名，在遼國默默度過殘生。西夏太子李元昊曾到遼國遊歷，無意中得知了這段故事，一直記在心中，心想康保裔的子孫均是大宋官員，更有不乏擔任高官要職者，日後也許可以加以利用，這次來南京果然就派上了用途。

而康惟一一直視祖父康保裔為康家至高無上的榮耀，忽然收到一封匿名信，聲稱祖父早投降了遼國，雖然根本不信，卻隱約覺得對方不會平白無故地威脅自己，反覆權衡利弊之下，終於還是從曹府門前退走。到後來，寫匿名信的楊守素找上了門，言之鑿鑿，舉出種種鐵證，證實康保裔確實降敵。他人生中的擎天撐柱陡然崩潰，天塌地陷不說，還要面臨歹人的訛詐。痛定思痛後，他當然只能選擇屈從於挾制，以維護先人聲譽。

至於楚宏，則是因為康家對他父親有恩，康保裔曾是楚家的救命恩人，在這件事上，他理所當然地支持康惟一，為保護康保裔的聲譽不惜一切代價。更何況他也不希望看到野利裙就此逃脫懲罰，是以毫不遲疑地殺了她。然而他畢竟是心懷正義之士，聽說張建侯被當做凶手逮捕，遭到嚴刑拷問，於心不忍，但又怕投案後牽連出康惟一，是以裝扮成武官冒險潛入兵馬監押司探訪張建侯，卻不料因此中了誘捕的圈套。

包拯等人這才徹底明白究竟，一時心中百感交集。

康惟一亦臉有愧色，道：「幾位已經知道詳細經過，想必也多少能體諒我的難處。望包公子遵守諾言，能保守祕密。」包拯尚不及回答，許洞已然怒罵道：「你以為你不說出去，你祖父降敵就不是事實麼？自欺欺人，卻欺騙不了天地良心！」康惟一面色一沉，道：「你以為宣揚出去又能怎樣？哼，我並不是唯一一個想隱瞞真相的人，朝廷比我更想隱瞞事實！你敢宣揚，最後倒楣的還是你自己！」

他說得不錯。大宋對外作戰屢戰屢敗，沒有一員拿得出手的良將，所以朝廷格外需要樹立一個英雄人物來鼓舞軍民士氣。好不容易出了個英勇戰死的康保裔，享譽朝野二十年，哪知道真實面目卻是叛國投敵的懦夫，所謂的「忠義康王」原來是一場鬧劇。最丟臉的還不是康氏家族，而是大宋朝廷，所以執政者若是得知了真相，肯定會千方百計地隱瞞。如若包拯等人上書告發，最終只能禍及自身，朝廷會將所有知道真相者監管起來，不是流配充軍，就是編管異地。

包拯道：「提刑官放心，我既然答應了你，自然信守諾言。再會吧。」當即上前扶住許洞，道：「我們先帶先生離開這裡。」許洞被鎖日久，氣血不暢，手足僵硬，暫時無法行走。張建侯便將他揹在身上，一行人離開了大獄。許洞問道：「你們是為了救我，才答應康惟一隱瞞這件事麼？你們實在不該為了我這樣做。」

沈周道：「其實康提刑官說得對，就算我們告發了這件事，也沒有什麼好處。」他知道許洞心中糾結，忙將話題轉開，道，「新近又發生了許多事，怕是先生知道後，要大大吃上一驚了。」本以為許洞會極為震撼於李元昊和野利裙的真實身分，不料他只急切地問道：「全大道發現的《張公兵書》殘頁是假的？」

沈周道：「嗯，雖然不知道楊守素從宋城縣署牌匾後方取走的物件是什麼，但可以肯定，全大道手中的兵書殘頁是有人刻意偽造的，刻版用的寫本就是張巡張公的奏稿。」許洞道：「難怪！難怪！」又歎道，「其實我早知道世上根本就沒有《張公兵書》，只是心底總還存有那麼一線希望。」

沈周道：「先生能模仿張公筆跡，一定見過張公真跡了，到底是什麼？」許洞歎了口氣，悠悠道：「這件事，我本來是打算永遠不說出去的。」他越這般神祕，眾人越發好奇，乾脆就近找了家飯館坐下，聽對方娓娓道來。許洞道：「不瞞你們說，我年輕時酷好兵法，一度執著於尋找傳說中的《張公兵書》，想看看它有多麼神奇。功夫不負有心人，老天爺當真讓我尋到了《張公兵書》。你們別問我是怎麼找到的，總之不怎麼光彩，但經過名家驗證後，確認那是張巡手跡。」

眾人大吃一驚。張建侯道：「原來先生早在二十年前就尋到了真正的《張公兵書》！」許洞搖頭道：「都怪我的吳中口音。我尋到的是《張公殯書》，出殯的殯，並不是兵器的兵。那本書裡面記載的全是人名，後來經過我多方查詢，才知道那些是在睢陽之戰中被唐軍將士吃掉的百姓名字，排在首位的吉人，就是張巡的侍妾[6]。」

眾人心中的震撼難以形容！張巡生前竭忠盡義，死時大義凜然，死後極盡尊崇，堪稱人間忠臣的完美楷模。原來這位「不辨風塵色，安知天地心」大丈夫心中，最後放不下的不是兵法兵書，而是那些為了守城而被唐軍將士吃掉的老幼婦孺！

蒼蒼蒸民，誰無父母？提攜捧負，畏其不壽。誰無兄弟？如足如手。誰無夫婦？如賓如友。生也何恩？殺之何咎？其存其沒，家莫聞知。人或有言，將信將疑。悁悁心目，寤寐見之。布奠傾觴，哭望天涯。天地為愁，草木淒悲。弔祭不至，精魂何依？必有凶年，人其流離。嗚呼噫嘻，時耶？命耶？

---

1 熟戶：指歸順的、或發展程度較高的少數民族。宋蘇舜欽《慶州敗》詩云：「屠殺熟戶燒障堡，十萬馳騁山嶽傾。」《宋史・兵志五》記載：「西北邊羌戎，種落不相統一，保塞者謂之熟戶，餘謂之生戶。」

2 環州：今甘肅環縣。涇州：今甘肅涇川。石昌：今陝西通遠境。

3 赤老：民間百姓對禁軍的鄙稱，乃因北宋時，士兵都穿紅色軍裝。

4 西夏諺語是西夏文學的寶貴遺產，涉及西夏政治軍事、社會生活、風尚習俗、宗教信仰、倫理道德等各方面，寓意深刻，富有哲理，具有濃郁的民族特點。本小說中引用的西夏諺語均選自傳世的諺語集，即西夏仁宗乾祐七年至十八年（西元一一七六年至一一八七年）先後由梁德養、王仁持收集整理刊印的西夏文《新集錦合道理》。

5 康保裔是否降敵，這是著名的宋史疑案。《宋史・忠義傳》記錄他於咸平年間，在與遼軍的決戰之中以身殉國，《續資治通鑑長編》、《東都事略》諸史均採納此說法。然而《宋史・路振傳》卻說他於咸平中被契丹軍俘獲，《遼史・聖宗紀》中也有遼軍擒俘康保裔的記載。總之，相關記載互相矛盾，漏洞百出。

6 清人王漁洋《池北偶談》一書記載——張巡在安史之亂中被圍困，城中無糧食，遂殺一妾，以肉分食諸軍士。而後張巡一直轉世為名臣，其妾冤魂終於在等待一千年之後，殺了張巡轉世的後身徐藹。原文為：「徐藹，字吉人，會稽諸生。年二十五，得瘕疾，痛不可忍，年餘，瘕能作人言。瀕死時，見一白衣少婦問曰：『君識張睢陽殺妾事乎？君前生為睢陽，吾即睢陽之妾也。君為忠臣，吾有何罪？殺之以饗士卒。吾尋君已十三世矣，君世為名臣，不能報復，今甫得雪吾恨。』言訖，婦不見，藹亦隨逝。

尾聲

仁宗小皇帝即位後，改年號為天聖。天聖者，上天所賜之聖賢、聖品也。然而上天並沒有賜下什麼聖賢，劉太后垂簾聽政之後，經常不把小皇帝放在眼裡，獨攬大權，為所欲為，一些宦官和外戚乘機攬權，干預朝政。大宋時局陷入了前所未有的混亂時期。然而，對南京人而言，天聖著實是個很不尋常的年號，這一年，發生了許多轟動全城的大案，如大茶商崔良中遇刺身亡、佛門淨地性善寺慘案、發現偽《張公兵書》等，嗟歎者有之，感懷者有之，哀傷者有之，唯有最後謝幕的西夏太子妃一案令人啼笑皆非。

西夏太子妃野利裙被擒又被殺，成為震動朝野的驚天大案。然而就在眾人為先後遭到逮捕的楚宏、韓均、汪寡婦三人痛惜時，忽有消息傳出，那西夏太子妃竟是假冒的，西夏太子李元昊和太子妃野利裙都在西夏境內遊獵呢。南京城中登時熱議再起——有人說那假西夏太子妃是遼國的奸細，是特意來挑撥大宋和西夏關係的；也有人說西夏太子妃是真的，只不過是大宋難以下臺，所以對外謊稱其身分是假冒的，而西夏怕承擔間諜的罪名，居然也認可了這種說法。無論真相如何，好消息是楚宏、韓均、汪寡婦均被無罪釋放，因為他們殺的是一個意圖挑撥大宋和西夏關係的大反賊，非但無過，反而有功。韓均、汪寡婦受到了官府獎勵，楚宏卻被削職為民。

西北前方也傳來了好消息。西夏不但拒絕了西羌的求援，還向宋朝請和。宋朝喜出望外，遂派遣大軍鎮壓羌人反抗，最終平定叛亂。事態平息後，引發叛亂的周文質等大宋官員卻僅被處以罰金。

而自稱殺死全大道的沙州人氏張望歸夫婦，也被驅逐出宋境。二人回到沙州之時，正值西夏太子李元昊率兵圍攻甘州。回鶻可汗夜落隔分別派人向大宋和沙州曹氏求救，大宋置之不理，沙州首領曹賢順則因張望歸夫婦私下與李元昊達成協議，亦拒絕出兵援救。甘州很快被李元昊攻占，夜落隔被迫出逃。緊接著，回鶻控制的西涼府[1]

亦落入西夏之手，沙州遂成一座孤島。李元昊本可乘勝追擊，一舉攻下沙州，但他終究還是遵守了諾言，於城下退兵。但沙州的巍然獨立，還是改變不了河西盡為西夏勢力的局面。古人曾說：「欲保關中，必固隴右；欲保秦隴，必固河西；欲固河西，必斥西域。」極言河西對中原具有重要軍事意義，河西不穩，秦隴必危，關中有虞。如果說，燕雲十六州是中原北部的重要戰略區，那麼河西諸州便是中原西北安危所繫的形勝之地，二者地位大致等同，均與中原王朝的命運緊密相連。西夏占領河西之地後，舉國兵不解甲，大宋終有西顧之憂。

對於平頭小民而言，國家大事始終不如世俗場景更引人關心矚目，大宋南京城中新近流傳著兩樁喜事——一是有「小青天」之稱的包拯新娶了董家小娘子董平，且即將舉家遷回廬州故里；第二件則更令人驚歎，兵馬監押楊文廣奉劉太后親筆懿旨，娶了党項女子慕容英[2]為夫人。

據說這慕容英原本是西夏王宮女官，文武雙全，洞悉許多党項的機密，遂為大宋朝廷重視。但她終究是女兒之身，參議軍事多有不便之處。有人開玩笑提議不如將她嫁給楊文廣為妻，登時有重臣極力反對，認為慕容英出身番族，身分低賤，怎可配楊氏名門公子。但太后劉娥本人是花鼓女出身，最反感「低賤」二字，聞言立即道：「慕容英巾幗不讓鬚眉，與楊文廣郎才女貌，正是天作之合。」遂親自下詔賜婚。

這一晚，楊文廣送走賓客，進來臨時布置的婚房，卻見新婚妻子正坐在床沿上發呆，神色凝重，甚是古怪。楊文廣走過去坐下，握起慕容英的手，道：「在想什麼？是在思念故鄉麼？」慕容英搖了搖頭，道：「你不嫌我是個蠢笨的外番女子麼？」楊文廣笑道：「外番女子有什麼不好？你又不是不知道，我祖母就是党項人。」慕容英道：「可是我始終覺得自己配不上你。」楊文廣將她輕輕摟入懷中，道：「你我已是夫妻，何須再說如此見外的話？你既已別無親人在世，從此以後，我就是你最親的親人，你我自成一體。」

慕容英問道：「當初你我先後兩次交手，我都有意置你於死地，向你發射火蒺藜，你為什麼還要對我這麼好？」楊文廣道：「我本來也一心想要殺你或是捉住你。但是那一天，我將你從河裡救上來，看到你昏迷不醒的樣子，不知道怎的，我的心就軟了下來。」慕容英道：「當日我從昏迷中醒來，看到你徹夜守護著我，倚靠在床楊邊打盹，我也很感動，一時忍不住……」楊文廣笑道：「我知道，你伸手摸了我的臉。」慕容英笑道：「呀，原來你在裝睡。」她雖然性情豪爽大方，但回憶當時情形，還是忍不住滿臉紅暈。

二人甜蜜地依偎了許久，慕容英忽然道：「夫君待我這般好，我實在不忍心再騙你。實話告訴你，我雖然在西夏出生長大，但其實不是党項人，而是契丹人。」

西夏自李繼遷開始，便採取聯遼反宋的策略，主動向遼國稱臣納貢，並請求通婚。起初因為之前党項一直幫助宋朝抗遼，遼聖宗耶律隆緒尚猶豫不決，遼國大臣韓德威道：「河西向來是中國右臂，之前正因為府州折氏與銀、夏[3]共抗北漢劉氏，助中國一臂之力，才導致我契丹大軍援應無功。現在李氏來歸，正大利於我國。」遼聖宗這才改變主意，封李繼遷為「夏國王」，又封宗室耶律襄之女耶律汀為義成公主，嫁給李繼遷為妻，並贈馬三千匹做為嫁妝。遼國籠絡西夏，始終只以其為右臂，達到有效牽制大宋的目的。兩國聯姻，也是出於政治需要，並不是什麼真正的盟友，因而仍往對方的國境派有大量奸細間諜。慕容英之父原是陪嫁義成公主的侍衛，後娶党項女子為妻，接受西夏官職，但其真實身分是遼國派在西夏的奸細首領。後來遼國與大宋議和，達成澶淵之盟，但依舊扶持西夏。然而西夏日益勢大，儼然有西北雄主之勢，遼國也感到了巨大威脅。兩年前，遼聖宗曾親自帶兵攻打西夏，卻被李德明打得大敗而歸。雖然最終在義成公主的斡旋下，兩國又重新和好，但關係明顯惡化。

楊文廣聞言悚然而驚，將懷中的新婚妻子推開。他這才恍然明白了過來——難怪慕容英當時不惜冒暴露西夏太子妃身分的危險而要放過沈周，原來目的就是要引包拯等人懷疑野利裙；難怪她當著包拯等人的面刻意站在望月樓門前，原來目的就是要引他們去查李元昊。那麼，當日通知提刑官康惟一，說性善寺即將有大事發生的匿名投書人也是她了，可惜康惟一既未完全會意，又有把柄握在他人手中，不敢輕舉妄動，僅僅慫恿了晏殊一幫人趕去性善寺。後來，野利裙之所以對慕容英痛下毒手而後沉河，多半也是因為發現了她遼國奸細的真實身分。

慕容英歎道：「我知道，如果我是党項人，你是不會嫌棄我的。但我偏偏是契丹人，是你的殺祖仇人。」楊文廣的祖父楊業降宋之後為宋朝大將，於雍熙三年（西元九八六年）宋軍攻遼戰役中被遼軍俘虜，在押赴遼國的途中絕食三天而死。遼國大將耶律斜軫砍下了楊業的首級，獻給遼主報功。楊文廣此刻聽到慕容英自承是契丹人時，腦子便是「嗡」的一聲，卻不願多想，想就此混沌下去。然而此刻「殺祖仇人」四個字卻清晰無比地傳入耳中，再次給了他重重一震。他茫然而失神地凝視著新婚妻子，彷彿在看一個完全陌生的路人。世事錯綜複雜，縱它有千百般變化，最終也只是一聲歎息。這對俊男美女經歷了種種艱辛，傳奇般地走在一起，最終所面對的，不過是彼此眼光中的失望和懷疑。

終於到了包氏一家離開南京的日子。

包拯跟親朋好友一一惜別，正要登船之時，忽有一名大漢護著一名白衣婦人趕來碼頭。那婦人正是宋小妹，道：「我說過，會以子姪之禮對待小遊，星夜趕來，只為與你一道送她回鄉。」包拯正有許多疑問要向宋小妹查證，當即請她登船同行。河道上是川流不息的船隻，河岸上是絡繹不絕的行人，塵世總是因為靈動而充滿活力。渾黃的江水洶湧著，奔騰著，捲起無數的浪花，夾帶著永生不滅的激情駛向遠方。往事不管是歡愉還是苦痛，都已漸行漸遠。依稀還有一些人站在碼頭邊遠遠地揮手，他們的身影是這樣的熟悉。大船則隨波逐流，在河水的節奏中搖曳向前，向前，再向前。

宋小妹走到包拯的身邊，道：「包公子的信我早已收到，之所以沒有及時回覆，就是期待著今日能當面告訴你。」包拯點點頭，道：「我等著聽夫人的解釋。」宋小妹道：「我先告訴你一件別的事。」指著背後的大漢侍從，道，「他叫宋操，是我兄長的心腹，西夏太子妃背心那一刀，是他下的手。」

包拯先是訝然，隨即省悟過來。小遊為救宋小妹而死，宋小妹決意為她復仇，派宋操趕來南京殺死野利裙。之後張建侯被官兵逮捕拷問，宋操自然不願看到小遊的兄長承擔殺人罪名，但宋操本人亦不能出面自首，否則會直接牽連出宋小妹，遂去向轉運使韓允升求助。無論如何，韓允升的伯父韓崇訓之妻是宋小妹的親姊，兩家算是親眷。韓允升最終答應出手相助，遂派自己的車夫韓均冒充殺人凶手，來兵馬監押司投案，好換取張建侯獲釋。雖則野利裙一案極為複雜，同時出現了三名凶手，好在結局還算圓滿，死者被指為騙子，凶手則成了英雄，戲劇般地收場。

宋小妹道：「這一節你已經明白了，下面我要解釋劉德妙之事。你有什麼問題，儘管問吧。」包拯道：「夫人同意帶劉德妙出城時，可知道她就是行刺大茶商崔良中的凶手？」宋小妹道：「當然知道，她親口向我講述了所有前因後果。」

原來，劉德妙的確就是當晚在應天知府宴會上行刺大茶商崔良中的人。她聽說崔良中中毒後未死，自然驚慌異常，本來預備立即離開南京，但她在南京苦心經營的時間不短，不忍讓所有努力付諸流水，因而在得知崔良中昏迷不醒後，便決意冒險留下來。她當晚以帶毒的刻刀刺中崔良中時，與其照過正面，崔良中一旦醒來，她的死期也就到了。要想繼續安全地待在南京，最好的法子是殺死崔良中滅口。而此刻她已經沒有曹家的勢力可倚靠，完全只能靠自己。她浪跡江湖時亦學過一些簡單的武藝防身，入道後還練過輕身提氣之術，遂決意鋌而走險。

事發後隔天晚上，劉德妙趕去崔府時，意外見到崔府僕人引著老仵作馮大亂進去。她亦聽過馮大亂的一些事，猜想他在這個時候被請進崔府，如果不是崔良中已死，就是有人發現了傷口的端倪，而既然崔府毫無喪事痕跡，那麼一定是後者了。她早知道高繼安一直暗中幫崔良中偽造交引，擔心官府很快會由刻刀傷處追查到高繼安身上，所以也不及再去殺崔良中滅口，而是趕去節字街通知高繼安，搶先將他藏了起來。至於包拯等人在高家院子中發現的黃金匕首和刻刀，則是她刻意埋在那裡，目的是要讓官府認定高繼安就是行刺崔良中的凶手。這樣一來，高淪落為殺人疑凶，再沒有任何退路，只能任憑她擺布。然而，後來包拯等人還是從蛛絲馬跡追查到劉德妙本人身上，她知道南京已然待不住了，便設法見到宋小妹，表明了真實身分，請求救助。宋小妹亦聽過劉德妙的名字，知道她與自己沾親帶故。聽了經過後，倒不是真心想幫她，只是覺得她可憐，覺得自己也可憐，凡是跟皇族沾邊的女人都可憐，一時生了憐憫之心，便同意帶她出城。以宋小妹的身分，既是皇親國戚，又是寇准遺孀，誰敢查她，劉德妙和高繼安二人由此順利逃脫。

宋小妹道：「你想知道，我為什麼救劉德妙麼？因為她對我講述了殺人的理由，她要殺的對象其實並不是茶商崔良中，而是翰林學士石中立。」

當年大宋攻滅北漢時，為求勝利而不擇手段，先後採取水淹火攻的方式，令北漢人民生命財產損失無數。甚至在北漢投降後，太宗皇帝趙光義因忌憚太原城有「龍城」之稱，下令放火焚城，使得地跨汾河兩岸極為繁榮的太原城徹底毀滅，無數人死於大火之中，而出此主意和實際執行放火任務的人，就是時任樞密副使的石熙載，也就是石中立的父親。劉德妙本人有許多親族都死在那場大火中。當晚，她在應天知府宴會上意外見到了石中立，不知怎的對他厭惡之極，一心想殺了他。她是逃犯的身分，隨時帶著淬毒的刻刀做防身之用，便暗中尋找機會。當石中立在府署假山一帶撒尿時，一直留意他行蹤的劉德妙尾隨了過來，從袖中取出塗了毒藥的刻刀，拔出刀刃，正欲上前動手時，忽察覺到背後有人，回頭一看，卻是大茶商崔良中。

原來崔良中買通了曹誠身邊的心腹僕人，知道曹氏花重金聘請了一名極有能耐的高人相士，專門為他的女兒曹雲霄選婿。崔良中素來對面相之說甚信，當晚便刻意留意曹誠的言行舉止，推測他背後那僕人打扮之人就是相士，矚目其一舉一動，所以才會出現了宴會上的尷尬局面——他見到相士朝一方向指了指，曹誠便趕去找南京通判文洎，滿以為相士相中的是文洎之子文彥博。待曹誠走開，他也慌忙趕過去跟文洎套關係，想為自己的女兒崔都蘭求親。文洎對其中緣由毫不知情，自然莫名其妙。崔良中精明過人，見文洎的神態，料想自己也許搞錯了，轉頭見到相士正起身出去，遂乾脆直接跟出來，預備直接當面詢問相士。

崔良中一路跟著相士劉德妙到花園假山一帶，正好見到她走到石中立背後、拔出刻刀的一幕，尚在懵懂之中，根本還未會意過來，只愣在了那裡。正好此時石中立解完手，劉德妙急忙朝崔良中打了個手勢，便自行躲到一邊大樹後。崔良中不明所以，但石中立已提著褲子走過來，見到他也很是驚訝。崔良中便打了聲招呼，石中立也不怎麼理睬，自行去了。此刻，崔良中方有些明白，笑道：「助教，請出來吧。崔某正有事請教。」劉德妙從暗處出來，見左右無人，便逕直以籠在袖中的刻刀刺入崔良中的胸腹，等他倒下，又將他拖到牆根花叢後藏好。正要離開時，見崔良中腰間有一柄黃金匕首，靈機一動，拔出匕首往他傷處又補了兩刀，這才帶著匕首神氣自若地離開。

包拯至此方知劉德妙行刺崔良中的真正緣由，一時感慨不已。張建侯在一旁聽見，問道：「夫人可知道，劉德妙還參與了偽造《張公兵書》一事？」宋小妹道：「《張公兵書》原來跟她有關？」張建侯道：「嗯。據我姑父推測，她早有預謀，當年八賢王王宮的那場大火也多半與她有關。」

宋小妹聽了經過，道：「這些事我全然不知，不過，我想我大概能猜到劉德妙為什麼要這麼做。當年太原被毀，是因為當地有龍氣。而南京是大宋的發祥地，《張公兵書》又是傳說中的祥瑞之物，她也許想要以牙還牙報復，以假兵書來引發事端。」又歎道，「但世人又怎會知道張巡張公留下的，其實不是一部真正的兵書，而是一本記滿人名的殯書呢？」

儘管洞悉了諸多事情的前因後果，包拯心底深處還是有幾處謎題沒有解開，心裡的石頭也始終無法落地，問道：「夫人可知道劉德妙人在哪裡？」宋小妹道：「我不知道。我們到東京後便就此分手，各自東西，約定從此再不見面。」頓了頓，又道，「不過據我暗中觀察推測，她應該去了八賢王府上。」

1 甘州：今甘肅張掖。西涼府：今甘肅武威。

2 慕容英即演義中穆桂英之原型。楊氏祖上多與党項大族通婚，譬如楊業的妻子（即演義中佘太君的原型）折氏，即出自党項大族折氏。根據文獻及出土墓誌記載，不獨楊文廣本人，其堂兄亦娶慕容氏為妻。

3 府州折氏：党項大族。銀、夏：党項族故地，代指西夏。

背景介紹

※編按：本文為書前〈引子〉一章的完整版文字，可供讀者掌握大宋帝國宋太祖至宋仁宗即位初期，這段長達六十餘年的歷史時空重要大事，以做為本小說《包青天》的前情提要。

西元九六〇年，後周禁軍統領趙匡胤發動陳橋兵變，正式登基當上了皇帝，史稱宋太祖。因其人由歸德軍節度使發家，歸德軍治所宋州，於是定國號為「宋」，史稱北宋，同時改歸德軍為宋州。宋州由此成為大宋的發祥地，即「龍潛之地」，榮耀無比。

伴隨著聖運，龍潛之地通常會同時有寶物祥瑞出現——如漢高祖劉邦在出生成長之地泗水邊得到斬白蛇劍，該劍後來成為大漢鎮國之寶；又如唐高祖李淵起兵於晉陽，在晉陽宮中得到玉龍子，視為大唐國瑞，帝帝相傳。然大宋開國以來，始終不聞有瑞寶一說，是為罕事。倒是宋州民間有種說法——傳聞宋太祖趙匡胤黃袍加身後，先後出兵平定荊南、湖南、後蜀、南漢、南唐等國，所向披靡，凱歌高奏，如得神助，最終坐擁江山，是因為他得到了唐代名將張巡留下的兵法。

唐代張巡，文官變名將

張巡，鄧州南陽人氏，唐朝開元二十九年（西元七四一年）進士，自小博覽群書，有過目不忘之才。安史之亂時，叛將尹子奇率十三萬大軍圍攻睢陽。當時叛軍兵鋒極盛，河北、河南均為叛軍所據，唐軍補給完全依賴長江、淮河流域地區，守住睢陽，便能阻遏叛軍向江淮方向深入，保證江南的完整。睢陽如若失守，運河交通便被就此截斷，後果不堪設想，可謂一城危，天下危也。時任真源縣令的張巡受命於危難之時，與睢陽太守許遠合兵鎮守睢陽，以區區六千士兵相抗，與叛軍進行了殊死拚殺。

張巡雖是文人出身，卻通曉戰陣兵法，且用兵不依古戰之法，指揮作戰都是臨敵應變，應機立辦，先後導演出火燒叛軍、草人取箭、出城取木、詐降借馬、鳴鼓擾敵、削蒿為箭、火燒蹬道等一幕幕精彩好戲。其以弱抗強，以寡敵眾，於對抗中表現出的計謀智慧已經達到《孫子兵法》所說「無窮如天地，不竭如江河」的境界，為中外戰爭史上所罕見，令人歎為觀止。雖然這場驚天地、泣鬼神的睢陽城保衛戰最終因內無糧草、外無援兵、敵眾我寡而失敗，但它僅以區區兩縣幾千兵力堅守要塞長達一年之久，有力地遏止叛軍南下，為大唐王朝反攻贏得了寶貴的時間。當時的翰林學士李翰等人認為：「張巡蔽遮江淮，沮敵勢，天下不亡，其功也。」張巡在城破後被叛軍殘酷殺死，其「守一城捍天下」的壯舉卻很快傳開，由此名揚天下。為紀念張巡，各地百姓自發建廟立祠祭祀。唐肅宗下詔追贈張巡為揚州大都督，封其為鄧國公，史稱張中丞，將其畫像置於凌煙閣上；又免除張巡守衛過的雍丘、睢陽兩城徭役、兵役兩年。

隨著光陰的流逝，張巡被日益神化——道教尊其為保儀尊王，成為收災降福、懲惡揚善、統領神兵的大神；許多產茶之地視張巡為茶葉保護神，稱之「尪公」，並定五月二十五日張巡生日這一天為「尪公誕」，舉行「迎尪公」祭祀儀式。

張公兵書，確為大宋鎮國瑞寶？

張巡在民間、尤其是宋州的地位如此崇高，甚至到了被朝野敬若神明的地步，即使後來出自宋州的趙匡胤成為大宋開國皇帝，聲名也未能超過他。張巡當年以區區幾千兵力堅守睢陽，共經歷大小四百多戰，斬叛將三百餘人，累計殲敵人十餘萬，堪稱中外戰爭史上的奇蹟，其用兵如神的故事早已家喻戶曉。而自唐代安史之亂以來，宋州當地一直流傳著《張公兵書》一說——據稱，張巡在城破前將自己平生所學和用兵心得記錄下來，製成一部兵書，委託心腹藏在一個妥善之處。然而叛軍攻破睢陽後大肆屠城，負責藏書的心腹也與張公一起死難，兵書下落遂成歷史之謎。不少人相信傳說為真，前來宋州尋求《張公兵書》者不絕於路。晚唐傳奇英雄人物張議潮歸唐後，到宋州祭祀同出南陽張氏的張巡，特意召來當地人詢問張巡遺書一事。連如此遠在敦煌的張議潮都自小仰慕《張公兵書》，可見兵書一說流傳如何之廣了。

宋朝建立後，宋州一躍成為龍潛之地，關於太祖皇帝趙匡胤的種種神奇故事應運而生，不少均與張巡有關，最傳奇的當數趙匡胤得《張公兵書》一事。無論傳說是否為真，不容忽視的事實是——原先，唐朝已在宋州城中修建了紀念張巡、許遠的雙廟，歷代均有修葺。大宋開國後不久，宋太祖趙匡胤又親自下詔於南門外修建忠烈祠，專門祭祀張巡一人，似是多少從側面印證了傳聞。

人們揣測趙匡胤之所以對兵書一事祕而不宣，一是因為他本人就是武人出身，有「名將」之稱，不願再額外沾張巡的光，以免損害雄才偉略的形象；二來大宋自立國之日起，便以「重文輕武」為國策，堂堂開國皇帝，總不能一邊「杯酒釋兵權」，一邊公稱鎮國之寶是《張公兵書》。然而，隨著大宋對外軍事上的節節失利，人們又開始懷疑這種說法的真實性。大宋雖輕而易舉結束了自唐末以來形成的四分五裂局面，使中原又歸一統，但這種統一只是相對意義上的，它非但沒有取得漢唐的極盛武功，甚至一直沒有完成真正意義上的國土統一；中國，始終存在著多個政權並立的狀況——南有大理，西有党項，北有契丹，以及後來的女真和蒙古，此即所謂的「金甌缺」。多政權並立的複雜局面一直貫穿著整個大宋王朝，由此造成中原始終處在外族的危脅之中，外患最強烈。

遼國擁燕雲十六州，直接威脅中原國土

大宋立國之時，北方契丹人所創建的遼國已然十分強大，國土面積甚至遠遠超過中原。尤其是後晉皇帝石敬瑭為求得軍事援助，主動將燕雲十六州割讓給遼國。燕雲十六州所處地勢居高臨下，易守難攻，一直是中原的屏障，具有重要軍事地位。石敬瑭的賣國之舉，等於是將北邊險要之地拱手讓給契丹，整個中原地帶門戶大開，以騎兵見長的遼國軍隊可以沿著幽薊以南的坦蕩平原直衝河朔，一直到大宋京師開封，八百里平川，中間沒有任何關隘和險要之地可以阻擋騎兵大兵團的衝擊。無論誰執掌中原政權，都會感到強大的壓力和深重的危機。因而趙匡胤一當上皇帝，便信誓旦旦地道：「今之勍敵，正在契丹。」可見在大宋開國皇帝的心目中，早已將遼國視做可怕的勁敵。

然而在幾次意圖收復燕雲十六州未果後，趙匡胤意識到遼國此時已坐大一方，早非昔日的游牧部落。即使宋軍能夠如願以償地奪回燕雲，卻並沒有從根本上傷及遼國國力的軍事實力，戰爭的策源地依然在契丹一方，遼國隨時都可以發起反撲。而宋軍一旦出兵，需同時從河南、山東之地徵調大批兵餉，興師動眾，遠遠不及契丹直接從內蒙、遼東南下方便。因而，縱然有收復燕雲之地的雄心，趙匡胤還是採取了隱忍防守的姿態，下令在開封附近廣植樹木，以此應對契丹鐵騎疾馳而至的威脅。甚至，趙匡胤還想到以一種更為消極的方法來收復燕雲十六州——不是靠武力，而是靠金錢。為此，皇帝一改中國歷史上歷代王朝「抑商」的傳統，宣揚「多積金、市田宅以遺子孫，歌兒舞女以享天年」，大肆鼓勵商業和經濟，以此博民富。並在內府庫專門設了一個「封樁庫」，相當於一個專款專用的小金庫，趙匡胤還說：「俟滿五百萬緡，當向契丹贖燕薊。」他打算等到小金庫的錢積累夠一定數量，就用這些金錢去贖回燕雲十六州的失地，「以二十四絹購一契丹人首。其精兵不過十萬人只費二百萬絹，則敵盡矣。」

燕雲既失，中原無論攻守均處在劣勢，遼國成了懸在頭上的一把利劍，任何胸懷天下的皇帝，都不可能對此危機視而不見。開寶九年（西元九七六年）八月，大宋立國已經十六年，國強民富，趙匡胤終於正式將北伐收復燕雲十六州的計畫提上日程。這一次，幾近傾舉國兵力，派出大將党進、潘美、楊光美等分五路攻北漢太原，如此大規模出師，昭顯了趙匡胤勢在必得之心。太原城在宋軍的攻勢下，已經岌岌可危，遼國立即派南府宰相耶律沙、冀王敵烈率兵趕來救援。就在宋遼兩軍對峙的關鍵時刻，趙匡胤於撲朔迷離的「斧聲燭影」中離奇死去，最終帶著壯志未酬的遺憾離開了人世，時年五十歲。他生前大力抑制武將、收回兵權，想不到卻禍起蕭牆，皇位隨即落入弟弟趙光義之手。十月，趙光義即位為帝，是為宋太宗，隨即下令北伐的宋軍回師。

趙光義在重重迷霧中即位後，大有得位不正之名，因此也有著想超越兄長的萬丈雄心，一心要實現兄長未能完成的收復燕雲十六州夢想。太平興國四年（西元九七九年）正月，趙光義決定揮師北伐，首要目標就是北漢，其次便是契丹手中的燕雲十六州，但結果卻出乎所有人意料——在皇帝御駕親征的督促下，宋軍一舉攻克了北漢，但隨即在與遼軍的對仗中遭受重大挫折，宋軍一敗塗地，趙光義本人也中箭受傷，乘坐一輛驢車狼狽逃命。幸得北漢降將楊業及時趕到，殺退追擊的遼兵，才救了大宋皇帝一命。此戰開啟宋朝與外族作戰屢戰屢敗的歷史。宋軍之慘敗失去的還不僅僅是眾多將士的生命，還有大宋君臣失去收復幽雲諸州的信心，從此，宋朝再也無力、也沒有信心發起對遼國的進攻，而改取守勢。既然燕雲十六州收復無望，中原又無險可守，趙光義不得不採納戶部郎中張洎的「來則備禦，去則勿追」的建議，在西起保州的西北，東至泥沽海口[1]，利用這一帶水網交織的地理特點，挖通河渠塘濼，築堤蓄水，大種榆柳，構建了一條東西九百里、縱深六十里的水障地帶，開塘濼以限馬足，並在其間設二十八寨、一百二十五鋪，派兵戍守，以此做為防線阻遏遼軍鐵騎的進攻。此舉標誌著，北宋對遼國已由攻勢轉為一種純粹的被動防禦。

西元一〇〇〇年，紀元史上的第一個千禧年，中國在位的皇帝是宋真宗趙恆，大宋開國以來的第三位皇帝。

在這個不平凡的年頭裡，中國發生了一些不大也不小的事。跟之前宋太祖趙匡胤開國平定天下，之後北宋滅於金、南宋滅於蒙古相比起來，這些事顯得太微不足道，很難引起史家的特別注意。但這些事無不跟前後的局勢有緊密而微妙的聯繫，甚至可以說，這一年，正是大宋帝國的一個縮影。

宋真宗親征遼國，英雄夢碎

正月，遼國軍隊大舉南侵，兵鋒極銳，一路進抵瀛州。宋真宗趙恆御駕親征，車駕屯駐在大名府。

自古以來，皇帝御駕親征非同小可，但到宋朝卻有所不同。大宋開國皇帝宋太祖趙匡胤出身行伍，武藝精絕，是三十二式長拳的創造者，當上皇帝後猶自親身南征北討，可以說是以武為生。之後是其弟宋太宗趙光義，宋太宗小兄長十二歲，早在宋朝立國前，就已是一員猛將，一手策畫了陳橋兵變，當上皇帝後雄風不減，親自率軍討平了北漢，雖然在與遼國的對壘中屢次大敗，自己亦挨了遼人兩箭，但畢竟也是在戰場上出生入死的帝王，有別於一般的皇帝。真正有本質變化的是從宋真宗趙恆起始，自他開端，皇帝們都是長於深宮婦人和宦官之手，從來沒有見習過兵仗，對打仗有著本能的畏懼。宋真宗之所以起意親征，是因為他耳朵根子極軟，極易受人攛掇，旁人一提到太宗皇帝中箭之仇，便熱血沸騰，決議報仇。加上宋真宗小時候喜愛玩打仗的遊戲，常常讓小內侍們扮做部將，自己當元帥，指揮擺陣或衝殺，也引來長輩們的讚歎。而今真有機會成為指揮千軍萬馬的統帥，何嘗不想大顯身手呢？

然而，現實全然不同於遊戲，真正的戰爭是以消耗雙方將士的血肉為代價，殘酷得令人髮指。到達前線後，宋真宗見到遼軍來勢洶洶，一下子慌了神，急派親信侍衛馬軍都指揮使范廷召前去迎敵。范廷召以勇壯聞名，曾一箭射穿三隻飛鳥，時有「名將」之稱。他率領步騎兵萬餘人趕到前線，立即結成方陣禦敵。遼梁國王耶律隆慶率精銳騎兵來回疾衝，宋軍陣勢被打亂，結果一敗塗地。范廷召見情況不妙，急忙向駐紮在附近高陽關的都部署康保裔求援。康保裔聞警，即率精銳出發，黃昏時到達瀛州西南裴村一帶，與范廷召相約於次日共同夾攻遼軍。然而，就在當天半夜，膽怯怕死的范廷召悄悄率部逃走。第二天清晨，康保裔才發現其部孤立無援，已陷入遼軍重重包圍之中。部將見敵軍勢大，均勸康保裔易甲逃跑。康保裔堅定地道：「古人云：『臨難不求苟免。』今天正是我為國效死之日！」遂披甲上馬，大呼出戰，與遼軍激戰數十合，奮力拚殺，終因兵盡矢窮而戰死沙場。

遼軍得勝後士氣大漲，自德、棣渡過黃河，大肆搶掠淄、齊一帶，然後從容離去。一向好脾氣好性子的宋真宗也被遼軍的肆意挑釁深深激怒，罷免了畏敵不肯出戰的宋軍主帥傅潛，命大將王榮率五千騎兵追擊遼軍。王榮膽怯怕死，一連好幾天都託故不肯出發，一直等到遼軍過了黃河後，才裝模作樣地出師。只有范廷召一軍追擊到撤退的遼軍，在莫州以東大敗遼軍[2]，奪回了遼軍在宋境掠奪的大批物資。真宗皇帝生平的第一次親征終以宋軍大敗而草草收場，未能實現兒時的英雄夢想。此灰頭土臉的結局對四年後澶淵之盟的締結產生了極為深遠的影響。

回到京師後，宋真宗為掩飾宋軍節節敗退的難堪，對英勇戰死的康保裔大肆褒獎，兩日不行朝會，以示哀榮。又下詔追贈康保裔為侍中，賜其家屬金銀五千兩，封八十四歲的康母為陳國太夫人，追封康妻為河東郡夫人，恩加諸子官職，以其子康繼英為六宅使、順州刺史，康繼彬為洛苑使，康繼明為內園副使，幼子康繼宗為西頭供奉官，長孫康惟一為將作監主簿。對康保裔身後之事極盡恩寵。

與此形成鮮明對照的是，導致康氏孤軍奮戰、全軍覆沒慘劇的始作俑者范廷召，非但沒有受到處罰，反而升職為禁衛軍殿前都指揮使，加官檢校太傅，位極人臣，榮耀無比。而怕死懼戰的宋軍主帥傅潛則被逮捕審訊，判了死刑，最終特赦後免官流放。就算范廷召於莫州之戰有功，也該與瀛州之過相抵，為何會與傅潛境遇如此不同？人們對此百思不得其解。

而在第一個千禧年裡，除了強大的對手遼國，令宋真宗煩惱不堪的還有西北党項首領李繼遷。就在這年九月秋高氣爽的季節，宋朝靈州知州、隴州刺史李守恩，和陝西轉運使陳緯押運數量巨大的糧草過瀚海[3]的時候，被李繼遷率軍攔劫，李守恩、陳緯二人均力戰而死，所運糧草全部為党項軍所奪。在這之前，李繼遷與大宋時戰時和，與遼國也是時戰時和，長期在兩個大國之間周旋要挾；顯然，這是一個懂得在夾縫中生存、並乘機攫取最大利益的人。

這就是中國在第一個千禧年的狀況與所處的境地。儘管在這一年的九月，神衛水軍[4]隊長唐福研製出火器，向朝廷獻上了火箭、火球、火蒺藜等火藥武器，但也掩飾不住大宋帝國在這一年多少呈現出的幾分悲劇色彩。

占軍事優勢，卻與遼國簽訂《澶淵之盟》

西元一〇〇四年，宋真宗景德元年，這是中國歷史上不能被忘記的一年。從這一年的正月開始，便有十分不好的兆頭，宋朝京師開封連續發生了三次地震，這是非常罕見的現象。而與大宋周旋多年、令人頭疼無比的党項首領李繼遷亦正好死於這一年。兩年前，李繼遷集合所有人馬，聯合蕃部，傾全力進攻宋土靈州。靈州知州裴濟以指血染紅奏書，表示十萬火急，請求宋朝派兵增援。結果大宋出兵遲緩，六萬援軍還沒趕到，靈州已然城破，裴濟戰死。李繼遷占領靈州後，改名為西平府，做為党項的都城，還揚言道：「我將借此為進取之資，成霸王之業。」踔厲風發，壯志凌雲。

大宋既然無力收復靈州，乾脆與党項議和，正式承認李繼遷對銀夏四州的統治。李繼遷對宋作戰勝利後，又將目光投向河西，結果慘敗在吐蕃六谷部酋長潘羅支之手，左眼球被射破，敗退回靈州後不久便因箭傷發作死去，時年四十一歲。但党項的威脅並沒有就此解除，李繼遷長子李德明繼位。大宋軟弱，無力應付，只得採取綏靖政策，封李德明為西平王、定難軍節度使，後加封為夏王。而李德明表面臣服於宋朝，又同時接受遼國「夏國王」的封號，繼續在大宋和遼國之間周旋。李繼遷死的這一年，他的孫子李元昊還不滿週歲。而後伴隨著長子李德明、孫子李元昊的崛起，西夏逐漸成為宋朝西北的心腹大患，由一隻在夾縫中生存下來的小狼成長為真正的天狼。

這一年，也是宋朝「積弱」的開始。閏九月，遼國國主遼聖宗耶律隆緒和太后蕭燕燕親率二十萬大軍大舉攻宋，一路勢如破竹，直至澶州城下，與都城開封僅一河之隔。京師大震，宋朝廷上下慌亂不已，甚至有大臣提出遷都之議。新任宰相寇准力排眾議，在其極諫之下，宋真宗趙恆勉強同意御駕親征。

此時遼軍孤軍深入中原腹地，供給線長，糧草不繼，已經無力持久。相反，由於真宗皇帝親臨澶州前線，宋軍士氣高漲，集中在澶州附近的軍民多達幾十萬人。宋軍更是用床子弩射殺了遼軍先鋒蕭撻凜[5]，大大地動搖了遼軍軍心，局勢明顯對宋方有利，但宋真宗卻沒有抗敵的決心。早在他離開京師的時候，便暗中派出大臣曹利用前往遼軍大營與遼太后蕭燕燕議和，蕭燕燕正擔心遼軍處境不利，腹背受敵，同意議和。但寇准堅決反對議和，主張乘勢出兵，收復失地，如此，「可保百年無事」。宋軍將領寧邊軍都部署楊延昭也堅決主戰，上疏提出乘遼兵北撤，扼其退路而襲擊之，以奪取幽燕數州。但由於宋真宗傾心議和，致使宋臣中的妥協派氣焰極為囂張，這些人聯合起來，攻擊寇准擁兵自重，甚至說他圖謀不軌。寇准在這幫人的誹謗下，被迫放棄了主戰的主張。

於是，在遼軍兵勢受挫、宋軍已經明顯占據優勢的情況下，宋遼兩國的和談就此開始，最終簽訂了《澶淵之盟》。大致的內容是——宋遼約為兄弟之國，遼聖宗年幼，稱宋真宗為兄；宋尊遼聖宗生母、遼太后蕭燕燕為叔母；雙方各守現有疆界，不得侵軼，並互不接納和藏匿越界入境之人；宋每年給遼提供「助軍旅之費」絹二十萬匹、銀十萬兩，稱為「歲幣」；雙方於邊境設置榷場，開展互市貿易。當時，大宋極其富有，朝廷的年歲收入折算銀絹大概為七千萬兩／匹，三十萬「歲幣」不過是一筆小數目。談判前，宋真宗甚至告訴使臣曹利用：「必不得已，一百萬也可。」意思是說，只要不割地，能講和，遼國就是索取百萬錢財，也可以答應。

曹利用承旨後剛從皇帝行宮出來，就被一直守候在門外的宰相寇准攔住。寇准問明情況，警告曹利用：「雖然有聖上旨意，但你去交涉，答應所給遼國銀絹不得超過三十萬。否則，你一回來我就要砍你的頭！」曹利用悚然而驚，喏喏應命而去，果然以三十萬銀絹談成。好笑的是，和議達成後，宋真宗詢問結果，曹利用伸出三個指頭。宋真宗誤以為給了遼國三百萬，大吃一驚，說：「太多了！」但想一想又認為談判既已成功，也就算了，又說：「三百萬就三百萬吧。」後來，宋真宗瞭解只給遼絹二十萬匹、銀十萬兩，合計數才三十萬，不到宋年財政收入的千分之五，大大低於早先的估計，不禁大喜過望，重重獎賞曹利用，甚至寫詩與群臣唱和，以此慶祝。

對大宋而言，澶淵之盟顯然是個屈辱性的條約，既承認遼國政權的存在，又開「歲幣」之濫觴，導致此後兩宋之積弱，使大宋繁榮的局面江河日下。但從長遠眼光來看，它無疑具有宏觀而開闊的歷史意義——自太祖皇帝開國、定都開封以來，肩背之慮實在河北，契丹占據燕雲居高臨下之勢，如大宋脊背芒刺。澶淵和議既成，每年三十萬的歲幣換來了邊境安寧，此後百餘年間，遼、宋不曾兵戎相見，兩國長期保持友好往來，經濟文化交流得到加強。大宋雖然失了顏面，亦樂得安得現狀。於是，塞垣之下，有耕無戰，禾黍雲合，甲冑塵委，養生葬死，各終天年，一派和平景象。大宋承平歲久，不再厲兵秣馬，無視軍備和邊防。張巡兵書的傳說，也漸漸湮沒在歷史的紅塵裡。

皇后劉娥開始干政，擠走忠臣寇准

凡事必有利弊，即使是在宋真宗一朝，澶淵之盟也被認為是奇恥大辱，朝野對此非議不已。事關個人榮辱，卻又苦悶無計，宋真宗便不斷上演「天書」、「封禪」[6]等自欺欺人的鬧劇，又大肆祭祀孔子、老子，並尊崇道教，大造道觀，耗資巨大，以至歲出日增，勞民傷財，百姓不服，不但沒有能夠「鎮服四海，誇示外國」，反而淪落為歷史笑柄。這位運氣不佳的懦弱皇帝餘生都在澶淵之盟的濃重陰影中度過，晚年又在內外事務上完全受制於精明能幹的皇后劉娥，情形如同唐代唐高宗、武則天，可謂惙怛傷悴，歡少愁多。

天禧四年（西元一〇二〇年）六月，宋真宗得了瘋癱病，無法上朝，政事多由皇后劉娥主持。皇后親信一黨翰林學士錢惟演和參政知事丁謂權勢熏天，胡作非為，宰相寇准和翰林學士李迪等正直大臣對此深以為憂。

宋真宗自知一病不起，想將皇位傳給太子趙禎，卻是有心無力。宦官周懷政將皇帝的心思祕密告訴了宰相寇准。某日，寇准覲見皇帝後請求屏除外人，對宋真宗道：「皇太子是萬民所仰，願陛下考慮到後繼之事，傳位給太子，並挑選端方正直的大臣來輔佐。丁謂、錢惟演是奸邪之徒，千萬不能讓他們輔佐少主。」宋真宗當即點頭同意。

寇准出宮後立即密令翰林學士楊億草擬表章，由太子參政監理國事，並打算任用楊億輔政，替代丁謂，由此架空皇后劉娥一黨。這是相當重大的應變行動。楊億深知事關機密，非同小可，連夜親自撰寫書稿。

然而，紕漏卻出在寇准本人身上。寇准十九歲即中進士，又娶宋太祖皇后宋氏之幼妹為妻，少年顯貴，「性豪侈，喜劇飲」，結果喝醉酒後不小心洩露了機密。丁謂得知後，立即向皇后劉娥報告此事，劉娥遂趕來當面向宋真宗興師問罪。宋真宗畏懼妻子，謊稱不記得先前與寇准的談話。此情此景，與當年唐高宗召上官儀起草廢後詔書最終不了了之一模一樣。略微不同的是，上官儀迅速被武則天處死，而大宋開國皇帝宋太祖立有祖訓「非謀反死罪，不得誅殺士大夫」，有此家法在前，劉娥雖恨寇准入骨，也難以置其於死地，最終矯詔將其放逐到邊遠之地雷州。

寇准一派失利，導致形勢急轉直下。宦官周懷政一向依附寇准，更是感到深重的危機，惶恐不安之下，聯絡親信，決定鋌而走險，發動武裝政變殺死丁謂，迎回寇准為宰相，再奉宋真宗為太上皇，罷劉皇后預政，傳位給太子趙禎。結果，這件事被周懷政手下人告發。丁謂知道事情緊急，立即換上便衣，乘坐婦人用的車輛，連夜找樞密使曹利用商量對策。周懷政最終被處死。皇后劉娥大獲全勝，一躍成為大宋帝國的實際統治者。

乾興元年（西元一〇二二年）二月，宋真宗終於在鬱鬱寡歡中撒手西去。臨終前，已無法開口說話的皇帝向病榻前的眾大臣打手勢示意，先用手指了指自己的胸，又伸出五指，再伸出三指。群臣都不知道是什麼意思。後來有人大膽猜測，認為皇帝的意思是想讓八弟涇王趙元儼攝政並輔佐太子。劉娥得知此事後，立即派人對群臣解釋：「官家所示，僅指三、五日病可稍退，別無他意。」趙元儼聞訊後大為恐懼，知道自己已成為劉娥當權的障礙，立即閉門謝客，不再參聞朝中之事，以此避禍。

宋真宗身故後，民間傳說中用狸貓換來的太子趙禎即位，時年十三歲，是為宋仁宗。因年紀尚幼，由太后劉娥臨朝稱制。這位打花鼓出身的婦人不僅美貌多智，而且有著堪比男子的勃勃野心，乘機把持朝政，排除異己，任用親信，小皇帝完全成了擺設。最關鍵的是，趙禎並非劉娥親生之子，而是奪自宮女李紅玉之手，朝野上下人盡皆知，唯獨趙禎一人被蒙在鼓裡。大宋時局似乎多少有了新的危機，不少有識之士擔心劉娥會成為武則天第二，最終以劉氏取代趙氏。

內憂未平，鼙鼓復興。澶淵之盟後，大宋北部邊境晏然無事，直到西北西夏崛起後不斷地擴張領土，邊境和平的局面便再一次被打破了。

西北望，天狼亮。邊聲連角起，鐵騎卷隴疆。

1 保州：今河北保定。泥沽：今天津東南塘沽附近。

2 德：今山東德州。棣：今山東惠民。淄：今山東淄博南。齊：今山東濟南。莫州：今河北任丘北。

3 靈州：今寧夏靈武縣附近。隴州：今陝西隴縣。瀚海：今寧夏靈武以南。

4 宋時神衛軍為水軍，故名。

5 床子弩即為弩炮，往往聯裝兩張弓或三張弓，利用多弓的合力發射箭矢，勁力遠勝於單弓。宋太祖開寶年間，魏丕曾對床弩做了改進，射程又大為提高，「舊床子弩射止七百步，令丕增造至千步」。宋時，一步合一點五三六公尺，千步便有一千五百三十六公尺，是古代射遠武器所達射程最高紀錄之一。蕭撻凜：遼太后蕭燕燕族兄弟，擒獲名將楊業之人。

6 封禪：古代帝王在太平盛世或天降祥瑞時，為祭拜天地而舉行的大型典禮，多在泰山舉行。但自古封禪要先有「天端」，於是宋真宗偽稱夜見神人降「天書」於承天門。有大臣名叫孫奭，當面問宋真宗道：「以愚臣所聞，天何言哉！豈有書耶？」宋真宗默然不答。

北宋年號表

年號	廟號	名字	即位時間	即位年齡	在位年份	死時年齡	世系	備註
建隆、乾德、開寶	太祖	趙匡胤	西元九六〇年	卅四	十七	五十	父是趙弘殷	仕後周，以軍功累至殿前都點檢，掌禁軍。恭帝顯德七年（西元九六〇年）一月，領兵到陳橋驛，與部將策動兵變，被擁立爲皇帝，國號宋。
太平興國、雍熙、端拱、淳化、至道	太宗	趙光義	西元九七六年	卅八	廿二	五十九	太祖弟	即位前任開封府尹、中書令，加封晉王，位在宰相之上。太祖卒，嗣位。
咸平、景德、大中祥符、天禧、乾興	眞宗	趙恆	西元九九八年	卅	廿六	五十五	太宗第三子	以皇太子嗣位。
天聖、明道、景祐、寶元、康定、慶曆、皇祐、至和、嘉祐	仁宗	趙禎	西元一〇二三年	十三	四十二	五十四	眞宗第六子	以皇太子嗣位。
治平	英宗	趙曙	西元一〇六四年	卅二	五	卅六	趙允讓第十三子	年四歲，由仁宗養於宮中，後立爲皇太子，以皇太子嗣位。
熙寧、元豐	神宗	趙頊	西元一〇六八年	廿	十九	卅八	英宗長子	以皇太子嗣位。

元祐、紹聖、元符	哲宗	趙煦	西元一〇八六年	九	十六	廿四	神宗第六子	以皇太子嗣位。
建中靖國、崇寧、大觀、政和、重和、宣和	徽宗	趙佶	西元一一〇一年	十九	廿六	五十四	神宗第十一子	即位前封端王。哲宗死，嗣位。靖康二年（西元一一二七年）被金兵虜歸，後死於五國城。
靖康	欽宗	趙桓	西元一一二六年	廿七	二	六十二	徽宗長子	政和五年（西元一一一五年），立爲皇太子。宣和七年（一一二五年）十二月，受父禪即帝位。靖康元年（一一二六年）十一月，金兵攻破汴京。翌年二月，金廢欽宗及太上皇徽宗爲庶人，虜詣金國，北宋亡。欽宗在位一年又四個月。

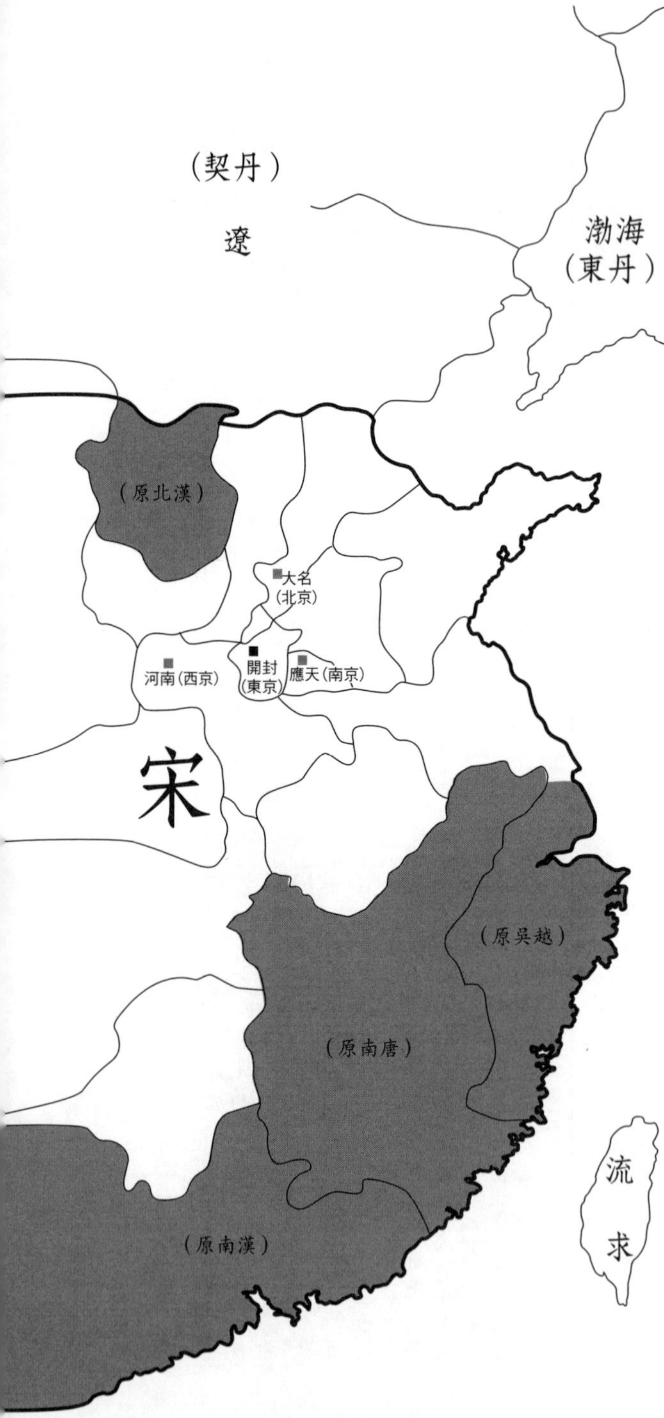

女真
（契丹）
遼
渤海
（東丹）
高麗
（原北漢）
大名
（北京）
河南（西京）
開封
（東京）
應天（南京）
宋
（原吳越）
（原南唐）
流
求
（原南漢）

北宋疆域圖

元豐六年（西元1083年）

後記

時代之英雄，人間之正氣，百姓之青天

吳蔚

包拯是中國歷史上的著名人物。他在世時已是婦孺皆知，有口皆碑，去世後更是號稱「杲杲清名，萬古不磨」，形成了奇特的包公文化。後人有詩云：「千古包家有陂澤，更無人說宋山河」。縱觀中國歷史，還沒有哪一位官吏能像包公這樣深入人心，贏得人們發自內心的尊敬和愛戴。

包拯少年老成，早在少年時期就胸懷大志，「公幼則挺然若成人，不為戲狎，長彌勖厲操守」，立志學習前賢，盡忠報國。他曾自述道：「生於草茅，早從宦學，盡信前書之載，竊慕古人之為，知事君行己之方，有竭忠死義之分，確以素守，期以勉循。」他待人處事嚴肅認真，在日後的仕宦生涯中一直稟承了這種端正持重的天性。

本書講述的是包拯「早從宦學」時期的一段故事。我個人的寫作習慣，動筆之前不寫故事大綱，只是腦海中大概有個計畫，當故事展開後，情節都是順勢而為。原先的計畫，是要在一本書中寫盡包拯一生，平分為四個部分：從父宦遊、汴京科考、廬州盡孝及重入仕途。「宦遊」在計畫中就是重頭戲，因為當時的包拯風華正茂，跟隨父親包令儀來到南京（河南商丘），而南京交通發達，學風濃厚，晏殊、范仲淹等名士執教於天下第一學府應天書院中，日後崛起於歷史舞臺的名臣如文彥博、張方平、宋祁兄弟也都於此一時期在書院讀書，在這樣的歷史背景下，勢必有許多精彩故事發生。然而故事的複雜程度最終超過了作者本人的預期，僅是「宦遊」一部分，便占據了一本大書的篇幅。為了不影響後面其他小說的寫作計畫，只得忍痛終結於包父辭官回鄉之處。但從根本上來說，本書是一個完全獨立的故事，有可能會有續集，會在我完成手邊的寫作計畫後再做決定。

最初在寫作的時候，我極想將包拯寫成一個儀表瀟灑、性情隨意的公子，是因遭逢變故才改變性格，如此將更曲折、更富戲劇衝突。然而經過反覆考慮後，最終還是決定完整還原一個歷史上最真實的包拯，以表示對這位青天的尊重。

本小說中許多言語、觀點，都是出自包拯本人的文稿、奏章；與包拯相關的親朋好友，都是根據墓誌及文獻考據而來。情節中所涉及的茶稅、交引、雕版印刷、活字印刷術等帶有時代鮮明特徵的事物，在真實歷史上的確發生於此一時期。個別案子則為包拯真實的經歷，靈感得自《包龍圖判百家公案》（明人安遇時編纂）。因故事背景宏大複雜，小說情節所涉及的歷史常識自會有重複交代之處。但要說明的是，本書是一本歷史小說，必然有藝術加工的成分，請讀者不要將其當成一本北宋歷史論文集，勿以學究的眼光來看待。

本書中的稱呼呈現多樣化，如年輕時未入仕途的包拯，有人稱「包衙內」，有人稱「包公子」，也有人稱「包小官」，有書面語，也有口語，根據說話者不同的身分而有所差異。之所以特有此說明，是因為曾有讀者指出我在《孔雀膽》小說中的稱呼出現混亂，如大理諸人稱呼段功「信苴」，而梁王則稱「段平章」。事實上，大理稱呼首領均是「信苴」，有諸多史籍和出土墓碑為證；而「平章」是段功所接受的元朝封官，梁王與跟這位女婿並不和睦，卻又畏懼他的實力，因而直接稱呼官名最合情合理，這一點，一樣有諸多史籍為證。

文章千古事，得失寸心知，作者並不期待小說中所有的妙處都能被理解，但是請相信，我在寫作每一本書時都是全力以赴，說是嘔心瀝血也不為過。遠離混亂，珍惜自我，珍惜每一部作品。

關於本書，再多談一點小小的花絮——早在這本《包青天》動筆前，二十世紀福斯電影公司（20th Century Fox）就已經先行預定買下電影改編版權。由於這一層關係，在寫作過程中，尤其在刻畫人物的時候，我常常不由自主地想像角色最終會由誰來演。之前曾有電影公司追問我個人最中意誰來演《韓熙載夜宴》中的韓熙載和秦蒻蘭，認真想了許久，腦子中也沒有明確的概念，《包青天》也是如此，不過，可算是寫作生活中的一點調劑吧。

在此，要特別感謝臺北書展基金會和臺灣好讀出版社的牽線搭橋，他們在促進文學作品影像化方面付出了大量心血和努力，目光之遠大，胸襟之開闊，著實令人欽佩。感謝福斯（FOX）的信任，在《包青天》尚未正式開始寫作前就決定買下改編版權，我很榮幸，也期待憑藉福斯的全球影響力東風，能有越來越多的人喜愛中國歷史和文化。感謝嘉莉、米琦、文晶及各位律師，為最終達成合作協議做了大量精細的工作。

本書《包青天》，與之前的其他小說《魚玄機》《韓熙載夜宴》《孔雀膽》《大唐遊俠》《璇璣圖》《斧聲燭影》共同組成了我仍在持續進行構思創作的「吳蔚歷史探案系列」。感謝讀者長久以來的支持，你們是我努力前行的最大動力，我愛你們。

國家圖書館出版品預行編目資料

包青天：滄浪濯纓／吳蔚著；──初版．──臺中市：好讀，2013.05

面：　公分，──（吳蔚作品集；07）（真小說；28）

ISBN 978-986-178-274-4（平裝）

857.7　　30508-33　　102005105

好讀出版

真小說 28

包青天：滄浪濯纓

作　　者／吳　蔚
總 編 輯／鄧茵茵
文字編輯／簡伊婕
美術編輯／張裕民　鄭年亨
地圖繪製／尤淑瑜
行銷企畫／陳昶文
發 行 所／好讀出版有限公司
台中市 407 西屯區何厝里 19 鄰大有街 13 號
TEL:04-23157795　FAX:04-23144188
http://howdo.morningstar.com.tw
（如對本書編輯或內容有意見，請來電或上網告訴我們）
法律顧問／甘龍強律師
承製／知己圖書股份有限公司　TEL:04-23581803

總經銷／知己圖書股份有限公司
http://www.morningstar.com.tw
e-mail:service@morningstar.com.tw
郵政劃撥：15060393 知己圖書股份有限公司
台北公司：106 台北市大安區辛亥路一段 30 號 9 樓
TEL:02-23672044　FAX:02-23635741
台中公司：407 台中市工業區 30 路 1 號
TEL:04-23595820　FAX:04-23597123

初版／西元 2013 年 5 月 1 日
定價／280 元
如有破損或裝訂錯誤，請寄回知己圖書台中公司更換

Published by How-Do Publishing Co., Ltd.
2013 Printed in Taiwan

ISBN 978-986-178-274-4

讀者回函

只要寄回本回函，就能不定時收到晨星出版集團最新電子報及相關優惠活動訊息，並有機會參加抽獎，獲得贈書。因此有電子信箱的讀者，千萬別吝於寫上你的信箱地址

書名：包青天：滄浪濯纓

姓名：＿＿＿＿＿＿＿＿ 性別：□男 □女　生日：＿＿年＿＿月＿＿日

教育程度：＿＿＿＿＿＿＿＿＿＿＿＿

職業：□學生 □教師 □一般職員 □企業主管

□家庭主婦 □自由業 □醫護 □軍警 □其他＿＿＿＿＿＿＿＿＿＿

電子郵件信箱（e-mail）：＿＿＿＿＿＿＿＿＿＿＿＿ 電話：＿＿＿＿＿＿＿＿

聯絡地址：□□□ ＿＿＿＿＿＿＿＿＿＿＿＿＿＿＿＿＿＿＿＿＿＿＿＿

你怎麼發現這本書的？

□書店 □網路書店（哪一個？）＿＿＿＿＿＿＿＿＿＿ □朋友推薦 □學校選書

□報章雜誌報導 □其他＿＿＿＿＿＿＿＿＿＿＿＿＿＿＿＿＿＿＿＿

買這本書的原因是：＿＿＿＿＿＿＿＿＿＿＿＿＿＿＿＿＿＿＿＿＿＿

□內容題材深得我心 □價格便宜 □封面與內頁設計很優 □其他＿＿＿＿＿＿

你對這本書還有其他意見麼？請通通告訴我們：

＿＿＿＿＿＿＿＿＿＿＿＿＿＿＿＿＿＿＿＿＿＿＿＿＿＿＿＿＿＿＿＿＿＿

你買過幾本好讀的書？（不包括現在這一本）

□沒買過 □ 1 ～ 5 本 □ 6 ～ 10 本 □ 11 ～ 20 本 □太多了

你希望能如何得到更多好讀的出版訊息？

□常寄電子報 □網站常常更新 □常在報章雜誌上看到好讀新書消息

□我有更棒的想法＿＿＿＿＿＿＿＿＿＿＿＿＿＿＿＿＿＿＿＿＿＿＿＿

最後請推薦五個閱讀同好的姓名與 E-mail，讓他們也能收到好讀的近期書訊：

1.＿＿＿＿＿＿＿＿＿＿＿＿＿＿＿＿＿＿＿＿＿＿＿＿＿＿＿＿＿＿＿＿

2.＿＿＿＿＿＿＿＿＿＿＿＿＿＿＿＿＿＿＿＿＿＿＿＿＿＿＿＿＿＿＿＿

3.＿＿＿＿＿＿＿＿＿＿＿＿＿＿＿＿＿＿＿＿＿＿＿＿＿＿＿＿＿＿＿＿

4.＿＿＿＿＿＿＿＿＿＿＿＿＿＿＿＿＿＿＿＿＿＿＿＿＿＿＿＿＿＿＿＿

5.＿＿＿＿＿＿＿＿＿＿＿＿＿＿＿＿＿＿＿＿＿＿＿＿＿＿＿＿＿＿＿＿

我們確實接收到你對好讀的心意了，再次感謝你抽空填寫這份回函

請有空時上網或來信與我們交換意見，好讀出版有限公司編輯部同仁感謝你！

好讀的部落格：http://howdo.morningstar.com.tw/

請填妥後對折黏貼，直接投郵即可，無須貼郵票。

廣告回函
台灣中區郵政管理局
登記證第 3877 號
免貼郵票

好讀出版有限公司　編輯部收

407 台中市西屯區何厝里大有街 13 號
電話：04-23157795-6　傳真：04-23144188

沿虛線對折

購買好讀出版書籍的方法：

一、先請你上晨星網路書店http://www.morningstar.com.tw檢索書目
　　或直接在網上購買

二、以郵政劃撥購書：帳號15060393 戶名：知己圖書股份有限公司
　　並在通信欄中註明你想買的書名與數量

三、大量訂購者可直接以客服專線洽詢，有專人爲您服務：
　　客服專線：04-23595819轉230 傳真：04-23597123

四、客服信箱：service@morningstar.com.tw

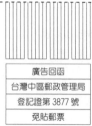